원전으로 읽는 우리 고전 4

이씨 집안 이야기

이씨세대록

8

원전으로 읽는 우리 고전 4

이씨 집안 이야기

이씨세대록 8

장시광 옮김

이담북스

역자 서문

<쌍천기봉>을 2020년 2월에 완역했는데 이제 그 후편인 <이씨세대록>을 번역해 출간한다. <쌍천기봉>을 완역한 그때는 역자가 학교의 지원을 받아 연구년제 연구교수로 유럽에 가 있을 때였다. 연구년은 역자에게 부담 없이 번역에만 전념할 수 있는 환경을 만들어주었다. 덕분에 역자는 <쌍천기봉>의 완역 이전부터 이미 <이씨세대록>의 번역 작업을 동시에 수행할 수 있었다. 이 번역서 2부의 작업인 원문 탈초와 한자 병기, 주석 작업은 그때 어느 정도 되어 있었다. <쌍천기봉>의 완역 후에는 <이씨세대록>의 번역 작업에 박차를 가했다. 당시에 유럽에 막 퍼지기 시작한 코로나19는 작업에 속도를 내도록 했다. 한국에 우여곡절 끝에 귀국한 7월 중순까지 전염병 덕분(?)에 집안에만 틀어박혀 있을 기회가 많았기 때문이다.

<쌍천기봉>이 역사적 사실에 허구를 덧붙인 연의적 성격이 강한 소설이라면 <이씨세대록>은 가문 내의 부부 갈등에 초점을 맞춘 가문소설이다. 세세한 갈등 국면은 유사한 면이 적지 않지만 이처럼 서술의 양상은 차이가 난다. 조선 후기의 독자들이 각기 18권, 26권이나 되는 연작소설을 흥미롭게 읽을 수 있었던 데에는 이처럼 작품마다 유사하면서도 특징적인 면이 있기 때문이었을 것으로 짐작된다.

역자가 대하소설에 흥미를 가지게 된 것도 이러한 면과 무관하지 않다. 흔히 고전소설을 천편일률적이라고 알고 있는데 꼭 그렇지만

은 않다. 같은 유형인 대하소설이라 해도 <유효공선행록>처럼 형제 갈등이 두드러진 작품이 있는가 하면, <완월회맹연>이나 <명주보월빙>처럼 종법제로 인한 갈등을 다룬 작품도 있다. 또한 <임씨삼대록>처럼 여성의 성욕이 강하게 부각되어 있는 작품도 있다. <쌍천기봉> 연작만 해도 전편에는 중국의 역사적 사실을 토대로 군담이 등장하고 <삼국지연의>와의 관련성도 서술되는 가운데 남녀 주인공이 팔찌를 매개로 하여 갖은 갈등 끝에 인연을 맺는 과정이 펼쳐져 있다면, 후편에는 주로 가문 내에서 발생할 수 있는 다양한 부부 갈등이 등장함으로써 흥미의 제고와 함께 가부장제 사회의 질곡이 더욱 적나라하게 드러나게 하는 효과를 내고 있다.

대하소설의 번역 작업은 이 분야에 몸담고 있는 연구자들은 잘 알겠지만 매우 지난한 일이다. 우선 작품의 방대한 분량이 거대한 장벽으로 다가오지만 더욱 큰 작업은 국문으로 되어 있으나 대부분 한자어로 구성된 본문을 제대로 이해하는 일이다. 이 때문에 작업을 하다 보면 차라리 논문을 쓰는 것이 낫겠다고 생각한 것이 한두 번이 아니다. 번역 작업은 심지어 연구비 수혜도 받기가 힘들다. 이는 역자가 직접 체험한 일이다. 번역보다 논문 한 편을 더 높이 평가하는 것이 지금 학계의 현실이다. 축하받아야 할지도 모르는 번역서의 머리말에 이런 넋두리를 하는 것은 토대 연구를 홀대하는 현실이 바로잡혔으면 하는 간절한 바람에서이다.

<쌍천기봉>을 작업할 때와 마찬가지로 이 작업도 여러 분에게서 도움을 받았다. 해결되지 않은 병기 한자와 주석을 상당 부분 해결해 주신 황의열 선생님께 고마운 마음을 전한다. <쌍천기봉> 작업 때도 많은 도움을 주셨는데 어려운 작업임에도 한결같이 아무 일 아니라는 듯이 도움을 주셨다. 연구실의 김민정 군은 역자가 해외에

있을 때 원문을 스캔해 보내 주고 권20 등의 기초 작업을 해 주었고, 대학원생 남기민, 한지원 님은 권21부터 권26까지의 기초 작업을 해 주었다. 감사드린다. 대학원 때부터 역자를 이끌어 주신 이상택 선생님, 한결같이 역자를 지켜봐 주시고 충고를 아끼지 않으시는 정원표 선생님과 박일용 선생님께는 늘 빚진 마음을 지니고 있다. 못난 자식을 묵묵히 돌봐 주시고 늘 사랑으로 대해 주시는 양가 부모님께 감사드린다. 끝으로 동지이자 아내 서경희에게 사랑과 감사의 마음을 전한다.

차례

역자 서문 ▪ 05

1부 현대어역

이씨세대록 권15

노몽화가 이백문과 혼인해 화채옥을 모합하고 이백문은 화채옥과 이흥문의 간통을 의심하다 / 11

이씨세대록 권16

이백문은 화채옥을 의심해 일장 풍파를 일으키고 이흥문과 화채옥은 노몽화의 계교로 곤경을 겪다 / 83

2부 주석 및 교감

니시셰딕록(李氏世代錄) 권지십오(卷之十五) / 153

니시셰딕록(李氏世代錄) 권지십뉵(卷之十六) / 266

주요 인물 ▪ 376

역자 해제 ▪ 379

제1부

현대어역

☘ 일러두기 ☘

1. 번역의 저본은 제2부에서 행한 교감의 결과 산출된 텍스트이다.
2. 원문에는 소제목이 없으나 내용을 고려하여 권별로 적절한 소제목을 붙였다.
3. 주석은 인명 등 고유명사나 난해한 어구, 전고가 있는 어구에 달았다.
4. 주석은 제2부의 것과 중복되는 것은 가급적 삭제하거나 간명하게 처리하였다.

•••

이씨세대록 권15

노몽화가 이백문과 혼인해 화채옥을 모함하고 이백문은 화채옥과 이흥문의 간통을 의심하다

이때 시어사 원문은 그 서모 교란이 외로운 처지에 낮은 집에서 이름도 없이 있는 것을 자못 좋아하지 않았다. 그러나 최 부인의 성품이 다른 사람들과 같지 않고 더욱이 공이 그 손에 틀어잡혀 자기 뜻대로 못 했으므로 교란을 첩의 항렬에 두지 못했다. 소문이 교 씨를 아내로 맞자 최 부인이 교 씨에게는 처소를 정해 주도록 허락했으나 교란에게는 용납하지 않았다. 어사가 유생으로 있을 때는 매양 간하다가 최 부인이 듣지 않으면 물러날 따름이었다. 그러나 지금은 급제했으므로 예부에 고하고 교란을 존칭해 개국공 이 모의 기실 부인 교 씨라 하고 따로 한 집을 수리해 교란을 옮겨 가게 했다.

최 부인이 이를 듣고 매우 화가 나 어사를 불러 크게 꾸짖었다.

"교란은 한낱 창물(娼物)이다. 그 사람을 큰 집에 용납하는 것도 지극히 과분한 일인데 네 어찌 그 사람을 존칭하고 집을 수리해 주어 감히 나와 같게 한 것이냐?"

어사가 이에 엎드려 말했다.

"저 교 씨가 비록 창녀지만 아버님이 소년 시절에 희롱하신 것 때문에 지금까지 수절하며 끝없는 고초를 겪었습니다. 교 씨에게 형[1] 이 있어 일을 그리 못 할 것인데 낮은 집에 한낱 이름도 없이 있으니, 아버님이 본 체하지 않으시는 것은 대단한 허물이 아니지만 소자로서는 자못 자식의 도리를 잃은 일입니다. 소자가 전날에는 유생으로 있어 남의 책망이 그토록 미치지 않을 것이었지만, 지금은 소자가 폐하의 은혜를 입어 몸이 간관(諫官)에 자리하고 있습니다. 아비의 정인(情人)을 낮은 집에서 괴롭게 거처하도록 하는 것이 옳지 않으니 모친은 살피소서."

부인이 정색하고 성을 내며 말했다.

"내 평소에 창물을 재상의 소실이라 하고 들어앉혀 작은집이라 하는 모습을 놀랍게 여기며 보았는데 차마 내 아이가 이런 일을 한단 말이냐?"

말이 끝나기 전에 공이 들어와 물었다.

"모자 사이에 무슨 일로 다투는 것인가?"

어사가 자초지종을 고하니 공이 웃으며 말했다.

"내 아이는 네 어미가 불쾌해하는 노릇은 하지 말거라. 교란이를 기실 부인이라 이름 짓는 것이 참으로 외람하구나."

최 부인이 화를 내며 말했다.

"말은 저렇게 해도 처음에 교란이에게 정을 두었다가 지금 사양하는 체하는 것이 더욱 기괴합니다."

공이 크게 웃으며 말했다.

"부인이 젊지 않은 나이에 시샘이 지나치구려. 지금 나이가 몇이오?"

부인이 얼굴빛을 고치고 말했다.

"교란이를 내 자리에 앉히고 나를 영영 내쫓아도 내 사양하지 않

---

1) 형: 이몽창의 첩 위란을 말함.

을 것이니 내 어찌 감히 투기하겠습니까?"

말이 잠시 멈춘 사이에 하남공이 이곳을 지나다가 이 말을 듣고 공의 약한 모습을 불쾌하게 여겨 천천히 기침하고 난간에 올랐다. 공과 부인이 놀라서 바삐 맞이해 자리를 정하니 공이 일부러 정색하고 어사에게 말했다.

"내 너에게 벌써 이르려 했으나 네 나이 어리고 몸이 유생이라 이르지 못했다. 네 이제 몸이 벼슬길에 올라 간관(諫官)에 자리하고 있으니 거의 집안에서 처하는 도리를 차릴 수 있을 것이다. 저 교란이 설사 창녀나 한 조각 이씨 집안을 위한 마음이 아름답고 자식이 있거늘 어찌 외당에 내쳐 종들 무리와 벗하게 할 수 있겠느냐? 하루를 지냈더라도 네 아비의 정인(情人)이다. 옛 사람이 아비가 한번 희롱한 계집이라도 공경하라고 했다. 네 아비가 용렬해 법을 차리지 못하고 있으나 네 도리로는 그럴 수 없다. 장차 너는 어떻게 하려 하느냐?"

어사가 듣고는 밝게 깨달아 절하고 하남공의 명령을 들었다. 그리고 자신이 민첩하지 못한 죄를 청하니 남공이 개국공을 꾸짖었다.

"아우가 애초에 교란이를 가까이했는데 지금 교란이에게는 자식이 있고 절개도 굳세다. 그런데 교란이를 헌신짝처럼 버리니 그 처사가 참으로 한심해 국공이라 불리는 것이 참으로 아깝구나."

공이 웃으며 대답했다.

"제가 그렇게 하려 한 것이 아니라 최 씨의 투기가 과도해 최 씨가 죽을까 봐 겁나서 간섭하지 않았던 것입니다."

공이 잠시 웃고 대답하지 않았다. 최 부인이 얼굴이 자약한 채 공을 멸시하는 눈으로 차갑게 바라보고 말을 안 했다. 이윽고 남공이 일어난 후 최 부인이 어사에게 명령해 말했다.

"백부(伯父)가 하려고 하시는 일을 사지(死地)인들 거역하겠느냐?

너는 마땅히 그대로 하라.”

어사가 명령을 듣고 최 부인에게 절하고 물러났다. 그리고 교란을 높이고 소문에게 교란을 가까이에서 모시게 하고는 교란을 모시는 절차를 예법을 완전히 갖춰 차리니 일가 사람들이 칭찬했다. 이에 교란이 뼛속까지 감격해 갈수록 어질게 행동하려 힘쓰고 또 부인을 엄한 주인을 모시듯 섬겼다. 부인이 비록 굳센 여자였으나 매우 어질었으므로 아들의 처사를 아름답게 여기고 교란의 인물됨을 기뻐해 이후에는 좋지 않은 말을 내지 않았다.

이때 최백만이 급제해 그 부친에게 영광을 보이니 만사에 근심이 없어 급제 잔치 때 함께 춤을 췄던 홍월매를 첩으로 삼아 외당에서 즐겼다. 이에 이씨 집안 형제들이 그 누이의 사람됨을 알았으므로 최백만에게 다 부질없는 일이라고 말렸다. 그런데 최생은 원래 소저를 시험하려 했으므로 이씨 집안 형제들이 누이를 편드는 것을 일부러 모욕했다. 그러자 성문과 경문 두 사람이 한가히 웃고 다시 말리지 않았다.

최생이 10여 일을 월매와 즐기다가 하루는 월매를 이끌고 소저 침소 초월당으로 갔다. 소저가 원래 이런 일은 꿈에도 생각하지 못하고 고요히 앉아 있다가 홀연 난간으로 오르는 사람이 있어 눈을 들어서 보니 최생이 한 명의 미녀를 이끌고 당으로 오르고 있는 것이었다. 소저가 한번 보고는 혼백이 다 날아가 안색이 찬 재와 같은 채 묵묵히 서 있었다. 이에 생이 웃고 말했다.

“부인은 나의 애희(愛姬)를 보시오. 절색이 아니오?”

소저가 이 말을 듣고는 얼굴빛을 억지로 짓고 사람들을 시켜 태부를 청하도록 했다. 태부가 즉시 이르자 소저가 정색하고 말했다.

"제가 용렬하나 오라버니의 누이입니다. 부부는 마땅히 내외를 엄격히 하는 것이 옳은데 이 광경이 무슨 일이란 말입니까? 제가 저절로 뼈가 저리고 넋이 놀라 오라버니께 고하니 오라버니는 법대로 다스리소서."

태부가 소저의 말을 듣고 최생을 보니 최생이 술기운이 얼굴에 가득한 채 월매와 소매를 이어 앉아 있는 것이었다. 태부가 크게 놀라서 말했다.

"누이는 피해 있으라. 내가 용렬하나 이 일은 결단코 그저 두지 못하겠구나."

소저가 안으로 들어가자 태부가 이에 시노(侍奴)를 불러 시비(侍婢)를 다 잡아내게 하고 크게 소리해 월매를 결박해 꿇리도록 했다. 태부의 위엄이 광풍(狂風) 같고 가을에 서리가 내리는 듯했다. 먼저 시비 등에게 일을 살피지 못한 죄를 물어 30대씩 맹타하고 월매를 하나하나 죄를 이르며 꾸짖었다.

"네 불과 최 상공의 가무(歌舞)를 받들었으나 한낱 천한 창녀이거늘 어찌 정실부인 방에 방자한 모습을 하고 들어올 수 있느냐? 그 죄가 가볍지 않으니 시험 삼아 맞으라."

말을 마치고 죄를 따지며 30대를 쳐 교방(敎坊)[2]에서 이름을 삭제하고 관아의 종 가운데 정예를 뽑아 월매를 고향으로 내치도록 하니 위엄이 초겨울에 급히 부는 바람 같았다. 최생이 자기의 소행이 부끄러웠으나 거짓으로 분노해 말했다.

"누이의 투기를 도와 시원하게 복수해 주는 모습이 가소롭구나."

태부가 평안히 미소하고 소매를 떨쳐 누이를 보고는 자기가 다스

2) 교방(敎坊): 기생을 가르치던 곳.

린 일을 다 이르니 소저가 머뭇거리며 대답을 하지 않았다.

소저가 이후에 최생을 영영 피하고 보지 않았다.

그러자 생이 매우 우울해, 하루는 벽서정에 이르러 장모 조 부인을 보고 소저 감춘 것을 따지니 조 부인이 말했다.

"딸아이가 무슨 까닭으로 사위를 피하는 것인가?"

생이 저 조 씨에게 옛날의 기운과 버릇이 없는가 여겨 연고를 고하니 조 씨가 대로해 말했다.

"그대는 남창에서 떠돌아다니던 한낱 걸인이었다. 그런데 내 딸아이의 팔자가 무상해 네게 시집갔다 한들 네가 감히 첩을 들여 희롱할 수 있는가? 그 죄는 죽어도 싸니 딸아이처럼 고결한 마음을 가진 아이가 너를 다시 대하려 하겠느냐?"

최생이 대로해 미미히 웃고 말했다.

"소생은 거지라도 정실과 남편을 해치는 여자는 더럽게 여기니 부인은 스스로 살피시고 소생을 너무 비웃지 마소서."

말을 마치고는 소매를 떨쳐 나가 스스로 한스러워하며 말했다.

"내 어찌 저 흉악한 여자의 사위가 되어 이러한 욕을 먹을 줄 알았겠는가?"

그러고서 즉시 왕의 면전에 나아가 하직했다. 이에 왕이 놀라서 말했다.

"네가 어디로 가려 하느냐?"

최생이 말했다.

"제가 일찍이 아버님의 큰 은혜를 입은 것이 작지 않으니 어찌 아버님 곁을 잠시라도 떠나려 하겠나이까? 다만 형인(荊人)[3]이 저를

3) 형인(荊人): 나무비녀를 한 사람이라는 뜻으로 자신의 아내를 이르는 말.

거절하고 장모가 도리에 어긋난 말로 저를 모욕하니 대장부가 어디에 처자가 없을 것이라고 구구하게 빌겠나이까? 이런 까닭에 떠나려 하는 것입니다."

왕이 듣고는 매우 놀라 생의 손을 잡고 혀를 차며 말했다.

"너의 장모는 본디 그러하겠지만 딸아이가 내 자식으로서 투기를 하겠느냐? 참으로 놀라우니 너는 내 낯을 보아 괴이한 생각을 먹지 마라. 영옹(令翁)의 위인을 내가 또 알고 있으니 너를 착하다고 할 리가 만무하다."

생이 두 번 절해 사례하고 물러났다.

왕이 내당에 들어가 사람을 시켜 벽주를 부르게 했다. 벽주가 앞에 이르자 벽주에게 물었다.

"내 요사이 들으니 너에게 아름다운 행실이 있다고 하니 한번 얻어 듣고 싶구나."

소저가 부끄러워 묵묵히 있으니 왕이 꾸짖었다.

"사람이 나서 염치가 있는 것이 개짐승과 다른 것인데 너는 제후 집안의 여자로서 행실이 개와 말보다도 못하니 그 죄가 가볍지 않다. 빨리 네 집으로 돌아가 아무렇게나 하고 내 눈앞에 보이지 마라."

말을 마치고 교부(轎夫)를 재촉해 소저를 보냈다. 소저가 한 말도 안 하고 절해 명령을 듣고는 돌아가니 자녀들이 감히 한마디 말을 못 했다.

최생이 기뻐 날뛰며 천천히 자기 집으로 갔다. 소저는 벌써 정당에 편히 있으니 생이 들어가 소저를 보고 난간을 건너며 눈을 부릅뜨고 꾸짖었다.

"왕부(王府)의 귀한 소저가 거지 집에 무엇을 하러 오시었소?"

소저가 평안한 모습으로 대답하지 않으니 생이 냉소하고 말했다.

"귀한 소저는 걸인의 말에 대답하지 않는 것이 옳으니 내 마땅히 감수하노라."

말을 마치고 좌우를 시켜 일등 창기 10여 명을 부르라 해 좌우에 벌여 놓고 풍악을 화려하게 베풀어 사람들과 즐겁게 담소했다. 소저가 이 광경을 차마 바로 보지 못해 문을 닫으니 생이 대로해 말했다.

"천한 여자가 이토록 방자한 것인가?"

드디어 문짝을 발로 차서 다 열고 창녀를 양 옆에 껴 낭자하게 희롱하고 장난하니 소저가 하릴없어 고요히 방 안에 앉아 있을 따름이었다. 원래 최 공이 남창에 가고 없으니 생이 이틈을 타 소저를 꺾으려 해 이러는 것이었다.

상서와 태부가 와서 누이를 보고 이러한 광경을 보았으나 알은체하지 않았다. 이는 누이의 투기가 심하므로 그것을 꺾으려는 최생의 마음을 알았기 때문이었다. 상서와 태부가 최생을 말리거나 권하지 않으니 최생의 날카로운 기운이 더욱 높아졌다.

익설. 백문이 그 아버지로부터 심한 책망을 당했으나 황공함은 초(楚)나라와 월(越)나라처럼 멀었고[4] 노 씨와의 인연이 끊어진 것에만 정신이 없었다. 그러던 중 취문이 말을 전하니 노 부사가 왕의 한마디에 패해 무료히 돌아갔다는 것이었다. 이에 더욱 초조하고 급해 온갖 병이 더욱 생기니 며칠 사이에 증세가 위독해졌다. 취문이 급히 상서와 태부를 찾아 고하니 두 사람이 황망히 왕에게 고하고 백문을 간병할 것을 청했다. 그러자 왕이 화를 내며 말했다.

"백문이 같은 자식은 죽어도 상관없다. 내 스스로 백문이를 죽이

---

4) 초(楚)나라와~멀었고: 중국 전국시대의 초나라와 월나라가 원수처럼 지낸 것을 비유해 서로 원수처럼 여기는 사이를 이르는 말. 여기에서는 매우 멀다는 뜻으로 쓰임.

지는 못해도 자기가 알아서 죽는 것이야 내가 통쾌하게 여기는 것이니 너희가 어찌 날 괴롭게 구는 것이냐?"

이에 두 사람이 감히 다시 청하지 못하고 가만히 명의를 불러 치료하도록 했다. 이 명의는 경사에서 유명한 태의 오복이니 저 이부상서의 명령에 더디게 응하겠는가. 즉시 병소에 나아가 백문을 진맥하고 돌아와 상서와 태부를 대해 말했다.

"작은어르신의 증세가 상처가 깊을 뿐만 아니라 안으로 생각하는 사람이 있어 염려가 지극해 마침내 병이 생긴 것입니다. 만일 그 생각하는 사람을 얻어 곁에 둔다면 상처가 대단하지 않으므로 제가 의술로 손을 쓸 일이 아닙니다."

두 사람이 다 듣고는 어이가 없어 말이 나오지 않았다. 한참 뒤에 말했다.

"어찌 그럴 리가 있겠는가? 태의가 잘못 본 것이네. 이런 대단한 말을 입에 올리지 말게."

오복이 미소하고 돌아가니 형제가 놀라서 말했다.

"셋째아우가 외입한 줄은 알았으나 어찌 이토록이나 할 줄 알았겠는가? 대인께서 아신다면 분노가 한층 더하실 것이니 함구하고 나중을 보아야겠다."

태부가 이에 탄식했다.

이때 노 부사가 돌아가 딸을 보고 연왕의 말을 일렀다. 이에 노 씨가 매우 놀라 즉시 혜선을 청해 이 말을 이르니 혜선이 말했다.

"하늘이 정하신 운수를 연왕이 어찌 감히 어그러뜨리겠나이까? 빈승(貧僧)이 도술로 마땅히 소저의 혼인을 이루어 주겠나이다."

노 씨가 기뻐 그 계교를 묻자 혜선이 웃고는 귀에 대고 두어 말을 하니 노 씨가 매우 기뻐했다.

혜선이 삼칠일 재계를 극진히 하고 어느 날 밤에 홀연히 앉아서 진언(眞言)을 염(念)하며 죽침에 드러누워 졸다가 이윽고 깨어나 노 씨에게 말했다.

"벌써 황제를 보고 청했으니 금명간(今明間) 좋은 소식이 이를 것입니다."

이에 노 씨가 머리를 조아려 무수히 사례했다.

이날 밤에 황제께서 침전에서 주무시는데 꿈에 한 여승이 앞에 이르러 합장 예배하고 말했다.

"빈승은 관음대사인데 이제 폐하께 한 말씀을 고합니다. 정목간(井木犴)[5]이란 별이 이번 과거에서 장원급제한 이백문입니다. 폐하를 도와 국가를 크게 보익(輔翼)[6]할 것이나 한 병이 깊이 들어 백약이 무효한 지경입니다. 그런데 추밀부사 노강의 막내딸 노 씨와 붉은 끈[7]으로 매이면 살 방도를 얻을 것입니다. 백문의 천명이 노 씨 여자에게 있거늘 그 아버지 몽창이 고집을 부려 허락하지 않아 하늘이 노해 백문에게 재앙을 내리셔서 그 목숨을 마치도록 하셨습니다. 폐하께서 국가의 직신(稷臣)[8]을 아끼시거든 빨리 노강의 딸을 백문에게 사혼(賜婚)하셔서 그 목숨을 잇게 하소서."

임금이 듣고서 놀라 물으려 하실 적에 깨달으니 남가일몽이었다.

임금이 매우 의심해 다음 날 아침에 조회를 베푸시고 만조백관이 입조하자 연왕을 나아오라 해 말씀하셨다.

---

5) 정목간(井木犴): 정목안. 정목한이라고도 함. 별의 일종. 남방7수 중 정수(井宿)에, 칠요(七曜) 중 목(木)과 동물인 안(犴, 용의 일종)이 결합해 만들어진 글자.

6) 보익(輔翼): 도와서 올바른 데로 이끌어 감.

7) 붉은 끈: 부부의 인연을 맺는 것. 월하노인(月下老人)이 포대에 붉은 끈을 가지고 다녔는데 그가 이 끈으로 혼인의 인연이 있는 남녀의 손발을 묶으면 그 남녀는 혼인할 운명에서 벗어나지 못한다고 함.

8) 직신(稷臣): 국가와 생사를 같이하는 신하. 사직신.

"이번 과거에서 장원급제한 이백문이 지금까지 벼슬에 나아오지 않은 것은 어째서인고?"

왕이 고개를 조아려 대답했다.

"아들이 갑자기 감기에 걸려 아직까지 낫지 않아 매우 위독합니다. 그래서 입조하지 못한 것입니다."

임금이 놀라고 염려하셔서 즉시 태의 오복을 시켜 간병하라 하시고 연왕을 가까이 불러 이르셨다.

"백문이 일찍이 추밀사 노강과 혼인을 의논한 일이 있는가?"

왕이 놀라서 대답했다.

"폐하께서 어찌 아시나이까?"

임금이 말씀하셨다.

"짐이 깊은 궁궐에서 어찌 조정 바깥의 사정을 알겠는가? 어젯밤 꿈에 관음대사가 나타나 말을 해 준 것이니 참으로 기이하게 여기노라. 경은 고집부리지 말고 그 여자를 맞아들여 백문의 풍채를 빛내도록 하라."

왕이 듣고 매우 괴이하게 여겨 노 씨가 혹 궁궐과 서로 통한 것인가 여겼으나 임금의 말이 이와 같으시니 군부(君父)를 믿지 않는 것이 옳지 않아 머리를 두드려 대답했다.

"불초자 백문이 과연 소행이 패악해 신이 괘씸함을 이기지 못해 태장(笞杖)해 내친 일이 있습니다. 폐하의 전교(傳敎)가 이에 미치셨으니 신이 참으로 의아해하는 바는 폐하께서는 본디 부열(傅說)[9]과 같은 재상 얻기를 꿈꾸신 것이 아니요, 어진 신하를 구하신 것이 아닌데 요망한 무리가 궁궐에 가득 차서 도술로 폐하를 속인 것인가

9) 부열(傅說): 중국 은(殷)나라 고종(高宗) 때의 재상. 담쌓는 일을 하다가 고종에게 발탁되어 재상으로서 은나라 중흥(中興)의 대업(大業)을 이룸.

하오니 폐하께서는 원컨대 그 말에 현혹되지 마소서."

임금이 웃으며 말씀하셨다.

"지금 세상에 어떤 도술이 있다고 짐을 속이겠는가? 하늘의 뜻이 이미 결정되었으니 경은 고집부리지 말라. 백문의 풍채로 어찌 한 쌍의 미인을 못 거느리겠는가?"

그리고 즉시 노 부사에게 표를 내려 백문을 맞으라 하시고 연왕의 말을 기다리지 않고 조회를 파하셨다.

왕이 하릴없어 네 번 절하고 물러나 집으로 돌아갔다. 노씨 집에서 벌써 택일단자(擇日單子)[10]를 보내 왔으니 왕이 더욱 한심하게 여겨 말을 안 하고 상서와 태부를 불러 말했다.

"이제 백문이가 우리 집을 망하게 하고 그칠 것이니 너희가 저 아이를 본 체 말고 스스로 노 씨를 맞아 데리고 살게 하라."

이에 두 사람이 두려워하며 물러났다.

이 소식이 한림이 있는 곳에 이르니 한림이 매우 기뻐해 온갖 병이 구름이 흩어지듯, 안개가 걷히듯 사라졌다. 10여 일 후에 병이 회복되어 일어나 집안에 들어가 부모에게 죄를 청하니 왕이 대로해 말했다.

"더러운 자식이 무슨 낯으로 감히 다시 나를 보는 것이냐? 네 마음대로 노 씨를 맞이해 데리고 살 것이니 음란하고 비루한 모습으로 내 집에 오지 마라."

그리고서 마침내 백문을 밀어 내쳤다. 생이 한 말도 못 하고 밖으로 쫓겨나가니 우울하고 심란한 마음이 끝이 없었다.

이처럼 지내다가 노씨 집안과의 혼인날이 다다랐으나 연왕이 끝

---

10) 택일단자(擇日單子): 혼인 날짜를 정하여 상대편에게 적어 보내는 쪽지.

까지 신부 맞이하는 차림과 신랑 보내는 행렬을 차리지 않고 고요히 있었다. 생이 비록 외입을 했으나 그래도 사람의 마음이 있어 승상부에 가 승상을 뵙고 말했다.

"소손이 불초해 아버님께 큰 죄를 저질렀는데 날이 오래 지나도록 아버님이 화를 풀지 않으시니 사람의 자식이 되어 아비에게 죄를 얻고 무슨 염치로 아내를 얻을 뜻이 있겠나이까? 다만 저 집에서 청하는 사람들이 계속 오고 있으니 참으로 괴롭습니다. 그러니 조부께서 잘 처리해 주소서."

승상이 놀라고 의아해 왕을 불러 일렀다.

"일이 여기에 이른 후에는 할 수 없으니 네 어찌 남과 혼인을 정하고 길일을 허송하려 하느냐? 이번 일은 일이 그렇지 않으니 너는 고집하지 말거라."

왕이 고개를 조아려 대답했다.

"백문이는 아비를 알지 못하는 패륜의 자식이니 자기가 재취를 한다고 제가 간여하겠나이까? 일곱 부인과 금차(金釵)[11] 열두 줄을 갖춰도 소자는 알지 못하는 일이니 대인께서는 신경 쓰지 마소서."

승상이 이에 정색하고 말했다.

"백아의 죄가 매우 깊으나 뉘우침이 있을 것이다. 하물며 이번 혼인은 성상께서 사혼(賜婚)하신 것이니 혼인날을 업신여기는 것은 옳지 않다. 그러니 내 아이는 편벽되게 고집을 부리지 말거라."

왕이 불쾌했으나 이에 명령을 들었다. 승상이 생을 위로하고 숙부들이 행렬을 차려 백문을 보낼 적에 왕은 미우가 몽롱하고 눈이 엄숙한 채 한 말도 안 했다.

11) 금차(金釵): 첩을 말함.

만일 상서와 태부 같았으면 무슨 염치로 이번 행차를 하겠는가마는 백문은 기쁜 마음으로 노씨 집으로 갔다. 기러기를 올리고 신부와 교배(交拜)를 마치니 서로 기뻐하는 마음이 끝이 없어 누가 더하고 덜하다고 말하지 못할 정도였다.

원래 노 부사가 이런 놀라운 일을 했으나 노 시랑과 군주는 이 일을 몰랐다. 이는 노 시랑이 노 부사의 막내동생으로서 노 부사가 하북 태수로 갈 적에 나이가 어렸으므로 이 일이 그러하던가 여겼기 때문이다. 그래서 이 음란하고 패륜적인 일을 노 부사와 노 씨 모녀 외에는 한 사람도 아는 이가 없었으니 참으로 간사한 정황을 파악하기가 어려워 간악한 사람들이 이러한 상황이 백 년을 갈 것이라고 여겼다.

삼 일 만에 노 씨가 시부모를 뵐 적에 연왕이 비록 불쾌한 마음이 가득했으나 보지도 않은 며느리를 박대하는 것이 옳지 않아 약간의 잔치를 베풀고 노 씨를 보았다. 노 씨가 단장을 성대히 하고 폐백을 높이 들어 시부모에게 나아오니 용모는 한 봄에 살짝 붉은 복숭아꽃 같고 그 고운 것은 오나라의 서시(西施)[12]와 주나라의 포사(褒姒)[13]를 업신여길 만한 미색이 있었다. 모르는 사람들은 매우 칭찬했으나 남의 마음을 비춰 보는 눈을 지닌 이씨 집안 사람들이 노 씨의 심성을 어찌 몰라보겠는가. 시부모와 집안의 어른들은 그 어질지 않은

---

12) 서시(西施): 중국 춘추(春秋)시대 월(越)나라와 오(吳)나라의 미인. 완사녀(浣紗女)로도 불림. 월왕 구천(句踐)이 오(吳)나라 부차(夫差)에게 패하자 미녀로써 오나라 정치를 혼란하게 하기 위해 범려(范蠡)를 시켜 서시를 오나라에 바침. 오왕 부차가 서시를 좋아해 정사에 소홀하자 구천이 전쟁을 벌여 부차에게 승리하고 부차는 이에 자결함.

13) 포사(褒姒): 중국 서주(西周) 유왕(幽王)의 총희로 포(褒)는 국명이고 사(姒)는 성(姓)임. 유왕이 웃지 않는 포사를 웃기려고 거짓으로 봉화를 여러 차례 올려 웃김. 유왕이 신후(申后)와 태자 의구(宜臼)를 폐하고 포사를 왕비로, 백복을 태자로 삼자 신후의 아버지 신후(申侯)가 격분해 쳐들어왔는데 유왕이 봉화를 올렸으나 한 사람의 제후도 오지 않아 결국 서주가 멸망하는 계기가 됨.

마음이 일가를 크게 해칠 줄 알았고 그 살기등등한 모습을 보자 모골이 오싹했다.

일찍 잔치를 마치고 일가 사람들이 정당에 모였는데 남공이 탄식하며 말했다.

"신부 노 씨가 예전 노 씨와 같다 한들 그토록 같은가?"

개국공이 또 말했다.

"오늘 신부의 기골이 매우 가늘고 약하니 흥문의 아내와 조금도 다르지 않더군요. 그러니 어찌 괴이하지 않습니까?"

승상이 천천히 말했다.

"동기 사이에 닮는 것은 예삿일이니 너희는 괴이한 말을 마라."

남공이 이에 명령을 들었다. 연왕은 속으로 크게 의심하고 염려해 혹 이 사람이 전날의 노 씨인가 했으나 오늘 노 씨는 매우 미약하니 전날의 노 씨 나이를 헤아리면 이렇지 않을 것이므로 속으로 의심을 품었으나 다시 한마디 말을 안 했다.

백문이 노 씨를 만나니 이는 참으로 원앙이 쌍을 만나고 비취새가 수풀을 얻은 듯했다. 노 씨를 두텁게 사랑하고 깊은 곳에 깃들여 그 정에 취하고 마음이 어린 듯해 잠시 떠나는 것을 삼추(三秋)같이 여겼다. 일가 사람들이 이를 지목해 비웃었으나 소후는 끝까지 알은체하지 않고 노 씨 침소를 채란당에 정하고 노 씨를 다른 며느리에게 하는 것처럼 어루만지며 사랑했다. 이에 노 씨가 잠깐 남을 해치려는 마음을 참아 두어 달을 고요히 있으면서 신묘한 계책을 생각했다.

최생이 이때 두어 달을 여러 창기와 연이어 즐기며 일부러 소저를 노예 보듯 하고 술과 안주를 내놓으라 하며 호령이 드날렸다. 소저가 이에 괴로움이 심했으나 부친의 경계를 좇아 조금도 괴로운 티를 내지 않고 좋은 일을 보듯 했다. 그러나 그 심지는 본디 좁았다. 긴 날에 날마다 정을 주던 장부가 자기를 차가운 눈으로 멸시하고 여러 창기를 양 옆에 껴 대청에서 희롱하고 술과 고기를 낭자하게 먹으며 어지러운 호령이 그치지 않았다. 시비 중에 혹 술과 안주를 더디 내오면 꾸짖으며 말하기를,

"내 비록 걸인이나 지금은 옥당의 귀한 손님이거늘 흉악한 여자의 어린 딸이 이처럼 나를 능멸하는 것이냐? 첩이 상직(上直)[14]하는데 바뀌 자면서 자식을 낳는 아리따운 행실을 베풀어라."

라고 하며 말마다 어머니를 비난하고 우롱해 꾸짖으니 소저가 서러움이 뼈에 박혀 자결하고 싶었다. 그러나 부친의 경계가 귀에 있고 자기가 죽으면 투기해서 죽었다고 할 것이므로 분함을 참아 조금도 좋지 않은 얼굴빛을 하지 않았다. 태부 형제가 자주 이르러서 보고 소저를 더욱 불쌍히 여겨 최생을 꾸짖으며 이런 일을 그치라 했으나 최생은 냉랭한 표정으로 대답하지 않았다.

하루는 생이 술에 취해 창녀와 즐기다가 방에 들어가 소저의 손을 쥐고 말했다.

"걸인이 더러우나 옥낭자가 함께 잠깐 부부의 즐거움을 펴는 것이 어떠한가?"

말을 마치고는 일부러 미미하게 웃으며 긴 팔을 내어 소저를 붙들어 관계를 맺으려 했다. 소저가 이러한 광경은 뜻밖이었고 창기들이 좌우에 담 싸듯 둘러섰는데 생의 행동이 자못 놀라웠다. 그래서 분노한 눈이 관(冠)을 가리키고 가슴이 뛰놀아 급히 손을 떨치고 일어서니 생이 손을 놓아 버리고 크게 꾸짖었다.

14) 상직(上直): 집 안에 살면서 시중을 듦.

"내게는 다른 자식도 없으니 모의해 누구를 죽일 것이며 그대에게는 국구(國舅)의 세력도 없는데 나를 어떻게 해치는지 볼 것이다."

말을 마치고는 여자들을 이끌고 외당으로 나갔다. 소저가 크게 한스러워하고 분해 기운이 막혀 문득 혼절해 거꾸러졌다. 그리고 붉은 피가 솟아 옷을 적셨다. 이에 좌우의 시비들이 크게 놀라 급히 생에게 고하니 생이 놀라서 급히 들어와 보고 매우 놀랐다. 그리고 자신의 행동을 뉘우쳐 소저를 바삐 붙들어 편히 눕히고 약을 썼다.

소저가 한나절 후에 겨우 정신을 차리고 눈을 들어 생의 이와 같은 모습을 보고는 놀라고 부끄러우며 분노해 벽을 향해 누워서 길이 한숨 쉬었다. 한 소리 탄식에 눈물이 베개를 적시니 생이 매우 근심해 여느 말을 안 하고 이곳에 있었다.

소저가 이후로 병이 들어 침상에서 위독하니 생이 매우 놀라고 겁이 나서 넋이 몸에 붙어 있지 않은 것 같았다. 창녀들을 다 물리치고 이곳에 머물러 있으며 말했다.

"내 어찌 진심으로 여자들에게 정을 두었겠소? 그대의 뜻을 보려 했던 것이오. 그대가 온순한 줄을 다 알았으니 원컨대 한스러워하지 말고 꽃다운 몸을 조리해 보전하오."

소저가 분노를 머금어 대답하지 않고 끝까지 낯을 열어 생을 보지 않았다. 미음이 거슬려 토하니 생이 초조했으나 자기가 일부러 이 병이 생기게 했으므로 태부 등에게 기별도 하지 않았다.

삼사 일 후에 상서가 이르러 누이를 볼 적에 누이가 병든 것을 보고 매우 놀라 나아가 누이의 손을 잡고 머리를 짚으며 말했다.

"누이가 청춘에 무슨 병이 이토록 깊은 것이냐? 이는 인석[15]의 미

15) 인석: 최백만의 자(字).

인들을 꺼려해서 난 것이 아니더냐?"

소저가 탄식하고 눈물을 흘리며 말했다.

"저에게 어찌 그러한 마음이 있겠나이까? 자연히 생긴 병이 한 몸에 얽매여 살 방도를 바라지 못하게 되었습니다. 제가 조금도 투기하는 일이 없었는데 아버님이 이 집에 내치셨으니 어찌 서럽지 않겠나이까?"

상서가 위로해 말했다.

"누이의 뜻이 이러하니 어찌 아름답지 않으냐? 그러나 네 병이 이러하니 내 돌아가 아버님께 고할 것이다."

그리고 최생을 돌아보아 말했다.

"인석이 지금 청루(靑樓)[16]의 주인이 되어 있으나 옛정을 돌아보아 이곳에 머무르며 누이의 병을 구완하는 것이 어떠한가?"

생이 이에 웃음을 머금었다.

상서가 돌아가 왕에게 누이의 병이 깊은 것과 최생의 행동에 소저가 조금도 내색하지 않고 온순한 것을 두루 고했다.

이에 왕이 놀라고 근심해 즉시 수레를 밀어 최씨 집안으로 갔다. 상서 형제가 모두 왕의 뒤를 따라 들어가니 소저가 바삐 몸을 움직여 왕의 용포(龍袍)를 붙들고는 말을 못 했다. 왕이 그 병이 깊은 것을 염려했으나 소저가 슬퍼하는 것을 기뻐하지 않아 천천히 말했다.

"네가 어디가 불편한 것이냐?"

소저가 눈물을 흘리며 대답했다.

"소녀가 온갖 고초를 두루 겪으며 지내던 몸이 이제 편안해져서 병이 난 것입니다. 이는 늘 있는 일이니 근심하실 일이 아닙니다."

---

16) 청루(靑樓): 창기나 창녀들이 있는 집.

왕이 이에 맥을 보아 약을 처방하고 위로해 말했다.

"너의 투기가 깊어 집안의 명성을 자못 추락시켰다. 그래서 내 너의 얼굴을 보는 것이 부끄러워 내 집 안에 두지 않았던 것이다. 그런데 네가 이제 뉘우침이 있다 하니 오늘 너를 데려갈 것이다. 그러니 너는 갈수록 온순한 데 힘써 남편에게 죄를 얻지 마라."

말이 끝나지 않아서 최생이 왕의 말을 막으며 말했다.

"형인(荊人)이 병이 깊으니 어찌 움직이겠나이까? 나아가는 상황을 보아 제가 함께 왕부에 가겠나이다."

왕이 고개를 끄덕이니 소저가 초조해 정색하고 말했다.

"소녀의 병은 마음이 평안한 것이 적어서 난 것이니 집의 모든 형제와 소일하면 약 없이도 나을 것입니다."

왕이 응낙하고는 이윽히 있다가 돌아갔다. 상서 등이 떨어져 있다 행렬을 차려 누이를 데려가려 하자 최생이 큰 몸짓으로 가로막으며 말했다.

"장모가 나를 남창의 걸인이라 하셨으니 내 다시 초월당의 손이 되지 못할 것이요, 그대의 누이가 예전처럼 나를 피할 것이니 피차 체면을 차리는 것은 글렀습니다. 내 실로 형포(荊布)[17]에게 인사를 가르쳐 개과시키려 하니 형들네가 아무리 위엄이 있어도 내 처를 못 데려갈 것입니다."

상서가 말했다.

"인석은 과연 의심 많은 남자로다. 누이가 한때 예법을 잃은 일이 있다 한들 매양 그러하겠는가?"

17) 형포(荊布): 가시나무 비녀와 베치마라는 뜻으로 아내를 이름. 형차포군(荊釵布裙). 중국 한(漢)나라 때 은사인 양홍(梁鴻)의 아내 맹광(孟光)이 남편의 뜻을 받들어 이처럼 검소하게 착용한 데서 유래함.

태부가 웃으며 말했다.

"네 행동을 보아서는 임사(姙姒)[18]와 같은 도량을 지녔어도 참지 못할 것이다. 그런데 누이가 완연히 예전 모습과 같으니 누이의 기특함을 이에 더욱 깨닫겠구나."

최생이 미소하고 말했다.

"형은 아름답지 않은 누이를 돋우지 마소서. 장인어른의 가르침을 거역하지 못해 겉으로 잠깐 참고 있으나 실로 분노가 마음에 가득해 병이 난 줄 제가 잘 알고 있습니다. 임사(姙姒)가 지금까지 전해 내려온 것은 그와 같은 사람이 없었기 때문입니다."

태부가 정색하고 말했다.

"누이가 네게는 정실인데 정실을 방 안에 두고 방 밖에서 음란하게 즐기니 어찌 더럽고 괘씸한 일이 아닌가? 내 만일 여자라면 어찌 그런 남자를 가만히 두었겠느냐?"

최생이 크게 웃고 말했다.

"형은 남자 가운데 투기가 심한 사람입니다. 제가 설사 어리석다 해도 장인어른의 큰 은혜를 잊고 도리에 어긋난 일을 하겠습니까? 늘 형들이 영매(令妹)를 기리고 저를 하도 나무라니 제가 이를 매양 마음속으로 길이 한스러워했습니다. 아내가 작은 계교로 저를 떠보고는 세력 있는 오빠들을 청해 저를 잘라 없애려 하고, 이제 제가 한때 창녀와 노는 것을 두어 달 목도하다 참다 못해 간장이 다 스러져 피를 토하고 병들었으니 어찌 가소롭지 않습니까? 원래 영자당(令慈堂) 소후께서 낳으셨다면 저러하지 않았을 것이니, 아마도 길가에서 떠돌아다녀 행실이 높지 못하고 그 어머니의 불량한 성품을 이어받

---

18) 임사(姙姒): 중국 고대 주(周)나라 문왕(文王)의 어머니 태임(太姙)과, 문왕의 아내이자 무왕(武王)의 어머니인 태사(太姒)를 아울러 이르는 말로 이들은 현모양처로 유명함.

아 그런 것이니 어찌 애달프지 않습니까? 제가 본디 미천한 몸으로 대왕과 형들의 지우(知遇)를 입고 그 은혜가 두터운 것은 세월이 갈수록 더합니다. 그 천륜의 지극함과 우애가 세상에 드무니 영매가 형들만 못해도 저는 영매를 저버리지 않을 것이나 시원한 마음은 없습니다. 제가 비록 불초하나 장인어른이 저를 예의로 생각해 주시는 마음을 받들어 사리(事理)를 알고 있으니 전날의 행동이 어찌 저의 본심에서 나온 것이겠습니까? 다만 영매의 마음을 알려고 해서였는데 지금은 밝게 알았습니다. 이후에 꾹 참고 영매를 데리고 사는 것은 살겠으나 사람의 위인이 저러한데 다른 시집에 들어갔더라면 몸을 어찌 보전할 수 있었겠습니까? 마침 이 걸인, 마음속에 주관이 없는 최인석 만난 것을 유복하게 생각해야 할 것입니다. 그런데 영매는 인석이 과분한 줄 몰라 또한 불행해하니 과연 자식을 쓰려고 한다면 그 어머니를 가리는 것이 옳을 것입니다."

말을 마치자 눈에 웃음이 미미하고 옥 같은 얼굴이 붉으락푸르락 기뻐하지 않는 기색이 낯 위에 가득했다. 소저가 크게 부끄러워 고개를 숙이고 낯빛에 기운이 없었다. 이씨 집안의 두 사람이 이 말을 듣자 최생 같은 소탈한 위인이 사정을 분명하게 아는 것에 탄복하고 소저의 단점을 경솔히 드러낸 것이 애달파 태부가 이에 정색하고 말했다.

"인석을 정대한 장부로 알았더니 간사함이 이와 같은가? 당초에 누이가 나를 청해 너의 괴이한 행동을 보도록 한 것은 투기하는 마음에서 나온 것이 아니었다. 당당한 사문(斯文)의 체면이 무너진 것을 한심하게 여겨 내 잠깐 너를 다스렸는데 네가 지금까지 그것을 마음에 두어 말을 하고 있구나. 그러나 이는 누이의 본심이 투기에서 나온 것이 아니니 매양 고집을 부리는 것이 옳지 않다. 만 권의 경서를 읽은 남자도 총애를 샘내 임금께 아첨하고 동료를 해치는데 하물며 여자의 좁은 도량으로 그 남편을 우러러보는 마음에서랴? 너의 두세 달 행동을 보면 정실을 방에 두고 창기들을 양 옆구리에 끼고 즐기니 아녀자가 하루이틀 그런 광경을 대하는 것도 참으로 어렵다. 그런데 누이는 고결하고 맑은 마음을 지녀 한 번도 좋지 않은 말을 하지 않았으니 그 마음이 아름답거늘 네 어찌 도리어 억탁(臆度)[19]해 누이를 괴롭히고 모욕하는 것이냐? 하물며 하늘에도 급한 비바람이 있으니 누이는 세상의 온갖 고난을 두루 겪고 구사일생한 몸이다. 액운이 참혹해 온갖 슬프고 원망스러운 일을 겪지 않은 것이 없어 그 병이 많을 줄을 그대가 또한 알 것이다. 그런데 두 달 만에 병이 난 것을 허물로 삼아 하나하나 따지며 죄를 묻는 것은 자못 정도(正道)가 아니다. 인사상 자식을 대해 그 어버이의 허물을 이르지 않는 것은 떳떳한 도리다. 또 자당(慈堂)의 너그러우신 은택이 고금에 따를 사람이 없으시며 네 또한 자당에게 반자(半子)의 도리[20]가 있거늘 어찌 무례한 말로 자당을 네 마음대로 시비하는 것이냐? 우리가 전날 그대를 자못 잘못 알았으니 이후에 그대와 말을 하는 것이 부끄럽겠구나."

최생이 이에 미미히 웃으며 말했다.

"형의 말씀이 일단 동기를 위한 마음이라 제가 흠으로 삼지 못하겠으나 저의 운수가 기괴한 것을 한스러워합니다. 예전에 영매(令妹)가 저와 혼인 이야기가 있을 적에 장모가 화가 나 소리를 엄정히 해 크게 꾸짖으며 저를 욕하셨다 하니 제가 또 이것이 두렵습니다. 장

19) 억탁(臆度): 이치나 조건에 맞지 아니하게 생각함.

20) 반자(半子)의 도리: 사위로서의 도리. 반자는 아들이나 다름없이 여긴다는 뜻으로, '사위'를 이르는 말.

모가 과연 어진 은택이 있으시다면 저에게 말씀을 그렇게 하셨겠습니까? 제가 비록 가난하고 한미하나 그릇을 들고 빌어먹은 일이 없는데 장모가 영매를 생각하셨다면 그토록 말씀하신 것이 옳으며 사위가 비록 자질(子姪)이라 해도 또 외인인데 말씀을 가리지 않으시는 것이 옳은 일이겠습니까? 제가 본디 용렬해 남을 욕하고 꾸짖지 못하니 더욱이 장모 말씀을 조롱하겠나이까? 영매는 다만 저희 집에 편히 앉아 있는 것이 옳습니다. 영매를 보내려 해도 제 이름이 영매가 가진 상자 속에 머물러 있고 영매와 삼 년을 함께 있었습니다. 영매의 사생이 제 손에 있으니 제가 어찌 영매를 놓아 보낼 수 있겠습니까? 형들은 장모가 저를 욕하실 때 보지 못해서 이렇게 하지만 형은 스스로 헤아려 보십시오. 제가 어찌 잘 참을 수 있겠습니까? 영매가 필연 그 어머니의 가르침 때문에 행실이 아름답지 않을 것이니 형 등은 영매를 돋우지 마십시오."

말을 마치고는 분연히 부채로 책상을 치니 눈의 찬 빛이 사방에 쏘였다.

상서가 기운이 엄숙해 누이를 대해 위로하고 최생의 말을 들었으나 못 들은 척하며 태부가 또한 말을 그치고 이곳에 있으면서 약을 다스렸다. 소저가 조용히 흘린 눈물이 옷 앞에 젖었는데 소리를 삼키며 눈물을 그치지 않고 흘렸다. 이에 상서가 위로해 말했다.

"우리가 불초해 너의 병이 이 지경에 이르렀으니 너는 슬퍼하지 마라. 미워하는 사람을 믿을 것이 아니니 너는 평안히 조리해 문안을 어서 하도록 하라."

소저가 절하고 사례했다.

이때 낭문이 중서성에 입번(入番)[21]했다 이날에야 집으로 나왔다가 누이의 병이 깊다는 말을 듣고 이에 이르러 소저를 보고 최생에게 말했다.

"누이의 증세가 어떠한가?"

최생이 웃으며 말했다.

"증세가 참으로 깊네."

사인이 놀라서 말했다.

"어찌해 그리 중한고?"

저작이 말했다.

"으뜸은 투기가 심해 심려를 하도 써서 오장이 삭아서요, 둘째는 나와 함께 오랫동안 단잠을 못 잔 것을 우려해서 그런 것이라네."

이렇게 말하고서 박장대소하니 사인이 분노해 말했다.

"네 어찌 내 누이를 그런 더러운 데에 비기는 것이냐?"

저작이 또 웃으며 말했다.

"네 어찌 나에게 무례하고 거만한 것이냐? 내가 너보다 두 살 많지 않으냐?"

낭문이 미소하고 말했다.

"그 나이나 조금 적은 나이나 다르냐? 그리고 내 누이가 내게 시간적으로 아우니 너도 내게 아우다. 그러니 그리 공경하는 것이 쉽겠느냐? 네 이제 아버님의 큰 은혜를 잊고 근래에 행동거지가 도리에 어긋났다가 도리어 죄 없는 누이를 괴롭히는 것이냐? 내 마땅히 누이를 데려다가 의약으로 구호할 것이다."

저작이 미미히 웃으며 말했다.

"영매의 병에는 약도 거짓 것이다. 내 밤낮으로 곁에 있으면 그 원망하는 마음이 풀어져 병이 나을 것이다."

21) 입번(入番): 관아에 들어가 차례로 숙직함.

상서가 바야흐로 정색하고 말했다.

"인석이 어찌 이토록 사리에 어둡고 사나운가? 누이가 불초하나 너의 도리상 이런 더러운 말로 꾸짖는 것이 옳으냐? 우리가 귀를 씻으려 해도 영수(潁水)[22]가 먼 것을 한스러워한다."

최생이 실언했음을 일컫고 미미히 웃을 뿐이었다.

날이 저물자 사람들이 돌아가며 소저에게 재삼 마음을 놓아 조리할 것을 일렀다.

소저가 명령에 응한다고는 했다. 그러나 속으로 한 점 맑은 마음과 한 조각 효성을 가지고 접때 최생이 자신에게 길게 죄를 묻는 것을 듣고서 놀라 정신없이 행동한 것을 뉘우치고 남편에게 추하게 여겨진 것을 애달파했다. 그러자 짧은 시간에 투기는 뜬구름처럼 스러지고 부끄러운 마음이 샘솟았으니 다시 낯을 들어 최생을 볼 마음이 없어 이불로 낯을 싸고 누워서 대단히 슬퍼했다. 그러다가 또 기운이 올라와 갑자기 정신을 잃으니 생이 놀라서 급히 소저를 붙들어 구호했다. 한참 지난 후에 소저가 겨우 정신을 차려 목 놓아 통곡해 슬퍼하며 피를 토하고는 또 정신이 혼미해졌다. 생이 안타깝게 여겨 소저를 주물러 깨워 또 꾸짖었다.

"스스로 반드시 죽으려 마음먹었어도 그대 집에서 가서 하고 내 집에서는 이런 괴이한 생각을 그치라. 사람이 투기를 이기지 못해 부모가 주신 몸을 가볍게 여기니 차라리 그대 모친이나 닮을 것이 아닌가? 그대 모친은 도리어 기를 써서 적국(敵國)을 해쳤거늘 그대는 죽으려고 서두르니 못한 조 부인이로다."

소저가 이 말을 듣고 더욱 서러움으로 가슴이 막혀 깊이 슬퍼할

22) 영수(潁水): 중국 고대의 허유(許由)가 요임금으로부터 구주(九州)의 장(長)으로 삼겠다는 말을 듣고 귀를 씻은 강의 이름.

따름이니 그 슬퍼하는 듯한 자태가 더욱 빼어났다. 최생이 본디 풍류랑으로서 소저에 대한 사랑이 태산 같은데 소저의 이러한 모습을 보고 더욱 마음이 흐뭇해 소저의 손을 잡고 웃으며 말했다.

"참으로 애달프구나. 바탕이 이처럼 생기고서 그 심지 불량한 것은 여후(呂后)[23]와 같은가?"

소저가 이에 최생의 손을 급히 뿌리치고 돌아누워 대답하지 않았다.

새벽에 상서와 태부, 한림, 사인이 잇달아 이르러 문병하고 예부 등 여섯 명과 어사 등이 일제히 이르러 소저를 보고서 그 병세가 위독함을 보고는 놀라고 의아해 예부가 말했다.

"현보[24]가 전하는 말을 듣고 누이가 병든 것은 알았으나 무슨 증세가 이토록 중한 것이냐?"

저작이 잠시 웃고 말했다.

"투기를 이기지 못해 병이 깊은 것이니 무슨 증세이겠습니까?"

예부가 웃으며 대답하지 않고 몸을 소저에게 돌려 말했다.

"누이가 숙부와 숙모의 일을 보지 않았느냐? 사족의 부녀 중에 투기하는 사람은 누이 한 사람뿐이다."

소저가 억지로 참고 말했다.

"오라버니는 미친 말을 곧이듣지 마소서. 제가 우연히 오래된 병이 재발한 것인데 말로 삼기 좋게 되었나이다."

예부가 말했다.

---

23) 여후(呂后): 중국 전한(前漢)의 시조인 고조(高祖) 유방(劉邦)의 황후. 유방이 죽은 뒤 자신의 소생인 혜제(惠帝)가 즉위하자 실권을 잡고 여씨 일족을 고위직에 등용시켜 여씨 정권을 수립하고, 유방의 총비(寵妃)인 척부인(戚夫人)의 아들 유여의(劉如意)를 독살하고 척부인은 수족을 잘라 변소에 가둠.

24) 현보: 이몽창의 첫째아들 이성문의 자(字).

"원래 그런 것이었구나. 네가 투기한다는 말을 내 처음에 괴이하게 여겼단다."

최생이 웃고 말했다.

"아무리 그래도 스스로 투기한다고 하겠습니까? 저는 미쳤거니와 어느 곳에 미친 사람이 한 명 또 있습니다."

어사 원문이 말했다.

"어디에 미친 사람이 있단 말인가?"

백만이 한림을 가리키며 말했다.

"부모를 알지 못하고 예법이 아닌 수단으로 여색만 취하는 것이 미친 것이 아닙니까?"

말이 끝나자 백문이 대로해 한 쌍 눈을 뚜렷이 뜨고 최생을 욕하려 했다. 태부 경문이 눈을 들어서 백문을 보자 눈에 찬 빛이 백문의 눈동자를 이겼다. 한림이 실례한 줄을 깨달아 눈길을 낮추고 잠자코 있으니 사람들이 눈 주어 웃음을 머금었다.

이윽고 공무를 보기 위해 사람들이 다 흩어졌다. 소저가 친정으로 어서 갈 생각을 하고서 음식을 내오게 하고 마음을 억지로 다잡았다. 며칠 뒤에 적이 기운이 나아지자 오빠들을 보채며 집에 가자 하니 사람들이 소저를 데려가려 했다. 그러자 최생이 고집을 부려 허락하지 않으니 소저가 더욱 최생을 원수로 치부했다. 그래서 오빠들이 오면 일어나 앉아 담소하다가도 그들이 돌아가면 이불로 낯을 싸고 종일토록 누워서 최생의 얼굴을 보지 않고 말에도 대답하지 않았다. 생이 이에 초조해 꾸짖기를 마지않았다.

하루는 생이 동궁에 갔다가 어두워서야 돌아왔다. 방 안에 등불이 희미한데 소저가 일어나 앉아 저녁밥을 먹다가 생을 보고는 급히 젓가락을 버리고 얼굴을 감췄다. 생이 어이가 없어 관대(冠帶)와 사모

(紗帽)를 벗고 소저 곁에 나아가 물었다.

"오늘은 병세가 어떠하오?"

소저가 대답하지 않으니 생이 꾸짖어 말했다.

"그대의 투기가 심해 나를 어리석은 사나이 농락하듯 하려 하니 이 무슨 도리요? 내 마땅히 그대를 내치고 아름다운 미인을 쌍쌍이 얻을 것이오."

소저가 또한 대답하지 않으니 생이 크게 노해 소저를 핍박해 대답을 재촉했다. 소저가 길이 오열하다가 한참 뒤에 답했다.

"첩이 한미하고 천하며 비루하고 경박하다면 군자가 더럽게 여기는 것이 옳습니다. 그런데 군(君)은 눈으로 경서를 보고서 남의 자녀를 대해 그 어미의 죄를 헤아리며 죄를 물었습니다. 첩의 어머니에게 비록 잘못이 있으나 군이 간섭할 바가 아니요, 첩이 비록 불초하나 그 자식이라 진실로 군을 다시 보는 것이 참으로 부끄럽습니다. 그러므로 물러가 부모를 모시려 하는 것이니 군은 각별 아름다운 부인을 가려 오로지 함께 지내고, 첩이 어머니와 함께 남은 인생을 마치도록 허락해 주소서."

말을 마치자 소리를 머금어 울기를 마지않았다. 생이 다 듣고는 소저가 어버이 생각하는 마음을 측은하게 여기고 자기가 경솔히 말한 것을 뉘우쳤다. 한참을 생각하다가 정색하고 화를 내 말했다.

"여자가 교활한 것이 이와 같구려. 투기가 지극해 일부러 이런 말을 해 나를 거절하는 것이오? 세상의 불초한 사위들이 그 처부모를 무엇이라 여기겠소? 내가 장모의 없는 허물을 꾸며서 말한 것이 아니니 있는 허물을 내 어찌 못 이르겠소?"

소저가 눈물을 뿌리며 정색하고 말했다.

"어머니의 허물이 실로 그러하시고 첩이 아름답지 않아 존문(尊

門)을 욕먹일 것이니 군(君)은 어서 남교(藍橋)[25]의 숙녀를 맞으시고 첩을 마음에 두지 마소서. 대장부가 차마 투기하는 여자를 어찌 잠시나마 두겠나이까? 바로 지금 첩을 영영 내쫓는 것이 옳으니 군은 지체하지 마소서. 첩 같은 흉악한 여자를 사사로운 정에 얽매여 집에 머무르게 하는 것은 참으로 용렬합니다. 첩의 죄가 이미 칠거(七去)[26]를 범했고 자식이 없으니 유자식불거(有子息不去)[27]를 이를 것이 없습니다. 무엇에 구애해 첩을 집에 두었다가 존문의 조종(祖宗)을 뒤엎게 하려 하나이까? 어려울 때 함께 한 아내는 집에서 내보내지 않는다고 했으나 첩이 그대와 술지게미를 먹는 고초를 겪은 일이 없으니 첩을 내치는 것이 법에 맞습니다. 그러니 군은 어서 투기하는 아내를 내치고 숙녀를 맞이해 일생을 즐겁게 사소서."

최생이 소저의 옥 같은 목소리가 도도해 자기가 할 말이 없게 조롱하는 것을 보니 무료하고 뉘우쳐 미소하고는 소저의 손을 잡아 원앙 베개에 비겨 소저를 희롱하며 웃었다. 이에 소저가 놀라고 끔찍해 모진 뱀을 만난 듯해 생을 굳이 막았으나 저 장부의 산악 같은 힘을 당하겠는가. 다만 슬피 오열하며 흘리는 눈물이 비단적삼을 적시니 생이 분노해 말했다.

"그대가 이처럼 복 없이 구니 나에게 죽으라 하는 것이오?"

소저가 탄식하고 말했다.

"첩이 어찌 그러한 마음이 있겠나이까? 첩의 죄가 참으로 깊어 군이 너그러운 은전을 드리우셔도 부끄러움이 더합니다. 원하건대 군

---

25) 남교(藍橋): 중국 섬서성(陝西省) 남전현(藍田縣) 동남쪽에 있는 땅. 배항(裴航)이 남교역(藍橋驛)을 지나다가 선녀 운영(雲英)을 만나 아내로 맞고 뒤에 둘이 함께 신선이 됨.

26) 칠거(七去): 예전에, 아내를 내쫓을 수 있는 이유가 되었던 일곱 가지 허물. 시부모에게 불손함, 자식이 없음, 행실이 음탕함, 투기함, 몹쓸 병을 지님, 말이 지나치게 많음, 도둑질을 함 따위.

27) 유자식불거(有子息不去): 자식이 있으면 아내를 내쫓지 않음.

은 첩을 수삼 년 심당(深堂)에 가둬 첩이 잘못을 뉘우치기를 기다리소서.”

생이 웃으며 말했다.

“그대가 이렇게 이르지 않아도 가두려 했으니 그대는 잠자코 있으시오.”

그러고서 바람을 일으켜 불을 끄고 함께 이불 속으로 나아가니 지극한 은정이 옅지 않았으나 소저는 한스러워하고 서먹하게 여겨 헤아리기를,

‘이 사람이 나를 더럽게 여기고 있으나 한때의 춘정(春情)으로 이렇게 하는 것이다.’

라고 하며 밤이 새도록 한숨을 안 자고 슬퍼했다.

이후에 생이 비록 기쁜 빛을 보였으나 소저는 갈수록 생을 외대(外待)[28]해 생이 말을 물으면 머뭇거리고 진중해 냉랭한 빛으로 묵묵히 있으니 이전에 서로 교칠같이 사랑하던 마음이 찬 재와 같이 되었다. 생이 또한 즐거운 빛을 보이는 중에 엄정함을 겸해 소저가 스스로 온순해지도록 했다. 시간이 지나자 소저가 병이 나았고 투기에서 벗어나 바야흐로 장부가 어렵고 부끄러워할 존재임을 깨달으니 부부의 은정이 꿈만 같았다. 비록 생의 굳센 힘에 핍박당해 자주 관계 맺는 것을 면치 못했으나 기색이 눈 위에 얼음이 더한 것 같아 한마디 외에는 생과 말을 통하지 않아 공경하고 서먹함이 날로 더하니 도리어 기특한 부인이 되었다.

태부 형제가 자주 이르러 소저의 그러한 모습을 살피고 비록 시비하지는 않았으나 그윽이 최생이 부드러운 가운데 굳센 것이 있어 그

---

28) 외대(外待): 정성을 들이지 않고 아무렇게나 대접을 함.

누이의 큰 투기를 꺾은 것을 다행으로 여겼다. 그런데 원래 소저의 투기가 여후(呂后)의 앞이 아니었으나 마침 그 아버지의 엄함을 두려워해 적이 참은 것이 투기하는 본성을 잃게 했으니 최생의 계교가 아니었으면 그렇게 쉽게 없어지지 않았을 것이다.

상서 등이 누이가 병에서 회복한 것을 속으로 기뻐해 최생에게 간절히 청해 소저를 데리고 집으로 돌아갔다. 이에 소후와 조 부인이 반김을 이기지 못하고 소후가 그 잘못 뉘우친 것을 기뻐했다.

최생이 비록 소저와 화락했으나 조 부인에게는 들어가 보지 않았다. 상서 등이 옳지 않다고 이르면 저작이 머리를 흔들며 말했다.

"제가 영매를 너그러이 용서한 것은 가친의 책망을 두려워하고 장인어른의 지우(知遇)를 고려해서지만 영당이 저를 개와 말만큼도 여기지 않으시니 제가 무슨 낯으로 들어가 배알하겠습니까?"

사람들이 또한 조 부인의 실언이 마땅치 않다고 여겼으므로 최생을 그르다고 못 했다.

이때 백문이 노 씨를 얻자 노 씨에게 푹 빠져 그 곁을 잠시 떠나는 것을 삼추(三秋)같이 여기고 화 씨에게는 들이밀어 안부를 묻지도 않았다. 왕과 소후는 시종 백문과 말을 섞지 않고 형제들은 백문이 도리에 어긋난 일을 한다고 여길지언정 그것이 또 운수인 줄 알아 끝까지 입을 열어 시비하지 않았다. 이에 생이 더욱 방자해 겨울과 봄 내내 머리를 채란각에서 내밀지 않으니 옥 같은 외모와 버들 같은 풍채가 많이 쇠해졌다.

이에 두 형이 크게 근심해 하루는 부친에게 고했다.

"셋째아우의 도리에 어긋난 행동이 근래에 더욱 심하니 만일 아버님이 이르시지 않는다면 더 심해질 것입니다. 엎드려 바라니, 아버님은 백문이가 전날에 지은 죄를 용서해 주시고 새로 경계하시는 것이 어떠합니까?"

왕이 분노해 말했다.

"내 어찌 그런 패륜의 자식에게 무익한 말을 일러 내 입이 욕되게 하겠느냐? 내 따로 처치가 있을 것이니 너희는 입을 다물고 있으라. 그래도 내 말로 일러 백문이를 서당에서 너희과 함께 있도록 하고 만일 말을 듣지 않으면 너희가 백문이를 다스려 잘 대우해 주지 마라."

두 사람이 명령을 받고 물러나 한림을 불렀다. 한림이 바야흐로 노 씨 침소에서 원앙이 날개를 접해 있는 듯이 즐기다가 마지못해 일어나 나왔다. 이에 상서가 정색하고 말했다.

"셋째아우가 근래에 무슨 사람이 된 것이냐? 부모님이 다 너를 용납하지 않으셨는데 네 즐기는 것이 봄바람 같으니 그 마음이 어디에 있는 것이냐?"

한림이 문득 평온한 모습으로 대답했다.

"저인들 장차 어찌할 수 있겠나이까? 부모님이 저를 까닭 없이 미워하시니 제가 애걸해도 화를 푸실 길이 없고 빌어도 제 말을 듣지 않으실 것이니 한갓 부모님이 용납하지 않으신다 해 밤낮으로 울고만 있어야 하겠나이까? 하물며 제가 음악을 베풀어 즐기지 않고 아내 방에서 잠이나 편히 자는데 이것이 또 죄가 됩니까?"

두 사람이 어이없어 하고 상서가 말했다.

"네 말이 참으로 옳으니 내 하려 하던 말이 다 줄어들거니와, 너의 낯빛이 요사이 매우 쇠해졌으니 이는 네가 너무 호색했기 때문이다. 아버님이 이를 우려하셔서 너를 우리와 함께 있으라 하셨으니 네 어찌하겠느냐?"

한림이 즐거운 낯빛으로 대답했다.

"엄친이 가르침을 주시고 형님이 명령하시니 감히 거역하겠나이까? 명대로 하겠습니다."

상서 등 두 사람은 백문이 자신들의 말을 안 들을까 여기다가 이 말을 듣고는 매우 기뻐하고 괴이하게 여겼다.

이후에 형제 세 명이 밤낮을 한 군데 있으면서 서로 사이좋은 정이 지극했다. 한림이 비록 외입했으나 한 조각 인정이 있어 10여 일을 조용히 서당에 있으니 왕이 잠깐 기뻐해 이후에는 생을 보면 낯빛을 바꾸는 기색이 없었다. 이에 한림이 기뻐하고 다행으로 여겨 20여 일까지 잘 참아 노 씨 방에 들어가지 않았다.

그런데 날이 오래되자, 노 씨의 아름다운 자태가 눈에 삼삼해서 참지 못하고 어느 날 밤에 채란당에 갔다.

노 씨는 이때 생이 오래 오지 않는 것을 의심해 심복 시비 홍연을 시켜 기미를 살피도록 했다. 바야흐로 왕의 경계 때문에 생이 서당에 있는 줄 알고 기뻐하며 말했다.

"화 씨를 모해할 계교가 여기에 있다."

이렇게 말하고 생이 들어오기를 기다렸다.

이날 생이 들어와 노 씨를 보니 노 씨의 절묘한 자태에 새로이 눈이 부셨다. 사랑하는 마음이 샘솟아 나아가 노 씨의 손을 잡고 기쁜 빛이 얼굴에 가득한 채 다만 일렀다.

"생이 오랫동안 형제와 서로 따르면서 밤을 지내 오래 그대를 찾지 못했으니 필시 괴이하게 여겼으리라."

노 씨가 즐거운 낯빛을 하고 말했다.

"첩이 어찌 군이 형제들과 즐기시는 것을 괴이하게 여겼겠습니까? 전날에 너무 이 당에 계신 것을 괴이하게 여겼나이다."

생이 그 말에 더욱 마음으로 복종해 술을 가져오라 해 두어 잔을 기울이고 몸이 늘어졌다.

이때 노 씨가 몸을 일으켜 휘장 밖으로 나가니 홍연이 가만히 일렀다.

"정당 존후와 대왕께서 실로 괴이하십니다."

노 씨가 물었다.

"무엇이 괴이하시던고?"

홍연이 말했다.

"제가 아까 정당 궁녀의 말을 들으니 어느 날 화 소저가 대왕 면전에서 비처럼 눈물을 흘리면서 상공이 자기를 박대하며 노 씨에게 푹 빠져 행동이 그릇되었을 뿐만 아니라 노 씨가 부자 사이를 다 이간하니 그곳에 오래 두면 사람이 못될 것이라며 처치해 달라 했답니다. 대왕이 그 말을 좇으셔서 상공을 외당으로 보내셨다 하니 어찌 괴이하지 않나이까?"

노 씨가 놀라 탄식하다가 웃으며 말했다.

"다른 말로는 나를 잡을 수 있을 것이나 이 말은 애매하구나. 내가 어찌 상공의 부자 사이를 이간하겠느냐? 이는 상공이 함께 아는 사실이다."

홍연이 말했다.

"제가 또 들으니 대왕과 부인께서 소저와 상공을 대해 기쁜 낯빛을 보이려 하시다가도 화 소저가 참소해, 낯빛을 허락하면 상공이 외입하기 더 쉬울 것이라고 자주 고하므로 매양 상공에게 엄숙하시다고 합니다."

이에 노 씨가 말리며 말했다.

"상공이 혹 깨어서 이 말을 들으면 좋지 않다. 화 씨는 비록 어리석으나 나의 옛 주인이니 너와 함께 화 씨의 허물을 이르는 것이 옳지 않다. 그러니 너는 이후에 이런 말을 들어도 입을 다물고 말을 하지 마라."

홍연이 사례하고 물러나니 생이 이미 다 듣고 크게 괘씸하게 여겨 생각했다.

'원래 아버님이 나를 갑자기 서당에 있으라 하신 것이 화 씨의 참소 때문이었구나. 이런 요망한 여자를 내 마땅히 없애 버릴 것이니 남자가 어찌 여자의 제어를 받고 한 때인들 살 수 있겠는가?'

이렇게 헤아리고는 노 씨의 어진 행동에 마음으로 복종하고 자기가 이 말을 들은 체하면 노 씨의 마음이 불편해할 줄 알고 자는 체하고 있었다.

이윽고 노 씨가 들어와 자리에 누우니 생이 짐짓 기지개를 켜고 깨어 노 씨를 이끌어 이불을 함께해 사랑하고 아끼는 정이 미칠 듯했다. 노 씨가 일찍이 흥문과 혹 동침할 때가 있었으나 어찌 이런 은애(恩愛)를 보았겠는가. 이에 기뻐 날뛰며 생의 정을 낚으면서 생의 뜻에 맞추니 생의 음탕한 마음이 끝이 없었다. 이에 노 씨가 혜선의 은덕을 죽음으로써 갚을 마음이 있었다.

생이 이튿날 문안하고 돌아와 전처럼 노 씨를 끼고 있으면서 서당에 가지 않았다. 이때 상서는 이부(吏部)에 입직(入直)[29]하고 태부가 홀로 있다가 한림을 불러 말했다.

"대인께서 너를 우리와 함께 서당에 있으라 하셨는데 존명(尊命)이 다시 내리기 전에 네 거취를 마음대로 하는 것이 옳으냐?"

한림이 이에 문득 얼굴빛을 고치고 대답했다.

---

29) 입직(入直): 관아에 들어가 차례로 숙직함.

"형님은 정말 아버님을 속이지 마소서. 부친이나 형님이나 본마음으로 저에게 죽으라 하시면 제가 감수하겠으나 화 씨의 참소로 저를 괴롭게 하시는 데에는 죽어도 복종하지 않을 것입니다."

태부가 듣고 백문이 참소를 들은 줄 알고는 어이없어 일렀다.

"누가 화 씨가 아버님께 참소했다고 하더냐?"

한림이 말했다.

"제가 친히 들었으니 그 흑백을 알아 무엇 하시겠나이까?"

말을 마치고는 분한 기색으로 일어나 들어갔다.

태부가 어이없어 즉시 오운전에 들어가 부친에게 고했다.

"접때 엄명을 받들어 셋째아우를 타일러 한곳에 있었습니다. 그런데 며칠 전부터 백문이가 내당에 들고 나오지 않기에 불러서 물었는데 대답이 이와 같으니 마땅히 다스리는 것이 옳습니다. 그런데 그 행동거지가 저를 홍모(鴻毛)[30]처럼 여기니 제가 전날 아버님이 분명히 명령하신 바를 저버렸으므로 삼가 고합니다."

왕이 흔쾌히 말했다.

"백문이가 몰상식해 아비를 모르니 하물며 너희에게랴? 그 패악함이 이와 같으니 어찌 용서하겠느냐?"

드디어 시노(侍奴)에게 명령해 한림을 불러오라 했다. 이에 한림이 급히 이르러 명령을 받들었다. 왕이 좌우의 사람들을 꾸짖어 백문을 잡아 내려라 하고 합문(閤門)[31]을 닫고 태부에게 명령해 백문을 치라 했다. 태부가 명령을 듣고 난간 가에 앉아 죄를 고찰해 치며 하나하나 죄를 물었다.

"네 몸이 선비가 되어 행실이 보잘것없는 것은 내 수고롭게 이르

---

30) 홍모(鴻毛): 기러기털이라는 뜻으로 매우 가벼움을 이름.

31) 합문(閤門): 편전의 앞문.

지 않겠다. 내 비록 미세하나 너에게 장형(長兄)이요, 하물며 엄명을 받들어 너를 경계했거늘 네 나를 참으로 만만하고 가볍게 여겨 나의 경계를 홍모(鴻毛)같이 여겼으니 그 죄가 가볍지 않다. 한갓 사사로운 정 때문에 너를 다스리지 않을 수 있겠느냐?"

말을 마치고 30여 대를 쳐 끌어 내치게 했다. 미우에 가득한 노기(怒氣)와 찬 기운은 서릿바람이 눈을 날리며 가을 서리가 달 아래에 번뜩이는 듯했다. 준엄한 기운이 한 방을 움직이니 왕이 이를 매우 아름답게 여겨 기쁜 빛이 낯에 가득했다. 그러다가 다시 보니 태부가 기운을 나직이 하고 천천히 앞에 나아와 복명(復命)[32]하는 것이었다. 왕의 기쁨이 온 마음에 가득해 고개를 끄덕일 뿐이었다.

이때 한림이 매를 맞고 물러났으나 뉘우침은 북두(北斗) 같고 화씨를 미워하는 마음이 크게 생겨 겨우 다리를 끌고 채란각으로 들어갔다. 노 씨가 생의 모습을 보고 크게 놀라 바삐 나아가 손을 주무르며 눈물이 맺힌 채 말했다.

"낭군이 이 무슨 모습이란 말입니까? 이는 반드시 첩 때문에 생긴 일일 것입니다."

생이 더욱 노해 눈을 부릅뜨고 말했다.

"내 마땅히 요괴로운 여자를 만 조각을 내어 오늘 한을 풀 것이네. 화씨 집 요망한 여자가 온갖 수단으로 아버님께 참소해 나를 이 몸이 되게 했으니 저를 고이 두지 않을 것이야."

말을 마치자 침상에 늘어지며 혼절했다. 노 씨는 눈물을 푸른 바닷물같이 흘리며 친히 약을 갈아 생의 입에 흘려 넣었다. 한참이 지나 백문이 겨우 정신을 차리자 분연히 벽을 치고 이를 가니 노 씨가

---

32) 복명(復命): 명령을 받고 일을 처리한 사람이 그 결과를 보고함.

속으로 기쁨을 이기지 못해 거짓으로 울며 간했다.

“화 부인은 극히 어지니 어찌 대인께 참소해 군에게 죄를 얻어 주었겠나이까? 모름지기 괴이한 마음을 먹지 마시고 몸을 편안히 보전하소서.”

생이 탄식하고 말했다.

“그대를 생의 마음을 아는 아내라 여겼더니 어찌 생의 마음을 이처럼 모르는가? 화 씨가 원래 마음이 불량하고 말이 매섭고 독해 숙녀, 미인이 아니었으므로 내 처음부터 서먹해 부부의 정을 잇지 않은 것이었네. 그러다가 천행으로 그대를 만났으니 이는 곧 생이 원하던 얌전하고 착한 미인이었네. 천신만고 끝에 그대를 예로 맞아들여 흠 없이 즐길까 했더니 부모님이 고집스레 저 화 씨 여자를 편애하시고 우리 부부를 미워하시다가 근래에는 화 씨 여자의 참소를 들으시고 나를 이처럼 매우 치셨으니 어찌 놀랍지 않은가? 내 차라리 죽을지언정 삼 척의 날을 다듬어 저를 시험하려 하네.”

노 씨가 짐짓 놀라서 말했다.

“상공이 망령되십니다. 당당한 남자가 어찌 처자를 죽일 수 있겠습니까? 그런데 화 씨가 참소한 줄을 상공이 어찌 아시는 것입니까?”

생이 말했다.

“내가 자연히 들은 것이네.”

노 씨가 거짓으로 모르는 체하고 힐문했으나 생이 이르려 하지 않았다.

모든 형제가 생이 크게 도리를 잃은 것으로 여기고 생이 혹 잘못을 뉘우치기를 바랐으므로 생에게 와 들이밀어 보지 않았다.

노 씨가 정성을 다해 생을 극진히 구완하니 생이 10여 일 후에 병에서 회복했다. 그러나 핑계를 과연 얻었으므로 의대를 풀어 버리고 이불에 휘감겨 대낮을 헤아리지 않고 노 씨와 음란하게 지냈다.

홍연은 노 씨의 심복으로서 그러한 광경을 보고 그윽이 부러워하는 마음이 있었다. 노 씨가 큰일을 도모하려 하는데 훗날 때를 얻으면 홍연 한 명은 족히 썩은 풀 같을 것이었다. 또 홍연이 아직 영리하고 마음이 서로 잘 통하며 모든 눈을 잘 살폈으므로 홍연의 마음을 스쳐 알고 홍연을 기쁘게 하려 했다. 그래서 생에게 권해 홍연을 돌아보라 했다. 생이 노 씨의 어짊을 크게 기뻐해 홍연을 가까이하니 노 씨와 즐긴 여가에 홍연을 곁에 두어 깊은 정이 지극했다. 이처럼 부부 세 명의 더러움이 끝이 없었으나 누가 이 일을 알겠는가. 상서와 태부 등이 날마다 사람을 부려 물으면 매양 병이 나날이 더한다고 하는 것이었다.

한 달이 되자, 상서와 태부가 근심해 친히 이르러 문병했다. 태부가 전날 백문이 노 씨와 음란하게 군다는 말을 들었으므로 혹 그런 모습을 볼까 해 미리 통지하고 천천히 들어갔다. 상서 등이 예전에도 문병을 할 수 있었으나 노 씨 보기가 마음이 불편해 하지 않은 것이었다. 그래서 이날 더욱 기분이 안 좋아 각각 눈썹을 찡그리고 휘장을 들치니 노 씨가 옷깃을 여미고 용모를 가다듬어 일어나 맞이했다. 두 사람이 팔을 밀어 인사하고 한림을 보니 한림은 얼굴이 엄숙해 조금도 병든 기색이 없는 데다 머리털은 베개 위에 드리워진 채 무늬 이불을 몸에 감고 뻗어 있었다. 팔 척 장신의 몸이 다 드러나 있고 실로 밉기가 가없어 여자와 음란하게 놀던 모습이 은은하니 그 모습이 추잡하고 더러웠다. 두 사람이 이윽히 백문의 낯빛을 살펴 새로이 한심해하고 부모의 밝은 교훈이 백문에 이르러 이렇게 된 것에 의혹이 풀리지 않아 묵묵히 한참을 있은 후에 상서가 말했다.

"아우의 병이 깊다 하더니 보기에는 어찌 안색이 예전과 같으냐?"

한림이 눈이 생기가 없이 게슴츠레하게 자빠져 있다가 느릿하게 따져 말했다.

"나 같은 사람은 부모, 동기가 없으니 죽어도 묻는 이가 없을 것입니다."

상서가 이에 크게 꾸짖었다.

"이 무슨 말이냐? 네 죄가 깊어 아버님께 벌을 입었으나 자식의 도리로 당 아래에 대령해 그 마음이 풀어지시기를 구했어야 할 것이다. 그런데 대단하지 않은 상처를 깊다 핑계하고 한 달을 이곳에 들어 모든 동기를 속였구나. 우리가 천륜의 정에 측은함을 이기지 못해 이곳에 왔는데, 와서 보니 건강함이 반석 같으니 네 스스로 부끄러워해야 옳거늘 도리어 무례한 말로 시비하는 것은 어째서냐?"

한림이 낯빛을 바꾸어 말했다.

"아버님이 본심으로 저에게 죄를 주셨으면 제가 어찌 원망하겠습니까? 다만 화씨 집 요괴로운 여자의 참소를 들으시고 저를 보채신 것입니다. 둘째형님이 저를 특별히 미워해 아버님께 참소하시고 저를 끝없이 두드려 죽이려 하셨습니다. 제가 죄를 지은 일이 없는데 둘째형님의 마음이 실로 괴이합니다. 아무려면 어떻습니까? 제가 자결하려 했으나 어진 아내가 정으로 구완하기에 그에 힘입어 겨우 나았습니다. 부모, 동기는 원수로 치부하니 보고 싶지 않습니다. 그러니 내 어찌 수고롭게 일어나 나가겠습니까?"

말이 끝나지 않아서 태부가 발끈 낯빛을 바꾸고 소매를 떨쳐 일어서며 말했다.

"백문 아우의 외입함이 도척(盜跖)[33]보다 심해 저에게 말하는 것

---

33) 도척(盜跖): 중국 춘추시대의 큰 도적. 현인 유하혜(柳下惠)의 아우로, 수천 명을 거느리고 천하를 횡행하였다고 함.

이 욕되니 형님은 부질없이 입을 열지 마소서."

그러고서 드디어 나가니 생이 잠깐 부끄러워 억지로 일어나 세수를 하고 의관을 바르게 해 오운전으로 나아갔다. 왕이 이에 낯빛을 바꾸고 좌우의 사람들을 시켜 백문을 밀어 내치게 했다. 생이 무료해 숙현당에 가 모친을 보았다. 소후가 기운이 겨울 하늘에 뜬 찬 달 같아서 눈을 들어 생을 보지 않으니 생이 이윽히 곁에서 모셨다.

그리고 채란당에 이르러 노 씨와 연이어 즐겼다. 형제들이 백문의 외입을 인력으로 돌리지 못할 줄로 알아 다시는 백문에게 입을 열지 않고 그 하는 모습만 볼 뿐이었다.

노 씨가 자신에 대한 생의 총애가 흠잡을 것이 없었으나 화 씨가 원위(元位)에 있으면서 살림살이를 맡아 하고 밝은 시부모가 화 씨를 두둔하며 보호하니 그 형세의 두터움은 자기가 바라지 못할 것이요, 모든 형제가 매양 화 씨를 편들어 생을 꾸짖으니 분노가 일어 손편지로 혜선을 청했다.

혜선이 복색을 고치고 이씨 집안에 이르니 노 씨가 협실로 청해 혜선에게 사례해 말했다.

"사부의 덕으로 오늘의 영화가 있게 되었으니 첩이 만 번 죽어도 은혜를 다 갚지 못할 것입니다. 그러나 화 씨가 원위에 있어 첩이 기운을 떨칠 날이 없을까 싶습니다. 원컨대 사부가 신묘한 계책으로 저 사람을 없애 주시면 어찌 기쁘지 않겠습니까?"

혜선이 말했다.

"사람이 처음이 있으면 나중이 있는 법입니다. 빈도(貧道)가 작은 계교로 이흥문과 화 씨를 없앨 것이니 근심하지 마소서."

노 씨가 크게 기뻐해 무수히 사례했다.

혜선이 복색을 시비 등과 같이 하고 협실에 있으니 누가 분변할 수 있겠으며 저 주색에 빠진 백문이 어찌 알아보겠는가. 노 씨가 밤낮으로 혜선과 함께 의논해 화 씨를 해치려 꾀했다.

혜선이 한 계교를 생각하고 진언(眞言)을 염(念)하며 몸을 흔들어 하나의 제비가 되어 운성각에 가 화 씨의 필적을 얻어 돌아왔다. 노 씨에게 그것을 주며 이리이리 하라 하니 노 씨가 매우 기뻐했다.

하루는 노 씨가 한림을 대해 말했다.

"제가 일찍이 들으니 예부 아주버님의 필체가 문중에서 으뜸이라 하니 한번 얻어 볼 수 있겠나이까?"

한림이 말했다.

"그 무엇이 어렵겠는가?"

즉시 서당에 가 예부의 서첩(書帖) 하나를 가져다가 노 씨에게 주었다. 노 씨가 매우 기뻐해 두 사람의 글씨를 교묘히 본떠 두 장의 음란하고 비루한 서간을 만들어 계교를 행했다. 이에 한림을 대해 슬픈 빛으로 일렀다.

"첩이 전날 화 소저의 은혜를 입은 것이 자못 두터운데 이제 상공께서 소저를 박대하니 첩의 마음이 불안합니다. 원컨대 상공은 오늘부터 처소를 나눠 집안 다스리기를 공평히 하면 매우 다행일까 하나이다."

생이 듣고는 노 씨가 어진 것을 기특하게 여겨 일렀다.

"내 또 화 씨의 사정이 슬픈 줄을 알았으나 피차 운액이 가려져 마음이 돌아가지 않아 그 마음을 스스로 그치지 못했네. 그런데 부인의 가르침이 이와 같으니 어찌 좇지 않겠는가?"

노 씨가 재삼 타일렀다.

일이 공교하고 화 씨의 운액이 참혹하게 되려고 마침 화 시랑이 어전에서 실언해 임금의 분노를 만나 파천(播遷)[34]당해 항주 자사를 맡아 가권(家眷)[35]을 거느려 길을 나서게 되었다.

화 씨가 놀라고 당황해 급히 시부모에게 고하고 친정에 이르러 부모를 보았다. 소저가 어린 나이에 차마 부모를 떠나지 못해 왕이 온 때를 틈타 부모를 따라갈 것을 애걸했다. 그러자 왕이 슬픈 낯빛을 하고 말했다.

"우리 며느리의 사정은 인정상 면하지 못할 것이다. 그러나 내 일찍이 며느리가 여럿이되 너를 사랑해서 잠시도 네가 내 곁을 떠나는 것을 어렵게 여기는 바요, 항주가 경사에서 수천여 리니 어찌 아녀자를 보낼 수 있겠느냐?"

소저가 감히 다시 청하지 못하고 다만 눈물이 줄줄 흐를 따름이었다. 화 공이 이에 탄식하고 말했다.

"딸아이가 용렬하고 비루한 자질이 비록 볼 만하지 않으나 내 늦게야 얻어 사랑이 자못 과도해 한 달에 두어 번씩 딸을 보러 다녀오기를 면치 못했네. 그런데 의외에 남북으로 손을 나누게 되니 내 비록 대장부나 구구함을 참지 못하겠네. 여자가 신행(新行)을 하면 부모형제와 멀어지는 법이라 딸아이가 이미 존문(尊門)에 몸을 허락했으니 작은 사사로운 정으로 천 리를 따라갈 수 있겠는가? 영랑(令郎)을 보내 그 쌍으로 노니는 것을 마지막으로 보게 해 주게."

왕이 역시 슬퍼해 허락하고 돌아와서 낭문을 불러 백문에게 화씨 집안으로 가도록 전하게 했다.

한림이 아버지의 명령을 감히 거역하지 못해 화씨 집안으로 갔다. 화 공과 부인이 새로이 사랑하는 마음을 이기지 못해 동방(洞房)을 치우고 한림과 소저를 들이고서 부부가 창밖에서 그 모습을 모았다.

---

34) 파천(播遷): 자리를 옮겨 감.
35) 가권(家眷): 가장에게 딸린 식구.

소저가 일찍이 생이 노 씨와 음란하게 굴던 모습을 보았고 지금에 이르러 예법이 아닌 방법으로 노 씨를 맞아들여 즐기며 음탕하게 구는 것을 더럽게 여겼으나 부모에게도 이런 일을 내색하지 않았으므로 공의 부부가 몰랐다. 그러나 소저는 속으로 생을 흉하게 여겼으므로 안색이 냉담한 채 손을 꽂고 앉아 있으니 찬 기운이 네 벽에 쏘였다. 한림이 그러한 모습을 새로이 꺼렸으나 장인이 자신을 알아주는 것을 저버리지 못해 이에 즐거운 안색으로 일렀다.

"장인어른이 뜻밖에도 멀리 가셔서 생의 마음도 서운함을 이기지 못하는데 부인의 마음이야 오죽하겠소?"

소저가 그 꾸미는 말과 지어내는 낯빛을 더욱 놀라워해 고개를 숙인 채 대답하지 않았다. 생이 짐짓 그 장인을 기쁘게 하려 해 나아가 소저의 비췻빛 소매를 잡아 손을 접하며 은근히 정다운 낯빛을 하고 일렀다.

"생이 비록 외모는 볼 만하지 않으나 장인어른이 어려서부터 사랑해 소저의 짝으로 삼으셨으니 그대에게는 생이 자못 중요하다 할 것이오. 그런데 어찌 매양 매섭고 독하게 구는 것이오?"

소저가 듣고는 낯빛을 바꾸고 손을 뿌리쳐 물러앉았다. 생이 즐거운 빛으로 웃고 소저를 이끌어 이불로 나아가며 불을 끄니 공의 부부가 크게 기뻐하며 돌아갔다.

생이 마음을 정답게 먹고 화락하려 했으나, 화 씨가 본디 생을 만나던 날부터 그 모습이 밉고 괘씸해 마음을 진정시키다가도 생을 보면 원수같이 미워하고 승냥이나 호랑이를 본 것처럼 놀랐다. 벌써 전세(前世)의 업원(業冤)[36]이 무거운 데다 그 때가 다다르지 않아서

---

36) 업원(業冤): 전생에서 지은 죄로 말미암아 이승에서 받는 괴로움.

는 서로 통하지 않을 것이었다. 생이 더욱 거짓으로 꾸며 옷을 입은 채 동침하니 소저가 화를 내 생을 떨쳐 내고 멀리 단정히 앉았다. 생이 이에 분노해 입 속에서 욕하기를,

"너 천한 사람이 필시 다른 마음이 있어 나를 이처럼 거절하는구나."

라고 했으나 소저는 들었어도 못 듣는 척했다.

다음 날 공의 일행이 남쪽으로 갈 적에 큰아들 화 수찬은 떨어져 있고 그 나머지 두 아들과 함께 길을 나섰다. 소저가 부모를 붙들고 소리를 내어 슬피 울다가 기운이 막히므로 공의 부부가 울며 말했다.

"우리가 불과 삼 년이면 돌아올 것인데 딸아이가 어찌 이토록 과도하게 슬퍼해 가는 마음을 흩뜨리는 것이냐?"

소저가 이 말을 듣고 겨우 억지로 참아 절하고 이별했으나 부녀, 모녀의 흐르는 눈물이 넓고 큰 바닷물 같았다.

화 공의 벗들이 십 리 밖에 가 전송하니 이 예부 형제, 태부 등이 일제히 장정(長亭)[37]에서 손을 나눴다. 화 공이 두터운 은혜에 사례하고 한림을 향해 딸을 재삼 부탁하고는 이부 등을 대해 말했다.

"운보가 혹 소년으로서 삼가지 못하는 일이 있어도 명공 등이 모름지기 두둔하고 보호해 딸을 편하게 하면 이 늙은이가 훗날 은혜를 갚겠네."

두 사람이 사례해 말했다.

"위로 부모님이 계셔서 자녀를 사랑하시니 제수씨의 한 몸에 무슨 평안하지 않은 일이 있겠나이까?"

예부 흥문이 웃고 시랑을 대해 말했다.

---

37) 장정(長亭): 먼 길을 떠나는 사람을 전송하던 곳. 과거에 5리와 10리에 정자를 두어 행인들이 쉴 수 있게 했는데, 5리에 있는 것을 '단정(短亭)'이라 하고 10리에 있는 것을 '장정'이라 함.

"노대인(老大人)께서 의심하시는 것이 옳습니다. 운보가 본디 실성한 사람이라 앞날에 변란이 적지 않을 것이니 대인께서는 방심하지 마소서."

화 공이 웃기려고 하는 말로 알아 역시 웃고 말했다.

"작은 일도 천수(天數)니 오는 액을 인력으로 잘 면할 수 있겠는가? 명공은 더욱이 일가의 어른이니 마침내 우리 딸의 일생을 편하게 한다면 만생(晩生)이 은혜를 갚을 것이네."

예부가 웃으며 대답하지 않았다.

이윽고 서로 손을 나누어 돌아갔다.

화 소저가 부모와 이별하고 심사가 더욱 망극해 간장이 베이는 듯했다. 그러나 천성이 굳셌으므로 슬픔을 참아 시가로 돌아갔다. 시부모가 소저를 더욱 불쌍히 여겨 사랑하기를 두텁게 하고 동서들이 우애를 극진히 하니 소저가 두루 은혜에 감사해 잠깐 마음을 놓고 지냈다.

하루는 정당에서 저녁 문안을 마치고 돌아오니 정신이 떨리고 기운이 평온하지 않아 엎드려 진정시켰다. 그런데 문득 문 여는 소리가 나며 한림을 관을 기울이고 의대를 풀어 버리고는 취한 눈이 몽롱한 채 들어오는 것이었다. 소저가 놀라고 끔찍해 외간 남자가 들어오는 것 같아 바삐 일어나 옷깃을 여미고 단정히 앉았다. 생이 이미 노 씨의 금석(金石) 같은 달램을 들었고 노 씨가 화 씨를 찬양함을 보았는데 지금 화 씨의 어여쁜 자태가 등불 아래에 빛나니 미색을 좋아하는 풍류랑의 마음이 적지 않아 나아가 소저의 손을 잡고 기쁜 빛으로 웃으며 동침하려 했다. 그러자 소저가 매우 놀라고 분노해 급히 비단 소매를 떨치고 물러앉으니 생이 웃으며 말했다.

"소생이 운액에 가려 그대를 멀리했으나 그대가 여자가 되어 이처럼 한을 머금는 것이 옳소?"

말을 마치고 긴 팔을 내어 은근히 소저의 몸을 붙들고 가까이해 괴롭히니 이 모습은 곧 탕자가 창녀를 길들이는 것이었다. 조금도 군자가 아내를 대해 정답고 즐겁게 구는 모습이 아니었으니 소저가 한심하게 여겨 급히 옷을 떨치고 병풍 밖으로 나갔다. 이에 생이 대로해 크게 꾸짖었다.

"천한 여자가 반드시 정을 둔 사람이 있어 나를 원수같이 여기는 것이니 놀랄 만하구나."

이렇게 말을 마치고는 소매를 떨쳐 채란각으로 갔다. 노 씨가 바로 누워 있다가 놀라 연고를 물으니 생이 만면에 노한 빛을 띠고 말했다.

"그대가 아름답게 권하기에 저 흉악한 여자를 찾았으나 행동이 괘씸하니 어찌 분하지 않은가?"

그러고서 즉시 의관을 벗고 노 씨의 이불을 들추고 드러누우며 새로운 은애가 교칠 같으니 노 씨가 기뻐서 이에 웃고 타이르며 말했다.

"낭군이 전날 화 부인을 자못 저버리셨으니 여자가 어찌 한스러워하지 않겠나이까? 모름지기 화 부인을 따라 꾸짖지 마시고 좋도록 함께 잘해 보소서."

이에 생이 노해서 말했다.

"내 어찌 다시 그런 투기하는 여자를 찾겠는가? 그대와 함께 화락(和樂)하고 다시는 떠나지 않을 것이네."

노 씨가 온순하고 공손한 말로 재삼 그렇지 않음을 타일렀다.

생이 새로이 노 씨에게 푹 빠져 떠날 줄을 모르니 노 씨가 기뻐하며 양양자득한 가운데 계교를 어서 이루려고 해 생을 만나면 괴로이 권해 운각에 가라 하며 일렀다.

"군이 화 씨를 박대하는 것을 시부모께서 불쾌해하셔서 군의 언어에 응답하지 않으시는 것이니 지금 군이 어떤 사람이 되었습니까? 모름지기 마음을 다잡아 화 씨를 후하게 대우하는 것이 자식의 도리입니다."

생이 그 말을 매우 어질게 여겨 며칠 뒤에 운각에 갔다. 화 씨가 등불 아래에서 조용히 『예기』를 살피다가 생을 보고 급히 일어나 멀리 단정히 앉았다. 생이 이에 또한 나아가 관계를 맺으려 하니 소저의 냉엄함이 눈 위에 얼음이 더한 것 같아 끝까지 생의 요구를 받아들이지 않았다. 이에 생이 크게 노해 다시 권하지 않고 홀로 침상에 누워 잤다.

새벽에 닭이 울어 깨니 화 씨는 벌써 아침 문안을 하러 가고 방이 비어 있었다. 생이 또한 일어나서 홀연 보니 침상 아래 난데없는 서간 두 장이 떨어져 있는 것이었다. 생이 거둬 살피니 겉에 쓰기를, '예부 이흥문은 두 번 절하고 올리니 화 소저가 열어 보소서.'라고 되어 있었다. 생이 크게 놀라 바삐 옷을 여미고 불빛에 나아가 뜯어 보니 다음과 같은 내용이었다.

"모월 모일에 예부 흥문은 삼가 한 통의 정이 담긴 편지를 화 소저 옥난간에 부칩니다. 슬프다, 소저의 타고난 기이한 용모와 향기로운 이름이 멀리 구중궁궐에까지 사무쳐 생이 그윽이 소저를 흠모해 전날에 영존을 보고 구혼하니 영존이 재취임을 꺼려 허락하지 않았습니다. 그리고 소저는 실성한 사람 백문에게 시집갔는데 어여쁜 얼굴에 운명이 지극히 기박하고 이름은 비록 시집갔다 했으나 실은 처녀로 그저 있습니다. 소생의 마음이 참으로 참담해 아침저녁으로 소저의 어여쁜 얼굴을 우러러 정을 머금고 소저의 일생을 구제하려 했으나 남에게 의심받을까 구애하고 소저의 높은 뜻을 알지 못해 감히 마음을 먹지 못했습니다. 운보의 도리에 어긋난 행동이 더욱 심해져 자기 마음대로 재취해 소저를 심하게 박대하므로 소생이 스스로 강개함을 참지 못해 당돌함을 잊고 두어 번 글로써 소저에게 뜻을 통했습니다. 소저가 이에 극진한 내용으로 응답하셨으니 참으로 감사합니다. 소저가 영당께 나의 일을 고했던 모양인지 영당이 길을 떠날 적에 말씀이 비록 모호했으나 소저를 부탁하셨습니다. 또 소저가 생을 위해 근래 운보의 즐거운 낯빛을 보아도 용납하지 않았다고 하시니 소생이 의외에 숙녀의 다정함에 감사합니다. 마땅히 살을 헐더라도 도모해 소저와 함께 즐길 것입니다.'

또 한 장에는 다음과 같이 써져 있었다.

'운명이 기박한 첩이 하늘에 편벽되게 죄를 얻어 가군의 박대가 매우 심하므로 봄바람 가을 달에 간장이 끊어지는 회포를 천지에 하소연하려 했습니다. 그런데 뜻밖에도 아주버님이 이러한 두터운 정으로 자주 물으시니 설사 첩이 도리를 잘 모른다 해도 어찌 차마 아주버님을 저버려 방탕하고 경박한 자에게 마음을 허락하겠나이까. 첩의 슬픈 사정은 처음 보내 드린 서간에 아뢰었으니 다시 아뢰지 않습니다. 다만 옛날 진문공(晉文公)[38]에게 회영(懷嬴)[39]이 있었으니 첩과 아주버님의 일이 어찌 외람된 일이겠습니까. 원하건대 틈을 타 한번 나아오셔서 저의 외롭고 적적한 마음을 위로해 주소서."

---

38) 진문공(晉文公): 중국 춘추시대 진(晉)나라의 임금(『사기』에 따른 생몰년 B.C.697-B.C.628). 성(姓)은 희(姬), 씨(氏)는 진(晉), 이름은 중이(重耳)임. 춘추오패(春秋五霸) 중의 한 명. 19년간의 방랑 생활 끝에 즉위해 패업을 이룸.

39) 회영(懷嬴): 중국 춘추시대 진(秦)나라 목공(穆公)의 딸이자 진(晉)나라 문공(文公)의 아내. 진 목공이 망명 중이던 중이(重耳, 후의 진문공)를 자신의 나라에 불러들여 이전에 진(晉) 혜공(惠公)의 아들로서 인질로 와 있던 세자 어(圉)에게 시집보냈던 자신의 딸 회영을, 세자 어가 도망치자 아내로 맞도록 함. 여기에서 진문공과 회영의 일을 든 것은 회영이 진문공의 조카인 세자 어에게 먼저 시집갔다가 다시 진문공에게 시집간 것이 마치 화채옥이 이백문에게 시집갔다가 그의 사촌형인 이홍문에게 시집가는 것과 유사하다는 점을 보이기 위해서임.

원래 혜선이 몸을 감추는 진언을 하고 생이 홀로 있는 때를 타 계교를 행한 것이니 사광(師曠)의 귀밝음[40]이 있다 한들 어찌 깨달을 수 있겠는가. 생이 다 보고 본디 주색에 심신이 상해 굳센 주관이 없는 상태에서 미처 진가(眞假)를 알기 전에야 어찌 놀라지 않을 수 있겠는가. 두 눈이 둥그레지고 얼굴이 흙빛처럼 되어 멍한 듯이 한참이나 말을 안 하다가 겨우 정신을 진정하고 대로해 말했다.

"화 씨의 엉큼함이 어찌 이토록이나 할 줄 알았는가. 그런데 화 씨는 나의 박대를 한스러워해 속 좁은 여자가 시대의 풍속을 따라 실례한 것이 이해되나 예부 형이 그 얼굴과 그 인물을 가지고서 차마 이런 노릇을 한 것인가. 이는 참으로 사람의 낯에 짐승의 마음이구나. 내 마땅히 부모님께 고하고 다스릴 것이다."

그러고서 분연히 두 장의 서간을 가지고 채란당으로 갔다. 노 씨가 아침 문안을 하고 돌아와 있으니 생이 낯빛이 재 같은 채로 들어와 앉기에 노 씨가 놀라서 물었다.

"상공이 어디가 불편하십니까? 어찌 기색이 이러하십니까?"

생이 낯빛이 변해 말했다.

"그대는 이것을 보게. 어찌 낯빛이 평안할 수 있겠는가?"

노 씨가 다 보고는 대경실색해 발을 구르며 말했다.

"이는 강상(綱常)의 윤리를 범한 대변입니다. 무식한 상놈과 천한 무리라도 사촌의 처를 음증(淫烝)[41]하지 않거늘 예부 아주버님이 어떠하신 지위에 있는데 차마 어찌 이런 도리에 어긋난 일을 하셨단

---

40) 사광(師曠)의 귀밝음: 사광은 중국 춘추시대 진(晉)나라 사람으로 자는 자야(子野)로 저명한 악사(樂師)임. 눈이 보이지 않아 스스로 맹신(盲臣), 명신(瞑臣)으로 부름. 진(晉)나라에서 대부(大夫) 벼슬을 했으므로 진야(晋野)로 불리기도 함. 음악에 정통하고 거문고를 잘 탔으며 음률을 잘 분변했다 함.

41) 음증(淫烝): 원래 손위의 여자와 정을 통한다는 뜻이나, 여기에서는 손아래 여자의 경우에 쓰였음.

말입니까? 상공은 장차 어찌하려 하십니까?"

생이 말했다.

"내 참으로 저들을 괘씸해할지언정 바로 처치할 계교는 생각지 못했네."

노 씨가 말했다.

"어서 법부(法部)에 고하고 다스리소서."

생이 말했다.

"내 또 이런 마음이 없지 않으나 남공 숙부께서 날 기출(己出)같이 사랑하시고 아버님이 예부 형의 마음을 알아주어 사랑하시는 것이 우리들에게 지지 않을 뿐 아니라 제 또 이씨 집안의 대통(大統)을 받드는 큰 몸이니 내 어찌 차마 그 허물을 들추겠는가? 아직 나중을 보려 하네."

노 씨가 고개를 끄덕이며 말했다.

"상공의 소견이 매우 마땅하십니다. 그러나 천승 제후의 법도 있는 집안에 이런 일이 있을 줄 알았겠습니까? 첩은 한번 들으니 몸에 서리가 일고 심기가 서늘함을 이기지 못하겠습니다."

생이 말했다.

"제 전부터 그러했던 것 같네. 화 공이 이별할 적에 저를 대해 화 씨를 부탁하기에 내 실로 괴이하게 여겼으나 그때는 깨닫지 못했네. 오늘날 그 더러운 모습을 목도하니 대강 저희끼리는 마음을 두어 한 말 같았네. 예부가 괜히 나를 보면 좋은 빛이 없고 화 공을 대해 내 단점을 말하며 깎아내리더니 원래 이와 같은 일이 있어서 그렇게 하지 않았겠는가?"

말을 마치자 이를 갈며 통탄함을 이기지 못하고 그 서간을 거두어 간수했다. 이후 예부를 보면 발끈해 낯빛을 고치니 예부가 괴이하게

여겼으나 백문이 크게 외입해 그 두 형과도 화목하지 않은 줄 알고 있었으므로 생각하기를,

'우리가 매양 자기의 그른 것을 밝혀 바로잡아 주니 저렇게 구는구나.'

라고 해 입을 봉하고 그 행동을 볼 따름이었다.

이때 태부가 백문의 패악을 근심해 두세 달 서당에 있으며 내당에 들지 않았다. 하루는 달밤을 타 봉각에 들어가니 소저가 기운이 평안하지 않아 일찍 옷을 벗고 누워 있었다. 그러다 태부를 보고 놀라 급히 일어나니 태부가 나아가 급히 말리고 말했다.

"부인이 어디가 불편하시오? 어찌 예전 같지 않게 일찍 누워 계신 것이오?"

소저가 대답했다.

"청춘에 무슨 불편할 일이 있겠나이까?"

생이 웃고 이불과 베개를 내어와 옷을 벗고 누우며 오래 떠났던 마음에 새로이 소저를 사랑해 손으로 향기로운 몸을 어루만지다가 문득 놀라서 말했다.

"부인이 임신한 것이 아니오?"

소저가 부끄러워 대답하지 못했다. 원래 예전에는 매양 같이 있었어도 달이 찰 때에 조 씨의 위엄으로 떠나 있었으므로 알지 못했다. 태부가 여러 달 안 들어오다가 오늘에야 들어왔는데 소저가 잉태한 지 여덟 달이 되었으니 어찌 모르겠는가. 소저가 대답하지 않는 것을 보고는 이윽히 배를 어루만져 바야흐로 알고 크게 기뻐 희기(喜氣)가 옥 같은 얼굴에 가득해 재삼 달수를 물으니 소저가 억지로 말했다.

"우연히 월경이 부족한 것이 지금까지 여덟 달이 되었으나 분명

히 알지는 못합니다."

이에 생이 크게 기뻐하며 말했다.

"이와 같다면 해산할 때가 곧 된 것이구려. 이제 내 나이 스물인데 남녀간에 자식이 없어 근심이 적지 않더니 어찌 이런 경사가 있을 줄 알았겠소? 빨리 친정으로 돌아가 조심해 순산하기를 기다리시오. 사람이 이럴수록 그리도 답답해 또 달수가 차도록 나에게 이르지 않은 것이오?"

소저가 부끄러움을 띠어 대답하지 않았다. 태부가 황홀하게 소저를 사랑해 밤이 새도록 기쁨을 이기지 못해 새로이 소저를 사랑하는 마음이 깊었다.

새벽에 태부가 모친에게 고하고 위 씨를 친정으로 보낼 것을 청하니 소후가 크게 기뻐 왕에게 고했다. 왕이 또한 놀라고 기뻐하며 말했다.

"전날에는 우리가 회임 사실을 알지 못해 그릇한 일이 있었으나 또 어찌 며느리를 위태롭게 하겠소?"

그러고서 즉시 행렬을 갖춰 소저를 친정으로 보냈다.

소저가 사람들에게 하직하고 친정으로 가니 부모가 크게 반겨 불시에 온 까닭을 물었다. 유모가 자세히 고하니 공의 부부가 크게 기뻐 서로 하례하고 소저를 옛 침소에 편안히 있게 했다. 그리고 태부가 왕래하기를 기다렸다. 태부가 비록 부인을 깊이 사랑했으나 나이가 어린 사위가 아니므로 처자를 따라 처가에 머무는 것을 지극히 괴롭게 여겼다. 마침 동궁(東宮)에 강학(講學)할 일이 있고 공무를 위 공에게 아뢸 일이 없어 오랫동안 위씨 집안에 가지 않으니 승상이 매우 괴이하게 여겼다.

그래서 하루는 승상이 수서(手書)로 태부를 청했다. 태부가 마침 서당에서 상서와 함께 있다가 위 공의 글을 보고는 미소하고 즉시 답서를 써 못 간다고 일렀다. 이에 상서가 물었다.

"무슨 연고가 있는 것이냐?"

태부가 웃고 대답했다.

"무슨 연고가 있겠나이까?"

상서가 말했다.

"그렇다면 어른이 오라는데 안 가는 것은 무슨 마음에서냐? 예전의 원한을 아직도 가지고 있는 것이 아니더냐?"

태부가 대답했다.

"제가 어찌 그런 일이 있겠나이까? 제 나이가 약관이 넘지 않은 것도 아닌데 처가를 때도 없이 왕래해 주접떠는 것을 드러낼 수 있겠나이까?"

상서가 잠시 웃고 말했다.

"비록 그러하나 위 공은 아버님이 공경하시는 분이요, 그 분이 청하는데 안 가는 것은 인사를 잃은 것이니 너는 고집하지 마라. 네가 스스로 구해 가는 것이 아니니 누가 시비하겠느냐? 대장부는 작은 일도 마음에 거리낌이 없는 일이라면 관계하지 않는 법이다."

태부가 사례해 명령을 듣고는 웃옷을 입고 들어가 부모에게 하직하고 위씨 집안으로 갔다. 승상이 반가움을 머금고 태부의 손을 이끌어 내당으로 들어가 부인과 함께 태부를 보았는데 좌우로는 위생의 처 등이 벌여 있었다. 부인이 또한 새로이 태부를 깊이 사랑해 술과 안주를 성대히 차려 대접했다. 이에 승상이 말했다.

"딸아이가 본디 몸이 약하고 병이 많은데 나이가 많도록 자식을 낳아 기르는 재미가 없어 내 밤낮으로 염려했다네. 그런데 다행히 임신하는 경사가 있으니 어찌 기쁘지 않은가?"

생이 웃음을 머금고 눈썹을 살짝 움직이며 관을 숙여 짧게 대답할 뿐이었다.

시간이 좀 지나서 위 공이 소저 침소로 생을 인도했다. 위생 등이 따라 이르러 모두 벌여 있는데 소저가 바삐 일어나 생을 맞았다. 이에 생이 팔을 들어 읍(揖)하고 자리에 나아가니 소저가 답례하고 한가에 앉아 감히 눈을 들지 못했다. 이에 위 어사 중량이 말했다.

"이보가 근래에는 무슨 일로 그토록 자취를 그쳤던가?"

태부가 말했다.

"여러 날 동궁에서 시강하고 자연히 공무가 많았으니 처자를 생각하는 것이 쉬웠겠는가?"

위 한림 후량이 박장대소하며 웃었다.

"누이가 해산이 임박했는데 옥동을 낳으라고 소청을 안 했다가 어찌하려 하는가?"

태부가 흔쾌히 말했다.

"누가 그런 기괴한 말을 괜히 꾸며내어 세월이 오래도록 보채는 일로 삼으니 그것이 어찌된 일인가?"

위 시랑 최량이 말했다.

"우리가 스스로 지어낸 말이 아니라 네가 그렇게 했으니 옮기는 사람을 기괴하다 하느냐? 다 네가 평소에 맹세를 가장 즐긴다 하는 것을 성보[42]가 왔을 때 들었으니 네가 그 말을 안 했다고 맹세하라. 그러면 그 후에는 보채지 않을 것이다."

태부가 잠시 웃고 대답하지 않으니 위생 등이 웃고 일어나며 말했다.

"우리가 있어서 서로 말을 못 하는가 보다. 어찌 남에게 못할 노

42) 성보: 이흥문의 자(字).

릇을 하겠는가?"

그러고서 모두 문을 닫고 돌아갔다.

태부가 다만 빙그레 웃고 선뜻 서안 위의 당시(唐詩)를 빼 맑게 읊으니 이는 참으로 공산(空山)에서 옥이 울리며 기산(岐山)에서 봉황이 우는[43] 듯했으니 지나가는 구름도 이를 들으려고 머무를 정도였다. 위 공 부부가 기뻐하고 생들이 기이한 광경을 얻으려 해 숨이 가쁜 것을 잊고 창밖에서 엿보았다. 태부가 끝까지 구구한 기색이 없이 밤이 깊자 글 읽는 것을 그치고 시녀를 불러 등불을 내어 놓으라 하고 침상에 올라 휘장을 지웠다. 그러고서 다시 동정이 없으니 위생 등이 기이한 광경을 잡을 길이 없어 돌아갔다.

태부가 집에 있을 때 취중에 두어 번 삼가지 못한 것이 있어 사람들의 기롱을 받았으나 본성이 정대하고 침묵하며 더욱이 남의 집이었으므로 끝까지 소저에게 무례하게 구는 낯빛을 보이지 않았다. 그러다가 침상에 오르니 자리에서의 은정이야 어찌 참을 수 있겠는가. 소저의 손을 잡으며 소저의 향기 나는 뺨을 접해 진중한 은정이 태산과 같았다.

새벽에 소저가 일어나 아침 문안을 하러 들어가니 공의 부부가 놀라 사위의 잠을 깨운 것을 꾸짖고 재촉해 내어 보냈다.

소저가 돌아와 등불 앞에 앉아 있더니 태부는 바로 침상에 그저 누워 있다가 이에 말했다.

"아직 날이 새려면 멀었으니 편히 쉬시오."

소저가 대답했다.

"새벽 닭소리가 잦으니 얼마 있으면 밝을 것입니다. 그러니 또 누

---

43) 기산(岐山)에서~우는: 중국 주(周)나라 문왕(文王) 시절 덕이 성대할 때 기산에 봉황이 출현해 울었다고 전해짐.

워 게으름에 빠지는 것을 더하겠습니까?"

생이 웃으며 말했다.

"부인을 이곳에 보낸 것은 몸을 편하게 하려 해서인데 아침과 저녁 문안을 쉴 새 없이 하니 장인어른과 장모님이 딸을 사랑한다는 말이 거짓말이구려."

소저가 웃음을 머금고 눈썹을 움직였다. 태부가 사방이 고요한 데 마음을 놓고 친히 나아가 소저를 이끌어 침상에 누우라고 권했다. 소저가 마지못해 옷을 벗고 몸을 베개에 의지하니 태부가 위로하며 권면해 날이 새도록 담소가 그치지 않았다.

구취가 휘장 밖에서 이를 살피고는 크게 기뻐해 내당에 들어가 아뢰니 승상과 부인이 매우 기뻐하고 위생 등이 절도했다. 이에 부인이 말려 말했다.

"이런 말을 사위가 들으면 기뻐하지 않을 것이다. 사위가 자기 집에 있는 것과 다르니 너희는 잠자코 있으라."

공이 또한 말했다.

"이보가 딸아이를 대해 온화한 기운이 있다가도 너희의 기롱을 들으면 낯빛을 거둔다. 자기 집에서 성보 등이 기롱하는 것은 괜찮지만 이곳에서 규방의 내밀한 일을 알은체하는 것은 옳지 않다."

생들이 이에 명령을 들었다.

태부가 아침에 일어나 돌아가니 소저 형제들이 기롱하기를,

"젊지 않은 남자가 아내를 따라다니기까지 하는가?"

라고 하니, 태부가 웃고 대답하지 않았다.

이후에 위 공이 혹 청하면 태부가 이따금 처가에 다녀왔다.

소저가 열 달이 차 무사히 아들을 낳으니 소저 주위에 기이한 향내가 코를 찌르고 아이의 울음 소리가 옥을 때리는 듯했다. 부인이

크게 기뻐하고 나와서 남자 아이라고 전하니 태부가 또한 이에 있다가 기쁜 마음에 미우(眉宇)가 움직이고 붉은 입술에 옥 같은 이가 밝게 빛났다. 위 공이 매우 기뻐했으니 최랑이 첫 아들 얻었을 때보다 더 기뻐했다. 위생 등이 일시에 웃고 태부를 향해 치하하니 태부가 웃으며 대답하지 않았다.

문득 왕이 상서 형제와 함께 잇따라 이르러 소저가 아들 낳은 것을 기뻐하며 서로 치하하니 위 공이 말했다.

"딸아이가 본디 약질로 초년에 화란을 두루 겪어 폐와 간이 삭았고 접때 낙태한 후에는 병까지 더했으니 다시 기린몽을 꿈꾸는 일이 없을까 했더니 오늘날 이런 경사가 있을 줄 어찌 알았겠는가?"

왕이 즐거운 낯빛으로 웃으며 말했다.

"우리 며느리의 큰 덕이 희한하니 어찌 후사가 없는 근심이 있을 수 있겠는가? 다만 아들과 혼인한 지 여덟 해에 처음으로 남아를 얻었으니 참으로 경사라 하겠네."

공이 기쁘게 웃으며 여럿이서 즐겁게 이야기하며 화답했다.

이윽고 왕이 돌아가고 예부 등이 이르러 승상에게 치하하니 승상이 사례해 말했다.

"명공 등은 이보의 사촌이라 그 아들을 낳은 것이 그대네에게 그리 대수롭다고 일부러 와 하례하는 것인가?"

예부가 자약히 웃고 말했다.

"대인께서 또한 저희를 알지 못하고 계십니다. 이름은 사촌지간이나 서로의 마음이야 동기와 다르겠나이까?"

위 공이 사례하고 술과 안주를 내어 대접했다. 예부가 문득 위 어사를 돌아보며 말했다.

"제수씨가 낳으신 것이 무엇이던고?"

어사가 웃으며 말했다.

"누이가 낳은 것은 사람이니 아무려면 짐승일 것이며, 이보의 자식이 개나 돼지이겠는가?"

예부가 웃으며 말했다.

"이 사람은 말을 못 알아듣는 것이로다. 조카의 남녀를 묻는 것이었는데 이토록 차이 나게 대답하는가?"

어사가 말했다.

"그러면 남자아이냐, 여자아니냐 하고 물었어야 될 것 아니냐? 누이는 한 자의 옥 같은 남자아이를 낳았다고 하더라."

예부가 쇄금선(瑣金扇)을 쳐 낭랑히 크게 웃고 말했다.

"제수씨가 이제는 이보의 청을 들어주셨으니 오는 앞길이 참으로 평안하실 것이네. 언참(言讖)[44]이라 하는 것이 실로 영험해 제수씨가 옥동을 얻으셨으니 크게 기쁘기는 한데 그 옥동이 어디 갔다가 이리 뒤늦게야 나온 것인가? 괴이하구나."

자리에 있던 사람들이 까맣게 잊고 있다가 크게 웃고 모두 태부를 보니 태부는 미우에 웃음이 미미하고 손을 꽂고 편안한 자세로 움직이지 않고 있었다. 예부가 이에 짐짓 치하하며 말했다.

"아우가 사오 년 바라던 영화가 오늘날 생겼으니 그 마음이 장차 높은 하늘에 날아오를 것 같을 것인데 내 언변이 서툴러 다 치하하지 못하겠구나."

태부가 미소하고 대답했다.

"사람이 자식 낳아 다 날아오를 것 같으면 땅에 거니는 사람이 없을 것입니다."

44) 언참(言讖): 미래의 사실을 꼭 맞추어 예언하는 말.

예부가 웃으며 말했다.

"그렇기는 하다만 네가 하도 이상하게 굴어서 그 마음을 받아서 내 말한 것이다. 나는 이제 슬하에 네 명의 아이가 있으나 귀한 줄을 모르겠다."

태부가 또한 웃고 말했다.

"이 말씀이 또 말이 안 되는 말씀입니다. 자식을 귀하지 않다고 하시니 그러면 또 누가 귀합니까? 홍선[45]이 외에는 자식도 귀하지 않다는 말씀입니까? 저는 깨닫지 못하겠습니다."

예부가 웃으며 말했다.

"네가 할 말이 없어진 줄을 알겠다. 내가 홍선이 귀하다고 이른 것이겠느냐? 그러나 나는 남에게 졸렬한 모습을 보인 일이 없고 옥동을 낳으라고 소청(所請)을 들이지도 않았다."

태부가 미소하고 머리를 숙이니 좌우 사람들이 일시에 태부를 기롱했다.

이러구러 칠 일 후에 소저가 몸이 예전과 같아지자 방을 청소했다. 태부가 들어가 소저를 보니 위 공이 친히 깃을 헤치고 아이를 안아 태부에게 보였다. 태부가 눈을 들어서 보니 아이가 이미 산천의 정기를 타고나 옥 같은 얼굴과 봉황의 눈이 빛나고 기이해 맑은 눈을 한 번 떠 둘러보자 사람을 알아보는 듯했다. 각진 입과 너른 이마는 이미 가문을 흥하게 하고 태부 자신의 일을 이을 만했다. 태부가 비록 침묵하고 단정했으나 자연히 웃는 입이 뚜렷하고 미우(眉宇)가 열려 웃는 소리가 낭랑하니 공이 웃으며 말했다.

"이 아이가 비록 어리나 그대보다 나으니 어찌 경사가 아니겠

---

45) 홍선: 이흥문이 결혼하기 전에 만난 기생으로 후에 홍선이 이흥문을 찾아오자 이흥문이 첩으로 들임. 전편 <쌍천기봉>과 이 작품 초반부에 이 이야기가 등장함.

는가?"

생이 웃으며 대답하지 않고 스스로 아기를 안아 자기 무릎에 놓고 아이를 어루만지며 예뻐하니 공이 웃고 밖으로 나갔다.

생이 아들을 안고 소저를 향해 순산한 것을 치하하자 소저가 부끄러워 구름 같은 귀밑머리를 낮추고 아미(蛾眉)[46]를 숙여 묵묵히 있으니 태부가 그윽이 웃고 말했다.

"부인이 이제 어린 신부가 아니요, 나이가 스물이며 생을 만난 지 10년이 거의 다 되었거늘 매양 부끄러워하니 과연 한 명의 졸렬한 인물이구려."

소저가 이에 또한 대답하지 못했다.

이후 소저가 몸이 예전처럼 건강해져 한 달을 친정에 머물렀다. 아들이 날로 영리하니 태부가 사랑을 억제하지 못해 조회 길에 날마다 들러서 보고 갔다. 이에 위생 등이 희롱하며 웃었다.

한 달이 지나자 위 씨가 시가로 돌아갈 적에 부모는 마음이 빈 듯했으나 수중에 기린을 안고 정이 깊은 남편과 총애하는 시부모에게 돌아가니 무슨 근심이 있겠는가.

이씨 집안에서 일가 사람들이 한 곳에 모여 위 씨의 아들을 보고 크게 기이하게 여겨 소리 모아 칭찬했다. 승상이 아이를 어루만지며 탄식하고 말했다.

"내 재주 없고 덕이 부족한 사람으로 자손이 다 이렇듯 기특하니 이는 선조가 덕을 쌓아서 내려주신 덕분인가 한다."

연왕이 또한 기뻐해 몸을 굽혀 대답했다.

"아버님의 말씀이 마땅하십니다. 이 아이가 이처럼 비상하니 이름

---

46) 아미(蛾眉): 누에나방의 눈썹이라는 뜻으로, 가늘고 길게 굽어진 아름다운 눈썹을 이르는 말. 미인의 눈썹을 이름.

을 웅린이라 하겠나이다."

승상이 옳다 하니 개국공 등이 소리를 모아 태부를 향해 말했다.

"전날 내 일찍이 들으니 조카가 위 씨를 대해 옥동을 낳아 달라고 했다 하니 위에 계신 하늘이 그 정성에 감동해 위 씨가 아들을 낳은 것 같구나. 웅린이의 아름다움이 참으로 옥동이라 그 마음이 어떠하냐?"

태부가 수려한 미우에 웃음을 머금고 몸을 굽혀 대답했다.

"제가 병들지 않았으니 어찌 그런 기괴한 말을 했겠나이까? 이는 다 운교의 거짓말이요, 예부 형이 보태서 한 말입니다. 그러니 숙부께서는 곧이듣지 마소서."

이에 공들이 일시에 위 씨를 향해 치하했다. 소저가 빨리 엎드려 옥 같은 얼굴에 부끄러운 빛을 띠니 시부모가 그 빛나는 모습을 기이하게 여겼다.

소후가 숙현당으로 돌아가 며느리들을 모아 담소할 적에 여 씨의 두 아들이 있고, 임 씨의 한 아들이 있어 아이마다 곤강(崑岡)[47]의 아름다운 옥 같았으나 봉린과 웅린의 기이한 풍채와 겨룰 이가 없었다. 소후가 속으로 기쁨을 이기지 못해 기쁜 기운이 무르녹으니 아들과 며느리 들이 기쁨을 이기지 못했다.

이때 유 공이 태부가 아들 낳았다는 말을 듣고 친히 이씨 집안에 와 연왕을 보고 치하하며 또한 태부의 손을 잡고 말했다.

"너 같은 기이한 아이를 내 팔자가 박복해 자식으로 삼지 못했으니 어찌 슬프지 않겠느냐? 너의 귀한 아들을 잠깐 보고 싶구나."

태부가 사례하고 좌우의 사람을 시켜 공자를 데려오라 했다. 이윽

47) 곤강(崑岡): 곤강, 즉 곤산은 중국의 전설상의 산으로 황하의 원류이며 옥의 산지로 유명함.

고 난섬이 아이를 비단 옷깃에 싸 내어 오니 공이 바삐 바라보고 크게 칭찬하며 또한 슬퍼하며 말했다.

"만일 오늘이 옛날 같았다면 이 아이가 어찌 내 손자가 되지 못했겠는가? 노인이 보잘것없어 한 명의 혈육이 없고 현애는 이역만리에서 수자리 살고 있어 살아 돌아올 기약이 없으니 옛일을 돌아보면 어찌 슬프지 않은가?"

말을 마치고는 눈물을 뿌리며 슬퍼했다. 태부가 지극한 마음에 또한 감동해 관을 숙이고 미우에 슬픈 빛을 띠니 왕이 위로해 말했다.

"형은 슬퍼 말게. 현애가 끝내 살아 돌아오지 못한다면 명공의 멀고 가까운 겨레 중에서 성실한 사람을 가려 계후(繼後)[48]해 일생을 효도하게 할 것이네."

공이 사례해 말했다.

"전하가 이처럼 저를 돌아봐 주시니 참으로 감사하나 다시 경문이 같은 효자를 얻기가 쉽겠습니까?"

그러고서 공자와 놀며 차마 떠나지 못했다. 태부가 매우 슬퍼해 유 공의 곁에 앉아 온화한 안색으로 온유한 말을 젖먹이 어린아이같이 하니 유 공이 더욱 사랑했다. 왕이 유 공의 처지를 탄식하고 아들의 효행을 기특하게 여겼다.

이윽고 유 공이 돌아가니 태부가 문밖에 가 절해 이별하고는 서운한 마음으로 서당으로 돌아왔다. 예부 등이 모여 담소하다가 태부를 보고 웃으며 말했다.

"유 공이 네 아들을 보고 뭐라고 하더냐?"

태부가 옮겨 이르니 예부가 웃으며 말했다.

48) 계후(繼後): 양자로 대를 잇게 함.

"처지는 참으로 슬프나 낯 두꺼운 것은 면하지 못했구나."

태부가 불쾌해하며 대답했다.

"성인도 잘못 뉘우치는 것을 인정하셨습니다. 유 공이 예전에 예법을 잃었으나 지금은 잘못을 뉘우치고 어진 사람이 되어 있으니 어찌 옛일을 일컬을 바이겠습니까?"

예부가 낭랑히 크게 웃고 좌우를 살피니 백문이 노기를 머금고 자기를 보고 있으므로 이에 정색하고 말했다.

"저것은 매양 좋지 않은 빛으로 모든 데에서 온화한 기운을 잃게 하고 늘 취해 술기운이 깨지 않아 행동거지가 추잡하니 현보 등이 저것의 장형(長兄)으로 앉아 있으면서 경계를 하지 않는 것이냐?"

말이 끝나지 않아서 한림이 발끈해 낯빛을 바꾸어 말했다.

"예부 형님이 저를 매우 미워하시니 그 까닭을 알지 못해 의문입니다. 마음속에 걸린 일이 있거든 저를 죽이더라도 원하는 바를 이루시고 저에게 시비하지 마소서."

예부가 다 듣고는 낯빛이 변해 놀라 말했다.

"네가 나를 꾸짖고 욕하는 가운데나 이는 무심히 나온 말이 아니다. 네가 외입한 줄은 안 지 오래되었으나 골육 사이에 무슨 참소를 들은 것이냐? 자세히 일러 나에게 만일 죄가 있다면 네게 가시를 지고 죄를 청할 것이다."

한림이 노기가 북받쳐 눈을 부릅뜨고 소리를 높이며 부채로 땅을 두드려 말했다.

"제가 어찌 상공을 꾸짖고 욕하겠습니까? 형이 요사이 제가 지은 죄도 없는데 저를 미워하시니 이는 필시 곡절이 있을 것이라 제가 어찌 알겠습니까? 스스로 살피고 저를 너무 미워하지 마소서."

예부가 듣고는 발끈 대로해 말했다.

"내가 비록 미미하나 너보다 열 살이 많다. 네가 설사 요사이 간악한 여자의 수중에 빠져 인사가 어리석고 그릇되었다 한들 나는 네게 간섭한 일이 없는데 감히 면전에서 날 욕해 홍모(鴻毛)같이 업신여기는 것이냐? 너의 모습을 보면 벌써 크게 참소를 들어 요사이 나를 보면 낯빛이 변하니 내 그런 줄 의심이 동했다. 대강 그 까닭을 이르라."

백문이 노기가 대단해 얼굴색이 파래져 날뛰며 말했다.

"하도 말을 좋게 하는 척하며 저를 제어하지 마소서. 제가 다 압니다."

예부가 더욱 놀라 다시 물으려 하다가 문득 보니 상서와 태부가 옷을 벗고 뜰에 내려 머리를 두드리며 말하는 것이었다.

"저희가 어리석어 오늘 셋째아우의 모습이 이와 같으니 이는 다 저희의 죄입니다. 형님은 빨리 저희를 매로 때리셔서 법을 엄정히 하소서."

예부가 놀라 억지로 참고 말했다.

"운보가 나를 면전에서 꾸짖은 것은 다 내가 불초해서니 어찌 아우 등이 죄를 일컬을 것이 있겠느냐?"

상서가 다시 사죄해 말했다.

"형님은 이씨 집안의 대통(大統)을 받드신 큰 몸입니다. 문호의 바람이 막중하고 가문에 으뜸되는 사람인데 백문이 형님께 무례한 것은 지극한 변고입니다. 저희가 가르치지 못한 죄를 입고 다음으로 저 아이를 다스려 죄를 엄정히 할 것입니다."

예부가 미소하고 말했다.

"작은 일에 이토록 대수롭게 굴어서야 되겠느냐? 아우들이 내 뜻을 모르는 것이 심하구나."

그러고서 친히 섬돌에서 내려가 상서 등을 이끌어 올라갔다. 상서가 마지못해 당에 올라 좌우를 시켜 한림을 잡아 내리라 하니 예부가 미소하고 말리며 말했다.

"내 어찌 부모님이 내려주신 고결한 마음에 저 실성한 사람의 욕을 담아 둘 것이며 아우가 수고롭게 저 사람을 꾸짖게 하겠느냐? 내 비록 어리석으나 그윽이 헤아리건대 나의 액운이 백문에게서 날까 하니 이는 또 운명이다. 괘념할 바가 아니니 아우는 백문이를 용서하라."

말을 마치고서 힘써 말리니 상서가 하릴없어 한림을 크게 꾸짖었다.

"너의 이번 모습은 무슨 도리에서 나온 것이냐? 비록 외입하고 실성한 미친 마음을 지니고 있으나 장형(長兄) 공경할 줄을 모르고 언어가 볼 만한 것이 없으며 행실이 이처럼 사납단 말이냐? 형님이 너그럽고 어질어 널 용서하셨지만 아버님이 이 일을 아신다면 네 죄가 어디에 미치겠느냐?"

한림이 비록 노기가 가득했으나 큰형의 엄정한 경계와 준엄한 안색이 눈 위에 얼음이 더해진 것 같았으므로 이를 잠깐 두려워해 자리를 옮겨 사죄하고 자신이 잘못했음을 일컬으니 예부가 다시 물었다.

"아우가 나를 대놓고 모욕한 것은 한때 취해서 나온 말이 아니니 그 지닌 생각을 듣고 싶구나."

한림이 냉랭한 빛으로 대답하지 않고 일어나 들어가니 예부가 길이 탄식하고 상서를 돌아보아 말했다.

"운보가 이처럼 외입했으니 숙부모의 밝은 교훈이 이지러진 것을 한탄한다. 노 씨 제수는 요망한 사람 노 씨의 아우라 필시 그 형을 내친 것을 미워해 나를 참소함이 있는가 하니 내가 그 해를 받는 것이 쉬울까 한다."

상서가 역시 슬픈 빛으로 말했다.

"우리 집안이 대대로 부귀와 영화를 성하게 누렸으니 어찌 재앙이 없겠습니까? 셋째아우가 저렇게 구는 것도 자기 마음이 아니라 운수 때문인가 하나이다."

예부가 탄식하고 썩 좋아하지 않았다.

한림이 채란각에 들어가니 노 씨가 물었다.

"상공께서 어찌 낯빛이 좋지 않으십니까?"

한림이 분연히 이를 갈아 예부의 말을 옮겨 이르니 노 씨가 놀라서 탄식하고 말했다.

"사람의 염치가 이러하고서 무슨 일을 못 하겠습니까? 예부 상공께서 화 씨의 뜻을 받아 상공을 미워하니 앞날에 상공을 모해하는 화가 있을 것이라 이를 생각하면 심골(心骨)이 서늘합니다."

생이 이 말을 듣고 더욱 한스러워해 크게 꾸짖어 말했다.

"내 살아서 화 씨를 죽이지 못하면 대장부가 아니다."

이렇게 말하고 소매를 떨쳐 운성각으로 갔다.

이때 화 씨는 귀밑머리를 맑게 하고 붉은 치마와 무늬 옷을 바르게 해 시누이 월주와 함께 바둑을 두고 있었다. 이에 생이 감히 분노를 드러내지 못해 사창(紗窓)에 걸터앉아 화난 눈으로 소저를 보니 소저가 놀라서 일어서고 월주가 생을 돌아보고 웃으며 말했다.

"오라버니가 어찌 오셨어요?"

생이 억지로 대답했다.

"너의 언니가 나를 버렸으니 내가 물으러 왔다."

소저가 정색하고 말했다.

"언니가 어찌 오라버니를 버리겠어요? 오라버니가 부모님의 경계를 홍모같이 여기시고 언니를 박대해 심규에 들여 두고서 홀로 실성한 말로 언니를 꾸짖으시는 거예요?"

생이 성난 빛으로 말했다.

"지아비가 어리석어 지어미를 소원하게 대한들 열녀가 두 마음을 둘 수 있겠느냐?"

소저가 매우 놀라서 말했다.

"오라버니가 취해 계신다 한들 이런 괴이한 말을 하시는 것이에요? 제가 마땅히 부모님께 고하겠어요."

생이 누이의 매섭고 곧은 모습을 두려워해 도리어 웃고 말했다.

"화 씨가 나를 하도 매몰차게 멀리해 내가 무궁한 정을 두고도 화락하지 못해 도리어 심화(心火)[49]가 생겨 말이 그러했던 것이다. 그러니 누이는 괴이하게 여기지 마라."

소저가 낭랑하게 웃고 화 씨를 돌아보아 말했다.

"언니는 아까 못 마친 승부를 마저 해요."

화 씨가 나직이 말했다.

"정당의 문안이 늦어졌으니 들어가십시다."

말을 마치고서 몸을 일으키니, 생이 소저가 자기를 밉게 여겨 피하는 것이라 생각해 미운 것이 소저를 삼킬 듯했다. 그래서 자신도 모르는 사이에 나아가 소저의 손을 잡아 앉히고 말했다.

"소생이 비록 비루하지만 장인어른이 육례(六禮)[50]로 그대를 내게 허락하셨으니 부부 대륜(大倫)이 분명하거늘 무슨 까닭에 매양 나를

---

49) 심화(心火): 마음에서 북받쳐 나는 화.

50) 육례(六禮): 『주자가례』를 따른 혼인의 여섯 가지 의식. 곧 납채(納采)·문명(問名)·납길(納吉)·납징(納徵)·청기(請期)·친영(親迎)을 말함. 납채는 신랑 집에서 청혼을 하고 신부 집에서 허혼(許婚)하는 의례이고, 문명은 납채가 끝난 뒤에 남자 집의 주인(主人)이 서신을 갖추어 사자를 여자 집에 보내어 여자 생모(生母)의 성(姓)을 묻는 의례며, 납길은 문명한 것을 가지고 와서 가묘(家廟)에 점쳐 얻은 길조(吉兆)를 다시 여자 집에 보내어 알리는 의례고, 납징은 남자 집에서 여자 집에 빙폐(聘幣)를 보내어 혼인의 성립을 더욱 확실하게 해 주는 절차이며, 청기는 성혼(成婚)의 길일(吉日)을 정하는 의례이고, 친영은 신랑이 신부 집에 가서 신부를 맞이하여 신랑 집에 돌아오는 의례임.

이리 미워하는 것이오? 그 마음이 심상치 않을 것이라 이를 자세히 알고 싶소."

소저가 안색이 맹렬해 한번 생을 떨치니 생이 거꾸러졌다. 생이 더욱 노해 누이를 향해 말했다.

"너는 보라. 여자가 되어 남편을 외간 남자처럼 피하니 내 어찌 참겠느냐?"

소저가 화 씨의 행동을 보니 생의 깊은 뜻을 모르고 다만 웃으며 말했다.

"언니가 이렇게 하시는 것은 오라버니의 탓이니 모름지기 조심해 언니에게 비소서."

말을 마치자 낭랑히 웃고 안으로 들어갔다. 생이 바야흐로 소저를 잡고 성난 눈이 맹렬한 채 말했다.

"그대가 무슨 까닭에 생을 싫어하고 괴롭게 여기는 것이 이런 데까지 미쳤으며 어느 곳에 마음을 두고 나를 원수로 지목하는 것인가? 옛사람이 남편은 온화하고 아내는 순종해야 한다고 한 말이 무엇을 이른 것인가? 다만 그대는 생을 만나던 날부터 차가운 눈초리로 날 업신여겨 바라보고 입을 닫아 말을 하지 않아 생을 지아비로 알지 않으니 생이 그것을 보아도 못 본 척하다 못해서 물으니 그대의 생각을 듣고 싶소."

소저가 황급히 손을 떨치고 물러앉으니 매몰찬 기운이 한 방을 움직였다. 생이 대로해 입 속으로 욕했다.

"천한 여자가 몹쓸 뜻을 먹고 이렇게 굴지만 끝내는 운수가 길하지 못할 것이다."

말을 마치자 좌우로 그릇을 두드리며 짓밟고, 시노(侍奴)를 불러 소저 유모를 잡아내 하나하나 죄를 물으며 말마다 소저의 행실이 보잘것없고 속이 엉큼함을 일러 매우 치라고 호령했다. 유모가 비분함을 이기지 못해 소리를 질러 말했다.

"제가 어르신과 부인의 명을 받들어 존문(尊門)에 와 일찍이 상공께 죄를 지은 일이 없으니 이토록 맞을 죄를 저질렀는지 모르겠습니다."

생이 이에 눈을 부릅뜨고 꾸짖었다.

"네게는 죄가 없으나 네 소저의 죄로 맞으라."

유모가 더욱 분해서 소리를 높여 말했다.

"우리 소저에게 무슨 죄가 있나이까? 들어오신 두 해에 조금도 예법이 아닌 행동과 그른 일을 한 적이 없는데도 어른이 소저를 심규에 들이쳐 박대하시고도 오히려 부족해 이토록 깊이 꾸짖으시니 이는 모두 간악한 여자가 참소했기 때문입니다. 슬프다, 어른은 너무 그러지 마소서. 하늘이 마땅히 살피실 것입니다."

생이 더욱 노해 시노를 꾸짖어 그 말을 듣지 않고 유모를 치라 했다. 시노가 생의 포악한 노기와 산악 같은 소리를 듣고 넋이 나간 채 힘껏 치니 매 한 대에 가죽이 헐어 피가 맺혔다. 이에 유모가 혼절하고 소저가 차마 이 광경을 보지 못했다.

이때 천행으로 향기로운 바람이 진동하고 옥패 소리가 쟁쟁하게 나더니 두어 시비가 앞서고 한 부인이 붉은 치마에 비췻빛 적삼을 하고 쌍봉관(雙鳳冠)을 숙이고 천천히 걸어 나아왔다. 한림이 놀라 눈을 들어서 보니 이는 곧 위 부인이었다. 생이 비록 노기(怒氣)가 끝이 없고 미친 마음으로 외입했으나 조그만 염치는 있어 바삐 몸을 일으켜 위 부인을 맞았다. 위 부인이 잠깐 한림의 모습을 살피고는 그윽이 한심해 눈길을 낮추고 손을 꽂아 서서 움직이지 않으니 한림이 팔을 밀어 말했다.

"형수님이 무슨 까닭으로 자리를 잡지 않으십니까?"

소저가 깊이 생각하다가 천천히 말했다.

"첩이 마침 한가한 때를 맞아 이곳에 이르렀으나 형벌의 엄한 광경에 약한 마음이 멍한 것을 면치 못하겠습니다. 하물며 계 씨는 화 부인의 유모요, 소임이 등한하지 않으니 저렇게 중죄를 입은 것은 뜻밖입니다. 첩이 놀라움을 이기지 못해 자리를 잡지 못한 것입니다."

한림이 억지로 웃고 대답했다.

"작은 종이 극히 버릇이 없으므로 잠깐 다스린 것이니 형수님은 괴이하게 여기지 마소서."

부인이 이에 정색하고 말했다.

"계 유랑은 매우 유식하니 무슨 이유로 서방님에게 불만이 있겠나이까? 청컨대 서방님은 유랑을 용서해 주소서."

한림이 불쾌한 빛으로 대답했다.

"이 사람의 죄가 등한하지 않으니 가볍게 용서하지 못하겠습니다."

부인이 다 듣고 그 무식함을 더욱 한심하게 여겨 문득 낯빛을 거둬 묵묵하니 이는 참으로 눈 위에 얼음이 더한 듯하고 한겨울에 하늘에서 서리가 내리는 듯했다. 태부의 기상보다 더한 것이 있었으니 생이 두려워해 즉시 계 씨를 용서하고 겸손히 사죄하고서 밖으로 나갔다.

위 씨가 바야흐로 탄식하고 화 소저를 향해 연고를 물으니 화 씨가 강개해 실소하고 말했다.

"이는 제가 불초해 유모에게 죄가 미친 것이니 다른 까닭이 있어서는 아닙니다."

그러고서 유모를 붙들어 구호하며 안색이 자약하니 위 씨가 탄복했다. 이윽고 유랑이 정신을 차려 크게 울며 말했다.

"우리 천금 같은 소저가 그토록 팔자가 사나우셔서 이런 위험한 일을 당하실 줄을 알았겠나이까? 이로부터 소저가 목숨을 보전하지 못하실 것이니 내 차마 살아서 소저의 고생을 보겠나이까?"

그러고서 생의 행동을 전해 이르고 흐르는 눈물이 비 오듯 했다. 이에 위 씨가 슬픈 빛으로 위로했다.

"예부터 어진 사람이 한때 재앙을 만나는 것은 떳떳한 일이었네. 그러나 설마 소저처럼 타고난 기특한 자질을 가진 사람이 끝내 파묻히겠는가? 잠깐의 운수는 이러하나 끝내는 무사할 것이니 유랑은 마음을 놓게."

계 씨가 그 통달한 의견에 마음으로 복종해 눈물을 거둬 사례하고 화 씨는 길이 슬퍼했다. 위 씨가 재삼 좋은 말로 위로하고 돌아가 그 처지를 안타까워했으나 태부에게도 이 일을 이르지 않았다.

●●●

이씨세대록 권16

이백문은 화채옥을 의심해 일장 풍파를 일으키고 이흥문과 화채옥은 노몽화의 계교로 곤경을 겪다

이때 백문은 노 씨에게서 이간하는 말과 참소를 심하게 들어 화 씨를 죽이려는 마음이 있었다. 그러나 아버지와 형이 두려워 감히 입을 열어 말을 하지 못하고 그 벌을 유랑에게 씌워 죽이려 하다가 위 부인이 말리는 바람에 분노를 풀지 못했다. 그래서 더욱 기분이 나빠져 채란당으로 돌아가니 노 씨가 물었다.

"첩이 아까 들으니 상공께서 운성각에 가 요란하게 구셨다고 하던데 그 어찌 된 일입니까?"

생이 전말을 다 이르니 노 씨가 실색해 말했다.

"낭군이 어찌 계교를 그토록 잘못하신 것입니까? 큰상공과 둘째상공이 화 씨 편을 들어 작은 일이라도 그대를 괴롭게 하고 꾸짖으시는데, 이제 위 부인이 태부에게 참소를 하신다면 태부가 시아버님께 고해 상공이 또 벌을 받으실 것입니다. 그러면 계 씨를 치지도 못하고 상공은 그른 곳에 빠질 것이니 참으로 가소로워 보이나이다."

생이 크게 깨달아 대로해 말했다.

"이 한낱 간악한 여자 때문에 내가 부모께 득죄한 자식이 되고 모든 동기가 다 나를 미워하니 내 차마 살아서 이 분함을 견딜 수 있겠는가? 심야에 가만히 이 여자를 칼로 찔러 죽이는 것이 어떠한가?"

노 씨가 놀라서 말리며 말했다.

"군은 이런 망령된 말을 마소서. 화 씨를 죽이면 그대가 사형을 당할 것이 분명하니 첩의 청춘을 어찌하려 하시나이까?"

생이 머뭇거리며 대답을 못 했다.

노 씨가 가만히 혜선과 의논해 말했다.

"우리 계교가 깊고 비밀스러워 상공이 화 씨를 의심하나 그 부모를 두려워해 발설하지 못하고 있으니 연왕과 소후가 귀신같이 밝더라도 잠깐 시험해 보는 것이 어떻습니까?"

혜선이 응낙하고 또 전과 같이 서간을 지어 틈을 얻어 행동으로 옮기니 진실로 귀신의 조화라 누가 알겠는가.

이때 월주 소저가 난간을 배회하며 그 오빠의 행동을 자세히 보고 그윽이 애달픔을 이기지 못해 정당으로 들어가다가 길에서 태부를 만났다. 소저가 이에 접때의 백문의 모습을 이르니 태부가 더욱 놀라서 이에 조용히 일렀다.

"셋째아우가 외입한 것을 내 안 지 오래고 그 행동을 부모님이 들으실 때마다 의심하고 염려하시니 누이는 모친께 고하지 말고 나중을 보라. 하늘이 어찌 화 씨 제수의 타고난 착한 자질을 저버리시겠느냐?"

소저가 이에 사례하고 들어갔다. 태부가 한참을 깊이 생각하며 산책을 하다가 서당으로 나갔다. 한림이 채란당으로부터 나오니 태부가 이에 정색하고 말했다.

"네 아까 무슨 까닭으로 운성각에 가서 난리를 친 것이냐?"

한림이 성난 빛으로 대답했다.

"누가 그 말을 합디까?"

태부가 이에 안색을 엄숙히 하고 소리를 엄정히 해 일곱 가지 죄목을 하나하나 들고 다섯 가지로 절절히 꾸짖었다. 인심이 조금이라도 있는 자라면 깨달음이 없겠는가마는 백문은 이 한낱 실성한 패륜의 사람이라 어찌 감동하겠는가. 또 조금 전에 노 씨로부터 참소를 들었으므로 태부의 말을 듣고는 발끈해 낯빛을 바꿔 말했다.

"화 씨가 방자하기에 그 유모를 꾸짖어 벌을 준 것이 괴이하겠습니까마는 형수님이 과도하게 말리시기에 체면에 마지못해 유모를 용서했습니다. 그런데 형수님이 형님에게 말을 어지럽게 꾸며 참소해 형님이 저를 이토록 인정 없이 책망하시니 이 무슨 일입니까? 노 씨가 우리 가문에 갓 들어와 행동이 아름다워 사람들 가운데 뛰어났음에도 부모님이 미워하시고 요망한 여자 화 씨의 참소를 곧이들으셔서 저를 용납하지 않으시며 형제들은 일심동체로 제가 옳은 일을 해도 꾸짖기를 못 미칠 듯이 하십니다. 그러니 시원히 모여들어 우리 부부를 죽여 없애시고 즐겁게 사소서."

그러고서 분연히 소매를 떨치고 안으로 들어가니 태부가 크게 놀라 한숨 쉬고 말했다.

"나의 말이 금옥 같더라도 백문이 저렇게 된 후에는 쓸모가 없겠구나."

그리고 이후에는 입을 잠갔다.

이때 소후는 백문이 외입한 것을 큰 우환으로 삼았으나 백문이 가르쳐 들을 길이 없고 왕이 함구해 그 행동을 보다가 크게 범하면 죽이려고 한다는 뜻을 스쳐 알고 잠자코 있으면서 시비를 하지 않았다.

하루는 예부 흥문이 와서 말할 적에, 소후가 그 위인이 뛰어나고 자기 부부를 우러러보는 것이 극진함을 보고 사랑하는 것이 뭇 아들보다 덜하지 않더니 이날도 또한 즐거운 빛으로 대화했다. 이윽고 예부가 일어난 후에 홀연 보니 난데없는 서간 한 장이 빠져 있는 것이었다. 지극히 조심스럽게 붙였으니 소후가 괴이하게 여겨 뜯어 보았다. 겉에, '정인(情人) 이흥문은 화 소저의 금옥난간(金玉欄干)에 부치노라.'라고 써져 있으니 소후가 깜짝 놀라 낯빛이 변해 서간을 펴 보지 않고 급히 화로의 불을 집어 서간을 태워 버렸다. 그리고 크게 한심하게 여겨 이것이 화 씨를 해치는 근본이 될 것임을 알았다. 또 노 씨가 옛날 그 형을 내친 원한을 가지고 이 예부를 없애려는 줄을 짐작해 괘씸함을 이기지 못했으나 얼굴빛을 고치지 않았다.

혜선이 몸을 감춰 자세히 보고 크게 항복해 바삐 돌아가 노 씨를 대해 이르니 노 씨가 매우 놀라서 말했다.

"이는 신인(神人)이라 옥황(玉皇)이 친히 오셔도 속이지 못할 것이니 이제는 낭군을 점점 속여 일이 새어나가게 해야겠습니다."

그러고서 혜선에게 계교를 알려 주었다.

이러구러 두어 날이 지났는데, 하루는 노 씨가 생에게 일렀다.

"아까 보니 예부 상공께서 운성각 쪽으로 가고 계시니 더욱 놀랍고 이상합니다. 가셔서 자세히 살피소서."

생이 듣고 매우 놀라 급히 운성각으로 갔다.

원래 예부 흥문이 서당에 있는데 홀연 시비 홍아가 나와 말했다.

"화 소저가 불의에 병이 생겨 위급하셔서 상서 어르신 등이 다 모여 진맥하시고 기운이 갑자기 막혔다 하시므로 침으로 기운을 통하게 하려 하셔서 어르신을 청하셨나이다."

예부가 듣고 놀라 즉시 웃옷을 입고 일어나니 홍아는 벌써 가고 없었다. 이는 혜선이 변해 홍아가 되었던 것이다. 예부가 비록 총명하고 기이했으나 어찌 이런 일을 깨달겠는가.

예부가 급히 운성각으로 가니 사면이 조용하고 사창(紗窓)이 고요했다. 예부가 본디 매사에 깊이 살폈으므로 문득 의아해 머뭇거리며 난간에서 기침하고 사람을 불렀다. 시녀 조대가 나와서 보고 놀라 말했다.

"어르신께서 무슨 까닭으로 심야에 이르신 것입니까?"

예부가 놀라 말했다.

"아까 홍아가 와서 나를 부른다 하기에 이른 것이니 제수씨의 환후는 어떠하시냐?"

조대가 놀라서 말했다.

"소저는 지금 평안함이 반석과 같으시니 어찌 그런 일이 있겠나이까?"

예부가 또한 놀라고 의아해 한참을 생각하다가 몸을 돌려 나오는데 백문이 만면에 성난 기색으로 오다가 예부를 보고 물었다.

"형님이 어찌 이곳에 이르신 것입니까?"

예부가 백문이 먹은 마음은 전혀 생각하지 못해 다만 그 연고를 이르고 말했다.

"이곳에 오니 조대 말이 이와 같으므로 정당에 가 숙모께 물으려 한다."

한림이 처음에는 예부를 크게 꾸짖으려 했다. 그런데 이때를 맞아 예부의 온화한 기운이 봄바람 같고 말과 기색이 전혀 무심한 데 있으니 차마 말을 하지 못하고 또 대담한 지략이 없으므로 다만 냉소하고 조롱하려 했다.

그런데 홀연 예부가 나는 듯한 걸음으로 멀리 가니 한림이 매우 분노했다. 그런데 예부가 지나간 길에 서간이 빠져 있었다. 한림이 의심해서 나아가 거두어 채란당에 와서 보니 이는 곧 음란한 내용이 적힌 서간이었다. 전날에 본 것과 똑같았으니 생이 노한 기운이 더욱 백 길이나 높아 손으로 서안을 치고 대로해 말했다.

"청명한 해와 달이 비치는 아래에 이토록 음란하고 음흉한 것이 있는가? 예부는 내 차마 처치하지 못하지만 화 씨야 내가 처치하지 못하겠는가?"

그러고서 분연히 화 씨를 죽일 마음을 정했다.

이때 예부가 정당에 이르니 소후는 등불 아래에서 『예기』를 살피고 있었다. 예부가 나아가 곁에서 모시고 앉으니 소후가 놀라서 말했다.

"조카가 어찌 야심한데 이른 것이냐?"

예부가 웃고 대답했다.

"괴이한 일을 보고 이르렀습니다. 아까 홍아가 저에게 와 화 씨 제수가 아프니 저를 청하라 했다 말하고 바로 운성각으로 갔습니다. 그런데 제수씨의 시녀 조대는 그런 일이 없다고 하니 참으로 괴이해 이곳에 이르러 홍아에게 물으려 하는 것입니다."

소후가 다 듣고는 벌써 태반이나 짐작하고 더욱 놀랐으나 억지로 참고 일렀다.

"내 일찍이 조카를 부른 일이 없고 홍아는 내 눈앞에서 낮부터 떠나지 않고 있었으니 어느 사이에 너를 부르러 갔겠느냐? 네가 도깨비를 본 것이 아니더냐?"

예부가 또한 헤아리지 못해 묵묵히 있다가 웃고 일렀다.

"제가 비록 악광(樂曠)[51]의 귀밝음이 없으나 도깨비는 구분할 수 있으니 그 어찌 된 일입니까? 참으로 수상하나 또한 대단한 일은 아

---

51) 악광(樂曠): 사광(師曠). 중국 춘추시대 진(晉)나라 사람. 자는 자야(子野)로 저명한 악사(樂師)임. 눈이 보이지 않아 스스로 맹신(盲臣), 명신(瞑臣)으로 부름. 진(晉)나라에서 대부(大夫) 벼슬을 했으므로 진야(晋野)로 불리기도 함. 음악에 정통하고 거문고를 잘 탔으며 음률을 잘 분변했다 함.

닙니다."

그러고서 일어나 나가니 소후가 길이 탄식하고 화 씨에게 큰 재앙이 머지않아 올 것임을 알았다.

이튿날 한림이 밤을 기다려 작은 칼을 옆으로 차고 의관을 부쳐 운성각으로 갔다. 화 소저가 놀라 일어나 한림을 맞으니 이날은 전보다 마음이 더욱 무섭고 떨려 겨우 한 가에 자리를 잡았다. 한림이 성난 눈으로 소저를 한참 동안 보니 준엄한 기운이 등불 아래에 등등했다. 이에 소저가 더욱 흉하게 여기더니 야심한 후에 한림이 소리를 내어 소저의 죄를 하나하나 따지며 말했다.

"음란한 여자가 오늘밤에 죽을 줄을 알고 있는가?"

소저가 이 말을 듣고 크게 놀라 낯빛이 찬 재와 같이 되었으니 어찌 혀가 도와 말이 나겠는가. 잠자코 있으니 한림이 문득 옷 사이에서 서리 같은 보검을 빼어 들고 꾸짖었다.

"너 음탕한 여자가 천지에 용납받지 못할 죄가 있으니 그것을 아는가? 네 본디 사족의 여자로서 네 아비가 내게 널 육례(六禮)[52]로 허락하셨으니 피차에 대륜(大倫)이 분명하다. 그런데 내 마침 액운이 가려 너와 운우지락(雲雨之樂)[53]을 이루지 못했다. 그렇다 한들 네 어찌 차마 사촌 시아주버니와 간음해 전후에 예법에 어긋난 서간을 주고받을 수 있느냐? 이는 강상을 범한 큰 변고다. 마땅히 너의 머리를 베고 수족을 자를 만하되 내 짐짓 모르는 체했다. 그런데 이제는 더욱 나를 어둡게 여겨 시아주버니를 청해 방에 들였다. 내 마땅히 너같이 음란하고 사악한 년을 시원하게 법사(法司)에 고해 다

52) 뉵례(六禮): 육례. <주자가례>를 따른 혼인의 여섯 가지 의식. 곧 납채(納采)·문명(問名)·납길(納吉)·납징(納徵)·청기(請期)·친영(親迎)을 말함.

53) 운우지락(雲雨之樂): 구름과 비를 만나는 즐거움이라는 뜻으로, 남녀의 정교(情交)를 이르는 말.

스리도록 하고 싶으나 부모님이 요망한 술법에 빠져 나만 그르다고 하셔서 법으로 다스리지는 못할 것이다. 그러나 당당한 대장부가 되어 음란한 계집을 어찌 살려 둘 수 있겠는가? 스스로 너를 생각하면 일이 부끄럽고 네 목숨이 불쌍하나 삼 척 검은 인정이 없으니 너는 한스러워 마라."

말을 마치자 긴 팔을 내어 소저의 구름 같은 머리칼을 풀어 잡은 채 눈빛 같은 칼이 번득이며 목으로 향했다. 슬프다! 이때를 맞아 화 씨에게 한신(韓信)과 팽월(彭越)[54]의 힘이 있다 한들 어찌 막을 수 있겠는가. 하물며 화 씨의 지기가 매섭고 굳세 백희(伯姬)[55]가 불타 죽은 것을 본받았으므로 생이 죄를 하나하나 묻는 말을 들으니 죽는 것을 도리어 낫게 여겨 끝내 한 소리를 하지 않았다. 풀잎의 이슬처럼 잔약한 목숨이 경각에 있으니 어찌 슬프지 않은가.

이때 영대와 조대 두 사람이 생의 기색을 수상하게 여겨, 유모와 시녀들은 다 자고 있었으나 깨어서 휘장 밖에서 엿보다가 그 칼이 빼지는 것을 보고 대경실색해 영대가 급히 달려 봉성각으로 갔다. 마침 태부가 들어와 아이와 놀고 있으니 영대가 급히 소리쳤다.

"한림이 들어와 소저를 죽이려 하시니 어르신은 소저를 구하소서."

태부가 무심중에 이 소리를 듣고 놀라움을 이기지 못해 미처 진짜인지 거짓인지를 묻지 못하고 급히 운성각으로 갔다. 바삐 휘장을 드니 한림이 바야흐로 소저의 머리칼을 풀어 잡고 눈을 부릅떠 급히 칼날을 높이 들어 소저를 찌르려 하고 있었다. 태부가 이에 매우 놀

---

54) 한신(韓信)과 팽월(彭越): 두 사람 모두 한(漢)나라 고조(高祖) 휘하의 명장(名將)으로 고조가 황제가 되는 데 큰 수훈을 세움.

55) 백희(伯姬): 중국 춘추시대 노(魯)나라 선공(宣公)의 딸로 송(宋)나라 공공(共公)의 부인이 되어 공희(共姬) 또는 공백희(恭伯姬)라고도 불림. 공공이 죽은 후 수절하다가 경공(景公) 때에 궁전에 불이 났을 때 좌우에서 피하라고 권하였으나 백희는, 부인은 보모와 함께가 아니면 밤에 당 아래로 내려가지 않는다 하며 불에 타 죽음.

라 급히 소리를 질렀다.

"운보가 이 어찌 된 일이냐? 아버님이 이르러 계시다."

그러자 한림이 놀라서 칼을 버리고 일어섰다. 태부가 낯빛이 찬재와 같이 되어 일렀다.

"네가 외입함은 안 지 오래되었으나 차마 오늘날 이런 흉악한 노릇을 할 줄 알았겠느냐? 일찍이 부모님이 집안을 다스리시는 것이 수정 같거늘 네 어찌 감히 심야에 흉악한 일을 하려 하느냐? 가문의 치욕이 가볍지 않으니 어찌 너를 다스리지 않을 수 있겠느냐?"

말을 마치고는 화 씨를 향해 죄를 청해 말했다.

"소생 등이 도리에 밝지 못해 아우를 교화하지 못한 탓으로 오늘날 제수씨 신상에 변란이 참혹하니 놀라운 것은 이를 것도 없고 소생 등이 무슨 낯으로 세상에 다닐 수 있겠습니까?"

소저가 이때 정신이 아득해 한 말도 못 했다. 태부가 이에 조대에게 분부해 봉성각에 가 자기 부인을 청해 이곳에 와 화 씨를 구하게 하라 하고 생을 이끌어 서당으로 돌아갔다. 태부가 예법을 중시해 백문이 화 씨를 찌르는 지경에 다다랐어도 무례하게 제수의 앞에 달려들어 말리지 않았으니 진실로 기특한 사람이다.

태부가 백문의 행동에 한심함을 이기지 못해 서헌에 나아가 왕에게 고했다.

"셋째아우가 근래에 외입함이 심하나 그토록 한 줄은 몰랐더니 이제는 화 씨 제수를 죽이려 했습니다. 대인의 엄한 명령이 아니면 셋째를 경계하지 못할 것입니다."

왕이 듣고는 놀라서 말했다.

"내 요사이 백문이의 행동을 보고도 못 본 척한 것은 그 나중을 보려 한 것이었다. 그런데 또 흉악한 뜻이 있는가 싶으니 내 자연히 처치가 있을 것이다."

태부가 슬픈 낯빛으로 아뢰었다.

"가문의 운수가 불행해 셋째가 뛰어난 기질을 가지고서 실성한 것이 이 지경에 미쳤으니 하늘을 우러러 한탄할 뿐입니다."

이에 왕이 탄식하고 대답하지 않았다.

이튿날 왕이 승상부 문안을 마치고 오운전으로 돌아와 좌우를 시켜 한림을 불렀다. 한림이 즉시 오니 왕이 명령해 한림을 결박해 꿇리고 아역(衙役)을 명령해 산장(散杖)[56]을 잡으라 하고 소리를 엄정히 해 말했다.

"불초자가 다섯 살부터 경서를 읽어 통하지 않는 곳이 없으니 내 생각하기를 공맹(孔孟)[57]의 도(道)를 배우지는 못해도 오륜(五倫)이나 분별할까 했다. 그런데 근래 행동은 차마 사람에게 들리게 하고 보이게 할 만하지 않구나. 죄악이 천지에 가득하나 내 잠자코 있었던 것은 혹 깨달아 어버이가 중한 줄을 알까 해서였다. 그런데 갈수록 흉악함이 지극한 것은 이를 것도 없고 아내를 죽이려 계교하니 내 비록 어리석고 약해 옛 사람만 같지 않으나 너 같은 자식을 살려 두어 선조에 욕을 끼치고 이씨 맑은 가문에 널 용납할 수 있겠느냐? 빨리 매 아래에 죽어 이씨 선산에 묻힐 생각을 마라."

백문이 아버지가 자기를 죽이겠다는 말을 듣자 대로해 급히 소리쳤다.

---

56) 산장(散杖): 죄인을 신문할 때, 위엄을 보여 협박하기 위해서 많은 형장(刑杖)이나 태장(笞杖)을 눈앞에 벌여 내어놓던 일.

57) 공맹(孔孟): 공자와 맹자를 아울러 이르는 말. 공자는 공구(孔丘, B.C.551~B.C.479)를 높여 부른 말. 공자는 중국 춘추시대 노나라의 사상가·학자로 자는 중니(仲尼)임. 인(仁)을 정치와 윤리의 이상으로 하는 도덕주의를 설파하여 덕치 정치를 강조하여 유학의 시조로 추앙받음. 맹자는 맹가(孟軻), B.C.372~B.C.289)를 높여 부른 말. 맹자는 중국 전국시대의 사상가로 자는 자여(子輿)·자거(子車)임. 공자의 인(仁) 사상을 발전시켜 '성선설'(性善說)을 주장하였으며, 인의의 정치를 권함. 유학의 정통으로 숭앙되며, '아성(亞聖)'이라 불림.

"소자가 비록 사나우나 아버님이 소자를 죽이시는 것은 뜻밖입니다. 그러나 시원하게 죽이소서. 죽으면 넋이 아버님께 참소한 사람을 가만두지 않을 것이니, 죽거든 노 씨와 한데 묻어 주소서."

말이 끝나지 않아서 왕이 크게 놀라 말했다.

"내 어리석어 이 아이의 외입함이 이 지경에 이른 줄을 몰랐구나. 너를 다스리는 것이 욕되니 네 내 생전에는 내 눈에 뵈지 마라."

말을 마치고는 백문을 끌어 문밖에 내치라 하고 내당에 들어가 소후를 보고는 전말을 일러 한스러워함을 마지않으니 소후가 길이 탄식하고 말했다.

"운명이 기박한 인생이 온갖 고난을 두루 겪고서 또 자녀 대여섯을 둔 가운데 이런 희한한 변이 있으니 무슨 면목으로 사람을 보겠나이까?"

왕이 또한 탄식했다.

백문이 쫓겨 밖에 나와 몸을 둘 데가 없어 원용의 집이 문밖에 있었으므로 들어가 한 칸 방을 얻어 들어앉아 스스로 한스러워하며 말했다.

"다른 사람은 아내 다섯을 얻어도 평안하고 좋더만 나는 무슨 액운으로 노 씨 하나를 얻었는데 이리 요란하니 남의 자식 된 것이 인가의 심부름하는 아이만도 못하구나."

이렇게 말하고 크게 한해 원용을 불러 술을 얻어 오라 했다. 원용이 즉시 좋은 술 두 동이를 가져오니 생이 스스로 부어 대취하고 마음이 방자해져 노 씨 생각이 급하므로 노 씨에게 소찰(小札)을 보내 밖으로 나오라 했다.

노 씨가 이때 태부를 한스러워하고 왕을 미워하더니 생이 부른다는 말을 듣고 즉시 시부모 면전에 나아가 아뢰었다.

"남편이 아버님께 죄를 입어 문밖으로 내쳐졌으니 소첩이 홀로 편하게 있지 못할 것입니다. 그러니 함께 나가 그 의식을 살피려 하나이다."

시부모가 그 행실을 더욱 망측하게 여기고 생의 외입함이 노 씨 때문이라 불쾌함을 이기지 못했으나 노 씨가 눈에 허물을 보인 일이 없으므로 억지로 참고 그리하라 했다.

노 씨가 절해 사례하고 원용의 집으로 가니 생이 반김을 이기지 못해 함께 연이어 즐겼다. 그런 중에 화 씨와 홍문을 원수로 치부하고 노 씨가 생을 부추겨, 미봉해 두었다가는 도리어 해를 받을 것이라 하니 생이 분함을 이기지 못했다.

하루는 생이 계양궁에 나아가 하남공을 보니 공이 정색하고 말했다.

"네 부모를 배반하고 아주 탕자가 되어 무슨 낯으로 와서 나를 보는 것이냐?"

생이 분노하는 가운데 이 말을 듣고 더욱 노해 낯빛을 바꾸어 말했다.

"저는 부모를 배반한 탕자지만 숙부 아들의 소행도 놀랍고 부끄럽게 여기나이다."

공이 노해 말했다.

"나의 아이들이 어리석으나 너와 같지는 않다. 그런데 괜히 와서 나를 괴롭히는 것은 어째서냐?"

한림이 냉소하고 말했다.

"숙부가 큰아들 이 예부의 소행을 모르시나 예부의 소행도 곱지는 않나이다."

말을 마치고 일어나니 공이 놀라고 염려해 물었다.

"흥문이의 무슨 일이 곱지 않다는 것이냐?"

한림이 낯빛을 바꿔 말했다.

"제수와 간음하는 행실입니다."

공이 이 말을 듣고 발끈 대로해 생을 머무르도록 하고 좌우를 시켜 연왕과 예부, 개국공 등을 부르라 했다. 사람들이 모두 이르자 공이 얼굴에 노기가 어린 채 크게 소리쳐 예부를 결박해 꿇리도록 했다. 예부가 매우 놀라고 당황해 자기가 무슨 죄를 지었는지 알지 못했으나 안색을 자약히 하고 엎드렸다. 공들이 괴이하게 여기고 연왕이 말했다.

"흥문이 나이가 이제 삼오, 이칠의 어린아이가 아니요, 제 구태여 잘못한 일이 없는데 오늘의 광경은 어찌 된 일입니까?"

공이 낯빛이 찬 재같이 되어 대답하지 않고 백문을 향해 말했다.

"네 흥문의 죄목과 잘못의 증거를 다 일러 일이 분명하고 말이 이치에 맞으면 너 보는 데서 흥문이를 죽일 것이니 자세히 이르라."

백문이 그 부친이 자리에 있는 것을 보고 두려워 말을 못 하니 공이 재촉해 일렀다.

"내 어리석어 자식을 가르치지 못했더니 네가 들어와 나를 면전에서 꾸짖고는 대놓고 모욕을 주었으니 나의 용렬함이 사람을 대할 낯이 없게 되었다. 네가 이르는 대로 흥문이를 다스리고 그다음에는 내가 스스로를 매어 네게 사죄하겠다."

연왕이 남공의 기색을 보고는 백문에 대해 괘씸해하고 남공에게 부끄러워 죽으려 해도 죽을 땅이 없었으나 백문의 행동을 보려고 잠자코 앉아 있었다. 이에 백문이 분노를 이기지 못해 얼굴빛을 바꾸고 말했다.

"숙부께서 저에게 기분이 좋지 않아 말씀하시는 것이 이와 같으시나 제가 그렇다고 거짓말로 예부를 모함했겠나이까?"

드디어 주머니에서 한 통의 서간을 내어서 드렸다. 남공이 받아서 다 보고는 매우 놀라서 말을 미처 하지 못해서 연왕이 성난 머리칼이 관을 찌르고 낯빛이 파래진 채 백문을 크게 꾸짖었다.

"더러운 자식이 음란하고 패악한 행동을 무궁히 하다가 마침내는 이런 큰 변고를 일으켜 천고의 강상을 무너뜨려 버리는 것이냐?"

말을 마치고는 좌우를 시켜 백문을 잡아 내리라 하고 의관을 벗어 중간 섬돌에 꿇어 고개를 조아려 죄를 청해 말했다.

"제가 불초하고 도리를 몰라 패륜의 자식을 가르치지 못해 이런 변이 있게 했으니 제가 형님 앞에서 죽기를 원하나이다."

남공이 이에 천천히 탄식하고 말했다.

"이 서간을 보니 입이 있으나 내 아이를 변명해 줄 길이 없으니 다만 홍문이를 신문할 따름이다."

말을 마치고 서간을 예부에게 주며 말했다.

"너의 불초함은 안 지 오래나 이토록 한 줄은 알지 못했으니 이 일에 대해 자세히 듣고 싶구나."

예부가 꿇어서 다 보고는 뼈가 저리고 넋이 놀라며 분한 기운에 가슴이 막혀 다만 두 번 절하고 말했다.

"제가 설사 보잘것없으나 차마 이런 일을 저지르고 천하에 설 수 있겠나이까?"

그러고는 몸을 백문에게 돌려 말했다.

"네 어디에 가 이 서간을 얻어 가지고 나를 모함해 강상의 대죄인을 만든 것이냐? 이 글씨는 내 필적과 조금도 다르지 않으니 내 입이 있으나 해명하지 못하겠다. 다만 근본을 자세히 듣고 싶구나."

백문이 성난 빛으로 말했다.

"형은 아주 착한 척하지 마십시오. 제가 어느 날에 이 서간을 화 씨의 침상 밑에서 얻었으니 이 서간이 형님이 지은 것이 아니라면 귀신의 작용이겠습니까? 더욱이 지난 밤에는 무엇하러 운성각에 들어가 계셨나이까? 제가 어제 말을 하려 하다가 스스로 부끄러워 못하고 돌아오려 하던 차에 이 서간이 형의 소매에서 빠졌습니다. 제가 차마 형님에게 이르지 못하고 다만 화 씨를 죽여 이 일을 미봉하려 했더니 둘째형님이 아버님께 고해 저를 밖에 내치시게 했습니다. 그래서 차라리 그런 줄이나 밝히려 해 숙부께 고한 것입니다. 그러니 형은 나를 한스러워하지 마시고 이후에나 행실을 닦으소서."

예부가 다 듣고는 크게 탄식해 말했다.

"나의 행실이 보잘것없어 네 의심이 이 지경에 미쳤으니 차마 이 세상에 머무를 수 있겠느냐? 내 네 앞에서 시원하게 죽어 내 뜻을 밝히겠다."

말을 마치고는 자신이 찬 칼을 빼 자결하려 하니 좌우의 사람들이 깜짝 놀라서 모두 흥문을 구하고 연왕이 내달아 흥문의 손을 잡고 울며 말했다.

"내 몹쓸 자식을 두었다가 조카의 몸에 이런 참혹한 말이 실리게 하니 내 무슨 낯으로 부모님을 다시 뵐 수 있겠느냐? 조카는 저 불초하고 패악한 사람의 말을 마음에 두지 말고 안심하라."

예부가 겨우 정신을 진정해 말했다.

"숙부께서 이 어찌 된 말씀입니까? 범사에 증거가 있은 후에는 입이 아홉이 있은들 어찌 변명을 할 수 있겠습니까? 며칠 전 제가 승상부 서당에 있더니 홍아가 와서 숙모 명령이라며 화 씨 제수에게 가라고 했습니다. 그래서 급히 운성각에 가니 화 씨 제수의 여종이 부른 적이 없다고 이르므로 하도 괴이해 숙모께 물으려 나오다가 백문이를 만났는데 백문이가 만면에 성난 기색으로 저에게 말을 했습니다. 제가 그때는 전혀 다른 생각을 못 한 채 말을 하고 정당에 가 숙모께 여쭈니 숙모님이 놀라시며 홍아는 저에게 간 적이 없다고 말씀하시는 것이었습니다. 이는 필시 저의 운수가 참혹해 귀신이 희롱한 것입니다. 그날 제가 정말 홍아로 보았는데 숙모께서 그처럼 말씀하셨으니 백문이가 속은 것이 괴이하겠나이까?"

왕이 다 듣고는 대로해 말했다.

"이는 다 요망한 사람이 술수를 부린 것이니 백문이를 어찌 옳다 하겠느냐?"

그러고서 좌우의 무사를 꾸짖어 백문을 결박하라 하고 말했다.

"네가 흉악해 오늘 변고를 일으켰으니 다시 말하는 것이 무익하다. 그래도 대강 그날 흥문이가 화 씨 있는 곳에 간다 하고 누가 일렀더냐? 그 사람을 알려 준다면 너를 용서하겠다."

한림이 정색하고 대답했다.

"누가 저에게 알려 주었겠습니까? 그 여자의 음란하고 비루한 행적이 자주 있으니 소자가 화 씨의 남편으로 설사 화 씨를 홀대한다 하나 그것을 어찌 모르겠습니까? 예부 형의 잘못이 뚜렷해 숨길 길이 없어 자기가 무익한 변명을 안 하는데 대인께서 홀로 소자만 꾸짖으시니 시원히 화 씨를 예부에게 주십시오."

예부가 어이없어 눈을 들어 한림을 보며 꾸짖었다.

"네가 남의 처였던 여자를 음간하니[58] 남도 그렇게 했을까 여기는 것이냐? 네 이제 요망한 사람의 참소를 듣고 요괴로이 모함한 것을 목도하도록 해 나를 강상의 죄인으로 만들었으니 오늘 이후로는 내

58) 네가~음간하니: 이백문이 이흥문의 아내였던 노 씨와 잠자리를 가진 것을 말하는 것으로 보이나, 서사의 시간상 그 사실은 아직 밝혀지지 않았음.

가 다시 사람 무리에 다니지 못할 것이다. 그러나 네 눈이 있고 망울이 없어 노 씨가 제 형의 원한을 나에게 쓰는 줄을 모르는 것이냐?"

왕이 더욱 노해 손으로 서안을 쳐 말했다.

"흥문이는 대종(大宗)[59]을 받드는 몸인데 네가 하루아침에 변고의 말을 내어 흥문이를 구렁에 넣었으니 내 어찌 너를 두어 가문의 종사(宗嗣)[60]가 잘못되게 하겠느냐?"

말을 마치고 좌우를 시켜 짐주(鴆酒)[61]를 가져오라 해 한림을 죽이려 하니 위엄이 참으로 북풍이 부는 가운데 뜬 찬 달과 같았다. 남공이 겨우 노기를 참고 연왕을 말려 말했다.

"벌써 가문의 운수가 불행하려 이런 것이니 중대한 인명을 죽일 수 있겠느냐? 아우는 나중을 보고 지레 경솔하게 굴지 마라."

왕이 죄를 청해 말했다.

"제가 무슨 사람이 된 것입니까? 마땅히 불초한 패륜의 자식을 죽이고서 조상 신령에 사죄하고 그다음에 형님의 다스리심을 기다리려 하나이다."

남공이 길이 탄식하며 말했다.

"아우는 어찌 내 뜻을 모르고 이런 뜻밖의 말을 하는 것이냐? 흥문이는 이미 마친 몸이라 법부가 안다면 허리가 베이는 형벌을 면치 못할 것이니 그 아비 마음이 부족하다고 하랴?"

왕이 이 말을 들으니 심장이 덜컥 내려앉는 듯해 백문을 바로 죽이고 싶은 마음이 불 같았다. 그러나 이 일이 처치가 극히 어렵고 요망한 사람이 가만히 일으키는 변이 헤아릴 수 없어 앞날의 일이 어

---

59) 대종(大宗): 동성동본의 일가 가운데 가장 큰 종가의 계통.
60) 종사(宗嗣): 종가 계통의 후손.
61) 짐주(鴆酒): 짐독(鴆毒)을 섞은 술. 짐독은 짐새의 깃에 있는 맹렬한 독.

떻게 될지 알지 못해 아직 분노를 참고 한림을 내려 가두고 하남공 앞에 나아가 말했다.

"제가 어리석어 자식을 가르치지 못한 죄가 크거니와 오늘의 일은 흥문이가 스스로 해명할 것이 없으니 장차 어느 곳으로부터 단서를 찾겠습니까?"

남공이 탄식하고 말했다.

"네 뜻이 내 마음이다. 흥문이가 애매한 것이 하늘의 해와 같다 한들 간사한 정황의 싹을 알지 못한 후에는 흥문이가 천대에 죄인이 될 것이라 이런 불행한 일이 없구나."

왕이 대답했다.

"흥문이를 해치는 자는 노 씨가 아니고 누구겠습니까? 그 형의 뜻을 이어 흥문이를 해치는 것이니 앞날에 흥문이를 사지에 넣고 그칠 것이라 어찌 큰 근심거리가 아니겠습니까?"

남공이 말했다.

"내 또 짐작하고 있으나 군자가 눈으로 보지 않은 일을 지레 지목하겠느냐?"

그 나머지 공들은 놀라서 다만 집안의 운수가 불행함을 일컬을 뿐이었다.

예부가 한마디를 안 하고 서당으로 돌아가 문을 닫고 손님을 사절해 아침저녁 문안에도 참여하지 않았다. 공들이 이에 더욱 우려하고 비분함을 이기지 못했으나 달리 할 수 있는 것이 없었다.

저녁 문안에 일가 사람들이 존당에 모이니 모두 예부가 없는 이유를 물었다. 남공이 승상 앞에 나아가 전말을 자세히 고하니 승상이 듣고서 매우 놀라 말했다.

"이 일은 심상한 변이 아니라 장차 어찌할꼬? 요망한 사람이 변고를 짓는 것이 비할 데가 없으니 이쯤 해서 그만두지는 않을 것이다. 반드시 대간(臺諫)과 몰래 연락해 이 일이 새어나간다면 증거가 명백하니 입이 아홉이라도 해명을 못 할 것이고, 흥문이에게 벌을 준다면 사형이 내려질 것이다. 흥문이는 우리 집의 천리기린(千里麒麟)[62]이며 종사를 받든 중요한 몸이니 이 일은 우리 집안의 큰 불행이 아니겠느냐?"

남공이 공수(拱手)하고 대답했다.

"일마다 다 천명이니 설마 어찌할 수 있겠나이까? 대인께서는 앞에 벌어질 일의 형세를 보시고 염려하지 마소서."

유 부인이 한참을 깊이 생각하다가 길이 탄식하고 말했다.

"집안에 이처럼 헤아리지 못할 변란이 일어나니 어찌 이웃사람에게 들리게 할 만한 일이겠느냐? 너희는 이 일을 입 밖에 내지 말아 남이 듣게 하지 마라."

정 부인이 봉황의 눈썹을 찡그리고 남공에게 말했다.

"네가 처음에 잘못했다. 간사한 사람이 날로 기미가 누설되기를 기다리고 있는데 백문이가 그 말을 냈을 때 조용히 물어 이후에는 발언하지 말라고 달랜 후 그 서간을 태워 버렸다면 일이 어지럽지 않았을 것이다. 실성해 외입한 것의 성을 돋워 제 아비를 불러 위협해 제 아비로 하여금 백문이를 꾸짖게 하고 흥문이와 대면하게 해 근본을 다 선명하게 누설시켰으니 어찌 애달프지 않으냐?"

공들이 깨달아 그 말에 항복하고 남공이 자리를 옮겨 공수해 말했다.

"저의 어리석은 소견이 어머님의 큰 뜻을 감히 감당하지 못해 그

---

62) 천리기린(千里麒麟): 하루에 천 리를 달릴 수 있을 정도의 기린. 여기에서 기린은 상상 속의 상서로운 동물임. 이흥문이 매우 중요한 인물임을 뜻함.

음이 부끄러움을 이기지 못하겠습니다. 그러나 간사한 사람의 흉계를 헤아리지 못하고 백문이의, 도리를 어기는 행동이 참으로 한심하니 어찌 분을 참고 입을 다물어 백문이의 마음이 더욱 방자하게 할 수 있겠나이까?"

부인이 탄식하며 대답하지 않고, 사람들이 백문을 깎아 내리며 의논이 그치지 않았다. 소후가 좌중에 있다가 부끄러워 죽으려 해도 죽을 곳이 없어 물러나 침소로 돌아가 두 아들에게 일렀다.

"셋째가 어리석어 흥문이를 그릇 만들고 나를 몸 둘 곳이 없게 하니 이는 다 내가 어리석어 그런 것이라 내 어찌 차마 다시 시부모님과 큰아주버님을 뵙겠느냐? 너희는 감히 이후에 나를 찾아 볼 생각을 하지 마라."

말을 마치고는 봉관(鳳冠)[63]을 벗고 옥패(玉佩)[64]를 풀어 정전(正殿)에서 옮겨 후당에 거적을 깔아 죄를 기다렸다. 그리고 글을 올려 시부모와 왕에게 하직하고 문을 닫아 하늘의 해를 보지 않았다. 이에 상서와 태부가 크게 한스러워해 말했다.

"모친께서 초년에 끝없이 험한 변란을 겪으시고 이제 겨우 무사하셔서 그것이 백 년이 갈 줄로 알았는데 끝내는 몹쓸 자식을 두셔서 신세가 이리 평안하지 않으실 줄을 알았겠는가?"

그러고서 즉시 아버지를 찾아 이 일을 고하려 했다.

이때 주비(朱妃)가 아들의 변란을 듣자 넋이 차고 정신이 멍한 듯해 묵묵히 시비를 안 했으나 아래로 공부(工部) 등 다섯 사람은 백문을 절치했다. 말이 끝나지 않아서 연왕이 이에 이르러 관을 벗고 섬돌 아래에서 고개를 조아려 죄를 청하는 것이었다. 주비가 크게

63) 봉관(鳳冠): 봉의 장식이 있는 예관(禮冠).
64) 옥패(玉佩): 옥으로 만든 노리개.

놀라 바삐 소옥을 시켜 구슬 신발을 내오게 하고 섬돌에 내려가 손을 꽂아 말했다.

“첩이 무슨 죄를 얻었기에 서방님이 첩을 용납하지 않은 것이 이처럼 심하신 것입니까?”

왕이 두 번 절해 읍(揖)하고 말했다.

“복(僕)[65]이 어리석어 패륜의 자식을 두어 오늘 흥문이를 천고 강상을 범한 죄인으로 만들고 패륜의 사람이 되게 해 깊은 방에 들어앉게 했으니 소생이 무슨 면목으로 옥주를 뵐 수 있겠습니까? 가시를 져 당하에서 죄를 기다리니 옥주께서는 소생이 자식을 엄히 가르치지 못한 죄를 밝게 다스려 주시기를 바라나이다.”

주비가 다 듣고는 황급히 봉관을 벗고 뜰에 내려가 사례해 말했다.

“오늘날 집안의 환란이 비상한 것은 가문의 운수가 불행하고 제 아들의 재앙이 무거워서 그런 것이니 어찌 오로지 백문이의 죄로 삼을 수 있겠나이까? 첩이 어리석은 소견을 지녔으나 감히 서방님을 원망하는 것이 있을 것이라고 서방님이 귀한 가마를 굽혀 오셔서 이런 과도한 행동을 하십니까? 첩이 부끄러워서 죽으려 해도 죽을 곳이 없을 지경입니다.”

연왕이 공주가 관을 벗는 것을 보고 크게 황공해하다가 그 말을 듣고서는 매우 감격해 절하고 사례해 말했다.

“옥주의 높은 은혜와 덕택이 이와 같으시니 소생이 어찌 감히 입을 놀려 무익하게 죄를 청하겠나이까? 당에서 내려와 관을 벗으신 것이 더욱 소생의 죄를 깊게 하는 것이니 형수님은 살피소서.”

주비가 사양해 말했다.

---

65) 복(僕): 상대에게 자신을 낮추어 부르는 말.

"서방님이 당에 오르지 않으시니 첩이 어찌 방자하게 굴 수 있겠나이까?"

왕이 마지못해 몸을 일으켜 팔을 미니 공주가 천천히 관(冠)을 거두고 구슬 신발을 끌어 당에 올랐다. 왕이 또한 올라가 좌석에 무릎을 꿇으니 주비가 슬픈 빛으로 안색을 바꿔 말했다.

"서방님이 친히 화란을 저질러 흥문이가 몸에 옻칠을 해 문둥이처럼 가장하고[66] 십생구사하는 지경에 있다 한들 첩이 어찌 감히 불평하는 마음이 있을 것이라고 오늘 서방님의 행동이 소첩으로 하여금 몸 둘 곳이 없게 하십니까? 첩이 무슨 낯으로 남편을 대하며 사람 무리에 참여할 수 있겠나이까?"

왕이 꿇어 다 듣고는 크게 깨달아 사례해 말했다.

"옥주께서 이처럼 밝게 가르쳐 주시니 소생이 다시 죄를 얻겠나이까?"

말을 마치고 몸을 일으켜 서당으로 가 예부를 보았다. 예부가 고요히 방에 누워 있다가 왕을 보고 일어나 맞이하니 왕이 나아가 예부의 손을 잡고 탄식하며 이윽히 말을 못 했다. 왕이 비록 뱃속에 천지를 변화시키는 신묘한 술법이 있고 천균(千鈞)[67]과 같은 큰 도량이 있으나 오늘 자기 슬하 때문에 일생 지기로 사랑하던 조카로서 하물며 종사(宗嗣)의 중함이 태산보다 더한 흥문에게 재앙이 닥쳤으니 어찌 부끄럽지 않으며 무슨 말을 할 수 있겠는가. 예부가 왕의 기

66) 몸에~가장하고: 원수(怨讐)를 갚기 위해 용모(容貌)를 바꿈을 이르는 말. 중국 전국시대에 진(晉)나라 예양(豫讓)이 자신을 등용시켜 준 지백(智伯)을 위해 지백을 죽인 조양자(趙襄子)에게 복수하기 위해 몸에 옻칠을 하고 숯을 삼켜 문둥이에 벙어리가 되어 알아보지 못하게 해 조양자를 죽이려다 실패하고 자결한 일이 있음. 여기에서는 이흥문이 원수를 갚기 위해 이렇게 할 수도 있을 것이라는 말임.

67) 천균(千鈞): 매우 무거운 무게 또는 그런 물건을 비유적으로 이르는 말. '균'은 예전에 쓰던 무게의 단위로, 1균은 30근임.

색을 짐작하고 이에 온화하게 웃으며 대답했다.

"오늘의 일은 백문 때문이 아닙니다. 저의 액운이 기괴해 골육의 의심을 받아 고금에 희한한 변란을 만난 것이니 어찌 남을 한스러워 하겠나이까? 그러니 어찌 숙부께서 마음이 불편하실 일이겠습니까? 저의 수명이 길고 짧은 것은 하늘에 달려 있으니 제가 지레 죽겠나이까? 저는 마침내 버려진 사람이 안 될 것이니 숙부께서는 염려 마소서."

왕이 탄식하고 흥문의 착함을 칭찬해 말했다.

"착하구나! 조카의 말이 이처럼 상쾌하니 만일 어진 형수님인 옥주 마마께서 낳으신 바가 아니라면 이러하겠느냐? 그러나 네 아저씨의 마음이 끝내 편하다고 하겠느냐? 낯을 깎고 머리털을 밀어 조상 신령께 사죄하려 하니, 하늘이 내가 자식 못 가르친 죄를 진노하셔서 오래지 않아 재앙이 있을까 두렵구나."

예부가 탄식하고 말했다.

"제가 비록 어리석으나 숙부의 마음을 우러러 짐작하지 못할 것이라고 이런 과도한 말씀을 하십니까? 숙부께서 저의 뜻을 모르시는 것이 심합니다."

왕이 그 너른 마음에 항복해 이에 위로하고, 이어 머물렀다.

이부와 태부가 이곳에 이르러 왕을 뵈고 말했다.

"저희가 불초해 일찍이 진 씨의 효성[68]이 없고 이제 셋째아우 때문에 모친께서 당에서 내려가 죄인으로 자처하시니 걱정을 이기지

68) 진 씨의 효성: 진 씨가 누구인지는 분명하지 않으나 조선시대 초기에 편찬된 『삼강행실효자도』, 「진씨양고(陳氏養姑)」에 나오는 진 씨가 아닌가 함. 진 씨는 한나라 때 여자로, 남편이 수자리를 살러 갈 때 자신이 죽더라도 자신의 어머니를 봉양해 달라고 부탁하자 실제로 남편이 죽은 후 28년 동안 시어머니를 봉양하고 시어머니가 죽자 집과 땅을 다 팔아서 장사지냄. 중간에 자신의 부모가 데려가 시집보내려 하자 남편과의 약속을 내세우며 거절한 바 있음.

못하겠나이다.”

왕이 미우를 찡그리고 말했다.

“아비와 어미가 다 불초해 자식을 가르치지 못한 까닭으로 오늘 환란이 일어났으니 네 어미가 조그만 염치가 있다면 무슨 낯으로 사람을 대하겠느냐?”

예부가 크게 불안해 말했다.

“제가 시운을 잘못 만난 것이 있다 한들 어찌 구태여 백문이 때문일 것이라고 숙부모께서 이처럼 과도하게 구시니 죄인의 마음이 더욱 바늘 위에 앉은 듯합니다. 바라건대 숙부께서는 천도가 순환하기를 기다리셔서 걱정하지 마시고 숙모를 청해 정전으로 옮겨 가시도록 하소서.”

왕이 말했다.

“내 너를 이 모습으로 만들고 차마 무슨 낯으로 안심할 수 있겠으며 네 숙모가 평안히 있으려 하겠느냐? 너는 염려하지 마라.”

상서와 태부가 하릴없어 승상부에 이르러 이 일을 고했다. 승상이 소후의 처사를 듣고 그윽이 탄복하며 그 팔자가 일마다 기괴한 것을 참혹하고 불쌍하게 여겨 좌우를 시켜 남공을 불렀다. 남공이 이르자 이 일을 말하니 공이 놀라고 의아해 대답했다.

“흥문이가 천지간에 용납하지 못할 죄악을 몸에 실은 것은 운수를 잘못 만나서 그런 것인데 소 씨 제수가 이처럼 하신단 말입니까?”

드디어 몸을 일으켜 바삐 후당으로 갔다. 상서 등이 들어가 백부가 친히 왔음을 고하니 소후가 더욱 부끄러워 몸을 일으켜 맞았다. 이에 공이 들어가 자리를 정하고 말을 폈다.

“소생이 여러 형제 중 제일 위에 외람되게 자리해 행동이 민첩하지 못하나 우애와 천륜을 오로지하려 합니다. 위로 부모님이 계셔서 제수씨에게 죄를 내려 주신 일이 없거늘 오늘 제수씨가 심당에 드신 것은 어찌 된 일입니까?"

소후가 공의 말이 갑작스러움을 듣고는 옥 같은 얼굴을 붉히고 자리를 떠나 죄를 청하고 대답이 없었다. 공이 이에 황망히 무릎을 꿇어 말했다.

"무슨 까닭에 소생을 대해 이런 과도한 행동을 하시나이까? 소생이 불초해 제수씨에게 죄를 얻은 것이 등한치 않은가 싶으니 그 까닭을 듣고 싶나이다."

소후가 공손히 자리에서 일어났다 앉고 죄를 청해 말했다.

"첩이 쓸모없는 비루한 자질로 큰 가문에 의탁한 지 30여 년에 한 가지 일도 시부모님과 여러 아주버님들이 기뻐하실 만한 행동을 하지 못하고 화란이 자주 일어나 깊은 염려를 끼친 것이 세월이 오래 되었습니다. 그런데 뜻밖에도 불초한 자식 때문에 예부 조카를 강상의 죄인으로 만들었으니 무슨 면목으로 하늘의 해를 보고자 하겠나이까?"

공이 공경해 다 듣고는 홀연히 웃고 사례해 말했다.

"원래 제수씨가 이런 작은 일 때문에 심려를 허비하고 계셨나 봅니다. 이번 변란은 흥문이의 운수가 불리해서 일어난 일이고 백문이의 탓이 아니니 더욱이 제수씨가 죄를 청하실 일이겠나이까? 소생이 비록 불학무식하나 이 일 때문에 조금도 백문이에게 원한을 두는 일이 없을 것입니다. 그런데 제수씨가 천균과 같이 큰 도량을 가지고서 오늘 이처럼 좁게 행동하시는 것입니까? 부모님이 소생을 시켜 제수씨를 정전으로 모시라 하셔서 소생이 그 명령을 받들었으니 소생이 부모님의 명령을 거역하지 못할 것입니다."

말을 마치자 소후의 말을 기다리지 않고 몸을 일으켜 팔을 미니 소후가 감히 거역하지 못해 아름다운 눈썹을 찡그리고 머뭇거리며 연보(蓮步)[69]를 움직이지 않았다. 이에 공이 재삼 청해 말했다.

"제수씨가 또한 고서(古書)를 널리 읽으셨을 것이니 거의 성인의 책을 아실 것입니다. 동기와 지친(至親) 사이에는 사례와 치사(致謝)가 없으니 제수씨가 이러하신 것은 소생이 불초해서 그런 것이 아닙니까? 피차 지금의 운수가 불행해 이처럼 어지러우나 끝내는 무사할 것이니 청컨대 제수씨는 염려하지 마시고 소생의 말을 좇으시기를 바라나이다."

소후가 이에 마지못해 구슬 신발을 끌어 숙현당으로 돌아갔다. 남공이 뜰에 내려가 인사해 소후를 보내고 존당에 들어가 부모에게 고하니 부모가 기뻐했다.

이때 화 씨는 생이 자신을 칼로 찌르려 하던 날부터 생에 대한 원한이 가슴에 맺혀 차마 낯을 들어 하늘의 해를 볼 생각이 없었다. 그래서 침소에 머리를 던지고 있더니 한바탕 풍파가 일어나 자기가 열 번 죽어 아홉 번 환생해도 씻지 못할 누명을 하루아침에 실어 몸이 강상의 대죄인이 되었으니 스스로 귀신을 부르짖어 죽기를 원하고 살 마음이 없어 죽으려 생각해 곡기를 끊고 자결하려 했다.

유모와 시녀 등이 이에 망극함을 이기지 못해 정당에 고하니 소후가 친히 이르러 소저를 보았다. 소저가 몸을 일으켜 근심하며 소리를 삼켜 흘리는 눈물이 옷에 젖으니 부인이 역시 눈물을 머금고 등을 어루만져 말했다.

"며느리의 특이한 기질로 오늘날 운명이 이와 같이 기박하니 하늘을 불러 할 말이 없구나. 그러나 그대가 영친이 천 리 밖에서 구름

---

69) 연보(蓮步): 미인의 정숙하고 아름다운 걸음걸이를 비유적으로 이르는 말.

을 바라보는 마음[70]을 저버려 얼음과 옥 같은 아름다운 몸을 지레 마치는 것은 옳지 않으니 그대는 내 말을 어떻게 여기는가?"

소저가 눈물을 흘리며 대답했다.

"소첩이 큰 가문에 의탁한 지 삼 년에 행동이 보잘것없고 위인이 경박해 존문(尊門)의 맑은 덕을 떨어뜨릴까 밤낮으로 근심했습니다. 그런데 마침내 천지간에 극악한 대죄를 몸에 실어 동해의 물이 있으나 이를 씻지 못하고 푸른 하늘이 말이 없으니 무슨 낯으로 사람 무리에 참여해 살고 싶은 마음이 있겠나이까? 엎드려 바라니 어머님은 첩의 죽음을 막지 마소서."

소후가 더욱 불쌍함을 이기지 못해 말했다.

"며느리는 나의 말을 들어 앞날을 보라. 내 처음에 그대 시아버지 시첩(侍妾)에게서 해를 입어 참혹한 죄명(罪名)을 몸에 실었는데 그대 시아버지가 참소를 지나치게 곧이들어 나를 죽을 죄인으로 치부하고 날 죽이려 의논했다. 그런데 다행히 시부모님이 현명하셔서 풀잎의 이슬처럼 붙어 있는 숨을 겨우 지탱했으나 마침내 법부에서 법으로 다스려 내 남창으로 귀양 갔으니 어찌 살고 싶었겠느냐? 다만 훗날을 바라는 마음이 있어 혈혈한 아녀자가 뱃속의 아이를 품고 길에서의 고생을 무릅쓰고 남창으로 갔단다. 그런데 겨우 한 달이 넘어서 도적의 환을 만나 끝내는 물에 몸을 던지는 지경에 이르렀는데 모진 목숨이 참으로 질겨 오늘날까지 살아 있다. 그러니 며느리는 시원하게 생각해 마음을 넓게 하고 꽃다운 몸을 보전해 나중을 보는 것이 옳다. 그대 시아버지는 이 아이보다 열 배는 더 미치고 패륜적

70) 구름을~마음: 원래 객지에서 고향에 계신 어버이를 생각함을 이르는 말이나 여기에서는 아버지 화진이 딸 화채옥을 그리워함을 의미함. 중국 당나라 때 적인걸(狄仁傑)이 타향에서 부모가 계신 쪽의 구름을 바라보고 어버이를 그리워했다는 데서 유래함.

인 행동을 했는데 지금에 이르러 자식의 그른 것을 가르치는 체하니 내 참으로 우습게 여긴다. 내 천성이 본디 남의 허물 이르는 것을 못해 아이들에게도 이런 말을 한 적이 없었는데 그대가 좁은 마음으로 죽을 것을 생각하므로 내 초년에 망극하던 모양을 두루 이른 것이니 그대는 어떻게 여기는가?"

소저가 다 듣고는 크게 기이하게 여겨 읍(揖)을 해 사례하고 대답했다.

"첩이 어린 나이에 세상의 변란을 겪지 못했으므로 오늘의 일을 당해 죽을 마음만 있고 살고 싶은 마음이 없어 천지가 아득했습니다. 그런데 어머님이 오셔서 아득한 마음을 깨닫게 해 주셨으니 은혜에 감사하고 황공함을 이기지 못하겠습니다. 그러니 어찌 감히 어머님의 경계와 가르침을 받들어 행하지 않겠나이까?"

주 씨[71]가 소저를 향해 말했다.

"소저는 부인의 말씀을 들으시고 이후에는 마음을 널리 생각해 장래를 보소서. 대왕이 소년 적에는 잘못한 것이 소낭군의 위였으나 이제는 여러 자손을 두시고 피차의 은정이 태산 같으시니 옛날의 일이 한때의 봄꿈과 같습니다."

화 씨가 옷깃을 여미고 사례해 말했다.

"운명이 기박한 인생이 행동이 어리석으니 어찌 하늘이 감동하시기를 바라겠습니까? 그러나 오늘 말씀을 가슴에 새기겠나이다."

소후가 화 씨를 어루만지며 재삼 위로하고 좌우를 시켜 위란을 부르게 해 소저를 지키고 있으라 하니 위란이 명령을 듣고 이곳에 머물렀다.

---

71) 주 씨: 이몽창의 할아버지인 이현의 첩.

주 씨가 정당에 들어가니, 바야흐로 남공 등의 사람들이 모여 집안의 우환을 근심하고 연왕은 백문을 괘씸해할지언정 일이 애매하다고 지목하지 않았다. 이씨 집안 사람들이 승상으로부터 신명함이 귀신 같았으니 어찌 노 씨가 저지른 일인 줄을 알지 못하겠는가마는 눈으로 보지 않은 일을 지레 발설하는 것이 옳지 않으므로 가만히 있었던 것이다.

주 씨가 이에 나아가 웃고 말했다.

"노첩이 감히 부인 말씀을 여러 사람 있는 데서 모욕 주려 하는 것이 아니라 아까 화 소저 침소에서 대왕이 처음에는 한림보다 더 미치고 패륜적인 행동을 하다가 이제는 자식을 가르치는 체하니 참으로 우습다고 했습니다. 연왕이 진실로 소낭군처럼 행동했습니까?"

소후가 웃으며 대답했다.

"할머니는 또한 바른 말을 하소서. 지금의 백문이는 아비보다 낫습니다."

주 씨가 낭랑히 크게 웃고 말했다.

"노인이 남편이 죽은 이후로 웃을 일이 없더니 부인 말씀에 웃음이 납니다. 대왕이 옛날 소년 시절에 예법을 무너뜨린 일이 계셨다 한들 설마 소낭군과 같으셨겠습니까? 왕이 들으신다면 좀 노하시지 않을까 합니다."

소후가 미소하고 말했다.

"백문이가 아비를 닮았으니 가장 기쁠 일이라 다른 말이 있겠나이까? 백문이의 나은 곳을 이르고 싶으나 가당치 않아 못 하니 할머니는 북주백 숙부께 의논하소서. 아비와 아들이 마치 같으나 백문이가 나은 곳이 있나이다."

말이 미처 끝나지 않아서 왕이 이에 들어오니[72] 주 씨가 연후를 대해 말했다.

"대왕께 물으니 한림 같은 사람이 또 어디에 있습니까?"

왕이 무심코 대답했다.

"고금은 이르지도 말고 세상에 백문이 같은 것이 어디에 있겠습니까?"

주 씨가 크게 웃고 말했다.

"왕이 말씀은 이렇듯 시원하셔도 왕비가 이르시기를, '백문이는 아비를 닮았으나 나은 곳이 있다.'고 하시더군요."

좌우 사람들이 이 말을 듣고 일시에 웃으니 왕이 정색하고 웃으며 말했다.

"소 씨가 내가 사랑하는 것을 믿고 패륜 자식의 소행을 아름답게 여겨 여러 사람 있는 데서 저에게 모욕을 주었군요. 여자의 염치가 이러한데 그 자식이 닮지 않았겠습니까? 이제야 생각하니 백문이가 어리석은 것이 닮은 곳이 있습니다. 어미와 자식을 아울러 다스려야겠습니다."

주 씨가 손뼉을 쳐 크게 웃고 말했다.

"인의(仁義)와 염치(廉恥)가 다 없다고 한들 왕군(王君) 같은 사람이 어디에 있겠습니까? 왕비 말씀이 일찍이 조금이라도 그른지 들어 보소서."

그러고서 왕비가 하던 말을 일일이 옮기니 왕이 미소하고 대답하지 않았다. 이에 북주백이 손뼉을 치며 크게 웃고 말했다.

---

72) 왕이 이에 들어오니: 이 부분 전후로 원문에서 공간 설정이 애매하게 되어 있음. 앞에서 주 씨가 정당에 들어가니 연왕 등이 모여 있었다고 서술한 것과 이 부분에서 연왕이 이제 들어온다고 한 서술은 서로 모순됨. 또 소후가 여럿이 모인 데에서 연왕의 이전 일을 언급하는 것도 평소 소후의 성격과 맞지 않는 면임. 그러나 서사를 옮긴이가 임의로 바꿀 수 없으므로 일단 원문의 서술을 존중해 옮김.

"오늘날 흥문이가 환란을 당해 흥미가 없어져 나의 입담이 줄어들었더니 과연 소 씨의 말이 옳다. 네가 지금 백문이에게 이를 갈고 괘씸해하나 예전 너의 모습이 어찌 백문이보다 못하겠느냐? 소 씨가 백문이가 나은 곳이 있다 이른 것도 옳다. 내 대강 이를 것이니 너는 들으라. 백문이가 이제 화 씨를 의심하는 것은 네가 소 씨를 의심한 것과 같고 백문이가 노 씨와 사통한 것은 네가 옥란과 사통한 것과 같으나 백문이는 청천백일하에 남의 규수를 겁박해 언어로 수작한 일이 없고 화 씨를 밥상으로 치고 조르지 않았으니 나은 곳이 두 곳이다. 네가 비록 장부의 위엄이 있으나 무슨 말로 소 씨를 꾸짖을 수 있겠느냐? 소 씨가 오히려 현명하고 착해 너를 고이 두었으나 내가 여자라면 너 같은 남편은 철편으로 수없이 쳤을 것이다."

왕이 웃고 대답했다.

"전부터 아뢰었으니 아비 용렬한들 자식이 불초한 것이 옳습니까? 하물며 지아비는 소천(所天)이니 여자가 되어 어디를 갈 수 있을 것이며 남편이 여자 다스리는 법이 없겠습니까? 저는 애초에 어리석었어도 깨닫기는 쉽게 했는데 백문이는 삼백 년이 다다라도 깨달을 날이 없을까 하나이다."

남공이 슬픈 낯빛으로 탄식하고 말했다.

"설사 백문이 깨달은들 내 아들의 죄명은 어느 날에야 벗어날꼬?"

이에 좌우의 사람들이 슬피 탄식했다.

이처럼 집안이 흉흉해 사람들이 요란했으나 일절 이 일을 입 밖에 내지 않았으므로 일가의 지친도 이 일을 알지 못했다. 노 씨가 흉계를 이뤘으나 한림은 갇히고 집안 사람 중에는 아무도 이를 곧이듣지 않는 것을 알고 기분이 나빴다.

이때는 첫봄이었다. 나라에서 팔도에 어사를 보내셨는데 백문이 형양 어사에 뽑혀 당일에 나아가라는 명령이 내려졌다. 왕이 마지못해 한림을 놓아 길을 떠나도록 했다.

한림이 비록 외입한 미친 마음을 지니고 있었으나 한 조각 효심은 있었으므로 들어가 부모와 어른들에게 하직했다. 그러나 부모는 눈을 들지 않고 몸을 보중하라는 한마디 말도 하지 않았다. 이에 한림이 그윽이 서러워 왕의 앞에 꿇어 눈물을 샘솟듯 흘리니 눈물이 좌석에 고였다. 승상이 말했다.

"창아가 어찌 오늘 자식이 멀리 헤어지는데 한마디 말을 안 하는 것이냐?"

왕이 공수하고 대답했다.

"백문이는 아비를 알지 못하는 사람입니다. 전후에 제 말이 무색하게 백문이가 제 말을 믿어 받아들이지 않은 것은 이를 것도 없고 저를 능멸하는 것을 통쾌한 일로 알고 있으니 제가 무슨 낯으로 아비라 해 다시 말을 하려는 마음이 있겠나이까? 형양은 중요한 땅인데 성상께서 백문이가 저토록 한 줄을 모르시고 크게 맡기셨습니다. 백문이가 필시 탐욕스럽고 음란해 나랏일을 그르치고 몸은 대리(大理)[73]에 매이는 일이 있을 것이니 이미 아는 일이라 무슨 말이 필요하겠나이까?"

승상이 탄식하고 한림에게 말했다.

"네 불초해 아비의 의심이 이에 미쳤구나. 내 너를 위해 안타까워하는 바는 네가 오륜의 윤리를 다 저버린 죄인이 되었으니 네 무슨 면목으로 천하의 사람을 대하고 싶겠는가 하는 것이다. 그러나 너는 집에서 하던 버릇을 버리고 삼가고 삼가 나라는 저버리지 마라."

---

73) 대리(大理): 추포(追捕)、규탄(糾彈)、재판(裁判)、소송(訴訟) 따위를 맡아보던 관아.

한림이 울며 명령을 듣고 모든 사람에게 절했다. 다시 왕과 소후에게 절해 하직할 적에 양친의 낯을 우러러 흐르는 눈물이 옷깃을 적셨으나 왕과 소후는 끝까지 한 말을 하지 않고 눈을 들어 보지 않았다.

한림이 밖에 나와 노 씨를 보고 이별하니 노 씨가 슬피 통곡해 사별하는 것처럼 행동하자 생이 또한 울고 말했다.

"내 이제 부모께 죄를 얻은 자식이 되어 만 리 밖으로 향하니 슬픔이 끝이 없네. 더욱이 규방의 아름다운 얼굴을 그리니 몸은 비록 남쪽으로 향하나 마음은 다 이곳에 있을 것이네. 바라나니 그대는 아름다운 용모를 상하게 하지 말고 몸 건강히 있게."

그러고서 생이 대궐에 가 사은하고 절월(節鉞)[74]을 거느려 길을 나니 모든 형제가 백 리 밖에 가 송별했다.

이때 노 씨는 한림이 나가고 홀로 있게 되자 흉악한 마음이 끝을 누르기 어려웠다. 그래서 혜선과 함께 생각하니 혜선이 말했다.

"이흥문이 전날에는 총명하다고 자부하더니 이제 강상을 범한 죄인이 되어 깊은 곳에 처해 있으니 일이 있으면 끝이 없지 않을 것이요, 풀을 베면 뿌리를 없애야 합니다. 이 일을 아는 대간(臺諫)을 사주해 풍문으로 논핵(論劾)하면 이흥문과 화 씨가 주륙(誅戮)[75]을 면하지 못할 것입니다."

노 씨가 옳게 여겨 친정에 귀녕(歸寧)[76]해 달포 묵으며 이 예부가 제수와 간음한 행실과 화 씨가 음란하다는 말을 사람을 만나면 드러

74) 절월(節鉞): 절부월(節斧鉞). 관리가 지방에 부임할 때에 임금이 내어 주던 물건. 절은 수기(手旗)와 같이 만들고 부월은 도끼와 같이 만든 것으로, 군령을 어긴 자에 대한 생살권(生殺權)을 상징함.

75) 주륙(誅戮): 죄를 물어 죽임.

76) 귀녕(歸寧): 시집간 딸이 친정에 가서 부모를 뵘.

내 밝혔다. 이에 듣는 사람들은 귀를 가려 참혹히 여기고 노 부사가 또한 놀라 일렀다.

"예전에 딸아이가 시가에서 내쫓겼을 때 딸아이가 잘못했는가 여겼더니 지금 보니 내 딸아이가 애매한 일을 당한 것이었구나."

노 부사 사촌 처남의 아들 윤혁이 시어사였는데 노씨 집안에 왕래하며 이 말을 자세히 듣고는 크게 놀라 노 씨를 대해 진가(眞假)를 물었다. 노 씨가 짐짓 한바탕 자세하게 이르고는 침을 뱉으며 말했다.

"제가 불행해 그런 가문에 들어갔으나 차마 더러워 한시라도 그곳에 있지 못하겠습니다."

윤 어사가 듣고 크게 한심해 말했다.

"이흥문은 조정의 대신이요, 인물이 강직하고 현명해 우리가 일대 군자로 알고 있었더니 그 보잘것없는 행실이 개와 말보다도 못할 줄 알았겠느냐? 저 일가가 제왕과 후백으로 가문의 성대함이 고금에 겨룰 자가 없으니 세력을 믿고 이런 한심한 노릇을 하거니와 내 벼슬이 간관에 자리하고서 풍속을 상하게 하고 강상을 무너뜨리는 필부(匹夫)를 다스리지 않을 수 있겠느냐?"

노 씨가 짐짓 황급히 말리며 말했다.

"오라버니는 이렇게 하지 마소서. 저는 그 집 사람이라 만일 이 일이 제 입에서 나와 오라버니와 통한 줄 안다면 저는 쫓겨날 것이 분명합니다."

어사가 말했다.

"내 표(表)를 올려 그 사람을 논핵할 때 어찌 누이를 들먹거리겠느냐? 내 요행히 폐하의 은혜를 입어 소임이 이런 곳에 있으니 위세를 거리껴 차마 입을 닫고 머리를 움츠리지는 못하겠다."

노 씨가 말했다.

"오라버니가 소임을 지키고자 하시니 제가 말리지는 않겠으나 부디 저를 언급하지 마소서."

어사가 허락하고 돌아갔다.

이튿날 도어부에 가니 열두 명의 어사가 다 모여 있었다. 윤혁이 들어가 자리를 정하고 말했다.

"현재의 천자께서 즉위하셔서 천하를 한 번 바로잡으시니 남풍가(南風歌)[77]를 부르게 되었고 사방이 고요해 방패와 창이 움직이지 않게 되었네. 그런데 이제 예부상서 이흥문이 얼굴은 두목지(杜牧之)[78]를 업신여기고 재주는 강물을 기울일 정도이나, 집안에 들어앉아 제수와 간음하며 예법에 어긋나게 제수를 그리워해 놀라운 행동을 해 듣는 이가 귀를 가리고 피한다고 하네. 우리가 벼슬이 어사에 있으면서 이런 일을 다스리지 않을 수 있겠는가? 여러 형들은 빨리 상소의 초를 잡게."

말을 마치자, 어사들이 크게 놀라 말을 미처 못 해서 자리에 있던 어사 위중량과 여박이 발끈 낯빛을 바꾸고 말했다.

"윤 형이 오늘 무슨 병이 들었기에 이런 미친 말을 하는 것인가? 예부 이 죽암[79]은 시대의 영걸이요, 고금에 드문 군자라 우리가 우러러 배우려 해도 본받지 못하는 인물이네. 이런 큰 변고의 행동은 이 성보[80]가 미쳤어도 저지르지 않을 일인데 자네는 어디로부터 허언을 듣고 괴이한 말을 하는 것인가?"

---

77) 남풍가(南風歌): 중국 순(舜)임금이 오현금(五絃琴)을 타며 불렀다는 노래. 그 노래에 "따사로운 남풍이여, 우리 백성 불만을 풀어 줄 만하여라. 南風之薰兮, 可以解吾民之慍兮."라고 하였으니, 곧 성군이 정치하여 국가가 태평성대를 누리는 것을 노래한 것임.

78) 두목지(杜牧之): 중국 당(唐)나라 때의 시인인 두목(杜牧, 803-853)을 이름. 목지는 그의 자(字). 호는 번천(樊川). 이상은과 더불어 이두(李杜)로 불리며, 작품이 두보(杜甫)와 비슷하다 하여 소두(小杜)로도 불림. 미남으로 유명함.

79) 죽암: 이흥문의 호.

80) 성보: 이흥문의 자(字).

말을 이어 열 명의 어사가 일시에 일렀다.

"이 예부는 조정에서 일컫는 밝은 재상이니 이런 괴이한 일이 있겠는가? 들으니 놀라운 일이라 형은 다시 일컫지 말게."

윤 어사가 모든 어사가 전혀 움직이지 않는 것은 말할 것도 없고 위, 여 두 사람이 발끈해 자기를 꾸짖는 말을 하는 것을 보니 속으로 대로해 몸을 벌떡 일으키며 크게 소리를 질렀다.

"여 형과 위 형이 비록 이흥문과 문경(刎頸)[81]의 지극한 사귐이 있으나 이런 큰일을 당해서는 두둔하는 것이 옳지 않네. 벼슬이 간관이 되어서 사사로운 정을 끊고 대의로 법을 쓰는 것이 옳거늘 오늘 여, 위 두 형의 뜻이 이러하니 죄목이 매우 크도다."

여 어사가 정색하고 말했다.

"우리가 어리석으나 또한 이 일을 모르겠는가? 다만 이흥문의 죄목은 듣던 중 처음이네. 등잔 밑이 어둡다고 우리는 너무 친해 그런 일이 있었는지 진실로 알지 못하니 밝게 가르쳐 주게. 우리가 보잘 것없으나 이흥문에게 그런 행실이 있다면 이흥문이 우리를 죽음에서 살려낸 은인이고, 동기의 중함이 있다 해도 먼저 법을 쓸 것이지만 과연 그 인물과 재주를 본다면 이는 결코 근거가 없는 일이네."

윤 어사가 소매를 떨치고 낯빛을 바꿔 말했다.

"여 형이 갈수록 나를 믿지 않으니 잠깐 자세히 이를 것이니 듣게. 현 한림학사 형양 어사 이백문의 조강지처 화 씨는 항주 자사 화진의 한 딸이네. 얼굴과 인물이 참으로 아름다우나 백문이 부부의 정을 주지 않으니 화 씨가 아름다운 인물로서 스스로 한스러움을 이기지 못해 가 씨 여자가 향을 훔치는 행동[82]을 했다네. 이흥문이 그

81) 문경(刎頸): 문경지교(刎頸之交). 친구를 위해 자기의 목을 베어 줄 정도의 사귐.
82) 가 씨 여자가~행동: '향을 훔치는 것'은 남녀 간에 사사롭게 정을 통하는 것을 의미함. 중국 진

자색에 혹해 두어 번 음란하고 비루한 서찰로 서로 뜻을 이룬 후 흥문이 자주 왕래해 음란하게 굴다가 백문에게 여러 번 발각되었다고 하네. 그래서 사촌 사이에 크게 불화하고 백문이 대의(大義)로 타일러 그리 말라고 했으나 흥문이 듣지 않고 몰래 간통하므로 그 부친 하남공 이몽현이 민망하게 여겨 요사이 집에 잡아 가뒀다 하니 이것이 거짓말인가?"

사람들이 듣고서 매우 놀라 말했다.

"요사이 이흥문이 병을 핑계해 집에서 나오지 않는다 하더니 대개 이러한 이유 때문이었구나. 참으로 이른바 사람의 얼굴이요, 짐승의 마음이로다. 우리가 대간 항렬에 자리하고 있으면서 이런 일을 듣고 잠자코 있을 수 있겠는가? 윤 형의 말대로 하겠네."

윤 어사가 매우 기뻐해 응낙하고 상소의 초를 잡으려 하니 위, 여 두 사람이 분함을 이기지 못해 정색하고 크게 꾸짖었다.

"윤 자장혁의 자(字)이 어디에 가서 그런 허무한 말을 듣고 애매한 사람을 대낮에 구렁 가운데 넣으려 하는 것인가? 이흥문의 위인이 비범하고 탈속(脫俗)한 것은 말할 것도 없고 항상 집안에서 어질고 효성스러우며 우애가 있고 몸을 닦는 것이 옥 같아서 조금도 예법에 어긋난 일을 한 적이 없네. 계양 한 궁에 궁녀가 삼천인데 그중에 절색이 이루 셀 수 없으나 원비 양 씨 외에는 희첩이 없다 하네. 이백문의 처가 인간 세상에 없는 미색이라 한들 어찌 간음할 것이며 천한 상놈도 하지 않는 어지러운 일을 저질러 천고의 강상을 무너뜨리고 스스로 인륜의 죄인이 되는 것을 달게 여기겠는가? 삼척동자도 곧이

(晉)나라 무제(武帝) 때의 권신(權臣) 가충(賈充)의 딸 오(午)가 한수(韓壽)와 몰래 정을 통하였는데 오(午)가, 그 아버지 가충이 왕으로부터 받은 서역(西域)의 진귀한 향을 한수에게 훔쳐다 준 일을 이름. 후에 가충이 한수에게서 향 냄새가 난다는 부하의 말을 듣고 딸이 한수와 정을 통한 사실을 알고서 두 사람을 결혼시킴.

듣지 않을 말을 자장이 지어내 대신을 함정에 넣으려 하니 이는 이흥문이 소년으로서 벼슬이 너무 높아 육경(六卿)[83]에 노닐고 명망이 뭇 사대부에 진동하므로 그것을 시기해 이흥문을 없애려 해서로다."

윤 어사가 대로해 부채로 책상을 두드려 말했다.

"이흥문이 비록 천승(千乘)[84]의 아들이요, 두 형의 연친(連親)[85]이나 일이 풍속의 교화에 관계하고 죄목이 삼척(三尺)[86]을 범하거늘 이흥문을 두둔하려 하니 이 무슨 도리인가?"

위 어사가 소매를 떨치고 일어서며 말했다.

"범사에 증거가 있은 후에 말이 되니 이흥문이 집의 제수와 간음할 때 나는 보지 못했네. 하물며 벗이 죄를 입으면 같이 입는 것이 옳으니 내 어찌 불의한 일을 하겠는가? 족하(足下)가 오늘 이렇게 구는 것이 생각건대 이치에 맞지 않은가 하네."

말을 마치고 여 어사와 함께 돌아가니 윤 어사가 분노해 말했다.

"이 두 사람이 이흥문을 따르는 객으로서 저렇듯 하나 이흥문을 없애는 날에는 저들도 무사하지 못할 것이네."

그러고서 상소를 지어 올렸다. 글자마다 이 예부의 패악한 죄를 노 씨가 이른 대로 베풀어 중서성에 바쳤다.

상소가 임금 앞에 오르니 임금이 보고 크게 놀라셔서 즉시 조서를 내려 예부상서 이흥문을 삭탈관작(削奪官爵)[87]하시고 대리시(大理寺)[88]에 가두라 하셨다.

---

83) 육경(六卿): 육부의 상서. 여기에서는 이흥문이 예부상서를 하고 있으므로 이와 같이 이른 것임.
84) 천승(千乘): 천 대의 병거라는 뜻으로, 제후를 이르는 말. 제후는 천 대의 병거를 낼 만한 나라를 소유하였음.
85) 연친(連親): 인척. 여 어사는 이흥문의 사촌인 이성문의 매부이고, 위 어사는 이흥문의 사촌인 이경문의 매부이므로 이렇게 부른 것임.
86) 삼척(三尺): 법률. 고대 중국에서 석 자 길이의 죽간(竹簡)에 법률을 썼던 데서 유래함.
87) 삭탈관작(削奪官爵): 죄를 지은 자의 벼슬과 품계를 빼앗고 벼슬아치의 명부에서 그 이름을 지우던 일.

금의위(錦衣衛)[89]가 달려 이씨 집안으로 가 전교(傳敎)를 전하니 온 집안 사람들이 당황해 물 끓듯 했다. 승상 형제와 남공 등이 놀라움을 이기지 못해 사자(使者)를 불러 연고를 물으니 사자가 대답했다.

"오늘 아침에 시어사 윤혁이 예부의 죄를 이루어 표(表)를 올리자 이 명령을 내리신 것입니다. 상소 안의 말은 알지 못하나이다."

사람들이 이에 탄식하고 예부를 불러 수말을 일렀다. 예부가 안색을 고치지 않고 뜰에 내려가 교명(敎命)[90]을 받은 후 옷을 바꿔 입고 문을 나설 적에 부모와 어른들, 숙부들에게 길이 절해 하직하고 말했다.

"소자가 오늘 집의 문을 하직하면 살아 돌아오기를 기약하지 못하겠습니다. 원컨대 어르신, 부모님, 여러 숙부모님은 만수무강하소서."

말을 마치고 문을 나서니 유 부인으로부터 소년에 이르기까지 경황이 없어 슬퍼하고 온 집안이 진동했다.

승상이 이미 짐작한 일이나 억지로 참아 모친을 위로해 말했다.

"흥아가 일찍이 국가에 큰 죄를 짓지 않았으니 잠시 하옥당해 세력이 없어지는 것이 그리 대단한 일이겠습니까? 염려하지 마소서."

드디어 아들들을 거느려 대궐에 가 죄를 기다리며 그 연고를 알려고 하니 위, 여 두 사람이 이르러 말했다.

"아침에 윤혁이 소생 등을 대해 이 일을 논하기에 한심함을 이기지 못해 존부(尊府)로 오려 했더니 성보가 벌써 하옥되었으니 천하에 이런 허무한 일이 어디에 있단 말입니까?"

---

88) 대리시(大理寺): 추포(追捕)·규탄(糾彈)·재판(裁判)·소송(訴訟) 따위를 맡아보던 관아.

89) 금의위(錦衣衛): 중국 명나라 때에, 황제 직속으로 있던 정보 보안 기관. 1382년에 설치되어 황제의 시위(侍衛)와 궁정의 수호뿐만 아니라 정보의 수집, 죄인의 체포 및 신문 따위의 일도 맡아봄.

90) 교명(敎命): 임금이 훈유(訓諭)하는 명령. 또는 그 명령을 적은 글.

승상이 탄식하고 대답했다.

“이는 또 자기의 액운이니 직분을 지키는 간관을 한하겠느냐? 끝을 볼 따름이니 그대들은 지레 서두르지 마라.”

연왕이 바야흐로 진상을 알게 되어 노 씨의 흉한 마음을 크게 깨달아 괘씸함을 이기지 못했으나 눈으로 보지 못했으므로 어찌 알겠는가. 한갓 묵묵히 있으며 나중을 보려 했다.

천자가 흥문의 옥사를 형부에 내려 다스리라 하시니 형부상서 장옥계가 피혐(避嫌)[91]하고 죄를 청하니 임금이 내시를 시켜 물으셨다.

“경이 이흥문과 무슨 혐의가 있는가?”

“신의 누이는 몽현의 재실입니다. 예전에 계양 옥주의 은혜를 입은 것이 등한치 않으니 차마 그 아들을 신이 다스려 은혜를 배반하는 일이 있을 수 있겠나이까?”

임금이 장옥계에게 조서를 내리셔서 안심하고 염려하지 말라 하고 호부시랑 조훈을 교대로 낙점해 옥사를 결정지으라 하셨다.

조 상서가 즉시 형부에 좌기(坐起)[92]를 베풀고 예부를 앞에 불러 윤 어사의 상소를 가지고서 차근차근 물었다. 예부가 이때를 맞아 죽는 것은 도리어 홍모(鴻毛)처럼 가볍고, 분함과 더러움이 동해의 물을 기울여도 씻지 못할 것이었으므로 다만 머리를 숙이고 낯빛을 잃은 채 말을 안 하니 조 상서가 물었다.

“족하(足下)는 황실의 지친이요, 금지옥엽이신 공주께서 낳으신 자며, 천승국군의 공자로서 부귀가 부족한 것이 없고 어려서 벼슬길에 올라 벼슬이 육경에 종사하고 명망이 조야에 진동하거늘 무슨 까닭으로 강상의 죄를 범해 집안의 명성에 욕먹이고 스스로 몸이 함정

91) 피혐(避嫌): 헌사(憲司)에서 논핵하는 사건에 관련된 벼슬아치가 벼슬에 나가는 것을 피하던 일.
92) 좌기(坐起): 관아의 으뜸 벼슬에 있던 이가 출근하여 일을 시작함.

에 빠진 것이오? 스스로 족하를 위해 안타까워하니 족하는 바른 대로 고해 법으로 나아가시오."

예부가 이 말을 들으니 분노와 한이 하늘로 꿰뚫을 듯해 이에 대답했다.

"학생의 위인이 어리석으나 자못 고서를 널리 읽어 윤상(倫常)을 중요하게 여기니 이런 더럽고 막된 행실을 지었다면 차마 하늘을 일 수 있을 것이며 귀신이 두렵지 않겠습니까? 다만 이미 대간의 붓끝을 놀라게 하고 법부(法部)에서 묻는 것이 있으나 내 마음은 백옥처럼 하자가 없고 일찍이 저지른 일이 없으니 이 밖에는 이를 말이 없습니다."

그러고서 입을 봉해 대답하지 않으니 조훈이 할 수 없이 흥문을 내려 가두고 계사(啓辭)[93]했다.

"신이 조서를 받들어 강상 죄인 이흥문을 형추(刑推)[94]에 올려 물으니 그 대답이 이와 같아 진가(眞假)를 조사하여 밝힐 길이 없습니다. 법으로 의논한다면 마땅히 중형을 더할 만하나 구애하는 바는 죄인 흥문이 선제(先帝)의 외손이요, 계양 옥주가 낳으신 자며 정국공 충현왕의 적통 종손이니 단서(丹書)[95]와 철권(鐵券)[96]이 있어 법대로 처치하지 못하오니 감히 아뢰나이다."

임금이 말씀하셨다.

"오늘 아침에 올린 윤혁의 상소로 의논한다면 흥문의 지극히 흉악한 죄는 전날의 인물로 헤아린다면 맹랑하도다. 마땅히 백문의 처 화 씨의 시비를 잡아 엄히 형벌을 주고 신문해 실제의 사실을 밝히

93) 계사(啓辭): 논죄(論罪)에 관하여 임금에게 올리던 글.
94) 형추(刑推): 죄인의 정강이를 때리며 캐묻던 일.
95) 단서(丹書): 임금의 명령을 일반에게 알릴 목적으로 적은 문서.
96) 철권(鐵券): 공신에게 수여하던 상훈 문서.

도록 하라."

조 상서가 이에 즉시 차사(差使)를 시켜 이씨 집안에 가 화 씨의 시녀를 잡아내라 하니 이때 그 망극하고 참담함을 헤아릴 수 있겠는가. 일가 사람들이 경황이 없어 초상난 집 같았다.

연왕이 내전에 들어가 좌우를 시켜 영대와 조대를 불렀다. 두 사람이 앞에 이르자 그들에게 말했다.

"너희가 항시 몸이 비록 남의 집 여종으로 있었으나 한 조각 충성된 마음은 옛사람과 함께 하는 줄을 자못 알고 있다. 이제 일이 이처럼 망극해 헤아릴 수 없는 지경에 있으니 옥석을 가리기 어렵게 되었다. 행여 믿는 바는 우리 며느리의 사생이 허실간 너희 두 사람 몸에 있으니 너희는 어찌하려 하느냐?"

조대가 문득 울고 대답했다.

"형은 이곳에서 소저를 보호하고 제가 법사(法司)에 나아가 형장의 매를 받을 것입니다. 제가 비록 천한 사람이지만 주인을 함정에 넣겠나이까?"

말을 마치자 행여 영대가 다툴까 봐 소매를 떨쳐 나가 사슬에 매였다. 왕이 그 충성된 의리에 감탄하고 집안의 환란이 비상해 천하에 소문이 요란한 것을 길이 슬퍼했다.

그리고 자식들과 함께 옥 밖으로 나아가 일의 기미를 보니 조정은 흥문을 천하의 한 죄인으로 보았으나 옥 밖에 왕공(王公)과 후백(侯伯), 재상, 각로가 잇달아 모였으니 그 거룩한 모습을 보면 소인이 이흥문을 꺼리는 것이 그르지 않았다.

양 각로가 이르러 하남공의 손을 잡고 눈물을 뿌리며 차마 말을 못 하니 공이 또한 탄식해 말했다.

"내가 불초해 자식을 가르치지 못한 탓으로 오늘날 이 아이의 모습이 하늘을 올려다보고 땅을 내려다보아도 원통함을 밝힐 길이 없네. 부자(父子)가 형장(刑杖) 아래 엎드릴 따름이니 슬퍼해 무엇하겠는가?"

양 공이 오열하며 말했다.

"성보의 기특한 행동과 빼어난 기질로 어찌 차마 이런 더러운 일을 무릅써 옥 같은 몸이 사람들의 비웃음을 사고 더럽게 여겨질 수 있겠습니까? 성보의 생사가 갈리게 되었으니 연형(年兄)[97]의 사정과 딸아이 모자(母子)[98]의 정경(情景)을 생각하니 음식이 어찌 차마 목을 넘어가겠습니까?"

승상이 슬픈 빛으로 크게 탄식하고 말했다.

"이는 다 흥문이의 운수와 가문의 운수가 불행해서 일어난 일이니 한탄한들 무엇하겠는가? 그러나 하늘은 길한 사람을 도우니 손자의 특출한 기질로 끝내 쉽게 죽지는 않을 것이니 명공은 염려하지 말고 앞날을 보게나."

양 공이 사례하고 앞날을 근심하니 연왕이 말했다.

"조훈이 어리석고 줏대 없기가 헤아릴 수 없으니 필시 흥문이를 사지에 넣고 그칠 것이네."

양 공이 말했다.

"조훈은 이보[99] 조카의 장인이니 이보를 시켜 그 사람을 보고서 내 사위를 두둔해 보호하라 하는 것이 어떠한가?"

왕이 말했다.

"가당치 않네. 법에는 사사로움이 없으니 그 다스리는 사람을 보

---

97) 연형(年兄): 과거에서 같이 급제한 사람 중 나이가 같을 경우에 서로 부르는 말.
98) 딸아이 모자(母子): 딸아이는 양 공, 즉 양세정의 딸이자 이흥문의 아내인 양난화를 이름. 모자는 양난화와 그 아들 창린을 이름.
99) 이보: 이경문의 자(字).

고 청탁하는 것은 잘못된 일이네. 형은 염려하지 말게. 내 조카는 끝내 옥중에서 마치지 않을 것이네."

양 공이 근심하며 말이 없었다.

노 씨가 이때 흥문을 사지에 넣고 기뻐 날뛰며 혜선에게 기미를 살펴 흥문을 죽게 하려고 했다. 그런데 법부에서 조대를 잡아 갔다는 말을 듣고 즉시 그 모친과 의논해 백금 20냥과 황금 30냥을 봉해 조훈에게 뇌물로 주고 흥문을 죽여 달라고 했다. 조훈이 재물을 보고 욕심을 이기지 못해 허락했다.

이튿날 좌기를 베푸니 좌우 시랑과 무수한 낭관(郎官)[100], 종, 무사가 삼이 벌여 있듯 서 있었다. 위용이 엄숙하고 안팎이 엄정해 마음이 약한 사람은 아득히 정신을 잃을 것이었으나 조대는 조금도 안색을 고치지 않고 옷깃을 여며 전하(殿下)에 무릎을 꿇었다. 또 위사(衛士)[101]가 예부를 밀어 조대와 마주 앉도록 하니 이때 예부의 욕됨과 부끄러움이 어떠하겠는가. 예부가 오늘 벌레와 짐승처럼 여기던 조훈이 높이 앉아 자기 한 몸을 쇠사슬로 얽매고 자기는 의관이 하나도 없이 저 천한 비자와 마주 앉아 신문을 당하도록 한 것이 뼈가 저리고 넋이 놀랄 지경이었다. 전후에 벌여 있는 군졸들이 다 귀를 가리니 그 광경이 애달프고 참담해 가슴이 꽉 막혔다. 예부가 자신의 운수가 기괴한 것을 한해 가을 물결 같은 두 눈에 분한 기운이 가득하니 절승한 풍채가 전(殿)의 위와 아래에 빛났다. 모두 혀를 내둘러 흥문을 기특하게 여기며 저런 얼굴로 설마 그러했으랴 하며 흥문이 애매하다고 했다.

조 상서가 이에 조대를 엄히 신문했다.

---

100) 낭관(郎官): 시종관(侍從官).
101) 위사(衛士): 대궐, 능, 관아, 군영 따위를 지키던 장교.

“너의 주모와 저 죄인이 제수와 시숙의 이름이 있거늘 몰래 간통했으니 이는 강상의 큰 변고다. 이에 성천자(聖天子)께서 진노(震怒)[102]하셔서 나에게 이 일을 다스리라고 하셨으니 너 천한 종에게 내 욕되지만 묻겠으니 네가 바로 고한다면 네 죄는 없는 것으로 하겠다.”

조대가 분한 눈을 높이 뜨고 소리 질러 낭랑하게 말했다.

“작은 일이라도 증거가 있은 후에 옥사(獄事)가 되는 법인데 우리 주인이 이런 극악한 큰 죄를 저지를 때 누가 보았기에 여러 짐승들이 모여 우리 주인을 참혹히 모해하는 것입니까? 주모는 본디 타고난 자질이 아름다워 백희(伯姬)[103]가 불에 타 죽은 것을 감수하는 행실이 있습니다. 그래서 까닭 없이 당에서 내려가지 않고 친생 동기라도 같은 좌석에 자리를 하지 않으며 시가에 가신 후에는 시부모께 하루 네 번 문안하는 것 외에는 문 밖을 나가지 않으신 것은 일러 쓸 데 없는데 하물며 천한 사람인들 차마 이런 행실이 있겠나이까? 예부상서 이 씨 어르신은 공자(孔子)와 맹자(孟子)의 도를 두루 얻어 작은 일도 예법에 어긋난 일을 하지 않는 것은 이를 것도 없고 그런 일을 듣는 것도 더럽게 여기시니 차마 이런 흉악한 일을 저질러 천대의 죄인이 되려 했겠나이까? 이는 반드시 간악한 사람이 사사로운 미움을 가지고 해친 것인데 현명하신 천자께서 이 일을 조사하지 않으시고 법부에서는 몽롱히 진가(眞假)를 찾지 않으니 천지간에 이런 원통한 일이 어디에 있단 말입니까?”

---

102) 진노(震怒): 존엄한 존재가 크게 노함.

103) 백희(伯姬): 중국 춘추시대 노(魯)나라 선공(宣公)의 딸로 송(宋)나라 공공(共公)의 부인이 되어 공희(共姬) 또는 공백희(恭伯姬)라고도 불림. 공공이 죽은 후 수절하다가 경공(景公) 때에 궁전에 불이 났을 때 좌우에서 피하라고 권하였으나 백희는, 부인은 보모와 함께가 아니면 밤에 당 아래로 내려가지 않는다 하며 불에 타 죽음.

말이 끝나지 않아서 조훈이 대로해 말했다.

"너 천한 여종이 어찌 주인의 잘못을 모르고 천자와 법부의 권위를 훼손해 업신여기는 것이냐? 그 죄가 가볍지 않으니 너희는 이 사람을 시험하라."

한 소리 명령이 나자 전하(殿下)에 있던 무사들이 일시에 소리하고 달려들어 조대 한 몸을 마치 수리매가 채듯이 들어다가 형틀에 단단히 동여 매고 큰 매를 들어 메어 힘써 조대를 치니 한 장(杖)에 뼈가 부서졌다. 좌우의 무수한 낭관이 바로 고하라 외치니 소리가 십 리에 진동했다. 엄한 곤장에 약한 여자가 지레 죽을 것이나 조대는 끝까지 눈썹도 찡그리지 않아 평안히 자약하니 조훈이 더욱 노해 죄를 고찰해 한 차례 치고 말했다.

"네 이제도 바로 고하지 않을 것이냐?"

조대가 차게 웃고 소리를 높여 대답했다.

"바로 고하는 것은 처음에 다했으니 이제 다시 무엇이라 하겠나이까? 어르신이 가르쳐 주시면 하겠나이다."

조훈이 말했다.

"네 주모의 음란한 행동을 자세히 고하라."

조대가 하늘을 우러러 웃고 말했다.

"주모에게 그런 행실이 있었으면 첫 말에 바로 고했을 것이니 무슨 일로 매를 맞도록 안 고했겠나이까? 제가 어려서부터 문자를 널리 보아 미세한 일도 허언할 줄을 알지 못하니 어르신이 오래지 않아 저를 가루로 만드는 것은 쉬워도 이 조대가 거짓말해서 주인 잡는 일은 하지 않을 것입니다. 어르신은 벼슬이 일품이시니 필시 고서(古書)를 아실 것입니다. 우리 같은 천한 여종이 주인을 잡으면 엄히 처치하시는 것이 옳거늘, 마땅한 분수를 지키고 옳은 말을 했는데 엄히 쳐서 거짓말하라 하시니 참으로 기괴합니다. 이름이 형부(刑部)나 실제로는 아니니 필시 간사한 사람에게서 청탁을 후하게 받은 듯합니다."

조 상서가 다 듣고는 크게 놀라고 노해 손으로 서안을 치고 크게 꾸짖었다.

"너 천한 종이 당당한 조정 대신을 이토록 모욕하는 것이냐? 네 주모와 저 죄인이 죄를 강상에 지어 성상께서 나에게 다스리라고 하셨다. 내가 묻는 것이 일이 분명하고 말이 이치에 맞거늘 이런 허무한 말로 나를 욕하는 것이냐? 좌우는 나를 위해 저 요괴로운 천비(賤婢)를 매우 쳐 죽게 하라."

모두 명령을 듣고 매를 다시 들어서 메었다. 조대가 옥 같은 다리에 붉은 피가 맺혀 한 조각 남은 살이 없으니 차마 매를 다시 더하지 못할 지경이었다. 우시랑 임형은 임 소열의 첫째아들이었다. 그 아비의 현명함을 닮아 위인이 매우 어질었는데 조대의 형상을 참혹히 여기고 조훈의 어리석음을 애달파해 이윽이 깊이 생각하다가 선뜻 붉은 도포를 부치고 홀을 받들어 앞에 나아가 아뢰었다.

"저 죄인의 말이 구태여 그르지 않고 이미 중형을 입었거늘 또 친다면 목숨을 마칠 것입니다. 이 옥사의 진가(眞假)를 원래 사람마다 알지 못하는데 누가 옳은지 그른지 알아 편벽되게 저 죄인만 신문하겠습니까? 증거가 있은 후에야 법이 분명하고 바르게 될 것입니다."

조훈이 듣고 불쾌했으나 또한 우기지 못해 예부와 조대를 다시 가두고 조대의 초사(招辭)[104]를 거두어 올리고 계사(啓辭)[105]했다.

"신이 성지(聖旨)를 받들어 강상 죄인 이흥문을 물으니 끝까지 복

104) 초사(招辭): 죄인이 자기의 범죄 사실을 진술하던 말.
105) 계사(啓辭): 논죄(論罪)에 관하여 임금에게 올리던 글.

초(服招)[106]함이 없으므로 폐하의 은혜를 저버릴까 두려워 조대를 신문했으나 살가죽이 문드러져도 초사가 이와 같으니 진가를 알 길이 없습니다. 삼가 황공해 죄를 기다리나이다."

임금이 말씀하셨다.

"옥사의 대단함이 인륜의 큰 변고로다. 짐이 괘씸함을 이기지 못해 엄히 처치하려 했더니 이제 천한 비자의 말이 이처럼 열렬한 데다 하물며 흥문은 지금 천하의 제일 군자니 이런 더러운 일을 했겠는가? 애매한가 싶으나 풍문이 괴이하니 흥문을 사형에서 감해 정배하고 화 씨 여자를 이혼시켜 안팎의 시비를 막노라."

이에 이씨 집안의 모든 사람들이 크게 기뻐해 조대의 기특함을 떠들썩하게 일컫고 이만치나 무사한 것을 기뻐해 부모와 어른들이 참으로 다행으로 여기며 복을 일컬었다.

노 씨가 이 기별을 듣고 크게 놀라 급히 사람을 시켜 자금(紫金) 백 냥을 싸 조훈에게 뇌물로 주고 옥사를 느슨하게 한 것을 크게 한하며 부디 이흥문을 죽여 달라 했다. 그리고 혜선과 의논해 계교를 행하니 슬프다, 이때를 맞아 누가 분별할 수 있겠는가.

혜선이 이날 밤에 진언(眞言)을 염(念)하고 부적을 삼켜 영대 얼굴이 되어 옥 밖으로 가 옥리(獄吏)를 보고 슬피 울며 말했다.

"이곳에 갇힌 죄인은 곧 첩의 동생입니다. 중형을 입어 죽게 되었으니 잠깐 들어가서 보고 싶습니다."

말을 마치고 품에서 한 봉지 싼 은(銀)을 내어 주니 모든 옥리가 뇌물을 보고 기뻐해 한마디 말도 안 하고 문을 열어 주었다. 조대가 온 몸에 피를 묻히고 누워 괴롭게 앓다가 영대를 보고 크게 반겨 물

106) 복초(服招): 문초를 받고 순순히 죄상을 털어놓음.

었다.

"그대가 무엇 하러 이곳에 왔는가?"

영대가 거짓으로 울고 말했다.

"네가 옥중에서 중형을 입고 죽어 간다 하므로 소저께서 들어가 보라 하시기에 온 것이다."

조대가 슬피 통곡하고 말했다.

"내 이미 기신(紀信)[107]의 충성과 절개를 사모해 소저를 위해 죽으려 하니 형은 주모를 모셔 풍운의 좋은 때를 만나 잘 즐기라. 오늘 화란은 다 노가가 저지른 일이니 우리 소저가 불행하셔서 그런 요괴로운 것을 가까이 부리시던 줄을 뉘우친다."

영대가 기뻐하지 않으며 말했다.

"구태여 노 씨가 한 일인 줄 어찌 알아서 경박하고 망령되게 구느냐? 어쨌거나 이 죽이나 먹고 정신을 차려라."

조대가 말했다.

"내가 지금 가슴이 답답해 소저 앞날의 일만 염려가 되고 아무 데도 정신이 없으니 어찌 음식이 목에 넘어가겠는가? 형은 빨리 돌아가 소저를 모시라."

혜선이 원래 음식에 독을 두어 조대를 죽이려 했으므로 재삼 권하며 말했다.

"주인을 위한 뜻이 굳은들 내 몸을 버리는 것이 옳으냐? 모름지기 이를 먹으라."

조대가 탄식하며 말했다.

"주인인들 한두 가지이겠는가? 소저는 몸이 얼음과 옥을 더럽게

---

107) 기신(紀信): 중국 한나라 고조(高祖) 때의 무장. 항우(項羽)의 군사에게 포위당한 유방(劉邦)을 도망치게 한 후 살해됨.

여기실 정도인데 오늘날 이런 망극한 화를 만나셨으니 하늘과 땅을 우러러보고 내려다보아도 하소연할 곳이 없어 하는데 내 어느 마음에 음식이 먹고 싶겠는가?"

영대가 말했다.

"너는 또 이렇게 이르지 마라. 소저께서 정 옳으시면 어찌해 외간에 사나운 소문이 나며 그날 밤에 예부 상공께서 무엇 하러 우리 침소에 오셨겠느냐? 나는 소저를 애매하다고 못 하겠다."

조대가 발끈 낯빛을 바꿔 말했다.

"형의 주인 위한 충성스러운 마음을 내가 미치지 못하더니 형이 오늘 이런 괴이한 말을 할 줄 알았겠는가? 형과 말하는 것이 내 입이 스스로 더러우니 형과 겨루기 싫다."

말을 마치고 돌아누워 말을 안 하니 혜선이 열없고 분노해 또한 말을 안 하고 앉아 있었다.

이튿날 모든 형리가 이르러 죄인을 나오라 하니 영대가 내달아 말했다.

"아우가 지금 숨이 끊어지려 하니 여러분이 나를 잡아 가면 제가 아우의 말을 대신할 것입니다."

사람들이 조대의 모습이 참혹하고 기운이 혼미한 것을 보고 차마 잡아가지 못해 영대를 끌어내 전하(殿下)에 이르니 조 상서가 물었다.

"어제 형벌을 받은 죄인 조대는 어디에 갔느냐?"

아전이 엎드려 대답했다.

"죄인 조대가 약한 여자로서 중형을 입어 사지를 움직이지 못하고 목숨이 위태로우므로 다시 물을 것이 없고 이 사람은 죄인의 형이라 대신 잡아서 대령했나이다."

조 상서가 매우 기뻐해 영대를 형판(刑板)에 올려 매라 하고 말했다.

"네 목숨을 아끼거든 바른 대로 고해 죽음을 면하라."

영대가 거짓으로 대답했다.

"소인의 아우가 이미 바로 고했거늘 제가 또 무엇이라 하겠나이까?"

조 상서가 노해서 말했다.

"이 사람은 더욱 요망하니 시원하게 시험하는 것이 옳다."

좌우 사람들이 명령에 응해 집장사예(執杖使隷)[108]가 옷을 메고[109] 매를 드니 영대가 크게 소리해 말했다.

"제가 바른 대로 고할 것이니 용서하소서."

조훈이 매우 기뻐해 말했다.

"네 자세히 고하면 너는 죄가 없으니 용서할 것이다."

영대가 소리를 높여 악에 받쳐 일렀다.

"주모가 본디 타고난 절색과 특이한 행실이 세상에 쌍이 없거늘 우리 어사 어른의 박대가 매우 심하셨으니 아름다운 얼굴에 스스로 한을 이기지 못하셨습니다. 또 이 예부 어른이 감언이설로 달래시니 드디어 서로 맹약이 굳었습니다. 하늘과 귀신이 살펴 간사한 정황이 나타났으니 누구를 한하겠습니까?"

조 상서가 매우 놀라고 노해 좌우를 시켜 예부를 올리게 해 영대의 초사를 주고 스스로 침 뱉으며 말했다.

"군을 우리가 그리 알지 않았더니 오늘날 이런 더러운 일이 있을

---

108) 집장사예(執杖使隷): 곤장을 잡은 종.

109) 옷을 메고: 집장사예가 곤장을 때릴 때 저고리의 오른쪽 소매를 벗고, 그 벗은 오른쪽 옷소매와 왼쪽 무릎까지 내려온 철릭의 끝자락을 허리춤 뒤로 묶은 것을 말함.

줄 어찌 알았겠소?"

예부가 초사를 다 보고는 어이없어 이에 정색하고 말했다.

"나의 죄악이 점점 드러나 퍼져 강상을 범했으니 죽을 수밖에 없고 해명이 무익하니 군(君)은 마지막을 보고 지레 나를 겁박하지 마시오."

그러고서 몸을 돌려 영대를 보며 꾸짖었다.

"너 요망한 종이 제수씨의 수족 같은 비자(婢子)로서 아주 작은 일도 모를 일이 없을 것인데 네 설사 형장(刑杖) 아래 죽은들 이런 거짓말을 지어 주인을 모함하느냐?"

영대가 소리를 높여 대답했다.

"어른이 참으로 애매하시면 그날 밤에 우리 소저 방으로 오시다가 어사께 들킨 것도 거짓말입니까? 법부에서 믿지 못하시겠다면 위사(衛士)를 시켜 이 씨 어른과 화 소저의 방 안을 수색하시면 간사한 정황이 나타날 것입니다."

조 상서가 그럴듯하게 여겨 즉시 좌시랑 고홍을 보내 예부의 서실을 수색하게 하고 또 마을에 속한 무녀 한 사람을 보내 화 씨의 침소를 뒤지라 했다.

이때 이씨 집안에서는 옥사가 그만이나 한 것을 다행스럽게 여기고 있었다. 그런데 홀연 범 같은 관차(官差)와 무녀가 달려들어 온 집안을 요란하게 하니 모두 크게 놀라 연고를 물으니 고 시랑이 말했다.

"어제 천자께서 옥사를 느슨하게 하셔서 모든 목숨이 다 살게 되었더니 아침에 홀연 조대의 형이라 하는 한 여인이 아문(衙門)에 와서 스스로 복초(服招)[110]했으니 우리가 어찌 알겠나이까?"

---

110) 복초(服招): 문초를 받고 순순히 죄상을 털어놓음.

왕이 듣고는 크게 놀라 말했다.

"그 시비의 이름이 무엇이라 하던가?"

고 시랑이 말했다.

"자칭 영대라 했습니다."

왕이 매우 놀라 미처 말을 못 하고 화 씨 침소에 이르니 영대가 이곳에 있었다. 이에 더욱 놀라 한참을 깊이 생각하는 사이에 무녀가 들어와 소저의 방 안을 낱낱이 뒤졌다. 화 소저가 쑥 같은 머리와 부끄러운 모습으로 이불 속에 싸여 있다가 이 광경을 보고 분한 기운에 막혀 한 소리 길게 통곡하고 혼절했다. 이에 좌우에서 급히 구하고 왕이 난간 가에 서서 이 모습을 보고 몹시 분하게 여겨 기운이 막힐 듯했으나 잠자코 나중을 보려 했다.

무녀가 뒤져 가다가 상자 속에서 두 장의 서간을 발견하니 이는 곧 홍문이 화 씨에게 보낸 서간이었다. 그런데 서간 속의 말이 음란해 차마 보지 못할 정도였다. 왕이 한번 보고는 별 같은 눈이 뚜렷해 식부(息婦)를 위해 해명할 것이 없었다. 말을 미처 못 해서 무녀가 서간을 거둬 가지고 밖으로 나갔다. 고 시랑은 예부의 서실에서 두 장의 서간을 얻어 내니 이는 곧 화 씨가 홍문에게 한 답장이라 누가 서간이 진짜고 거짓인지를 알겠는가. 남공으로부터 다섯 사람이 다 묵묵히 있으며 말을 안 하다가 말했다.

"일이 이처럼 공교하니 귀신의 조화라 할 수밖에 없구나. 다시 해명할 것이 없으니 며느리와 아들이 죽을 따름이로다."

고 시랑이 또한 탄식하고 돌아가 조훈에게 고했다. 조훈이 고 시랑의 말을 크게 믿브게 여기고 이미 노 씨의 청탁을 들어 핑계를 얻었으므로 예부를 올려 넉 장의 서간을 보이고 꾸짖었다.

"족하가 그토록 얼음처럼 맑다고 해명하더니 이 서간은 어찌 된 것이오? 이미 법이 있으니 족하는 나를 한하지 마시오."

말을 마치고는 예부를 결박해 꿇리고 좌우의 무사를 꾸짖어 말했다.

"이 사람은 강상을 범한 죄인이다. 등한히 못 할 것이니 너희가 조금이라도 인정을 둔다면 중죄를 입을 것이다."

모든 사예(使隷)가 그 강포한 위엄을 두려워해 다 놀라더니 홀연 좌우에서 아뢰었다.

"천자께서 상서를 명패(命牌)[111]로 부르시나이다."

이에 훈이 놀라 즉시 좌기를 파하고 사자를 따라 대궐로 들어갔다.

각설. 조정 백관이 도어부에 모여 예부의 옥사를 근심하더니 한 사람이 아뢰었다.

"예부 어른을 지금 사형에 처하려 하십니다."

그러자 사람들이 낯빛이 바뀌고 양 각로가 크게 놀라고 분노해 말했다.

"조훈이 제 마침 폐하의 은혜를 외람되게 입어 법부의 관원이 되었다 한들 자기가 어찌 이처럼 무도(無道)한가?"

위 승상이 분노해 말했다.

"조훈 도적놈이 필시 뇌물을 받아 성보를 죽이고 말려고 하는 뜻이니 내 마땅히 그 뜻을 막을 것이네."

그러고서 몸을 일으켜 대궐에 나아가 청대(請對)[112]하니 임금이 불러서 보시고 연고를 물으셨다. 승상이 탑하(榻下)[113]에 나아가 고

111) 명패(命牌): 임금이 벼슬아치를 부를 때 보내던 나무패. '命' 자를 쓰고 붉은 칠을 한 것으로, 여기에 부르는 벼슬아치의 이름을 써서 돌림.

112) 청대(請對): 신하가 급한 일이 있을 때에 임금에게 뵙기를 청하던 일.

113) 탑하(榻下): 왕의 자리 앞.

개를 조아리고 절해 말했다.

"소신이 일찍이 선제(先帝)로부터 폐하에 이르기까지 지우(知遇)[114]를 깊게 입어 지금 삼공(三公)[115]의 대신입니다. 사사로운 정을 끊고 공적인 의논을 세우는 것이 평생의 본마음이었습니다. 그런데 이제 예부상서 이흥문이 불행해 강상의 대죄를 지어 몸이 감옥 속에 매여 사형을 당하는 지경을 맞았습니다. 남의 집 일을 바깥 사람이 알지 못하지만 그러나 옛말에 사람의 얼굴을 보고 이름을 지으라 한 말이 있습니다. 이로부터 추측해 보아도 이흥문이 얼굴은 반악(潘岳)[116]과 두목지(杜牧之)[117]를 업신여기고 문장의 기이함은 팔두(八斗)[118]를 기울이고 성품과 행실은 소나무와 잣나무 같아 조정에 들어온 지 10여 년에 조금도 예법에 어긋난 모습을 보지 못했습니다. 그런데 끝내는 고금에 희한한 더러운 말을 몸에 실어 죽기에 이르게 되었으니 천하의 뜻 있는 선비로 하여금 참으로 느껴서 슬피울게 할 정도입니다. 이는 흥문이 본디 대신의 자손으로 소년 시절에 몸이 급제해 계수나무 가지를 꺾고 벼슬이 높고 크므로 간사한 사람이 시기해 흥문에게 재앙을 얻게 하려 한 것입니다. 일이 분명하지 않은 데다 흥문은 금지옥엽이 낳으신 바로 또 선제(先帝)의 외손자입니다. 죄목은 비록 법률을 범하고 국법이 지엄하나 중형을 더

114) 지우(知遇): 남이 자신의 인격이나 재능을 알고 잘 대우함.

115) 삼공(三公): 승상.

116) 반악(潘岳): 중국 서진(西晉)의 문인(247-300)으로 자는 안인(安仁), 하남성(河南省) 중모(中牟) 출생. 용모가 아름다워 낙양의 길에 나가면 여자들이 몰려와 그를 향해 과일을 던졌다는 고사가 있음.

117) 두목지(杜牧之): 중국 당(唐)나라 때의 시인인 두목(杜牧, 803-853)을 이름. 목지는 그의 자(字). 호는 번천(樊川). 이상은과 더불어 이두(李杜)로 불리며, 작품이 두보(杜甫)와 비슷하다 하여 소두(小杜)로도 불림. 미남으로 유명함.

118) 팔두(八斗): 문장이 뛰어남을 이름. 중국 남조(南朝)의 사령운(謝靈運)이 삼국시대 위(魏)의 조식(曹植)을 두고 한 말. 즉, "천하의 재주가 한 섬이 있다면 조자건이 여덟 말을 점유하고 있고, 내가 한 말을 얻었으며, 천하가 나머지 한 말을 나누어 가지고 있다."라고 함.

하는 것은 옳지 않습니다. 그런데 형부상서 조훈이 성상께서 너그러운 은전을 쓰라고 하신 명령을 받들지 않고 형양 어사 백문 처의 시비(侍婢)를 잡아 독한 형벌로 신문하자 저 무식한 여종이 매를 견디지 못해 대낮에 허망한 말을 복초(服招)[119]했습니다. 조훈이 이에 의기양양해 틈을 타 이관성의 집에 가 단서를 찾으니 과연 두어 장 간악한 서간을 얻은 것이 있다 하고 이흥문을 무겁게 다스리려 합니다. 흥문이 본디 넓고 큰 집에서 천금과 같이 어여쁨을 받는 아이로 자라나 약한 것이 아름다운 옥과 같은데 목숨이 위태할 것이니 이는 국가의 동량(棟樑)을 잃는 것이라 어찌 슬프지 않겠나이까? 흥문의 죄가 진짜라도 이관성이 남정북벌한 공로가 있고 단서(丹書)[120]와 철권(鐵券)[121]이 있어 마음대로 죽이지 못할 것입니다. 계양 옥주는 선제(先帝)께서 총애하시던 분이요, 황제 폐하의 할머니께서 낳으신 분으로 폐하에게는 지친(至親)의 의리가 있습니다. 그러니 편벽되게 극한 형벌을 쓸 수 있겠습니까? 그리고 더욱이 흥문에게 죄가 없음은 분명합니다. 흥문이 전날에 추밀부사 노강의 딸을 아내로 맞았다가 그 죄악이 심해서 내쫓아 원한이 깊었습니다. 그런 중에 그 아우가 백문의 재취(再娶)가 되자 흥문을 원망한 것이 깊고 집에는 늘 변란이 생겼습니다. 신의 어리석은 소견으로는 노 씨 여자가 적국(敵國)을 해치고 그 가운데 형의 원수를 갚으려 하는가 하니 성상께서는 밝게 살피소서."

말을 마치자 임금이 매우 놀라 말씀하셨다.

"짐이 또한 이처럼 헤아리고 사형하라는 말을 하지 않았거늘 이

119) 복초(服招): 문초를 받고 순순히 죄상을 털어놓음.
120) 단서(丹書): 임금의 명령을 일반에게 알릴 목적으로 적은 문서.
121) 철권(鐵券): 공신에게 수여하던 상훈 문서.

어찌 된 일인가?"

그러고서 급히 내시에게 명령해 조훈을 명패로 부르신 것이다. 조훈이 즉시 들어와 머리를 두드리니 임금이 용안에 성난 기색이 가득한 채 말씀하셨다.

"이흥문은 제실(帝室)의 지친(至親)이요, 훈척 대신의 적파손(嫡派孫)이다. 그 죄가 있어도 마음대로 다스리지 못하거늘 하물며 진가(眞假)를 알지 못하면서 경은 경솔히 무거운 형벌을 더하려 한 것인가?"

조훈이 땅에 엎드려 머리를 두드리며 말했다.

"성상께서 신에게 형부를 다 거느리게 하신 것은 이 일을 밝게 다스리도록 하려 하셔서입니다. 그런데 흥문이 인륜을 범한 큰 변란을 일으키고 끝까지 승복하지 않더니 화 씨의 시비가 아침에 복초하고 흥문과 화 씨의 방 안에서 이런 음란하고 한심한 글월을 얻었습니다. 그러니 이흥문이 입이 아홉인들 무엇이라 해명할 것이며 그 죄가 거짓 것이라 하겠나이까? 신이 한심함을 이기지 못해 과연 무겁게 다스리려 하더니 폐하의 명령이 이와 같으신 것은 생각 밖입니다. 국법은 법률이 지엄하니 흥문이 선제의 외손이며 대신의 적파손이라 하신 말씀을 깨닫지 못하겠나이다."

말을 마치고서 여러 장 서간을 붉은 도포 사이에서 내어 전상(殿上)에 바쳤다. 임금이 다 보시고 매우 놀라 즉시 연왕과 하남공을 부르셨다. 이에 두 사람이 사양하며 말했다.

"신 등은 죄인의 겨레라 어찌 감히 무슨 낯으로 폐하를 뵙겠나이까?"

임금이 다시 말씀을 전하셨다.

"흥문이 대역죄를 지었어도 경들에게는 죄가 없는데 더욱이 소소한 죄목임에랴?"

그러고서 재촉하시니 두 사람이 마지못해 의관을 풀고 황극전에 이르러 옥계(玉階)에 머리를 두드려 죄를 청했다. 임금이 크게 놀라셔서 급해 어린 내시를 시켜 두 사람을 붙들어 올리라 하시고 말씀하셨다.

"황숙이 어찌 이런 과도한 행동을 하는 것이오?"

남공이 울면서 대답했다.

"신이 보잘것없어 자식을 가르치지 못해 자식이 몸가짐을 법도로 못한 탓으로 오늘날 희한한 변고가 일어나 위로 폐하의 마음을 놀라시게 하고 아래로 조정을 요란하게 하며 신의 어버이를 욕먹였으니 무슨 면목으로 폐하를 뵙겠나이까?"

임금이 재삼 청해 전(殿)에 오르라 하시고 탄식하며 말씀하셨다.

"국가가 불행하고 짐이 복이 없어 홍문 같은 직신(稷臣)[122]에게 이런 희한한 변란이 일어나 강상의 누명을 싣게 했도다. 짐이 홍문에게 너그러운 은전을 드리우고 싶으나 법부에서 삼척의 법률을 잡았으니 잘 대우할 바가 아니요, 일이 증거가 분명해 홍문이 제 스스로 해명하지 못하게 되었도다. 짐이 법을 더하려 하나 선제와 태황(太皇) 태후(太后)께서 홍문을 각별히 아끼시던 모습을 생각하니 절로 슬픔을 이기지 못하고 홍문이 소년 영재로서 부질없이 스러지는 것을 한스러워하노라."

남공은 머리를 두드리며 눈물을 흘리고 연왕이 고개를 조아려 말했다.

"오늘날 홍문의 죄악이 뚜렷이 드러났으니 국법상 목 베이는 형벌을 면치 못할 것입니다. 그러나 애매한 것이 있으니 신의 며느리

122) 직신(稷臣): 국가와 생사를 같이하는 신하. 사직신.

화 씨가 불초자 백문의 홀대를 받아 팔뚝 위에 앵혈(鶯血)[123]이 뚜렷합니다. 흥문이 서간을 서로 통한 것은 변명을 못 하겠으나 음간했다 한 것은 결코 근거가 없는 말이니 폐하께서는 밝게 살피소서."

임금이 다 듣고는 그윽이 기뻐해 으뜸 궁인 사 씨를 내보내 허실을 알아오라 하셨다.

남공이 물러와 연왕을 꾸짖어 말했다.

"흥문이가 죽는 것이 비록 슬프나 네 차마 오늘날 화 씨 신상에 치욕이 이 지경에 이르게 한 것이냐? 화 공이 길을 떠날 적에 화 씨를 간절히 의탁하던 바를 자못 저버렸으니 내 그윽이 너의 말을 취하지 못하겠다."

왕이 울며 말했다.

"제가 어찌 모르겠습니까? 다만 편벽되게 정도(正道)를 지켜 차마 흥문이를 죽일 수 있겠습니까? 이와 같은 까닭에 마지못해 며느리 신상에 치욕이 있을지언정 흥문이를 구하려 한 것입니다."

공이 이에 탄식했다.

사 상궁이 바로 이씨 집안에 이르러 모든 사람을 보고 황제의 명령을 전하니 일가 사람들이 놀라움을 이기지 못했다. 소후는 눈물을 머금어 탄식하고 말했다.

"화 씨의 운명이 기괴한들 차마 이 지경에 이를 줄 생각했겠는가? 그 굳센 성품이 나는 서리 같아 이런 일을 알면 더욱 살기를 원하지 않을 것이니 궁인은 나의 말대로 하면 좋겠네."

말을 마치고는 사 씨를 데리고 소저가 누운 방에 이르렀다. 화 씨

---

123) 앵혈(鶯血): 순결의 표식. 장화(張華)의 『박물지』에서 그 출처를 찾을 수 있음. 근세 이전에 나이 어린 처녀의 팔뚝에 찍던 처녀성의 표시를 말하는 것으로 도마뱀에게 주사(朱沙)를 먹여 죽이고 말린 다음 그것을 찧어 어린 처녀의 팔뚝에 찍으면 첫날밤에 남자와 잠자리를 할 때에 없어진다고 함.

가 이불 속에 몸을 버려 거의 죽게 되었으니 소후가 나아가 화 씨의 손을 잡고 말했다.

"이제 변란이 참혹하나 며느리가 어찌 차마 몸을 버리려 하느냐? 더욱이 병이 깊으니 내가 매우 우려해 신기한 의녀를 구해 이리로 오게 했으니 의녀가 진맥하는 것을 허락하겠느냐?"

화 씨가 눈물을 흘리며 머리를 숙이고 말했다.

"죄 많은 첩이 팔자가 무상해 이런 험난한 일을 당했으니 스스로 죽지 못함을 한하는데 더욱이 진맥해 살기를 구하겠나이까?"

소후가 탄식하고 말했다.

"그대 마음이 비록 그러하나 내 어찌 차마 그 병든 것을 염려하지 않을 수 있겠느냐?"

드디어 사 씨를 불러 친히 소저의 팔뚝을 빼어 보였다. 사 씨가 거짓으로 진맥하는 체하고 보니 눈 같은 살에 붉은 점이 뚜렷해 희미하지도 않았다. 그 가운데 소저의 고운 자태가 수척한 중에도 한 조각 얼음과 수정 같아 참으로 태양이 중천에 높이 솟은 듯했으니 기이한 색태가 좌우의 사람을 놀라게 했다. 사 씨는 곧 선제 때부터 임금의 은혜를 입은 상궁으로 일품의 자리에 있으면서 사람을 본 것이 적지 않으며 겸해 관상을 잘 보았다. 오늘 화 씨가 착하고 얌전하며 아리따운 줄을 알았고 또 고귀한 골격과 빼어난 상을 가진 것을 보니 한때의 액운이 험한 것을 탄식해 다만 기쁜 빛으로 말했다.

"소부인의 병세는 한때 걱정과 분노 때문에 난 것이나 대단하지 않나이다."

그러고서 밖으로 나왔다. 소후가 또한 따라 중당에 이르러 눈물을 무수히 흘리며 그 원통함을 이르니 목이 메여 말을 이루지 못했다. 이에 사 씨가 사례해 말했다.

“노첩이 비록 아는 것이 없으나 오늘 소부인을 보니 얼굴이 천하 제일의 미색이요, 외모에 어진 기운이 비쳤으니 무엇 하러 천한 상것들도 안 하는 행실을 했겠나이까? 필시 한때의 운수를 잘못 만나 이런 것이니 끝내는 복록이 무궁할 것입니다. 그러니 존후는 안심하소서.”

소후가 눈물을 거두고 사례해 말했다.

“며느리가 세상에 다시 없는 기질을 가지고 더러운 말을 몸에 실으니 천하에 그 애매함을 알아 주는 이가 없었는데 오늘 상궁이 이처럼 밝게 알아 주시니 이는 참으로 죽은 자가 다시 산 것 같네. 만일 한 목숨이 죽음을 면한다면 상궁의 큰 덕 덕분이 아니겠는가?”

사 씨가 사례해 하직했다. 교자를 타 대궐에 들어가 그 팔뚝에 앵혈이 분명한 것을 아뢰고서 화 씨의 기질이 밝은 옥 같아서 행실이 경박하고 천한 자가 아님을 두루 고했다. 임금이 또한 그렇게 여기셔서 조서를 내려 말씀하셨다.

‘이제 죄인 이흥문의 옥사가 참으로 괴이해 국법으로 한다면 엄중히 처벌받는 것을 면치 못할 것이다. 그러나 분명한 증거를 잡지 못했고 하물며 이흥문은 선제의 외손이고 그 조부 충현왕의 공로가 크니 서촉 변방에 수자리 살도록 하고 화 씨의 죄가 또 같으니 형주의 관비로 삼아 삼 일 내로 떠나도록 하라.’

이에 조정 관료들이 매우 기뻐했으나 윤혁이 홀로 좋아하지 않아 상소해 두 사람을 같이 죽이는 것이 옳고 귀양 보내 수자리 살게 하는 것이 마땅하지 않다고 아뢰니 임금이 말씀하셨다.

“법으로 한다면 그러하나 짐이 그 선조의 공로 때문에 너그러운 은전을 쓴 것이니 경 등은 다시 말하지 마라.”

그러고서 특지(特旨)로 궁인을 보내 계양 옥주에게 위문하고 사죄

하시니 주비가 대궐을 바라보아 사은하고 울면서 대답했다,

"죄신이 보잘것없어 자식의 죄가 이 지경에 미쳤으니 정말 죽기를 원하고 살기를 바라지 않다가 성상의 호생지덕(好生之德)[124]을 입어 한 목숨이 평안하게 되었으니 황공하고 감격스럽습니다. 그러나 국법이 느슨해진 것을 두려워하고 있더니 이처럼 위로하고 달래주시니 신의 죄가 더욱 깊습니다."

드디어 작은 가마를 타고 양 씨와 아들 세 명을 거느리고 예부가 머무는 곳으로 가 예부를 보았다.

이때 남공으로부터 밑의 사람들이 다 자제를 거느리고 옥 밖에 가 예부를 데리고서 성 밖에 큰 집을 잡아서 들였다. 이부상서 성문과 태부 경문이 예부를 붙들어 방에 들이니 예부가 근심과 분노가 깊어 거의 죽은 상태로 자리에 몸을 던져 누워 눈을 감은 채 정신을 차리지 못했다.

남공과 연왕이 바삐 예부의 손을 잡고는 슬피 안색이 변해 두어 줄 눈물이 비단 도포에 떨어짐을 면치 못했다. 뭇 숙부들이 슬픈 빛으로 눈물을 흘리고 모든 형제가 목이 쉴 정도로 슬피 우니 만조백관이 모여 위로하며 달랬다. 그러나 공들은 공수한 채 말이 없었다.

이윽고 양 각로가 이르러 사위의 손을 꼭 잡고 눈물을 흘리면서 사위를 부르며 말했다.

"성보처럼 특이한 기질로 어찌 오늘 몸이 이 지경에 이른 것인가? 이는 참으로 공자께서 진채에서 욕을 보신 일[125]과 흡사하구나. 한 몸에 누명을 무릅써 검각(劍閣)의 잔도(棧道)[126]에서 어찌 살아가겠

124) 호생지덕(好生之德): 사형에 처할 죄인을 특사하여 살려 주는 제왕의 덕.
125) 공자께서~것: 공자(孔子)가 초나라로 가는 길에 진(陳)과 채(蔡) 두 나라 지경에 이르렀을 때 두 나라의 대부들이 서로 짜고 사람들을 동원하여 공자를 들에서 포위하여 길을 차단하고 식량의 공급을 막아 공자가 7일간이나 끼니를 먹지 못하였는데 이를 진채지액(陳蔡之厄)이라 함.

는가?"

그러고서 오열해 말을 이루지 못하니 그 부형의 마음이야 어떠하겠는가. 다 각각 눈물을 오월의 장마처럼 흘리며 말이 없었다.

이윽한 후에 예부가 눈을 떠 좌우를 보다가 그 부친이 자기의 손을 잡고 있는 것을 보고 억지로 몸을 일으켜 절하고서 죄를 청해 말했다.

"더러운 자식이 보잘것없어 오늘날 이런 불효와 치욕을 이뤘으니 무슨 면목으로 하늘을 볼 수 있겠나이까? 여러 날 사이에 아버님의 몸은 어떠하십니까?"

공이 탄식하고 어루만지며 말이 없으니 양 공이 대강 흥문이 귀양 가는 연유를 일렀다. 이에 예부가 탄식하고 말했다.

"한 번 더러운 말을 몸에 싣고 기괴한 지경을 겪으니 살아 구차한 것이 죽는 것만 같지 못합니다. 목숨이 남아 옥 밖에 나온 것을 불행히 여기나이다."

연왕이 위로해 말했다.

"네가 어찌 이런 말을 하느냐? 악인이 온갖 계교로 해치나 부디 살아서 나중에 원수를 갚는 것이 옳다. 부질없이 고초받는 죄수가 우는 것과 같은 행동127)을 해 죽을 것을 생각하면 되겠느냐? 조카는 만사에 관대히 생각해 끝까지 몸 보전할 것을 생각하거라."

예부가 밝게 깨달아 고개를 조아려 사례하고 기운을 가라앉혀 앉았다. 승상이 이르러 예부를 보고 흔쾌한 안색으로 예부를 위로해 말했다.

---

126) 검각(劍閣)의 잔도(棧道): 검각의 잔교. 검각은 사천성(四川省) 검각현(劍閣縣)에 있는 관문(關門)의 이름. 이 관문은 장안(長安)에서 촉(蜀)으로 들어가는 길목에 위치해 있는데, 검각현의 북쪽으로 대검(大劍)과 소검(小劍)의 두 산 사이에 잔교(棧橋)가 있는 요해처(要害處)로 유명함.

127) 고초받는~행동. 곤경에 빠져 어찌할 수 없는 상태를 비유한 말. 초수대읍(楚囚對泣).

"성천자의 호생지덕이 초목에까지 미치셔서 너의 한 목숨이 다시 살았으니 너는 모름지기 성급하게 죽을 것을 생각하지 말고 조심해서 적소에 가 있다가 무사히 돌아오라. 내 비록 늙고 어리석어 아는 것이 없으나 너를 잘못 가르치지 않을 것이니 네 마침내 성도(成都)의 죄인이 되지 않을 것이라 몇 년 뒤면 태양이 중천에 밝을 것이다."

예부가 크게 깨달아 두 번 절해 명령을 듣고 승상의 아들들이 그 신명함에 속으로 감탄했다.

이윽고 주비가 이르니 양 공은 밖으로 나가고 연왕 등만 머물러 있었다. 공주가 들어와 아들을 보니 그 모습이 참으로 어미의 애를 끊게 했다. 주비가 비록 강과 바다처럼 큰 도량을 지니고 있었으나 자연히 눈물이 옥 같은 얼굴에 젖는 줄을 깨닫지 못한 채 말했다.

"너의 액운이 중하나 이런 일이 있을 줄 어찌 알았겠느냐?"

말이 끝나지 않아서 예부의 첫째아들 창린이 아홉 살이었는데 부형의 남은 기운을 이어 영리하고 빼어나 다른 아이들 중에 창린에게 미칠 이가 없더니 이날 들어와 아버지를 보고 바삐 달려들었다. 그리고 아버지를 붙들고 목이 쉴 정도로 통곡하니 예부가 더욱 심란해 아들을 꾸짖어 눈물을 그치라 하고 남공이 안아 창린을 위로했다. 창린이 겨우 울음을 그쳤으나 흐르는 눈물이 옥 같은 귀밑에 줄줄 흘렀다. 예부가 좋은 낯으로 모친을 위로하고 조용히 담소해 조금도 슬픈 낯빛이 없었다.

이윽고 양 씨의 채색 가마가 이르러 중당에 머무르니 남공이 들어오라 했다. 이에 예부가 말했다.

"저는 인륜의 죄인이니 무슨 낯으로 처자인들 보고 싶겠나이까? 저 사람을 곁방에 두소서."

남공이 상관이 없다 이르고 양 씨를 불렀다. 양 씨가 이에 들어와 한 가에 앉았으나 예부가 눈을 들지 않았다.

이윽고 공들이 다 일어나고 주비 홀로 있으면서 예부를 어루만지며 느끼기를 마지않았다. 이에 예부가 위로해 말했다.

"일마다 다 천명이니 속절없이 슬퍼해 어찌하겠나이까? 소자가 끝내 타향에서 몸을 마치지 않을 것이니 모친은 염려하지 마소서."

주비가 이에 탄식했다.

이날 밤에 부친과 숙부들과 모든 형제가 한 방에 이르러 예부를 구호하며 먼 이별을 슬퍼했다. 새벽이 되자 모두 조회에 가고 홀로 있으니 주비가 양 씨의 처지를 참혹하게 여겨 일렀다.

"서방님들과 여러 아이들이 다 대궐에 가고 아들 홀로 있으니 그대가 병후를 살피라. 내가 나가고 싶으나 기운이 평안하지 않아 못 가겠구나."

양 씨가 명령을 듣고 몸을 일으켜 병소(病所)로 갔다. 그러나 속으로 부끄럽고 예부를 어렵게 여겨 쉬 들어가지 못하고 창밖에서 머뭇거렸다. 예부가 이때 아들은 곁에 누워 자고 홀로 깨어 심사가 우울하더니 창밖에 인적이 있음을 보고,

"네 누구인고?"

라고 말했다. 양 씨가 감히 대답하지 못하고 들어가 말했다.

"어머님이 군자의 병든 몸이 어떠하신가 알아오라 하셨습니다."

예부가 모친의 뜻을 짐작하고 길이 탄식해 양 씨를 나아오라 해 말했다.

"내가 보잘것없어 몸이 이 지경에 이르렀으니 내 비록 대장부의 굳센 마음을 갖고 있으나 죽을 마음만 있고 살 뜻이 없으니 그대의 평생을 저버릴까 슬퍼하오."

양 씨가 묵묵히 슬픈 낯빛을 하고 대답하지 않으니 상서가 탄식하

고 말했다.

“내 국가에 죄를 얻어 이렇게 되었으면 비록 불초하나 마땅히 웃음을 머금었을 것이나 아녀자의 계교 때문에 천하에 용납받지 못할 더러운 허물을 몸에 실었으니 한스러움이 한층 더하오. 구차하게 살면 가문에 치욕을 줄 것이라 죽고 싶으나 차마 부모님께 불효를 더하지 못해 부득이하게 구차히 연명하고 있으니 더욱 사람을 대할 낯이 없구려.”

양 씨가 눈물을 거두어 다 듣고는 얼굴을 가다듬어 정색하고 매사에 너그러이 억제할 것을 사리(事理)로 타이르니 생이 양 씨의 손을 이끌어 곁에 앉으라 청하고 슬피 말했다.

“내 이제 성도(成都)의 검각(劍閣)을 통과해 돌아가니 산천이 멀고 애각(涯角)[128]이 가려 다시 부부의 즐거움을 누릴 길이 아득하니 그대의 아름다운 얼굴을 슬퍼하오.”

말을 마치고 길이 긴 팔을 내어 관계를 맺으려 하니 소저가 놀라고 의아해 옷깃을 여미고 고쳐 앉아 말했다.

“어머님이 기다리실 것이니 돌아가기를 청하나이다.”

생이 탄식하고 말했다.

“모친이 그대를 보내신 것은 나에게 이별의 회포를 베풀라고 해서요. 그러니 그대는 고집을 부리지 마시오.”

소저가 마지못해 말을 펴 간했다.

“군자가 이제 시운(時運)이 불행한 때를 만나 몸이 누추한 감옥에서 고초를 겪고 누명을 몸에 실어 만리 변방에 죄수가 되었습니다. 그래서 위로 시부모님이 걱정하시도록 했으니 군(君)의 불효는 만고

---

128) 애각(涯角): 하늘의 끝이 닿은 곳과 땅의 한 귀퉁이라는 뜻으로, 서로 멀리 떨어져 있음을 이르는 말. 천애지각(天涯地角).

에 비할 자가 없게 되었습니다. 설사 처자가 귀하다고 하나 이러한 때 정을 맺는 것은 옳지 않습니다. 군자는 첩의 우매한 말을 거두어 용납하소서."

생이 잠시 웃고 말했다.

"내 이때를 맞아 무심한 여색에 마음을 두면 그르겠으나 내 당당한 처자를 이 심야에 한 자리에 앉아 정을 맺는 것이 괴이하겠소? 그대 또한 나와 한 번 이별한 후에는 날 비록 보고 싶어해도 그것이 쉽겠소?"

그러고서 즐거운 빛을 하고 사랑하는 마음으로 양 씨의 손을 잡고 향기로운 뺨을 접했다. 간곡한 정을 헤아릴 수 없었으니 소저가 불안해 재삼 돌아가게 해 달라 빌었으나 예부가 허락하지 않았다. 예부가 입으로 말은 안 했으나 이미 그 정이 산과 바다 같아서 양 씨를 어루만지며 탄식했다.

날이 새려 하자, 바야흐로 양 씨의 손을 놓으며 말했다.

"요망한 사람이 나를 해치고서, 내 생각건대 그대에게도 화가 미칠까 하니 조심하오."

소저가 겸손히 사양하고 들어가니 주비가 그 병세를 묻고 탄식했다. 그리고 소저가 머리칼이 어지럽고 옥 같은 얼굴에 붉은빛이 도는 것을 보고는 그윽이 그 처지를 가련하게 여겼으나 예부가 병이 깊은데 소저와 정을 맺은 것을 불쾌하게 여겼다.

날이 새자, 공들이 이르러 의약을 다스리면서 날을 보냈다. 다다음 날에 생이 길을 떠날 적에 부모와 숙부들의 마음이야 어찌 헤아릴 수 있겠는가마는 각각 좋은 낯으로 위로하고 손을 나누었다. 그런데 창린이 아버지의 옷을 붙들고 떨어지지 않으니 모두 타이르다가 못 해 상서의 행렬을 따르게 했다. 연왕이 서자 취문을 불러 예부의 병을 구호하며 모셔 가라 했다. 남공이 태감 정양과 궁노 30명을 시켜 예부를 편안한 가마에 실어 길에 오르게 했다. 이때 광경이 매우 을씨년스럽고 구슬펐으므로 사람들이 눈물을 금치 못했다.

모두 백 리 밖까지 나가 이별할 적에 예부가 모든 사람에게 절해 하직하니 옥 같은 얼굴에 눈물이 줄줄 흘렀다. 남공이 대의(大義)로 꾸짖었으나 역시 눈물이 조용히 흘렀다. 연왕이 예부의 손을 잡고 긴 탄식 한 소리에 눈물이 비단 도포에 젖은 채 겨우 일렀다.

"네가 이렇게 된 것은 다 내 죄 때문이다. 말이 번거로우니 다 못하나 내 무슨 낯으로 훗날 너를 보겠느냐?"

예부가 절하고 말했다.

"제가 다 알고 있으니 숙부께서는 염려하지 마소서."

드디어 손을 나눌 때 아우들에게 말했다.

"아우들은 부모님을 모셔 만수무강하고 불초한 이 형을 본받지 마라."

사람들이 이에 각각 울고는 별시(別時)를 부치고 손을 나눴다.

제2부

주석 및 교감

☘ 일러두기 ☘

A. 원문

1. 저본은 한국학중앙연구원 소장본(26권 26책)으로 하였다.
2. 면을 구분해 표시하였다.
3. 한자어가 들어간 어휘는 한자 병기를 원칙으로 하였다.
4. 음이 변이된 한자어 및 한자와 한글의 복합어는 원문대로 쓰고 한자를 병기하였다. 예) 고이(怪異). 겁칙(劫-)
6. 현대 맞춤법 규정에 의거해 띄어쓰기를 하되, '소왈(笑曰)'처럼 '왈(曰)'과 결합하는 1음절 어휘는 붙여 썼다.

B. 주석

1. 다음과 같은 경우에 각주를 통해 풀이를 해 주었다.
   가. 인명, 국명, 지명, 관명 등의 고유명사
   나. 전고(典故)
   다. 뜻을 풀이할 필요가 있는 어휘
2. 현대어와 다른 표기의 표제어일 경우, 먼저 현대어로 옮겼다. 예) 츄쳔(秋天): 추천.
3. 주격조사 'ㅣ'가 결합된 명사를 표제어로 할 경우, 현대어로 옮길 때 'ㅣ'는 옮기지 않았다. 예) 긔위(氣宇ㅣ): 기우.

C. 교감

1. 교감을 했을 경우 다른 주석과 구분해 주기 위해 [교]로 표기하였다.
2. 원문의 분명한 오류는 수정하고 그 사실을 주석을 통해 밝혔다.
3. 원문의 의미가 분명하지 않은 경우, 규장각 소장본(26권 26책)과 연세대 소장본(26권 26책)을 참고해 수정하고 주석을 통해 그 사실을 밝혔다.
4. 알 수 없는 어휘의 경우 '미상'이라 명기하였다.

니시셰디록(李氏世代錄) 권지십오(卷之十五)

•••

1면

어시(於時)의 시어ᄉᆞ(侍御史) 원문이 그 셔모(庶母) 교란의 외로온 형세(形勢)와 ᄂᆞᄌᆞᆫ 당(堂)의 명회(名號ㅣ) 업시 이시믈 ᄌᆞ못 즐겨 아니ᄒᆞ되 최 부인(夫人) 셩품(性品)이 타류(他類)와 ᄀᆞᆺ지 아니ᄒᆞ고 더옥 공(公)이 그 손의 쥐이여 욕독(欲獨)[129]을 못 ᄒᆞ매 뎌를 금차지녈(金釵之列)[130]의 두지 못ᄒᆞ고 쇼문이 쳐(妻) 교 시(氏)를 취(娶)ᄒᆞ매 최 부인(夫人)이 허(許)ᄒᆞ야 교 시(氏)는 쳐쇼(處所)를 뎡(定)ᄒᆞ야시되 교란은 용납(容納)지 아니ᄒᆞ니, 어ᄉᆡ(御史ㅣ) 유ᄉᆡᆼ(儒生)으로 이실 졔는 ᄆᆡ양 간(諫)ᄒᆞ야 듯지 아니면 믈너날 ᄯᆞᄅᆞᆷ이러니, 즉금(卽今) 급뎨(及第)ᄒᆞ매 녜부(禮部)의 고(告)ᄒᆞ고 교란을 존칭(尊稱)ᄒᆞ야 ᄀᆡ국공(--公) 니(李) 모(某)의 ᄀᆡ실 부인(夫人) 교 시(氏)라 ᄒᆞ고

•••

2면

별(別)노 ᄒᆞᆫ 당(堂)을 슈리(修理)ᄒᆞ야 교란을 옴게 ᄒᆞ올ᄉᆡ,

최 부인(夫人)이 듯고 대로(大怒)ᄒᆞ여 어ᄉᆞ(御史)를 블너 크게 ᄭᅮ지져 ᄀᆞᆯ오되,

---

129) 욕독(欲獨): 자기 마음대로 함.

130) 금차지녈(金釵之列): 금차지열. 첩의 항렬. 금차는 첩을 가리킴.

"교란이 ᄒᆞᆫ낫 창믈(娼物)이라 져를 큰 집의 용납(容納)ᄒᆞᆷ도 극(極)ᄒᆞᆫ 과분(過分)[131]ᄒᆞᆫ 일이어든 네 엇지 뎌를 존칭(尊稱)ᄒᆞ고 큰 당(堂)을 슈리(修理)ᄒᆞ여 주어 감히(敢-) 날과 ᄀᆞᆺ게 ᄒᆞᄂᆞᆫ다?"

어ᄉᆡ(御史ㅣ) 부복(俯伏) 왈(曰),

"뎌 교 시(氏) 비록 창녜(娼女ㅣ)나 쇼년(少年)의 야야(爺爺)의 희롱(戲弄)ᄒᆞ시믈 닙어 지금(只今)의 니ᄅᆞ히 슈졀(守節)ᄒᆞ여 ᄀᆞ업ᄉᆞᆫ 고초(苦楚)를 겻고 형(兄)이 이시니 일의 그리 못 ᄒᆞᆯ 거시어ᄂᆞᆯ ᄂᆞᄌᆞᆫ 당(堂)의 ᄒᆞᆫ낫 명호(名號)도 업시 이시니 야야(爺爺)ᄂᆞᆫ 본 톄 아니시미 대단ᄒᆞᆫ 허믈이 아니어니와 쇼ᄌᆞ(小子)ᄂᆞᆫ ᄌᆞ못 도리(道理)를 일헛고 젼일(前日)은 유ᄉᆡᆼ(儒生)으

•••

3면

로 이시니 ᄂᆞᆷ의 ᄎᆡᆨ망(責望)이 그ᄃᆡ도록 밋지 아니려니와 당시(當時)ᄒᆞ야 쇼ᄌᆡ(小子ㅣ) 텬은(天恩)을 닙어 몸이 간관(諫官)의 ᄎᆞᆼ슈(充數)[132]ᄒᆞ니 아븨 졍인(情人)을 하당(下堂) 곤ᄋᆡᆨ(困厄)[133]ᄒᆞ미 가(可)치 아니ᄒᆞᆫ지라 모친(母親)은 슬피쇼셔."

부인(夫人)이 졍ᄉᆡᆨ(正色) 노왈(怒曰),

"내 일ᄉᆡᆼ(一生) 창믈(娼物)을 ᄌᆡ상(宰相)의 쇼실(小室)이라 ᄒᆞ고 드려안쳐 쇼가(小家)라 ᄒᆞᄂᆞᆫ 거동(擧動)을 통히(痛駭)[134]히 넉여 보왓거든 ᄎᆞ마 내 아ᄒᆡ(兒孩) 당(當)ᄒᆞ리오?"

---

131) 과분(過分): 분수에 넘침.
132) ᄎᆞᆼ슈(充數): 충수. 머리 수를 채움.
133) 곤ᄋᆡᆨ(困厄): 곤액. 몹시 딱하고 어려운 사정과 재앙이 겹친 불운.
134) 통히(痛駭): 통해. 몹시 이상스러워 놀람.

언미필(言未畢)의 공(公)이 드러와 문왈(問曰),

"모직(母子ㅣ) 므스 일노 징단(爭端)[135] ᄒᆞᄂᆞ뇨?"

어ᄉᆡ(御史ㅣ) 슈말(首末)을 고(告)ᄒᆞ니 공(公)이 쇼왈(笑曰),

"오ᄋᆞ(吾兒)ᄂᆞᆫ 네 어믜 블평(不平)ᄒᆞᆫ 노ᄅᆞ술 마올지니 교란이 져룰 괴실 부인(夫人) 일홈이 극(極)히 외람(猥濫)ᄒᆞ도다."

최 부인(夫人)이 노왈(怒曰),

"져리ᄒᆞ여도 당쵸(當初) 유정(有情)ᄒᆞ고

•••

4면

ᄉᆞ양(辭讓)ᄒᆞᄂᆞᆫ 톄 더옥 긔괴(奇怪)ᄒᆞ도다."

공(公)이 대쇼(大笑) 왈(曰),

"부인(夫人)의 새옴이 너모 졈지 아니ᄒᆞ도다. 이제 나히 몃치뇨?"

부인(夫人)이 쟉ᄉᆡᆨ(作色) 왈(曰),

"교란을 내 자리의 안치고 날을 영츌(永黜)[136]ᄒᆞ여도 내 ᄉᆞ양(辭讓)치 아니리니 내 엇지 감히(敢-) ᄉᆡ투(猜妬)[137]ᄒᆞ리오?"

졍언간(停言間)[138]의 하람공(--公)이 이곳을 지ᄂᆞ다가 ᄎᆞ언(此言)을 듯고 공(公)의 약(弱)ᄒᆞ믈 블쾌(不快)ᄒᆞ여 완완(緩緩)이[139] 기츰ᄒᆞ고 난간(欄干)의 오ᄅᆞ니 공(公)과 부인(夫人)이 놀나 밧비 마자 좌(座)룰 일우니 공(公)이 짐즛 졍ᄉᆡᆨ(正色)ᄒᆞ고 어ᄉᆞ(御史)ᄃᆞ려 ᄀᆞᆯ오ᄃᆡ,

"내 너ᄃᆞ려 블셔 니ᄅᆞ고져 ᄒᆞᄃᆡ 네 나히 어리고 몸이 유ᄉᆡᆼ(儒生)

135) 징단(爭端): 쟁단. 다툼.
136) 영츌(永黜): 영출. 길이 내쫓음.
137) ᄉᆡ투(猜妬): 시투. 시기하고 질투함.
138) 졍언간(停言間): 정언간. 말인 멈춘 사이.
139) 완완(緩緩)이: 천천히.

이라 니ᄅᆞ지 못ᄒᆞ더니 네 이제 몸이 영쥬(瀛洲)의 노라[140] 간관(諫官)의 츙슈(充數)ᄒᆞ니 거의 거가(居家)[141]의 법(法)

•••

5면

을 출힐지라. 뎌 교란이 셜ᄉᆞ(設使) 챵녜(娼女ㅣ)나 ᄒᆞᆫ 조각 니문(李門)을 위(爲)ᄒᆞᆫ 뜻이 아름답고 ᄌᆞ식(子息)이 잇거ᄂᆞᆯ 엇지 외당(外堂)의 내쳐 창두(蒼頭)[142]의 무리로 벗ᄒᆞ게 ᄒᆞᄂᆞ뇨? ᄒᆞᆯ니라도 네 아븨 졍인(情人)이라. 녯 사ᄅᆞᆷ이 아비 ᄒᆞᆫ번(-番) 희롱(戲弄)ᄒᆞᆫ 겨집이라도 공경(恭敬)ᄒᆞ라 ᄒᆞ여시니 네 아비 용녈(庸劣)ᄒᆞ야 법(法)을 출히지 못ᄒᆞ나 네 도리(道理)ᄂᆞᆫ 그러치 아닐지라. 쟝ᄎᆞᆺ(將次ㅅ) 그 쥬의(主義) 어ᄃᆡ 잇ᄂᆞ뇨?"

어ᄉᆡ(御史ㅣ) 쳥파(聽罷)의 황연(晃然)[143]이 ᄇᆡ샤(拜謝) 슈명(受命)ᄒᆞ고 블민(不敏)ᄒᆞ믈 쳥죄(請罪)ᄒᆞ니 남공(-公)이 ᄀᆡ국공(--公)을 ᄎᆡᆨ(責)ᄒᆞ야 ᄀᆞᆯ오ᄃᆡ,

"현뎨(賢弟) 당초(當初) 교란을 갓가이ᄒᆞ고 ᄯᅩ 이제 ᄌᆞ식(子息)이 잇고 졀(節)이 구드ᄃᆡ ᄇᆞ리기ᄅᆞᆯ 헌 신가치 ᄒᆞ니 그 쳐ᄉᆡ(處事ㅣ) 극(極)히 한심(寒心)ᄒᆞ니 국공(國公)이라

---

140) 영쥬(瀛洲)의 노라: 영주에 놀아. 홍문관에 들어감을 뜻하는데 여기에서는 벼슬길에 오른 것을 의미함. 중국 당나라 태종(太宗)이 문학관(文學館)을 열어 방현령(房玄齡), 두여회(杜如晦) 등 열여덟 명을 뽑아 우대하고 번(番)을 셋으로 나누어 교대로 숙직하며 경전을 토론하게 하였는데, 이를 세상 사람들이 전설상 신선이 산다는 산인 영주에 올랐다고 말함. 『자치통감(資治通鑑)』 권10.

141) 거가(居家): 집에 거처함.

142) 창두(蒼頭): 종살이를 하는 남자.

143) 황연(晃然): 환하게 밝은 모양.

•••

6면

ᄒᆞ미 극(極)히 앗갑도다."

공(公)이 쇼이ᄃᆡ왈(笑而對曰),

"쇼뎨(小弟) 그리ᄒᆞ고져 ᄒᆞ미 아니라 최 시(氏) 투긔(妬忌) 과도(過度)ᄒᆞ니 죽을가 겁(怯)ᄒᆞ야 거쳔(擧薦)[144]ᄒᆞ지 아닛ᄂᆞ이다."

공(公)이 잠쇼(暫笑) 브답(不答)ᄒᆞ니 최 부인(夫人)이 옥뫼(玉貌ㅣ) ᄌᆞ약(自若)ᄒᆞ야 공(公)을 ᄂᆡᆼ안(冷眼)으로 멸시(蔑視)ᄒᆞ고 말을 아니 ᄒᆞ더니 이윽고 남공(-公)이 니러난 후(後) 최 부인(夫人)이 어ᄉᆞ(御史)ᄅᆞᆯ 명(命)ᄒᆞ여 왈(曰),

"ᄇᆡᆨ슉(伯叔)이 ᄒᆞ과져 ᄒᆞ시ᄂᆞᆫ 일을 ᄉᆞ진(死地ㄴ)들 거역(拒逆)ᄒᆞ리오? 네 당당(堂堂)이 그ᄃᆡ로 ᄒᆞ라."

어ᄉᆡ(御史ㅣ) 슈명(受命) ᄇᆡ샤(拜謝)ᄒᆞ고 믈너나 교란을 존(尊)ᄒᆞ고 쇼문을 갓가이 뫼셧게 ᄒᆞ여 졀ᄎᆞ(節次)ᄅᆞᆯ ᄀᆞᄌᆞᆨ이 출히니 일개(一家ㅣ) 칭찬(稱讚)ᄒᆞ고 교란의 감격(感激)ᄒᆞ미 쳘골(徹骨)[145]ᄒᆞ여 가지록 어질기ᄅᆞᆯ 힘쓰고 ᄯᅩ 부인(夫人) 셤기기ᄅᆞᆯ 엄(嚴)ᄒᆞᆫ 쥬인(主人)을 뫼시ᄃᆺ

•••

7면

ᄒᆞ니 부인(夫人)이 비록 강ᄆᆡᆼ(剛猛)[146]ᄒᆞ나 극(極)히 어진지라 ᄋᆞᄌᆞ

---

144) 거쳔(擧薦): 거천. 어떤 일이나 사람에 관계하기 시작함.
145) 쳘골(徹骨): 철골. 뼈에 사무침.
146) 강ᄆᆡᆼ(剛猛): 강맹. 굳세고 맹렬함.

(兒子)의 쳐ᄉ(處事)ᄅ 아ᄅ다이 넉이고 교란의 인믈(人物)을 깃거ᄒ여 ᄎ후(此後) 블호(不好)ᄒ 말을 아니ᄒ더라.

ᄎ시(此時) 최ᄇ만이 급뎨(及第)ᄒ야 그 부친(父親)의게 영광(榮光)을 뵈니 만ᄉ(萬事ㅣ) 무흠(無欠)ᄒ야 경연(慶宴) 시(時)의 ᄃ무(對舞)ᄒ엿던 홍월ᄆ를 가튝(家畜)[147]ᄒ야 외당(外堂)의셔 즐기니, 니부(李府) 형뎨(兄弟) 그 ᄆᄌ(妹子)의 위인(爲人)을 아ᄂ 고(故)로 다 브졀업ᄉ믈 말니니 최ᄉ(-生)이 원ᄂ(元來) 쇼져(小姐)ᄅ 시험(試驗)ᄒ랴 ᄒ엿ᄂ지라 짐ᄌ 누의 편(便)들믈 공치(公恥)[148]ᄒ니 이(二) 인(人)이 한가(閑暇)히 웃고 다시 말니지 아니ᄒ더라.

최ᄉ(-生)이 십여(十餘) 일(日) 월ᄆ로 즐기다가 일일(一日)은 월ᄆ를 잇글고 쇼져(小姐) 침쇼(寢所) 쵸월당(--堂)의 니ᄅ니 쇼졔(小姐ㅣ) 원

•••

8면

ᄂ(元來) 이 일은 몽ᄆ(夢寐) 밧기라 고요히 안잣더니 홀연(忽然) 난간(欄干)의 오ᄅᄂ니 잇거ᄂ 눈을 드러 보니 최ᄉ(-生)이 ᄒ 낫 미녀(美女)ᄅ 잇글고 당(堂)의 오ᄅᄂ지라 쇼졔(小姐ㅣ) ᄒ번(-番) 보매 삼혼칠ᄇ(三魂七魄)[149]이 다 ᄂ라ᄂ 안ᄉ(顔色)이 ᄎ ᄌ ᄀᄐ니 믁연(默然)이 셧더니 ᄉ(生)이 웃고 ᄀ오ᄃ,

---

147) 가튝(家畜): 가축. 가휵. 집 안에 둠.

148) 공치(公恥): 대놓고 모욕을 줌.

149) 삼혼칠ᄇ(三魂七魄): 삼혼칠백. 삼혼은 사람의 마음에 있는 세 가지 영혼으로 태광(台光), 상령(爽靈), 유정(幽精)이고, 칠백은 도교에서 말하는, 사람의 몸에 있는 일곱 가지 넋으로 몸 안에 있는 탁한 영혼으로서 시구(尸拘), 복시(伏矢), 작음(雀陰), 탄적(呑賊), 비독(非毒), 제예(除穢), 취폐(臭肺)를 이름.

“부인(夫人)은 나의 ᄋᆡ희(愛姬)ᄅᆞᆯ 보라. 아니 졀ᄉᆡᆨ(絶色)이냐?”

쇼졔(小姐ㅣ) ᄎᆞ언(此言)을 듯고 ᄉᆞᄉᆡᆨ(辭色)을 강잉(强仍)ᄒᆞ여 좌우(左右)로 태부(太傅)ᄅᆞᆯ 쳥(請)ᄒᆞ니 태뷔(太傅ㅣ) 즉시(卽時) 니ᄅᆞ럿거ᄂᆞᆯ 쇼졔(小姐ㅣ) 졍ᄉᆡᆨ(正色)고 ᄀᆞᆯ오ᄃᆡ,

“쇼ᄆᆡ(小妹) 용녈(庸劣)ᄒᆞ나 거거(哥哥)의 누의라. 맛당이 ᄂᆡ외(內外)ᄅᆞᆯ 엄격(嚴格)ᄒᆞ여 쥬시미 올커ᄂᆞᆯ ᄎᆞ경(此景)이 하ᄉᆡ(何事ㅣ)니잇고? 쇼ᄆᆡ(小妹) 스ᄉᆞ로 골경신ᄒᆡ(骨驚神駭)[150]ᄒᆞ야 거거(哥哥)긔 고(告)ᄒᆞᄂᆞ니 법(法)ᄃᆡ로 다ᄉᆞ리쇼셔.”

태뷔(太傅ㅣ) 쳥파(聽罷)의 최ᄉᆡᆼ(-生)을 보

•••

9면

니 술긔운이 만면(滿面)ᄒᆞ야 월ᄆᆡ로 ᄉᆞᄆᆡᄅᆞᆯ 니어 안잣ᄂᆞᆫ지라. 크게 ᄒᆡ연(駭然)[151] 왈(曰),

“ᄆᆡᄌᆡ(妹子ㅣ) 맛당이 피(避)ᄒᆞ라. ᄂᆡ 용녈(庸劣)ᄒᆞ나 ᄎᆞᄉᆞ(此事)ᄂᆞᆫ 결연(決然)이 그져 두지 못ᄒᆞ리라.”

쇼졔(小姐ㅣ) 안흐로 드러가니 태뷔(太傅ㅣ) 이의 시노(侍奴)ᄅᆞᆯ 블너 시비(侍婢)ᄅᆞᆯ 다 잡아 ᄂᆞ리오고 크게 쇼ᄅᆡᄒᆞ야 월ᄆᆡᄅᆞᆯ 결박(結縛)ᄒᆞ야 ᄭᅮᆯ니ᄆᆡ 위엄(威嚴)이 광풍(狂風) ᄀᆞᆺ고 구츄(九秋) 셔리 ᄂᆞ리ᄂᆞᆫ ᄃᆞᆺᄒᆞ니, 몬져 시비(侍婢) 등(等)의 ᄉᆞᆯ피지 못ᄒᆞᆫ 죄(罪)로 삼십(三十) 댱(杖)식 ᄆᆡᆼ타(猛打)ᄒᆞ고 월ᄆᆡᄅᆞᆯ 슈죄(數罪) 왈(曰),

“네 블과(不過) 최 샹공(相公) 가무(歌舞)ᄅᆞᆯ 밧드나 ᄒᆞᆫ낫 쳔챵(賤

---

150) 골경신ᄒᆡ(骨驚神駭): 골경신해. 뼈가 저리고 넋이 놀람.
151) ᄒᆡ연(駭然): 해연. 몹시 이상스러워 놀람.

娼)이어늘 엇지 정실(正室) 부인(夫人) 방(房)의 방ᄌᆞ(放恣)ᄒᆞᆫ 거조(擧措)를 ᄒᆞ고 드러오리오? 그 죄(罪) 경(輕)치 아니ᄒᆞ니 시험(試驗)ᄒᆞ여 마ᄌᆞ라."

셜파(說罷)의 고찰(考察)ᄒᆞ야 삼십(三十) 댱(杖)을 쳐 교방(敎坊)[152]의

...

10면

일홈을 써히고 아역(衙役)을 ᄎᆡ뎡(採精)[153]ᄒᆞ여 본향(本鄕)으로 내치니 위엄(威嚴)이 ᄆᆡᆼ동(孟冬)의 급(急)히 부ᄂᆞᆫ ᄇᆞ람 ᄀᆞᄐᆞᆫ지라. 최ᄉᆡᆼ(-生)이 ᄌᆞ긔(自己) 쇼ᄒᆡᆼ(所行)을 참괴(慙愧)ᄒᆞ니 거ᄌᆞᆺ 노왈(怒曰),

"누의 투긔(妬忌)를 도와 쾌(快)히 셜치(雪恥)[154]ᄒᆞ야 주ᄂᆞᆫ 거동(擧動)이 가쇼(可笑ㅣ)로다."

태뷔(太傅ㅣ) 안연(晏然) 미쇼(微笑)ᄒᆞ고 ᄉᆞ미를 쩔쳐 쇼ᄆᆡ(小妹)를 보고 다ᄉᆞ린 연유(緣由)를 다 니ᄅᆞ니, 쇼제(小姐ㅣ) 유유(儒儒)[155] ᄇᆞ답(不答)이러라.

쇼제(小姐ㅣ) ᄎᆞ후(此後) 최ᄉᆡᆼ(-生)을 영영(永永) 피(避)ᄒᆞ고 보지 아니ᄒᆞ니,

ᄉᆡᆼ(生)이 심(甚)히 울울(鬱鬱)ᄒᆞ야 일일(一日)은 벽셔뎡(--亭)의 니ᄅᆞ러 악모(岳母) 됴 부인(夫人)을 보고 쇼져(小姐)를 ᄀᆞ초믈 견집(堅執)[156]ᄒᆞᆫᄃᆡ 됴 부인(夫人)이 ᄀᆞᆯ오ᄃᆡ,

---

152) 교방(敎坊): 기생을 가르치던 곳.
153) ᄎᆡ뎡(採精): 채정. 정예를 가림.
154) 셜치(雪恥): 설치. 부끄러움을 씻음.
155) 유유(儒儒): 모든 일에 딱 잘라 결정을 내리지 못하고 어물어물한 데가 있음.
156) 견집(堅執): 고집을 부림.

"녀이(女兒ㅣ) 므ᄉᆞᆷ 연고(緣故)로 현셔(賢壻)ᄅᆞᆯ 피(避)ᄒᆞᄂᆞ뇨?"

ᄉᆡᆼ(生)이 뎌 됴 시(氏) 넷 긔습(氣習)[157]이 업ᄂᆞᆫ가 ᄒᆞ여 연고(緣故)ᄅᆞᆯ 고(告)ᄒᆞ니 됴 시(氏) 대로(大怒) 왈(曰),

•••

11면

"그ᄃᆡ 남챵(南昌)의 뉴리(流離)[158]ᄒᆞᄂᆞᆫ ᄒᆞᆫ낫 걸인(乞人)이어ᄂᆞᆯ 내 녀이(女兒ㅣ) 팔ᄌᆡ(八字ㅣ) 무상(無常)ᄒᆞ야 네게 쇽현(續絃)[159]ᄒᆞ여신들 네 감히(敢-) 작쳡(作妾)ᄒᆞ야 희롱(戲弄)ᄒᆞ리오? 그 죄(罪) 죽어 ᄡᆞ니 녀ᄋᆞ(女兒)의 고결(高潔)ᄒᆞᆫ ᄆᆞᄋᆞᆷ이 다시 ᄃᆡ(對)코져 ᄒᆞ리오?"

최ᄉᆡᆼ(-生)이 대로(大怒)ᄒᆞ야 미미(微微)히 웃고 왈(曰),

"쇼ᄉᆡᆼ(小生)은 거어지라도 졍실(正室)과 가부(家夫) ᄒᆡ(害)ᄒᆞᄂᆞᆫ 녀ᄌᆞ(女子)ᄂᆞᆫ 더러이 넉이ᄂᆞ니 부인(夫人)은 스ᄉᆞ로 ᄉᆞᆯ피시고 너모 웃지 마ᄅᆞ쇼셔."

셜파(說罷)의 ᄉᆞ매ᄅᆞᆯ ᄯᅥᆯ쳐 ᄂᆞ가 스ᄉᆞ로 ᄒᆞᆫ(恨)ᄒᆞ여 왈(曰),

"내 엇지 뎌 발부(潑婦)[160]의 사회 되여 이 욕(辱)을 먹을 줄 알니오?"

즉시(卽時) 왕(王)의 면젼(面前)의 나아가 하직(下直)ᄒᆞ니 왕(王)이 놀나 왈(曰),

"네 어ᄃᆡᄅᆞᆯ 가려 ᄒᆞᄂᆞ뇨?"

최ᄉᆡᆼ(-生) 왈(曰),

---

157) 긔습(氣習): 기습. 기질과 버릇.

158) 뉴리(流離): 유리. 떠돌아다님.

159) 쇽현(續絃): 속현. 원래 거문고와 비파의 끊어진 줄을 다시 잇는다는 뜻으로, 아내를 여읜 뒤에 다시 새 아내를 맞는 일을 비유적으로 이르는 말이나 여기에서는 아내를 맞이함을 이름.

160) 발부(潑婦): 흉악하여 도리를 알지 못하는 여자.

"쇼셰(小壻ㅣ) 일ᄌᆞᆨ 악당(岳丈) 대은(大恩)을 닙으미 심샹(尋常)치

•••

12면

아니ᄒᆞ니 엇지 잠신(暫時ㄴ)들 ᄶᅥ나고져 ᄒᆞ리잇고마ᄂᆞᆫ 형인(荊人)[161]이 여ᄎᆞ여ᄎᆞ(如此如此)ᄒᆞᆫ 말노 쇼셔(小壻)를 거졀(拒絶)ᄒᆞ고 악뫼(岳母ㅣ) ᄑᆡ악지언(悖惡之言)[162]으로 욕(辱)ᄒᆞ니 대댱뷔(大丈夫ㅣ) 어ᄃᆡ 쳐ᄌᆡ(妻子ㅣ) 업슬 거시라 구구(區區)히 빌니잇고? ᄎᆞ고(此故)로 가고져 ᄒᆞᄂᆞ이다."

왕(王)이 쳥파(聽罷)의 대경대ᄒᆡ(大驚大駭)[163]ᄒᆞ야 ᄉᆡᆼ(生)의 손을 잡고 혀 차 왈(曰),

"너의 악모(岳母)ᄂᆞᆫ 본ᄃᆡ(本-) 그러ᄒᆞ거니와 녀ᄋᆡ(女兒ㅣ) 내 ᄌᆞ식(子息)으로 투긔(妬忌)를 ᄒᆞ리오? 극(極)히 통ᄒᆡ(痛駭)ᄒᆞ니 너ᄂᆞᆫ 내 ᄂᆞᆺ출 보와 고이(怪異)ᄒᆞᆫ 의ᄉᆞ(意思)를 내지 말나. 녕옹(令翁)의 위인(爲人)을 내 ᄯᅩ 아ᄂᆞ니 너를 챡ᄒᆞ다 ᄒᆞᆯ 일이 만무(萬無)ᄒᆞ니라."

ᄉᆡᆼ(生)이 ᄌᆡᄇᆡ(再拜) 샤례(謝禮)ᄒᆞ고 믈너나니,

왕(王)이 ᄂᆡ당(內堂)의 드러가 좌우(左右)로 벽쥬를 블너 알ᄑᆡ 니ᄅᆞᆯ미 무러 ᄀᆞᆯ오ᄃᆡ,

"내 요ᄉᆞ이 드ᄅᆞ니

---

161) 형인(荊人): 나무비녀를 한 사람이라는 뜻으로 자신의 아내를 이르는 말.
162) ᄑᆡ악지언(悖惡之言): 패악지언. 도리에 어그러지고 흉악한 말.
163) 대경대ᄒᆡ(大驚大駭): 대경대해. 매우 놀람.

•••

13면

너의 아름다온 힝실(行實)이 잇다 ᄒᆞ니 ᄒᆞᆫ번(-番) 어더 듯고져 ᄒᆞ노라."

쇼졔(小姐ㅣ) 참슈(慙羞) 믁연(默然)이어ᄂᆞᆯ 왕(王)이 ᄎᆡᆨ왈(責曰),

"사ᄅᆞᆷ이 나ᄆᆡ 념치(廉恥) 이시믄 개즘ᄉᆡᆼ과 다ᄅᆞ미어ᄂᆞᆯ 네 쳔승지가(千乘之家) 녀ᄌᆞ(女子)로 ᄒᆡᆼ신(行身)[164]이 견마(犬馬)만도 못ᄒᆞ니 그 죄(罪) 경(輕)치 아닌지라. ᄲᆞᆯ니 네 집으로 도라가 아모리나 ᄒᆞ고 내 안젼(眼前)의 잇지 말나."

셜파(說罷)의 교부(轎夫)ᄅᆞᆯ 지쵹ᄒᆞ야 쇼져(小姐)ᄅᆞᆯ 보내니 쇼졔(小姐ㅣ) ᄒᆞᆫ 말도 아니ᄒᆞ고 ᄇᆡ샤(拜謝) 슈명(受命)ᄒᆞ고 도라가니, ᄌᆞ녜(子女ㅣ) 감히(敢-) ᄒᆞᆫ 말을 못 ᄒᆞ고,

최ᄉᆡᆼ(-生)이 흔흔쾌락(欣欣快樂)[165]ᄒᆞ야 날호여 본부(本府)의 니ᄅᆞ매 쇼졔(小姐ㅣ) ᄇᆞᆯ셔 졍당(正堂)의 안둔(安屯)[166]ᄒᆞ엿더라. ᄉᆡᆼ(生)이 드러가 쇼져(小姐)ᄅᆞᆯ 보고 난간(欄干)의 건니며 쟝목(張目)[167] 즐지(叱之) 왈(曰),

"왕부(王府) 귀쇼졔(貴小姐ㅣ) 거어지

•••

14면

집의 므엇 ᄒᆞ라 오시뇨?"

쇼졔(小姐ㅣ) 안연(晏然) 브답(不答)ᄒᆞ니 ᄉᆡᆼ(生)이 ᄂᆡᆼ쇼(冷笑) 왈(曰),

---

164) ᄒᆡᆼ신(行身): 행신. 몸가짐.
165) 흔흔쾌락(欣欣快樂): 매우 기뻐함.
166) 안둔(安屯): 편히 있음.
167) 쟝목(張目): 장목. 눈을 부릅뜸.

"귀쇼졔(貴小姐ㅣ) 걸인(乞人)의 말을 ᄃᆡ답(對答)지 아니미 올흐니 ᄌᆞ당감슈(自當甘受)[168] ᄒᆞ노라."

셜파(說罷)의 좌우(左右)로 일등(一等) 챵기(娼妓) 십여(十餘) 인(人)을 부ᄅᆞ라 ᄒᆞ야 좌우(左右)로 버리고 풍뉴(風流)ᄅᆞᆯ 난만(爛漫)[169]이 베퍼 졔인(諸人)으로 환쇼(歡笑)[170] 달난(團欒)ᄒᆞ니 쇼졔(小姐ㅣ) ᄎᆞ마 바로 보지 못ᄒᆞ야 문(門)을 다ᄃᆞ니 ᄉᆡᆼ(生)이 대로(大怒)ᄒᆞ여 왈(曰),

"쳔(賤)ᄒᆞᆫ 녀ᄌᆡ(女子ㅣ) 이ᄃᆡ도록 방ᄌᆞ(放恣)ᄒᆞ리오?"

드ᄃᆡ여 문빡(門-)을 발노 차 다 열고 챵녀(娼女)ᄅᆞᆯ 녑녑히[171] 쪄 희학(戲謔)[172]이 낭자(狼藉)ᄒᆞ니 쇼졔(小姐ㅣ) ᄒᆞᆯ일업셔 고요히 방즁(房中)의 안자실 ᄯᆞᄅᆞᆷ이러라. 원ᄂᆡ(元來) 최 공(公)은 남챵(南昌)의 가고 업ᄉᆞ니 ᄉᆡᆼ(生)이 승시(乘時)ᄒᆞ여 쇼져(小姐)ᄅᆞᆯ 썩그려 ᄒᆞᄂᆞᆫ지라.

샹셔(尙書)와 태뷔(太傅ㅣ) 니ᄅᆞ러 누의ᄅᆞᆯ 보

...

15면

며 져 거동(擧動)을 보나 아ᄅᆞᆫ 톄 아니ᄒᆞ니 이ᄂᆞᆫ 그 ᄠᅳᆺ을 지긔(知機)[173]ᄒᆞ고 누의 투긔(妒忌) 심(甚)ᄒᆞ니 최찰(摧折)[174]콰져 ᄒᆞ미라. 말니며 권(勸)치 아니ᄒᆞ니 최ᄉᆡᆼ(-生)이 예긔(銳氣)[175] ᄇᆡᆨ승(百勝)[176] ᄒᆞ더라.

---

168) ᄌᆞ당감슈(自當甘受): 자당감수. 스스로 마땅히 달게 여김.
169) 난만(爛漫): 화려하고 많음.
170) 환쇼(歡笑): 환소. 즐겁게 담소함.
171) 녑녑히: 이 옆 저 옆에.
172) 희학(戲謔): 실없는 말로 농지거리를 함. 또는 그 농지거리.
173) 지긔(知機): 지기. 기미를 앎.
174) 최찰(摧折): 최절. 꺾음.
175) 예긔(銳氣): 예기. 날카로운 기운.
176) ᄇᆡᆨ승(百勝): 백승. 백 배는 더함.

익셜(益說). ᄇᆡᆨ문이 그 야야(爺爺)의 듕ᄎᆡᆨ(重責)을 당(當)ᄒᆞ나 황공(惶恐)ᄒᆞ믄 쵸월(楚越)[177] ᄀᆞᆺ고 노 시(氏) 인연(因緣)이 그쳐지믈 황황(遑遑)[178]ᄒᆞ더니 취문의 뎐어(傳語)로조ᄎᆞ 노 부ᄉᆡ(府使ㅣ) 왕(王)의 일언(一言)의 ᄑᆡ(敗)ᄒᆞ야 무류(無聊)히 도라가믈 듯고 더옥 챡급쵸조(着急焦燥)[179]ᄒᆞ야 ᄇᆡᆨ병(百病)이 ᄀᆡᆼ가일층(更加一層)[180]ᄒᆞ니 수일(數日) ᄉᆞ이 증셰(症勢) 위독(危篤)ᄒᆞᆫ지라. 취문이 년망(連忙)이 샹셔(尙書)와 태부(太傅)ᄅᆞᆯ ᄎᆞ자 고(告)ᄒᆞ니 이(二) 인(人)이 황망(慌忙)이 왕(王)긔 고(告)ᄒᆞ고 간병(看病)ᄒᆞ믈 청(請)ᄒᆞ니 왕(王)이 노왈(怒曰),

"ᄇᆡᆨ문 ᄀᆞ튼 ᄌᆞ식(子息)은 죽어도 블관(不關)[181]ᄒᆞ니 스ᄉᆞ로 죽이지 못ᄒᆞ나 졔 ᄌᆞ구(自求)ᄒᆞ야 죽ᄂᆞᆫ 거시

•••

16면

나의 쾌(快)히 넉이ᄂᆞᆫ ᄇᆡ라 여등(汝等)이 엇지 괴로이 구ᄂᆞ뇨?"

이(二) 인(人)이 감히(敢-) 다시 청(請)치 못ᄒᆞ고 가마니 명의(名醫)ᄅᆞᆯ 청(請)ᄒᆞ여 치료(治療)ᄒᆞᆯ시 ᄎᆞ의(此醫)ᄂᆞᆫ 경즁(京中) 유명(有名)ᄒᆞᆫ 태의(太醫) 오복이라 져 니부샹셔(吏部尙書)의 명(命)을 지완(遲緩)[182]ᄒᆞ리오. 즉시(卽時) 병쇼(病所)의 ᄂᆞ아가 진ᄆᆡᆨ(診脈)ᄒᆞ고 도라와 샹셔(尙書)와 태부(太傅)ᄅᆞᆯ ᄃᆡ(對)ᄒᆞ여 ᄀᆞᆯ오ᄃᆡ,

---

177) 쵸월(楚越): 초월. 중국 전국시대의 초나라와 월나라의 사이라는 뜻으로, 서로 원수처럼 여기는 사이를 비유적으로 이르는 말. 여기에서는 매우 멀다는 뜻으로 쓰임.

178) 황황(遑遑): 경황이 없음.

179) 챡급쵸조(着急焦燥): 착급초조. 매우 급하고, 애가 타서 마음이 조마조마함.

180) ᄀᆡᆼ가일층(更加一層): 갱가일층. 다시 한층 더함.

181) 블관(不關): 불관. 중요하지 않음.

182) 지완(遲緩): 더디고 느즈러짐.

"쇼노야(小老爺) 증졍(症情)이 샹톄(傷處ㅣ) 듕(重)홀 분 아니라 안흐로 싱각ᄂᆞᆫ 사름이 이셔 ᄉᆞ녜(思慮ㅣ) 극(極)ᄒᆞ믹 드디여 셩질(成疾)[183] ᄒᆞ미라. 만일(萬一) 그 싱각ᄂᆞᆫ 사름을 어더 겨틱 둔즉 샹쳐(傷處)ᄂᆞᆫ 대단치 아닌지라 쇼의(小醫) 의술(醫術)이 하슈(下手)[184]홀 비 아니로쇼이다."

냥인(兩人)이 듯기롤 뭇고 어히업셔 말이 ᄂᆞ지 아니ᄒᆞᄂᆞᆫ지라. 냥구(良久)의 굴오디,

"엇지 이럴 니(理) 이시리오? 태의(太醫) 그

•••

17면

릇 보미라. 이런 대단ᄒᆞᆫ 말을 언두(言頭)의 올니지 말나."

오복이 미쇼(微笑)ᄒᆞ고 도라가니 형뎨(兄弟) 히연(駭然)ᄒᆞ야 굴오디,

"삼뎨(三弟) 외입(外入)ᄒᆞᆫ 줄 아라시나 엇지 이디도록 홀 줄 아라시리오? 대인(大人)이 아ᄅᆞ신즉 셩뇌(-怒ㅣ) ᄒᆞᆫ층(-層)이 더으실 거시니 함구(緘口)ᄒᆞ고 나죵을 볼 거시로다."

태뷔(太傅ㅣ) 탄식(歎息)ᄒᆞ더라.

이때 노 부ᄉᆡ(府使ㅣ) 도라가 쏠을 보고 연왕(-王)의 말을 니ᄅᆞ니 노 시(氏) 악연(愕然) 대경(大驚)ᄒᆞ야 즉시(卽時) 혜션을 청(請)ᄒᆞ야 이 말을 니ᄅᆞ니 혜션 왈(曰),

"하늘이 뎡(定)ᄒᆞ신 수(數)롤 연왕(-王)이 엇지 감히(敢-) 어그ᄅᆞᄎ

183) 셩질(成疾): 성질. 병을 이룸.
184) 하슈(下手): 하수. 손을 씀.

리오? 빈승(貧僧)의 도슐(道術)이 당당(堂堂)이 쇼져(小姐)의 혼인(婚姻)을 일우리라."

노 시(氏) 깃거 그 계교(計巧)를 무ᄅᆞ니 혜션이 웃고 귀예 다혀 두어 말을 ᄒᆞ니 노 시(氏) 대희(大喜)ᄒᆞ더라.

혜션이

•••

18면

삼칠일(三七日) ᄌᆡ계(齋戒)를 극진(極盡)이 ᄒᆞ고 일야(一夜)ᄂᆞᆫ 홀연(忽然) 안자 진언(眞言)을 념(念)ᄒᆞ며 듁침(竹枕)의 히ᄌᆞ려[185] 조으더니 이윽고 ᄭᆡ여 노 시(氏)ᄃᆞ려 왈(曰),

"ᄇᆞᆯ셔 황뎨(皇帝)를 보고 청(請)ᄒᆞ여시니 금명간(今明間)[186] 됴흔 쇼식(消息)이 니ᄅᆞ리라."

노 시(氏) 머리 조아 무수(無數)히 샤례(謝禮)ᄒᆞ더라.

ᄎᆞ야(此夜)의 만세황얘(萬歲皇爺ㅣ) 침뎐(寢殿)의셔 슉침(宿寢)[187] ᄒᆞ시더니 ᄭᅮᆷ의 ᄒᆞᆫ 녀승(女僧)이 알ᄑᆡ 니ᄅᆞ러 합장(合掌) 녜ᄇᆡ(禮拜) ᄒᆞ고 ᄀᆞᆯ오ᄃᆡ,

"빈승(貧僧)은 관음대ᄉᆡ(觀音大師ㅣ)러니 이제 폐하(陛下)긔 ᄒᆞᆫ 말ᄉᆞᆷ을 고(告)ᄒᆞᄂᆞ니 졍목간(井木犴)[188]이란 별이 금방(今榜) 장원(壯元) 니ᄇᆡᆨ문이라. 폐하(陛下)를 도와 국가(國家)의 크게 보익(輔翼)[189]

---

185) 히ᄌᆞ려: 드러누워.

186) 금명간(今明間): 오늘이나 내일 사이.

187) 슉침(宿寢): 숙침. 잠을 잠.

188) 졍목간(井木犴): 정목간. 정목안. 정목한이라고도 함. 별의 일종. 남방7수 중 정수(井宿)에, 칠요(七曜) 중 목(木)과 동물인 안(犴, 용의 일종)이 결합해 만들어진 글자.

189) 보익(輔翼): 도와서 올바른 데로 이끌어 감.

홀 거시로ᄃᆡ 일병(一病)이 침닉(沈溺)[190]ᄒᆞ야 ᄇᆡᆨ최(百草ㅣ) 무효(無效)ᄒᆞᆫ지라. 츄밀부ᄉᆞ(樞密府使) 노강의 필녀(畢女) 노 시(氏)로 홍승(紅繩)[191]곳 ᄆᆡ이면 ᄉᆡᆼ도(生道)ᄅᆞᆯ 어드리니 텬명(天命)이

•••

19면

노녀(-女)의게 잇거ᄂᆞᆯ 기부(其父) 몽창이 고집(固執)히 허(許)치 아니ᄒᆞ니 텬의(天意) 노(怒)ᄒᆞ샤 ᄇᆡᆨ문을 앙얼(殃孼)[192]을 ᄂᆞ리오셔 그 명(命)을 ᄆᆞᆺ게 ᄒᆞ시니 폐하(陛下)ᄂᆞᆫ 국가(國家) 직신(稷臣)[193]을 앗기시거든 ᄲᆞᆯ니 노강의 녀(女)ᄅᆞᆯ ᄇᆡᆨ문의게 ᄉᆞ혼(賜婚)ᄒᆞ샤 그 명(命)을 닛게 ᄒᆞ쇼셔."

상(上)이 텽파(聽罷)의 놀나 뭇고져 ᄒᆞ실 젹 ᄭᆡᄃᆞᄅᆞ니 남가일몽(南柯一夢)이라.

ᄀᆞ장 의혹(疑惑)ᄒᆞ샤 명됴(明朝)의 됴회(朝會)ᄅᆞᆯ 베프시고 만됴(滿朝ㅣ) 입됴(入朝)ᄒᆞ니 상(上)이 연왕(-王)을 나아오라 ᄒᆞ야 ᄀᆞᆯᄋᆞ샤ᄃᆡ,

"금방(今榜) 쟝원(壯元) 니ᄇᆡᆨ문이 지금(至今) 츌ᄉᆞ(出仕)[194]ᄒᆞ지 아니믄 엇지뇨?"

왕(王)이 돈슈(頓首) ᄃᆡ왈(對曰),

"욕ᄌᆡ(辱子ㅣ) 졸연(猝然)[195] 샹한(傷寒)으로 미류(彌留)[196]ᄒᆞ

---

190) 침닉(沈溺): 깊이 빠짐.
191) 홍승(紅繩): 붉은 끈. 부부의 인연을 맺는 것. 월하노인(月下老人)이 포대에 붉은 끈을 가지고 다녔는데 그가 이 끈으로 혼인의 인연이 있는 남녀의 손발을 묶으면 그 남녀는 혼인할 운명에서 벗어나지 못한다고 함. 중국 당나라의 이복언(李復言)이 지은 『속현괴록(續玄怪錄)』에 나오는 이야기.
192) 앙얼(殃孼): 지은 죄의 앙갚음으로 받는 재앙.
193) 직신(稷臣): 국가와 생사를 같이하는 신하. 사직신.
194) 츌ᄉᆞ(出仕): 출사. 벼슬을 하여 관청에 출근함.
195) 졸연(猝然): 갑작스러운 모양.

야 ᄀᆞ장 위듕(危重)[197]ᄒᆞ온지라 ᄎᆞ고(此故)로 입됴(入朝)치 못ᄒᆞᄂᆞ이다."

샹(上)이 경녀(驚慮)ᄒᆞ샤 즉시(卽時) 태의(太醫) 오복으로 간병(看病)ᄒᆞ라 ᄒᆞ시고 연왕(-王)을

•••

20면

갓가이 블너 닐오샤ᄃᆡ,

"ᄇᆡᆨ문이 일즉 츄밀ᄉᆞ(樞密使) 노강으로 의혼(議婚)ᄒᆞᄂᆞᆫ 일이 잇ᄂᆞ냐?"

왕(王)이 놀나 ᄃᆡ왈(對曰),

"폐히(陛下ㅣ) 엇지 아ᄅᆞ시ᄂᆞ니잇고?"

샹(上) 왈(曰),

"딤(朕)이 심궁(深宮)의셔 엇지 외됴(外朝) ᄉᆞ졍(事情)을 알니오? 쟉야(昨夜) 몽ᄉᆡ(夢事ㅣ) 여ᄎᆞ여ᄎᆞ(如此如此)ᄒᆞ니 극(極)히 긔이(奇異)히 너기노라. 경(卿)은 고집(固執)지 말고 뎌를 취(娶)ᄒᆞ야 ᄇᆡᆨ문의 풍ᄎᆡ(風采)를 빗내라."

왕(王)이 쳥파(聽罷)의 크게 고이(怪異)히 너겨 노 시(氏) 혹(或) 궁금(宮禁)을 교통(交通)ᄒᆞᄂᆞᆫ가 너기ᄃᆡ 샹(上)의 언ᄉᆡ(言辭ㅣ) 이러틋 ᄒᆞ시니 군부(君父)를 밋지 아니미 가(可)치 아니ᄒᆞ야 고두(叩頭) ᄃᆡ왈(對曰),

"블쵸ᄌᆞ(不肖子) ᄇᆡᆨ문이 과연(果然) 소ᄒᆡᆼ(所行)이 여ᄎᆞ여ᄎᆞ(如此如

196) 미류(彌留): 병이 오래 낫지 않음.
197) 위듕(危重): 위중. 병세가 위험할 정도로 중함.

此)ᄒᆞ온지라 신(臣)이 통히(痛駭)ᄒᆞ믈 이긔지 못ᄒᆞ야 틱댱(笞杖)ᄒᆞ야 내텻더니 폐하(陛下) 뎐괴(傳敎ㅣ) 이에 미ᄎᆞ시니 신(臣)이 극(極)히 의아(疑訝)ᄒᆞᄂᆞᆫ 바ᄂᆞᆫ 이 본ᄃᆡ(本-) 부

...

21면

열(傳說)[198]을 숨ᄭᅮ시미 아니오, 냥필(良匹)[199]을 판츅(版築)[200]ᄒᆞ시미 아니라 요인(妖人)의 뉴(類ㅣ) 궁듕(宮中)의 편만(遍滿)[201]ᄒᆞ야 도술(道術)노 폐하(陛下)ᄅᆞᆯ 소기민가 ᄒᆞ옵ᄂᆞ니 폐하(陛下)ᄂᆞᆫ 원(願)컨ᄃᆡ 믈부지언(勿不知言)[202]ᄒᆞ쇼셔."

상(上)이 쇼왈(笑曰),

"금셰상(今世上)의 엇던 도술(道術)이 이셔 짐(朕)을 소기리오? 텬의(天意) 임의 쇽(屬)ᄒᆞ여시니 경(卿)은 고집(固執)지 말나. ᄇᆡᆨ문의 풍치(風采) 엇지 쌍(雙) 미인(美人)을 못 거ᄂᆞ리리오?"

즉시(卽時) 노 부ᄉᆞ(府使)의게 표(表)ᄅᆞᆯ ᄂᆞ리와 ᄇᆡᆨ문을 마ᄌᆞ라 ᄒᆞ시고 연왕(-王)의 말을 기ᄃᆞ리지 아니셔 됴회(朝會)ᄅᆞᆯ 파(罷)ᄒᆞ시니,

왕(王)이 홀일업셔 ᄉᆞᄇᆡ(四拜)ᄒᆞ고 믈너 집의 도라오니 노가(-家)의셔 볼셔 튁일단ᄌᆞ(擇日單子)[203]ᄅᆞᆯ 보(報)ᄒᆞᄂᆞᆫ지라 왕(王)이 더옥

---

198) 부열(傳說): 중국 은(殷)나라 고종(高宗) 때의 재상. 담쌓는 일을 하다가 고종에게 발탁되어 재상으로서 은나라 중흥(中興)의 대업(大業)을 이룸.

199) 냥필(良匹): 양필. 보필하는 임무를 제대로 해내는 신하.

200) 판츅(版築): 판축. 판자와 판자 사이에 흙을 넣고 공이로 다지는 일이라는 뜻으로, 중국 은(殷)나라 부암(傳巖)에서 판축, 즉 담쌓는 일을 하다가 고종(高宗)에게 발탁되어 재상이 된 부열(傳說)의 일을 말함. 『서경(書經)』, 「열명(說命) 하(下)」.

201) 편만(遍滿): 널리 그득 참.

202) 믈부지언(勿不知言): 물부지언. 말을 제대로 앎. '부지언(不知言)'은 『논어』, 「요왈(堯曰)」에 나오는 말로, 사람을 알기 위해서는 그 사람의 말을 알아야 한다는 말임. 원문은 곧, "말을 알지 못하면 사람을 알 수 없다. 不知言, 無以知人也."임.

203) 튁일단ᄌᆞ(擇日單子): 택일단자. 혼인 날짜를 정하여 상대편에게 적어 보내는 쪽지.

통히(痛駭)[204]ᄒᆞ야 말을 아니ᄒᆞ고 샹셔(尙書)와 태부(太傅)ᄅᆞᆯ 블너 ᄀᆞᆯ오ᄃᆡ,

"이제 ᄇᆡᆨ문이 내 집

•••

22면

을 망(亡)ᄒᆞ고 그치리니 여등(汝等)이 져를 본 톄 말고 스ᄉᆞ로 노 시(氏)ᄅᆞᆯ 취(娶)ᄒᆞ야 ᄃᆞ리고 살게 ᄒᆞ라."

이(二) 인(人)이 숑연(悚然)ᄒᆞ야 믈너나다.

이 쇼식(消息)이 한님(翰林)의 고ᄃᆡ 니ᄅᆞ니 한님(翰林)이 대희(大喜)ᄒᆞ야 ᄇᆡᆨ병(百病)이 구름이 스듯 안개 것듯 ᄒᆞ야 십여(十餘) 일(日) 후(後) 향차(向差)[205]ᄒᆞ야 니러나 부즁(府中)의 드러가 부모(父母)긔 청죄(請罪)ᄒᆞ니 왕(王)이 대로(大怒) 왈(曰),

"욕ᄌᆞ(辱子ㅣ) 어ᄂᆞ ᄂᆞᆺᄎᆞ로 감히(敢-) 다시 날을 보ᄂᆞ뇨? 네 임의(任意)로 노 시(氏)ᄅᆞᆯ 취(娶)ᄒᆞ야 ᄃᆞ리고 살지니 음비(淫卑)[206]ᄒᆞᆫ 자최로 내 집의 님(臨)치 말나."

드ᄃᆡ여 미러 내치니 ᄉᆡᆼ(生)이 ᄒᆞᆫ 말도 못 ᄒᆞ고 ᄶᅩ치여 밧긔 나가 울울(鬱鬱) 심난(心亂)ᄒᆞ미 측냥(測量)업셔 지내다가,

노가(-家) 길일(吉日)이 다ᄃᆞᄅᆞ니 연왕(-王)이 ᄆᆞᄎᆞᆷ내 신부(新婦) 맛ᄂᆞᆫ 제구(諸具)와 신낭(新郎) 보내ᄂᆞᆫ 위의(威儀)ᄅᆞᆯ 출히지 아니ᄒᆞ고

---

204) 통히(痛駭): 통해. 몹시 이상스러워 놀람.
205) 향차(向差): 병이 다 나음.
206) 음비(淫卑): 음란하고 더러움.

•••

23면

고요히 이시니 싱(生)이 비록 외입(外入)ᄒᆞ여시나 그려도 인심(人心)이 〃셔 샹부(相府)의 가 승샹(丞相)긔 뵈고 ᄀᆞᆯ오ᄃᆡ,

"쇼손(小孫)이 블쵸(不肖)ᄒᆞ야 야야(爺爺)긔 큰 죄(罪)ᄅᆞᆯ 져ᄌᆞ러 일월(日月)이 오라도록 프지 아니시니 인ᄌᆡ(人子ㅣ) 되여 아븨게 죄(罪)ᄅᆞᆯ 엇고 므슴 념치(廉恥)로 취쳐(娶妻)의 ᄯᅳᆺ이 이시리잇고마ᄂᆞᆫ 져 집의셔 쳥(請)ᄒᆞᄂᆞᆫ 하리(下吏) 년쇽(連續)ᄒᆞ니 졍(正)히 괴로온지라 조부(祖父)ᄂᆞᆫ 션쳐(善處)ᄒᆞ쇼셔."

승샹(丞相)이 경아(驚訝)[207] ᄒᆞ야 왕(王)을 블너 닐오ᄃᆡ,

"일이 이의 니른 후(後)ᄂᆞᆫ ᄒᆞᆯ 일이 업거ᄂᆞᆯ 네 엇지 ᄂᆞᆷ으로 더브러 혼인(婚姻)을 뎡(定)ᄒᆞ고 길일(吉日)을 허송(虛送)코져 ᄒᆞᄂᆞ뇨? 이 일은 일이 그러치 못ᄒᆞ니 너ᄂᆞᆫ 고집(固執)지 말나."

왕(王)이 계슈(稽首)[208] ᄃᆡ왈(對曰),

"ᄇᆡᆨ문은 아비ᄅᆞᆯ 아지 못ᄒᆞᄂᆞᆫ 픽ᄌᆡ(悖子ㅣ)[209]니 ᄌᆡ취(再娶)ᄒᆞ기ᄯᆞ려 ᄒᆡᄋᆡ(孩兒ㅣ) 간예(干預)[210] ᄒᆞ리잇고? 칠(七)

•••

24면

부인(夫人)과 금차(金釵) 십이(十二) 줄을 ᄀᆞᆺ초와도 쇼ᄌᆡ(小子ㅣ) 아지 못ᄒᆞ옵ᄂᆞ니 대인(大人)은 믈우(勿憂)ᄒᆞ쇼셔."

---

207) 경아(驚訝): 놀라고 의아해함.
208) 계슈(稽首): 계수. 머리를 조아림.
209) 픽ᄌᆡ(悖子ㅣ): 패자. 사람으로서 마땅히 지켜야 할 도리에 어긋나게 행동하는 자식.
210) 간예(干預): 어떤 일에 간섭하여 참여함.

승샹(丞相)이 졍식(正色) 왈(曰),

"빅ᄋᆞ(-兒)의 죄(罪) 극(極)히 즁(重)ᄒᆞ나 뉘웃ᄎᆞ미 이실 둣ᄒᆞ고 ᄒᆞ믈며 셩샹(聖上)이 ᄉᆞ혼(賜婚)ᄒᆞ시미 이시니 길셕(吉夕)을 만모(慢侮)[211]ᄒᆞ미 가(可)치 아니ᄒᆞ니 내 아ᄒᆡ(兒孩)ᄂᆞᆫ 일편도이 견집(堅執)[212]지 말나."

왕(王)이 블쾌(不快)ᄒᆞ나 슈명(受命)ᄒᆞ미 승샹(丞相)이 ᄉᆡᆼ(生)을 위로(慰勞)ᄒᆞ고 졔슉(諸叔)이 위의(威儀)ᄅᆞᆯ 출혀 빅문을 보낼ᄉᆡ 왕(王)이 미위(眉宇ㅣ) 몽농(朦朧)ᄒᆞ고 셩안(星眼)이 ᄉᆡᆨᄉᆡᆨᄒᆞ야 ᄒᆞᆫ 말도 아니ᄒᆞ니,

만일(萬一) 샹셔(尙書)와 태부(太傅) ᄀᆞᄐᆞ면 므ᄉᆞᆷ 념치(廉恥)로 ᄎᆞᄒᆡᆼ(此行)을 가리오마ᄂᆞᆫ 쾌락(快樂)ᄒᆞ야 노가(-家)의 니ᄅᆞ러 기러기ᄅᆞᆯ 젼(奠)ᄒᆞ고 신부(新婦)로 더브러 교ᄇᆡ(交拜)ᄅᆞᆯ ᄆᆞᄎᆞ니 피ᄎᆞ(彼此)의 환희(歡喜)ᄒᆞ미 측냥(測量)업셔 샹하(上下)치 못ᄒᆞ더라.

원ᄂᆡ(元來) 노

•••

25면

부ᄉᆡ(府使ㅣ) 이런 ᄒᆡ거(駭擧)[213]ᄅᆞᆯ ᄒᆞᄃᆡ 노 시랑(侍郞)과 군쥐(郡主ㅣ) 모ᄅᆞ믄 노 시랑(侍郞)이 노 부ᄉᆞ(府使)의 말데(末弟)로 하븍(河北) 태슈(太守) 갈 적 나히 어려시ᄆᆡ 아지 못ᄒᆞ고 그러턴가 ᄒᆞ니 이 음픽지ᄉᆞ(淫悖之事)[214]ᄅᆞᆯ 노 부ᄉᆞ(府使)와 노 시(氏) 모녀(母女) 밧근 일(一) 인(人)도 아ᄂᆞ니 업ᄉᆞ니 진실로(眞實-) 간졍(奸情)[215]을 궁힉(窮

211) 만모(慢侮): 거만한 태도로 남을 업신여김.
212) 견집(堅執): 자신의 의견을 바꾸거나 고치지 않고 버팀.
213) ᄒᆡ거(駭擧): 해거. 놀라운 행동.
214) 음픽지ᄉᆞ(淫悖之事): 음패지사. 음란하고 도리에 어그러진 일.
215) 간졍(奸情): 간정. 간악한 실정.

藪)[216]ᄒᆞ야 ᄂᆡ기 어려온지라 간인(奸人)이 ᄇᆡᆨ년(百年)만 넉이더라.

삼(三) 일(日) 만의 노 시(氏) 현구고(見舅姑)[217]홀ᄉᆡ 연왕(-王)이 비록 블쾌(不快)ᄒᆞ미 ᄀᆞ득ᄒᆞ나 보도 아닌 며ᄂᆞ리를 박ᄃᆡ(薄待)ᄒᆞ미 가(可)치 아니ᄒᆞ여 약간(若干) 쇼연(小宴)을 베프고 노 시(氏)를 보니 노 시(氏) 단장(丹粧)을 셩(盛)히 ᄒᆞ고 폐ᄇᆡᆨ(幣帛)을 놉히 드러 구고(舅姑)긔 ᄂᆞ아오ᄆᆡ 용뫼(容貌ㅣ) 삼츈(三春) 미홍도(微紅桃)[218] ᄀᆞᆺ고 그 고으미 오국(吳國) 셔시(西施)[219]와 쥬국(周國) 포ᄉᆞ(褒姒)[220]를 묘시(藐視)[221]홀 ᄉᆡᆨ(色)이 이시니 모ᄅᆞᄂᆞ니ᄂᆞᆫ 극(極)히 칭찬(稱讚)ᄒᆞ나 니문(李門) 모든 됴심경

•••

26면

안(照心鏡眼)[222]이 엇지 몰ᄂᆞ보리오. 구고(舅姑) 존당(尊堂)이 그 블현(不賢)ᄒᆞ미 일가(一家)를 대해(大害)ᄒᆞ고 살긔등등(殺氣騰騰)ᄒᆞ믈 보니 모골[223](毛骨)이 송연(悚然)ᄒᆞ야,

---

216) 궁힉(窮藪): 궁핵. 원인을 속속들이 캐어 찾음.

217) 현구고(見舅姑): 신부가 예물을 가지고 처음으로 시부모를 뵙는 일.

218) 미홍도(微紅桃): 살짝 핀 복숭아꽃.

219) 셔시(西施): 서시. 중국 춘추(春秋)시대 월(越)나라와 오(吳)나라의 미인. 완사녀(浣紗女)로도 불림. 월왕 구천(句踐)이 오(吳)나라 부차(夫差)에게 패하자 미녀로써 오나라 정치를 혼란하게 하기 위해 범려(范蠡)를 시켜 서시를 오나라에 바침. 오왕 부차(夫差)가 서시를 좋아해 정사에 소홀하자 구천이 전쟁을 벌여 부차에게 승리하고 부차는 이에 자결함.

220) 포ᄉᆞ(褒姒): 포사. 중국 서주(西周) 유왕(幽王)의 총희로 포(褒)는 국명이고 사(姒)는 성(姓)임. 유왕이 웃지 않는 포사를 웃기려고 봉화를 여러 차례 올려 웃김. 유왕이 신후(申后)와 태자 의구(宜臼)를 폐하고 포사를 왕비로, 백복을 태자로 삼자 신후의 아버지 신후(申侯)가 격분해 쳐들어왔는데 유왕이 봉화를 올렸으나 한 사람의 제후도 오지 않아 결국 서주가 멸망하는 계기가 됨.

221) 묘시(藐視): 업신여김.

222) 됴심경안(照心鏡眼): 조심경안. 남의 마음을 비춰 보는 거울 같은 눈.

223) 골: [교] 원문에는 '론'으로 되어 있으나 오기로 보이므로 규장각본(15:20)과 연세대본(15:26)을 따름.

일즉 파연(罷宴)ᄒᆞ고 일개(一家ㅣ) 정당(正堂)의 모닷더니 남공(-公)이 탄왈(歎曰),

"신부(新婦) 노 시(氏) 셕일(昔日) 노 시(氏)와 ᄀᆞᆺ다 ᄒᆞᆫ들 그ᄃᆡ도록 ᄀᆞᄐᆞ뇨?"

긔국공(--公)이 또 ᄀᆞᆯ오ᄃᆡ,

"금일(今日) 신뷔(新婦ㅣ) 긔골(氣骨)이 심(甚)히 셤약(纖弱)[224] ᄒᆞ니 조곰도 흥문의 쳐(妻)로 다ᄅᆞ지 아니ᄒᆞ니 엇지 고이(怪異)치 아니ᄒᆞ리오?"

승상(丞相)이 날호여 ᄀᆞᆯ오ᄃᆡ,

"동긔지간(同氣之間)의 달므미 녜ᄉᆡ(例事ㅣ)라 여등(汝等)은 고이(怪異)ᄒᆞᆫ 말을 말나."

냥공(兩公)이 슈명(受命)ᄒᆞᄆᆡ 연왕(-王)이 심하(心下)의 크게 의려(疑慮)ᄒᆞ야 혹쟈(或者) 젼일(前日) 노 신(氏ㄴ])가 ᄒᆞᄃᆡ 금일(今日) 노 시(氏) 하 미약(微弱)ᄒᆞ니 젼일(前日) 노 시(氏) 나흘 혜면 져러치 아닐지라 심즁(心中)의 의심(疑心)을 픔고 다시

•••

27면

일언(一言)을 아니ᄒᆞ더라.

ᄇᆡᆨ문이 노 시(氏)ᄅᆞᆯ 만나ᄆᆡ 이 진짓 원앙(鴛鴦)이 쌍(雙)을 만나고 비취(翡翠) 수플을 어든 ᄃᆞᆺᄒᆞ야 견권(繾綣)[225] ᄋᆡ지(愛之)ᄒᆞ고 우지년슈(寓之淵藪)[226]ᄒᆞ야 그 졍(情)이 취(醉)ᄒᆞ이고 ᄯᅳᆺ이 어려ᄒᆞ니 일

224) 셤약(纖弱): 섬약. 가늘고 약함.
225) 견권(繾綣): 생각하는 정이 두터움.
226) 우지년슈(寓之淵藪): 우지연수. '깊은 곳에 깃들임'의 뜻으로 보이나 미상임.

시(一時) 써나믈 삼츄(三秋)ᄀ치 넉이니 일개(一家ㅣ) 지시(指笑)ᄒᆞᄃᆡ 쇼휘(-后ㅣ) ᄆᆞᄎᆞᆷ내 아른 톄 아니ᄒᆞ고 노 시(氏) 침쇼(寢所)를 취란당(--堂)의 뎡(定)ᄒᆞ고 무휼(撫恤)[227]ᄒᆞ믈 제부(諸婦)와 가치 ᄒᆞ니 노 시(氏) 잠간(暫間) 화심(禍心)[228]을 ᄎᆞᆷ아 두어 ᄃᆞᆯ을 고요히 이셔 구원지계(久遠之計)[229]를 ᄉᆡᆼ각ᄒᆞ더라.

최ᄉᆡᆼ(-生)이 이젹의 두어 ᄃᆞᆯ을 여러 챵기(娼妓)로 연낙(連樂)ᄒᆞ며 짐즛 쇼져(小姐)를 노예(奴隷) 보ᄃᆞᆺ ᄒᆞ고 쥬찬(酒饌)을 징ᄉᆡᆨ(徵索)[230] ᄒᆞ야 호령(號令)이 ᄉᆡᆼ풍(生風)ᄒᆞ니 쇼제(小姐ㅣ) 통히(痛駭)[231]ᄒᆞ미 극(極)ᄒᆞ나 부친(父親) 경계(警戒)를 조차 조곰도 ᄉᆞᄉᆡᆨ(辭色)지 아니ᄒᆞ고 됴흔 일 보ᄃᆞᆺ ᄒᆞᄃᆡ 그 심디(心地) 본

•••

28면

ᄃᆡ(本-) 조ᄇᆞ야온지라[232] 긴 날의 날마다 유졍(有情)ᄒᆞ던 댱뷔(丈夫ㅣ) ᄌᆞ가(自家)를 ᄅᆡᆼ안멸시(冷眼蔑視)[233]ᄒᆞ고 여러 챵기(娼妓)를 녑녑히 써 대청(大廳)의셔 희롱(戲弄)ᄒᆞ고 쥬육(酒肉)을 낭쟈(狼藉)히 먹어 어ᄌᆞ러온 호령(號令)이 긋지 아니ᄒᆞ고 모든 시비(侍婢) 혹(或) 쥬찬(酒饌)을 더ᄃᆡᄒᆞ면 즐지(叱之)ᄒᆞ야 ᄀᆞᆯ오ᄃᆡ,

“내 비록 걸인(乞人)이나 즉금(卽今)은 옥당(玉堂)의 귀(貴)ᄒᆞᆫ 손이어ᄂᆞᆯ 발부(潑婦)의 쇼녜(小女ㅣ) 이러ᄐᆞᆺ 능경(陵輕)[234]ᄒᆞ리오? 쳡(妾)

227) 무휼(撫恤): 위로하고 물질로 도움.
228) 화심(禍心): 남을 해치려는 마음.
229) 구원지계(久遠之計): 깊은 계책.
230) 징ᄉᆡᆨ(徵索): 징색. 내놓으라고 요구함.
231) 통히(痛駭): 통해. 몹시 이상스러워 놀람.
232) 조ᄇᆞ야온지라: 좁으므로.
233) ᄅᆡᆼ안멸시(冷眼蔑視): 냉안멸시. 차가운 눈으로 업신여겨 봄.

이 샹직(上直)235)ᄒᆞᄂᆞᆫ ᄃᆡ 밧고와 자며 ᄌᆞ식(子息) 낫ᄂᆞᆫ 아릿다온 소ᄒᆡᆼ(所行)을 베프라.”

ᄒᆞ야 말마다 모시(母氏)ᄅᆞᆯ 비우(非愚)236)ᄒᆞ야 ᄭᅮ지ᄌᆞ니 쇼졔(小姐ㅣ) 셜우미 ᄀᆞᆨ골(刻骨)ᄒᆞ야 ᄌᆞ결(自決)코져 ᄒᆞ나 부친(父親) 경계(警戒) 귀의 잇고 ᄌᆞ개(自家ㅣ) 투긔(妬忌)ᄒᆞ야 죽다 ᄒᆞᆯ지라 분ᄒᆡ(憤駭)237)ᄒᆞ믈 ᄎᆞᆷ아 죠곰도 블호(不好)ᄒᆞᆫ ᄉᆞᄉᆡᆨ(辭色)이 업ᄉᆞ니 태부(太傅) 형뎨(兄弟) ᄌᆞ로 니ᄅᆞ러

•••

29면

보고 더옥 어엿비 넉여 최ᄉᆡᆼ(-生)을 ᄭᅮ지져 그치라 ᄒᆞᄃᆡ ᄂᆡᆼ연(冷然) 브답(不答)이러라.

일일(一日)은 ᄉᆡᆼ(生)이 ᄉᆞᆯ을 ᄎᆔ(醉)ᄒᆞ고 챵녀(娼女)로 즐기다가 방(房)의 드러가 쇼져(小姐)의 손을 쥐고 ᄀᆞᆯ오ᄃᆡ,

“걸인(乞人)이 더러오나 옥낭ᄌᆞ(玉娘子)로 더브러 잠간(暫間) 부부지락(夫婦之樂)을 펴미 엇더ᄒᆞ뇨?”

셜파(說罷)의 짐ᄌᆞᆺ 우음이 미미(微微)ᄒᆞ여 원비(猿臂)ᄅᆞᆯ 느리혀 쇼져(小姐)ᄅᆞᆯ 븟드러 친압(親狎)238)고져 ᄒᆞ니 쇼졔(小姐ㅣ) ᄎᆞ경(此景)은 ᄉᆡᆼ각 밧기오 모든 챵기(娼妓) 좌우(左右)의 담 ᄡᆞ돗 둘너셧ᄂᆞᆫᄃᆡ ᄉᆡᆼ(生)의 거동(擧動)이 ᄌᆞ못 ᄒᆡ연(駭然)ᄒᆞᆫ지라 노(怒)ᄒᆞᄂᆞᆫ 눈이 관(冠)을 가ᄅᆞ치고 심담(心膽)이 ᄯᅱ노라 년망(連忙)이 ᄯᅥᆯ치고 니러셔니

---

234) 능경(陵輕): 능멸하고 가볍게 봄.
235) 샹직(上直): 상직. 집 안에 살면서 시중을 듦.
236) 비우(非愚): 비난하고 우롱함.
237) 분히(憤駭): 분해. 분하고 놀라움.
238) 친압(親狎): 버릇없이 너무 지나치게 친함.

싱(生)이 손을 노화 ᄇᆞ리고 대즐(大叱) 왈(曰),

“내게는 다른 ᄌᆞ식(子息)도 업ᄉᆞ니 눌을 모살(謀殺)[239] ᄒᆞ며 국구(國舅)의 세(勢)도 업ᄉᆞ니 엇지ᄒᆞ야 해(害)ᄒᆞᄂᆞᆫ

…

30면

고 보리라.”

셜파(說罷)의 졔녀(諸女)를 잇글고 외당(外堂)으로 나가니 쇼졔(小姐ㅣ) 크게 ᄒᆞᆫ(恨)ᄒᆞ야 분긔(憤氣) 엄애(奄藹)[240] ᄒᆞᄆᆡ 믄득 혼졀(昏絶)ᄒᆞ야 것구러지니 븕은 피 돌돌ᄒᆞ야 의샹(衣裳)을 줌으ᄂᆞᆫ지라. 좌우(左右) 시비(侍婢) 대경(大驚)ᄒᆞ야 급(急)히 싱(生)의게 고(告)ᄒᆞᄆᆡ 싱(生)이 놀나 년망(連忙)이 드러와 보고 크게 놀나며 뉘웃쳐 밧비 븟드러 편(便)히 누이고 약(藥)을 치니,

반일(半日) 후(後) 겨유 인ᄉᆞ(人事)를 출혀 눈을 드러 싱(生)의 이 ᄀᆞᄐᆞᆫ 거조(擧措)를 보고 놀나고 븟그리며 노(怒)ᄒᆞ야 향벽(向壁)ᄒᆞ야 누어 기리 ᄒᆞᆫ숨지고 ᄒᆞᆫ 쇼ᄅᆡ 탄식(歎息)의 눈믈이 벼개를 줌으니 싱(生)이 심(甚)히 근심ᄒᆞ야 여ᄂᆞ 말 아니코 이의 잇더니,

쇼졔(小姐ㅣ) 인(因)ᄒᆞ야 침병(沈病)[241] ᄒᆞ야 샹셕(牀席)의 위돈(萎頓)[242] ᄒᆞ니 싱(生)이 대경대겁(大驚大怯)[243] ᄒᆞ미 혼블니톄(魂不離體)[244] ᄒᆞ야 졔챵(諸娼)을 다 믈니치

---

239) 모살(謀殺): 모의해 죽임.
240) 엄애(奄藹): 갑자기 기운이 막힘.
241) 침병(沈病): 병이 듦.
242) 위돈(萎頓): 앓아서 정신이 없음.
243) 대경대겁(大驚大怯): 크게 놀라고 겁을 냄.
244) 혼블니톄(魂不離體): 혼불리체. 넋이 몸에 붙어 있지 않음.

•••

31면

고 이의 머므러 ᄀᆞᆯ오ᄃᆡ,

"내 엇지 진정(眞情)으로 제인(諸人)을 유정(有情)ᄒᆞ미리오? 그ᄃᆡ ᄯᅳᆺ을 보미러니 그ᄃᆡ 온슌(溫順)ᄒᆞᆷ을 다 아라시니 원(願)컨ᄃᆡ ᄒᆞᆫ(恨)치 말고 방신(芳身)을 됴보(調保)[245]ᄒᆞ라."

쇼졔(小姐ㅣ) 함노(含怒) ᄇᆞ답(不答)ᄒᆞ고 ᄆᆞᄎᆞᆷ내 ᄂᆞᆺ출 여러 보지 아니ᄒᆞ며 미음(米飮)이 거ᄉᆞ려 토(吐)ᄒᆞ니 ᄉᆡᆼ(生)이 쵸조(焦燥)ᄒᆞ나 ᄌᆞ개(自家ㅣ) 부러 이 병(病)을 닐위엿ᄂᆞᆫ지라 태부(太傅) 등(等)의게 긔별(奇別)도 아니ᄒᆞ더니,

슈삼(數三) 일(日) 후(後) 샹셰(尙書ㅣ) 니ᄅᆞ러 누의ᄅᆞᆯ 볼ᄉᆡ 그 병(病)듦을 보고 크게 놀나 나아가 손을 잡고 머리ᄅᆞᆯ 딥허 ᄀᆞᆯ오ᄃᆡ,

"ᄆᆡᄌᆡ(妹子ㅣ) 청츈(靑春)의 므ᄉᆞᆷ 병(病)이 이ᄃᆡ도록 즁(重)ᄒᆞ뇨? 이 아니 닌셕[246]의 미인(美人)을 ᄶᅥ리[247]미냐?"

쇼졔(小姐ㅣ) 탄식(歎息) 뉴톄(流涕) 왈(曰),

"쇼ᄆᆡ(小妹) 엇지 이 ᄯᅳᆺ이 이시리잇고? ᄌᆞ연(自然)ᄒᆞᆫ 병(病)이 일신(一身)의 얽ᄆᆡ여 ᄉᆡᆼ도(生道)ᄅᆞᆯ ᄇᆞ라지 못ᄒᆞ올지라. 쇼

•••

32면

ᄆᆡ(小妹) 죠곰도 투긔(妬忌)ᄒᆞᄂᆞᆫ 일이 업거ᄂᆞᆯ 야애(爺爺ㅣ) 부즁(府

245) 됴보(調保): 조보. 몸을 조리해 보전함.

246) 닌셕: 인석. 최백만의 자(字).

247) 리: [교] 원문에는 '치'로 되어 있으나 문맥을 고려해 규장각본(15:25)과 연세대본(15:31)을 따름.

中)의 내치시니 엇지 쉷지 아니ᄒᆞ리잇고?"

샹셰(尙書ㅣ) 위로(慰勞) 왈(曰),

"쇼ᄆᆡ(小妹) ᄯᅳᆺ이 이러ᄒᆞ니 엇지 아ᄅᆞᆷ답지 아니ᄒᆞ리오? 연(然)이나 네 병(病)이 이러ᄒᆞ니 내 도라가 야야(爺爺)긔 고(告)ᄒᆞ리라."

최ᄉᆡᆼ(-生)을 도라보와 ᄀᆞᆯ오ᄃᆡ,

"닌셕이 즉금(卽今) 청누(靑樓)[248]의 쥬인(主人)이 되엿거니와 그러나 녯 졍(情)을 고렴(顧念)[249]ᄒᆞ야 이곳의 머므러 구병(救病)ᄒᆞ미 엇더ᄒᆞ뇨?"

ᄉᆡᆼ(生)이 함쇼(含笑)ᄒᆞ더라.

샹셰(尙書ㅣ) 도라와 왕(王)의게 쇼ᄆᆡ(小妹) 병즁(病重)ᄒᆞᆷ과 최ᄉᆡᆼ(-生)의 거동(擧動)을 쇼졔(小姐ㅣ) 조곰도 ᄉᆞᄉᆡᆨ(辭色)지 아니ᄒᆞ고 온슌(溫順)ᄒᆞ믈 ᄀᆞ초 고(告)ᄒᆞ니,

왕(王)이 놀나고 근심ᄒᆞ야 즉시(卽時) 술위ᄅᆞᆯ 미러 최부(-府)의 니ᄅᆞ니 샹셔(尙書) 형뎨(兄弟) 일시(一時)의 뒤흘 ᄯᆞ라 드러가니 쇼졔(小姐ㅣ) 밧비 몸을 움즉여 왕(王)의 농

•••

33면

포(龍袍)ᄅᆞᆯ 븟들고 말을 못 ᄒᆞ니 왕(王)이 그 병즁(病重)ᄒᆞ믈 용녀(用慮)[250]ᄒᆞ나 그 슬허ᄒᆞ믈 깃거 아냐 날호여 ᄀᆞᆯ오ᄃᆡ,

"네 댱ᄎᆞᆺ(將次ㅅ) 어ᄃᆡᄅᆞᆯ 블평(不平)ᄒᆞ야ᄒᆞᄂᆞ뇨?"

쇼졔(小姐ㅣ) 타루(墮淚) ᄃᆡ왈(對曰),

---

248) 청누(靑樓): 청루. 창기나 창녀들이 있는 집.
249) 고렴(顧念): 돌아보아 생각함.
250) 용녀(用慮): 용려. 염려함.

"쇼녜(小女ㅣ) 풍샹간고(風霜艱苦)[251]를 ᄀᆞ초 격고 지낸 몸이라 이제 평안(平安)ᄒᆞᄆᆡ 병(病)이 나믄 덧덧ᄒᆞᆫ 일이라 근심홀 ᄇᆡ 아니로쇼이다."

왕(王)이 이의 ᄆᆡᆨ(脈)을 보와 명약(命藥)[252]ᄒᆞ고 위로(慰勞) 왈(曰),

"너의 투긔(妬忌) 깁흐미 가셩(家聲)을 ᄌᆞ못 츄락[253](墜落)ᄒᆞ엿ᄂᆞᆫ지라. 내 너의 얼골 보믈 붓그려 부즁(府中)의 두지 못ᄒᆞ엿더니 네 이제 뉘웃ᄎᆞ미 잇다 ᄒᆞ니 금일(今日)노브터 ᄃᆞ려가리라. 연(然)이나 네 가지록 온슌(溫順)ᄒᆞ믈 힘ᄡᅧ 가부(家夫)의게 득죄(得罪)치 말나."

언미필(言未畢)의 최ᄉᆡᆼ(-生)이 말ᄉᆞᆷ을 막아 ᄀᆞᆯ오ᄃᆡ,

"형인(荊人)이 병(病)이 즁(重)ᄒᆞ니 엇지 움

•••

34면

ᄌᆞᆨ이리오? 낫ᄂᆞᆫ 양(樣)을 보와 쇼셰(小壻ㅣ) ᄒᆞᆫ가지로 본부(本府)의 가리니이다."

왕(王)이 고개 조으니 쇼졔(小姐ㅣ) 쵸조(焦燥)ᄒᆞ야 졍ᄉᆡᆨ(正色)고 ᄀᆞᆯ오ᄃᆡ,

"쇼녀(小女)의 병(病)이 젼쥬(專注)[254]을 젹기로 나시니 부듕(府中)의 모든 형뎨(兄弟)로 쇼일(消日)ᄒᆞ면 약(藥) 업시 ᄒᆞ리로이다."

왕(王)이 응낙(應諾)고 이윽고 도라가니 샹셔(尙書) 등(等)이 ᄲᅥ러져 위의(威儀)를 출혀 쇼ᄆᆡ(小妹)를 ᄃᆞ려가려 ᄒᆞᄂᆞᆫ지라 최ᄉᆡᆼ(-生)이

251) 풍샹간고(風霜艱苦): 풍상간고. 온갖 고난.
252) 명약(命藥): 약을 처방함.
253) 락: [교] 원문에는 '탁'으로 되어 있으나 의미를 명확히 하기 위해 이와 같이 수정함.
254) 젼쥬(專注): 전주. 마음을 오로지 함.

크게 밀막아[255] 골오디,

"악뫼(岳母ㅣ) 날을 남챵(南昌) 걸인(乞人)이라 ᄒᆞ시니 내 다시 초월당(--堂) 손이 되지 못ᄒᆞᆯ 거시오, 그ᄃᆡ ᄆᆡᄌᆡ(妹子ㅣ) 녜가치 피(避)ᄒᆞ리니 피ᄎᆞ(彼此)의 톄면(體面)이 그ᄅᆞ고 실노(實-) 형포(荊布)[256]의 인ᄉᆞ(人事)ᄅᆞᆯ 가ᄅᆞ쳐 ᄀᆡ과(改過)킈 ᄒᆞ과져 ᄒᆞᄂᆞ니 졔형(諸兄)ᄂᆡ 아모리 위엄(威嚴)이 이셔도 못 ᄃᆞ려가리라."

샹셰(尙書ㅣ) 왈(曰),

"닌셕은 과연(果然) 의심(疑心) 만흔 남ᄌᆡ(男子ㅣ)로다.

•••

35면

쇼ᄆᆡ(小妹) 일시(一時) 젼도(顚倒)[257]ᄒᆞ미 이신들 ᄆᆡ양 그러ᄒᆞ리오?"

태뷔(太傅ㅣ) 쇼왈(笑曰),

"네 거동(擧動)을 보와는 임ᄉᆞ(妊姒)[258]의 덕냥(德量)이라도 가(可)히 ᄎᆞᆷ지 못ᄒᆞᆯ 거시로ᄃᆡ ᄆᆡᄌᆡ(妹子ㅣ) 완여평셕(宛如平昔)[259]ᄒᆞ니 ᄆᆡᄌᆞ(妹子)의 긔특(奇特)ᄒᆞ믈 이의 더옥 ᄭᆡᄃᆞᆺ노라."

최ᄉᆡᆼ(-生)이 미쇼(微笑) 왈(曰),

"형(兄)은 블미(不美)ᄒᆞᆫ 누의ᄅᆞᆯ 도도지 말나. 악쟝(岳丈) 훈교(訓敎)ᄅᆞᆯ 거역(拒逆)지 못ᄒᆞ야 것ᄎᆞ로 잠간(暫間) ᄎᆞᆷ으나 실노(實-) 노분

---

255) 밀막아: 못 하게 막아.

256) 형포(荊布): 가시나무 비녀와 베치마라는 뜻으로 아내를 이름. 형차포군(荊釵布裙). 중국 한(漢)나라 때 은사인 양홍(梁鴻)의 아내 맹광(孟光)이 남편의 뜻을 받들어 이처럼 검소하게 착용한 데서 유래함. 『후한서(後漢書)』, <양홍열전(梁鴻列傳)>.

257) 젼도(顚倒): 전도. 엎어지고 자빠진다는 뜻으로 예의에 어긋난 행동을 함을 이름.

258) 임ᄉᆞ(妊姒): 임사. 중국 고대 주(周)나라 문왕(文王)의 어머니 태임(太妊)과, 문왕의 아내이자 무왕(武王)의 어머니인 태사(太姒)를 아울러 이르는 말로 이들은 현모양처로 유명함.

259) 완여평셕(宛如平昔): 완여평석. 완연히 예전 모습과 같음.

(怒憤)이 팅즁(撑中)[260] ᄒᆞ여 병(病)이 나는 줄 ᄇᆞᆰ이 아ᄂᆞ니 이러므로 임ᄉᆞ(姙姒)를 지금(至今)의 뉴젼(流傳)ᄒᆞ미 그 ᄀᆞᆺ지 아니ᄒᆞ니이다."

태뷔(太傅ㅣ) 졍ᄉᆡᆨ(正色) 왈(曰),

"쇼ᄆᆡ(小妹) 네게는 졍실(正室)이어ᄂᆞᆯ 방(房) 안히 두고 방(房) 밧긔셔 음난(淫亂)이 즐기니 엇지 츄(醜)ᄒᆞ고 통분(痛憤)ᄒᆞ지 아니리오? 내 만일(萬一) 녀ᄌᆞᆯ(女子ㅣᆯ)진ᄃᆡ 엇지 그런 남ᄌᆞ(男子)를 가마니 두리오?"

최ᄉᆡᆼ(-生)이 대쇼(大笑) 왈(曰),

"형(兄)은 남ᄌᆞ(男子) 듕(中) 투긔(妬忌) 심(甚)ᄒᆞᆫ

•••

36면

재(者ㅣ)로다. 쇼뎨(小弟) 셜ᄉᆞ(設使) 블민(不敏)ᄒᆞ나 악댱(岳丈)의 대은(大恩)을 닛고 ᄑᆡ려지ᄉᆞ(悖戾之事)[261]를 ᄒᆞ리오? 샹시(常時) 졔형(諸兄) 등(等)이 녕ᄆᆡ(令妹)를 기리고 쇼뎨(小弟)를 하 남으라 ᄒᆞ니 ᄆᆡ양 ᄆᆞ음속의 기리 ᄒᆞᆫ(恨)ᄒᆞ던[262]지라. 져근 계규(稽揆)로 ᄯᅥᆨ바드ᄆᆡ[263] 유셰(有勢)ᄒᆞᆫ 거거(哥哥)를 쳥(請)ᄒᆞ야 젼제(剪除)[264]ᄒᆞ고 이제 나의 일시(一時) 유희(遊戲)를 두어 ᄃᆞᆯ 목도(目睹)ᄒᆞᄆᆡ ᄎᆞᆷ다가 못ᄒᆞ야 간쟝(肝腸)이 다 스러 토혈(吐血)ᄒᆞ고 병(病)드러시니 엇지 가쇠(可笑ㅣ) 아니리오? 원ᄂᆡ(元來) 녕ᄌᆞ당(令慈堂) 소후(-后)의 탄ᄉᆡᆼ

---

260) 팅즁(撑中): 탱중. 화나 욕심 따위가 가슴속에 가득 차 있음.

261) ᄑᆡ려지ᄉᆞ(悖戾之事): 패려지사. 도리에 어긋난 일.

262) ᄒᆞ던: [교] 원문에는 없으나 문맥을 고려해 규장각본(15:29)을 따라 삽입함. 연세대본(15:36)에는 원래는 없었으나 후에 'ᄒᆞ던'을 붉은 글씨로 오른쪽에 부기함.

263) ᄯᅥᆨ바드ᄆᆡ: 떠보니.

264) 젼제(剪除): 전제. 잘라 없앰.

(誕生)ᄒᆞ신 빈즉 져러치 아니ᄒᆞ리니 아마도 길ᄀᆞ의 뉴리(流離)ᄒᆞ야 ᄒᆡᆼ실(行實)이 놉지 못[265]ᄒᆞ고 그 모시(母氏)의 블냥(不良)ᄒᆞ믈 품슈(稟受)[266]ᄒᆞ미라 엇지 애ᄃᆞᆲ지 아니ᄒᆞ리오? 쇼뎨(小弟) 본ᄃᆡ(本-) 미쳔(微賤)ᄒᆞᆫ 몸으로 대왕(大王)과 졔형(諸兄)의 지우(知遇)ᄅᆞᆯ 닙어 은혜(恩惠) 두터오미 셰구년심(歲久年深)[267]ᄒᆞᆫ지라. 그 텬뉸(天倫)의 지

•••

37면

극(至極)ᄒᆞᆷ과 그 우ᄋᆡ(友愛) 셰(世)의 드므믈 인(因)ᄒᆞ야 녕ᄆᆡ(令妹) 져만 못ᄒᆞ여도 져ᄇᆞ리든 아니ᄒᆞ려니와 쾌(快)ᄒᆞ믄 업도다. 쇼제(小弟) 비록 블쵸(不肖)ᄒᆞ나 악댱(岳丈)의 녜의(禮義)로 진념(軫念)[268]ᄒᆞ시믈 밧ᄌᆞ와 ᄉᆞ리(事理)ᄅᆞᆯ 아ᄂᆞ니 젼일(前日) 거죄(擧措ㅣ) 엇지 나의 본심(本心)이리오? 녕ᄆᆡ(令妹) ᄯᅳᆺ을 알고져 ᄒᆞ미러니 도금(到今)ᄒᆞ야 ᄇᆞᆰ이 안지라. ᄎᆞ후(此後) 강잉(强仍)ᄒᆞ야 ᄃᆞ리고 살믄 살녀니와 사ᄅᆞᆷ의 위인(爲人)이 져러ᄒᆞ고 다ᄅᆞᆫ ᄉᆡ집(媤-)의 드러가더면 엇지 보젼(保全)ᄒᆞ리오? ᄆᆞᄎᆞᆷ 이 걸인(乞人) 즁무쇼쥬(中無所主)[269]ᄒᆞᆫ 최닌셕 만나믈 유복(有福)히 ᄒᆞ고 닌셕은 과분(過分)ᄒᆞᆫ 줄 몰나 ᄯᅩᄒᆞᆫ 블ᄒᆡᆼ(不幸)ᄒᆞ야ᄒᆞᄂᆞ니 과연(果然) ᄌᆞ식(子息)을 ᄡᅳ고져 ᄒᆞᄆᆡ 모시(母氏)ᄅᆞᆯ ᄀᆞᆯᄒᆡ미 올탓다."

셜파(說罷)의 셩안(星眼)의 우음이 미미(微微)ᄒᆞ고 옥면(玉面)이 ᄇᆞᆰ으며 프ᄅᆞ러 깃거

---

265) 못: [교] 원문과 연세대본(15:36)에는 없으나 문맥을 고려해 규장각본(15:29)을 따라 삽입함.
266) 품슈(稟受): 품수. 품성과 기질을 이어받음.
267) 셰구년심(歲久年深): 세구연심. 세월이 매우 오래됨.
268) 진념(軫念): 윗사람이 아랫사람의 사정을 걱정하여 생각함.
269) 즁무쇼쥬(中無所主): 중무소주. 마음속에 주관이 없음.

•••

38면

아낫ᄂᆞᆫ 긔ᄉᆡᆨ(氣色)이 ᄂᆞᆺ 우희 ᄀᆞ득ᄒᆞ니 쇼제(小姐ㅣ) 대참(大慙)ᄒᆞ야 고개ᄅᆞᆯ 숙이고 신ᄉᆡᆨ(神色)이 뎌상(沮喪)[270]ᄒᆞ며 니부(李府) 냥인(兩人)이 ᄎᆞ언(此言)을 드ᄅᆞᄆᆡ 그 소탈(疏脫)ᄒᆞᆫ 우인(爲人)의 알오미 명명(明明)ᄒᆞ믈 탄복(歎服)ᄒᆞ고 쇼제(小姐ㅣ) 취졸(取拙)[271]을 경(輕)히 발(發)ᄒᆞ믈 애ᄃᆞ라 태뷔(太傅ㅣ) 이의 정ᄉᆡᆨ(正色) 왈(曰),

"닌셕을 정대(正大)ᄒᆞᆫ 댱부(丈夫)로 아더니 간사(奸詐)ᄒᆞ미 여ᄎᆞ(如此)ᄒᆞ뇨? 당초(當初) ᄆᆡᄌᆡ(妹子ㅣ) 날을 청(請)ᄒᆞ야 너의 ᄒᆡ거(駭擧)ᄅᆞᆯ 뵈믄 투긔지심(妬忌之心)이 아니라. 당당(堂堂)ᄒᆞᆫ ᄉᆞ문(斯文)의 톄면(體面)이 믄허지믈 한심(寒心)이 넉이니 내 잠간(暫間) 다ᄉᆞ리매 네 지금(至今)의 유심(留心)ᄒᆞ야 말의 ᄆᆞᆯ니 되거니와 이ᄂᆞᆫ ᄆᆡᄌᆞ(妹子)의 본심(本心)이 투긔(妬忌) 아니미니 ᄆᆡ양 견집(堅執)ᄒᆞ미 가(可)치 아니ᄒᆞ고 만권(萬卷) 경셔(經書)ᄅᆞᆯ 닑은 남ᄌᆞ(男子)도 춍(寵)을 싀ᄉᆡ와[272] 님군긔 아당(阿黨)[273]ᄒᆞ

•••

39면

고 동뉴(同類)ᄅᆞᆯ 해(害)ᄒᆞᄂᆞ니 ᄒᆞ믈며 녀ᄌᆞ(女子)의 협냥(狹量)[274]이 그 댱부(丈夫) 우럿ᄂᆞᆫ ᄯᅳᆺ가? 너의 이삼(二三) 삭(朔) 거동(擧動)이 졍

---

270) 뎌상(沮喪): 저상. 기운을 잃음.

271) 취졸(取拙): 취졸. 졸렬함.

272) 싀ᄉᆡ와: 샘내.

273) 아당(阿黨): 남의 비위를 맞추거나 환심을 사려고 다랍게 아첨함.

274) 협냥(狹量): 협량. 좁은 도량.

실(正室)을 방(房)의 두고 모든 챵기(娼妓)를 녑녑히 쪄 즐기니 ᄋᆞ녀ᄌᆞ(兒女子ㅣ) 일이(一二) 일(日) ᄃᆡ(對)홈도 극(極)히 어렵거ᄂᆞᆯ 쇼ᄆᆡ(小妹) 고결청심(高潔淸心)[275]의 ᄒᆞᆫ 번(番) 블호(不好)ᄒᆞᆫ 말을 아니ᄒᆞ니 그 ᄠᅳᆺ이 아름답거ᄂᆞᆯ 네 엇지 도로 ᄃᆞ라 억탁(臆度)[276]ᄒᆞ야 곤욕(困辱)ᄒᆞᄂᆞ뇨? ᄒᆞ믈며 하ᄂᆞᆯ의도 급(急)ᄒᆞᆫ 풍위(風雨ㅣ) 잇ᄂᆞ니 쇼ᄆᆡ(小妹) 풍샹(風霜)과 간고(艱苦)를 가쵸 지ᄂᆡ여 구ᄉᆞ일ᄉᆡᆼ(九死一生)ᄒᆞᆫ 몸이라 운ᄋᆡᆨ(運厄)이 참혹(慘酷)ᄒᆞᄆᆡ 쳔단비원(千端悲怨)[277]이 아니 지ᄂᆡᆫ 곳이 업ᄉᆞ니 그 다병(多病)ᄒᆞ믈 그ᄃᆡ ᄯᅩᄒᆞᆫ 아ᄂᆞᆫ 배어ᄂᆞᆯ 두ᄃᆞᆯ 만의 발(發)ᄒᆞ믈 허믈을 삼아 슈죄(數罪)ᄒᆞ미 ᄌᆞ못 졍되(正道ㅣ) 아니오, 인ᄉᆞ(人事)의 그 ᄌᆞ식(子息)을 ᄃᆡ(對)ᄒᆞ야 어버의 허믈을 니ᄅᆞ지 아니

•••

40면

믄 덧덧ᄒᆞᆫ 도리(道理)오, ᄌᆞ당(慈堂)의 관인(寬仁)ᄒᆞ신 혜ᄐᆡᆨ(惠澤)이 고금(古今)의 미ᄎᆞ리 업ᄉᆞ시며 네 ᄯᅩ 반ᄌᆞ지의(半子之義)[278] 잇거ᄂᆞᆯ 엇지 무례(無禮)ᄒᆞᆫ 언ᄉᆞ(言辭)로 시비(是非)ᄒᆞ기를 간ᄃᆡ로[279] ᄒᆞᄂᆞ뇨? 아등(我等)이 젼일(前日) 그ᄃᆡ를 ᄌᆞ못 그ᄅᆞᆺ 아랏ᄂᆞᆫ지라. ᄎᆞ후(此後) 언어(言語)를 통(通)ᄒᆞ미 참괴(慙愧)[280]ᄒᆞ도다."

최ᄉᆡᆼ(-生)이 미미(微微)히 쇼왈(笑曰),

---

275) 고결청심(高潔淸心): 고결청심. 깨끗하고 맑은 마음.
276) 억탁(臆度): 이치나 조건에 맞지 아니하게 생각함.
277) 쳔단비원(千端悲怨): 천단비원. 온갖 슬픔과 원망.
278) 반ᄌᆞ지의(半子之義): 반자지의. 사위로서의 도리. 반자는 아들이나 다름없이 여긴다는 뜻으로, '사위'를 이르는 말.
279) 간ᄃᆡ로: 함부로.
280) 참괴(慙愧): 매우 부끄러워함.

“형(兄)의 말이 일단(一旦) 동긔(同氣)를 위(爲)흔 졍(情)이라 쇼뎨(小弟) 하즈(瑕疵)를 못 흐거니와 나의 운익(運厄)이 긔괴(奇怪)흐믈 흔(恨)흐노라. 젼일(前日) 녕민(令妹) 의혼(議婚) 젹도 셩 입든 재[281] 졍셩(正聲)[282] 대민(大罵) 왈(曰) 여츠여츠(如此如此) 흐더라 흐니 쇼뎨(小弟) 쏘 이롤 두리누니 악뫼(岳母ㅣ) 과연(果然) 관인(寬仁) 혜튁(惠澤)이 겨시면 날드려 말솜을 그리흐시랴? 내 비록 빙한(貧寒)흐나 그릇술 들고 비러먹은 일이 업거놀 녕민(令妹)롤 보신들 그디도록 흐시미 가(可)흐며 사회 비

•••

41면

록 즈질(子姪)이나 이 쏘 외인(外人)이라 말솜의 골[283]히지 아니시미 올흐리오? 내 본디(本-) 용녈(庸劣)흐야 놈의 구욕(詬辱)[284]을 트지 못흐니 더옥 악모(岳母) 말솜을 죠롱(嘲弄)흐리오? 다만 내 집의 편(便)히 안즈시미 올코 녕민(令妹)롤 보니고져 흐나 내 일홈이 녕민(令妹) 궤[285]즁(櫃中)의 머므르고 삼(三) 직(載)를 동쳐(同處)흐여시니 그 스싱(死生)이 내 손의 잇는지라 엇지 노화 보내리오? 제형(諸兄)은 악뫼(岳母ㅣ) 쇼뎨(小弟)롤 욕(辱)흐실 젹 보지 못흐엿기로 이러흐거니와 형(兄)은 스스로 혜여 보라. 엇지 잘 춤으리오? 녕민(令妹) 필연(必然) 모훈(母訓)을 인(因)흐야 소실(所實)[286]이 필연(必然)

---

281) 셩 입든 재: ‘성을 낸 채’의 의미로 보이나 미상임.
282) 졍셩(正聲): 정성. 소리를 엄정히 함.
283) 골: [교] 원문에는 ‘놀’로 되어 있으나 문맥을 고려해 규장각본(15:33)과 연세대본(15:41)을 따름.
284) 구욕(詬辱): 욕하고 꾸짖음.
285) 궤: [교] 원문에는 ‘졔’로 되어 있으나 문맥을 고려해 규장각본(15:33)과 연세대본(15:41)을 따름.
286) 소실(所實): 소행.

아름답지 아니리니 형(兄) 등(等)은 도도지 말나."

셜파(說罷)의 분연(憤然)이 션조(扇子)로 최상(冊床)을 치니 안광(眼光)의 촌 빗치 ᄉ좌(四座)의 뽀이ᄂ지라.

샹셰(尙書ㅣ) 긔운이 ᄉᆡᆨᄉᆡᆨ

•••

42면

ᄒ야 쇼ᄆᆡ(小妹)ᄅ ᄃᆡ(對)ᄒ여 위로(慰勞)ᄒ고 쳥이블문(聽而不聞)ᄒ며 태뷔(太傅ㅣ) 쏘ᄒ 말을 그치고 이의 이셔 약(藥)을 다ᄉ리나 쇼졔(小姐ㅣ) 즘연(潛然)ᄒ 누싊(淚水ㅣ) 옷 알ᄑᆡ 져져 ᄐ셩톄읍(呑聲涕泣)[287]ᄒ믈 그치지 아니ᄒ니 샹셰(尙書ㅣ) 위로(慰勞) 왈(曰),

"아등(我等)이 블쵸(不肖)ᄒ야 너의 병(病)이 이의 니ᄅ미라 슬허 말나. ᄆᆡ워ᄒᄂ 사ᄅᆞᆷ을 ᄆᆡᆺ을 것 아니니 평안(平安)이 됴리(調理)ᄒ여 부모(父母)긔 셩뎡(省定)[288]을 슈이 일울지어다."

쇼졔(小姐ㅣ) ᄇᆡ샤(拜謝)ᄒ더라.

이ᄯᆡ 낭문이 즁셔싱(中書省)의 입번(入番)[289]ᄒ엿다가 이날이야 집의 나와 쇼ᄆᆡ(小妹) 병즁(病重)ᄒ믈 듯고 이의 니ᄅ러 쇼져(小姐)ᄅ 보고 최싱(-生)ᄃ려 왈(曰),

"ᄆᆡᄌᆡ(妹子ㅣ) 증졍(症情)이 엇더ᄒ뇨?"

최싱(-生)이 쇼왈(笑曰),

"증졍(症情)이 극(極)히 즁(重)ᄒ니라."

---

287) ᄐ셩톄읍(呑聲涕泣): 탄성체읍. 소리를 삼켜 욺.

288) 셩뎡(省定): 성정. 문안. 아침 일찍 부모의 침소에 가서 밤사이의 안부를 살피는 아침 문안 신성(晨省)과 잠자리에 들 때에 부모의 침소에 가서 잠자리를 살피고 밤 동안 안녕하기를 여쭈는 저녁 문안 혼정(昏定)을 합쳐 이른 말.

289) 입번(入番): 관아에 들어가 차례로 숙직함.

샤인(舍人)이 경왈(驚曰),

"엇더ᄒᆞ야 져리 즁(重)ᄒᆞ뇨?"

져작(著作) 왈(曰),

"웃듬은 투긔(妬忌) 심(甚)ᄒᆞ여 심녀(心慮)

•••

43면

ᄅᆞᆯ 하 ᄡᅳ니 오장(五臟)이 ᄉᆞᆯ히미오[290] 둘재ᄂᆞᆫ 날노 더브러 오ᄅᆡ 단
ᄌᆞᆷ을 못 자니 우려(憂慮)ᄒᆞ미라."

인(因)ᄒᆞ야 박당대쇼(拍掌大笑)ᄒᆞ니 샤인(舍人)이 노왈(怒曰),

"네 엇지 쇼ᄆᆡ(小妹)ᄅᆞᆯ 이런 더러온 ᄃᆡ로 비기ᄂᆞ뇨?"

뎌작(著作)이 ᄯᅩ 우어 왈(曰),

"네 엇지 날을 셜만(褻慢)[291]ᄒᆞᄂᆞ뇨? 내 네게 이(二) 년(年) 쟝(長) 아니냐?"

낭문이 미쇼(微笑) 왈(曰),

"그 나히 쇠(少ㅣ) 나히나 다ᄅᆞ냐[292]? 쇼ᄆᆡ(小妹) 내게 시(時)로 아이니 너ᄂᆞᆫ 내게 아이라 그리 공경(恭敬)ᄒᆞ미 쉬오리오? 네 이졔 야〃(爺爺)의 대은(大恩)을 닛고 근간(近間) ᄒᆡᆼ지(行止) 무상(無狀)ᄒᆞ다가 도로혀 무죄(無罪)ᄒᆞᆫ 쇼ᄆᆡ(小妹)ᄅᆞᆯ 곤ᄎᆡᆨ(困責)[293]ᄒᆞᄂᆞ냐? 당당(堂堂)이 ᄃᆞ려다가 의약(醫藥)으로 구호(救護)ᄒᆞ리라."

뎌작(著作)이 미미(微微)히 우어 왈(曰),

---

290) ᄉᆞᆯ히미오: 삭아서요. 'ᄉᆞᆯ히다'는 '사위다'로, '불이 사그라져서 재가 되다'의 의미임.
291) 셜만(褻慢): 설만. 하는 짓이 무례하고 거만함.
292) 쇠(少ㅣ) 나히나 다ᄅᆞ냐: '어린 나이나 다르냐'의 뜻으로 보이나 미상임.
293) 곤ᄎᆡᆨ(困責): 곤책. 괴롭게 하고 꾸짖음.

“녕미(令妹) 병(病)이 약(藥)도 거즛 거시라. 내 듀야(晝夜) 겻히 이시면 그 원심(怨心)이 프러져 병(病)이 나으리라.”

샹셰(尙書ㅣ)

•••

44면

ᄇ야흐로 정식(正色) 왈(曰),

“닌셕이 엇지 이디도록 픽려(悖戾)[294]ᄒ뇨? 쇼미(小妹) 블쵸(不肖)ᄒ나 너의 도리(道理) 이런 더러온 말노 치칙(治責)[295]ᄒ미 가(可)ᄒ랴? 아등(我等)이 귀ᄅ 싯고져 ᄒ디 영[296]쉬(潁水ㅣ) 멀믈[297] ᄒ(恨)ᄒ노라.”

최싱(-生)이 실언(失言)ᄒ믈 일ᄏ고 우음이 미미(微微)ᄒᆯ 분이러라.

날이 져믈매 제인(諸人)이 도라가며 ᄌ삼(再三) 관심(寬心)[298]ᄒ야 됴리(調理)ᄒ믈 니ᄅ니,

쇼제(小姐ㅣ) 응명(應命)ᄒ나 심하(心下)의 일 뎜(點) 믉은 ᄯᆺ과 ᄒᆫ 조각 효의(孝義)로 향긱(向刻)[299] 최싱(-生)의 길게 수죄(數罪)ᄒ믈 드ᄅ미 ᄌ긔(自己) 경도(驚倒)[300]ᄒ믈 뉘웃고 댱부(丈夫)의게 추(醜)히 녁이믈 이ᄃ라 경긱(頃刻)으로 투긔(妬忌)ᄂ 부운(浮雲)의 스러지

294) 픽려(悖戾): 패려. 언행이나 성질이 도리에 어그러지고 사나움.
295) 치칙(治責): 치책. 다스려 꾸짖음.
296) 영: [교] 원문과 규장각본(15:35), 연세대본(15:44)에 모두 ‘하’로 되어 있으나 고사를 고려해 이와 같이 수정함.
297) 귀ᄅ~멀믈: 귀를 씻으려 하되 영수가 먼 것을. 중국 고대 허유(許由)의 고사. 허유는 요임금이 자신에게 제위를 물려주려 하는 것을 거절하고 기산(箕山)에 숨고, 요임금이 다시 그에게 구주(九州)의 장(長)으로 삼겠다는 말을 듣고 영수 가에서 귀를 씻음. 『고사전(高士傳)』.
298) 관심(寬心): 마음을 놓음.
299) 향긱(向刻): 향각. 접때.
300) 경도(驚倒): 놀라서 정신이 없음.

고 븟그러오미 용츌(湧出)[301]ᄒᆞ니 다시 ᄂᆞᆾ 드러 최ᄉᆡᆼ(-生)을 볼 의ᄉᆞ(意思ㅣ) 업셔 니블노 ᄂᆞᆾ출 ᄡᆞ고 누어 진진(津津)이[302] 늣기더니 ᄯᅩ

•••

45면

긔운이 올나 엄홀(奄忽)[303]ᄒᆞ니 ᄉᆡᆼ(生)이 놀나 급(急)히 븟드러 구호(救護)ᄒᆞ니 반향(半晌) 후(後) 겨유 인ᄉᆞ(人事)ᄅᆞᆯ ᄎᆞᆯ혀 실셩통도(失聲痛悼)[304]ᄒᆞ며 피ᄅᆞᆯ 토(吐)ᄒᆞ고 ᄯᅩ 혼미(昏迷)ᄒᆞ니 ᄉᆡᆼ(生)이 민망(憫惘)ᄒᆞ야 쥐믈너 ᄭᆡ오며 ᄯᅩ ᄭᆞ지져 ᄀᆞᆯ오ᄃᆡ,

"ᄌᆞ분필ᄉᆞ(自分必死)[305]ᄒᆞ야도 그ᄃᆡ 집의 가 ᄒᆡᆼ(行)ᄒᆞ고 내 집의셔ᄂᆞᆫ 이런 고이(怪異)ᄒᆞᆫ 의ᄉᆞ(意思)ᄅᆞᆯ 그치라. 사ᄅᆞᆷ이 투긔(妬忌)ᄅᆞᆯ 이긔지 못ᄒᆞ야 부모(父母) 유톄(遺體)ᄅᆞᆯ 가ᄇᆡ야이 넉이니 ᄎᆞᆯ히 그ᄃᆡ 모친(母親)이나 달믈 것 아니가? 그ᄃᆡ 모친(母親)은 다홈[306][307] 장을 ᄡᅳ고[308] 젹국(敵國)을 해(害)ᄒᆞ엿거ᄂᆞᆯ 그ᄃᆡᄂᆞᆫ 죽으려 셔도니 못ᄒᆞᆫ 됴부인(夫人)이로다."

쇼졔(小姐ㅣ) ᄎᆞ언(此言)을 듯고 더옥 셜우미 흉격(胸膈)의 막혀 진진(津津)이 늣길 다ᄅᆞᆷ이니 ᄋᆡ원(哀怨)ᄒᆞᆫ ᄐᆡ되(態度ㅣ) 더옥 졀쇄(絶世)[309]ᄒᆞᆫ지라. 최ᄉᆡᆼ(-生)이 본ᄃᆡ(本-) 풍뉴랑(風流郞)으로 은ᄋᆡ(恩

301) 용츌(湧出): 용출. 샘솟음.
302) 진진(津津)이: 많이.
303) 엄홀(奄忽): 매우 급작스럽게 정신을 잃음.
304) 실셩통도(失聲痛悼): 실성통도. 목이 쉴 정도로 통곡하며 슬퍼함.
305) ᄌᆞ분필ᄉᆞ(自分必死): 자분필사. 스스로 반드시 죽으려고 마음먹음.
306) 홈: [규] 원문과 규장각본(15:36)에는 '흠'으로 되어 있으나 문맥을 고려해 연세대본(15:45)을 따름.
307) 다홈: 도리어.
308) 장을 ᄡᅳ고: '기를 쓰고'의 의미로 보이나 미상임.
309) 졀쇄(絶世): 절세. 세상에서 뛰어남.

愛) 태

•••

46면

산(泰山) 가트니 이를 보믹 더옥 의시(意思ㅣ) 흔연(欣然)ᄒᆞ야 옥슈(玉手)를 잡고 쇼왈(笑曰),

"가(可)히 애둛다. 긔질(氣質)이 이러툿 삼기고 그 심지(心地) 블냥(不良)ᄒᆞ기 녀후(呂后)[310] ᄀᆞᄐᆞ뇨?"

쇼제(小姐ㅣ) 밧비 ᄲᅮ리치고 도라누어 답(答)지 아니ᄒᆞ더라.

미명(未明)의 샹셔(尙書)와 태부(太傅)와 한님(翰林)과 샤인(舍人)이 니음ᄃᆞ라 니ᄅᆞ러 문병(問病)ᄒᆞ고 녜부(禮部) 등(等) 눅(六) 인(人)과 어ᄉᆞ(御史) 등(等)이 일제(一齊)히 니ᄅᆞ러 쇼져(小姐)를 보고 그 병세(病勢) 위위(危危)[311]ᄒᆞ믈 보고 경아(驚訝)ᄒᆞ야 녜뷔(禮部ㅣ) 왈(曰),

"현보[312]의 뎐어(傳語)로조ᄎᆞ 병(病)드믈 아라시나 므슴 증세(症勢) 이디도록 즁(重)ᄒᆞ뇨?"

뎌작(著作)이 잠쇼(暫笑) 왈(曰),

"투긔(妬忌)를 이긔지 못ᄒᆞ야 병(病)이 즁(重)ᄒᆞ미라 어ᄂᆞ 증졍(症情)이리오?"

녜뷔(禮部ㅣ) 쇼이브답(笑而不答)ᄒᆞ고 도라 쇼져(小姐)ᄃᆞ려 왈(曰),

---

310) 녀후(呂后): 여후. 중국 전한(前漢)의 시조인 고조(高祖) 유방(劉邦)의 황후. 유방이 죽은 뒤 자신의 소생 혜제(惠帝)가 즉위하자 실권을 잡고 여씨 일족을 고위직에 등용시켜 여씨 정권을 수립하고, 유방의 총비(寵妃)인 척부인(戚夫人)의 아들 유여의(劉如意)를 독살하고 척부인은 수족을 잘라 변소에 가둠.

311) 위위(危危): 위태로움.

312) 현보: 이몽창의 첫째아들 이성문의 자(字).

"믹지(妹子ㅣ) 슉부(叔父)와 슉모(叔母)의 힝ᄉ(行事)ᄅᆞᆯ 보옵지 아녓ᄂᆞᆫ다? ᄉᆞ족(士族) 부녜(婦女ㅣ) 투

•••

47면

긔(妬忌)ᄒᆞ미 믹ᄌᆞ(妹子) 일(一) 인(人)이로다."

쇼졔(小姐ㅣ) 강잉(强仍)ᄒᆞ야 ᄀᆞᆯ오ᄃᆡ,

"거거(哥哥)ᄂᆞᆫ 미친 말을 고지듯지 마ᄅᆞ쇼셔. 쇼믹(小妹) 우연(偶然)이 슉질(宿疾)이 발(發)ᄒᆞ니 말 ᄆᆞᆯ니 됴히 되엿ᄂᆞ이다."

녜뷔(禮部ㅣ) 왈(曰),

"원닉(元來) 그러ᄒᆞ닷다. 너의 투긔(妬忌)ᄒᆞᆫ다 말을 내 원(原) 고이(怪異)히 넉이더니라."

최싱(-生)이 웃고 왈(曰),

"아모리면 스ᄉᆞ로 투긔(妬忌)ᄒᆞ노라 ᄒᆞ랴? 나ᄂᆞᆫ 미쳣거니와 아모 고ᄃᆡ나 미치니 ᄒᆞ나히 잇ᄂᆞ니라."

어ᄉᆞ(御史) 원문 왈(曰),

"어ᄃᆡ 미치니 잇ᄂᆞ뇨?"

빅만이 한님(翰林)을 ᄀᆞᄅᆞ쳐 왈(曰),

"부모(父母)ᄅᆞᆯ 아지 못ᄒᆞ고 비례곡경(非禮曲徑)313)으로 녀식(女色)만 취(取)ᄒᆞᄂᆞᆫ 거시 미치지 아냣ᄂᆞ냐?"

언필(言畢)의 빅문이 대로(大怒)ᄒᆞ여 ᄒᆞᆫ 빵(雙) 봉안(鳳眼)을 두려지 쓰고 최싱(-生)을 욕(辱)ᄒᆞ고져 ᄒᆞ거ᄂᆞᆯ 태부(太傅) 경문이 눈을 드러 보믹 봉안(鳳眼)의 ᄎᆞᆫ 빗치

---

313) 비례곡경(非禮曲徑): 예가 아닌 행동과 그릇된 수단을 써서 억지로 하는 행동.

•••

48면

빅문의 안졍(眼睛)[314]을 이긔ᄂᆞᆫ지라 한님(翰林)이 실녜(失禮)ᄒᆞ믈 ᄭᆡ ᄃᆞ라 눈을 ᄂᆞ초고 줌줌(潛潛)ᄒᆞ여시니 졔인(諸人)이 눈 주어 함쇼(含笑)ᄒᆞ더라.

이윽고 공ᄉᆞ(公事)로 인(因)ᄒᆞ야 졔인(諸人)이 다 흐터지고, 쇼졔(小姐ㅣ) 본부(本府)로 수이 갈 의ᄉᆞ(意思)ᄅᆞᆯ ᄉᆡᆼ각고 식음(食飮)을 나오고 심ᄉᆞ(心思)ᄅᆞᆯ 강잉(强仍)ᄒᆞ야 슈일(數日) 후(後) 져기 긔운이 나으ᄆᆡ 졔(諸) 거거(哥哥)ᄅᆞᆯ 보치여 가지라 ᄒᆞ니 졔인(諸人)이 ᄃᆞ려가려 ᄒᆞᄂᆞᆫ지라. 최ᄉᆡᆼ(-生)이 견집(堅執)ᄒᆞ여 허(許)치 아니ᄒᆞ니 쇼졔(小姐ㅣ) 더옥 구슈(仇讎)[315]로 마련ᄒᆞ야 모든 거게(哥哥ㅣ) 니ᄅᆞᆫ즉 니러 안자 담쇼(談笑)ᄒᆞᄃᆡ 도라간즉 니블노 ᄂᆞᆺ출 ᄡᅳ고 죵일(終日)토록 줌와(潛臥)ᄒᆞ야 그 얼골을 보지 아니ᄒᆞ고 말을 답(答)지 아니ᄒᆞ니 ᄉᆡᆼ(生)이 쵸조(焦燥)ᄒᆞ야 ᄭᅮ짓기ᄅᆞᆯ 마지아니ᄒᆞ더라.

일일(一日)은 ᄉᆡᆼ(生)이 동궁(東宮)의 갓다가 어둡거

•••

49면

야 도라오니 방즁(房中)의 등쵹(燈燭)이 희미(稀微)ᄒᆞᆫᄃᆡ 쇼졔(小姐ㅣ) 니러 안자 셕식(夕食)을 먹다가 ᄉᆡᆼ(生)을 보고 급(急)히 져ᄅᆞᆯ ᄇᆞ리고 얼골을 ᄀᆞᆷ쵸니 ᄉᆡᆼ(生)이 어히업셔 관ᄃᆡ(冠帶)와 사모(紗帽)ᄅᆞᆯ 벗고 겻ᄒᆡ 나아가 문왈(問曰),

---

314) 안졍(眼睛): 안정. 눈동자.

315) 구슈(仇讎): 구수. 원수.

"오늘은 병휘(病候ㅣ) 엇더ᄒᆞ뇨?"

쇼제(小姐ㅣ) 답(答)지 아니ᄒᆞ니 ᄉᆡᆼ(生)이 즐왈(叱曰),

"그ᄃᆡ 투긔(妬忌) 심(甚)ᄒᆞ야 날노뻐 어린 ᄉᆞ나희 농낙(籠絡)ᄃᆞᆺ ᄒᆞ랴 ᄒᆞ니 이 므ᄉᆞᆷ 도리(道理)뇨? 내 당당(堂堂)이 그ᄃᆡ를 내치고 아ᄅᆞᆷ다온 미인(美人)을 쌍쌍(雙雙)이 어드리라."

쇼제(小姐ㅣ) ᄯᅩᄒᆞᆫ 브답(不答)ᄒᆞ니 ᄉᆡᆼ(生)이 크게 노(怒)ᄒᆞ야 핍[316]박(逼迫)ᄒᆞ야 ᄃᆡ답(對答)을 ᄌᆡ촉ᄒᆞ니 쇼제(小姐ㅣ) 기리 오열(嗚咽) 냥구(良久)의 답(答)ᄒᆞ야 ᄀᆞᆯ오ᄃᆡ,

"쳡(妾)이 한쳔(寒賤)[317]ᄒᆞ고 비박(卑薄)[318]ᄒᆞ믄 군ᄌᆡ(君子ㅣ) 더러이 넉일 시 올커니와 군(君)이 눈으로 경셔(經書)를 보고 ᄃᆡ인ᄌᆞ녀(對人子女)ᄒᆞ여 ᄎᆞ

•••

50면

마 그 어믜 죄(罪)를 혜여 수죄(數罪)ᄒᆞ니 ᄌᆞ뫼(慈母ㅣ) 비록 과실(過失)이 이시나 군(君)의 간셥(干涉)ᄒᆞᆯ 배 아니오 쳡(妾)이 비록 블쵸(不肖)ᄒᆞ나 그 ᄌᆞ식(子息)이라 실노(實-) 군(君)으로 더브러 다시 보미 극(極)히 슈괴(羞愧)ᄒᆞᆫ지라. 이러므로 믈너가 부모(父母)를 뫼시고져 ᄒᆞᄂᆞ니 군(君)은 각별(各別) 아ᄅᆞᆷ다온 부인(夫人)을 ᄀᆞᆯ히여 오로지 동쥬(同住)ᄒᆞ고 쳡(妾)을 허(許)ᄒᆞ야 ᄌᆞ모(慈母)로 더브러 여년(餘年)을 ᄆᆞᆺ게 ᄒᆞ쇼셔."

---

316) 핍: [교] 원문에는 '칩'으로 되어 있으나 오기로 보이므로 규장각본(15:40)과 연세대본(15:49)을 따름.

317) 한쳔(寒賤): 한천. 한미하고 천함.

318) 비박(卑薄): 비루하고 천함.

셜파(說罷)의 쇼리를 먹음어 울기를 마지아니ᄒᆞ니 ᄉᆡᆼ(生)이 듯기를 ᄆᆞᄎᆞᄆᆡ 뎌의 위친지졍(爲親之情)[319]을 측은(惻隱)ᄒᆞ야ᄒᆞ며 ᄌᆞ개(自家ㅣ) 경셜(輕說)[320]ᄒᆞ믈 뉘웃쳐 침음(沈吟) 냥구(良久)의 졍ᄉᆡᆨ(正色) 노왈(怒曰),

"녀ᄌᆞ(女子)의 교사(驕肆)[321]ᄒᆞ미 여ᄎᆞ(如此)ᄒᆞ야 투긔(妬忌) 극(極)ᄒᆞᄆᆡ 짐즛 이 말노 날을 거졀(拒絶)ᄒᆞᄂᆞ냐? 셰쇽(世俗) 블쵸셰(不肖壻ㅣ) 쳐부모(妻父母)를 므엇만 넉이더뇨? 내 악

•••

51면

모(岳母)의 업ᄉᆞᆫ 허믈을 주언(做言)[322]ᄒᆞ미 아니라 잇ᄂᆞᆫ 허믈을 내 엇지 못 니ᄅᆞ리오?"

쇼졔(小姐ㅣ) 휘루(揮淚)[323] 졍ᄉᆡᆨ(正色) 왈(曰),

"ᄌᆞ모(慈母)의 허믈이 실노(實-) 그러ᄒᆞ시니 쳡(妾)이 블미(不美)ᄒᆞ미 존문(尊門)을 욕(辱)먹일지라. 군(君)은 일즉이 남교(藍橋)[324]의 슉녀(淑女)를 마ᄌᆞ시고 쳡(妾)으로써 뉴렴(留念)치 마ᄅᆞ쇼셔. 대댱뷔(大丈夫ㅣ) ᄎᆞ마 투긔(妬忌)ᄒᆞᄂᆞᆫ 녀ᄌᆞ(女子)를 잠신(暫時ㄴ)들 엇지 두리잇고? 즉금(卽今)의 영츌(永黜)[325]ᄒᆞ미 올흐니 군(君)은 지류(遲留)[326]치 마ᄅᆞ쇼셔. 쳡(妾) 가ᄐᆞᆫ 발부(潑婦)[327]를 ᄉᆞ졍(私情)의 거릿

---

319) 위친지정(爲親之情): 위친지정. 어버이를 생각하는 마음.
320) 경셜(輕說): 경설. 경솔하게 말함.
321) 교사(驕肆): 교만하고 방자함.
322) 주언(做言): 꾸며서 말함.
323) 휘루(揮淚): 눈물을 뿌림.
324) 남교(藍橋): 중국 섬서성(陝西省) 남전현(藍田縣) 동남쪽에 있는 땅. 배항(裴航)이 남교역(藍橋驛)을 지나다가 선녀 운영(雲英)을 만나 아내로 맞고 뒤에 둘이 함께 신선이 됨. 당나라 배형(裴鉶)의 『전기(傳奇)』에 이야기가 실려 있음.
325) 영츌(永黜): 영출. 길이 내쫓음.

겨 머믈워 두믄 극(極)히 용녈(庸劣)흔지라. 죄(罪) 임의 칠거(七去)[328]를 범(犯)ᄒᆞ엿고 ᄌᆞ식(子息)이 업슨지라 유ᄌᆞ식블거(有子息不去)[329]를 니를 거시 업셧는지라. 므어슬 구이(拘礙)ᄒᆞ야 두엇다가 존문(尊門) 조종(祖宗)을 업치리오? 조강지쳐(糟糠之妻)는 블하당(不下堂)이라 ᄒᆞ나 쳡(妾)이

•••

52면

그ᄃᆡ로 더브러 조강(糟糠) 간고(艱苦)를 겻근 ᄇᆡ 업ᄉᆞ니 내치기의 법다오니 군(君)은 쾌(快)히 투부(妬婦)를 내치고 슉녀(淑女)를 마자 일싱(一生)을 쾌(快)히 흘지어다."

최싱(-生)이 쇼져(小姐)의 옥셩(玉聲)이 도도(滔滔)ᄒᆞ야 ᄌᆞ긔(自己)흘 말 업게 됴롱(嘲弄)ᄒᆞ믈 보니 무류(無聊)코 뉘웃쳐 미쇼(微笑)ᄒᆞ고 옥슈(玉手)를 잡아 원침(鴛枕)의 비겨 희쇼(戲笑)ᄒᆞ니 쇼졔(小姐ㅣ) 놀나고 금즉ᄒᆞ미 모진 ᄇᆡ얌을 만난 ᄃᆞᆺᄒᆞ여 구지 벙으리와드나[330] 뎌 댱부(丈夫)의 산악(山岳) ᄀᆞᄐᆞᆫ 용녁(勇力)을 당(當)ᄒᆞ리오. 다만 쳐창(悽愴) 오열(嗚咽)ᄒᆞ여 흐르는 눈믈이 나삼(羅衫)을 젹시니 싱(生)이 노왈(怒曰),

"그ᄃᆡ 이러ᄐᆞᆺ 복(福) 업시 구니 날을 죽으라 흠가?"

쇼졔(小姐ㅣ) 탄식(歎息) 왈(曰),

---

326) 지류(遲留): 늦춤.

327) 발부(潑婦): 흉악하여 도리를 알지 못하는 여자.

328) 칠거(七去): 예전에, 아내를 내쫓을 수 있는 이유가 되었던 일곱 가지 허물. 시부모에게 불손함, 자식이 없음, 행실이 음탕함, 투기함, 몹쓸 병을 지님, 말이 지나치게 많음, 도둑질을 함 따위.

329) 유ᄌᆞ식블거(有子息不去): 유자식불거. 자식이 있으면 아내를 내쫓지 않음.

330) 벙으리와드나: 거부하나.

"쳡(妾)이 엇지 이 뜻이 이시리오? 쳡(妾)의 죄(罪) 지극(至極) 즁(重)ᄒᆞ니 군(君)이 관뎐(寬典)[331]을 드리오셔도 븟그리오믄 더은

•••

53면

지라. 원(願)ᄒᆞᄂᆞ니 군(君)은 슈삼(數三) 년(年)을 심당(深堂)의 가도와 ᄀᆡ과(改過)ᄒᆞ믈 기ᄃᆞ리쇼셔."

ᄉᆡᆼ(生)이 쇼왈(笑曰),

"그ᄃᆡ 이리 니ᄅᆞ지 아니ᄒᆞ여도 가도려 ᄒᆞᄂᆞ니 줌줌(潛潛)ᄒᆞᆯ지어다."

인(因)ᄒᆞ여 ᄑᆞ람ᄒᆞ여 블을 ᄭᅳ고 ᄒᆞᆫ가지로 금니(衾裏)의 나아가 지극(至極)ᄒᆞᆫ 은졍(恩情)이 엿지 아니ᄒᆞᄃᆡ 쇼졔(小姐ㅣ) ᄒᆞᆫ(恨)ᄒᆞ고 셔의(鉏鋙)[332]ᄒᆞ여 혜아리ᄃᆡ,

'졔 날을 더러이 넉이ᄃᆡ 일시(一時) 츈졍(春情)으로 이리ᄒᆞᄂᆞ니라.'

ᄉᆡᆼ각ᄒᆞ여 죵야(終夜)토록 ᄒᆞᆫ 줌을 아니 자고 슬허ᄒᆞ더라.

ᄎᆞ후(此後) ᄉᆡᆼ(生)이 비록 흔연(欣然)ᄒᆞ나 쇼졔(小姐ㅣ) 가지록 외ᄃᆡ(外待)[333]ᄒᆞ야 말을 무른즉 유유(儒儒)[334]ᄒᆞ고 진듕(鎭重)ᄒᆞ야 ᄂᆡᆼ연(冷然) 믁믁(默默)ᄒᆞ야 이젼(以前) 셔로 교칠(膠漆)ᄀᆞ치 ᄉᆞ랑ᄒᆞ던 뜻이 ᄎᆞᆫ ᄌᆡ 되엿ᄂᆞᆫ지라. ᄉᆡᆼ(生)이 ᄯᅩᄒᆞᆫ 흔연(欣然)ᄒᆞᆫ 가온대나 엄졍(嚴正)ᄒᆞ믈 겸(兼)ᄒᆞ여 졔 스ᄉᆞ로 온

331) 관뎐(寬典): 관전. 너그러운 은전.
332) 셔의(鉏鋙): 서어. 익숙하지 아니하여 서름서름함.
333) 외ᄃᆡ(外待): 외대. 정성을 들이지 않고 아무렇게나 대접을 함.
334) 유유(儒儒): 모든 일에 딱 잘라 결정을 내리지 못하고 어물어물한 데가 있음.

•••

54면

슌(溫順)ᄒᆞ게 ᄒᆞ니 일월(日月)이 포 되ᄆᆡ 쇼제(小姐ㅣ) 병(病)은 나으나 투긔(妬忌)ᄂᆞᆫ 버셔나 ᄇᆡ야흐로 댱뷔(丈夫ㅣ) 어렵고 븟그러오믈 ᄭᆡ드ᄅᆞ니 부부(夫婦) 은졍(恩情)이 ᄉᆞᆷ ᄀᆞᄐᆞ여 비록 ᄉᆡᆼ(生)의 쟝(壯)ᄒᆞᆫ 힘의 핍박(逼迫)ᄒᆞ여 ᄌᆞ로 친(親)ᄒᆞ믈 면(免)치 못ᄒᆞ나 긔ᄉᆡᆨ(氣色)이 셜샹가빙(雪上加氷) 가ᄐᆞ여 브ᄃᆡ ᄒᆞᆫ 말ᄉᆞᆷ 밧 언어(言語)ᄅᆞᆯ 통(通)치 아니ᄒᆞ고 공경(恭敬)ᄒᆞᆷ과 셔의(鉏鋙)ᄒᆞ미 날노 더으니 도로혀 긔특(奇特)ᄒᆞᆫ 부인(夫人)이 된지라.

태부(太傅) 형뎨(兄弟) ᄌᆞ로 니ᄅᆞ러 뎌 거동(擧動)을 ᄉᆞᆯ피고 비록 시비(是非)ᄒᆞ든 아니나 그윽이 최ᄉᆡᆼ(-生)의 유(柔)ᄒᆞᆫ 가온대 강(剛)ᄒᆞᆫ 거시 쥬(主)ᄒᆞ야 그 ᄆᆡᄌᆞ(妹子)의 큰 투악(妬惡)이 것그믈 다ᄒᆡᆼ(多幸)ᄒᆞ야ᄒᆞ니 원ᄂᆡ(元來) 쇼제(小姐ㅣ) 투긔(妬忌) 녀후(呂后)[335]의 아ᄅᆡ 아니로ᄃᆡ 마ᄎᆞᆷ 그 야야(爺爺)의 엄(嚴)ᄒᆞ믈 두려 져기 ᄎᆞᆷ은 거시

•••

55면

상심(傷心) 실셩(失性)ᄒᆞ미 되니 최ᄉᆡᆼ(-生)의 계귀(稽揆ㅣ)[336] 아니터면 그리 슈이 쇼삭(蕭索)[337]ᄒᆞ지 아닐너라.

샹셔(尙書) 등(等)이 ᄆᆡᄌᆡ(妹子ㅣ) 차복(差復)[338]ᄒᆞ믈 암희(暗

335) 녀후(呂后): 여후. 중국 전한(前漢)의 시조인 고조(高祖) 유방(劉邦)의 황후. 유방이 죽은 뒤 실권을 잡고 여씨 일족을 고위직에 등용시켜 여씨 정권을 수립하고, 유방의 총비(寵妃)인 척부인(戚夫人)의 수족을 자르고 변소에 가두기도 함.

336) 계귀(稽揆ㅣ): 살피고 헤아림.

337) 쇼삭(蕭索): 소삭. 다 사라짐.

338) 차복(差復): 병이 나아서 회복됨.

喜)339)ᄒᆞ야 최ᄉᆡᆼ(-生)ᄃᆞ려 ᄀᆞᆫ졀(懇切)이 쳥(請)ᄒᆞ고 쇼져(小姐)ᄅᆞᆯ ᄃᆞ려 본부(本府)의 도라오니 쇼후(-后)와 됴 부인(夫人)이 반기믈 이긔지 못ᄒᆞ고 쇼휘(-后ㅣ) 그 ᄀᆡ과(改過)ᄒᆞ여시믈 깃거ᄒᆞ더라.

최ᄉᆡᆼ(-生)이 비록 쇼져(小姐)와 화락(和樂)ᄒᆞ나 됴 부인(夫人)을 드러가 보지 아니ᄒᆞ니 샹셔(尙書) 등(等)이 가(可)치 아니믈 니ᄅᆞᆫ즉 져작(著作)이 머리ᄅᆞᆯ 흔드러 왈(曰),

"내 녕ᄆᆡ(令妹)ᄅᆞᆯ 관셔(寬恕)340)ᄒᆞ믄 가친(家親) ᄎᆡᆨ(責)을 두리고 악댱(岳丈) 지우(知遇)ᄅᆞᆯ 인(因)ᄒᆞ미어니와 녕당(令堂)이 날을 견마(犬馬)만치도 못 넉이시니 내 ᄆᆞᄉᆞᆷ ᄂᆞᆺᄎᆞ로 드러가 ᄇᆡ알(拜謁)ᄒᆞ리오?"

졔인(諸人)이 ᄯᅩᄒᆞᆫ 됴 부인(夫人) 실언(失言)ᄒᆞ믈 맛당이 못 넉이ᄂᆞᆫ지

•••

56면

라 그ᄅᆞ다 못 ᄒᆞ더라.

이때 ᄇᆡᆨ문이 노 시(氏)ᄅᆞᆯ 어더 침취(沈醉)341)ᄒᆞ야 일시(一時) ᄡᅥᄂᆞ믈 삼츄(三秋)가치 너기고 화 시(氏)ᄅᆞᆯ 드리미러 뭇도 아니ᄒᆞ니 왕(王)과 후(后)ᄂᆞᆫ 죵시(終是) 언어(言語)ᄅᆞᆯ 통(通)치 아니ᄒᆞ고 졔(諸) 형뎨(兄弟)ᄂᆞᆫ 무샹(無狀)이 넉일지언졍 그 ᄯᅩ 텬슌(天數ㅣᆫ) 줄 아라 ᄆᆞᄎᆞᆷ내 입을 여러 시비(是非)ᄅᆞᆯ 아니니 ᄉᆡᆼ(生)이 더옥 방ᄌᆞ(放恣)ᄒᆞ야 삼동(三冬)과 삼춘(三春)을 머리ᄅᆞᆯ ᄎᆡ란각(--閣)의 내왓지 아니니

339) 암희(暗喜): 속으로 기뻐함.
340) 관셔(寬恕): 관서. 너그러이 용서함.
341) 침취(沈醉): 침취. 어떤 일이나 사람에 깊이 빠져 마음을 빼앗김.

옥모뉴풍(玉貌柳風)이 정(正)히 쇠(衰)ᄒᆞᆫ지라.

냥형(兩兄)이 크게 근심ᄒᆞ야 일일(一日)은 부친(父親)긔 고(告)ᄒᆞᄃᆡ,

“삼뎨(三弟) ᄑᆡ려(悖戾)[342]ᄒᆞ미 근ᄂᆡ(近來) 더옥 심(甚)ᄒᆞ니 만일(萬一) 야애(爺爺ㅣ) 니ᄅᆞ시지 아닌즉 더옥 층가(層加)ᄒᆞ리니 복원(伏願) 야야(爺爺)ᄂᆞᆫ 젼죄(前罪)ᄅᆞᆯ 사(赦)ᄒᆞ시고 새로 경계(警戒)ᄒᆞ시미 엇더ᄒᆞ니잇고?”

왕(王)이 노왈(怒曰),

“내 엇지 그런 ᄑᆡᄌᆞ(悖子)ᄃᆞ려 무

•••

57면

익(無益)ᄒᆞᆫ 말을 닐너 내 입이 욕(辱)되게 ᄒᆞ리오? 내 별단(別段) 쳐치(處置) 이시리니 여등(汝等)은 슈구여병(守口如甁)[343]ᄒᆞ라. 연(然)이나 내 말노 닐너 셔당(書堂)의셔 여등(汝等)과 ᄒᆞᆫ가지로 잇게 ᄒᆞ고 만일(萬一) 듯지 아니ᄒᆞ거든 너히 다ᄉᆞ려 요ᄃᆡ(饒待)[344]치 말나.”

냥인(兩人)이 명(命)을 바다 믈너나 한님(翰林)을 브ᄅᆞ니 ᄇᆞ야흐로 노 시(氏) 침쇼(寢所)의셔 원앙(鴛鴦)이 ᄂᆞᆯ개ᄅᆞᆯ 년(連)ᄒᆞᆷ ᄀᆞ치 즐기다가 마지못ᄒᆞ야 니러 나오ᄆᆡ 샹셰(尙書ㅣ) 졍ᄉᆡᆨ(正色) 왈(曰),

“삼뎨(三弟) 근ᄂᆡ(近來)의 므ᄉᆞᆷ 사ᄅᆞᆷ이 되엿ᄂᆞ다? 부뫼(父母ㅣ) 다 너ᄅᆞᆯ 용납(容納)지 아니시ᄃᆡ 즐기미 츈풍(春風) ᄀᆞᄐᆞ니 그 ᄠᅳᆺ이 어ᄃᆡ

---

342) ᄑᆡ려(悖戾): 패려. 언행이나 성질이 도리에 어그러지고 사나움.

343) 슈구여병(守口如甁): 수구여병. 입을 병마개 막듯이 꼭 막는다는 뜻으로, 비밀을 다른 사람이 알지 못하도록 함을 이르는 말.

344) 요ᄃᆡ(饒待): 요대. 잘 대함.

쥬(主)ᄒᆞ엿ᄂᆞ뇨?"

한님(翰林)이 믄득 이연(怡然)[345]이 ᄃᆡ왈(對曰),

"쇼뎨(小弟ㅣ)들 쟝ᄎᆞᆺ(將次ㅅ) 엇지ᄒᆞ리잇가? 부뫼(父母ㅣ) 무고(無故)히 믜워ᄒᆞ시니 ᄋᆡ걸(哀乞)ᄒᆞ여도 프ᄅᆞ실 길 업고 비

...

58면

러 드ᄅᆞ시지 아닐 거시니 ᄒᆞᆫ갓 부뫼(父母ㅣ) 용납(容納)지 아니신다 ᄒᆞ고 듀야(晝夜) 울고 이시리잇가? ᄒᆞ믈며 쇼뎨(小弟) 금현오악(琴絃五樂)[346]으로 즐기지 아니ᄒᆞ야 안해 방(房)의셔 좀이나 편(便)히 자니 ᄯᅩ 죄(罪) 되엿ᄂᆞ니잇가?"

이(二) 인(人)이 어히업셔 샹셰(尙書ㅣ) 왈(曰),

"네 말이 ᄀᆞ쟝 올흐니 ᄒᆞ랴 ᄒᆞ던 말이 다 주러지거니와 너의 신ᄉᆡᆨ(神色)이 요ᄉᆞ이 심(甚)히 쇠ᄑᆡ(衰敗)[347]ᄒᆞ니 너모 호ᄉᆡᆨ(好色)ᄒᆞᆫ 연괴(緣故ㅣ)라. 야애(爺爺ㅣ) 우려(憂慮)ᄒᆞ샤 우형(愚兄)과 ᄒᆞᆫᄃᆡ 이시라 ᄒᆞ시니 네 엇지홀다?"

한님(翰林)이 흔연(欣然) ᄃᆡ왈(對曰),

"엄친(嚴親)이 교령(敎令)[348]ᄒᆞ시고 형당(兄丈)이 명(命)ᄒᆞ시니 감히(敢-) 거역(拒逆)ᄒᆞ리잇고? 명(命)ᄃᆡ로 ᄒᆞ리이다."

샹셔(尙書) 등(等) 이(二) 인(人)이 아니 드룰가 너기다가 가쟝 깃거ᄒᆞ고 고이(怪異)히 넉이나,

---

345) 이연(怡然): 편안한 모양.

346) 금현오악(琴絃五樂): 악기. 금현은 거문고의 줄이고, 오악(五樂)은 다섯 종의 악기로, 금슬(琴瑟), 생우(笙竽), 고(鼓), 종(鍾), 경(磬)을 이름.

347) 쇠픽(衰敗): 쇠패. 기력이 약해짐.

348) 교령(敎令): 가르쳐 명령함.

ᄎᆞ후(此後) 형뎨(兄弟) 삼(三) 인(人)이 듀

•••

60면

야(晝夜)ᄅᆞᆯ ᄒᆞᆫᄃᆡ 이셔 힐항(詰頏)[349]ᄒᆞᄂᆞᆫ 졍(情)이 지극(至極)ᄒᆞ니 한님(翰林)이 비록 외입(外入)ᄒᆞ여시나 ᄒᆞᆫ 조각 인졍(人情)이 이시며 십여(十餘) 일(日)을 죠용이 셔당(書堂)의 이시니 왕(王)이 잠간(暫間) 깃거 ᄎᆞ후(此後) ᄉᆡᆼ(生)을 보면 작ᄉᆡᆨ(作色)ᄒᆞᄂᆞᆫ 긔ᄉᆡᆨ(氣色)이 업ᄂᆞᆫ지라. 한님(翰林)이 희ᄒᆡᆼ(喜幸)ᄒᆞ야 이십여(二十餘) 일(日)ᄭᆞ지 ᄆᆞ장 ᄎᆞᆷ아 노 시(氏) 방(房)의 아니 드러가더니,

날이 오라매 노 시(氏) 취모옥ᄐᆡ(翠貌玉態)[350] 눈의 암암(暗暗)[351]ᄒᆞ니 ᄎᆞᆷ지 못ᄒᆞ야 일야(一夜)ᄂᆞᆫ ᄎᆡ당(-堂)의 가니,

노 시(氏) 이ᄣᆡ ᄉᆡᆼ(生)의 오ᄅᆡ 아니 오믈 의심(疑心)ᄒᆞ야 심복(心腹) 시비(侍婢) 홍연으로 긔찰(譏察)[352]ᄒᆞ여 ᄇᆞ야흐로 왕(王)의 경계(警戒ᆫ) 줄 알고 희왈(喜曰),

"화 시(氏)ᄅᆞᆯ 모해(謀害)ᄒᆞᆯ 계괴(計巧ㅣ) 여긔 잇다."

ᄒᆞ고 ᄉᆡᆼ(生)의 드러오믈 기ᄃᆞ리더니,

이날 ᄉᆡᆼ(生)이 드러와 노 시(氏)ᄅᆞᆯ 보니 졀묘(絶妙)ᄒᆞᆫ 옥ᄐᆡ(玉態) 눈의 ᄉᆡ로이

---

349) 힐항(詰頏): 새가 날면서 오르락내리락함. 형제가 사이좋게 함께 지내는 모양.
350) 취모옥ᄐᆡ(翠貌玉態): 취모옥태. 빼어난 용모와 옥같이 아름다운 자태.
351) 암암(暗暗): 기억에 남은 것이 눈앞에 아른거리는 듯함.
352) 긔찰(譏察): 기찰. 행동을 넌지시 살핌.

•••

60면

ᄇᆞ이ᄂᆞᆫ지라. ᄉᆡᆼ(生)의 견권(繾綣)ᄒᆞᆫ ᄯᅳᆺ이 뉴츌(流出)ᄒᆞ야 나아가 옥슈(玉手)ᄅᆞᆯ 잡고 희긔(喜氣) 옥면(玉面)의 ᄀᆞ득ᄒᆞ야 다만 닐오ᄃᆡ,

"ᄉᆡᆼ(生)이 날포 형뎨(兄弟)로 샹슈(常隨)[353]ᄒᆞ야 밤을 지내ᄆᆡ 오ᄅᆡ 그ᄃᆡᄅᆞᆯ ᄎᆞᆺ지 못ᄒᆞ니 필연(必然) 고이(怪異)히 넉여시리라."

노 시(氏) 흔연(欣然) 왈(曰),

"쳡(妾)이 엇지 군(君)의 광금댱[354]침(廣衾長枕)[355]의 즐기시믈 고이(怪異)히 너겨시리오? 젼일(前日) 너[356]모 이 당(堂)의 겨시믈 고이(怪異)히 넉이더니이다."

ᄉᆡᆼ(生)이 그 말을 더옥 칭복(稱服)ᄒᆞ야 술을 가져오라 ᄒᆞ야 두어 잔(盞) 거후ᄅᆞ고 느러지거ᄂᆞᆯ 노 시(氏) 몸을 니러 댱(帳) 밧긔 나가니 홍연이 가마니 닐오ᄃᆡ,

"졍당(正堂) 존후(尊后)과 대왕(大王)이 실노(實-) 고이(怪異)ᄒᆞ시더이다."

노 시(氏) 문왈(問曰),

"므ᄉᆞ 일 고이(怪異)ᄒᆞ시더뇨?"

연 왈(曰),

"쇼비(小婢) 앗가 졍당(正堂) 궁ᄋᆞ(宮兒)의 말을 드ᄅᆞ니 모일(某日)의 화 쇼졔(小姐ㅣ)

---

353) 샹슈(常隨): 상수. 서로 따름.

354) 댱: [교] 원문에는 '냥'으로 되어 있으나 문맥을 고려해 규장각본(15:48)과 연세대본(15:60)을 따름.

355) 광금댱침(廣衾長枕): 광금장침. 넓은 이불과 긴 베개.

356) 너: [교] 원문에는 '내'로 되어 있으나 문맥을 고려해 규장각본(15:48)과 연세대본(15:60)을 따름.

•••

61면

대왕(大王) 면젼(面前)의셔 읍톄여우(泣涕如雨)[357]ᄒᆞ샤 샹공(相公)이 ᄌᆞ가(自家)의 박ᄃᆡ(薄待)ᄒᆞ며 노 시(氏)의게 침취(沈醉)ᄒᆞ여 ᄒᆡᆼᄉᆡ(行事ㅣ) 그룻될 분 아니라 노 시(氏), 부ᄌᆞ(父子) ᄉᆞ이룰 다 니간(離間)ᄒᆞ니 그곳의 오ᄅᆡ 두면 사ᄅᆞᆷ이 못될 거시니 쳐치(處置)ᄒᆞ쇼셔 ᄒᆞ니 대왕(大王)이 죵기언(從其言)ᄒᆞ샤 샹공(相公)을 외당(外堂)으로 내시다 ᄒᆞ니 엇지 고이(怪異)치 아니리잇고?"

노 시(氏) 차악(嗟愕) 탄식(歎息)ᄒᆞ더니 또 우어 왈(曰),

"다ᄅᆞᆫ 말노ᄂᆞᆫ 날을 잡으려니와 ᄎᆞ언(此言)은 ᄋᆡᄆᆡᄒᆞ도다. 내 엇지 샹공(相公)의 부ᄌᆞ지간(父子之間)을 니간(離間)ᄒᆞ리오? 이ᄂᆞᆫ 샹공(相公)의 소공지(所共知)[358]시니라."

홍연 왈(曰),

"쇼비(小婢) 또 드ᄅᆞ니 대왕(大王)과 부인(夫人)이 쇼져(小姐)와 샹공(相公)을 ᄃᆡ(對)ᄒᆞ야 흔연(欣然)코져 ᄒᆞ시다[359]가도 화 쇼제(小姐ㅣ) 춤쇼(讒訴)ᄒᆞ여 ᄉᆞᄉᆡᆨ(辭色)을 허(許)ᄒᆞ시면 외입(外入)ᄒᆞ기 더 쉬올 줄노 ᄌᆞ로 고(告)ᄒᆞ니 일

•••

62면

양(一樣)[360] ᄉᆡᆨᄉᆡᆨᄒᆞ시다 ᄒᆞ더이다."

---

357) 읍톄여우(泣涕如雨): 읍체여우. 눈물을 비 오듯 흘림.
358) 소공지(所共知): 함께 아는 것.
359) 다: [교] 원문에는 '나'로 되어 있으나 문맥을 고려해 규장각본(15:49)과 연세대본(15:61)을 따름.
360) 일양(一樣): 한결같이 그대로.

노 시(氏) 말녀 왈(曰),

"상공(相公)이 혹(或) 씌엿다가 드르면 됴치 아니ᄒᆞ고 화 시(氏) 비록 블민(不敏)ᄒᆞ나 나의 녯 쥬인(主人)이라. 널노 더브러 허믈 니ᄅᆞ미 가(可)치 아니ᄒᆞ니 너는 ᄎᆞ후(此後) 이런 말을 드러도 함구블언(緘口不言)ᄒᆞ라."

연이 칭샤(稱謝)ᄒᆞ고 믈너ᄂᆞ니 ᄉᆡᆼ(生)이 임의 듯기ᄅᆞᆯ 다ᄒᆞ고 크게 통히(痛駭)ᄒᆞ야 ᄉᆡᆼ각ᄒᆞᄃᆡ,

'원ᄂᆡ(元來) 야애(爺爺ㅣ) 날노ᄡᅧ 홀연(忽然)이 셔당(書堂)의 이시라 ᄒᆞ시미 화 시(氏)의 춤쇠(讒訴ㅣ)랏다. 이런 요괴(妖怪)로온 녀ᄌᆞ(女子)ᄅᆞᆯ 내 당당(堂堂)이 졀졔(切除)[361]ᄒᆞ리니 남ᄌᆡ(男子ㅣ) 엇지 녀ᄌᆞ(女子)의 졀졔(折制)[362]ᄅᆞᆯ 밧고 ᄒᆞᆫ ᄊᆡᆫ들 살니오?'

이러틋 혜아리며 노 시(氏)의 어진 ᄒᆡᆼᄉᆞ(行事)ᄅᆞᆯ 항복(降服)ᄒᆞ고 ᄌᆞ긔(自己) 드른 톄ᄒᆞᆯ진ᄃᆡ 졔 블평(不平)ᄒᆞ여ᄒᆞᆯ 줄 알고 자는 톄ᄒᆞ고 잇더니,

이

•••

63면

ᄋᆞ고 노 시(氏) 드러와 자리의 눕거ᄂᆞᆯ 짐즛 기지게 혀고 ᄭᆡ여 ᄃᆡᄅᆞᆯ 잇그러 동금(同衾)ᄒᆞ야 ᄋᆡ셕(愛惜)ᄒᆞᄂᆞᆫ 은ᄋᆡ(恩愛) 미칠 ᄃᆞᆺᄒᆞ여 ᄒᆞ니 노 시(氏) 일즉 홍문으로 혹(或) 동쳐(同處)ᄒᆞᆯ 젹 이시나 엇지 이런 은ᄋᆡ(恩愛)ᄅᆞᆯ 보와시리오. 흔흔양양(欣欣揚揚)[363]ᄒᆞ야 ᄉᆡᆼ(生)의 졍

361) 졀졔(切除): 절제. 잘라 버림.
362) 졀졔(折制): 절제. 꺾여 제어당함.
363) 흔흔양양(欣欣揚揚): 기뻐 날뜀.

(情)을 낫고며 뜻을 맛치니 싱(生)의 음졍(淫情)[364]이 측냥(測量)업슨 지라 혜션의 은덕(恩德)을 죽기로 갑흘 뜻이 잇더라.

싱(生)이 이튼날 문안(問安)ᄒᆞ고 도라와 의구(依舊)히 듀야(晝夜)노 시(氏)를 ᄭᅴ고 잇고 셔당(書堂)의 가지 아니ᄒᆞ니, ᄎᆞ시(此時) 샹셔(尙書)는 니부(吏部) 입직(入直)[365]ᄒᆞ고 태뷔(太傅ㅣ) 홀노 잇더니 한님(翰林)을 블너 ᄀᆞᆯ오ᄃᆡ,

"대인(大人)이 널노ᄡᅧ 우형(愚兄) 등(等)과 ᄒᆞᆫ가지로 셔당(書堂)의 이시라 ᄒᆞ시더니 존명(尊命)이 다시 ᄂᆞ리지 아닌 젼(前)은 네 거취(去就)를

•••

64면

ᄌᆞ임(自任)ᄒᆞ미 가(可)ᄒᆞ냐?"

한님(翰林)이 믄득 작식(作色) ᄃᆡ왈(對曰),

"형당[366](兄丈)은 하 야야(爺爺)를 우리지[367] 마ᄅᆞ쇼셔. 부친(父親)이나 형당(兄丈)이나 본뜻(本-)으로는 쇼뎨(小弟) 죽으라 ᄒᆞ셔도 감슈(甘受)ᄒᆞ려니와 화 시(氏)의 ᄎᆞᆷ쇼(讒訴)로 쇼뎨(小弟)를 곤(困)킈 ᄒᆞ시믄 죽어도 항복(降服)지 아닛ᄂᆞ이다."

태뷔(太傅ㅣ) 쳥파(聽罷)의 ᄎᆞᆷ쇼(讒訴)를 드른 줄 알고 어히업셔 닐오ᄃᆡ,

"뉘셔 화 시(氏) 야야(爺爺)긔 ᄎᆞᆷ쇼(讒訴)ᄒᆞ더라 ᄒᆞ더뇨?"

---

364) 음졍(淫情): 음정. 음란한 정.

365) 입직(入直): 관아에 들어가 차례로 숙직함.

366) 당: [교] 원문에는 '당'으로 되어 있으나 오기로 보이므로 규장각본(15:51)과 연세대본(15:64)을 따름.

367) 우리지: 그럴듯한 말로 속여 넘기지.

한님(翰林) 왈(曰),

"쇼뎨(小弟) 친(親)히 드러시니 그 흑빅(黑白)을 아라 므엇 ᄒᆞ리잇고?"

셜파(說罷)의 앙연(怏然)[368]이 니러 드러가거ᄂᆞᆯ,

태뷔(太傅ㅣ) 어히업셔 즉시(卽時) 오운뎐(--殿)의 드러가 부친(父親)긔 고(告)ᄒᆞᄃᆡ,

"뎌적 엄명(嚴命)을 밧ᄌᆞ와 삼뎨(三弟)ᄅᆞᆯ ᄀᆡ유(開諭)ᄒᆞ야 ᄒᆞᆫ곳의 잇더니 수일(數日)브터 ᄂᆡ당(內堂)의 들고 나지 아니ᄒᆞ니 블너 므

•••

65면

ᄅᆞᆫ즉 ᄃᆡ답(對答)이 여ᄎᆞ(如此)ᄒᆞ니 당당(堂堂)이 다ᄉᆞ리미 올ᄉᆞ오ᄃᆡ 그 거지(擧止) 여ᄎᆞ(如此)ᄒᆞ야 ᄒᆡᄋᆞ(孩兒)ᄅᆞᆯ 홍모(鴻毛)[369]가치 넉이니 젼일(前日) ᄇᆞᆰ이 명(命)ᄒᆞ시믈 져ᄇᆞ려ᄉᆞᆸᄂᆞᆫ지라 삼가 고(告)ᄒᆞᄂᆞ이다."

왕(王)이 흔연(欣然) 왈(曰),

"ᄇᆡ문의 무샹(無狀)ᄒᆞ미 아비ᄅᆞᆯ 모ᄅᆞ거ᄂᆞᆯ ᄒᆞ믈며 여등(汝等)가? 그 핀악(悖惡)ᄒᆞ미 이러ᄐᆞ시 ᄒᆞ니 엇지 용샤(容赦)ᄒᆞ리오?"

드ᄃᆡ여 시노(侍奴)ᄅᆞᆯ 명(命)ᄒᆞ야 한님(翰林)을 블너오라 ᄒᆞ니 한님(翰林)이 급(急)히 니ᄅᆞ러 승명(承命)[370]ᄒᆞᄆᆡ 왕(王)이 좌우(左右)ᄅᆞᆯ ᄭᅮ지져 잡아 ᄂᆞ리오라 ᄒᆞ고 합문(閤門)[371]을 닷고 태부(太傅)ᄅᆞᆯ 명(命)ᄒᆞ야 치라 ᄒᆞ니 태뷔(太傅ㅣ) 슈명(受命)ᄒᆞ야 난간(欄干) ᄀᆞ의 안

---

368) 앙연(怏然): 원망하는 모양.
369) 홍모(鴻毛): 기러기털이라는 뜻으로 매우 가벼움을 이름.
370) 승명(承命): 명령을 받듦.
371) 합문(閤門): 편전의 앞문.

자 고찰(考察)ᄒᆞ야 치며 슈죄(數罪)ᄒᆞ야 ᄀᆞᆯ오ᄃᆡ,

"네 몸이 션ᄇᆡ 되여 ᄒᆡᆼ실(行實)의 무샹(無狀)ᄒᆞ믄 내 슈고로이 니

•••

66면

ᄅᆞ지 아니ᄒᆞ거니와 내 비록 미셰(微細)ᄒᆞ나 너의게 댱형(長兄)이오 ᄒᆞ믈며 엄명(嚴命)을 밧ᄌᆞ와 경계(警戒)ᄒᆞ거ᄂᆞᆯ 만홀(漫忽)[372]ᄒᆞ미 극(極)ᄒᆞ고 형(兄)의 경계(警戒)ᄅᆞᆯ 홍모(鴻毛)ᄀᆞᆺ치 너기니 그 죄(罪) 경(輕)치 아닌지라 ᄒᆞᆫ갓 ᄉᆞ졍(私情)으로 다ᄉᆞ리지 아니ᄒᆞ리오?"

셜파(說罷)의 삼십여(三十餘) 댱(杖)을 쳐 ᄭᅳ어 내치매 미우(眉宇)의 ᄀᆞ득ᄒᆞᆫ 노긔(怒氣) ᄎᆞᆫ 긔운이 상풍(霜風)이 눈을 ᄂᆞᆯ니며 츄샹(秋霜)이 월하(月下)의 번득이ᄂᆞᆫ 듯ᄒᆞ야 쥰엄(峻嚴)ᄒᆞᆫ 긔운이 일실(一室)을 움ᄌᆞᆨ이니 왕(王)이 크게 아ᄅᆞᆷ다이 너겨 희ᄉᆡᆨ(喜色)이 ᄂᆞ치 ᄀᆞ득ᄒᆞ더니, 다시 보니 긔운이 ᄂᆞᄌᆞᆨᄒᆞ고 화긔(和氣) ᄀᆞ득ᄒᆞ야 안셔(安舒)히 알ᄑᆡ 나아와 복명(復命)[373]ᄒᆞᄂᆞᆫ지라. 두굿거오미 만심(滿心)의 ᄀᆞ득ᄒᆞ야 고개 조을 분이러라.

이ᄯᅢ 한님(翰林)이 댱ᄎᆡᆨ(杖責)을

•••

67면

닙고 믈너나 뉘웃ᄎᆞ믄 븍두(北斗) ᄀᆞᆺ고 화 시(氏) ᄆᆡ오미 크게 발(發)ᄒᆞ야 겨유 다리ᄅᆞᆯ ᄭᅳ을고 침각(-閣)의 드러가니 노 시(氏) ᄉᆡᆼ(生)의

372) 만홀(漫忽): 한만하고 소홀함.
373) 복명(復命): 명령을 받고 일을 처리한 사람이 그 결과를 보고함.

경상(景狀)을 보고 크게 놀나 밧비 나아가 손을 쥐므ᄅᆞ며 눈믈이 돌돌ᄒᆞ야 ᄀᆞᆯ오ᄃᆡ,

"낭군(郎君)은 이 엇진 경상(景狀)이니잇고? 이 반ᄃᆞ시 쳡(妾)의 연괴(緣故ㅣ)로다."

ᄉᆡᆼ(生)이 더옥 노(怒)ᄒᆞ야 눈을 부ᄅᆞᄯᅳ고 ᄀᆞᆯ오ᄃᆡ,

"내 당당(堂堂)이 요녀(妖女)를 만(萬) 조각의 내여 오ᄂᆞᆯ ᄒᆞᆫ(恨)을 플니라. 화가(-家) 요녜(妖女ㅣ) 쳔만(千萬) 가지로 야야(爺爺)긔 ᄎᆞᆷ쇼(讒訴)ᄒᆞ야 날노ᄡᅧ 이 몸이 되게 ᄒᆞ니 져를 고이 아니 두리라."

셜파(說罷)의 상(牀)의 느러지며 혼졀(昏絕)ᄒᆞ니 노 시(氏) 눈믈이 챵히슈(蒼海水) 가ᄐᆞ야 친(親)히 약(藥)을 가ᄅᆞ 입의 흘니니 반향(半晌) 후(後) 겨유 인ᄉᆞ(人事)를 출혀 분연(憤然)이 벽(壁)을

•••

68면

치고 졀치(切齒)ᄒᆞ거ᄂᆞᆯ 노 시(氏) 심하(心下)의 암희(暗喜)ᄒᆞ믈 이긔지 못ᄒᆞ야 거ᄌᆞᆺ 울고 간(諫)ᄒᆞ야 ᄀᆞᆯ오ᄃᆡ,

"화 부인(夫人)은 극(極)히 현쳘(賢哲)ᄒᆞ니 엇지 대인(大人)긔 ᄎᆞᆷ쇼(讒訴)ᄒᆞ야 군(君)을 죄(罪)를 어더 주시리오? 모ᄅᆞ미 고이(怪異)ᄒᆞᆫ 의ᄉᆞ(意思)를 내지 마ᄅᆞ시고 셩톄(盛體)를 안보(安保)ᄒᆞ쇼셔."

ᄉᆡᆼ(生)이 탄식(歎息) 왈(曰),

"그ᄃᆡ를 ᄉᆡᆼ(生)의 지심(知心) 부뷔(夫婦ㅣ)라 ᄒᆞ엿더니 엇지 ᄉᆡᆼ(生)의 ᄯᅳᆺ 모ᄅᆞ미 여ᄎᆞ(如此)ᄒᆞ뇨? 화 시(氏) 원ᄂᆡ(元來) ᄯᅳᆺ이 블냥(不良)ᄒᆞ고 언ᄉᆡ(言辭ㅣ) 쵸독(楚毒)[374]ᄒᆞ야 슉녀(淑女) 가인(佳人)이 아니

374) 쵸독(楚毒): 초독. 세차고 독함.

므로 내 쳐엄브터 믹믹[375]ᄒᆞ야 부부(夫婦)의 정(情)을 닛지 아냣더니 텬힝(天幸)으로 그듸를 만나니 이 곳 ᄉᆡᆼ(生)의 원(願)ᄒᆞ던 뇨됴가인(窈窕佳人)[376]이라. 쳔신만고(千辛萬苦)ᄒᆞ야 녜(禮)로 취(娶)ᄒᆞ여 무흠(無欠)이 즐길가 ᄒᆞ더니 부뫼(父母ㅣ) 고집(固執)히 뎌 화녀(-女)를 편이(偏愛)ᄒᆞ

•••

69면

시고 우리 부부(夫婦)를 믜워ᄒᆞ시다가 근간(近間)은 화녀(-女)의 참쇼(讒訴)를 드ᄅᆞ시고 날을 이리 즁(重)히 치시니 엇지 통히(痛駭)치 아니리오? 출히 내 죽을지언뎡 삼(三) 쳑(尺) 놀을 다ᄃᆞ마 져를 시험(試驗)코져 ᄒᆞ노라."

노 시(氏) 짐줏 놀나 ᄀᆞᆯ오ᄃᆡ,

"샹공(相公)이 망녕(妄靈)되다. 당당(堂堂)ᄒᆞᆫ 남ᄌᆡ(男子ㅣ) 엇지 쳐ᄌᆞ(妻子)를 죽이리오? 연(然)이나 화 시(氏) 참소(讒訴)ᄒᆞᆫ 줄 샹공(相公)이 엇지 아나뇨?"

ᄉᆡᆼ(生) 왈(曰),

"내 ᄌᆞ연(自然) 드러시미라."

노 시(氏) 거줏 모ᄅᆞᄂᆞᆫ 톄ᄒᆞ고 힐문(詰問)[377]ᄒᆞᄃᆡ ᄉᆡᆼ(生)이 즐겨 니ᄅᆞ지 아니ᄒᆞ더라.

모든 형뎨(兄弟) ᄉᆡᆼ(生)을 크게 무상(無狀)이 너겨 혹(或) ᄀᆡ과(改過)ᄒᆞ기를 ᄇᆞ라ᄂᆞᆫ지라 드리미러 보지 아니ᄒᆞ니,

---

375) 믹믹: 기운이 막혀 감감함.
376) 뇨됴가인(窈窕佳人): 요조가인. 얌전하고 착한 아름다운 사람.
377) 힐문(詰問): 트집을 잡아 따져 물음.

노 시(氏) 경셩(精誠)을 갈진(竭盡)[378]ᄒᆞ야 극진(極盡)이 구완ᄒᆞ니 십여(十餘) 일(日) 후(後) 향차(向差)[379]ᄒᆞ나 핑계를 과연(果然)

•••

70면

어덧ᄂᆞᆫ 고(故)로 의ᄃᆡ(衣帶)를 프러 ᄇᆞ리고 침금(寢衾)의 휘감겨 ᄇᆡᆨ듀(白晝)를 혜지 아니ᄒᆞ고 노 시(氏)로 음난(淫亂)ᄒᆞ니,

홍연이 노 시(氏) 심복(心腹)이라, ᄃᆡ를 보고 그윽이 블워ᄒᆞᄂᆞᆫ 뜻이 이시니 노 시(氏) 큰일을 도모(圖謀)ᄒᆞ랴 ᄒᆞ며 타일(他日) 득시(得時)ᄒᆞ면 홍연 일(一) 인(人)은 족(足)히 셕은 플 ᄀᆞᄐᆞᆫ지라 아직 영오(穎悟) 소통(疏通)ᄒᆞ야 모든 눈을 잘 ᄉᆞᆯ피니 그 뜻을 ᄉᆞᆺ치고 깃기고져 ᄒᆞ야 ᄉᆡᆼ(生)을 권(勸)ᄒᆞ야 홍연을 도라보라 ᄒᆞ니, ᄉᆡᆼ(生)이 노 시(氏) 어질믈 대열(大悅)ᄒᆞ야 홍연을 갓가이ᄒᆞ야 노 시(氏)로 즐긴 여가(餘暇)의 홍연을 겻히 두어 듕졍(重情)이 극(極)ᄒᆞ니 부부(夫婦) 삼(三) 인(人)의 더러오미 측냥(測量)ᄒᆞ리오마ᄂᆞᆫ 뉘 알니오. 샹셔(尙書)와 태부(太傅) 등(等)이 ᄂᆞᆯ마다 사ᄅᆞᆷ ᄇᆞ려 무ᄅᆞᆫ즉 ᄆᆞ

•••

71면

양 나날 더ᄒᆞ롸 ᄒᆞᄂᆞᆫ지라.

일삭(一朔)이 되매 샹셔(尙書)와 태뷔(太傅ㅣ) 근심ᄒᆞ야 친(親)히 니ᄅᆞ러 문병(問病)ᄒᆞᆯ식 태뷔(太傅ㅣ) 젼일(前日) 노 시(氏)로 음난(淫

---

378) 갈진(竭盡): 다함.
379) 향차(向差): 병이 나음.

亂)ᄒᆞ믈 드럿ᄂᆞᆫ 고(故)로 혹(或) 그런 거조(擧措)ᄅᆞᆯ 볼가 ᄒᆞ야 미리 통(通)ᄒᆞ고 날호여 드러가ᄆᆡ 샹셔(尙書) 등(等)이 젼일(前日)도 문병(問病)ᄒᆞᆯ 거시로ᄃᆡ 노 시(氏)ᄅᆞᆯ 보기 블평(不平)ᄒᆞ야ᄒᆞ던 고(故)로 이날 더옥 미온(未穩)[380]ᄒᆞ야 각각(各各) 눈셥을 싱긔고 댱(帳)을 들혀 노 시(氏) 졍금슈용(整襟收容)[381]ᄒᆞ야 ᄂᆞ리 맛거ᄂᆞᆯ 냥인(兩人)이 ᄑᆞᆯ흘 밀고 한님(翰林)을 보니 얼골이 ᄉᆡᆨᄉᆡᆨᄒᆞ야 조곰도 병ᄉᆡᆨ(病色)이 업ᄂᆞᆫᄃᆡ 구름 ᄀᆞᄐᆞᆫ 머리털이 벼개 우희 드리워 ᄎᆡ금(彩衾)을 몸의 감아 버더져시니 팔(八) 쳑(尺) 댱신(長身)이 능증(崚嶒)[382]ᄒᆞ고 실로(實-) ᄆᆡᆸ기 ᄀᆞ이업셔 녀ᄌᆞ(女子)로 음난(淫亂)ᄒᆞ던 형

•••

72면

상(形像)이 은은(隱隱)ᄒᆞ니 그 거동(擧動)이 츄잡(醜雜)ᄒᆞ고 더러온지라. 이(二) 인(人)이 이윽이 찰ᄉᆡᆨ(察色)[383]ᄒᆞ야 새로이 통ᄒᆡ(痛駭)ᄒᆞ고 부모(父母)의 ᄇᆞᆰ은 교훈(教訓)이 ᄇᆡᆨ문의게 이리 되믈 골돌(鶻突)[384]ᄒᆞ야 믁연(默然) 냥구(良久) 후(後) 샹셰(尙書ㅣ) 왈(曰),

“현뎨(賢弟) 병(病)이 즁(重)ᄒᆞ다 ᄒᆞ더니 보ᄆᆡᄂᆞᆫ 엇지 안ᄉᆡᆨ(顔色)이 평셕(平昔) ᄀᆞᄐᆞ뇨?”

한님(翰林)이 눈이 멀거ᄒᆞ니[385] 잣바져 길게 견집(堅執)ᄒᆞ야 ᄀᆞᆯ오ᄃᆡ,

---

380) 미온(未穩): 평온하지 않음.
381) 정금슈용(整襟收容): 정금수용. 옷깃을 여미어 모양을 바로잡고 용모를 가다듬음.
382) 능증(崚嶒): 몸이 다 드러남.
383) 찰ᄉᆡᆨ(察色): 찰색. 얼굴빛을 살펴봄.
384) 골돌(鶻突): 의혹이 풀리지 않음.
385) 멀거ᄒᆞ니: 눈이 생기가 없이 게슴츠레하게.

“날 ᄀᆞᄐᆞ니ᄂᆞᆫ 부모(父母) 동ᄉᆡᆼ(同生)이 업ᄉᆞ니 죽어도 무ᄅᆞ리 업도다.”

샹셰(尚書ㅣ) 크게 ᄎᆡᆨ왈(責曰),

“이 므슴 말이뇨? 네 죄(罪) 즁(重)ᄒᆞ야 야야(爺爺)긔 죄(罪)를 닙으나 인ᄌᆞ(人子)의 되(道ㅣ) 당하(堂下)의 ᄃᆡ령(待令)ᄒᆞ야 그 뜻 프ᄅᆞ시믈 요구(要求)ᄒᆞᆯ 거시어ᄂᆞᆯ 대단치 아닌 샹쳐(傷處)를 즁(重)ᄒᆞ롸 ᄒᆞ고 일삭(一朔)을 이곳의 드러 모든 동ᄉᆡᆼ(同生)을 속이니 텬눈지졍(天倫之情)의 측은(惻隱)ᄒᆞ믈

•••

73면

이긔지 못ᄒᆞ야 이의 와 보미 무양(無恙)ᄒᆞ미 반셕(盤石) ᄀᆞᄐᆞ니 스ᄉᆞ로 슈괴(羞愧)ᄒᆞ미 올커ᄂᆞᆯ 도로혀 무례지언(無禮之言)으로 견집(堅執)ᄒᆞ믄 엇지오?”

한님(翰林)이 변ᄉᆡᆨ(變色) 왈(曰),

“야애(爺爺ㅣ) 본심(本心)으로 쇼뎨(小弟)를 죄(罪) 주시면 쇼뎨(小弟) 엇지 원(怨)ᄒᆞ리오마ᄂᆞᆫ 화가(-哥) 요녀(妖女)의 ᄎᆞᆷ쇼(讒訴)를 드ᄅᆞ시고 쇼뎨(小弟)를 조ᄅᆞ시며 ᄎᆞ형(次兄)이 쇼뎨(小弟)를 별(別)노 믜워ᄒᆞ샤 야야(爺爺)긔 하리[386]ᄒᆞ시며 쇼뎨(小弟)를 무궁(無窮)이 두ᄃᆞ려 죽이고져 ᄒᆞ시니 쇼뎨(小弟) 작죄(作罪)ᄒᆞᆫ 배 업건마ᄂᆞᆫ ᄎᆞ형(次兄)의 ᄆᆞᄋᆞᆷ이 실노(實-) 고이(怪異)ᄒᆞ신지라. 아모리면 오죽ᄒᆞ리잇고? ᄌᆞ결(自決)코져 ᄒᆞᄃᆡ 어진 안해 졍(情)으로 구완ᄒᆞ믈 닙어 겨요 나아시나 부모(父母) 동ᄉᆡᆼ(同生)을 구슈(仇讎)로 혜니 보고져 시브지 아

---

386) 하리: 참소. 허는 말.

닌지라. 내 엇지 슈고로이 니러 나가리잇고?"

언[387]미필(言未畢)

•••

74면

의 태뷔(太傅ㅣ) 블연(勃然)[388] 작식(作色)ᄒᆞ고 ᄉᆞ매를 ᄲᅥᆯ치고 니러 셔며 왈(曰),

"ᄇᆡᆨ뎨(-弟) 외입(外入)ᄒᆞ미 도쳑(盜跖)[389]도곤 심(甚)ᄒᆞ니 져ᄃᆞ려 말ᄒᆞ미 욕(辱)된지라 형당(兄丈)은 브졀업시 슌셜(脣舌)을 마ᄅᆞ쇼셔."

드ᄃᆡ여 나가니 ᄉᆡᆼ(生)이 잠간(暫間) 븟그려 강잉(强仍)ᄒᆞ여 니러 소셰(梳洗)를 ᄒᆞ고 의관(衣冠)을 뎡(正)히 ᄒᆞ야 오운뎐(--殿)의 나아가니 왕(王)이 작식(作色)ᄒᆞ고 좌우(左右)로 미러 내치니 ᄉᆡᆼ(生)이 무류(無聊)ᄒᆞ야 슉현당(--堂)의 가 모친(母親)을 보오ᄆᆡ 휘(后ㅣ) 긔운이 동텬(冬天) 한월(寒月) ᄀᆞᄐᆞ야 눈을 드러 보지 아니ᄒᆞ니 ᄉᆡᆼ(生)이 이윽이 시측(侍側)ᄒᆞ야다가,

ᄎᆡ당(-堂)의 니ᄅᆞ러 노 시(氏)로 연낙(連樂)ᄒᆞᄂᆞᆫ지라 제(諸) 형뎨(兄弟) 그 외입(外入)ᄒᆞ미 가(可)히 인녁(人力)으로 두로혀지 못ᄒᆞᆯ 줄 아라 다시 입을 여지 아니ᄒᆞ고 그 ᄒᆞᄂᆞᆫ 양(樣)만

---

387) 언: [교] 원문과 규장각본(15:59), 연세대본(15:73)에 모두 이 글자가 없으나 문맥을 고려해 첨가함.

388) 블연(勃然): 발연. 왈칵 성을 내는 태도나 일어나는 모양이 세차고 갑작스러움.

389) 도쳑(盜跖): 도척. 중국 춘추시대의 큰 도적(?-?). 현인 유하혜(柳下惠)의 아우로, 수천 명을 거느리고 천하를 횡행하였다고 함.

…

75면

볼 분이러니,

노 시(氏), 싱(生)의 춍(寵)이 흠(欠)홀 거시 업ᄉ나 화 시(氏) 원위(元位)의 이셔 즁궤(中饋)[390]를 임(任)ᄒ며 붉은 구괴(舅姑ㅣ) 두호(斗護)[391]ᄒ야 형셰(形勢) 둣거오미 ᄌ개(自家ㅣ) ᄇ라지 못홀 거시오, 모든 형뎨(兄弟) ᄆ양 화 시(氏)를 편(便)드러 싱(生)을 칙(責)ᄒ니 분뇌(憤怒ㅣ) 교집(交集)ᄒ야 슈셔(手書)로 혜션을 쳥(請)ᄒ니,

혜션이 복식(服色)을 곳치고 니부(李府)의 니ᄅ니 노 시(氏) 협실(夾室)의 쳥(請)ᄒ야 샤례(謝禮) 왈(曰),

"ᄉ부(師父)의 덕(德)으로 오늘날 영홰(榮華ㅣ) 이시니 쳡(妾)이 만ᄉ(萬死)ᄒ나 다 갑지 못ᄒ려니와 그러나 화 시(氏) 원위(元位)의 이셔 쳡(妾)이 긔운을 쎨칠 날이 업술가 시븐지라. 원(願)ᄒᄂ니 ᄉ부(師父)ᄂ 구원지계(久遠之計)[392]로 져를 젼제(剪除)[393]ᄒ면 엇지 깃브지 아니ᄒ리오?"

혜션 왈(曰),

"사름이 쳐음이 잇

…

76면

고 나죵이 이실지라. 빈되(貧道ㅣ) 젹은 계규(稽揆)로 니흥문과 화

---

390) 즁궤(中饋): 중궤. 부녀자가 음식을 주방에서 만드는 일, 즉 부녀자의 살림살이를 말함.
391) 두호(斗護): 두둔하여 보호함.
392) 구원지계(久遠之計): 깊은 계책.
393) 젼제(剪除): 전제. 잘라 없애 버림.

시(氏)를 졀졔(切除)ᄒᆞ리니 근심치 마ᄅᆞ쇼셔.”

노 시(氏) 대희(大喜)ᄒᆞ야 무수(無數) 샤례(謝禮)ᄒᆞ더라.

혜션이 복ᄉᆡᆨ(服色)을 시비(侍婢) 등(等)과 ᄀᆞ치 ᄒᆞ고 협실(夾室)의 이시니 뉘 분변(分辨)ᄒᆞ리오. 뎌 쥬ᄉᆡᆨ(酒色)의 ᄇᆡᆨ문이 엇지 아라보리오. 노 시(氏), 듀야(晝夜) 혜션으로 더브러 의논(議論)ᄒᆞ야 화 시(氏) 해(害)ᄒᆞ기를 ᄭᅬᄒᆞ더니,

혜션이 일계(一計)를 ᄉᆡᆼ각고 진언(眞言)을 념(念)ᄒᆞ며 몸을 흔드러 ᄒᆞᆫ 낫 져비 되여 운셩각(--閣)의 니ᄅᆞ러 화 시(氏) 필젹(筆跡)을 어더 도라와 노 시(氏)를 주며 이리이리 ᄒᆞ라 ᄒᆞ니 노 시(氏) 대희(大喜)ᄒᆞ야,

일일(一日)은 한님(翰林)을 ᄃᆡ(對)ᄒᆞ야 ᄀᆞᆯ오ᄃᆡ,

“내 일즉 드ᄅᆞ니 녜부(禮部) 슉슉(叔叔)의 필톄(筆體) 문듕(門中)의 웃듬이라 ᄒᆞ

•••

77면

니 가(可)히 ᄒᆞᆫ번(-番) 어더 보리잇가?”

한님(翰林) 왈(曰),

“긔 무어시 어려오리오?”

즉시(卽時) 셔당(書堂)의 가 녜부(禮部)의 셔쳡(書帖) ᄒᆞ나흘 갓다가 노 시(氏)를 주니 노 시(氏) 대희(大喜)ᄒᆞ야 두 사ᄅᆞᆷ의 글시를 공교(工巧)히 모써 두 댱(張) 음비(淫卑)ᄒᆞᆫ 셔간(書簡)을 일워 계규(稽揆)를 ᄒᆡᆼ(行)ᄒᆞ고 한님(翰林)을 ᄃᆡ(對)ᄒᆞ야 쳐연(悽然)ᄒᆞᆫ 빗ᄎᆞ로 닐오ᄃᆡ,

“쳡(妾)이 젼일(前日) 화 쇼져(小姐)의 은혜(恩惠) 닙으미 주못 두텁거늘 이제 샹공(相公)이 져를 박디(薄待)ᄒᆞ니 쳡(妾)의 ᄆᆞ음이 블안(不安)ᄒᆞᆫ지라 샹공(相公)은 원(願)컨디 금일(今日)노브터 쳐쇼(處所)를 난화 졔가(齊家)[394]를 공평(公平)이 ᄒᆞ면 힝심(幸甚)홀가 ᄒᆞᄂᆞ이다.”

ᄉᆡᆼ(生)이 쳥파(聽罷)의 어진 줄을 긔특(奇特)이 넉여 닐오디,

“내 ᄯᅩ 화 시(氏) 졍ᄉᆡ(情事ㅣ) 비원(悲怨)ᄒᆞᆫ 줄 알오디 피ᄎᆞ(彼此) 운익(運厄)

•••

78면

이 가리여 ᄆᆞ음이 도로혀지 아니ᄒᆞ니 스ᄉᆞ로 곳치지 못ᄒᆞ더니 부인(夫人)의 ᄀᆞᄅᆞ치미 여ᄎᆞ(如此)ᄒᆞ니 엇지 좃지 아니ᄒᆞ리오?”

노 시(氏) 직삼(再三) 개유(開諭)ᄒᆞ더니,

일이 공교(工巧)ᄒᆞ고 화 시(氏) 운익(運厄)이 참혹(慘酷)ᄒᆞ야 마촘 화 시랑(侍郎)이 탑젼(榻前)의셔 실언(失言)ᄒᆞ야 셩노(聖怒)[395]를 만나 파쳔(播遷)[396]ᄒᆞ야 항쥐(杭州) ᄌᆞᄉᆞ(刺史)를 ᄒᆞ야 가권(家眷)[397]을 거ᄂᆞ려 발힝(發行)ᄒᆞ니,

화 시(氏) 경황(驚惶)[398]ᄒᆞ야 급(急)히 구고(舅姑)긔 고(告)ᄒᆞ고 본부(本府)의 니ᄅᆞ러 부모(父母)를 보니 쇼졔(小姐ㅣ) 어린 나히 ᄎᆞ마 ᄯᅥᄂᆞ지 못ᄒᆞ야 왕(王)이 니ᄅᆞᄂᆞᆫ ᄯᅢ를 인(因)ᄒᆞ야 조ᄎᆞ 가믈 이걸(哀

394) 졔가(齊家): 제가. 집안을 가지런히 함.
395) 셩노(聖怒): 성노. 임금의 분노.
396) 파쳔(播遷): 파천. 자리를 옮겨 감.
397) 가권(家眷): 가장에게 딸린 식구.
398) 경황(驚惶): 놀라고 당황함.

乞)흔딕 왕(王)이 참연(慘然)ᄒᆞ야 ᄀᆞᆯ오ᄃᆡ,

"ᄋᆞ부(阿婦)의 졍ᄉᆡ(情事ㅣ) 인졍(人情)의 면(免)치 못ᄒᆞᆯ ᄇᆡ나 내 일즉 ᄌᆞ뷔(子婦ㅣ) 여러히로ᄃᆡ 너 ᄉᆞ랑이 잠시(暫時) 니측(離側)ᄒᆞ믈 어려이 넉이ᄂᆞᆫ ᄇᆡ오, 항

•••

79면

쥐(杭州) 경ᄉᆞ(京師)의셔 수쳔여(數千餘) 리(里)라 엇지 ᄋᆞ녀ᄌᆞ(兒女子)를 보내리오?"

쇼졔(小姐ㅣ) 감히(敢-) 다시 쳥(請)치 못ᄒᆞ고 다만 옥뉘(玉淚ㅣ) 방방(滂滂)399)ᄒᆞᆯ 다ᄅᆞᆷ이러라. 화 공(公)이 탄식(歎息)ᄒᆞ야 ᄀᆞᆯ오ᄃᆡ,

"녀ᄋᆡ(女兒ㅣ) 용ᄌᆞ누질(庸資陋質)400)이 비록 보왐 즉지 아니나 쇼뎨(小弟) 늣거야 어더 ᄉᆞ랑이 ᄌᆞ못 과도(過度)ᄒᆞ야 일삭(一朔)의 두어 번(番)식 ᄃᆞᆫ녀오믈 면(免)치 못ᄒᆞ더니 의외(意外)예 남븍(南北)의 분슈(分手)ᄒᆞ니 쇼뎨(小弟) 비록 대댱뷔(大丈夫ㅣ)나 셜셜(屑屑)401)ᄒᆞ믈 ᄎᆞᆷ지 못ᄒᆞ리로다. 녀ᄌᆞ유ᄒᆡᆼ(女子有行)은 원부모형뎨(遠父母兄弟)402)라 녀ᄋᆡ(女兒ㅣ) 임의 존문(尊門)의 몸을 허(許)ᄒᆞᄆᆡ 젹은 ᄉᆞ졍(私情)으로 쳔(千) 니(里)의 ᄯᆞᆯ와가리오? 녕낭(令郎)을 보내야 그 빵유(雙遊)ᄒᆞ믈 ᄆᆞᄌᆞ막 보게 ᄒᆞ라."

왕(王)이 역시(亦是) 감챵(感愴)403)ᄒᆞ야 허락(許諾)ᄒᆞ고 도라와 낭

399) 방방(滂滂): 눈물을 줄줄 흘림.

400) 용ᄌᆞ누질(庸資陋質): 용자누질. 용렬하고 비루한 바탕.

401) 셜셜(屑屑): 설설. 자질구레하게 부스러지거나 보잘것없이 됨.

402) 녀ᄌᆞ유ᄒᆡᆼ(女子有行)은 원부모형뎨(遠父母兄弟): 여자유행은 원부모형제. 여자가 신행을 하면 부모와 형제에게서 멀어짐. 여자가 혼인을 하면 친정 부모와 형제에게서 멀어질 수밖에 없음을 이름. 『시경』, "패풍(邶風)"의 <천수(泉水)>에 나오는 표현.

403) 감챵(感愴): 감창. 느껴 슬퍼함.

문을 블너 빅문의게 뎐(傳)ᄒᆞ야

•••

80면

화부(-府)로 가라 ᄒᆞ니,

한님(翰林)이 감히(敢-) 거역(拒逆)지 못ᄒᆞ야 화가(-家)의 니ᄅᆞ니 화 공(公)과 부인(夫人)이 새로이 ᄉᆞ랑ᄒᆞ믈 이긔지 못ᄒᆞ야 동방(洞房)을 셔러져 한님(翰林)과 쇼져(小姐)ᄅᆞᆯ 드리고 부뷔(夫婦ㅣ) 챵외(窓外)의셔 그 거동(擧動)을 볼ᄉᆡ,

쇼졔(小姐ㅣ) 일즉 ᄉᆡᆼ(生)이 노 시(氏)로 더브러 음난(淫亂)ᄒᆞ던 거동(擧動)과 도금(到今)ᄒᆞ야 곡경(曲徑)[404]으로 취(娶)ᄒᆞ야 환음(歡淫)[405]ᄒᆞ믈 더러이 넉이ᄃᆡ 부모(父母)긔도 이런 말을 ᄉᆞᄉᆡᆨ(辭色)지 아니ᄒᆞ니 공(公)의 부쳐(夫妻)ᄂᆞᆫ 모ᄅᆞ나 쇼져(小姐)ᄂᆞᆫ 심니(心裏)의 흉(凶)히 넉이ᄂᆞᆫ 고(故)로 안ᄉᆡᆨ(顔色)이 ᄂᆡᆼ담(冷淡)ᄒᆞ야 손을 ᄭᅩᆺ고 안자시니 ᄎᆞᆫ 긔운이 ᄉᆞ벽(四壁)의 ᄡᅦ이ᄂᆞᆫ지라. 새로이 긔탄(忌憚)[406]ᄒᆞᄃᆡ 그 악공(岳公)의 지우(知遇)[407]ᄅᆞᆯ 져ᄇᆞ리지 못ᄒᆞ야 이의 흔연(欣然)ᄒᆞᆫ 안ᄉᆡᆨ(顔色)으로 닐오ᄃᆡ,

"악댱(岳丈)이 의외(意外)예 먼니 ᄒᆡᆼ(行)ᄒᆞ

81면

시니 ᄉᆡᆼ(生)의 ᄆᆞ음의도 결연(缺然)[408]ᄒᆞ믈 이긔지 못ᄒᆞ니 부인(夫

---

404) 곡경(曲徑): 개인의 이익을 위하여 취하는 바르지 못한 방법.
405) 환음(歡淫): 즐기며 음란하게 행동함.
406) 긔탄(忌憚): 기탄. 꺼림.
407) 지우(知遇): 남이 자신의 인격이나 재능을 알고 잘 대우함.

人)의 졍ᄉᆡ(情事ㅣ) 오죽ᄒᆞ리오?"

쇼졔(小姐ㅣ) 그 ᄉᆞ미ᄂᆞᆫ 말과 짓ᄂᆞᆫ ᄉᆞᄉᆡᆨ(辭色)을 더옥 통ᄒᆡ(痛駭)ᄒᆞ야 뎨슈(低首)[409] ᄇᆞ답(不答)ᄒᆞ니 ᄉᆡᆼ(生)이 짐즛 그 악댱(岳丈)을 깃기고져 ᄒᆞ야 나아가 취슈(翠袖)[410]를 잡아 옥슈(玉手)를 년(連)ᄒᆞ며 은근(慇懃) 견권(繾綣)[411]ᄒᆞᄂᆞᆫ ᄉᆞᄉᆡᆨ(辭色)으로 닐오ᄃᆡ,

"ᄉᆡᆼ(生)이 비록 외뫼(外貌ㅣ) 보왐 즉지 아니ᄒᆞ나 악댱(岳丈)이 ᄋᆞ시(兒時)로브터 ᄉᆞ랑ᄒᆞ샤 쇼져(小姐)의 ᄇᆡ우(配偶)를 삼으시니 그ᄃᆡ의게ᄂᆞᆫ ᄌᆞ못 즁(重)ᄒᆞ다 ᄒᆞᆯ 거시어ᄂᆞᆯ 엇지 ᄆᆡ양 쵸독(楚毒)[412]히 구ᄂᆞ뇨?"

쇼졔(小姐ㅣ) 쳥파(聽罷)의 변ᄉᆡᆨ(變色)ᄒᆞ고 ᄲᅮ리텨 믈너안ᄌᆞ니 ᄉᆡᆼ(生)이 흔연(欣然)이 웃고 잇그러 금니(衾裏)의 나아가며 블을 ᄭᅳ니 공(公)의 부뷔(夫婦ㅣ) 크게 두긋겨 도라가다.

ᄉᆡᆼ(生)이 ᄆᆞ음을 졍(情)다이 먹고 화

•••

82면

락(和樂)ᄒᆞ랴 ᄒᆞ나 화 시(氏) 본ᄃᆡ(本-) ᄉᆡᆼ(生)을 만나던 날브터 그 형샹(形狀)이 뮙고 통ᄒᆡ(痛駭)ᄒᆞ여 ᄆᆞ음을 진졍(鎭靜)ᄒᆞ다가도 ᄉᆡᆼ(生)곳 보면 구슈(仇讎)ᄀᆞ치 믜워ᄒᆞ고 놀나기를 싀호(豺虎)ᄀᆞ치 ᄒᆞ니 블셔 젼셰(前世) 업원(業冤)[413]이 즁(重)ᄒᆞ고 그 ᄯᅢ 다ᄃᆞᆺ지 아냐ᄂᆞᆫ 듯

408) 결연(缺然): 모자라서 서운하거나 불만족스러움.
409) 뎨슈(低首): 저수. 고개를 숙임.
410) 취슈(翠袖): 취수. 푸른 옷소매. 아름다운 여인을 가리킴. 두보(杜甫)의 시 〈가인(佳人)〉에 "추운 날 푸른 옷소매 얇은데, 해 지도록 긴 대나무에 기대 있네. 天寒翠袖薄, 日暮倚脩竹."라는 구절이 있는데 이는 님을 그리워하는 여인의 마음을 읊은 것임.
411) 견권(繾綣): 생각하는 정이 두터움.
412) 쵸독(楚毒): 초독. 매섭고 독함.

지 아닐ᄃᆡ ᄉᆡᆼ(生)이 더옥 가작(假作)[414]ᄒᆞ야 오ᄉᆞᆯ 닙은 ᄌᆡ 동침(同寢)ᄒᆞ니 쇼졔(小姐ㅣ) 분히(憤駭)ᄒᆞ야 ᄯᅥᆯ치고 먼리 단좌(端坐)ᄒᆞ니 ᄉᆡᆼ(生)이 분노(憤怒)ᄒᆞ야 입 속의셔 욕(辱)ᄒᆞᄃᆡ,

"너 쳔인(賤人)이 필연(必然) 다ᄅᆞᆫ ᄯᅳᆺ이 이셔 날을 이리 거졀(拒絶)ᄒᆞᄂᆞ니라."

ᄒᆞ나 쇼졔(小姐ㅣ) 쳥이블문(聽而不聞)ᄒᆞ더라.

명일(明日) 공(公)의 일ᄒᆡᆼ(一行)이 남(南)으로 ᄒᆡᆼ(行)ᄒᆞᆯᄉᆡ 댱ᄌᆞ(長子) 화 슈찬(修撰)은 ᄲᅥ러져 잇고 기여(其餘) 이(二) ᄌᆞ(子)로 더브러 길 나니 쇼졔(小姐ㅣ) 부모(父母)ᄅᆞᆯ 븟들고 호곡운졀(號哭殞絶)[415]ᄒᆞ니 긔운

•••

83면

이 막히ᄂᆞᆫ지라. 공(公)의 부뷔(夫婦ㅣ) 울고 ᄀᆞᆯ오ᄃᆡ,

"우리 블과(不過) 삼(三) 년(年)이면 도라올 거시어ᄂᆞᆯ 녀ᄋᆡ(女兒ㅣ) 엇지 이ᄃᆡ도록 과도(過度)히 ᄋᆡ샹(哀傷)ᄒᆞ야 가ᄂᆞᆫ ᄆᆞᄋᆞᆷ을 허트ᄅᆞᄂᆞ뇨?"

쇼졔(小姐ㅣ) ᄎᆞ언(此言)을 듯고 겨유 강잉(强仍)ᄒᆞ야 졀ᄒᆞ야 ᄇᆡ별(拜別)ᄒᆞ나 부녀(婦女) 모녀(母女)의 흐ᄅᆞᄂᆞᆫ 눈믈이 챵ᄒᆡ(滄海) ᄀᆞᆺ더라.

화 공(公)의 친붕(親朋) 고귀(故舊ㅣ) 십(十) 니(里)의 가 젼숑(餞送)ᄒᆞ니 니(李) 례부(禮部) 형뎨(兄弟), 태부(太傅) 등(等)이 일제(一齊)히 댱뎡(長亭)[416]의 분슈(分手)ᄒᆞ니 화 공(公)이 후은(厚恩)을 칭

413) 업원(業冤): 전생에서 지은 죄로 말미암아 이승에서 받는 괴로움.
414) 가작(假作): 거짓으로 꾸며서 행동함.
415) 호곡운졀(號哭殞絶): 호곡운절. 소리를 내어 슬피 울다가 기절함.

샤(稱謝)ᄒᆞ고 한님(翰林)을 향(向)ᄒᆞ야 녀ᄋᆞ(女兒)ᄅᆞᆯ ᄌᆡ삼(再三) 부탁(付託)ᄒᆞ고 니부(吏部) 등(等)을 ᄃᆡ(對)ᄒᆞ여 ᄀᆞᆯ오ᄃᆡ,

“운뵈 혹(或) 쇼년(少年)의 삼가지 못ᄒᆞ미 이셔도 명공(明公) 등(等)은 모ᄅᆞ미 두호(斗護)[417]ᄒᆞ야 쇼녀(小女)ᄅᆞᆯ 편(便)케 ᄒᆞ면 노뷔(老夫ㅣ) 타일(他日) 보은(報恩)ᄒᆞ미 이시리라.”

이(二) 인(人)이 칭

•••

84면

샤(稱謝) 왈(曰),

“우흐로 부뫼(父母ㅣ) 겨샤 ᄌᆞ녀(子女)ᄅᆞᆯ 무휼(撫恤)[418]ᄒᆞ시니 가슈(家嫂)[419]의 일신(一身)이 므슴 블평(不平)ᄒᆞᆫ 일이 이시리오?”

례부(禮部) 홍문이 웃고 시랑(侍郞)을 ᄃᆡ(對)ᄒᆞ야 ᄀᆞᆯ오ᄃᆡ,

“노대인(老大人)의 의심(疑心)ᄒᆞ시미 올흐니 운뵈 본ᄃᆡ(本-) 실셩지인(失性之人)이라 젼두(前頭)[420]의 변난(變亂)이 젹지 아니ᄒᆞ리니 대인(大人)은 방심(放心)치 마ᄅᆞ쇼셔.”

화 공(公)이 희언(戲言)으로 아라 역시(亦是) 웃고 왈(曰),

“젹은 일도 텬쉬(天數ㅣ)니 오ᄂᆞᆫ[421] ᄋᆡᆨ(厄)을 인녁(人力)으로 잘 면(免)ᄒᆞ리오? 명공(明公)은 더옥 일가(一家) 어룬이라 ᄆᆞᄎᆞᆷ내 ᄋᆞ녀

416) 댱뎡(長亭): 장정. 먼 길을 떠나는 사람을 전송하던 곳. 과거에 5리와 10리에 정자를 두어 행인들이 쉴 수 있게 했는데, 5리에 있는 것을 ‘단정(短亭)’이라 하고 10리에 있는 것을 ‘장정’이라 함.

417) 두호(斗護): 남을 두둔하여 보호함.

418) 무휼(撫恤): 어루만지며 사랑함.

419) 가슈(家嫂): 가수. 집안의 형수나 제수.

420) 젼두(前頭): 전두. 지금부터 다가오게 될 앞날.

421) ᄂᆞᆫ: [교] 원문에는 ‘ᄂᆞᆯ’로 되어 있으나 문맥을 고려해 규장각본(15:68)과 연세대본(15:84)을 따름.

(阿女)의 일싱(一生)을 편(便)킈 홀진딕 만싱(晩生)이 은혜(恩惠)를 갑흐리라."

녜뷔(禮部ㅣ) 쇼이브답(笑而不答)이러라.

이윽고 셔로 손을 난화 도라오다.

화 쇼제(小姐ㅣ) 부모(父母)를 니별(離別)ᄒᆞ고 심ᄉᆡ(心思ㅣ) 더옥 망극(罔極)ᄒᆞ야 간

•••

85면

댱(肝腸)이 버히는 ᄃᆞᆺᄒᆞ나 텬셩(天性)이 견강(堅剛)[422]ᄒᆞᆫ지라 슬프믈 ᄎᆞᆷ아 구가(舅家)로 도라오니 구괴(舅姑ㅣ) 더옥 어엿비 너겨 무휼(撫恤)ᄒᆞ믈 두터이 ᄒᆞ고 금댱제ᄉᆡ(錦帳娣姒ㅣ)[423] 우ᄋᆡ(友愛)를 극진(極盡)이 ᄒᆞ니 쇼제(小姐ㅣ) 두로 감은(感恩)ᄒᆞ야 잠간(暫間) 관심(寬心)[424]ᄒᆞ야 지내더니,

일일(一日)은 정당(正堂)의셔 혼졍(昏定)을 ᄆᆞᆺ고 도라오니 졍신(精神)이 썰니이고 신긔(神氣) 블평(不平)ᄒᆞ거ᄂᆞᆯ 업ᄃᆡ여 진졍(鎭靜)ᄒᆞ더니, 믄득 문(門) 여는 소ᄅᆡ 나며 한님(翰林)이 관(冠)을 기우리고 의ᄃᆡ(衣帶)를 프러 ᄇᆞ리고 취안(醉眼)이 몽농(朦朧)ᄒᆞ야 드러오거ᄂᆞᆯ 쇼제(小姐ㅣ) 놀나고 금즉ᄒᆞ미 외간(外間) 남ᄌᆡ(男子ㅣ) 드러옴 ᄀᆞᄐᆞ야 밧비 니러 졍금(整襟) 단좌(端坐)ᄒᆞ니 ᄉᆡᆼ(生)이 임의 노 시(氏)의 금셕(金石) ᄀᆞᄐᆞᆫ 다ᄅᆡ오믈 드러 뎌를 찬양(讚揚)ᄒᆞ믈 보왓고 도금(到今)ᄒᆞ야 옥용

422) 견강(堅剛): 굳셈.

423) 금댱제ᄉᆡ(錦帳娣姒ㅣ): 금장제사. 동서들.

424) 관심(寬心): 마음을 놓음.

•••

86면

화ᄐᆡ(玉容花態)[425] 쵹하(燭下)의 ᄇᆡ이니 풍뉴랑(風流郎)의 호ᄉᆡᆨ지심(好色之心)이 헐(歇)치 못ᄒᆞ야 나아가 옥슈(玉手)ᄅᆞᆯ 잡고 흔연(欣然)이 우으며 동낙(同樂)고져 ᄒᆞ니 쇼제(小姐ㅣ) 대경대로(大驚大怒)ᄒᆞ야 급(急)히 나슈(羅袖)ᄅᆞᆯ ᄯᅥᆯ치고 믈너안ᄌᆞ니 ᄉᆡᆼ(生)이 쇼왈(笑曰),

"쇼ᄉᆡᆼ(小生)이 운ᄋᆡᆨ(運厄)의 ᄀᆞ리여 그ᄃᆡᄅᆞᆯ 쇼(疏)히 ᄒᆞ나 그ᄃᆡ 녀ᄌᆡ(女子ㅣ) 되여 이러ᄐᆞᆺ ᄒᆞᆷᄒᆞᆫ(含恨)ᄒᆞ미 가(可)ᄒᆞ냐?"

셜파(說罷)의 원비(猿臂)ᄅᆞᆯ 느리혀 은근(慇懃)이 몸을 븟들고 핍곤(逼困)[426]ᄒᆞᄂᆞᆫ 거동(擧動)이 이 곳 탕ᄌᆡ(蕩子ㅣ) 챵녀(娼女) 질드리ᄂᆞᆫ 거동(擧動)이오, 죠곰도 군ᄌᆞ(君子)의 관관(關關)[427]ᄒᆞᆫ 화락(和樂)이 아니니 쇼제(小姐ㅣ) 통ᄒᆡ(痛駭)ᄒᆞ야 급(急)히 오ᄉᆞᆯ ᄯᅥᆯ치고 병외(屛外)로 나가니 ᄉᆡᆼ(生)이 대로(大怒)ᄒᆞ야 크게 ᄭᆞ지져 왈(曰),

"쳔(賤)ᄒᆞᆫ 녀ᄌᆡ(女子ㅣ) 반ᄃᆞ시 유정지인(有情之人)이 이셔 날을 구슈(仇讎)가치 넉이니 가(可)히 통ᄒᆡ(痛駭)ᄒᆞ도다."

•••

87면

말을 ᄆᆞᄎᆞ며 ᄉᆞ매ᄅᆞᆯ ᄯᅥᆯ치고 ᄎᆡᆨ각(-閣)의 니ᄅᆞ니 노 시(氏) 정(正)히 누엇다가 놀나 연고(緣故)ᄅᆞᆯ 믓거ᄂᆞᆯ ᄉᆡᆼ(生)이 만면(滿面) 노ᄉᆡᆨ(怒色)으로 ᄀᆞᆯ오ᄃᆡ,

---

425) 옥용화ᄐᆡ(玉容花態): 옥용화태. 옥 같은 얼굴과 꽃 같은 자태.

426) 핍곤(逼困): 가까이해 괴롭게 함.

427) 관관(關關): 물수리가 우는 소리. 부부 사이가 좋음을 이름. 『시경』, <관저(關雎)>에 나오는 어휘.

"그ᄃᆡ 아ᄅᆞᆷ다온 권(勸)을 인(因)ᄒᆞ야 져 발부(潑婦)[428]를 ᄎᆞᄌᆞ미 거죄(擧措ㅣ) 여ᄎᆞ여ᄎᆞ(如此如此)ᄒᆞ니 엇지 분(憤)치 아니ᄒᆞ리오?"

즉시(卽時) 의관(衣冠)을 그ᄅᆞ고 노 시(氏) 니블을 들혀고 드러누으며 새로온 은ᄋᆡ(恩愛) 교칠(膠漆) ᄀᆞᄐᆞ니 노 시(氏) 양양(揚揚)ᄒᆞ야 이의 웃고 ᄀᆡ유(開諭) 왈(曰),

"낭군(郎君)이 젼일(前日) 화 부인(夫人)을 ᄌᆞ못 져ᄇᆞ려시니 녀ᄌᆡ(女子ㅣ) 엇지 ᄒᆞᆫ(恨)치 아니ᄒᆞ리오? 모ᄅᆞ미 져를 ᄶᅩᆺ와 ᄎᆡᆨ(責)지 마ᄅᆞ시고 됴토록 화동(和同)[429]ᄒᆞ쇼셔."

ᄉᆡᆼ(生)이 노왈(怒曰),

"내 엇지 다시 그런 투부(妬婦)를 ᄎᆞᄌᆞ리오? 그ᄃᆡ로 더브러 화락(和樂)ᄒᆞ고 다시 ᄶᅥᄂᆞ지 아니ᄒᆞ리라."

노 시(氏) 온공(溫恭)[430]ᄒᆞᆫ 말노 ᄌᆡ삼(再三) 그러

•••

88면

치 아니믈 ᄀᆡ유(開諭)ᄒᆞ더라.

ᄉᆡᆼ(生)이 새로이 노 시(氏)를 침취(沈醉)ᄒᆞ야 ᄶᅥ날 줄을 모ᄅᆞ니 노 시(氏) 흔희(欣喜) ᄌᆞ득(自得)ᄒᆞᆫ 가온ᄃᆡ 계규(稽揆)를 수이 일오고져 ᄒᆞ여 ᄉᆡᆼ(生)을 만난즉 괴로이 권(勸)ᄒᆞ야 운각(-閣)의 가라 ᄒᆞ고 닐오ᄃᆡ,

"군(君)이 화 시(氏)를 박ᄃᆡ(薄待)ᄒᆞ믈 구괴(舅姑ㅣ) 미안(未安)ᄒᆞ샤 언어(言語)를 응답(應答)지 아니시니 당시(當時)의 군(君)이 므ᄉᆞᆷ

428) 발부(潑婦): 흉악하여 도리를 알지 못하는 여자.
429) 화동(和同): 두 사람 사이가 멀어졌다가 다시 뜻이 잘 맞게 됨.
430) 온공(溫恭): 온화하고 공손함.

사룸이 되엿ᄂᆞ뇨? 모ᄅᆞ미 ᄆᆞ음을 잡아 화 시(氏)를 후ᄃᆡ(厚待)[431] ᄒᆞ미 인ᄌᆞ(人子)의 되(道ㅣ)니라."

싱(生)이 그 말을 크게 어지리 넉여 슈일(數日) 후(後) 운각(-閣)의 니ᄅᆞ니 화 시(氏) 쵹하(燭下)의셔 죠용히 『녜긔(禮記)』를 술피다가 싱(生)을 보고 급(急)히 니러 먼니 단좌(端坐)ᄒᆞ니 싱(生)이 ᄯᅩᄒᆞᆫ 나아가 친(親)코져 ᄒᆞᄆᆡ 쇼져(小姐)의 닝엄(冷嚴)ᄒᆞ미 셜샹가빙(雪上加氷) ᄀᆞᄐᆞ야 ᄆᆞᄎᆞᆷ내 듯지 아니

•••

89면

ᄒᆞ니 싱(生)이 크게 노(怒)ᄒᆞ야 다시 권(勸)치 아니ᄒᆞ고 홀노 샹(牀)의 누어 자더니,

계명(雞鳴)의 ᄭᆡ드ᄅᆞ니 화 시(氏) 블셔 신셩(晨省)ᄒᆞ라 가고 방(房)이 븨엿거ᄂᆞᆯ 싱(生)이 ᄯᅩᄒᆞᆫ 니러나더니 홀연(忽然) 보니 샹(牀) 아ᄅᆡ 난ᄃᆡ업ᄉᆞᆫ 셔간(書簡) 두 댱(張)이 ᄯᅥ러뎟거ᄂᆞᆯ 거두워 술피니 것치 ᄡᅥ시ᄃᆡ, '녜부(禮部) 니홍문은 ᄌᆡᄇᆡ(再拜) 화 쇼져(小姐) ᄀᆡ탁(開坼)[432].' 이라 ᄒᆞ엿거ᄂᆞᆯ 싱(生)이 대경(大驚)ᄒᆞ야 밧비 오ᄉᆞᆯ 념의고 블빗치 나아가 ᄯᅥ혀 보니 ᄀᆞᆯ와스ᄃᆡ,

'모월(某月) 모일(某日)의 녜부(禮部) 홍문은 삼가 일(一) 쳑(尺) 졍셔(情書)로 화 쇼져(小姐) 옥난간(玉欄干)의 브치노라. 슬프다, 쇼져(小姐)의 텬싱특용(天生特容)[433]으로 향명(香名)이 먼니 구듕(九重)의 ᄉᆞᄆᆞᄎᆞ니 싱(生)이 그윽히 흠모(欽慕)

---

431) 후ᄃᆡ(厚待): 후대. 후하게 대접함.

432) ᄀᆡ탁(開坼): 개탁. 주로 편지글에서, 봉한 편지나 서류 따위를 뜯어봄.

433) 텬싱특용(天生特容): 천생특용. 타고난 기특한 용모.

...

90면

ᄒᆞ야 젼일(前日) 녕존(令尊)을 보고 구혼(求婚)ᄒᆞ니 녕존(令尊)이 ᄌᆡ취(再娶)믈 혐의(嫌疑)ᄒᆞ야 허(許)치 아니ᄒᆞ고 실셩지인(失性之人) ᄇᆡᆨ문의게 가(嫁)ᄒᆞ야 홍안박명(紅顔薄命)이 극(極)ᄒᆞ고 일홈이 비록 가(嫁)ᄒᆞ다 ᄒᆞ나 실(實)은 쳐녀(處女)로 그져 잇ᄂᆞᆫ지라 쇼ᄉᆡᆼ(小生)이 ᄆᆞᄋᆞᆷ의 참담(慘憺)ᄒᆞ미 극(極)ᄒᆞ야 됴셕(朝夕)의 옥안(玉顔)을 우러러 졍(情)을 먹음고 일ᄉᆡᆼ(一生)을 졔도(濟度)코져 ᄒᆞᄃᆡ 혐의(嫌疑)의 구ᄋᆡ(拘礙)ᄒᆞ고 쇼져(小姐)의 놉흔 ᄯᅳᆺ을 아지 못ᄒᆞ야 감히(敢-) 의ᄉᆞ(意思)치 못ᄒᆞ더니 운뵈 무샹(無狀)ᄒᆞ미 더옥 태심(太甚)ᄒᆞ야 무단(無端)이 ᄌᆡ취(再娶)ᄒᆞ야 쇼져(小姐)ᄅᆞᆯ 박ᄃᆡ(薄待) 태심(太甚)ᄒᆞ니 쇼ᄉᆡᆼ(小生)이 스ᄉᆞ로 강개(慷慨)ᄒᆞ믈 ᄎᆞᆷ지 못ᄒᆞ야 당돌(唐突)ᄒᆞ믈 닛고 두어 번(番) 글노ᄡᅧ ᄯᅳᆺ을 통(通)ᄒᆞᄆᆡ 응답(應答)ᄒᆞ미 극진(極盡)ᄒᆞ시니 다샤(多謝)ᄒᆞ노라. 쇼

...

91면

졔(小姐ㅣ) 녕당(令堂)의 나의 말ᄉᆞᆷ을 고(告)ᄒᆞ엿던 양(樣)ᄒᆞ야 님ᄒᆡᆼ(臨行)의 말ᄉᆞᆷ이 비록 모호(模糊)ᄒᆞ나 부탁(付託)ᄒᆞ시고 쇼졔(小姐ㅣ) ᄉᆡᆼ(生)을 위(爲)ᄒᆞ야 근간(近間) 운보의 흔연(欣然)ᄒᆞ믈 보시ᄃᆡ 용납(容納)지 아닛노라 ᄒᆞ시니 쇼ᄉᆡᆼ(小生)이 의외(意外)예 슉녀(淑女)의 다졍(多情)ᄒᆞ믈 감은(感恩)ᄒᆞ고 당당(堂堂)이 ᄉᆞᆯ을 헐올지라도 도모(圖謀)ᄒᆞ야 쇼져(小姐)로 더브러 즐기리라.'

또 ᄒᆞᆫ 댱(張)의 ᄒᆞ여시ᄃᆡ,

'박명(薄命) ᄌᆡ쳡(在妾)이 하ᄂᆞᆯ긔 일편도이 죄(罪)ᄅᆞᆯ 어더 가군(家君)의 박ᄃᆡ(薄待) 태심(太甚)ᄒᆞ니 츈풍츄월(春風秋月)의 단댱(斷腸)ᄒᆞᄂᆞᆫ 회푀(懷抱ㅣ) 텬디(天地)의 질졍(叱正)[434] ᄒᆞᆯ너니 의외(意外)예 슉슉(叔叔)이 이러ᄐᆞᆺ ᄒᆞᆫ 후졍(厚情)으로 ᄌᆞ로 무ᄅᆞ시니 셜ᄉᆞ(設使) 쳡(妾)이 무샹(無狀)ᄒᆞ나 엇지 ᄎᆞ마 져ᄇᆞ려 방탕(放蕩) 경박ᄌᆞ(輕薄子)의게 ᄯᅳᆺ을 허(許)ᄒᆞ리오. 쳡(妾)의

•••

92면

비원(悲冤)[435] ᄒᆞᆫ 졍ᄉᆞ(情事)ᄂᆞᆫ 쳐음 셔간(書簡)의 알외여시니 다시 ᄒᆞ지 아니ᄒᆞ거니와 녜 진문(晉文)[436]의 회영(懷嬴)[437]이 이시니 쳡(妾)과 슉슉(叔叔)의 일이 엇지 남ᄉᆡ(濫事ㅣ)리오. 원(願)ᄒᆞᄂᆞ니 조각을 타 ᄒᆞᆫ번(-番) 나아오샤 나의 고젹(孤寂)ᄒᆞᆷ믈 위로(慰勞)ᄒᆞ쇼셔.'

ᄒᆞ엿더라.

원ᄂᆡ(元來) 혜션이 몸 ᄀᆞᆷ쵸ᄂᆞᆫ 진언(眞言)을 ᄒᆞ고 ᄉᆡᆼ(生)의 홀노 잇

434) 질졍(叱正): 질정. 꾸짖어 바로잡음.

435) 비원(悲冤): 슬프고 원통함.

436) 진문(晉文): 중국 춘추시대 진(晉)나라의 문공(文公). 성(姓)은 희(姬), 씨(氏)는 진(晉), 이름은 중이(重耳)임. 춘추오패(春秋五霸) 중의 한 명. 19년간의 방랑 생활 끝에 즉위해 패업을 이룸. 『사기』, 「진본기(秦本紀)」. 『사기』, 「진세가(晉世家)」.

437) 회영(懷嬴): 중국 춘추시대 진(秦)나라 목공(穆公)의 딸이자 진(晉)나라 문공(文公)의 아내. 진 목공이 망명 중이던 중이(重耳, 후의 진문공)를 자신의 나라에 불러들여 이전에 진(晉) 혜공(惠公)의 아들로서 인질로 와 있던 세자 어(圉)에게 시집보냈던 자신의 딸 회영을, 세가 어가 도망치자 아내로 맞도록 함. 참고로, 『사기』, 「진본기(秦本紀)」와 「진세가(晉世家)」에는 진나라 종실(宗室)의 딸이라고만 되어 있고 '회영'이라는 이름은 나와 있지 않음. 또한 「진세가」에는 목공이 중이에게 종실의 딸 다섯 명을 시집보냈는데 그 가운데 어의 아내였던 이도 포함되어 있었다 함. 회영이라는 이름은 『춘추좌씨전』 "희공(僖公)"에 나옴. 여기에서 진문공과 회영의 일을 든 것은 회영이 진문공의 조카인 세자 어에게 먼저 시집갔다가 다시 진문공에게 시집간 것이 화채옥이 이백문에게 시집갔다가 그의 사촌형인 이흥문에게 시집가는 것과 유사하다는 점을 보이기 위해서임.

ᄂᆞᆫ ᄣᅢᄅᆞᆯ 타 계규(稽揆)ᄅᆞᆯ ᄒᆡᆼ(行)ᄒᆞ니 ᄉᆞ광(師曠)의 ᄎᆞᆼ(聰)[438]인들 엇지 ᄭᆡᄃᆞᄅᆞ리오. ᄉᆡᆼ(生)이 보기ᄅᆞᆯ ᄆᆞᄎᆞᄆᆡ 본ᄃᆡ(本-) 쥬ᄉᆡᆨ(酒色)의 샹(傷)ᄒᆞ야 견강(堅剛)ᄒᆞᆫ 쥬의(主義) 업ᄂᆞᆫ 고(故)로 미쳐 진가(眞假)ᄅᆞᆯ 아지 못ᄒᆞᆫ 젼(前)의야 엇지 놀납지 아니ᄒᆞ리오. 두 눈이 둥그러ᄒᆞ고 면여토ᄉᆡᆨ(面如土色)[439]하여 어린 ᄃᆞ시 반향(半晌)이나 말을 아니ᄒᆞ다가 겨유 정신(精神)을

•••

93면

뎡(定)ᄒᆞ고 대로(大怒) 왈(曰),

"화 시(氏)의 블측(不測)[440]ᄒᆞ미 엇지 이ᄃᆡ도록 ᄒᆞᆯ 줄 알니오? 연(然)이나 화 시(氏)ᄂᆞᆫ 나의 박ᄃᆡ(薄待)ᄒᆞ믈 ᄒᆞᆫ(恨)ᄒᆞ야 젹은 녀ᄌᆡ[441](女子ㅣ) 시풍(時風)을 ᄯᆞᆯ와 실톄(失體)ᄒᆞᆯ 시 올커니와 녜부(禮部) 형(兄)이 얼골과 그 인믈(人物)을 가지고 ᄎᆞ마 이런 노ᄅᆞᄉᆞᆯ ᄒᆞ리오. 이 졍(正)히 사ᄅᆞᆷ의 ᄂᆞᆾ치오 금슈(禽獸)의 ᄆᆞ음이라. 내 당당(堂堂)이 부모(父母)긔 고(告)ᄒᆞ고 다ᄉᆞ리리라."

ᄒᆞ고 분연(憤然)이 두 당(張) 셔간(書簡)을 가지고 ᄎᆡ당(-堂)의 니ᄅᆞ니 노 시(氏) 신셩(晨省)ᄒᆞ고 도라왓거ᄂᆞᆯ ᄉᆡᆼ(生)이 ᄂᆞᆾ빗치 ᄌᆡ ᄀᆞᄐᆞ야 드러 안ᄌᆞ니 노 시(氏) 놀나 문왈(問曰),

"샹공(相公)이 어ᄃᆡᄅᆞᆯ 블평(不平)ᄒᆞ시냐? 엇지 긔ᄉᆡᆨ(氣色)이 이러

---

438) ᄉᆞ광(師曠)의 ᄎᆞᆼ(聰): 사광의 총. 사광의 귀밝음. 사광은 중국 춘추시대 진(晉)나라 사람으로 자는 자야(子野)로 저명한 악사(樂師)임. 눈이 보이지 않아 스스로 맹신(盲臣), 명신(瞑臣)으로 부름. 진(晉)나라에서 대부(大夫) 벼슬을 했으므로 진야(晋野)로 불리기도 함. 음악에 정통하고 거문고를 잘 탔으며 음률을 잘 분변했다 함.

439) 면여토ᄉᆡᆨ(面如土色): 면여토색. 낯빛이 흙빛처럼 됨.

440) 블측(不測): 불측. 생각이나 행동 따위가 괘씸하고 엉큼함.

441) ᄌᆡ: [교] 원문에는 'ᄉᆡ'로 되어 있으나 문맥을 고려해 규장각본(15:75)과 연세대본(15:93)을 따름.

ᄒᆞ시뇨?"

싱(生)이 변ᄉᆡᆨ(變色) 왈(曰),

"그ᄃᆡ 이거ᄉᆞᆯ 보라. 엇지 ᄉᆞᄉᆡᆨ(辭色)이 평안(平安)ᄒᆞ리오?"

노 시(氏) 보기ᄅᆞᆯ 뭇

•••

94면

고 대경실ᄉᆡᆨ(大驚失色)ᄒᆞ야 돈죡(頓足)[442] 왈(曰),

"ᄎᆞ(此)ᄂᆞᆫ 강샹(綱常) 대변(大變)이라. 무식(無識)ᄒᆞᆫ 상한쳔뉴(常漢賤類)[443]도 ᄉᆞ쵼(四寸)의 쳐(妻)ᄅᆞᆯ 음증(淫烝)[444]치 아니ᄒᆞ거ᄂᆞᆯ 녜부(禮部) 슉슉(叔叔)이 엇더ᄒᆞ신 지위(地位)라 ᄎᆞ마 엇지 이런 무샹지ᄉᆞ(無狀之事)[445]ᄅᆞᆯ ᄒᆞ시리오? 샹공(相公)은 쟝ᄎᆞᆺ(將次ㅅ) 엇지코져 ᄒᆞ시ᄂᆞ뇨?"

싱(生) 왈(曰),

"내 졍(正)히 뎌ᄅᆞᆯ 통히(痛駭)[446]ᄒᆞᆯ지언졍 일시(一時)의 쳐치(處置)ᄒᆞᆯ 계규(稽揆)ᄅᆞᆯ ᄉᆡᆼ각지 못ᄒᆞ노라."

노 시(氏) 왈(曰),

"밧비 법부(法部)의 고(告)ᄒᆞ고 다ᄉᆞ리쇼셔."

싱(生) 왈(曰),

"내 ᄯᅩ 이 ᄯᅳᆺ이 업지 아니ᄒᆞᄃᆡ 남공(-公) 슉뷔(叔父ㅣ) 날 ᄉᆞ랑을 긔츌(己出)ᄀᆞ치 ᄒᆞ시고 야애(爺爺ㅣ) 녜부(禮部) 형(兄)을 지심(知

442) 돈죡(頓足): 돈족. 발을 구름.

443) 샹한천뉴(常漢賤類): 상한천류. 상놈 등 천한 무리.

444) 음증(淫烝): 손위의 여자와 정을 통함. 여기에서는 간음을 이름.

445) 무샹지ᄉᆞ(無狀之事): 무상지사. 도리에 어긋난 일.

446) 통히(痛駭): 통해. 몹시 이상스러워 놀람.

心)[447] ᄋᆡ무(愛撫)ᄒᆞ시미 우리 등(等)의 지지 아닐 분 아니라 제 ᄯᅩ 니시(李氏) 대통(大統)을 밧드ᄂᆞᆫ 큰 몸이니 내 엇지 ᄎᆞ마 그 허믈을 들츄리오? 아직 나죵을 보고

•••

95면

져 ᄒᆞ노라."

노 시(氏) 고개 조아 왈(曰),

"샹공(相公) 쇼견(所見)이 심(甚)히 맛당ᄒᆞ시이다. 연(然)이나 쳔승지가(千乘之家) 법문(法門)의 이런 일이 이실 줄 알니오? 쳡(妾)은 ᄒᆞᆫ 번(-番) 드ᄅᆞᄆᆡ 몸의 셔리 닐고 심긔(心氣) 셔늘ᄒᆞ믈 이긔지 못ᄒᆞᆯ쇼이다."

ᄉᆡᆼ(生) 왈(曰),

"제 젼(前)브터 그러ᄒᆞ던 양ᄒᆞ야 화 공(公)이 님별(臨別)의 뎌를 ᄃᆡ(對)ᄒᆞ야 화 시(氏)를 부탁(付託)ᄒᆞ거ᄂᆞᆯ 내 실노(實-) 고이(怪異)히 넉이ᄃᆡ 일시(一時)의 ᄭᆡᄃᆞᆺ지 못ᄒᆞ더니 오ᄂᆞᆯ날 그 더러온 졍ᄐᆡ(情態)[448]를 목도(目睹)ᄒᆞ니 대강(大綱) 져ᄒᆡᄀᆞ지ᄂᆞᆫ 유심(留心)ᄒᆞ야 ᄒᆞᆫ 말이롯더라. 녜뷔(禮部ㅣ) 공연(空然)이[449] 날곳 보면 됴흔 ᄉᆞᄉᆡᆨ(辭色)이 업고 화 공(公)을 ᄃᆡ(對)ᄒᆞ야 내 흔단(釁端)[450]을 포폄(褒貶)[451]ᄒᆞ더니 원ᄂᆡ(元來) 여ᄎᆞ(如此)ᄒᆞᆫ 형상(形像)이 잇거든 그러 아니ᄒᆞ랴?"

447) 지심(知心): 마음을 알아줌.
448) 졍ᄐᆡ(情態): 정태. 어떤 일의 사정과 상태.
449) 공연(空然)이: 괜히.
450) 흔단(釁端): 단점.
451) 포폄(褒貶): 옳고 그름이나 선하고 악함을 판단하여 결정함.

셜파(說罷)의 졀치(切齒) 통히(痛駭)

•••

96면

ᄒᆞ믈 이긔지 못ᄒᆞ며 그 셔간(書簡)을 거두워 간ᄉᆞᄒᆞ고 ᄎᆞ후(此後) 녜부(禮部)를 본즉 블연(勃然) 작ᄉᆡᆨ(作色)ᄒᆞ니 녜뷔(禮部ㅣ) 고이(怪異)히 넉이ᄃᆡ 문이 크게 외입(外入)ᄒᆞ야 그 두 형(兄)도 블목(不睦)[452] ᄒᆞᄂᆞᆫ 줄 아ᄂᆞᆫ지라 ᄡᅧ ᄉᆡᆼ각ᄒᆞᄃᆡ,

'우리 ᄆᆡ양 져의 그ᄅᆞᆫ 거ᄉᆞᆯ 규졍(糾正)[453]ᄒᆞᄆᆡ ᄃᆡ려 구ᄂᆞ니라.'

ᄒᆞ야 입을 봉(封)ᄒᆞ고 그 거동(擧動)을 볼 ᄯᆞᄅᆞᆷ이러라.

이ᄯᅢ 태뷔(太傅ㅣ) ᄇᆡᆨ문의 ᄑᆡ악(悖惡)을 근심ᄒᆞ야 수삼(數三) 삭(朔) 셔당(書堂)의 이셔 ᄂᆡ당(內堂)의 드지 아니ᄒᆞ엿더니, 일일(一日)은 월야(月夜)를 타 봉각(-閣)의 드러가니 쇼졔(小姐ㅣ) 신긔(神氣) 블평(不平)ᄒᆞ여 일즉 의샹(衣裳)을 그ᄅᆞ고 누엇더니 태부(太傅)를 보고 놀나 급(急)히 ᄂᆞ려나거ᄂᆞᆯ 태뷔(太傅ㅣ) 나아가 급(急)히 말니고 ᄀᆞᆯ오ᄃᆡ,

"부인(夫人)이 어ᄃᆡ 블평(不平)ᄒᆞ시냐? 엇지 녜 업

•••

97면

시 일즉 누어 겨시뇨?"

쇼졔(小姐ㅣ) ᄃᆡ왈(對曰),

---

452) 블목(不睦): 불목. 화목하지 않음.
453) 규졍(糾正): 규정. 잘못을 밝혀 바로잡음.

"청츈(靑春)의 ᄆᆞ숨 블평(不平)ᄒᆞᆯ 일이 이시리잇고?"

ᄉᆡᆼ(生)이 웃고 금침(衾枕)을 나 의ᄃᆡ(衣帶)ᄅᆞᆯ 그ᄅᆞ고 누으며 오ᄅᆡ 써낫던 ᄆᆞ음의 ᄉᆡ로이 ᄋᆡ련(愛戀)ᄒᆞ야 옥슈(玉手)로 향신(香身)을 어ᄅᆞ만지다가 믄득 놀나 ᄀᆞᆯ오ᄃᆡ,

"부인(夫人)이 아니 유신(有身)[454]ᄒᆞ미 잇ᄂᆞ냐?"

쇼졔(小姐ㅣ) 븟그려 답(答)지 못ᄒᆞ니 원ᄂᆡ(元來) 젼일(前日)은 ᄆᆡ양 동쳐(同處)ᄒᆞ다가도 만월(滿月)ᄒᆞᆯ ᄶᅴ의 됴 시(氏) 위엄(威嚴)으로 써ᄂᆞ시니 아지 못ᄒᆞ다가 금일(今日) 여러 ᄃᆞᆯ 아니 드러와시ᄆᆡ 잉ᄐᆡ(孕胎) 팔(八) 삭(朔)이 되여시니 엇지 모ᄅᆞ리오. 뎌의 브답(不答)ᄒᆞ믈 보고 이윽이 어ᄅᆞ만져 ᄇᆡ야흐로 알고 크게 깃거 희긔(喜氣) 옥면(玉面)의 ᄀᆞ득ᄒᆞ야 ᄌᆡ삼(再三) 삭수(朔數)ᄅᆞᆯ 무ᄅᆞ니 쇼졔(小姐ㅣ) 강잉(强仍)ᄒᆞ야 ᄀᆞᆯ오ᄃᆡ,

"우연(偶然)이 월ᄉᆡ(月事ㅣ)[455] 브죡(不足)

•••

98면

ᄒᆞ야 인(因)ᄒᆞ야 팔(八) 삭(朔)이나 분명(分明)이 아지 못ᄒᆞᆯ쇼이다."

ᄉᆡᆼ(生)이 대희(大喜) 왈(曰),

"여ᄎᆞ(如此)즉 님산(臨産)[456]ᄒᆞ엿도다. 이제 내 나히 이십(二十)이로ᄃᆡ 남녀간(男女間) 자녜(子女ㅣ) 업ᄉᆞ니 근심ᄒᆞ미 젹지 아니ᄒᆞ더니 엇지 이런 경ᄉᆡ(慶事ㅣ) 이실 줄 알니오? ᄲᆞᆯ니 본부(本府)로 도라가 조심(操心)ᄒᆞ야 슌산(順産)ᄒᆞ믈 기ᄃᆞ릴지어다. 사ᄅᆞᆷ이 니ᄅᆞᆯ수록

454) 유신(有身): 임신함.
455) 월ᄉᆡ(月事ㅣ): 월사. 성숙한 여성의 자궁에서 주기적으로 출혈하는 생리 현상. 월경.
456) 님산(臨産): 임산. 임부가 해산할 때를 맞이함.

그리 답답ᄒᆞ야 또 삭쉬(朔數ㅣ) 만월(滿月)토록 니ᄅᆞ지 아니ᄒᆞᄂᆞ뇨?"

쇼제(小姐ㅣ) 슈괴(羞愧)ᄒᆞ믈 ᄯᅴ여 답(答)지 아니ᄒᆞ더니 태뷔(太傅ㅣ) 황홀(恍惚)이 ᄋᆡ련(愛戀)ᄒᆞ야 죵야(終夜)토록 깃브믈 이긔지 못ᄒᆞ야 새로이 ᄋᆡ즁(愛重)ᄒᆞ미 깁더라.

평명(平明)의 태뷔(太傅ㅣ) 모친(母親)긔 고(告)ᄒᆞ고 위 시(氏)를 도라보내믈 청(請)ᄒᆞ니 휘(后ㅣ) 크게 깃거 왕(王)긔 고(告)ᄒᆞ니 왕(王)이 ᄯᅩᄒᆞᆫ 경희(驚喜)ᄒᆞ야 ᄀᆞᆯ오ᄃᆡ,

•••

99면

"젼일(前日) 우리 아지 못ᄒᆞ야 그릇ᄒᆞ미 이시나 ᄯᅩ 엇지 위태(危殆)킈 ᄒᆞ리오?"

즉시(卽時) 위의(威儀)를 ᄀᆞ쵸와 쇼져(小姐)를 보내니,

쇼제(小姐ㅣ) 모든 ᄃᆡ 하직(下直)ᄒᆞ고 본부(本府)의 니ᄅᆞᄆᆡ 부뫼(父母ㅣ) 크게 반겨 블시(不時)의 온 연고(緣故)를 무ᄅᆞ니 유뫼(乳母ㅣ) ᄌᆞ시 고(告)ᄒᆞᄆᆡ 공(公)의 부쳐(夫妻ㅣ) 크게 깃거 셔로 하례(賀禮)ᄒᆞ고 쇼져(小姐)를 녯 침쇼(寢所)의 안둔(安屯)[457]ᄒᆞ고 태뷔(太傅ㅣ) 왕ᄂᆡ(往來)ᄒᆞ믈 기ᄃᆞ리ᄃᆡ 태뷔(太傅ㅣ) 비록 부인(夫人)을 ᄋᆡ즁(愛重)ᄒᆞ나 나히 동치(童穉) 셔랑(壻郞)이 아니니 쳐ᄌᆞ(妻子)를 ᄯᆞ와 쳐가(妻家)의 머믈믈 극(極)히 괴로이 넉이ᄂᆞᆫ지라. ᄆᆞᄎᆞᆷ 동궁(東宮)의 강혹(講學)ᄒᆞ기로 인(因)ᄒᆞ야 공ᄉᆞ(公事) 츄품(就稟)[458]ᄒᆞᆯ 일이 업셔 오리 위부(-府)의 가지 아니ᄒᆞ니 승상(丞相)이 ᄀᆞ쟝 고이(怪異)히

457) 안둔(安屯): 편안히 둔침.
458) 츄품(就稟): 취품. 웃어른께 나아가 여쭘.

녁여,

일일(一日)은 슈셔(手書)로 태부(太傅)를

...

100면

쳥(請)ᄒᆞ니, 태뷔(太傅ㅣ) ᄆᆞᄎᆞᆷ 셔당(書堂)의 상셔(尙書)로 더브러 잇더니 위 공(公)의 글을 보고 미쇼(微笑)ᄒᆞ고 즉시(卽時) 답셔(答書)ᄒᆞ야 못 가믈 니ᄅᆞ거ᄂᆞᆯ 샹셰(尙書ㅣ) 문왈(問曰),

"므ᄉᆞᆷ 연괴(緣故ㅣ) 잇ᄂᆞ냐?"

태뷔(太傅ㅣ) 쇼이ᄃᆡ왈(笑而對曰),

"므ᄉᆞᆷ 연괴(緣故ㅣ) 이시리잇가?"

샹셰(尙書ㅣ) 왈(曰),

"그런즉 어룬이 오라ᄂᆞᆫᄃᆡ 아니 가미 므ᄉᆞᆷ 뜻고? 아니 구ᄒᆞᆫ(舊恨)을 은잉(隱仍)[459]ᄒᆞ미냐?"

태뷔(太傅ㅣ) ᄃᆡ왈(對曰),

"쇼뎨(小弟) 엇지 이러미 이시리잇고? 쇼뎨(小弟) 나히 년미약관(年未弱冠)[460]이 아니어ᄂᆞᆯ 쳐가(妻家) 왕ᄂᆡ(往來)를 무상(無常)이 ᄒᆞ야 주졉 들믈 나타내리잇고?"

샹셰(尙書ㅣ) 잠쇼(暫笑) 왈(曰),

"비록 그러나 위 공(公)은 야얘(爺爺ㅣ) 공경(恭敬)ᄒᆞ시ᄂᆞᆫ 배오, 뎨쳥(請)ᄒᆞᄂᆞᆫᄃᆡ 아니 가미 인ᄉᆞ(人事)를 일허시니 너ᄂᆞᆫ 고집(固執)지 말나. 네 ᄌᆞ구(自求)ᄒᆞ야 가미 아니오, 뉘 시비(是非)ᄒᆞ며 대쟝뷔(大

---

459) 은잉(隱仍): 몰래 품음.

460) 년미약관(年未弱冠): 연미약관. 나이가 아직 약관이 되지 않음.

丈夫ㅣ) 젹은 일도

•••

101면

ᄆᆞ음의 업ᄉᆞᆫ 후(後)ᄂᆞᆫ 관겨(關係)치 아니ᄒᆞ니라."

태뷔(太傅ㅣ) 칭샤(稱謝) 슈명(受命)ᄒᆞ고 옷오ᄉᆞᆯ 닙고 드러가 부모(父母)긔 하직(下直)ᄒᆞ고 위부(-府)의 니ᄅᆞ니 승샹(丞相)이 반가오믈 먹음고 손을 잇그러 ᄂᆡ당(內堂)의 드러가 부인(夫人)으로 더브러 볼ᄉᆡ 좌우(左右)로 위ᄉᆡᆼ(-生) 쳐(妻) 등(等)이 버럿더라. 부인(夫人)이 쏘ᄒᆞᆫ 새로이 ᄋᆡ듕(愛重)ᄒᆞ믈 이긔지 못ᄒᆞ야 쥬찬(酒饌)을 셩비(盛備)ᄒᆞ야 ᄃᆡ졉(待接)ᄒᆞ며 승샹(丞相)이 ᄀᆞᆯ오ᄃᆡ,

"녀ᄋᆡ[461](女兒ㅣ) 본ᄃᆡ(本-) 질약(質弱) 다병(多病)ᄒᆞ고 나히 만토록 농쟝(弄璋)[462]의 ᄌᆞ미 업ᄉᆞ니 내 쥬야(晝夜) 념녀(念慮)ᄒᆞᄂᆞᆫ 배러니 다ᄒᆡᆼ(多幸)이 ᄒᆡᄐᆡ(解胎)[463]ᄒᆞᄂᆞᆫ 경ᄉᆡ(慶事ㅣ) 이시니 엇지 깃브지 아니ᄒᆞ리오?"

ᄉᆡᆼ(生)이 함쇼(含笑) 제미(擠眉)[464]ᄒᆞ야 관(冠)을 숙여 유유(唯唯)[465]ᄒᆞ더라.

이윽ᄒᆞᆫ 후(後) 쇼져(小姐) 침쇼(寢所)로 ᄉᆡᆼ(生)을 인도(引導)ᄒᆞ니 위ᄉᆡᆼ(-生) 등(等)이 ᄯᅡᆯ

---

461) ᄋᆡ: [교] 원문에는 '의'로 되어 있으나 문맥을 고려해 규장각본(15:81)과 연세대본(15:101)을 따름.

462) 농쟝(弄璋): 농장. 구슬을 가지고 놂. 예전에, 중국에서 아들을 낳으면 규옥(圭玉)으로 된 구슬의 덕을 본받으라는 뜻으로 구슬을 장난감으로 주었다는 데서 유래함. 농장지경(弄璋之慶).

463) ᄒᆡᄐᆡ(解胎): 해태. 태를 푼다는 뜻으로, 아이를 낳음을 이르는 말.

464) 제미(擠眉): 제미. 눈썹과 눈을 살짝 움직여 자신의 마음과 뜻을 보임.

465) 유유(唯唯): 짧게 '예예' 하고 대답함.

...

102면

와 니르러 일시(一時)의 셩녈(成列)ᄒᆞ고 쇼졔(小姐ㅣ) 밧비 니러 마ᄌᆞ매 ᄉᆡᆼ(生)이 ᄑᆞᆯ 드러 읍(揖)ᄒᆞ고 좌(座)의 나아가니 쇼졔(小姐ㅣ) 답녜(答禮)ᄒᆞ고 ᄒᆞᆫ ᄀᆞ의 안ᄌᆞ 감히(敢-) 눈을 드지 못ᄒᆞ더라. 위 어ᄉᆡ(御史ㅣ) 왈(曰),

"이뵈 근내(近來)의 므ᄉᆞ 일노 그ᄃᆡ도록 자최를 그쳣더뇨?"

태뷔(太傅ㅣ) 왈(曰),

"여러 날 동궁(東宮)의 시강(侍講)ᄒᆞ고 ᄌᆞ연(自然) 공뮈(公務ㅣ) 번다(繁多)ᄒᆞ니 쳐ᄌᆞ(妻子) ᄉᆡᆼ각이 쉬오리오?'

위 한님(翰林)이 박장대쇼(拍掌大笑) 왈(曰),

"쇼ᄆᆡ(小妹) 님산(臨産)ᄒᆞ엿ᄂᆞᆫᄃᆡ 옥동(玉童)을 나흐라 쇼쳥(所請)을 아니ᄒᆞ엿다가 엇지려 ᄒᆞᄂᆞ뇨?"

태뷔(太傅ㅣ) 흔연(欣然) 왈(曰),

"뉘셔 뎌런 긔괴지언(奇怪之言)을 공연(空然)이 쥬츌(做出)[466]ᄒᆞ야 셰월(歲月)이 오라도록 보치ᄂᆞᆫ 승ᄉᆞ(勝事)[467]를 삼으니 긔 엇진 일이뇨?"

위 시랑(侍郎) 왈(曰),

"우리 스ᄉᆞ로 지어낸 말이 아니라 네 그리 ᄒᆞ엿거

---

466) 쥬츌(做出): 주출. 거짓말을 꾸며 냄.
467) 승ᄉᆞ(勝事): 승사. 좋은 일.

•••

103면

든 옴기ᄂᆞᆫ 사ᄅᆞᆷ을 긔괴(奇怪)타 ᄒᆞᄂᆞᆫ다? 네 평일(平日) ᄆᆡᆼ셰(盟誓)ᄅᆞᆯ 가장 즐긴다 ᄒᆞ고 셩뵈 니ᄅᆞ거든 드러시니 그 말 아녓노라 ᄆᆡᆼ셰(盟誓)ᄒᆞ라. 그 후(後)ᄂᆞᆫ 보ᄎᆡ지 아니리라."

태뷔(太傅ㅣ) 잠쇼(暫笑) 브답(不答)ᄒᆞ니 위ᄉᆡᆼ(-生) 등(等)이 웃고 니러나며 왈(曰),

"우리 이시니 셔로 말 못 ᄒᆞᄂᆞᆫ지라 엇지 남의 못ᄒᆞᆯ 노ᄅᆞᄉᆞᆯ ᄒᆞ리오?"

일시(一時)의 문(門)을 닷고 도라가니,

태뷔(太傅ㅣ) 다만 완이(莞爾)히[468] 웃고 가연이 셔안(書案)의 당시(唐詩)ᄅᆞᆯ ᄲᅢ혀 ᄆᆞᆰ게 음영(吟詠)ᄒᆞ니 이 졍(正)히 공산(空山)의 옥(玉)을 울니며 기산(岐山)의 봉(鳳)[469]이 우ᄂᆞᆫ ᄃᆞᆺᄒᆞ니 ᄒᆡᆼ운(行雲)이 위(爲)ᄒᆞ야 머므ᄂᆞᆫ지라. 위 공(公) 부뷔(夫婦ㅣ) 두긋기고 졔ᄉᆡᆼ(諸生) 등(等)이 긔관(奇觀)[470]을 엇고져 ᄒᆞ야 ᄀᆞᆺ브믈[471] 닛고 챵외(窓外)의 규시(窺視)ᄒᆞᄃᆡ 태뷔(太傅ㅣ) ᄆᆞᄎᆞᆷ내 구구(區區)ᄒᆞᆫ 긔ᄉᆡᆨ(氣色)이 업

•••

104면

셔 밤이 깁흐ᄆᆡ 글 닑기ᄅᆞᆯ 그치고 시녀(侍女)ᄅᆞᆯ 블너 촉(燭)을 내라

---

468) 완이(莞爾)히: 빙그레.

469) 기산(岐山)의 봉(鳳): 기산의 봉황. 중국 주(周)나라 문왕(文王) 시절 덕이 성대할 때 기산에 봉황이 출현해 울었다고 전해짐. 『국어(國語)』, 「주어(周語)」.

470) 긔관(奇觀): 기관. 기이한 광경.

471) ᄀᆞᆺ브믈: 숨이 찬 것을.

ᄒᆞ고 상(牀)의 오ᄅᆞ미 댱(帳)을 지우니 다시 동졍(動靜)이 업ᄉᆞ니 위싱(-生) 등(等)이 잡을 길히 업셔 도라가다.

태뷔(太傅 ㅣ) 본부(本府)의셔 취듕(醉中)의 두어 번(番) 삼가지 못ᄒᆞ미 이셔 즁인(衆人)의 긔쇼(譏笑)[472]를 니ᄅᆞ혀시나 본셩(本性)이 졍대(正大)ᄒᆞ고 침믁(沈默)ᄒᆞᆫᄃᆡ 더옥 남의 집이라 ᄆᆞᄎᆞᆷᄂᆡ 쇼져(小姐)로 셜만(褻慢)[473]ᄒᆞᆫ ᄉᆞᄉᆡᆨ(辭色)이 업다가 상(牀)의 오ᄅᆞ미 침셕(寢席)ᄉᆞ이 은ᄋᆡ(恩愛)야 엇지 능히(能-) 졀차(節遮)[474]ᄒᆞ리오. 옥슈(玉手)를 년(連)ᄒᆞ며 향싀(香顋)[475]를 졉(接)ᄒᆞ여 진듕(鎭重)ᄒᆞᆫ 은ᄋᆡ(恩愛) 태산(泰山) ᄀᆞᆺ더라.

계명(雞鳴)의 쇼졔(小姐 ㅣ) 니러나 신셩(晨省)ᄒᆞ라 드러가니 공(公)의 부뷔(夫婦 ㅣ) 놀나 셔랑(壻郞)의 즘 ᄭᆡ오믈 ᄎᆡᆨ(責)

•••

105면

ᄒᆞ고 ᄌᆡ쵹ᄒᆞ야 내여 보ᄂᆡ니,

쇼졔(小姐 ㅣ) 도라와 쵹하(燭下)의 안잣더니 태뷔(太傅 ㅣ) 졍(正)히 침셕(寢席)의 그져 누엇ᄂᆞᆫ지라 이의 ᄀᆞᆯ오ᄃᆡ,

"아직 날이 새기 머러시니 편(便)히 쉬라."

쇼졔(小姐 ㅣ) ᄃᆡ왈(對曰),

"계셩(鷄聲)이 ᄌᆞᄌᆞ니 언머ᄒᆞ야 ᄇᆞᆰ[476]을 거시라 ᄯᅩ 누어 임타(任

---

472) 긔쇼(譏笑): 기소. 기롱과 비웃음.

473) 셜만(褻慢): 설만. 하는 짓이 무례하고 거만함.

474) 졀차(節遮): 절차. 절제하고 차단함.

475) 향싀(香顋): 향시. 향기로운 뺨.

476) ᄇᆞᆰ: [교] 원문에는 'ᄆᆞᆰ'으로 되어 있으나 문맥을 고려해 규장각본(15:84)과 연세대본(15:105)을 따름.

惰)[477] ᄒᆞ믈 더으리잇고?"

ᄉᆡᆼ(生)이 쇼어(笑語) 왈(曰),

"부인(夫人)을 이곳의 보내믄 몸을 편(便)킈 ᄒᆞ미어ᄂᆞᆯ 신혼셩졍(晨昏省定)[478]을 쉴 ᄉᆞ이 업시 ᄒᆞ니 악부뫼(岳父母ㅣ) ᄯᆞᆯ ᄉᆞ랑ᄒᆞ노라 말ᄉᆞᆷ이 거ᄌᆞᆺ말이로다."

쇼계(小姐ㅣ) 함쇼(含笑) 졔미(擠眉)ᄒᆞ니 태뷔(太傅ㅣ) ᄉᆞ면(四面)이 젹뇨(寂寥)[479]ᄒᆞ믈 방심(放心)ᄒᆞ야 친(親)히 나아가 잇그러 누으믈 권(勸)ᄒᆞ니 쇼계(小姐ㅣ) 마지못ᄒᆞ야 의샹(衣裳)을 그ᄅᆞ고 몸을 벼개의 의지(依支)ᄒᆞ니 태뷔(太傅ㅣ) 위로(慰勞)ᄒᆞ며 권면(勸勉)ᄒᆞ여

•••

106면

날이 ᄉᆡ기의 니ᄅᆞ도록 담쇠(談笑ㅣ) ᄭᅳᆺ지 아니ᄒᆞ니,

구쉐 댱외(帳外)의셔 ᄉᆞᆯ피고 크게 두굿겨 드러가 ᄉᆞᆯ오니 승샹(丞相)과 부인(夫人)이 대희(大喜)ᄒᆞ고 위ᄉᆡᆼ(-生) 등(等)이 졀도(絶倒)ᄒᆞ거ᄂᆞᆯ 부인(夫人)이 말녀 왈(曰),

"이런 말을 현셰(賢壻ㅣ) 드ᄅᆞ면 깃거 아니ᄒᆞ리니 본부(本府)와 다ᄅᆞ니 너희 등(等)은 즘즘(潛潛)ᄒᆞ라."

공(公)이 ᄯᅩᄒᆞᆫ ᄀᆞᆯ오ᄃᆡ,

"이뵈 녀ᄋᆞ(女兒)ᄅᆞᆯ ᄃᆡ(對)ᄒᆞ야 화긔(和氣) 잇다가도 여등(汝等)의 긔롱(譏弄)곳 드ᄅᆞ면 ᄂᆞᆺ빗ᄎᆞᆯ 거두니 졔집의셔 셩보 등(等)이 긔롱(譏

---

477) 임타(任惰): 게으름에 빠짐.

478) 신혼셩졍(晨昏省定): 신혼성정. 문안 인사. 혼정과 신성. 혼정은 잠자리에 들 때에 부모의 침소에 가서 잠자리를 살피고 밤 동안 안녕하기를 여쭈는 것이고, 신성은 아침 일찍 부모의 침소에 가서 밤사이의 안부를 살피는 일임.

479) 젹뇨(寂寥): 적요. 적적하고 고요함.

弄)ᄒᆞ미 가(可)ᄒᆞ거니와 이곳의셔 규방(閨房) ᄉᆞ어(辭語)를 아른톄ᄒᆞ미 가(可)티 아니니라.”

졔ᄉᆡᆼ(諸生)이 슈명(受命)ᄒᆞ더라.

태뷔(太傅ㅣ) 평명(平明)의 니러 도라가니 모든 형뎨(兄弟) 긔롱(譏弄)ᄒᆞᄃᆡ,

“졈지 아닌 남ᄌᆡ(男子ㅣ) ᄯᅩᆯ와ᄃᆞᆫ니도록 ᄒᆞ리오?”

태

•••

107면

뷔(太傅ㅣ) 쇼이브답(笑而不答)이러라.

ᄎᆞ후(此後) 위 공(公)이 혹(或) 쳥(請)ᄒᆞ면 잇다감 단녀오더니,

쇼졔(小姐ㅣ) 십(十) 삭(朔)이 ᄎᆞᄆᆡ 슌산ᄉᆡᆼ남(順産生男)[480]ᄒᆞ니 산측(産側)의 긔이(奇異)ᄒᆞᆫ 향내(香-) 옹비(齆鼻)[481]ᄒᆞ고 ᄋᆞᄌᆞ(兒子)의 우름 쇼ᄅᆡ 옥(玉)을 ᄭᆡ리ᄂᆞᆫ ᄃᆞᆺᄒᆞ니 부인(夫人)이 크게 깃거 나와 남ᄋᆡ(男兒ㅣ)ᆫ 줄 뎐(傳)ᄒᆞᄆᆡ 태뷔(太傅ㅣ) ᄯᅩᄒᆞᆫ 이의 잇던지라 희긔(喜氣) 미우(眉宇)를 움죽여 쥬슌(朱脣)의 옥치(玉齒) 찬연(燦然)ᄒᆞ니 위 공(公)이 대희(大喜)ᄒᆞ야 최량[482]이 쳣 아ᄃᆞᆯ 엇던 적의셔 더 깃거ᄒᆞ고 위ᄉᆡᆼ(-生) 등(等)이 일시(一時)의 웃고 태부(太傅)를 향(向)ᄒᆞ야 치하(致賀)ᄒᆞ니 태뷔(太傅ㅣ) 쇼이브답(笑而不答)이러니,

믄득 왕(王)이 샹셔(尙書) 형뎨(兄弟)로 더브러 니음ᄃᆞ라 니ᄅᆞ러 쇼져(小姐)의 ᄉᆡᆼᄌᆞ(生子)ᄒᆞ믈 깃거 셔ᄅᆞ 치하(致賀)홀ᄉᆡ 위 공(公) 왈

---

480) 슌산ᄉᆡᆼ남(順産生男): 순산생남. 아무 탈 없이 아들을 낳음.
481) 옹비(齆鼻): 코를 찌름.
482) 량: [교] 원문에는 '랑'으로 되어 있으나 앞의 예를 따라 이와 같이 수정함.

(曰),

“녀이(女兒ㅣ) 본디(本-) 약질(弱質)

•••

108면

노 쵸년(初年)의 화란(禍亂)을 가쵸 겻거 폐간(肺肝)이 스히엿고[483] 뎌적 낙틱(落胎)흔 후(後)로 병(病)이 더흐니 다시 닌몽(麟夢)을 쑴꾸는 일이 업술가 흐더니 오늘날 이런 경스(慶事ㅣ) 이실 줄 엇지 알니오?”

왕(王)이 흔연(欣然) 쇼왈(笑曰),

“으부(阿婦)의 셩덕(盛德)이 희한(稀罕)흐니 엇지 무후(無後)흐는 근심이 이시리오마는 으즈(兒子)로 셩친(成親)흔 팔(八) 지(載)의 쳐음으로 남으(男兒)를 어드니 가(可)히 경스(慶事ㅣ)라 흐리로다.”

공(公)이 환쇼(歡笑)[484] 달난(團欒)[485]흐야 화답(和答)흐더니,

이윽고 왕(王)이 도라가고 녜부(禮部) 등(等)이 니르러 승샹(丞相)긔 치하(致賀)흐니 승샹(丞相)이 답사(答謝)흐야 골오디,

“명공(明公) 등(等)이 이보의 스촌(四寸)이라. 그 싱남(生男)흐미 그디니긔 그리 대스로와 부러 와 하례(賀禮)흐느뇨?”

녜뷔(禮部ㅣ) 즈약(自若)히 웃고 왈(曰),

---

483) 스히엿고: 삭았고.

484) 환쇼(歡笑): 환소. 즐겁게 담소함.

485) 달난(團欒): 단란. 여럿이 함께 즐겁고 화목함.

•••

109면

"대인(大人)이 쏘흔 우리 등(等)을 아지 못흐여 겨시이다. 명회(名號ㅣ) 스촌(四寸)이나 피추(彼此) ᄆᆞ음이야 동싱(同生)과 다ᄅᆞ리오?"

위 공(公)이 칭샤(稱謝)ᄒᆞ고 쥬찬(酒饌)을 내여 ᄃᆡ졉(待接)ᄒᆞ더니 녜뷔(禮部ㅣ) 믄득 위 어ᄉᆞ(御史)ᄅᆞᆯ 도라보며 왈(曰),

"수쉬(嫂嫂ㅣ) ᄒᆡ만(解娩)[486]ᄒᆞ시매 쟝ᄎᆞᆺ(將次ㅅ) 므어시뇨?"

어ᄉᆡ(御史ㅣ) 쇼왈(笑曰),

"쇼ᄆᆡ(小妹) ᄉᆡᆼ(生)ᄒᆞᆫ ᄇᆡ 사ᄅᆞᆷ이라 그리타 즘ᄉᆡᆼ이며 이보의 ᄌᆞ식(子息)이 개나 돗치랴?"

녜뷔(禮部ㅣ) 쇼왈(笑曰),

"ᄎᆞ인(此人)은 말을 못 아라듯ᄂᆞᆫ 거시로다. 질ᄋᆞ(姪兒)의 남녀(男女)ᄅᆞᆯ 믓ᄂᆞᆫ 배어ᄂᆞᆯ 이ᄃᆡ도록 ᄂᆡ도(乃倒)[487]히 ᄃᆡ답(對答)ᄒᆞᄂᆞ뇨?"

어ᄉᆡ(御史ㅣ) 왈(曰),

"연(然)즉 남ᄋᆡ(男兒ㅣ)냐 녀ᄋᆡ(女兒ㅣ)냐 무ᄅᆞᆯ 것 아니냐? 쇼ᄆᆡ(小妹)ᄂᆞᆫ ᄒᆞᆫ 자 옥(玉) ᄀᆞᄐᆞᆫ 남ᄋᆞ(男兒)ᄅᆞᆯ ᄉᆡᆼ(生)ᄒᆞ엿다 ᄒᆞ더라."

녜뷔(禮部ㅣ) 쇄금션(瑣金扇)을 쳐 낭낭(朗朗)이 대쇼(大笑) 왈(曰),

"슈쉬(嫂嫂ㅣ) 이졔ᄂᆞᆫ 이

•••

110면

보의 청(請)을 드러 겨시니 오ᄂᆞᆫ 압흔 극(極)히 평안(平安)ᄒᆞ실노다.

---

486) ᄒᆡ만(解娩): 해만. 아이를 낳음. 해산.
487) ᄂᆡ도(乃倒): 내도. 차이가 큼.

언춤(言讖)[488]이라 ᄒᆞ니 실노(實-) 녕험(靈驗)ᄒᆞ야 옥동(玉童)을 어드시니 크게 깃브나 그 옥동(玉童)이 어ᄃᆡ 갓다가 이리 뒤늣거야 난고? 고이(怪異)토다."

일좌(一座ㅣ) 젼연(全然)이 니졋다가 대쇼(大笑)ᄒᆞ고 일시(一時)의 태부(太傅)ᄅᆞᆯ 보니 미우(眉宇)의 우음이 미미(微微)ᄒᆞ고 손을 ᄭᅩᆺ고 안연(晏然) ᄇᆞ동(不動)이어ᄂᆞᆯ 녜뷔(禮部ㅣ) 짐ᄌᆞᆺ 치하(致賀) 왈(曰),

"현뎨(賢弟) ᄉᆞ오(四五) 년(年) ᄇᆞ라던 영홰(榮華ㅣ) 오ᄂᆞᆯ날 발(發)ᄒᆞ니 그 ᄆᆞ옴이 장ᄎᆞᆺ(將次ㅅ) 구텬(九天)[489]의 비등(飛騰)[490]코져 ᄒᆞ리니 우형(愚兄)이 언변(言辯)이 셔의(鉏鋙)[491]ᄒᆞ야 능히(能-) 다 못 치하(致賀)ᄒᆞ노라."

태뷔(太傅ㅣ) 미쇼(微笑) ᄃᆡ왈(對曰),

"사ᄅᆞᆷ이 ᄌᆞ식(子息) 나키의 다 비등(飛騰)ᄒᆞ량이면 ᄡᅡᄒᆡ 것니ᄂᆞᆫ 사ᄅᆞᆷ이 업ᄉᆞᆯ쇼이다."

녜뷔(禮部ㅣ) 쇼왈(笑曰),

"그러ᄒᆞ건마ᄂᆞᆫ 너ᄂᆞᆫ 하 이샹(異常)

•••

111면

이 구던 거시니 그 ᄯᅳᆺ을 바드미라. 나ᄂᆞᆫ 이제 슬하(膝下)의 네 ᄋᆞᄒᆡ(兒孩) 이시ᄃᆡ 귀(貴)ᄒᆞᆫ 줄 모ᄅᆞ노라."

태뷔(太傅ㅣ) 역쇼(亦笑) 왈(曰),

---

488) 언춤(言讖): 언참. 미래의 사실을 꼭 맞추어 예언하는 말.
489) 구텬(九天): 구천. 가장 높은 하늘.
490) 비등(飛騰): 공중으로 높이 떠오름.
491) 셔의(鉏鋙): 서어. 익숙하지 아니하여 서름서름함.

"이 말숨이 쏘 휘딕[492]홀 말숨이라. 주식(子息)을 귀(貴)치 아니타 후시니 쏘 뉘 귀(貴)후니잇가? 홍션[493] 밧 주식(子息)도 귀(貴)치 아니타 말숨이니잇가? 씨둧지 못홀쇼이다."

녜뷔(禮部ㅣ) 우어 왈(曰),

"너의 말이 궁진(窮盡)[494]후믈 알니로다. 홍션이 귀(貴)키야 니루랴? 그러나 나는 남의게 취졸(取拙)[495] 뵌 일 업고 옥동(玉童) 나흐라 쇼쳥(所請) 드리지 아녓노라."

태뷔(太傅ㅣ) 미쇼(微笑)후고 머리룰 숙이니 좌위(左右ㅣ) 일시(一時)의 긔롱(譏弄)후더라.

이러구러 칠(七) 일(日) 후(後) 쇼졔(小姐ㅣ) 여샹(如常)[496]후고 방즁(房中)을 쇄소(刷掃)후민 태뷔(太傅ㅣ) 드러가 쇼져(小姐)룰 볼시 위 공(公)이 친(親)히 기술 헤치고 히우(孩兒)룰

•••

112면

안아 태부(太傅)룰 뵈니 싱(生)이 눈을 드러 보민 임의 산천(山川) 졍긔(精氣)룰 타나 옥안봉목(玉顏鳳目)이 녕형신이(瑩炯神異)[497]후야 묽은 눈을 훈 번(番) 써 두루민 사룸을 아는 둧후고 모진[498] 입과 너룬 니민 임의 가문(家門)을 흥(興)후고 주긔(自己) 긔업(基業)[499]을

492) 휘딕: 이 말에 '장삼(長衫)'이나 '자루'의 의미가 있으나 이 문맥과는 무관함. 문맥상 '이해가 안 됨'의 뜻으로 보이나 미상임.
493) 홍션: 이흥문이 가까이했던 기생으로서 후에 이흥문의 첩이 된 인물.
494) 궁진(窮盡): 다하여 없어짐.
495) 취졸(取拙): 취졸. 졸렬함을 취함.
496) 여샹(如常): 여상. 평소와 다름이 없음.
497) 녕형신이(瑩炯神異): 영형신이. 빛나고 기이함.
498) 모진: 각진.
499) 긔업(基業): 기업. 대대로 물려 내려오는 재산과 사업.

니을지라. 비록 침믁(沈默) 단졍(端整)ᄒᆞ나 ᄌᆞ연(自然)이 웃ᄂᆞᆫ 입이 낭연(朗然)ᄒᆞ고 미위(眉宇ㅣ) 열니여 쇼셩(笑聲)이 낭낭(朗朗)ᄒᆞ니 공(公)이 쇼왈(笑曰),

"ᄎᆞᄋᆡ(此兒ㅣ) 비록 어리나 그ᄃᆡ도곤 나으니 엇지 경ᄉᆡ(慶事ㅣ) 아니리오?"

ᄉᆡᆼ(生)이 쇼이브답(笑而不答)ᄒᆞ고 스ᄉᆞ로 무릅헤 안아 어ᄅᆞ만져 교무(嬌撫)ᄒᆞ니 공(公)이 웃고 밧그로 나가니,

ᄉᆡᆼ(生)이 ᄋᆞᄌᆞ(兒子)ᄅᆞᆯ 안고 쇼져(小姐)ᄅᆞᆯ 향(向)ᄒᆞ야 순산(順産)ᄒᆞᆷ을 치하(致賀)ᄒᆞ니 쇼제(小姐ㅣ) 븟그려 운빙(雲鬢)[500]을 ᄂᆞᄌᆞ고 아미(蛾眉)[501]ᄅᆞᆯ 숙여 믁믁(默默)ᄒᆞ니 태뷔(太傅ㅣ) 그윽이 웃고

•••

113면

골오ᄃᆡ,

"부인(夫人)이 이졔 동치(童穉) 신뷔(新婦ㅣ) 아니오, 나히 이십(二十)이며 ᄉᆡᆼ(生)을 만난 지 십(十) 년(年)이 거의어ᄂᆞᆯ ᄆᆡ양 븟그려ᄒᆞ니 과연(果然) ᄒᆞᆫ 쇼졸(素拙)[502]ᄒᆞᆫ 인믈(人物)이로다."

쇼제(小姐ㅣ) ᄯᅩᄒᆞᆫ 답(答)지 못ᄒᆞ더라.

인(因)ᄒᆞ야 쇼제(小姐ㅣ) 여상(如常)ᄒᆞ야 일삭(一朔)을 머므러 ᄋᆞ지(兒子ㅣ) 날노 영오(穎悟)ᄒᆞ니 태뷔(太傅ㅣ) 능히(能-) ᄉᆞ랑을 억졔(抑制)치 못ᄒᆞ야 됴회(朝會) 길헤 날마다 들너 보고 가ᄂᆞᆫ지라 위ᄉᆡᆼ(-

---

500) 운빙(雲鬢): 운빈. 구름 같은 귀밑머리.
501) 아미(蛾眉): 누에나방의 눈썹이라는 뜻으로, 가늘고 길게 굽어진 아름다운 눈썹을 이르는 말. 미인의 눈썹을 이름.
502) 쇼졸(素拙): 소졸. 거칠고 서투름.

生) 등(等)이 희롱(戲弄)ᄒᆞ야 웃더라.

일삭(一朔)이 지나ᄆᆡ 위 시(氏) 구가(舅家)로 도라갈ᄉᆡ 부뫼(父母ㅣ) 결연(缺然)ᄒᆞ나 슈즁(手中)의 긔린(麒麟)을 안아 유졍(有情)ᄒᆞᆫ 댱부(丈夫)와 춍ᄋᆡ(寵愛)ᄒᆞᄂᆞᆫ 구고(舅姑)의게 도라가니 무ᄉᆞᆷ 근심이 이시리오.

니부(李府)의셔 일개(一家ㅣ) ᄒᆞᆫ 당(堂)의 모다 위 시(氏) ᄋᆞᄌᆞ(兒子)를 보ᄆᆡ 크게 긔이(奇異)히 너겨 졔셩(齊聲)[503] 칭찬(稱讚)ᄒᆞ고 승샹(丞相)이

•••

114면

어ᄅᆞᄆᆞᆫ져 탄식(歎息) 왈(曰),

"내 브ᄌᆡ박덕(不才薄德)[504]으로 ᄌᆞ손(子孫)이 다 이러ᄐᆞᆺ 긔특(奇特)ᄒᆞ니 이ᄂᆞᆫ 다 조션(祖先) 젹덕(積德) 여음(餘蔭)[505]인가 ᄒᆞ노라."

연왕(-王)이 ᄯᅩᄒᆞᆫ 깃거 흠신(欠身) ᄃᆡ왈(對曰),

"셩괴(盛敎ㅣ) 맛당ᄒᆞ시이다. ᄎᆞᄋᆡ(此兒ㅣ) 이러ᄐᆞᆺ 비샹(非常)ᄒᆞ니 명(名)을 웅닌이라 ᄒᆞᄂᆞ이다."

승샹(丞相)이 올타 ᄒᆞ니 ᄀᆡ국공(--公) 등(等)이 졔셩(齊聲)ᄒᆞ야 태부(太傅)를 향(向)ᄒᆞ야 ᄀᆞᆯ오ᄃᆡ,

"젼일(前日) 내 일ᄌᆞᆨ 드ᄅᆞ니 현질(賢姪)이 위 시(氏)를 ᄃᆡ(對)ᄒᆞ야 여ᄎᆞ여ᄎᆞ(如此如此) ᄒᆞ더라 ᄒᆞ니 샹텬(上天)이 그 졍셩(精誠)을 감동(感動)ᄒᆞ야 웅닌의 아ᄅᆞᆷ다오미 진짓 옥동(玉童)이라 그 ᄆᆞᄋᆞᆷ이 엇더

503) 졔셩(齊聲): 제성. 소리를 함께 냄.
504) 브ᄌᆡ박덕(不才薄德): 부재박덕. 재주가 없고 덕이 부족함.
505) 여음(餘蔭): 조상이 쌓은 공덕으로 자손이 받는 덕.

ᄒᆞ뇨?"

태뷔(太傅ㅣ) 슈려(秀麗)ᄒᆞᆫ 미우(眉宇)의 우음을 먹음고 흠신(欠身) ᄃᆡ왈(對曰),

"쇼질(小姪)이 병(病)드지 아냐시니 엇지 이런 긔괴지언(奇怪之言)을 ᄒᆞ여시리잇고? 이 다 운교의 허언(虛言)이오 녜부(禮部) 형(兄)

•••

115면

이 보ᄐᆡ미라. 슉부(叔父)ᄂᆞᆫ 고지듯지 마ᄅᆞ쇼셔."

졔공(諸公)이 일시(一時)의 위 시(氏)ᄅᆞᆯ 향(向)ᄒᆞ야 치하(致賀)ᄒᆞ니 쇼졔(小姐ㅣ) ᄯᆞᆯ니 부복(俯伏)ᄒᆞ여 옥면(玉面)의 븟그리믈 ᄯᅴ여시니 구괴(舅姑ㅣ) 그 용ᄎᆡ(容彩)ᄅᆞᆯ 긔이(奇異)히 넉이더라.

쇼휘(-后ㅣ) 슉현당(--堂)의 도라와 졔부(諸婦)ᄅᆞᆯ 모화 담쇼(談笑)ᄒᆞᆯᄉᆡ 녀 시(氏) 이(二) ᄌᆡ(子ㅣ) 잇고 님 시(氏) 일 ᄌᆡ(子ㅣ) 이셔 개개(箇箇)히 곤강(崑岡)[506] 미옥(美玉) ᄀᆞᄐᆞ나 봉닌과 웅닌의 긔이(奇異)ᄒᆞᆫ 풍ᄎᆡ(風采)ᄅᆞᆯ 겯우리 업ᄉᆞ니 휘(后ㅣ) 심즁(心中)의 두긋거오믈 이긔지 못ᄒᆞ야 희긔(喜氣) 무ᄅᆞ녹으니 졔ᄌᆞ(諸子) 졔뷔(諸婦ㅣ) 깃브믈 이긔지 못ᄒᆞ더라.

이ᄯᅢ 뉴 공(公)이 태부(太傅)의 ᄉᆡᆼᄌᆞ(生子)ᄒᆞ믈 듯고 친(親)히 니부(李府)의 와 연왕(-王)을 보고 치하(致賀)ᄒᆞ며 ᄯᅩᄒᆞᆫ 태부(太傅)의 손을 잡고 ᄀᆞᆯ오ᄃᆡ,

"너 ᄀᆞᄐᆞᆫ 긔ᄌᆞ(奇子)ᄅᆞᆯ 내 팔ᄌᆡ(八字ㅣ) 박복(薄福)ᄒᆞ야 ᄌᆞ식(子息)

506) 곤강(崑岡): 곤강, 즉 곤산은 중국의 전설상의 산으로 황하의 원류이며 옥의 산지로 유명함.

•••

116면

을 삼지 못ᄒᆞ니 엇지 늣겁지[507] 아니리오? 너의 귀ᄌᆞ(貴子)를 잠간(暫間) 보고져 ᄒᆞ노라."

태뷔(太傅ㅣ) 샤례(謝禮)ᄒᆞ고 좌우(左右)로 공ᄌᆞ(公子)를 ᄃᆞ려오라 ᄒᆞ니 이윽고 난셤이 금의(錦衣) 기ᄉᆡ 싸 내여 오니 공(公)이 밧비 바라보고 크게 칭찬(稱讚)ᄒᆞ며 ᄯᅩᄒᆞᆫ 슬허 ᄀᆞᆯ오ᄃᆡ,

"만일(萬一) 오ᄂᆞᆯ이 녯날 ᄀᆞᆺ더면 ᄎᆞᄋᆡ(此兒ㅣ) 엇지 내 손ᄋᆡ(孫兒ㅣ) 되지 못ᄒᆞ리오? 노인(老人)이 무샹(無狀)ᄒᆞ야 ᄒᆞᆫ 낫 혈쇽(血屬)이 업고 현ᄋᆡ 이역(異域)의 츙군(充軍)ᄒᆞ야 ᄉᆡᆼ환(生還)ᄒᆞᆯ 쇼식(消息)이 업ᄉᆞ니 셕ᄉᆞ(昔事)를 고샹(顧想)[508]ᄒᆞᄆᆡ 엇지 슬프지 아니ᄒᆞ리오?"

셜파(說罷)의 휘루(揮淚)[509] 비챵(悲愴)ᄒᆞ니 태뷔(太傅ㅣ) 지극(至極)ᄒᆞᆫ ᄆᆞ음의 ᄯᅩᄒᆞᆫ 감동(感動)ᄒᆞ야 관(冠)을 숙이고 미위(眉宇ㅣ) 참연(慘然)[510]ᄒᆞ니 왕(王)이 위로(慰勞) 왈(曰),

"현형(賢兄)은 슬허 말나. 현ᄋᆡ 죵시(終是)히[511] ᄉᆡᆼ환(生還)

•••

117면

ᄒᆞ미 업술진ᄃᆡ 명공(明公)의 원근(遠近) 족당(族黨) 즁(中) 셩친(誠親)[512]을 ᄀᆞᆯ히여 계후(繼後)[513]ᄒᆞ야 일ᄉᆡᆼ(一生)을 죵효(終孝)[514]ᄒᆞ게

---

507) 늣겁지:어떤 느낌이 마음에 북받쳐서 벅차지.
508) 고샹(顧想): 고상. 회상함.
509) 휘루(揮淚): 눈물을 뿌림.
510) 참연(慘然): 슬퍼하는 모양.
511) 죵시(終是)히: 종시히. 끝내.
512) 셩친(誠親): 성친. 성실하고 친함.

ᄒᆞ리라.”

공(公)이 샤례(謝禮) 왈(曰),

“뎐하(殿下)의 관념(觀念)[515]ᄒᆞ샤미 이러ᄐᆞᆺ ᄒᆞ니 지극(至極) 감샤(感謝)ᄒᆞ나 다시 경문 ᄀᆞᄐᆞᆫ 효ᄌᆞ(孝子) 엇기 쉬오리오?”

인(因)ᄒᆞ야 공ᄌᆞ(公子)ᄅᆞᆯ 유희(遊戲)ᄒᆞ야 ᄎᆞ마 ᄯᅥᄂᆞ지 못ᄒᆞ니 태뷔(太傅ㅣ) 심(甚)히 쳐연(悽然)ᄒᆞ야 겨ᄐᆡ 안자 화(和)ᄒᆞᆫ 안ᄉᆡᆨ(顔色)으로 온유(溫柔)ᄒᆞᆫ 말ᄉᆞᆷ이 유하(乳下) 젹ᄌᆞ(赤子)ᄂᆞᆫ ᄀᆞᄐᆞ니 뉴 공(公)이 더옥 ᄉᆞ랑ᄒᆞ며 왕(王)이 뉴 공(公)의 졍ᄉᆞ(情事)ᄅᆞᆯ 탄식(歎息)ᄒᆞ고 ᄋᆞᄌᆞ(兒子)의 효ᄒᆡᆼ(孝行)을 긔특(奇特)이 넉이더라.

이윽고 뉴 공(公)이 도라가니 태뷔(太傅ㅣ) 문(門)밧긔 가 ᄇᆡ별(拜別)ᄒᆞ고 감오(感悟)ᄒᆞ야 셔당(書堂)의 도라오니 녜부(禮部) 등(等)이 모다 담쇼(談笑)ᄒᆞ다가 태부(太傅)ᄅᆞᆯ 보고 우어 왈(曰),

“뉴 공(公)이 네 아ᄃᆞᆯ

•••

118면

을 보고 므어시라 ᄒᆞ더뇨?”

태뷔(太傅ㅣ) 옴겨 니ᄅᆞᆫᄃᆡ 녜뷔(禮部ㅣ) 쇼왈(笑曰),

“졍신(情事ㅣ ㄴ)즉 가(可)히 슬프도다. 연(然)이나 ᄂᆞᆺ 둣겁기ᄅᆞᆯ 면(免)치 못ᄒᆞ리로다.”

태뷔(太傅ㅣ) 블열(不悅) ᄃᆡ왈(對曰),

---

513) 계후(繼後): 양자로 대를 잇게 함.

514) 죵효(終孝): 종효. 어버이의 임종 때에 곁에서 정성을 다함. 여기에서는 ‘효도를 다함’의 의미로 쓰임.

515) 관념(觀念): 어떤 것에 마음이 끌려 주의를 기울임.

"셩인(聖人)이 기과(改過)ᄒᆞ믈 허(許)ᄒᆞ야 겨시니 뉴 공(公)이 당년(當年) 실톄(失體)ᄒᆞ야시나 도금(到今)ᄒᆞ야 기과(改過)ᄒᆞ야 어진 사ᄅᆞᆷ이 되여시니 엇지 셕ᄉᆞ(昔事)ᄅᆞᆯ 일ᄏᆞᄅᆞᆯ 배리잇고?"

녜뷔(禮部ㅣ) 낭연(朗然) 대쇼(大笑)ᄒᆞ고 좌우(左右)ᄅᆞᆯ 슬피니 빅문이 노긔(怒氣)ᄅᆞᆯ 먹음고 ᄌᆞ가(自家)ᄅᆞᆯ 보거ᄂᆞᆯ 녜뷔(禮部ㅣ) 이의 졍ᄉᆡᆨ(正色) 왈(曰),

"뎌거ᄉᆞᆫ ᄆᆡ양 블호지ᄉᆡᆨ(不好之色)으로 모든 ᄃᆡ 화긔(和氣)ᄅᆞᆯ 일코 댱취블셩(長醉不醒)[516] 거지(擧止) 츄잡(醜雜)ᄒᆞ니 현보 등(等)이 댱형(長兄)으로 안자 경계(警戒)치 아닛ᄂᆞ뇨?"

언미필(言未畢)의 한님(翰林)이 불연(勃然) 작ᄉᆡᆨ(作色) 왈(曰),

"녜부(禮部) 형(兄)이 쇼뎨(小弟)ᄅᆞᆯ 심(甚)히 믜워ᄒᆞ시

•••

119면

니 그 연고(緣故)ᄅᆞᆯ 아지 못ᄒᆞ야 의혹(疑惑)ᄒᆞᆫ지라. ᄆᆞ음속의 걸닌 일이 잇거든 쇼뎨(小弟)ᄅᆞᆯ 죽일지라도 일우시고 견집(堅執)[517]ᄒᆞ기ᄅᆞᆯ 마ᄅᆞ쇼셔."

녜뷔(禮部ㅣ) 쳥파(聽罷)의 실ᄉᆡᆨ(失色) 경왈(驚曰),

"네 날을 즐욕(叱辱)ᄒᆞᄂᆞᆫ 가온ᄃᆡ나 무심(無心)ᄒᆞᆫ 말이 아니라. 너의 외입(外入)ᄒᆞ믄 아란 지 오라나 골육(骨肉) ᄉᆞ이 므ᄉᆞᆷ 참언(讒言)[518]을 드럿ᄂᆞ뇨? ᄌᆞ시 닐너 내 죄(罪) 만일(萬一) 이실진ᄃᆡ 네게 가ᄉᆡ를 져 청죄(請罪)ᄒᆞ리라."

---

516) 댱취블셩(長醉不醒): 장취불성. 늘 술에 취해 깨지 않음.
517) 견집(堅執): 자신의 의견을 바꾸거나 고치지 않고 버팀.
518) 참언(讒言): 참소하는 말.

한님(翰林)이 노긔(怒氣) 븍바텨 눈을 브르ᄯᅳ고 쇼릐ᄅᆞᆯ 놉히며 부체로 ᄡᅡ흘 두ᄃᆞ려 ᄀᆞᆯ오ᄃᆡ,

"내 엇지 상공(相公)을 즐욕(叱辱)ᄒᆞ리오? 형(兄)이 요ᄉᆞ이 내 지은 죄(罪) 업시 믜워ᄒᆞ시니 필연(必然) 곡졀(曲折)이 이시미라 내 엇지 알니오? ᄉᆞᄉᆞ로 ᄉᆞᆯ피고 쇼뎨(小弟)ᄅᆞᆯ 너모 믜워 말

•••

120면

지어다."

녜뷔(禮部ㅣ) 텽파(聽罷)의 ᄇᆞᆯ연(勃然) 대로(大怒) 왈(曰),

"내 비록 미셰(微細)ᄒᆞ나 너의게 십(十) 년(年) 댱(長)이라. 네 셜ᄉᆞ(設使) 요ᄉᆞ이 간녀(奸女)의 슈듕(手中)의 ᄡᅡ져 인ᄉᆡ(人事ㅣ) 혼암(昏闇)[519]ᄒᆞ고 그ᄅᆞᆺ되여신들 나ᄂᆞᆫ 네게 간셥(干涉)ᄒᆞ미 업거ᄂᆞᆯ 감히(敢-) 면욕(面辱)[520]ᄒᆞ야 업슈이넉이믈 홍모(鴻毛)ᄀᆞ치 ᄒᆞᄂᆞ뇨? 너의 형상(形狀)이 ᄇᆞᆯ셔 크게 ᄎᆞᆷ소(讒訴)ᄅᆞᆯ 드러 요ᄉᆞ이 우형(愚兄)곳 보면 ᄉᆞᄉᆡᆨ(辭色)을 변(變)ᄒᆞ니 내 의심(疑心)이 동(動)ᄒᆞ엿ᄂᆞᆫ지라. 대강(大綱) 그 연고(緣故)ᄅᆞᆯ 니ᄅᆞ라."

ᄇᆡᆨ문이 노긔(怒氣) 면ᄉᆡᆨ(面色)의 퍼러[521]ᄒᆞ야 ᄯᅱ놀며 왈(曰),

"하 말 됴흔 톄ᄒᆞ야 관쇽(管束)[522]지 말지어다. 내 다 아노라."

녜뷔(禮部ㅣ) 더옥 놀나 다시 뭇고져 ᄒᆞ더니 믄득 보니 샹셔(尙書)와 태뷔(太傅ㅣ) 의관(衣冠)을 그ᄅᆞ고 ᄯᅳᆯ히 ᄂᆞ려 머리ᄅᆞᆯ 두ᄃᆞ려

---

519) 혼암(昏闇): 어리석고 못나서 사리에 어두움.

520) 면욕(面辱): 면전에서 모욕함.

521) 러: [교] 원문에는 '퍼'로 되어 있으나 문맥을 고려해 규장각본(15:96)과 연세대본(15:120)을 따름.

522) 관속(管束): 행동을 잘 제어함.

ᄀᆞᆯ오ᄃᆡ,

"쇼뎨(小弟) 등(等)

•••

121면

이 블민(不敏)ᄒᆞ야 금일(今日) 삼뎨(三弟) 형샹(形狀)이 여ᄎᆞ(如此)ᄒᆞ니 이 다 쇼뎨(小弟) 등(等)의 죄(罪)라. 형댱(兄丈)은 ᄲᆞᆯ니 뎨(弟) 등(等)을 틔댱(笞杖)ᄒᆞ샤 법(法)을 졍(正)히 ᄒᆞ쇼셔."

녜뷔(禮部ㅣ) 놀나 강잉(强仍)ᄒᆞ야 ᄀᆞᆯ오ᄃᆡ,

"운보의 우형(愚兄) 면칙(面責)[523]ᄒᆞ미 다 나의 블쵸(不肖)ᄒᆞ미라 엇지 현뎨(賢弟) 등(等)이 죄(罪)를 일ᄏᆞᄅᆞ리오?"

샹셰(尙書ㅣ) 다시 샤례(謝禮) 왈(曰),

"형댱(兄丈)은 니문(李門) 대통(大統)을 밧드ᄅᆞ신 큰 몸이시라. 문호(門戶)의 ᄇᆞ라미 막즁(莫重)ᄒᆞ고 가문(家門)의 읏듬이어ᄂᆞᆯ 빅문의 무례(無禮)ᄒᆞ미 극(極)ᄒᆞᆫ 변고(變故ㅣ)라. 쇼뎨(小弟) 등(等)이 ᄀᆞᄅᆞ치지 못ᄒᆞᆫ 죄(罪)를 닙고 버거 져를 다ᄉᆞ려 죄(罪)를 졍(正)히 ᄒᆞ리이다."

녜뷔(禮部ㅣ) 미쇼(微笑) 왈(曰),

"젹은 일을 이ᄃᆡ도록 대ᄉᆞ로이 굴니오? 현뎨(賢弟) 등(等)이 내 ᄯᅳᆺ을 모ᄅᆞ미 심(甚)ᄒᆞ도다."

인(因)ᄒᆞ야 친(親)

---

523) 면칙(面責): 면책. 대면한 자리에서 책망함.

•••

122면

히 계(階)의 ᄂᆞ려 샹셔(尙書) 등(等)을 잇그러 올ᄂᆞ오니 샹셰(尙書ㅣ) 마지못ᄒᆞ야 당(堂)의 올나 좌우(左右)로 한님(翰林)을 잡아 ᄂᆞ리오라 ᄒᆞ니 녜뷔(禮部ㅣ) 미쇼(微笑)ᄒᆞ고 말녀 왈(曰),

"내 엇지 부모(父母)의 ᄉᆡᆼ아(生我)ᄒᆞ신 고결(高潔)ᄒᆞᆫ ᄆᆞᄋᆞᆷ의 뎌 실셩지인(失性之人)의 욕(辱)을 개회(介懷)ᄒᆞ며 현데(賢弟) 슈고로이 ᄎᆡᆨ(責)ᄒᆞ리오? 내 비록 암ᄆᆡ(暗昧)ᄒᆞ나 그윽이 혜아리건ᄃᆡ 나의 운익(運厄)이 ᄇᆡᆨ문의게셔 날가 ᄒᆞᄂᆞ니 이 ᄯᅩ 텬쉬(天數ㅣ)라 개렴(介念)[524] ᄒᆞᆯ 배 아니니 현데(賢弟)ᄂᆞᆫ 용샤(容赦)ᄒᆞ라."

셜파(說罷)의 힘뻐 말니니 샹셰(尙書ㅣ) ᄒᆞᆯ일업셔 한님(翰林)을 크게 ᄎᆡᆨ왈(責曰),

"너의 향ᄀᆡᆨ(向刻)[525] 거죄(擧措ㅣ) 므ᄉᆞᆷ 도리(道理)뇨? 비록 외입(外入)ᄒᆞ고 실셩(失性)ᄒᆞᆫ 광심(狂心)이나 댱형(長兄) 공경(恭敬)ᄒᆞᆯ 줄을 모ᄅᆞ고 언에(言語ㅣ) 무ᄒᆡᆼᄑᆡ려(無行悖戾)[526] ᄒᆞ니 형댱(兄丈)의 관인(寬仁)ᄒᆞ

•••

123면

시므로 샤(赦)ᄒᆞ시거니와 야애(爺爺ㅣ) 아ᄅᆞ실진ᄃᆡ 네 죄(罪) 어ᄃᆡ 미쳣ᄂᆞ뇨?"

---

524) 개렴(介念): 개념. 어떤 일 따위를 마음에 두고 생각하거나 신경을 씀. 개회(介懷).
525) 향ᄀᆡᆨ(向刻): 향각. 접때.
526) 무ᄒᆡᆼᄑᆡ려(無行悖戾): 무행패려. 행실이 볼 만한 것이 없고, 언행이나 성질이 도리에 어그러지고 사나움.

한님(翰林)이 비록 노긔(怒氣) ᄀᆞ득ᄒᆞ나 ᄇᆡᆨ형(伯兄)의 엄졍(嚴正)ᄒᆞᆫ 경계(警戒)와 쥰엄(峻嚴)ᄒᆞᆫ 안ᄉᆡᆨ(顔色)이 셜샹가빙(雪上加氷) ᄀᆞᄐᆞ믈 잠간(暫間) 두려 피셕(避席) 샤죄(謝罪)ᄒᆞ야 그ᄅᆞᆺᄒᆞ믈 일ᄏᆞᆺ거ᄂᆞᆯ 녜뷔(禮部ㅣ) 다시 문왈(問曰),

"현뎨(賢弟) 우형(愚兄)을 공치(公恥)[527]ᄒᆞ미 일시(一時) 취언(醉言)이 아니라 그 쥬의(主義)ᄅᆞᆯ 가(可)히 듯고져 ᄒᆞ노라."

한님(翰林)이 ᄂᆡᆼ연(冷然) 브답(不答)ᄒᆞ고 니러 드러가거ᄂᆞᆯ 녜뷔(禮部ㅣ) 기리 탄식(歎息)고 샹셔(尙書)ᄅᆞᆯ 도라보아 ᄀᆞᆯ오ᄃᆡ,

"운보의 외입(外入)ᄒᆞ미 여ᄎᆞ(如此)ᄒᆞ니 슉부모(叔父母) ᄇᆞᆰ은 교훈(教訓)이 이져지믈 탄(嘆)ᄒᆞ거니와 노수(-嫂)ᄂᆞᆫ 요인(妖人) 노 시(氏)의 아이라 필연(必然) 그 형(兄)을 내친 혐의(嫌疑)로 날을 ᄎᆞᆷ쇼(讒訴)ᄒᆞ미 잇ᄂᆞᆫ가 ᄒᆞᄂᆞ니

•••

124면

그 해(害)ᄅᆞᆯ 바드미 쉬올가 ᄒᆞ노라."

샹셰(尙書ㅣ) 역시(亦是) 츄연(惆然)ᄒᆞ야 ᄀᆞᆯ오ᄃᆡ,

"오문(吾門)이 ᄃᆡᄃᆡ(代代)로 영화(榮華) 부귀(富貴)ᄅᆞᆯ 씌이믈 심(甚)히 ᄒᆞ엿ᄂᆞᆫ지라 엇지 ᄌᆡ홰(災禍ㅣ)[528] 업ᄉᆞ리잇고? 삼뎨(三弟) 뎌러홈도 졔 ᄆᆞ음이 아냐 운슈(運數)의 ᄃᆞᆯ니민가 ᄒᆞᄂᆞ이다."

녜뷔(禮部ㅣ) 탄식(歎息)고 심(甚)히 즐겨 아니ᄒᆞ더라.

한님(翰林)이 ᄎᆡ각(-閣)의 드러가니 노 시(氏) 문왈(問曰),

---

527) 공치(公恥): 대놓고 모욕을 줌.
528) ᄌᆡ홰(災禍ㅣ): 재화. 재앙과 화.

"샹공(相公)이 엇지 ᄉᆞ식(辭色)이 블호(不好)ᄒᆞ시뇨?"

한님(翰林)이 분연(憤然)이 니 ᄀᆞ[529]라 녜부(禮部)의 말을 옴겨 니ᄅᆞ니 노 시(氏) 차악(嗟愕)[530] 탄식(歎息) 왈(曰),

"사ᄅᆞᆷ의 념치(廉恥) 이러ᄒᆞ고 므ᄉᆞ 일을 못 ᄒᆞ리오? 녜부(禮部) 샹공(相公)이 화 시(氏) 뜻을 바다 샹공(相公)을 믜워ᄒᆞ니 젼두(前頭)[531]의 모해(謀害)ᄒᆞᄂᆞᆫ 홰(禍ㅣ) 이시리니 이ᄅᆞᆯ ᄉᆡᆼ각ᄒᆞ니 심골(心骨)이 셔늘ᄒᆞᄂᆞ이다."

ᄉᆡᆼ(生)이

•••

125면

이 말을 듯고 더옥 ᄒᆞᆫ(恨)ᄒᆞ야 대즐(大叱) 왈(曰),

"내 사라셔 화 시(氏)ᄅᆞᆯ 죽이지 아니면 대댱뷔(大丈夫ㅣ) 아니라."

ᄒᆞ고 ᄉᆞᄆᆡᄅᆞᆯ 썰쳐 운셩각(--閣)의 가니,

화 시(氏) 옥빙(玉鬢)을 ᄆᆞᆰ게 ᄒᆞ고 홍샹ᄎᆡ의(紅裳彩衣)ᄅᆞᆯ 졍(正)히 ᄒᆞ야 쇼ᄆᆡ(小妹) 월쥬로 더브러 바독 두거ᄂᆞᆯ ᄉᆡᆼ(生)이 감히(敢-) 노(怒)ᄅᆞᆯ 발(發)치 못ᄒᆞ야 사챵(紗窓)의 거러안자 노목(怒目)으로 쇼져(小姐)ᄅᆞᆯ 보니 쇼졔(小姐ㅣ) 놀나 니러셔고 월쥐 도라보고 쇼왈(笑曰),

"거게(哥哥ㅣ) 엇지 니ᄅᆞ러 겨시니잇가?"

ᄉᆡᆼ(生)이 강잉(强仍) 답왈(答曰),

---

529) ᄀᆞ: [교] 원문에는 'ᄂᆞ'로 되어 있으나 문맥을 고려해 규장각본(15:99)과 연세대본(15:124)을 따름.

530) 차악(嗟愕): 몹시 놀람.

531) 젼두(前頭): 전두. 지금부터 다가오게 될 앞날.

"너의 져졔(姐姐ㅣ) 날을 ᄇᆞ리니 내 뭇고져 니ᄅᆞ럿노라."

쇼졔(小姐ㅣ) 졍ᄉᆡᆨ(正色) 왈(曰),

"져졔(姐姐ㅣ) 엇지 거거(哥哥)ᄅᆞᆯ ᄇᆞ리리오? 거게(哥哥ㅣ) 부모(父母)의 경계(警戒)ᄅᆞᆯ 홍모(鴻毛)ᄀᆞ티 넉이시고 박ᄃᆡ(薄待)ᄒᆞ야 심규(深閨)의 드리쳐 두고 흘노 실셩지언(失性之言)으로

•••

126면

져져(姐姐)ᄅᆞᆯ 칙(責)ᄒᆞ시ᄂᆞ뇨?"

ᄉᆡᆼ(生)이 노ᄉᆡᆨ(怒色) 왈(曰),

"지아비 블민(不敏)ᄒᆞ야 쇼ᄃᆡ(疏待)[532]ᄒᆞᆫ들 녈녜(烈女ㅣ) 두 ᄯᅳᆺ을 두더냐?"

쇼졔(小姐ㅣ) 차악경동(嗟愕驚動)[533] 왈(曰),

"거게(哥哥ㅣ) 취듕(醉中)이신들 이런 고이(怪異)ᄒᆞᆫ 말을 ᄒᆞ시ᄂᆞ뇨? 쇼ᄆᆡ(小妹) 당당(堂堂)이 부모(父母)긔 고(告)ᄒᆞ리라."

ᄉᆡᆼ(生)이 쇼ᄆᆡ(小妹)의 녈직(烈直)[534]ᄒᆞᆷ을 두려 도로혀 웃고 ᄀᆞᆯ오ᄃᆡ,

"화 시(氏) 날을 하 ᄆᆡ몰이 먼리ᄒᆞ니 우형(愚兄)이 무궁(無窮)ᄒᆞᆫ 졍(情)을 두고 화락(和樂)지 못ᄒᆞ니 도로혀 심홰(心火ㅣ)[535] 되여 말이 그러ᄒᆞ도다. 쇼ᄆᆡ(小妹)ᄂᆞᆫ 고이(怪異)히 넉이지 말나."

쇼졔(小姐ㅣ) 낭낭(朗朗)이 웃고 화 시(氏)ᄅᆞᆯ 도라보와 ᄀᆞᆯ오ᄃᆡ,

---

532) 쇼ᄃᆡ(疏待): 소대. 푸대접을 함.
533) 차악경동(嗟愕驚動): 매우 놀람.
534) 녈직(烈直): 열직. 매섭고 곧음.
535) 심홰(心火ㅣ): 마음에서 북받쳐 나는 화.

"져져(姐姐)ᄂᆞᆫ 앗가 못 ᄆᆞᄎᆞᆫ 승부(勝負)ᄅᆞᆯ ᄆᆞᆺᄉᆞ이다."

화 시(氏) ᄂᆞ[536]즉이 ᄀᆞᆯ오ᄃᆡ,

"정당(正堂) 문안(問安)이 ᄂᆞ져시니 드러가사이다."

셜파(說罷)의 몸을 니러셔거ᄂᆞᆯ ᄉᆡᆼ(生)이 ᄆᆞ음

•••

127면

의 제 ᄌᆞ가(自家)ᄅᆞᆯ ᄆᆡ이 넉여 피(避)ᄒᆞ니라 ᄒᆞ야 ᄆᆡ오미 ᄉᆞᆷ킬 ᄃᆞᆺᄒᆞ야 브지블각(不知不覺)[537]의 나아가 옥슈(玉手)ᄅᆞᆯ 잡아 안치고 ᄀᆞᆯ오ᄃᆡ,

"쇼ᄉᆡᆼ(小生)이 비록 비루(鄙陋)ᄒᆞ나 악댱(岳丈)이 뉵녜(六禮)[538]로 ᄂᆡ게 허(許)ᄒᆞ시니 부부(夫婦) 대륜(大倫)이 명명(明明)ᄒᆞ거ᄂᆞᆯ 엇진 고(故)로 ᄆᆡ양 이리 ᄆᆡ워ᄒᆞᄂᆞ뇨? 그 ᄯᅳᆺ이 심샹(尋常)치 아니리니 ᄌᆞ시 알고져 ᄒᆞ노라."

쇼제(小姐ㅣ) 안ᄉᆡᆨ(顔色)이 ᄆᆡᆼ녈(猛烈)ᄒᆞ야 ᄒᆞᆫ 번(番) ᄲᅦᆯ치니 ᄉᆡᆼ(生)이 구러지ᄂᆞᆫ지라 더옥 노(怒)ᄒᆞ야 쇼ᄆᆡ(小妹)ᄅᆞᆯ 향(向)ᄒᆞ야 ᄀᆞᆯ오ᄃᆡ,

"너ᄂᆞᆫ 보라. 녀ᄌᆡ(女子ㅣ) 되여 가부(家夫)ᄅᆞᆯ 외간(外間) 남ᄌᆞ(男子)가치 피(避)ᄒᆞ니 내 엇지 ᄎᆞᆷ으리오?"

---

536) ᄂᆞ: [교] 원문에는 'ᄀᆞ'로 되어 있으나 문맥을 고려해 규장각본(15:101)과 연세대본(15:126)을 따름.

537) 브지블각(不知不覺): 부지불각. 자신도 깨닫지 못함.

538) 뉵녜(六禮): 육례. 『주자가례』를 따른 혼인의 여섯 가지 의식. 곧 납채(納采)·문명(問名)·납길(納吉)·납징(納徵)·청기(請期)·친영(親迎)을 말함. 납채는 신랑 집에서 청혼을 하고 신부 집에서 허혼(許婚)하는 의례이고, 문명은 납채가 끝난 뒤에 남자 집의 주인(主人)이 서신을 갖추어 사자를 여자 집에 보내어 여자 생모(生母)의 성(姓)을 묻는 의례며, 납길은 문명한 것을 가지고 와서 가묘(家廟)에 점쳐 얻은 길조(吉兆)를 다시 여자 집에 보내어 알리는 의례고, 납징은 남자 집에서 여자 집에 빙폐(聘幣)를 보내어 혼인의 성립을 더욱 확실하게 해주는 절차이며, 청기는 성혼(成婚)의 길일(吉日)을 정하는 의례이고, 친영은 신랑이 신부 집에 가서 신부를 맞이하여 신랑 집에 돌아오는 의례임.

쇼졔(小姐ㅣ) 화 시(氏)의 거동(擧動)을 보믹 싱(生)의 깁흔 뜻을 모르고 다만 우어 왈(曰),

"져져(姐姐)의 뎌러ᄒᆞ시미 거거(哥哥)의 타시니 모ᄅᆞ미 조

•••

128면

심(操心)ᄒᆞ야 비ᄅᆞ쇼셔."

셜파(說罷)의 낭낭(朗朗)이 웃고 안흐로 드러가니 싱(生)이 ᄇᆞ야흐로 쇼져(小姐)ᄅᆞᆯ 잡고 노목(怒目)이 진녈(振烈)[539]ᄒᆞ야 ᄀᆞᆯ오ᄃᆡ,

"그ᄃᆡ 므ᄉᆞᆷ 연고(緣故)로 싱(生)을 염고(厭苦)[540]ᄒᆞ미 이 곳의 미쳐시며 엇던 곳의 ᄆᆞᄋᆞᆷ을 향의(向意)[541]ᄒᆞ고 날을 원슈(怨讎)로 지목(指目)ᄒᆞᄂᆞ뇨? 고인(古人)의 부화쳐슌(夫和妻順)[542]을 므어ᄉᆞᆯ 닐넛ᄂᆞ뇨마ᄂᆞᆫ 그ᄃᆡᄂᆞᆫ 싱(生)을 만나던 날브터 닝안멸시(冷眼蔑視)[543]ᄒᆞ고 함구블언(緘口不言)ᄒᆞ야 지아비로 아지 아니ᄒᆞ니 싱(生)이 시이블견(視而不見)[544]ᄒᆞ다가 못ᄒᆞ야 뭇ᄂᆞ니 그 쥬의(主義)ᄅᆞᆯ 듯고져 ᄒᆞ노라."

쇼졔(小姐ㅣ) 년망(連忙)이 옥슈(玉手)ᄅᆞᆯ 썰치고 믈너안ᄌᆞ니 ᄆᆡ몰ᄒᆞᆫ 긔운이 일실(一室)을 움ᄌᆞ이ᄂᆞᆫ지라. 싱(生)이 대로(大怒)ᄒᆞ야 입속의셔 욕(辱)ᄒᆞᄃᆡ,

"쳔(賤)ᄒᆞᆫ 녀ᄌᆞ(女子ㅣ) 못

---

539) 진녈(振烈): 진렬. 맹렬히 성을 냄.
540) 염고(厭苦): 싫어하고 괴롭게 여김.
541) 향의(向意): 마음이 향함.
542) 부화쳐슌(夫和妻順): 부화처순. 남편은 온화하고 아내는 순종함.
543) 닝안멸시(冷眼蔑視): 냉안멸시. 차가운 눈초리로 업신여겨 바라봄.
544) 시이블견(視而不見): 시이불견. 보고도 못 본 체함.

•••

129면

쌀 뜻을 먹고 져러 굴거니와 ᄆᆞ츰내 길(吉)치 못ᄒᆞ리라."

셜파(說罷)의 좌우(左右)로 그ᄅᆞ슬 두ᄃᆞ리며 즛붊고 시노(侍奴)를 블너 쇼져(小姐) 유모(乳母)를 잡아내여 슈죄(數罪)ᄒᆞ실시 말마다 쇼져(小姐)의 무힝블측(無行不測)[545]ᄒᆞ믈 닐너 ᄆᆡ이 치기를 호령(號令)ᄒᆞ니 유뫼(乳母ㅣ) 비분(悲憤)ᄒᆞ믈 이긔지 못ᄒᆞ야 쇼ᄅᆡ 질너 ᄀᆞᆯ오ᄃᆡ,

"비ᄌᆞ(婢子ㅣ) 노야(老爺)와 부인(夫人) 명(命)을 밧ᄌᆞ와 존문(尊門)의 와 일즉 샹공(相公)긔 작죄(作罪)ᄒᆞᆫ 배 업ᄉᆞ오니 이ᄃᆡ도록 마ᄌᆞᆯ 죄(罪)를 모ᄅᆞᆯ쇼이다."

ᄉᆡᆼ(生)이 진목(瞋目)[546] 즐왈(叱曰),

"네게는 죄(罪) 업ᄉᆞ나 네 쇼져(小姐)의 죄(罪)로 마ᄌᆞ라."

유뫼(乳母ㅣ) 더옥 분(憤)ᄒᆞ야 고셩(高聲) 왈(曰),

"우리 쇼졔(小姐ㅣ) 므ᄉᆞᆷ 죄(罪) 잇ᄂᆞ니잇가? 드러오신 두 ᄒᆡ의 호발(毫髮)도 비례(非禮)와 그른 일이 업ᄉᆞᄃᆡ 노애(老爺ㅣ) 심규(深閨)

•••

130면

의 드리쳐 박ᄃᆡ(薄待)ᄒᆞ시고도 오히려 브죡(不足)ᄒᆞ야 이ᄃᆡ도록 침칙(深責)[547]ᄒᆞ시니 이 도시(都是)[548] 간녀(奸女)의 ᄎᆞᆷ쇠(讒訴ㅣ)라, 슬프다! 노야(老爺)는 너모 마ᄅᆞ쇼셔. 텬의(天意) 당당(堂堂)이 ᄉᆞᆯ피

545) 무힝블측(無行不測): 무행불측. 행실이 보잘것없고 속이 엉큼함.
546) 진목(瞋目): 눈을 부릅뜸.
547) 침칙(深責): 심책. 몹시 꾸짖음.
548) 도시(都是): 모두.

시리이다.”

싱(生)이 더옥 노(怒)ᄒᆞ야 시노(侍奴)를 ᄭᅮ지져 그 말을 듯지 아니ᄒᆞ고 치라 ᄒᆞ니 시뇌(侍奴ㅣ) 싱(生)의 포려(暴厲)[549] ᄒᆞᆫ 노긔(怒氣)와 산악(山岳) ᄀᆞᄐᆞᆫ 쇼ᄅᆡ를 듯고 넉시 업셔 힘ᄭᆞᆺ 치니 일(一) 쟝(杖)의 가족이 허여뎌 셩혈(腥血)[550]이 돌돌ᄒᆞᆫ지라. 유뫼(乳母ㅣ) 혼졀(昏絶)ᄒᆞ고 쇼졔(小姐ㅣ) ᄎᆞ마 보지 못ᄒᆞ더니,

텬ᄒᆡᆼ(天幸)으로 향풍(香風)이 진울(盡蔚)[551]ᄒᆞ고 옥픽(玉佩) 쟝쟝(錚錚)[552]ᄒᆞ더니 두어 시비(侍婢) 압셔고 일위(一位) 부인(夫人)이 홍군취삼(紅裙翠衫)[553]으로 ᄡᅡᆼ봉관(雙鳳冠)을 수기고 날호여 거러 나아오니 한님(翰林)이 놀나 눈을 드러 보니

•••

131면

이 곳 위 부인(夫人)이라. 비록 무궁(無窮)ᄒᆞᆫ 노긔(怒氣)와 외입(外入)ᄒᆞᆫ 광심(狂心)이나 젹은 념치(廉恥)ᄂᆞᆫ 이셔 밧비 몸을 니러 마ᄌᆞ니, 위 부인(夫人)이 잠간(暫間) 한님(翰林)의 경샹(景狀)을 ᄉᆞᆯ피고 그윽이 한심(寒心)ᄒᆞ야 츄파(秋波)를 ᄂᆞ초고 손을 ᄭᅩᆺ자 셔셔 동(動)치 아닌ᄃᆡ 한님(翰林)이 ᄑᆞᆯ흘 미러 ᄀᆞᆯ오ᄃᆡ,

“존쉬(尊嫂ㅣ) 엇진 고(故)로 좌(座)를 뎡(定)치 아니ᄒᆞ시ᄂᆞ뇨?”

쇼졔(小姐ㅣ) 침음(沈吟)ᄒᆞ다가 날호여 ᄀᆞᆯ오ᄃᆡ,

“쳡(妾)이 ᄆᆞᄎᆞᆷ 한가(閑暇)ᄒᆞ믈 인(因)ᄒᆞ야 이곳의 니ᄅᆞᄆᆡ 형벌(刑

549) 포려(暴厲): 포악하고 사나움.
550) 셩혈(腥血): 성혈. 비린내가 나는 피.
551) 진울(盡蔚): 향기 등이 자욱함.
552) 쟝쟝(錚錚): 쟁쟁. 옥이 부딪쳐 맑게 울리는 소리.
553) 홍군취삼(紅裙翠衫): 홍군취삼. 붉은 치마와 비취색 적삼.

罰)의 엄(嚴)ᄒᆞᆫ 거조(擧措ㅣ) 약(弱)ᄒᆞᆫ 심혼(心魂)이 어리믈 면(免)치 못ᄒᆞ고 ᄒᆞ믈며 계 시(氏)ᄂᆞᆫ 화 부인(夫人) 유뫼(乳母ㅣ)오, 쇼임(所任)이 등한(等閑)치 아니니 져ᄀᆞ치 즁죄(重罪)ᄅᆞᆯ 닙으믄 ᄠᅳᆺ밧기니 쳡(妾)이 놀나오믈 이긔지 못ᄒᆞ야 좌(座)ᄅᆞᆯ ᄇᆞ리과

•••

132면

이다."

한님(翰林)이 강잉(强仍)ᄒᆞ야 웃고 ᄃᆡ왈(對曰),

"젹은 비ᄌᆡ(婢子ㅣ) 극(極)히 버릇업ᄉᆞᆫ 고(故)로 잠간(暫間) 다ᄉᆞ리미라 슈슈(嫂嫂)ᄂᆞᆫ 고이(怪異)히 넉이지 마ᄅᆞ쇼셔."

부인(夫人)이 졍ᄉᆡᆨ(正色) 왈(曰),

"계 유랑(乳娘)은 극(極)히 유식(有識)ᄒᆞ니 엇진 고(故)로 슉슉(叔叔)의게 블만(不滿)ᄒᆞ미 이시리오? 쳥(請)컨ᄃᆡ 슉슉(叔叔)은 샤(赦)ᄒᆞ쇼셔."

한님(翰林)이 블열(不悅) ᄃᆡ왈(對曰),

"ᄎᆞ인(此人)의 죄(罪) 등한(等閑)치 아니ᄒᆞ니 경(輕)히 샤(赦)치 못ᄒᆞᆯ쇼이다."

부인(夫人)이 쳥파(聽罷)의 그 무식(無識)ᄒᆞ믈 더옥 통히(痛駭)ᄒᆞ야 믄득 ᄂᆞᆺ빗ᄎᆞᆯ 거두워 믁믁(默默)ᄒᆞ니 이 졍(正)히 셜샹가빙(雪上加氷)이오 엄동상텬(嚴冬霜天)[554]이라. 태부(太傅)의 긔상(氣像)의 더으미 이시니 ᄉᆡᆼ(生)이 숑연(悚然) 황공(惶恐)ᄒᆞ야 즉시(卽時) 계 시(氏)ᄅᆞᆯ 샤(赦)ᄒᆞ고 손사(遜謝)[555]ᄒᆞ고 밧그로 나가니,

---

554) 엄동상텬(嚴冬霜天): 엄동상천. 추운 겨울의 서리 내리는 하늘.

위 시(氏) ᄇᆞ야흐로 탄

•••

133면

식(歎息)ᄒᆞ고 화 쇼져(小姐)ᄅᆞᆯ 향(向)ᄒᆞ여 연고(緣故)ᄅᆞᆯ 무ᄅᆞ니 화 시(氏) 가연(慨然) 실쇼(失笑) 왈(曰),

"이ᄂᆞᆫ 쇼뎨(小弟) 블쵸(不肖)ᄒᆞ야 유모(乳母)의게 죄(罪) 미ᄎᆞ미라 다ᄅᆞᆫ 연괴(緣故ㅣ) 아니니이다."

인(因)ᄒᆞ야 유모(乳母)ᄅᆞᆯ 븟드러 구호(救護)ᄒᆞ며 안ᄉᆡᆨ(顏色)이 ᄌᆞ약(自若)ᄒᆞ니 위 시(氏) 탄복(歎服)ᄒᆞ더니 이윽고 유랑(乳娘)이 졍신(精神)을 출혀 크게 울며 왈(曰),

"우리 쳔금(千金) 쇼제(小姐ㅣ) 그ᄃᆡ도록 팔ᄌᆡ(八字ㅣ) 사오나오샤 이런 위험(危險)ᄒᆞᆫ 형셰(形勢)ᄅᆞᆯ 당(當)ᄒᆞ실 쥴 알니오? 일노조ᄎᆞ 쇼제(小姐ㅣ) 목숨을 보젼(保全)치 못ᄒᆞ실 거시니 내 ᄎᆞ마 사라 쇼져(小姐)의 굿기믈 보리오?"

인(因)ᄒᆞ야 ᄉᆡᆼ(生)의 거동(擧動)을 뎐(傳)ᄒᆞ야 니ᄅᆞ고 눈믈이 비 오둣 ᄒᆞ니 위 시(氏) 챰연(慘然)ᄒᆞ야 위로(慰勞) 왈(曰),

"녜브터 어지니 일시(一時) 화(禍)ᄅᆞᆯ 만나믄 덧덧ᄒᆞᆫ

•••

134면

일이라. 현마 쇼져(小姐)의 텬ᄉᆡᆼ특질(天生特質)[556]노 죵시(終是) ᄆᆡ

555) 손사(遜謝): 손사. 겸손히 사양함.
556) 텬ᄉᆡᆼ특질(天生特質): 천생특질. 타고난 기특한 자질.

믈(埋沒)ᄒᆞ리오? 젹은덧[557] 운슈(運數)ᄂᆞᆫ 이러ᄒᆞ나 필경(畢竟)은 무ᄉᆞ(無事)ᄒᆞ리니 유랑(乳娘)은 관심(寬心)[558] ᄒᆞ라."

계 시(氏) 그 통달(通達)ᄒᆞᆫ 의논(議論)을 항복(降服)ᄒᆞ야 눈믈을 거두워 샤례(謝禮)ᄒᆞ고 화 시(氏)ᄂᆞᆫ 기리 툐탕(怊悵)[559] ᄒᆞ니 위 시(氏) ᄌᆡ삼(再三) 됴흔 말노 위로(慰勞)ᄒᆞ고 도라와 그 졍ᄉᆞ(情事)ᄅᆞᆯ 차셕(嗟惜)[560] ᄒᆞᄃᆡ 태부(太傅)ᄃᆞ려도 니ᄅᆞ지 아니ᄒᆞ더라.

---

557) 젹은덧: 잠깐.
558) 관심(寬心): 마음을 놓음.
559) 툐탕(怊悵): 초창. 슬퍼함.
560) 차셕(嗟惜): 차석. 애달프고 아까움.

니시셰딕록(李氏世代錄) 권지십뉵(卷之十六)

•••

1면

어시(於時)의 빅문이 노 시(氏)의 간춤(間讒)[561]을 혹(惑)히 드러 화 시(氏)를 죽이고져 뜻이 이시딕 부형(父兄)을 두려 감히(敢-) 발구(發口)[562]치 못ᄒ고 그 벌(罰)을 유랑(乳娘)의게 써 죽이고져 ᄒ다가 위 부인(夫人)의 말니믈 인(因)ᄒ야 노(怒)를 프지 못ᄒ니 더옥 블열(不悅)ᄒ야 칙당(-堂)의 도라오미 노 시(氏) ᄆ러 골오딕,

"쳡(妾)이 앗가 드ᄅ니 샹공(相公)이 운셩각(--閣)의 가 요란(擾亂)이 구ᄅ시더라 ᄒ니 긔 어인 일이러니잇가?"

싱(生)이 슈말(首末)을 다 니ᄅ니 노 시(氏) 실식(失色) 왈(曰),

"낭군(郎君)이 엇지 계규(稽揆)를 그딕도록 일흐시뇨? 대샹공(大相公)과 ᄎ샹공(次相公)이 화 시(氏) 편(便)을 드러 미셰(微細)ᄒᆫ 일이라도 그딕를 곤칙(困責)[563]ᄒ시

•••

2면

거늘, 이졔 위 부인(夫人)이 태부(太傅)의게 하리[564]ᄒ신즉 존구(尊

561) 간춤(間讒): 간참. 이간하는 말과 참소.
562) 발구(發口): 입을 열어 말을 함.
563) 곤칙(困責): 곤책. 괴롭히며 꾸짖음.
564) 하리: 참소. 허는 말.

舅)긔 고(告)ᄒᆞ야 샹공(相公)이 ᄯᅩ 죄(罪)를 닙으시리니 계 시(氏)를 치도 못ᄒᆞ고 샹공(相公)이 그른 고ᄃᆡ ᄲᅡ질 일이 극(極)히 가쇼(可笑)로와 뵈ᄂᆞ이다."

ᄉᆡᆼ(生)이 크게 ᄭᆡ드라 대로(大怒) 왈(曰),

"이 ᄒᆞᆫᆺ 찰녀(刹女)[565]로 인(因)ᄒᆞ야 내 부모(父母)긔 득죄(得罪)ᄒᆞᆫ ᄌᆞ식(子息)이 되고 모든 동ᄉᆡᆼ(同生)이 다 날을 믜여ᄒᆞ니 내 ᄎᆞ마 사라셔 이 분(憤)ᄒᆞ믈 견ᄃᆡ리오? 반야(半夜)의 ᄀᆞ마니 칼노 질너 죽이미 엇더ᄒᆞ뇨?"

노 시(氏) 놀나 말녀 왈(曰),

"군(君)은 이런 망녕(妄靈)된 말을 말나. 화 시(氏)를 죽이고는 그ᄃᆡ ᄃᆡ살(代殺)[566]ᄒᆞ미 반ᄃᆞᆺᄒᆞ리니 쳡(妾)의 쳥츈(靑春)을 엇지ᄒᆞ려 ᄒᆞ시ᄂᆞ뇨?"

ᄉᆡᆼ(生)이 유유(儒儒)[567] 브답(不答)이러라.

노 시(氏) 가마니 혜션으로 더브러 의논(議論)ᄒᆞ야 ᄀᆞᆯ오

•••

3면

ᄃᆡ,

"우리 계귀(稽揆ㅣ) 심밀(深密)[568]ᄒᆞ야 샹공(相公)이 의심(疑心)ᄒᆞ나 그 부모(父母)를 두려 발셜(發說)치 못ᄒᆞ니 연왕(-王)과 소휘(-后ㅣ) ᄇᆞᆰ기 귀신(鬼神) ᄀᆞᄐᆞ야도 잠간(暫間) 시험(試驗)ᄒᆞ미 엇더ᄒᆞ뇨?"

---

565) 찰녀(刹女): 여자 나찰. 나찰(羅刹)은 푸른 눈과 검은 몸, 붉은 머리털을 하고서 사람을 잡아먹으며, 지옥에서 죄인을 못살게 군다고 함. 여기에서는 못된 여자의 뜻으로 쓰임.

566) ᄃᆡ살(代殺): 대살. 살인자를 사형에 처함.

567) 유유(儒儒): 모든 일에 딱 잘라 결정을 내리지 못하고 어물어물한 데가 있음.

568) 심밀(深密): 생각이 깊고 빈틈이 없음.

혜션이 응낙(應諾)ᄒᆞ고 ᄯᅩ 젼(前)ᄃᆡ로 셔간(書簡)을 지어 조각을 여어 ᄒᆡᆼ(行)ᄒᆞ니 진실노(眞實-) 귀신(鬼神)의 죠홰(造化ㅣ)지라 뉘 알니오.

이ᄯᅢ 월쥬 쇼졔(小姐ㅣ) 곡난(曲欄)의 ᄇᆡ회(徘徊)ᄒᆞ야 그 거거(哥哥)의 거동(擧動)을 ᄌᆞ시 보고 그윽이 ᄋᆡ둘오믈 이긔지 못ᄒᆞ야 졍당(正堂)으로 드러가더니 길히셔 태부(太傅)를 만난지라. 쇼졔(小姐ㅣ) 이에 향긱(向刻)[569] 거조(擧措)를 니ᄅᆞ니 태뷔(太傅ㅣ) 더옥 놀나 이의 죠용이 닐오ᄃᆡ,

"삼뎨(三弟) 외입(外入)ᄒᆞ믄 아란 지 오라고 그 ᄒᆡᆼᄉᆞ(行事)를 부뫼(父母ㅣ) 드ᄅᆞ실 젹마다 의려(疑慮)[570]ᄒᆞ시니 쇼ᄆᆡ(小妹)는 모친(母親)긔 고(告)치 말고

...

4면

나죵을 보라. 텬되(天道ㅣ) 엇지 죵시(終是) 화수(-嫂)의 텬ᄉᆡᆼ슉질(天生淑質)[571]을 져ᄇᆞ리시리오?"

쇼졔(小姐ㅣ) 칭사(稱謝)ᄒᆞ고 드러가니 태뷔(太傅ㅣ) 침ᄉᆞ(沈思)[572] 샹냥(商量)ᄒᆞ야 이윽이 홋것다가[573] 셔당(書堂)의 나가니 한님(翰林)이 ᄎᆡ당(-堂)으로조차 나오거늘 태뷔(太傅ㅣ) 이에 졍ᄉᆡᆨ(正色) 왈(曰),

"네 앗가 므슴 연고(緣故)로 운셩각(--閣)의 가 작난(作亂)ᄒᆞᆫ다?"

---

569) 향긱(向刻): 향각. 접때.
570) 의려(疑慮): 의심하고 염려함.
571) 텬ᄉᆡᆼ슉질(天生淑質): 천생숙질. 타고난 착한 바탕.
572) 침ᄉᆞ(沈思): 침사. 조용히 정신을 모아서 깊이 생각함.
573) 홋것다가: 산보하다가.

한님(翰林)이 노식(怒色) 딕왈(對曰),

"뉘셔 뎌 말을 ᄒᆞ더니잇가?"

태뷔(太傅ㅣ) 이의 안식(顔色)을 싁싁이 ᄒᆞ고 소릐를 엄졍(嚴正)이 ᄒᆞ야 닐곱 가지로 수죄(數罪)ᄒᆞ고 다ᄉᆞᆺ 가지로 졀칙(切責)ᄒᆞ니 져그나 인심(人心)이 잇는 자(者)야 씌ᄃᆞᄅᆞ미 업ᄉᆞ리오마는 빅문은 이 흔 낫 실셩(失性)흔 광픽지인(狂悖之人)[574]이라 엇지 감동(感動)ᄒᆞ며 앗가 ᄀᆞᆺ 노 시(氏) 참쇼(讒訴)를 드럿는지라 블

•••

5면

연(勃然)[575] 쟉식(作色) 왈(曰),

"화 시(氏) 방ᄌᆞ(放恣)ᄒᆞ믹 그 유모(乳母)를 칙죄(責罪)[576]ᄒᆞ미 고이(怪異)ᄒᆞ리잇가마는 존싊(尊嫂ㅣ) 과도(過度)히 말니시거늘 톄면(體面)의 마지못ᄒᆞ야 샤(赦)ᄒᆞ엿더니 어ᄌᆞ러이 형쟝(兄丈)긔 ᄉᆞ며 참쇼(讒訴)ᄒᆞ야 이딕도록 박졀(迫切)[577]이 칙망(責望)ᄒᆞ시니 이 므ᄉᆞ 일이니잇가? 노 시(氏) 오문(吾門)의 ᄀᆞᆺ 드러와 힝ᄉᆡ(行事ㅣ) 의의(猗猗)[578]히 인즁(人衆)의 쒸여나딕 부뫼(父母ㅣ) 믜여ᄒᆞ시고 요인(妖人) 화녀(-女)의 참쇼(讒訴)를 신쳥(信聽)[579]ᄒᆞ샤 쇼졔(小弟)를 용납(容納)지 아니시며 졔(諸) 형뎨(兄弟) 일심동격(一心同格)[580]ᄒᆞ샤 쇼졔(小弟) 올흔 일을 ᄒᆞ야도 ᄉᆞ짓기를 못 미출 ᄃᆞ시 ᄒᆞ시니 쾌(快)히

574) 광픽지인(狂悖之人): 광패지인. 미친 사람처럼 말과 행동이 사납고 막됨.
575) 블연(勃然): 발연. 왈칵 성을 내는 태도나 일어나는 모양이 세차고 갑작스러움.
576) 칙죄(責罪): 책죄. 지은 죄를 꾸짖음.
577) 박졀(迫切): 박절. 인정이 없고 쌀쌀함.
578) 의의(猗猗): 아름다운 모양.
579) 신쳥(信聽): 신청. 믿고 곧이들음.
580) 일심동격(一心同格): 한마음으로 같이 행동함.

모다드러 우리 부부(夫婦)를 죽여 뭇지ᄅᆞ시고 쾌락(快樂)ᄒᆞ쇼셔."

인(因)ᄒᆞ야 분연(憤然)이 ᄉᆞᄆᆡ를 썰치고 안흐로 드러가니 태

•••

6면

뷔(太傅ㅣ) 대경(大驚) ᄒᆡ연(駭然)[581]ᄒᆞ야 ᄌᆞ차(咨嗟)[582] 왈(曰),

"나의 말이 금옥(金玉) ᄀᆞᆺᄐᆞ야도 ᄇᆡᆨ문이 뎌ᄃᆡ도록 된 후(後)의ᄂᆞᆫ 무익(無益)ᄒᆞ도다."

ᄎᆞ후(此後) 입을 즘으니라.

이때 쇼휘(-后ㅣ) ᄇᆡᆨ문의 외입(外入)ᄒᆞ믈 큰 우환(憂患)을 삼아시ᄃᆡ 시러금 가ᄅᆞ쳐 드[583]를 길히 업고 왕(王)이 함구(緘口)ᄒᆞ여 그 거동(擧動)을 보다가 크게 범(犯)ᄒᆞ면 죽이기를 졍(定)ᄒᆞᄂᆞᆫ 뜻을 스치고 즘즘(潛潛)ᄒᆞ야 시비(是非)를 아니ᄒᆞ더니,

일〃(一日)은 녜부(禮部) 흥문이 니ᄅᆞ러 말숨ᄒᆞᆯᄉᆡ 쇼휘(-后ㅣ) 또 그 우인(爲人)의 쵸셰(超世)[584]홈과 ᄌᆞ가(自家) 부부(夫婦) 우럴미 극진(極盡)ᄒᆞ믈 보ᄆᆡ ᄉᆞ랑이 졔ᄌᆞ(諸子)의 ᄂᆞ리지 아니ᄒᆞ더니, 이날 또 ᄒᆞᆫ 흔연(欣然)이 말숨ᄒᆞ다가 이윽고 례뷔(禮部ㅣ) 니러난 후(後) 홀연(忽然) 보니 난ᄃᆡ업ᄂᆞᆫ 셔

---

581) ᄒᆡ연(駭然): 해연. 몹시 이상스러워 놀람.

582) ᄌᆞ차(咨嗟): 자차. 한숨을 쉬며 한탄함.

583) 드: [교] 원문에는 '도'로 되어 있으나 오기로 보이므로 규장각본(16:5)과 연세대본(16:6)을 따름.

584) 쵸셰(超世): 초세. 세상에서 뛰어남.

•••

7면

간(書簡) 흔 장(張)이 싸져시되 극(極)히 신근(愼謹)[585]이 브쳣거늘 휘(后ㅣ) 고이(怪異)히 넉여 써혀 보니 것치, '졍인(情人) 니흥문은 화 쇼져(小姐) 금옥난간(金玉欄干)의 브치노라.' 흐엿거늘 휘(后ㅣ) 대경실식(大驚失色)흐야 펴 보지 아니코 급(急)히 금노(金爐)의 블을 집어 술와 브리고 크게 한심(寒心)흐야 일노써 화 시(氏) 해(害)흐는 근본(根本)이 될 거시오, 노 시(氏) 녯늘 그 형(兄)의 혐원(嫌怨)[586]으로 니(李) 례부(禮部)를 거더는[587] 줄을 짐작(斟酌)흐고 통흔(痛恨)[588]흐믈 이긔지 못흐나 스식(辭色)을 곳치지 아니흐니,

혜션이 몸을 곰쵸와 즈시 보고 크게 항복(降服)흐야 밧비 도라와 노 시(氏)를 되(對)흐야 니르니 노 시(氏) 대경(大驚) 왈(曰),

"이는 신인(神人)이라 옥황(玉皇)이 친님(親臨)흐셔도 속이지 못흘 거시니 이졔

•••

8면

는 낭군(郎君)을 졈졈(漸漸) 속여 누셜(漏泄)흐게 흐리라."

흐고 혜션으로 계규(稽揆)를 그르치다.

이러구러 두어 날이 지낫더니, 일일(一日)은 노 시(氏) 싱(生)드려 닐오되,

---

585) 신근(愼謹): 조심하고 삼감.
586) 혐원(嫌怨): 싫어하고 원망함.
587) 거더는: 거드는. 걷어 버리는.
588) 통흔(痛恨): 통한. 몹시 분하거나 억울하여 한스럽게 여김.

"앗가 보니 녜부(禮部) 샹공(相公)이 운셩각(--閣) 다히로 가시니 더옥 히이(駭異)혼지라 가셔 즈시 살피쇼셔."

싱(生)이 텽파(聽罷)의 대경차악(大驚嗟愕)[589] 호야 급(急)히 운셩각(--閣)의 니르니,

원닉(元來) 녜부(禮部) 홍문이 셔당(書堂)의 잇더니 홀연(忽然) 시비(侍婢) 홍애 나와 골오딕,

"화 쇼제(小姐ㅣ) 블의(不意)의 유질(有疾)호샤 위급(危急)호신 고(故)로 샹셔(尙書) 노야(老爺) 등(等)이 다 모드샤 진믹(診脈)호시고 급(急)히 막혓다 호샤 침(針)으로 긔운을 통(通)코져 호샤 노야(老爺)를 청(請)호시더이다."

례뷔(禮部ㅣ) 청파(聽罷)의 놀나 즉시(卽時) 옷오술 닙고 니러누니

•••

9면

홍애 블셔 가고 업ㅅ니 이는 혜션이 변(變)호야 홍애 되미라. 녜뷔(禮部ㅣ) 비록 춍명(聰明) 신긔(神奇)호나 엇지 씌드르리오.

쌜니 운셩각(--閣)의 니르니 ㅅ면(四面)이 젹젹(寂寂)호고 사창(紗窓)이 고요호거늘 녜뷔(禮部ㅣ) 본딕(本-) 믹ㅅ(每事)를 상심(詳審)[590] 호는지라 믄득 의아(疑訝)호야 머믓겨 난간(欄干)의셔 기촘호고 사롬을 브르니 시녀(侍女) 됴딕 나와 보고 놀나 골오딕,

"노애(老爺ㅣ) 므슴 연고(緣故)로 심야(深夜)의 니르러 겨시뇨?"

녜뷔(禮部ㅣ) 경왈(驚曰),

---

589) 대경차악(大驚嗟愕): 크게 놀람.
590) 상심(詳審): 상세히 살핌.

"앗가 홍애 니르러 여ᄎᆞ여ᄎᆞ(如此如此) ᄒᆞ거ᄂᆞᆯ 니르럿ᄂᆞ니 수슈(嫂嫂) 환휘(患候ㅣ) 엇더ᄒᆞ시뇨?"

됴ᄃᆡ 놀나 왈(曰),

"쇼졔(小姐ㅣ) 즉금(卽今) 평안(平安)ᄒᆞ시미 반셕(盤石) ᄀᆞᄐᆞ시니 엇지 이런 일이 이시리잇고?"

례뷔(禮部ㅣ) ᄯᅩᄒᆞᆫ 경아(驚訝)[591]ᄒᆞ야 이윽이 팀음(沈吟)[592]ᄒᆞ다가 몸

•••

10면

을 도로혀 나오더니 ᄇᆡᆨ문이 만면(滿面) 노ᄉᆡᆨ(怒色)으로 오다가 문왈(問曰),

"형댱(兄丈)이 엇지 이곳의 니르러 겨시니잇고?"

녜뷔(禮部ㅣ) ᄇᆡᆨ문의 유심(留心)ᄒᆞᆫ ᄯᅳᆺ은 쳔만(千萬) ᄉᆡᆼ각 밧기라 다만 그 연고(緣故)ᄅᆞᆯ 니ᄅᆞ고 ᄀᆞᆯ오ᄃᆡ,

"이곳의 오니 됴ᄃᆡ 말이 여ᄎᆞ여ᄎᆞ(如此如此)ᄒᆞᆫ지라 졍당(正堂)의 가 슉모(叔母)긔 뭇ᄌᆞᆸ고져 ᄒᆞ노라."

한님(翰林)이 당쵸(當初)의ᄂᆞᆫ 크게 ᄭᅮ짓고져 ᄒᆞ더니 당시(當時)ᄒᆞ야 녜부(禮部)의 화(和)ᄒᆞᆫ 긔운이 츈풍(春風) ᄀᆞᆺ고 말솜과 긔ᄉᆡᆨ(氣色)이 젼혀(專-) 무심(無心)ᄒᆞᆫ ᄃᆡ 이시니 ᄎᆞ마 발언(發言)치 못ᄒᆞ고 ᄯᅩ 큰 담냑[593](膽略)이 업ᄂᆞᆫ 고(故)로 ᄂᆡᆼ쇼(冷笑)ᄒᆞ고 죠롱(嘲弄)코져 ᄒᆞ

591) 경아(驚訝): 놀라고 의아해함.

592) 팀음(沈吟): 침음. 속으로 깊이 생각함.

593) 냑: [교] 원문에는 '낙'으로 되어 있으나 오기로 보이므로 규장각본(16:8)과 연세대본(16:10)을 따름.

더니,

홀연(忽然) 녜부(禮部)의 나는 ᄃᆞᆺ호 거롬이 졍(正)히 먼니 가시니 졍(正)히 분노(憤怒)ᄒᆞ더니 례부(禮部)의 가던 길히 셔간(書簡)이 ᄲᅡ졋

•••

11면

거ᄂᆞᆯ 의심(疑心)ᄒᆞ야 나아가 거두어 침당(-堂)의 니ᄅᆞ러 보니 이 곳 음난(淫亂)ᄒᆞᆫ 셔간(書簡)이라. 젼일(前日) 본 바로 ᄀᆞᆺᄒᆞ니 ᄉᆡᆼ(生)이 노긔(怒氣) 더옥 ᄇᆡᆨ(百) 댱(丈)이나 놉하 손으로 셔안(書案)을 치고 대로(大怒) 왈(曰),

“쳥명(淸明)ᄒᆞᆫ 일월지하(日月之下)의 이ᄃᆡ도록 음난(淫亂) 블측(不測)[594]ᄒᆞᆫ 거시 이시리오? 례부(禮部)는 내 ᄎᆞ마 쳐치(處置)치 못ᄒᆞ려니와 화 시(氏)야 내 못 쳐치(處置)ᄒᆞ리오?”

ᄒᆞ고 분연(憤然)이 죽일 ᄠᅳᆺ을 뎡(定)ᄒᆞ더라.

ᄎᆞ시(此時) 례뷔(禮部ㅣ) 정당(正堂)의 니ᄅᆞ니 후(后ㅣ) 쵹하(燭下)의셔『례긔(禮記)』ᄅᆞᆯ 술피거ᄂᆞᆯ 나아가 시좌(侍坐)ᄒᆞᆫᄃᆡ 후(后ㅣ) 경왈(驚曰),

“현질(賢姪)이 엇지 야심(夜深)ᄒᆞᆫᄃᆡ 니ᄅᆞ럿ᄂᆞ뇨?”

녜뷔(禮部ㅣ) 쇼이ᄃᆡ왈(笑而對曰),

“고이(怪異)ᄒᆞᆫ 일을 보고 니ᄅᆞ러ᄉᆞᆸᄂᆞ니 앗가 홍애 니ᄅᆞ러 여ᄎᆞ여ᄎᆞ(如此如此) ᄒᆞ거ᄂᆞᆯ 바로 운셩각(--閣)의 가니

---

594) 블측(不測): 불측. 마음이 음흉함.

•••

12면

화슈(-嫂)의 시녀(侍女) 됴딕 이리이리 ᄒᆞᄂᆞᆫ지라 극(極)히 고이(怪異)ᄒᆞ야 이의 니ᄅᆞ러 홍아ᄃᆞ려 뭇고져 ᄒᆞᄂᆞ이다."

휘(后ㅣ) 텽파(聽罷)의 블셔 태반(太半)이나 짐작(斟酌)고 더옥 경히(驚駭)[595] ᄒᆞ딕 강잉(强仍)ᄒᆞ야 닐오딕,

"내 일즉 현질(賢姪)을 브ᄅᆞ미 업고 홍애 내 안젼(眼前)[596]을 낫브터 써나지 아냐시니 어ᄂᆞ ᄉᆞ이 너를 브ᄅᆞ라 가리오? 아니 니믹망냥(魑魅魍魎)[597]을 보냐?"

녜뷔(禮部ㅣ) ᄯᅩᄒᆞᆫ 측냥(測量)치 못ᄒᆞ야 믁연(默然)ᄒᆞ다가 웃고 닐오딕,

"쇼질(小姪)이 비록 악광(樂曠)[598]의 총(聰)이 업ᄉᆞ나 니믹(魑魅)ᄂᆞᆫ 분변(分辨)ᄒᆞ리니 긔 엇진 일이런고? 가쟝 슈샹(殊常)ᄒᆞ거니와 ᄯᅩᄒᆞᆫ 대단치 아니ᄒᆞ이다."

인(因)ᄒᆞ야 니러 나가니 휘(后ㅣ) 기리 탄식(歎息)ᄒᆞ고 그 대홰(大禍ㅣ) 머지 아냐시믈 지긔(知機)[599]ᄒᆞ더라.

이튼날 한님(翰林)이

---

595) 경히(驚駭): 경해. 뜻밖의 일로 몹시 놀람.

596) 안젼(眼前): 안전. 눈의 앞. 또는 눈으로 볼 수 있는 가까운 곳.

597) 니믹망냥(魑魅魍魎): 이매망량. 도깨비.

598) 악광(樂曠): 사광(師曠). 중국 춘추시대 진(晉)나라 사람. 자는 자야(子野)로 저명한 악사(樂師)임. 눈이 보이지 않아 스스로 맹신(盲臣), 명신(瞑臣)으로 부름. 진(晉)나라에서 대부(大夫) 벼슬을 했으므로 진야(晋野)로 불리기도 함. 음악에 정통하고 거문고를 잘 탔으며 음률을 잘 분변했다 함.

599) 지긔(知機): 지기. 기미를 앎.

•••

13면

밤을 기ᄃᆞ려 젹은 칼을 가로 ᄎᆞ고 의관(衣冠)을 브텨 운셩각(--閣)의 니ᄅᆞ니 화 쇼졔(小姐ㅣ) 놀나 니러 마ᄌᆞᄆᆡ 이날은 젼(前)도곤 ᄆᆞᄋᆞᆷ이 더옥 무셥고 썰녀 계유 ᄒᆞᆫ 가의 좌(座)ᄅᆞᆯ 일우니 한님(翰林)이 노목(怒目)으로 냥구(良久)히 보ᄆᆡ 쥰엄(峻嚴)ᄒᆞᆫ 긔운이 쵹하(燭下)의 등등(騰騰)ᄒᆞᆫ지라 쇼졔(小姐ㅣ) 더옥 흉(凶)히 넉이더니 야심(夜深)ᄒᆞᆫ 후(後) 한님(翰林)이 이의 쇼ᄅᆡᄒᆞ야 슈죄(數罪) 왈(曰),

"음뷔(淫婦ㅣ) 금야(今夜)의 죽을 줄을 아ᄂᆞᆫ다?"

쇼졔(小姐ㅣ) ᄎᆞ언(此言)을 듯고 대경(大驚)ᄒᆞ야 신ᄉᆡᆨ(神色)이 ᄎᆞᆫ ᄌᆡ ᄀᆞᄐᆞ니 엇지 혜 도아 말이 나리오. ᄌᆞᆷᄌᆞᆷ(潛潛)ᄒᆞ니 한님(翰林)이 믄득 옷 ᄉᆞ이로죠ᄎᆞ 셔리 가ᄐᆞᆫ 보검(寶劍)을 ᄲᆡ혀 들고 ᄭᅮ지져 왈(曰),

"너 음뷔(淫婦ㅣ) 텬디(天地)의 용납(容納)지 못ᄒᆞᆯ 죄(罪) 이시니 그 아ᄂᆞᆫ다? 네 본ᄃᆡ(本-) ᄉᆞ족(士族) 녀ᄌᆞ(女子)로 네

•••

14면

아비 내게 뉵례(六禮)[600]로 허(許)ᄒᆞ니 피ᄎᆞ(彼此) 대륜(大倫)이 명명

600) 뉵례(六禮): 육례. <주자가례>를 따른 혼인의 여섯 가지 의식. 곧 납채(納采)·문명(問名)·납길(納吉)·납징(納徵)·청기(請期)·친영(親迎)을 말함. 납채는 신랑 집에서 청혼을 하고 신부 집에서 허혼(許婚)하는 의례고, 문명은 납채가 끝난 뒤에 남자 집의 주인(主人)이 서신을 갖추어 사자를 여자 집에 보내어 여자의 생모(生母)의 성(姓)을 묻는 의례며, 납길은 문명한 것을 가지고 와서 가묘(家廟)에 점쳐 얻은 길조(吉兆)를 다시 여자 집에 보내어 알리는 의례고, 납징은 남자 집에서 여자 집에 빙폐(聘幣)를 보내어 혼인의 성립을 더욱 확실하게 해주는 절차이며, 청기는 성혼(成婚)의 길일(吉日)을 정하는 의례이고, 친영은 신랑이 신부 집에 가서 신부를 맞이하여 신랑 집에 돌아오는 의례임.

(明明)ᄒᆞ거ᄂᆞᆯ 내 마ᄎᆞᆷ 운ᄋᆡᆨ(運厄)이 가리여 너ᄅᆞᆯ 운우지락(雲雨之樂)601)을 일우지 못ᄒᆞᆫ들 네 엇지 ᄎᆞ마 ᄉᆞ촌(四寸) ᄉᆡ아ᄌᆞ비(媤---)ᄅᆞᆯ 음증(淫烝)602)ᄒᆞ야 젼후(前後) 비례(非禮)의 셔간(書簡)이 강상(綱常) 대변(大變)이라. 당당(堂堂)이 너의 머리ᄅᆞᆯ 버히고 슈죡(手足)을 이(離)603)ᄒᆞ염 즉ᄒᆞᄃᆡ 내 짐ᄌᆞᆺ 모ᄅᆞᄂᆞᆫ 톄ᄒᆞ니 더옥 날을 어둡게 넉여 이제ᄂᆞᆫ 청(請)ᄒᆞ야 방(房)의 드리니 내 당당(堂堂)이 너 ᄀᆞᄐᆞᆫ 음악(淫惡)604)ᄒᆞᆫ 년을 쾌(快)히 법ᄉᆞ(法司)의 고(告)ᄒᆞ고 다ᄉᆞ리고져 ᄒᆞᄃᆡ 부뫼(父母ㅣ) 요슐(妖術)의 ᄲᅡ지샤 날만 그ᄅᆞ다 ᄒᆞ시니 법(法)으로 다ᄉᆞ리지 못ᄒᆞ나 당당(堂堂)ᄒᆞᆫ 대쟝뷔(大丈夫ㅣ) 음난(淫亂)ᄒᆞᆫ 겨집을 엇지 살와 두리오? 스ᄉᆞ로 너ᄅᆞᆯ 위(爲)ᄒᆞ야 븟그려 네 목슘이 블샹컨마ᄂᆞᆫ

•••

15면

삼(三) 쳑(尺) 검(劍)이 인졍(人情)이 업ᄂᆞ니 너ᄂᆞᆫ ᄒᆞᆫ(恨)치 말나."

셜파(說罷)의 원비(猿臂)ᄅᆞᆯ 느리혀 쇼져(小姐)의 구름 ᄀᆞᄐᆞᆫ 운환(雲鬟)을 플쳐 잡고 눈빗 ᄀᆞᄐᆞᆫ 칼흘 번득여 목을 향(向)ᄒᆞ니, 차회(嗟乎ㅣ)605)라! ᄎᆞ시(此時)ᄅᆞᆯ 당(當)ᄒᆞ야 화 시(氏) 한ᄑᆡᆼ(韓彭)606)의 용

601) 운우지락(雲雨之樂): 구름과 비를 만나는 즐거움이라는 뜻으로, 남녀의 정교(情交)를 이르는 말. 중국 초나라의 회왕(懷王)이 꿈속에서 자신을 무산(巫山)의 여자라 소개한 여인과 잠자리를 같이했는데, 그 여인이 떠나면서 자신은 아침에는 구름이 되고 저녁에는 비가 되어 양대(陽臺) 아래에 있다고 했다는 고사에서 유래함. 『문선(文選)』에 실린 송옥(宋玉)의 <고당부(高唐賦)>에 나오는 이야기.

602) 음증(淫烝): 손위의 사람과 정을 통함.

603) 이(離): 떼어 놓음.

604) 음악(淫惡): 음란하고 악함.

605) 차회(嗟乎ㅣ): 아, 슬프도다.

606) 한ᄑᆡᆼ(韓彭): 한팽. 한신(韓信)과 팽월(彭越). 두 사람 모두 한(漢)나라 고조(高祖) 휘하의 명장(名將)으로 수훈을 세웠으나, 뒤에 의심을 사 잡혀 죽었음.

녁(勇力)이 이신들 엇지 능히(能-) 벙으리와드리오[607]. ᄒᆞ믈며 지개(志概) 녈고[608](烈高)[609]ᄒᆞ미 ᄇᆡᆨ희(伯姬)[610] 블타 죽으믈 법밧ᄂᆞᆫ지라, ᄉᆡᆼ(生)이 슈죄(數罪)ᄒᆞᄂᆞᆫ 말을 드ᄅᆞᄆᆡ 죽으믈 도로혀 크게 너겨 죵시(終是) ᄒᆞᆫ 쇼ᄅᆡ를 아니ᄒᆞ니 쵸로잔쳔(草露殘喘)[611]이 경ᄀᆡᆨ(頃刻)의 이시니 엇지 차(嗟)홉지 아니리오.

ᄎᆞ시(此時) 영ᄃᆡ, 됴ᄃᆡ 냥인(兩人)이 ᄉᆡᆼ(生)의 긔ᄉᆡᆨ(氣色)을 슈샹(殊常)이 넉여 유모(乳母)와 졔(諸) 시ᄋᆞ(侍兒)ᄂᆞᆫ 다 자ᄃᆡ ᄭᆡ야 댱(帳) 밧긔셔 규시(窺視)ᄒᆞ다가 그 칼 ᄲᅢ히믈 보고 대경실ᄉᆡᆨ(大驚失色)ᄒᆞ야 영ᄃᆡ 급(急)

•••

16면

히 ᄃᆞ름을 주어 봉셩각(--閣)의 가니 ᄆᆞᄎᆞᆷ 태뷔(太傅ㅣ) 드러와 ᄋᆞᄌᆞ(兒子)를 유희(遊戲)ᄒᆞ거ᄂᆞᆯ 영ᄃᆡ 급(急)히 웨여 왈(曰),

“한님(翰林)이 드러와 쇼져(小姐)를 죽이려 ᄒᆞ시니 노야(老爺)ᄂᆞᆫ 구(救)ᄒᆞ쇼셔.”

태뷔(太傅ㅣ) 무심듕(無心中) 이 쇼ᄅᆡ를 듯고 대경차악(大驚嗟愕)[612]ᄒᆞ야 미쳐 진가곡직(眞假曲直)을 뭇지 못ᄒᆞ고 급(急)히 운셩각

---

607) 벙으리와드리오: 막으리오.

608) 고: [교] 원문과 규장각본(16:13), 연세대본(16:15)에 모두 ‘구’로 되어 있으나 문맥을 고려해 이와 같이 수정함.

609) 녈고(烈高): 열고. 매섭고 고상함.

610) ᄇᆡᆨ희(伯姬): 백희. 중국 춘추시대 노(魯)나라 선공(宣公)의 딸로 송(宋)나라 공공(共公)의 부인이 되어 공희(共姬) 또는 공백희(恭伯姬)라고도 불림. 공공이 죽은 후 수절하다가 경공(景公) 때에 궁전에 불이 났을 때 좌우에서 피하라고 권하였으나 백희는, 부인은 보모와 함께가 아니면 밤에 당 아래로 내려가지 않는다 하며 불에 타 죽음. 유향(劉向), 『열녀전(列女傳)』, <송공백희(宋恭伯姬)>.

611) 쵸로잔쳔(草露殘喘): 초로잔천. 곧 사라질 풀잎의 이슬처럼 아주 끊어지지 않고 겨우 붙어 있는 숨.

(--閣)의 니ᄅᆞ러 밧비 댱(帳)을 드니 한님(翰林)이 ᄇᆞ야흐로 쇼져(小姐)의 운환(雲鬟)을 프러 잡고 봉안(鳳眼)을 부릅ᄯᅥ 급(急)히 칼놀을 빗기 지ᄅᆞ려 ᄒᆞ거ᄂᆞᆯ 막블ᄎᆞ악(莫不嗟愕)[613] ᄒᆞ여 급(急)히 쇼ᄅᆡᄒᆞ야 닐오ᄃᆡ,

"운뵈 뎨 엇진 일이뇨? 야애(爺爺ㅣ) 니ᄅᆞ러 겨시다."

ᄒᆞ니 한님(翰林)이 놀나 칼흘 ᄇᆞ리고 니러셔거ᄂᆞᆯ 태뷔(太傅ㅣ) 신식(神色)이 ᄎᆞᆫ 직 ᄀᆞᆺᄐᆞ야 닐오ᄃᆡ,

"너의 외입(外入)ᄒᆞ믄 아란 지 오라나 ᄎᆞ

•••

17면

마 오ᄂᆞᆯ날 이런 흉(凶)ᄒᆞᆫ 노ᄅᆞᄉᆞᆯ ᄒᆞᆯ 줄 알니오? 일즉 부뫼(父母ㅣ) 가즁(家中)의 어(御)ᄒᆞ샤 다ᄉᆞ리시미 슈졍(水晶) ᄀᆞᆺᄒᆞ시거ᄂᆞᆯ 네 엇지 감히(敢-) 흉ᄉᆞ(凶事)ᄅᆞᆯ 심야(深夜)의 드러 ᄒᆡᆼ(行)ᄒᆞ려 ᄒᆞ니 가문(家門)의 욕(辱)이 비경(非輕)ᄒᆞᆫ지라 엇지 다ᄉᆞ리지 아니ᄒᆞ리오?"

셜파(說罷)의 화 시(氏)ᄅᆞᆯ 향(向)ᄒᆞ야 쳥죄(請罪) 왈(曰),

"쇼ᄉᆡᆼ(小生) 등(等)이 무상(無狀)ᄒᆞ야 아을 교화(敎化)치 못ᄒᆞᆫ 타ᄉᆞ로 오ᄂᆞᆯ날 슈슈(嫂嫂) 신샹(身上)의 변(變)이 ᄎᆞᆷ혹(慘酷)ᄒᆞ니 경히(驚駭)ᄒᆞ믄 니ᄅᆞ도 말고 쇼ᄉᆡᆼ(小生) 등(等)이 므ᄉᆞᆷ ᄂᆞᆺᄎᆞ로 ᄒᆡᆼ셰(行世)[614] ᄒᆞ리오?"

쇼제(小姐ㅣ) 이ᄯᅢ 졍신(精神)이 어득ᄒᆞ야 ᄒᆞᆫ 말도 못 ᄒᆞ니 태뷔(太傅ㅣ) 이의 됴ᄃᆡᄅᆞᆯ 분부(分付)ᄒᆞ야 봉각(-閣)의 가 ᄌᆞ가(自家) 부

---

612) 대경차악(大驚嗟愕): 크게 놀람.
613) 막블ᄎᆞ악(莫不嗟愕): 막불차악. 크게 놀라지 않음이 없음.
614) ᄒᆡᆼ셰(行世): 행세. 처세하여 행동함.

인(夫人)을 쳥(請)ᄒᆞ야 이의 화 시(氏)ᄅᆞᆯ 구(救)ᄒᆞ라 ᄒᆞ고 ᄉᆡᆼ(生)을 잇그러 셔당(書堂)으로 도라가니 태부(太傅)

•••

18면

의 례즁(禮重)615)ᄒᆞ미 ᄇᆡᆨ문이 화 시(氏)ᄅᆞᆯ 지를 지경(地境)의 다ᄃᆞ라도 무례(無禮)히 가슈(家嫂)의 알ᄑᆡ ᄃᆞᆯ녀드러 말니지 아니ᄒᆞ니 진실노(眞實-) 긔ᄌᆡ(奇子ㅣ)러라.

태뷔(太傅ㅣ) ᄇᆡᆨ문의 거동(擧動)을 한심(寒心)ᄒᆞ믈 이긔지 못ᄒᆞ야 셔헌(書軒)의 나아가 왕(王)긔 고(告)ᄒᆞ야 ᄀᆞᆯ오ᄃᆡ,

“삼뎨(三弟) 근ᄂᆡ(近來)의 외입(外入)ᄒᆞ미 심(甚)ᄒᆞ나 그ᄃᆡ도록 ᄒᆞᆫ 줄을 몰낫더니 이졔ᄂᆞᆫ 화슈(-嫂)ᄅᆞᆯ 죽이고져 ᄒᆞᄂᆞᆫ지라. 대인(大人)의 엄령(嚴令)곳 아니면 경계(警戒)치 못ᄒᆞ리이다.”

왕(王)이 쳥파(聽罷)의 경ᄒᆡ(驚駭)616)ᄒᆞ야 ᄀᆞᆯ오ᄃᆡ,

“내 요ᄉᆞ이 ᄇᆡᆨ문의 거동(擧動)을 시이블견(視而不見)617)ᄒᆞ믄 그 나죵을 보고져 ᄒᆞ미러니 ᄯᅩ 흉(凶)ᄒᆞᆫ ᄠᅳᆺ이 잇ᄂᆞᆫ가 시브니 내 ᄌᆞ연(自然) 쳐치(處置) 이시리라.”

태뷔(太傅ㅣ) 참연(慘然)이 쥬(奏)ᄒᆞᄃᆡ,

“문운(門運)이 블ᄒᆡᆼ(不幸)ᄒᆞ여 삼뎨(三弟) 츌셰(出世)ᄒᆞᆫ

---

615) 례즁(禮重): 예중. 예법을 중시함.
616) 경ᄒᆡ(驚駭): 경해. 뜻밖의 일로 몹시 놀람.
617) 시이블견(視而不見): 시이불견. 보고도 못 본 체함.

•••

19면

긔질(氣質)노 실셩(失性)ᄒᆞ미 이 지경(地境)의 미쳐시니 텬도(天道)ᄅᆞᆯ 우러러 탄(嘆)ᄒᆞᆯ 분이로쇼이다."

왕(王)이 탄식(歎息) 브답(不答)이러라.

이튼날 왕(王)이 샹부(相府) 문안(問安)을 ᄆᆞᆺ고 오운뎐(--殿)의 도라와 좌우(左右)로 한님(翰林)을 브ᄅᆞ니 즉시(卽時) 왓거ᄂᆞᆯ 명(命)ᄒᆞ야 결박(結縛)ᄒᆞ야 ᄭᅮᆯ니고 아역(衙役)을 명(命)ᄒᆞ야 산당(散杖)618)을 잡으라 ᄒᆞ고 쇼ᄅᆡᄅᆞᆯ 엄졍(嚴正)이 ᄒᆞ야 ᄀᆞᆯ오ᄃᆡ,

"블쵸ᄌᆡ(不肖子ㅣ) 오(五) 셰(歲)브터 경셔(經書)ᄅᆞᆯ 닑어 통(通)치 아닐 곳이 업ᄉᆞ니 내 ᄡᅥ ᄒᆞᄃᆡ 공ᄆᆡᆼ(孔孟)619)의 도(道)ᄅᆞᆯ ᄒᆞᆨ(學)지 못ᄒᆞ나 오륜(五倫)이나 분변(分辨)ᄒᆞᆯ가 ᄒᆞ더니 근간(近間) ᄒᆡᆼᄉᆡ(行事ㅣ) ᄎᆞ마 사ᄅᆞᆷ을 ᄃᆞᆯ니며 뵈염 ᄌᆞᆨ지 아니ᄒᆞ고 죄악(罪惡)이 텬디(天地)의 가ᄃᆞᆨᄒᆞᄃᆡ 내 ᄌᆞᆷᄌᆞᆷ(潛潛)ᄒᆞ믄 혹(或) ᄭᆡᄃᆞ라 어버이 즁(重)ᄒᆞᆫ 줄을 알가 ᄒᆞ엿더니 가지록 궁흉(窮凶)

•••

20면

극악(極惡)ᄒᆞ믄 니ᄅᆞ도 말고 살쳐(殺妻)ᄒᆞ기ᄅᆞᆯ 계규(稽揆)ᄒᆞ니 내 비

---

618) 산당(散杖): 산장. 죄인을 신문할 때, 위엄을 보여 협박하기 위해서 많은 형장(刑杖)이나 태장(笞杖)을 눈앞에 벌여 내어놓던 일.

619) 공ᄆᆡᆼ(孔孟): 공맹. 공자와 맹자를 아울러 이르는 말. 공자는 공구(孔丘, B.C.551-B.C.479)를 높여 부른 말. 공자는 중국 춘추시대 노나라의 사상가·학자로 자는 중니(仲尼)임. 인(仁)을 정치와 윤리의 이상으로 하는 도덕주의를 설파하여 덕치 정치를 강조하여 유학의 시조로 추앙받음. 맹자는 맹가(孟軻), B.C.372-B.C.289)를 높여 부른 말. 맹자는 중국 전국시대의 사상가로 자는 자여(子輿)·자거(子車)임. 공자의 인(仁) 사상을 발전시켜 '성선설'(性善說)을 주장하였으며, 인의의 정치를 권함. 유학의 정통으로 숭앙되며, '아성(亞聖)'이라 불림.

록 혼약(昏弱)ᄒᆞ야 녯 사ᄅᆞᆷ만 ᄀᆞᆺ지 못ᄒᆞ나 너 가ᄐᆞᆫ ᄌᆞ식(子息)을 살녀 두어 조션(祖先)의 욕(辱)을 닐위고 니시(李氏) 쳥문(淸門)의 용납(容納)ᄒᆞ리오? ᄲᆞᆯ니 장하(杖下)의 죽어 션산(先山)도 니시(李氏) 묘하(墓下)ᄅᆞᆯ ᄉᆡᆼ각지 말나."

ᄇᆡᆨ문이 그 야야(爺爺)의 져를 죽이렷노라 말을 드ᄅᆞᄆᆡ 대로(大怒)ᄒᆞ야 급(急)히 웨여 ᄀᆞᆯ오ᄃᆡ,

"쇼ᄌᆡ(小子ㅣ) 비록 사오나오나 야애(爺爺ㅣ) 죽이시믄 몽ᄆᆡ(夢寐)라. 연(然)이나 쾌(快)히 죽이쇼셔. 죽어 넉시 야야(爺爺)긔 하리ᄒᆞᆫ 사ᄅᆞᆷ을 가마니 아니 둘 거시오, 죽거든 노 시(氏)와 ᄒᆞᆫᄃᆡ 무더 쥬쇼셔."

언미필(言未畢)의 왕(王)이 대경(大驚) 왈(曰),

"내 혼암(昏闇)[620]ᄒᆞ야 그려도 ᄎᆞᄋᆞ(此兒)의 외입(外入)ᄒᆞ미 이 지경(地境)의 니ᄅᆞ럿ᄂᆞᆫ 줄 몰낫닷다. 너를 다ᄉᆞ리

...

21면

미 욕(辱)된지라 네 내 ᄉᆡᆼ젼(生前)의 눈의 뵈지 말나."

셜파(說罷)의 ᄭᅳ어 문(門)밧긔 내치라 ᄒᆞ고 ᄂᆡ당(內堂)의 드러가 후(后)ᄅᆞᆯ 보고 슈말(首末)을 닐너 통ᄒᆞᆫ(痛恨)ᄒᆞ믈 마지아니ᄒᆞ니 휘(后ㅣ) 기리 탄식(歎息) 왈(曰),

"명박(命薄)ᄒᆞᆫ 인ᄉᆡᆼ(人生)이 간고험난(艱苦險難)[621]을 ᄀᆞ쵸 격고 ᄯᅩ ᄌᆞ녀(子女) 다여ᄉᆞᆯ 둔 가온대 이런 희한(稀罕)ᄒᆞᆫ 변(變)이 이시니

620) 혼암(昏闇): 어리석고 못나서 사리에 어두움.
621) 간고험난(艱苦險難): 온갖 괴로움과 험난한 일.

하(何) 면목(面目)으로 사름을 보리오?"

왕(王)이 역탄(亦嘆)이러라.

빅문이 조치여 밧긔 나와 안신(安身)[622]홀 딕 업셔 원용의 집이 문(門)밧긔 잇는 고(故)로 드러가 훈 간(間) 방(房)을 어더 드러안주 스스로 훈(恨)ᄒᆞ여 골오딕,

"놈은 안해 다ᄉᆞ술 어더도 평안(平安)ᄒᆞ야 됴터고만은 나는 므솜 익(厄)으로 노 시(氏) ᄒᆞ나 어든딕 이리 요란(擾亂)ᄒᆞ니, 놈의 주식(子息) 되ᄂᆞ니 인가(人家) 드아리[623]만

•••

22면

도 못ᄒᆞ다."

ᄒᆞ고 크게 훈(恨)ᄒᆞ야 원용[624]을 블너 술을 어더 오라 ᄒᆞ니 원용[625]이 즉시(卽時) 됴흔 술 두 준(樽)을 가져오니 싱(生)이 스스로 부어 대취(大醉)ᄒᆞ고 의긔[626](意氣) 방약(傍若)ᄒᆞ야 노 시(氏) 싱각이 급(急)훈 고(故)로 쇼찰(小札)노 나오라 ᄒᆞ니,

노 시(氏) 이때 태부(太傅)ᄅᆞᆯ 훈(恨)ᄒᆞ고 왕(王)을 믜워ᄒᆞ더니 싱(生)의 브ᄅᆞ믈 듯고 즉시(卽時) 구고(舅姑) 면젼(面前)의 나아가 품(稟)ᄒᆞ딕,

"가군(家君)이 엄하(嚴下)의 죄(罪)ᄅᆞᆯ 닙어 문외(門外)의 내쳐시니 홀노 쇼쳡(小妾)이 편(便)치 못ᄒᆞ올지라. ᄒᆞᆫ가지로 나가 그 의식(衣

---

622) 안신(安身): 몸을 편안히 함.
623) 드아리: 심부름하는 아이.
624) 용: [교] 원문에는 '웅'으로 되어 있으나 앞의 예를 따라 이와 같이 수정함.
625) 용: [교] 원문에는 '웅'으로 되어 있으나 앞의 예를 따라 이와 같이 수정함.
626) 긔: [교] 원문에는 '괴'로 되어 있으나 문맥을 고려해 규장각본(16:17)과 연세대본(16:22)을 따름.

食)을 솔펴지이다."

구괴(舅姑ㅣ) 그 힝실(行實)을 더옥 망측(罔測)히 너기고 싱(生)의 외입(外入)ᄒᆞ미 노녀(-女)의 연괴(緣故ㅣ)라 미온(未穩)[627]ᄒᆞ믈 이긔지 못ᄒᆞ듸 눈의 허믈된 일이 업ᄂᆞᆫ지라 강잉(强仍)ᄒᆞ야 그리ᄒᆞ라 ᄒᆞ니,

노 시(氏) ᄇᆡ사(拜謝)ᄒᆞ

•••

23면

고 원용[628]의 집으로 가니 싱(生)이 반기믈 이긔지 못ᄒᆞ야 ᄒᆞᆫ가지로 연낙(連樂)ᄒᆞ나 화 시(氏)와 흥문을 구슈(仇讎)로 치부(置簿)[629]ᄒᆞᄂᆞᆫ 가온듸 노 시(氏) 도도아 미봉(彌縫)[630]ᄒᆞ야 두엇다가 도로혀 해(害)를 밧으리라 ᄒᆞ니 싱(生)이 분(憤)을 이긔지 못ᄒᆞ야,

일일(一日)은 계양궁(--宮)의 나아가 하람공(--公)을 보니 공(公)이 졍식(正色) 왈(曰),

"네 부모(父母)를 ᄇᆡ반(背叛)ᄒᆞ고 아조 협긱(俠客)이 되여 므솜 ᄂᆞᆺ추로 와 날을 보ᄂᆞᆫ다?"

싱(生)이 분노(憤怒) 즁(中) 이 말을 듯고 더옥 노(怒)ᄒᆞ야 쟉식(作色) 왈(曰),

"나ᄂᆞᆫ 부모(父母) ᄇᆡ반(背叛)ᄒᆞᆫ 협긱(俠客)이어니와 슉부(叔父) 아ᄃᆞᆯ의 쇼힝(所行)도 히참(駭慚)[631]이 너기ᄂᆞ이다."

---

627) 미온(未穩): 아직 평온하지 않게 여김.
628) 용: [교] 원문에는 '융'으로 되어 있으나 앞의 예를 따라 이와 같이 수정함.
629) 치부(置簿): 마음속으로 그렇다고 여김.
630) 미봉(彌縫): 일의 빈구석이나 잘못된 것을 임시변통으로 이리저리 주선하여 꾸며 댐.
631) 히참(駭慚): 해참. 놀라고 부끄러움.

공(公)이 노왈(怒曰),

"나의 졔이(諸兒ㅣ) 블민(不敏)ᄒᆞ나 너 ᄀᆞᆺ든 아니ᄒᆞ니라. 연(然)이나 공연(空然)이 와 날을 곤ᄎᆡᆨ(困責)[632]ᄒᆞᄆᆞᆫ 엇지오?"

한님(翰林)이 ᄂᆡᆼ쇼(冷笑) 왈(曰),

"슉

•••

24면

부(叔父) 쟝ᄌᆞ(長子) 니(李) 례부(禮部) 쇼ᄒᆡᆼ(所行)을 모ᄅᆞ시나 곱지 아니ᄒᆞ니이다."

셜파(說罷)의 니러나거ᄂᆞᆯ 공(公)이 경녀(驚慮)ᄒᆞ야 문왈(問曰),

"흥문이 므ᄉᆞ 일이 곱지 아니터뇨?"

한님(翰林)이 변ᄉᆡᆨ(變色) 왈(曰),

"음증가수(淫烝家嫂)[633]ᄒᆞᄂᆞᆫ ᄒᆡᆼ실(行實)이니이다."

공(公)이 ᄎᆞ언(此言)을 듯고 블연(勃然)[634] 대로(大怒)ᄒᆞ야 ᄉᆡᆼ(生)을 머므ᄅᆞ고 좌우(左右)로 연왕(-王)과 녜부(禮部)와 ᄀᆡ국공(--公) 등(等)을 브ᄅᆞ라 ᄒᆞ니 졔인(諸人)이 일시(一時)의 니ᄅᆞ럿거ᄂᆞᆯ 공(公)이 안ᄉᆡᆨ(顔色)의 노긔(怒氣) 어ᄅᆡ여 크게 쇼ᄅᆡᄒᆞ야 녜부(禮部)ᄅᆞᆯ 결박(結縛)ᄒᆞ여 ᄭᅮᆯ니니 례뷔(禮部ㅣ) 대경대황(大驚大惶)[635]ᄒᆞ야 그 죄(罪) 아모 고ᄃᆡ 미쳐시믈 아지 못ᄒᆞᄃᆡ 안ᄉᆡᆨ(顔色)을 ᄌᆞ약(自若)히 ᄒᆞ고 부복(俯伏)ᄒᆞᄆᆡ 제공(諸公)이 고이(怪異)히 너겨 연왕(-王)이 ᄀᆞᆯ

632) 곤ᄎᆡᆨ(困責): 곤책. 괴롭게 하며 보챔.

633) 음증가수(淫烝家嫂): 집의 형수나 제수와 정을 통함. 원래 '음증'은 손윗사람과 정을 통하는 것을 가리키나 여기에서는 제수와 정을 통한다는 의미로 쓰임.

634) 블연(勃然): 발연. 왈칵 성을 내는 태도나 일어나는 모양이 세차고 갑작스러움.

635) 대경대황(大驚大惶): 크게 놀라고 두려워함.

오ᄃᆡ,

"흥문이 나히 이제 삼오(三五), 이칠(二七) 쇼ᄋᆡ(小兒ㅣ) 아니오, 졔 구ᄐᆞ야 그른 일이

•••

25면

업ᄉᆞ니 금일(今日) 거죄(擧措ㅣ) 엇진 일이니잇가?"

공(公)이 신ᄉᆡㄱ(神色)이 ᄎᆞᆫ ᄌᆡ 가ᄐᆞ야 답(答)지 아니ᄒᆞ고 ᄇᆡㄱ문을 향(向)ᄒᆞ야 ᄀᆞᆯ오ᄃᆡ,

"네 흥문의 죄목(罪目) 소실(所失)의 증참(證參)[636]을 다 닐러 명졍언슌(明正言順)[637]ᄒᆞ면 너 보ᄂᆞᆫ ᄃᆡ 죽일 거시니 ᄌᆞ시 니ᄅᆞ라."

ᄇᆡㄱ문이 그 부친(父親)의 당좌(當座)[638]ᄒᆞ여시믈 보니 두려 말을 못 ᄒᆞ거ᄂᆞᆯ 공(公)이 ᄌᆡ촉ᄒᆞ야 닐오ᄃᆡ,

"내 혼암(昏闇)ᄒᆞ야 ᄌᆞ식(子息)을 가ᄅᆞ치지 못ᄒᆞ엿더니 네 드러와 날을 면ᄎᆡㄱ(面責)ᄒᆞ고 공치(公恥)[639]ᄒᆞ니 나의 용녈(庸劣)ᄒᆞ미 사ᄅᆞᆷ ᄃᆡ(對)ᄒᆞᆯ ᄂᆞᆺ치 업ᄂᆞᆫ지라. 너의 니ᄅᆞᄂᆞᆫ ᄃᆡ로 다ᄉᆞ리고 내 버거 스ᄉᆞ로 ᄆᆡ이여 네게 샤죄(謝罪)ᄒᆞ리라."

연왕(-王)이 남공(-公)의 긔ᄉᆡㄱ(氣色)을 보ᄆᆡ, ᄇᆡㄱ문 통한(痛恨)[640]ᄒᆞᆷ과 황괴(惶愧)[641]ᄒᆞ미 욕ᄉᆞ무지(欲死無地)[642]ᄒᆞᄃᆡ ᄇᆡㄱ문의 거동(擧動)을 보려

---

636) 증참(證參): 참고가 될 만한 증거.
637) 명졍언슌(明正言順): 명정언순. 일이 분명하고 말이 이치에 맞음.
638) 당좌(當座): 자리에 앉아 있음.
639) 공치(公恥): 대놓고 모욕을 줌.
640) 통한(痛恨): 몹시 분하거나 억울하여 한스럽게 여김.
641) 황괴(惶愧): 황송하고 부끄러움.
642) 욕ᄉᆞ무지(欲死無地): 욕사무지. 죽으려 해도 죽을 땅이 없음.

•••

26면

ᄒᆞ야 줌줌(潛潛)코 안ᄌᆞ시니 ᄇᆡᆨ문이 분노(憤怒)ᄒᆞ기ᄅᆞᆯ 이긔지 못ᄒᆞ야 쟉ᄉᆡᆨ(作色)ᄒᆞ고 ᄀᆞᆯ오ᄃᆡ,

"슉뷔(叔父ㅣ) 쇼질(小姪)을 미안(未安)[643]ᄒᆞ샤 말ᄉᆞᆷ이 이 ᄀᆞᄐᆞ시나 쇼질(小姪)이 그리타 거ᄌᆞᆺ말노 례부(禮部)ᄅᆞᆯ 모함(謀陷)ᄒᆞ리잇가?"

드ᄃᆡ여 낭즁(囊中)으로조ᄎᆞ 일(一) 봉(封) 셔간(書簡)을 내여 드리니 남공(-公)이 바다 보기ᄅᆞᆯ ᄆᆞᆺ고 대경대ᄒᆡ(大驚大駭)[644]ᄒᆞ야 말을 못 미쳐 ᄒᆞ여셔 연왕(-王)이 노발(怒髮)이 튱관(衝冠)[645]ᄒᆞ고 신ᄉᆡᆨ(神色)이 퍼러ᄒᆞ야 크게 ᄭᅮ지져 왈(曰),

"욕ᄌᆡ(辱子ㅣ) 음난(淫亂) 패악(悖惡)[646]ᄒᆞ기ᄅᆞᆯ 무궁(無窮)히 ᄒᆞ다가 필경(畢竟)은 이런 대변(大變)을 일워 내여 쳔고(千古) 강샹(綱常)을 믄허ᄇᆞ리ᄂᆞ뇨?"

셜파(說罷)의 좌우(左右)로 잡아 ᄂᆞ리오라 ᄒᆞ고 의관(衣冠)을 버서 즁계(中階)의 ᄭᅮ러 돈슈(頓首)[647] 청죄(請罪) 왈(曰),

"쇼뎨(小弟) 블쵸무샹(不肖無狀)ᄒᆞ와 ᄑᆡᄌᆞ(悖子)[648]ᄅᆞᆯ

---

643) 미안(未安): 기분이 좋지 않음.
644) 대경대ᄒᆡ(大驚大駭): 대경대해. 크게 놀람.
645) 튱관(衝冠): 충관. 관을 찌른다는 뜻으로 분노가 깊음을 말함.
646) 패악(悖惡): 사람으로서 마땅히 하여야 할 도리에 어그러지고 흉악함.
647) 돈슈(頓首): 돈수. 고개를 조아림.
648) ᄑᆡᄌᆞ(悖子): 패자. 사람으로서 마땅히 지켜야 할 도리에 어긋나게 행동하는 자식.

•••

27면

가르치지 못ᄒᆞ야 이런 변(變)이 잇게 ᄒᆞ니 쇼뎨(小弟) 형댱(兄丈) 알픠셔 죽으믈 원(願)ᄒᆞᄂᆞ이다."

남공(-公)이 날호여 탄식(歎息) 왈(曰),

"이 셔간(書簡)을 보ᄆᆡ 입이 이시나 내 아ᄒᆡ(兒孩)ᄅᆞᆯ 발명(發明)ᄒᆞᆯ 길히 업ᄂᆞᆫ지라 다만 홍문을 져줄[649] 다ᄅᆞᆷ이로다."

셜파(說罷)의 셔간(書簡)을 녜부(禮部)ᄅᆞᆯ 주어 ᄀᆞᆯ오ᄃᆡ,

"너의 블쵸(不肖)ᄒᆞ믄 아란 지 오라거니와 이ᄃᆡ도록 ᄒᆞ믄 아지 못ᄒᆞᄂᆞ니 ᄌᆞ시 듯고져 ᄒᆞ노라."

녜뷔(禮部ㅣ) ᄉᆞ러 보기ᄅᆞᆯ ᄆᆞᆺ고 골경신히(骨驚神駭)[650]ᄒᆞ며 분긔(憤氣) 가ᄉᆞᆷ의 막혀 다만 ᄌᆡᄇᆡ(再拜) 왈(曰),

"ᄒᆡᄋᆡ(孩兒ㅣ) 셜ᄉᆞ(設使) 무샹(無狀)ᄒᆞ오나 ᄎᆞ마 이런 일을 져즐고 텬하(天下)의 셔리잇고?"

도라 ᄇᆡᆨ문ᄃᆞ려 왈(曰),

"네 어ᄃᆡ 가 이 셔간(書簡)을 어더 가지고 날을 모함(謀陷)ᄒᆞ야 강샹(綱常) 대죄인(大罪人)을 ᄆᆡᆫᄃᆞᄂᆞᆫ다? 이 글

•••

28면

시 내 필젹(筆跡)과 호발(毫髮)도 다ᄅᆞ지 아니ᄒᆞ니 내 입이 이시나 발명(發明)치 못ᄒᆞ거니와 근본(根本)을 ᄌᆞ시 듯고져 ᄒᆞ노라."

---

649) 져줄: 신문할.

650) 골경신히(骨驚神駭): 골경신해. 뼈가 저리고 넋이 놀람.

빅문이 분연(憤然) 왈(曰),

"형(兄)은 하 착훈 톄 마루쇼셔. 모일(某日)의 이 셔간(書簡)을 화 시(氏) 침상(寢牀) 밋히셔 어드니 형댱(兄丈) 쇼쟉(所作)이 아닌죽 귀신(鬼神)의 작용(作用)이오, 더옥 거야(去夜)의 므엇 ᄒᆞ라 운셩각(--閣)의 드러가 겨시더니잇가? 쇼뎨(小弟) 그날 발셜(發說)ᄒᆞ려 ᄒᆞ다가 스ᄉᆞ로 븟그려 못 ᄒᆞ고 도라오려 ᄒᆞᆯ ᄎᆞ(次) 이 셔간(書簡)이 형(兄)의 ᄉᆞᄆᆡ로조ᄎᆞ 빠지니 쇼뎨(小弟) ᄎᆞ마 형댱(兄丈)ᄃᆞ려 니ᄅᆞ지 못ᄒᆞ고 다만 화 시(氏)ᄅᆞᆯ 죽이고 이 일을 미봉(彌縫)코져 ᄒᆞ니 ᄎᆞ형(次兄)이 야야(爺爺)긔 고(告)ᄒᆞ야 밧긔 내치시니 출히[651] 그런 줄이나 ᄇᆞᆰ히고져 ᄒᆞ야 슉부(叔父)긔 고(告)ᄒᆞ이다.

•••

29면

형(兄)은 날을 ᄒᆞᆫ(恨)치 마ᄅᆞ시고 ᄎᆞ휘(此後ㅣ)나 ᄒᆡᆼ실(行實)을 닷그쇼셔."

례뷔(禮部ㅣ) 쳥파(聽罷)의 크게 탄왈(歎曰),

"나의 ᄒᆡᆼ실(行實)이 무샹(無狀)ᄒᆞ야 네 의심(疑心)이 이 디경(地境)의 미ᄎᆞ니 ᄎᆞ마 인셰(人世)의 머믈니오? 네 알ᄑᆡ셔 쾌(快)히 죽어 내 뜻을 ᄇᆞᆰ히리라."

셜파(說罷)의 ᄎᆞᆫ 칼흘 빠혀 ᄌᆞ결(自決)코져 ᄒᆞ니 좌위(左右ㅣ) 대경(大驚)ᄒᆞ야 일시(一時)의 구(救)ᄒᆞ고 연왕(-王)이 나리ᄃᆞ라 손을 잡고 읍왈(泣曰),

"내 몹슬 ᄌᆞ식(子息)을 두엇다가 현질(賢姪)의 몸의 이런 참혹(慘

---

651) 출히: 차라리.

酷)ᄒᆞᆫ 말을 시ᄅᆞ니 내 ᄆᆞ솜 ᄂᆞᆺ초로 부모(父母)긔 다시 뵈오리오? 현질(賢姪)은 져 블쵸ᄑᆡ악지인(不肖悖惡之人)[652]의 말을 개회(介懷)치 말고 안심(安心)ᄒᆞ라."

녜뷔(禮部ㅣ) 겨유 졍신(精神)을 뎡(定)ᄒᆞ야 ᄀᆞᆯ오ᄃᆡ,

"슉뷔(叔父ㅣ) 이 엇진 말솜이니잇가? 범ᄉᆡ(凡事ㅣ) 증참(證參)이 이신 후(後)

•••

30면

ᄂᆞᆫ 입이 아홉이 이신들 엇지 발명(發明)ᄒᆞ리오? 슈일(數日) 젼(前) 쇼질(小姪)이 샹부(相府) 셔당(書堂)의 잇더니 홍익 니ᄅᆞ러 슉모(叔母) 명(命)으로 여ᄎᆞ여ᄎᆞ(如此如此) ᄒᆞ거ᄂᆞᆯ 급(急)히 운셩각(--閣)의 가매 화수(-嫂)의 비ᄌᆡ(婢子ㅣ) 이러ᄐᆞᆺ 니ᄅᆞ거ᄂᆞᆯ 하 고이(怪異)ᄒᆞ야 슉모(叔母)긔 뭇ᄌᆞ오려 나오더니 ᄇᆡᆨ문을 만나 만면(滿面) 노ᄉᆡᆨ(怒色)으로 여ᄎᆞ여ᄎᆞ(如此如此) ᄒᆞ니 쇼질(小姪)이 그ᄯᆡᄂᆞᆫ 쳔만무심(千萬無心)ᄒᆞ야 이리이리 니ᄅᆞ고 졍당(正堂)의 가 슉모(叔母)긔 뭇ᄌᆞ온즉 놀나시며 말솜이 이러ᄐᆞᆺ ᄒᆞ신지라 필연(必然) 쇼질(小姪)의 운싊(運數ㅣ) 참혹(慘酷)ᄒᆞ야 귀신(鬼神)이 희롱(戲弄)ᄒᆞ엿ᄂᆞᆫ지라. 그날 진짓 홍아로 보와시ᄃᆡ 슉뫼(叔母ㅣ) 그러 구ᄅᆞ시니 ᄇᆡᆨ문의 속으미 고이(怪異)ᄒᆞ리오?"

왕(王)이 쳥파(聽罷)의 대로(大怒) 왈(曰),

"이 다 요인(妖人)의 농슐(弄術)[653]ᄒᆞ미라 ᄇᆡᆨ문을

---

652) 블쵸ᄑᆡ악지인(不肖悖惡之人): 불초패악지인. 어리석고 도리를 모르는 악한 사람.
653) 농슐(弄術): 농술. 술수를 부림.

•••

31면

어이 올타 ᄒᆞ리오?"

좌우(左右) 무ᄉᆞ(武士)를 ᄶᆞ지져 결박(結縛)ᄒᆞ라 ᄒᆞ고 ᄀᆞᆯ오ᄃᆡ,

"너의 흉(凶)ᄒᆞ미 오ᄂᆞᆯ날 변(變)을 니ᄅᆞ혀니 다시 말ᄒᆞ미 무익(無益)ᄒᆞ거니와 대강(大綱) 그날 흥문이 화 시(氏) 곳의 간다 ᄒᆞ고 뉘 니ᄅᆞ더뇨? 그 사ᄅᆞᆷ을 가ᄅᆞ친즉 너ᄅᆞᆯ 용샤(容赦)ᄒᆞ리라."

한님(翰林)이 정식(正色) ᄃᆡ왈(對曰),

"뉘 날을 가ᄅᆞ치리오? 져의 음비(淫卑)654) ᄒᆞᆫ ᄒᆡᆼ젹(行蹟)이 빈빈(頻頻)ᄒᆞ니 쇼ᄌᆡ(小子ㅣ) 화 시(氏)의 가부(家夫)로 셜ᄉᆞ(設使) 쇼ᄃᆡ(疏待)655) ᄒᆞ나 엇지 모ᄅᆞ리잇고? 녜부(禮部) 형(兄)의 쇼실(所失)이 번ᄃᆞᆺ ᄒᆞ야 숨길 길히 업ᄉᆞᄆᆡ ᄌᆞ개(自家ㅣ) 무익(無益)ᄒᆞᆫ 발명(發明)을 아니ᄒᆞ거ᄂᆞᆯ 대인(大人)이 홀노 쇼ᄌᆞ(小子)ᄅᆞᆯ 칙(責)ᄒᆞ시니 쾌(快)히 화 시(氏)로 녜부(禮部)ᄅᆞᆯ 주샤이다."

녜뷔(禮部ㅣ) 어히업셔 봉안(鳳眼)을 드러 한님(翰林)을 보며 즐왈(叱曰),

"네 ᄂᆞᆷ의 규슈(閨秀)

•••

32면

톄(妻ㅣ)엿 거ᄉᆞᆯ 음간(淫姦)ᄒᆞ니 ᄂᆞᆷ도 그럴가 넉이ᄂᆞ냐?656) 네 이제

---

654) 음비(淫卑): 음란하고 비루함.

655) 쇼ᄃᆡ(疏待): 소대. 정성을 들이지 않고 아무렇게나 대접을 함.

656) 네~넉이ᄂᆞ냐?: 네가 남의 규수였던 것과 간음하니 남도 그럴 것이라 여기느냐. 노 씨가 원래 이흥문의 아내였는데 쫓겨나 이백문의 아내가 된 것을 이르는데, 서사적으로 이 일은 노 씨

요인(妖人)의 춤쇼(讒訴)를 듯고 요괴(妖怪)로이 모함(謀陷)ᄒ믈 목도(目睹)ᄒ야 날노쎠 강상(綱常)의 죄인(罪人)을 민ᄃ니 오놀 이후(以後)로ᄂ 다시 인뉴(人類)의 참예(參預)치 못ᄒ려니와 네 눈이 잇고 망울이 업ᄉ미 노 시(氏) 제 형(兄)의 원(怨)을 내게 ᄲᄂ 줄 모ᄅᄂ냐?"

왕(王)이 더옥 노(怒)ᄒ야 손으로 셔안(書案)을 쳐 골오ᄃ,

"홍문은 대종(大宗)[657]을 밧드ᄂ 몸이어ᄂ 네 일됴(一朝)의 변고(變故)의 말을 내여 구학[658](溝壑)[659]의 녀흐니 내 엇지 너를 두어 조종(祖宗) 종사(宗嗣)[660]를 그ᄅ게 ᄒ리오?"

셜파(說罷)의 좌우(左右)로 짐쥬(鴆酒)[661]를 가져오라 ᄒ야 한님(翰林)을 ᄉᄉ(賜死)ᄒ려 ᄒ니 이 정(正)히 위엄(威嚴)이 븍풍(北風)한월(寒月) ᄀᄐ지라. 남공(-公)이 계유 노긔(怒氣)를 강잉(强仍)ᄒ야 말녀 골오ᄃ,

"블셔 문

•••

33면

운(門運)이 블힝(不幸)ᄒ미니 즁대(重大)ᄒ 인명(人命)을 쳐살(處殺)[662]ᄒ리오? 현데(賢弟)ᄂ 나죵을 보고 즈러 경도(輕跳)[663]이 구지

와 그 부모를 제외하면 등장인물들이 아직 모두 모르는 상태임.

657) 대종(大宗): 동성동본의 일가 가운데 가장 큰 종가의 계통.

658) 학: [교] 원문과 규장각본(16:25), 연세대본(16:32)에 모두 '확'으로 되어 있으나 문맥을 고려해 이와 같이 수정함.

659) 구학(溝壑): 구렁.

660) 종사(宗嗣): 종사. 종가 계통의 후손.

661) 짐쥬(鴆酒): 짐주. 짐독(鴆毒)을 섞은 술. 짐독은 짐새의 깃에 있는 맹렬한 독.

662) 쳐살(處殺): 처살. 죽임.

663) 경도(輕跳): 경솔함.

말지어다."

왕(王)이 청죄(請罪) 왈(曰),

"쇼뎨(小弟) 므솜 사름이 되엿ᄂᆞ니잇고? 당당(堂堂)이 블쵸핀ᄌᆞ(不肖悖子)를 죽이고 쇼뎨(小弟) 조종(祖宗) 신령(神靈)의 샤죄(謝罪)ᄒᆞ고 버거 형장(兄丈)의 다ᄉᆞ리시믈 기ᄃᆞ리려 ᄒᆞᄂᆞ이다."

남공(-公)이 댱탄(長歎) 왈(曰),

"현뎨(賢弟) 엇지 내 뜻을 모ᄅᆞ고 이런 의외(意外)예 말을 ᄒᆞᄂᆞ뇨? 흥문은 임의 ᄆᆞ츤 몸이라 법뷔(法部ㅣ) 알진ᄃᆡ 요참(腰斬)[664]ᄒᆞ믈 면(免)치 못ᄒᆞ리니 그 아븨 ᄆᆞ음이 헐(歇)타 ᄒᆞ랴?"

왕(王)이 ᄎᆞ언(此言)을 드ᄅᆞᄆᆡ 더옥 ᄆᆞ음이 쎠러지ᄂᆞᆫ ᄃᆞᆺᄒᆞ야 빅문을 금시(今時)로셔 죽이고져 시븐 ᄆᆞ음이 블 가ᄐᆞᄃᆡ 이 일이 시러곰 쳐치(處置) 극난(極難)ᄒᆞ고 요인(妖人)의 가만ᄒᆞᆫ 작변(作變)이

•••

34면

측냥(測量)업ᄉᆞ니 젼두ᄉᆡ(前頭事ㅣ)[665] 아모리 될 줄 아지 못ᄒᆞ여 아직 노(怒)를 ᄎᆞᆷ고 한님(翰林)을 ᄂᆞ리와 가도고 하람공(--公) 알핑 나아가 ᄀᆞᆯ오ᄃᆡ,

"쇼제(小弟) 혼암(昏闇)ᄒᆞ야 ᄌᆞ식(子息)을 가ᄅᆞ치지 못ᄒᆞᆫ 죄(罪) 크거니와 금일ᄉᆞ(今日事)ᄂᆞᆫ 흥문이 스ᄉᆞ로 발명(發明)ᄒᆞᆯ 조각이 업ᄉᆞ니 댱ᄎᆞᆺ(將次ㅅ) 어ᄂᆡ 곳으로조ᄎᆞ 단셔(端緖)를 ᄎᆞᄌᆞ리오?"

남공(-公)이 탄왈(歎曰),

664) 요참(腰斬): 죄인의 허리를 베어 죽이던 일.
665) 젼두ᄉᆡ(前頭事ㅣ): 전두사. 앞에 벌어질 일.

"네 뜻이 내 ᄆᆞ음이라. 흥문의 ᄋᆡᄆᆡᄒᆞ믄 ᄇᆡᆨ일(白日) ᄀᆞᄐᆞᆫ들 간졍(奸情)[666]의 삭슬 아지 못ᄒᆞᆫ 후(後)ᄂᆞᆫ 쳔ᄃᆡ(千代)의 죄인(罪人)이라 이런 블ᄒᆡᆼ(不幸)이 업도다."

왕(王)이 ᄃᆡ왈(對曰),

"흥문을 해(害)ᄒᆞᄂᆞᆫ 재(者ㅣ) 노 시(氏) 아니오 뉘리잇고? 그 형(兄)의 뜻을 니어 흥문을 해(害)ᄒᆞ미니 젼두(前頭)[667]의 흥문을 ᄉᆞ디(死地)의 녀코 그칠지라 엇지 큰 근심이 아니리잇고?"

남공(-公) 왈(曰),

"내 쏘 짐작(斟酌)ᄒᆞ건

•••

35면

마ᄂᆞᆫ 군ᄌᆡ(君子ㅣ) 눈으로 보지 못ᄒᆞᆫ 일을 즈레 지목(指目)ᄒᆞ리오?"

기여(其餘) 졔공(諸公)은 차악(嗟愕)ᄒᆞ야 다만 가운(家運)의 블ᄒᆡᆼ(不幸)ᄒᆞ믈 일ᄏᆞᄅᆞ니,

례뷔(禮部ㅣ) 일언(一言)을 아니코 셔당(書堂)으로 도라가 문(門)을 닷고 숀을 샤(謝)ᄒᆞ야 됴셕(朝夕) 문안(問安)도 참예(參預)치 아니ᄒᆞ니 졔공(諸公)이 더옥 우려(憂慮)ᄒᆞ고 비분(悲憤)ᄒᆞ믈 이긔지 못ᄒᆞᄃᆡ 시러곰 ᄒᆞᆯ 일이 업더라.

져녁 문안(問安)의 일개(一家ㅣ) 존당(尊堂)의 모드ᄆᆡ 모다 례부(禮部)의 업ᄉᆞ믈 뭇거ᄂᆞᆯ 남공(-公)이 승상(丞相) 알ᄑᆡ 나아가 슈말(首末)을 ᄌᆞ시 고(告)ᄒᆞ니 승상(丞相)이 쳥필(聽畢)의 대경(大驚) 왈(曰),

666) 간졍(奸情): 간정. 간악한 실정.
667) 젼두(前頭): 전두. 지금부터 다가오게 될 앞날.

"ᄎᆞ(此)ᄂᆞᆫ 심샹(尋常)ᄒᆞᆫ 변(變)이 아니라 쟝ᄎᆞᆺ(將次ㅅ) 엇지ᄒᆞ리오? 요인(妖人)의 쟉변(作變)이 무비(無比)[668]ᄒᆞ니 그만 ᄒᆞ야 이실 길히 업셔 반ᄃᆞ시 ᄃᆡ간(臺諫)을 누통(漏通)[669]ᄒᆞ야 이 일이 누셜(漏泄)ᄒᆞᆯ 진ᄃᆡ 증참(證叅)

•••

36면

이 명ᄇᆡᆨ(明白)ᄒᆞ니 입이 아홉이라도 발명(發明)을 못 ᄒᆞᆯ 거시오, 죄(罪)ᄅᆞᆯ 줄진ᄃᆡ 극뉼(極律)노 갈지라. ᄒᆞ믈며 흥문은 오가(五家)의 쳔리긔린(千里麒麟)[670]이며 종ᄉᆞ(宗嗣)ᄅᆞᆯ 밧든 즁(重)ᄒᆞᆫ 몸이라 큰 블ᄒᆡᆼ(不幸)이 아니리오?"

남공(-公)이 공슈(拱手) ᄃᆡ왈(對曰),

"ᄉᆞᄉᆡ(事事ㅣ) 다 텬명(天命)이니 현마 엇지ᄒᆞ리잇고? 대인(大人)은 젼두(前頭) ᄉᆞ셰(事勢)ᄅᆞᆯ 보시고 믈우(勿憂)ᄒᆞ쇼셔."

뉴 부인(夫人)이 침음(沈吟) 냥구(良久)의 기리 탄왈(歎曰),

"가간(家間)의 이러ᄐᆞᆺ 블측(不測)ᄒᆞᆫ 변난(變亂)이 상ᄉᆡᆼ(相生)ᄒᆞ니 엇지 닌국(隣國)[671]의 들념 즉ᄒᆞ리오? 너의 등(等)은 ᄎᆞᄉᆞ(此事)ᄅᆞᆯ 구외블츌(口外不出)[672]ᄒᆞ야 ᄂᆞᆷ이 듯게 말나."

뎡 부인(夫人)이 봉황미(鳳凰眉)ᄅᆞᆯ 싱긔고 남공(-公)ᄃᆞ려 ᄀᆞᆯ오ᄃᆡ,

"네 원ᄂᆡ(元來) 그ᄅᆞᆺᄒᆞ엿다. 간인(奸人)이 날노 긔미(幾微) 누셜(漏

668) 무비(無比): 비할 데가 없음.

669) 누통(漏通): 비밀을 누설하여 알려 줌.

670) 쳔리긔린(千里麒麟): 천리기린. 하루에 천 리를 달릴 수 있을 정도의 기린. 상상 속의 상서로운 동물임.

671) 닌국(隣國): 인국. 이웃 나라. 즉 이웃.

672) 구외블츌(口外不出): 구외불출. 입밖에 내지 않음.

泄)ᄒᆞ기를 기ᄃᆞ리거ᄂᆞᆯ ᄇᆡᆨ문이 그 말 ᄂᆡᆯ 제 됴

•••

37면

용이 무러 ᄎᆞ후(此後) 발언(發言)치 아니믈 다ᄅᆡ고 그 셔간(書簡)을 쇼화(燒火)ᄒᆞ더면 일이 어ᄌᆞ럽지 아닐 거ᄉᆞᆯ 실셩외입(失性外入)[673] ᄒᆞᆫ 거ᄉᆞᆯ 셩을 도도와 졔 아비를 블너 져혀[674] 슈칙(授責)[675]ᄒᆞ게 ᄒᆞ고 흉문을 면질(面質)[676]ᄒᆞ야 근본(根本)을 다 쵸쵸(楚楚)히[677] 누셜(漏泄)ᄒᆞ니 엇지 ᄋᆡ돏지 아니ᄒᆞ리오?"

졔공(諸公)이 ᄊᆡᄃᆞ라 그 말ᄉᆞᆷ을 항복(降服)ᄒᆞ고 남공(-公)이 피셕(避席) 공슈(拱手) 왈(曰),

"ᄒᆡᄋᆞ(孩兒)의 암ᄆᆡ(暗昧)ᄒᆞᆫ 쇼견(所見)이 태태(太太) 셩의(盛意)를 블감승당(不堪承當)[678]이라 그윽이 황괴(惶愧)ᄒᆞ믈 이긔지 못거이다. 슈연(雖然)이나 간인(奸人)의 흉계(凶計) 측냥(測量)치 못ᄒᆞ고 ᄇᆡᆨ문의 무상(無狀)ᄒᆞ미 극(極)히 통ᄒᆡ(痛駭)[679]ᄒᆞ온지라 엇지 잉분(仍憤)[680] 함구(緘口)ᄒᆞ야 져의 ᄠᅳᆺ이 더옥 방ᄌᆞ(放恣)ᄒᆞ게 ᄒᆞ리잇고?"

부인(夫人)이 탄식(歎息) 브답(不答)ᄒᆞ고 인인(人人)이

673) 실셩외입(失性外入): 실성외입. 본정신을 잃고 바른 길을 잃음.
674) 져혀: 두렵게 해. 위협해.
675) 슈칙(授責): 수책. 책망을 내림.
676) 면질(面質): 관계자 양쪽을 대면시켜 심문함.
677) 쵸쵸(楚楚)히: 초초히. 선명한 모양.
678) 블감승당(不堪承當): 불감승당. 감히 받아들여 감당하지 못함.
679) 통ᄒᆡ(痛駭): 통해. 몹시 이상스러워 놀람.
680) 잉분(仍憤): 분을 참음.

•••

38면

빅문을 논폄(論貶)[681] 호야 의논(議論)이 긋지 아니니 소휘(-后ㅣ) 좌즁(座中)의셔 황괴(惶愧) 호미 욕亽무디(欲死無地) 호야 믈너 침쇼(寢所)의 도라와 이(二) 조(子)드려 닐오디,

"삼오(三兒)의 블쵸(不肖) 호미 흥문을 그릇 민둘고 날노뻐 몸 둘 곳이 업게 호니 이 다 내[682] 무상(無狀) 호미라 내 엇지 ᄎ마 다시 구고(舅姑)와 빅슉(伯叔)긔 뵈오리오? 여등(汝等)이 감히(敢-) 이후(以後) 날을 ᄎ자 볼 의亽(意思)를 말나."

셜파(說罷)의 봉관옥픽(鳳冠玉佩)[683]를 그루고 졍뎐(正殿)을 올마 후당(後堂)의 거젹을 셕라 디죄(待罪) 호고 글을 올녀 구고(舅姑)와 왕(王)긔 하직(下直) 호고 문(門)을 다다 텬일(天日)을 보지 아니호니 샹셔(尚書)와 태뷔(太傅ㅣ) 크게 혼(恨) 호야 골오디,

"모친(母親)이 쵸년(初年)의 무궁(無窮) 혼 험난(險難)을 보시고 이제 겨유 무亽(無事) 호시니 빅(百) 년(年)만 넉엿더니 필경(畢竟)의

•••

39면

못쓸 조식(子息)을 두샤 신셰(身世) 이리 평안(平安)치 아니호실 줄 알니오?"

---

681) 논폄(論貶): 논하여 깎아 내림.

682) 내: [교] 원문과 규장각본(16:30), 연세대본(16:38)에 모두 이 글자가 없으나 문맥을 고려해 삽입함.

683) 봉관옥픽(鳳冠玉佩): 봉관옥패. 봉관은 봉의 장식이 있는 예관(禮冠)이고 옥패는 옥으로 만든 노리개임.

ᄒᆞ고 즉시(卽時) 야야(爺爺)를 ᄎᆞ자 고(告)코져 ᄒᆞ니,

이ᄯᅵ 쥬비(朱妃) ᄋᆞᄌᆞ(兒子)의 변난(變亂)을 드ᄅᆞᄆᆡ 넉시 ᄎᆞ고 졍신(精神)이 어린 ᄃᆞᆺᄒᆞ야 믁믁(默默)히 시비(是非)를 아니ᄒᆞᄃᆡ 아ᄅᆡ로 공부(工部) 등(等) 오(五) 인(人)이 ᄇᆡᆨ문을 졀치(切齒)ᄒᆞ야 말ᄉᆞᆷ이 ᄆᆞᆺ지 못ᄒᆞ야셔 연왕(-王)이 이의 니ᄅᆞ러 관(冠)을 벗고 계하(階下)의셔 돈슈(頓首) 쳥죄(請罪)ᄒᆞ니 쥬비(朱妃) 대경(大驚)ᄒᆞ야 밧비 쇼옥으로 쥬리(珠履)를 나오라 ᄒᆞ고 계즁(階中)의 ᄂᆞ려 손을 ᄭᅩᆺᄌᆞ ᄀᆞᆯ오ᄃᆡ,

"쳡(妾)이 댱ᄎᆞᆺ(將次ㅅ) 므ᄉᆞᆷ 죄(罪)를 어덧관ᄃᆡ 슉슉(叔叔)의 용납(容納)지 아니시미 심(甚)ᄒᆞ시니잇고?"

왕(王)이 두 번(番) 졀ᄒᆞ야 읍샤(揖謝) 왈(曰),

"복(僕)이 무샹(無狀)ᄒᆞ야 블쵸핀ᄌᆞ(不肖悖子)를 두어 오ᄂᆞᆯ날 흉문으로 ᄒᆞ여금 쳔

•••

40면

고(千古) 강샹(綱常)을 범(犯)ᄒᆞᆫ 죄인(罪人)을 ᄆᆡᆫᄃᆞ라 심규폐륜지인(深閨廢倫之人)[684]이 되니 쇼ᄉᆡᆼ(小生)이 하(何) 면목(面目)으로 옥쥬(玉主)긔 뵈오리오? 가ᄉᆡ를 져 당하(堂下)의 ᄃᆡ죄(待罪)ᄒᆞ옵ᄂᆞ니 옥쥬(玉主)ᄂᆞᆫ 쇼ᄉᆡᆼ(小生)의 훈ᄌᆞ(訓子)의 블엄(不嚴)ᄒᆞᆫ 죄(罪)를 ᄇᆞᆯ기 다ᄉᆞ리시믈 ᄇᆞ라ᄂᆞ이다."

쥬비(朱妃) 듯기를 ᄆᆞᆺ고 년망(連忙)이 봉관(鳳冠)을 벗고 ᄯᅳᆯ히 ᄂᆞ려 샤례(謝禮) 왈(曰),

"오ᄂᆞᆯ날 가환(家患)이 비상(非常)ᄒᆞ믄 문운(門運)이 블ᄒᆡᆼ(不幸)ᄒᆞ고

684) 심규폐륜지인(深閨廢倫之人): 깊은 방에만 있으며 모든 윤리를 저버린 사람.

돈이(豚兒ㅣ) 마얼(魔孼)[685]이 즁(重)ᄒᆞ미라. 엇지 일(一) 개(個)로 빅문의 죄(罪)를 삼아 쳡(妾)의 암믹(暗昧)ᄒᆞᆫ 쇼견(所見)이나 감히(敢-) 원망(怨望)ᄒᆞ미 이실 거시라 슉슉(叔叔)이 귀가(貴駕)를 왕굴(枉屈)[686]ᄒᆞ샤 이런 과도(過度)ᄒᆞᆫ 거조(擧措)를 ᄒᆞ시니 황괴(惶愧)ᄒᆞ미 욕ᄉᆞ무디(欲死無地)[687]로쇼이다."

연왕(-王)이 공쥬(公主)의 관(冠) 버ᄉᆞᆷ을 보고 크게 황공(惶恐)ᄒᆞ더니 밋 그

•••

41면

말ᄉᆞᆷ을 드ᄅᆞᄆᆡ 크게 감격(感激)ᄒᆞ야 절ᄒᆞ야 샤례(謝禮) 왈(曰),

"옥쥬(玉主)의 놉흔 혜틱(惠澤)이 이러틋 ᄒᆞ시니 쇼싱(小生)이 엇지 감히(敢-) 슌셜(脣舌)을 놀녀 무익(無益)히 청죄(請罪)ᄒᆞ리잇고? 하당(下堂) 탈관(脫冠)ᄒᆞ시미 더옥 쇼싱(小生)의 죄(罪) 깁흔지라 존슈(尊嫂)ᄂᆞᆫ 술피쇼셔."

쥬비(朱妃) ᄉᆞ양(辭讓) 왈(曰),

"슉슉(叔叔)이 상당(上堂)치 아니시니 쳡(妾)이 엇지 방ᄌᆞ(放恣)ᄒᆞ리오?"

왕(王)이 시러금 마지못ᄒᆞ야 몸을 니러 풀흘 미니 공쥐(公主ㅣ) 날호여 관(冠)을 거두고 쥬리(珠履)를 신어 당(堂)의 오ᄅᆞᄆᆡ 왕(王)이 ᄯᅩᄒᆞᆫ 올나 좌셕(坐席)의 ᄭᅮ니 쥬비(朱妃) 츄연(惆然)이 안ᄉᆡᆨ(顔色)을 변(變)ᄒᆞ야 ᄀᆞᆯ오ᄃᆡ,

---

685) 마얼(魔孼): 귀신의 재앙.
686) 왕굴(枉屈): 남이 자기 있는 곳으로 찾아옴을 높여 이르는 말.
687) 욕ᄉᆞ무디(欲死無地): 욕사무지. 죽으려 해도 죽을 땅이 없음.

"슉슉(叔叔)이 친(親)히 화란(禍亂)을 져ᄌᆞ러 흉문이 칠신위라[688] (漆身爲癩)[689] ᄒᆞ고 십ᄉᆡᆼ구ᄉᆞ(十生九死)[690] ᄒᆞᄂᆞᆫ 디경(地境)의 이신들 쳡(妾)이 엇지 감히(敢-) 블평(不平)

•••

42면

ᄒᆞᆫ 뜻이 이실 거시라 오ᄂᆞᆯ날 슉슉(叔叔)의 거동(擧動)이 쇼쳡(小妾)으로 ᄒᆞ여금 몸 둘 곳이 업게 ᄒᆞ시니 쳡(妾)이 므ᄉᆞᆷ ᄂᆞᆺᄎᆞ로 가군(家君)을 ᄃᆡ(對)ᄒᆞ며 인뉴(人類)의 참예(叅預)ᄒᆞ리오?"

왕(王)이 ᄉᆞ러 듯기를 ᄆᆞᆺᄎᆞᄆᆡ 크게 ᄭᆡᄃᆞ라 칭샤(稱謝) 왈(曰),

"옥쥬(玉主)의 ᄇᆞᆰ이 ᄀᆞᄅᆞ치시미 이러ᄐᆞᆺ ᄒᆞ시니 쇼ᄉᆡᆼ(小生)이 다시 죄(罪)를 어드리잇가?"

셜파(說罷)의 몸을 니러 셔당(書堂)의 와 례부(禮部)를 볼ᄉᆡ 례뷔(禮部ㅣ) 고요히 당듕(堂中)의 누엇다가 왕(王)을 보고 니러 맛거ᄂᆞᆯ, 왕(王)이 나아가 손을 잡고 탄식(歎息)ᄒᆞ야 이윽이 말을 못 ᄒᆞ니 왕(王)이 비록 복듕(腹中)의 텬디(天地)를 두ᄅᆞ혀ᄂᆞᆫ 신슐(神術)이 잇고 쳔균(千鈞)의 대량(大量)이나 금일(今日) ᄌᆞ긔(自己) 슬하(膝下)로 인(因)ᄒᆞ야 일ᄉᆡᆼ(一生) 지긔(知己)로

---

688) 라: [교] 원문과 규장각본(16:33), 연세대본(16:41)에 모두 '리'로 되어 있으나 오기로 보이므로 이와 같이 수정함.

689) 칠신위라(漆身爲癩): 몸에 옻칠을 해 문둥이처럼 가장한다는 뜻으로, 원수(怨讐)를 갚기 위해 용모(容貌)를 바꿈을 이르는 말. 중국 전국시대에 진(晉)나라 예양(豫讓)이 자신을 등용시켜 준 지백(智伯)을 위해 지백을 죽인 조양자(趙襄子)에게 복수하려고 몸에 옻칠을 하고 숯을 삼켜 문둥이에 벙어리가 되어 알아보지 못하게 해 조양자를 죽이려다 실패하고 자결한 일이 있음. 사마천(司馬遷), 『사기(史記)』, <자객열전(刺客列傳)>.

690) 십ᄉᆡᆼ구ᄉᆞ(十生九死): 십생구사. 열 번 살고 아홉 번 죽는다는 뜻으로, 위태로운 지경에서 겨우 벗어남을 이르는 말.

•••

43면

ᄉᆞ랑ᄒᆞ던 족하요 ᄒᆞ믈며 종ᄉᆞ(宗嗣)의 즁(重)ᄒᆞ미 즁어태악(重於泰嶽)[691] ᄒᆞᆫ지라 엇지 참괴(慙愧)[692]치 아니며 므ᄉᆞᆷ 말이 나리오. 녜뷔(禮部ㅣ) 왕(王)의 긔ᄉᆡᆨ(氣色)을 짐쟉(斟酌)고 이의 화(和)히 우어 ᄃᆡ왈(對曰),

"금일ᄉᆡ(今日事ㅣ) ᄇᆡᆨ문의 연괴(緣故ㅣ) 아니라, 쇼질(小姪)의 운익(運厄)이 긔괴(奇怪)ᄒᆞ야 골육(骨肉)의 의심(疑心)과 고금(古今)의 희한(稀罕)ᄒᆞᆫ 변난(變亂)을 만나니 엇지 ᄂᆞᆷ을 ᄒᆞᆫ(恨)ᄒᆞ며 슉뷔(叔父ㅣ) 블평(不平)ᄒᆞ미 겨시리잇고? 쇼질(小姪)의 슈요[693]당단(壽夭長短)[694]이 하ᄂᆞᆯ의 이시니 ᄌᆞ레 죽으며 ᄆᆞᄎᆞᆷ내 기인(棄人)[695]이 아니 되리니 슉부(叔父)ᄂᆞᆫ 념녀(念慮) 마ᄅᆞ쇼셔."

왕(王)이 탄식(歎息) 칭션(稱善) 왈(曰),

"션ᄌᆡ(善哉)라! 현질(賢姪)의 말ᄉᆞᆷ이 이러ᄐᆞᆺ 상쾌(爽快)ᄒᆞ니 만일(萬一) 현슈슈(賢嫂嫂) 옥쥬(玉主) 낭낭(娘娘)의 탄ᄉᆡᆼ(誕生)ᄒᆞ시미 아닌즉 이러ᄒᆞ리오? 연(然)이나

•••

44면

네 아자븨 ᄆᆞ음이 ᄆᆞᄎᆞᆷ내 편(便)타 ᄒᆞ랴? ᄂᆞᆺ출 싹고 머리를 무ᄌᆞ

691) 즁어태악(重於泰嶽): 중어태악. 태산보다 무거움.
692) 참괴(慙愧): 매우 부끄러워함.
693) 요: [교] 원문과 규장각본(16:34), 연세대본(16:43)에 모두 '유'로 되어 있으나 오기로 보이므로 이와 같이 수정함.
694) 슈요당단(壽夭長短): 수요장단. 수명의 길고 짧음.
695) 기인(棄人): 세상에서 버려진 사람.

려[696] 조종(祖宗) 신령(神靈)긔 샤례(謝禮)코져 ᄒᆞᄂᆞ니 하ᄂᆞᆯ이 나의 ᄌᆞ식(子息) 못 가ᄅᆞ친 죄(罪)ᄅᆞᆯ 진노(震怒)[697] ᄒᆞ샤 미구(未久)[698]의 앙홰(殃禍ㅣ)[699] 이실가 두리노라."

녜뷔(禮部ㅣ) 탄식(歎息) 왈(曰),

"쇼질(小姪)이 비록 블쵸(不肖)ᄒᆞ나 슉부(叔父)의 ᄠᅳᆺ을 우러러 참작(叄酌)지 못ᄒᆞ올 거시라 이런 과도(過度)ᄒᆞᆫ 말ᄉᆞᆷ을 ᄒᆞ시니 쇼질(小姪)의 ᄠᅳᆺ을 모ᄅᆞ시미 심(甚)ᄒᆞ이다."

왕(王)이 그 너른 ᄆᆞᄋᆞᆷ을 항복(降服)ᄒᆞ야 이의 위로(慰勞)ᄒᆞ고 인(因)ᄒᆞ야 머므더니,

니부(吏部)와 태뷔(太傅ㅣ) 이의 니ᄅᆞ러 왕(王)긔 뵈고 ᄀᆞᆯ오ᄃᆡ,

"히ᄋᆞ(孩兒) 등(等)이 블쵸(不肖)ᄒᆞ여 일즉 진 시(氏)의 효셩(孝誠)[700]이 업고 이제 삼뎨(三弟) 연고(緣故)로 모친(母親)이 하당(下堂)의 취리(就理)[701] ᄒᆞ시니 우민(憂悶)ᄒᆞᆷ을 이긔지 못ᄒᆞ거이다."

왕(王)이 미우(眉宇)ᄅᆞᆯ 싱긔고 ᄀᆞᆯ오

---

696) 무ᄌᆞ려: 깎아.

697) 진노(震怒): 존엄한 존재가 크게 노함.

698) 미구(未久): 오래지 않음.

699) 앙홰(殃禍ㅣ): 어떤 일로 인하여 생기는 재난.

700) 진 시(氏)의 효셩(孝誠): 진 씨의 효성. 진 씨가 누구인지는 분명하지 않으나 조선시대 초기에 편찬된 『삼강행실효자도』, 「진씨양고(陳氏養姑)」에 나오는 진 씨가 아닌가 함. 진 씨는 한나라 때 여자로, 남편이 수자리를 살러 갈 때 자신이 죽더라도 자신의 어머니를 봉양해 달라고 부탁하자 실제로 남편이 죽은 후 28년 동안 시어머니를 봉양하고 시어머니가 죽자 집과 땅을 다 팔아서 장사지냄. 중간에 자신의 부모가 데려가 시집보내려 하자 남편과의 약속을 내세우며 거절한 바 있음.

701) 취리(就理): 취리. 원래 죄를 지은 벼슬아치가 사법 기관에 나아가 심리를 받던 일을 말하나 여기에서는 죄인으로 자처하는 것을 뜻함.

•••

45면

듸,

"아비와 어미 다 블쵸(不肖)ᄒᆞ야 ᄌᆞ식(子息)을 가ᄅᆞ치지 못ᄒᆞᆫ 연고(緣故)로 오ᄂᆞᆯ날 환난(患難)이 니러ᄂᆞ니 져그나 념치(廉恥) 이실진ᄃᆡ 므ᄉᆞᆷ ᄂᆞᆺᄎᆞ로 사ᄅᆞᆷ을 ᄃᆡ(對)ᄒᆞ리오?"

녜뷔(禮部ㅣ) 크게 블안(不安)ᄒᆞ야 ᄀᆞᆯ오ᄃᆡ,

"쇼질(小姪)이 시운(時運)을 그ᄅᆞᆺ 만나미 이신들 엇지 구ᄐᆞ야 ᄇᆡᆨ문의 연괴(緣故ㅣ) 거시라 슉부뫼(叔父母ㅣ) 하 과도(過度)히 구ᄅᆞ시니 죄인(罪人)의 ᄆᆞ음이 더옥 침상(針上)의 안ᄌᆞᆫ ᄃᆞᆺᄒᆞ여이다. ᄇᆞ라건ᄃᆡ 슉부(叔父)ᄂᆞᆫ 텬되(天道ㅣ) 슌환(循環)ᄒᆞ믈 기ᄃᆞ리샤 믈우(勿憂)ᄒᆞ시고 슉모(叔母)ᄅᆞᆯ 청(請)ᄒᆞ야 졍뎐(正殿)의 옴게 ᄒᆞ쇼셔."

왕(王) 왈(曰),

"내 널노뻐 이 형상(形狀)을 ᄆᆡᆫᄃᆞᆯ고 ᄎᆞ마 므ᄉᆞᆷ ᄂᆞᆺᄎᆞ로 안심(安心)ᄒᆞ며 네 슉뫼(叔母ㅣ) 평안(平安)이 잇고져 ᄒᆞ리오? 너ᄂᆞᆫ 념녀(念慮) 말나."

상셔(尙書)와 태뷔(太傅ㅣ) ᄒᆞᆯ일업셔 상

•••

46면

부(相府)의 니ᄅᆞ러 이 소유(所由)ᄅᆞᆯ 고(告)ᄒᆞ니 승상(丞相)이 쇼후(-后)의 쳐ᄉᆞ(處事)ᄅᆞᆯ 듯고 그윽이 탄복(歎服)ᄒᆞ며 그 팔ᄌᆡ(八字ㅣ) ᄉᆞᄉᆞ(事事)의 긔괴(奇怪)ᄒᆞ믈 참잉(慘-)[702]ᄒᆞ야 좌우(左右)로 남공(-公)

을 블너 니ᄅᆞ니, 공(公)이 경아(驚訝)ᄒᆞ야 ᄃᆡ왈(對曰),

"흉문이 텬디간(天地間) 용납(容納)지 못ᄒᆞᆯ 죄악(罪惡)을 시ᄅᆞ미 운수(運數)ᄅᆞᆯ 그ᄅᆞᆺ 만나미라 쇼쉬(-嫂ㅣ) 이러ᄐᆞᆺ ᄒᆞ시리오?"

드ᄃᆡ여 몸을 니러 밧비 후당(後堂)의 니ᄅᆞ매 상셔(尙書) 등(等)이 드러와 ᄇᆡᆨ부(伯父)의 친님(親臨)ᄒᆞ시믈 고(告)ᄒᆞ니 쇼휘(-后ㅣ) 더옥 황괴(惶愧)ᄒᆞ여 몸을 니러 마ᄌᆞᆯᄉᆡ 공(公)이 드러와 좌(座)ᄅᆞᆯ 뎡(定)ᄒᆞ고 말을 펴 ᄀᆞᆯ오ᄃᆡ,

"쇼ᄉᆡᆼ(小生)이 여러 곤계(昆季)예 샹두(上頭)의 모텸(冒添)[703]ᄒᆞ야 ᄒᆡᆼᄉᆡ(行事ㅣ) 블민(不敏)ᄒᆞ나 그러나 우ᄋᆡ(友愛)와 텬눈(天倫)을 오ᄅᆞ지ᄒᆞ고져 ᄒᆞ고 우흐로 부뫼(父母ㅣ) 겨샤 죄(罪)ᄅᆞᆯ ᄂᆞ리오시미

•••

47면

업거ᄂᆞᆯ 금일(今日) 슈쉬(嫂嫂ㅣ) 심당(深堂)의 드ᄅᆞ시믄 엇진 일이니잇고?"

쇼휘(-后ㅣ) 공(公)의 말ᄉᆞᆷ이 조련[704](猝然)[705]ᄒᆞᆷ을 듯고 옥면(玉面)을 븕히고 좌(座)ᄅᆞᆯ 써나 청죄(請罪)ᄒᆞ고 답언(答言)이 업ᄂᆞᆫ지라. 공(公)이 황망(慌忙)이 ᄉᆞ러 ᄀᆞᆯ오ᄃᆡ,

"엇진 고(故)로 쇼ᄉᆡᆼ(小生)을 ᄃᆡ(對)ᄒᆞ야 이런 과도(過度)ᄒᆞᆫ 거조(擧措)ᄅᆞᆯ ᄒᆞ시ᄂᆞ니잇고? 쇼ᄉᆡᆼ(小生)이 블쵸(不肖)ᄒᆞ야 슈슈(嫂嫂)긔 죄(罪) 어드미 등한(等閑)치 아니ᄒᆞ온가 시븐지라 연고(緣故)ᄅᆞᆯ 듯ᄌᆞᆸ

702) 참잉(慘-): 참혹하고 불쌍함.

703) 모텸(冒添): 모첨. 외람되게 은혜를 입음.

704) 련: [교] 원문에는 '편'으로 되어 있으나 문맥을 고려해 규장각본(16:37)과 연세대본(16:47)을 따름.

705) 조련(猝然): 졸연. 갑작스러운 모양.

고져 ᄒᆞᄂᆞ이다."

쇼휘(-后ㅣ) 피셕(避席) 쳥죄(請罪)ᄒᆞ야 골오ᄃᆡ,

"쳡(妾)이 블용누질(不用陋質)[706]노 셩문(盛門)의 의탁(依託)ᄒᆞ연지 삼십여(三十餘) 년(年)의 ᄒᆞᆫ 일도 구고(舅姑) 졔슉(諸叔)의 깃거ᄒᆞ시믈 닐위지 못ᄒᆞ고 화란(禍亂)이 샹ᄉᆡᆼ(相生)ᄒᆞ여 셩우(盛憂)ᄅᆞᆯ 기치오미 셰구[707]년심(歲久年深)[708]ᄒᆞ옵더니 무망(無妄)[709]의 블쵸(不肖)ᄒᆞᆫ ᄌᆞ식(子息)으로 인(因)ᄒᆞ야 녜부(禮部) 현질(賢姪)을

•••

48면

강상(綱常) 죄인(罪人)을 ᄆᆡᆫᄃᆞ니 하(何) 면목(面目)으로 텬일(天日)을 보고져 ᄒᆞ리잇고?"

공(公)이 공경(恭敬)ᄒᆞ여 듯기ᄅᆞᆯ ᄆᆞᆺ고 홀연(忽然)이 웃고 칭사(稱謝) 왈(曰),

"원ᄂᆡ(元來) 슈쉬(嫂嫂ㅣ) 이런 쇼ᄉᆞ(小事)로 인(因)ᄒᆞ야 셩녀(盛慮)ᄅᆞᆯ 허비(虛費)ᄒᆞ미 겨시다쇼이다. 금쟈지변(今者之變)은 홍문의 운쉬(運數ㅣ) 블니(不利)ᄒᆞ미오 ᄇᆡᆨ문의 타시 아니어든 더옥 슈쉬(嫂嫂ㅣ) 쳥죄(請罪)ᄒᆞ실 일이 겨시리오? 쇼ᄉᆡᆼ(小生)이 비록 블ᄒᆞᆨ무식(不學無識)ᄒᆞ나 이 일노 인(因)ᄒᆞ야 죠곰도 ᄇᆡᆨ문의게 치원(置怨)[710]ᄒᆞ미 업ᄉᆞᆯ 거시어ᄂᆞᆯ 슈슈(嫂嫂)의 쳔균(千鈞) 대량(大量)으로 금일

706) 블용누질(不用陋質): 불용누질. 쓸모 없는 비루한 자질.

707) 구: [교] 원문과 규장각본(16:38), 연세대본(16:47)에 모두 '고'로 되어 있으나 오기로 보이므로 이와 같이 수정함.

708) 셰구년심(歲久年深): 세구연심. 세월이 매우 오래됨.

709) 무망(無妄): 별 생각이 없이 있는 상태.

710) 치원(置怨): 원망하는 마음을 먹음.

(今日) 조협(躁狹)[711]ᄒᆞ시미 이ᄃᆡ도록 ᄒᆞ시니잇가? 부뫼(父母ㅣ) 쇼ᄉᆡᆼ(小生)으로 ᄒᆞ여곰 졍뎐(正殿)으로 뫼시라 ᄒᆞ시니 쇼ᄉᆡᆼ(小生)이 명(命)을 밧ᄌᆞ와숩ᄂᆞᆫ지라 가(可)히 역명(逆命)치 못ᄒᆞ리이다."

셜파(說罷)의 후(后)의 말을 기ᄃᆞ

•••

49면

리지 아니코 몸을 니러 ᄑᆞᆯ흘 미니 휘(后ㅣ) 감히(敢-) 거역(拒逆)지 못ᄒᆞ여 봉황미(鳳凰眉)ᄅᆞᆯ ᄉᆡᆼ긔고 유유(儒儒)ᄒᆞ여 년보(蓮步)[712]ᄅᆞᆯ 움죽이지 아니ᄒᆞ니 공(公)이 ᄌᆡ삼(再三) 쳥(請)ᄒᆞ여 ᄀᆞᆯ오ᄃᆡ,

"슈싊(嫂嫂ㅣ) ᄯᅩᄒᆞᆫ 고셔(古書)ᄅᆞᆯ 박남(博覽)[713]ᄒᆞ시니 거의 셩뎐(聖典)[714]을 아ᄅᆞ실지라. 동ᄉᆡᆼ(同生) 지친(至親) 간(間)은 샤례(謝禮)와 치새(致謝ㅣ) 업ᄉᆞᆸᄂᆞ니 이 아니 쇼ᄉᆡᆼ(小生)의 블쵸(不肖)ᄒᆞᄆᆞ로ᄡᅦ니잇가? 피ᄎᆞ(彼此) 시운(時運)이 블ᄒᆡᆼ(不幸)ᄒᆞ야 이러ᄐᆞᆺ 어ᄌᆞ러오나 필경(畢竟)이 무ᄉᆞ(無事)ᄒᆞ리니 쳥(請)컨ᄃᆡ 슈슈(嫂嫂)ᄂᆞᆫ 믈념(勿念)ᄒᆞ시고 쇼ᄉᆡᆼ(小生)의 말을 조ᄎᆞ시믈 ᄇᆞ라ᄂᆞ이다."

휘(后ㅣ) 시러곰 마지못ᄒᆞ야 쥬리(珠履)ᄅᆞᆯ ᄭᅳ어 슉현당(--堂)으로 도라가니 남공(-公)이 ᄯᅳᆯ히 ᄂᆞ려 읍양(揖讓)ᄒᆞ야 보내고 존당(尊堂)의 드러가 부모(父母)긔 고(告)ᄒᆞ니 부뫼(父母ㅣ) 깃거ᄒᆞ

711) 조협(躁狹): 성미가 너그럽지 못하고 좁음.
712) 년보(蓮步): 연보. 미인의 정숙하고 아름다운 걸음걸이를 비유적으로 이르는 말.
713) 박남(博覽): 박람. 널리 읽음.
714) 셩뎐(聖典): 성전. 성인(聖人)이 쓴 책.

•••

50면

더라.

이쩍 화 시(氏) 싱(生)의 칼노 지ᄅᆞ려 ᄒᆞ던 날브터 통ᄒᆞᆫ(痛恨)ᄒᆞ미 구곡(九曲)[715]의 ᄆᆡ쳐 ᄎᆞ마 ᄂᆞᆺ촐 드러 텬일(天日)을 볼 의ᄉᆡ(意思ㅣ) 업셔 침쇼(寢所)의 머리 싸뎟더니 일쟝(一場) 풍픠(風波ㅣ) 니러나 ᄌᆞ개(自家ㅣ) 열[716] 번(番) 죽어 아홉 번(番) 환ᄉᆡᆼ(還生)ᄒᆞ나 싯지 못 ᄒᆞᆯ 누명(陋名)을 ᄒᆞ로아ᄎᆞᆷ의 시러 몸이 강상(綱常)의 대죄인(大罪人)이 되니 스ᄉᆞ로 귀신(鬼神)을 브ᄅᆞ지져 죽기ᄅᆞᆯ 원(願)ᄒᆞ고 살 ᄆᆞ음이 업셔 죽기ᄅᆞᆯ ᄌᆞ분(自分)[717]ᄒᆞ니 곡긔(穀氣)ᄅᆞᆯ ᄭᅳᆫ코 ᄌᆞ진(自盡)코져 ᄒᆞ니,

유모(乳母) 시녀(侍女) 등(等)이 망극(罔極)ᄒᆞ믈 이긔지 못ᄒᆞ야 정당(正堂)의 고(告)ᄒᆞᄆᆡ, 쇼휘(-后ㅣ) 친(親)히 니ᄅᆞ러 쇼져(小姐)ᄅᆞᆯ 볼ᄉᆡ 쇼제(小姐ㅣ) 몸을 니러 업ᄃᆡ여 읍읍(悒悒) 툰[718]셩(呑聲)ᄒᆞ여 쥬뤼(珠淚ㅣ) 의샹(衣裳)의 져ᄌᆞ니 부인(夫人)이 역시(亦是) 쳥누(淸淚)ᄅᆞᆯ 먹음고 등

•••

51면

을 어ᄅᆞ만져 ᄀᆞᆯ오ᄃᆡ,

---

715) 구곡(九曲): 굽이굽이 서린 창자라는 뜻으로, 깊은 마음속 또는 시름이 쌓인 마음속을 비유적으로 이르는 말. 구곡간장(九曲肝腸).

716) 열: [교] 원문에는 '일'로 되어 있으나 오기로 보이므로 규장각본(16:39)과 연세대본(16:50)을 따름.

717) ᄌᆞ분(自分): 자분. 스스로 생각함.

718) 툰: [교] 원문에는 '툐'로 되어 있으나 문맥을 고려해 규장각본(16:40)과 연세대본(16:50)을 따름.

“현부(賢婦)의 특이(特異)ᄒᆞᆫ 긔질(氣質)노 오ᄂᆞᆯ날 명박(命薄)[719]ᄒᆞ미 여ᄎᆞ(如此)ᄒᆞ니 노텬(老天)을 블너 가(可)히 말이 업거니와 그러나 녕친(令親)의 쳔(千) 니(里)의셔 망운(望雲)[720]ᄒᆞᄂᆞᆫ 심ᄉᆞ(心思)ᄅᆞᆯ 져ᄇᆞ려 빙옥(氷玉) 방신(芳身)을 즈러[721] ᄆᆞᄎᆞ미 가(可)치 아니ᄒᆞ니 그ᄃᆡᄂᆞᆫ 내 말을 뼈 곰 엇더케 넉이ᄂᆞ뇨?”

쇼졔(小姐ㅣ) 톄읍(涕泣) ᄃᆡ왈(對曰),

“쇼쳡(小妾)이 셩문(盛門)의 의탁(依託)ᄒᆞ연 지 삼(三) ᄌᆡ(載)의 ᄒᆡᆼᄉᆡ(行事ㅣ) 블민(不敏)ᄒᆞ고 위인(爲人)이 경쳔(輕賤)[722]ᄒᆞ여 죤문(尊門) 쳥덕(淸德)을 ᄯᅥ러ᄇᆞ리올가 듀야(晝夜) 우구(憂懼)ᄒᆞ옵더니 ᄆᆞᄎᆞᆷ내 텬디간(天地間) 극악(極惡) 대죄(大罪)ᄅᆞᆯ 시러 동ᄒᆡ쉬(東海水ㅣ) 이시나 싯지 못ᄒᆞ고 창텬(蒼天)이 말이 업ᄉᆞ니 므ᄉᆞᆷ ᄂᆞᆺᄎᆞ로 인뉴(人類)의 참예(參預)ᄒᆞ여 살고져 ᄯᅳᆺ이 이시리잇고? ᄇᆞ라옵ᄂᆞ니 복망(伏望) 존고(尊姑)ᄂᆞᆫ 쳡(妾)의

•••

52면

죽으믈 막지 마ᄅᆞ쇼셔.”

휘(后ㅣ) 더옥 잔잉ᄒᆞ믈 이긔지 못ᄒᆞ야 ᄀᆞᆯ오ᄃᆡ,

“현부(賢婦)ᄂᆞᆫ 나의 말을 드러 젼두(前頭)ᄅᆞᆯ 볼지어다. 내 당쵸(當初) 그ᄃᆡ 존구(尊舅)의 시쳡(侍妾)의 해(害)ᄒᆞ믈 닙어 참혹(慘酷)ᄒᆞᆫ

---

719) 명박(命薄): 운명이 기박함.

720) 망운(望雲): 원래 객지에서 고향에 계신 어버이를 생각함을 이르는 말이나 여기에서는 아버지 화진이 딸 화채옥을 그리워함을 의미함. 중국 당나라 때 적인걸(狄仁傑)이 타향에서 부모가 계신 쪽의 구름을 바라보고 어버이를 그리워했다는 데서 유래함.

721) 즈러: 지레.

722) 경쳔(輕賤): 경천. 가볍고 천박함.

죄명(罪名)을 시ᄅᆞ니 그ᄃᆡ 존귀(尊舅ㅣ) 과도(過度)히 고지드러 날노뼈 죽을 죄인(罪人)으로 마련ᄒᆞ고 죽이기ᄅᆞᆯ 의논(議論)ᄒᆞᄃᆡ 요힝(僥倖) 구괴(舅姑ㅣ) 현명(賢明)ᄒᆞ샤 쵸로잔쳔(草露殘喘)[723]을 겨유 지팅(支撑)ᄒᆞ엿더니 ᄆᆞᄎᆞᆷ내 법뷔(法部ㅣ) 법(法)으로 다ᄉᆞ려 남챵(南昌)의 원젹(遠謫)[724]ᄒᆞ니 ᄎᆞ마 엇지 살고 시브리오마ᄂᆞᆫ 후일(後日)을 바라ᄂᆞᆫ ᄯᅳᆺ이 이셔 혈혈(孑孑) ᄋᆞ녀ᄌᆡ(兒女子ㅣ) 복ᄋᆞ(腹兒)ᄅᆞᆯ 품고 도로(道路) 풍상(風霜)을 무릅뼈 남챵(南昌)의 니ᄅᆞ러 겨유 일월(一月)이 넘으며 젹환(賊患)을 만나 필경(畢竟) 낙슈(落水)ᄒᆞᄂᆞᆫ 디경(地境)의 니ᄅᆞ

…

53면

ᄃᆡ 모진 목숨이 명완(命頑)[725]키 심(甚)ᄒᆞ야 오ᄂᆞᆯ날가지 사라시니 현부(賢婦)ᄂᆞᆫ 통쾌(痛快)히 혜아려 ᄆᆞᄋᆞᆷ을 널니고 방신(芳身)을 보젼(保全)ᄒᆞ야 나죵을 보미 올흐니라. 그ᄃᆡ 존구(尊舅)ᄂᆞᆫ ᄎᆞᄋᆞ(此兒)의게 십(十) ᄇᆡ(倍) 승(勝)ᄒᆞ게 광픽(狂悖)[726]ᄒᆞ더니 도금(到今)ᄒᆞ야 ᄌᆞ식(子息)의 그ᄅᆞᆷ을 가ᄅᆞ치ᄂᆞᆫ 톄ᄒᆞ니 내 진실노(眞實-) 우이 넉이노라. 내 텬셩(天性)이 본ᄃᆡ(本-) ᄂᆞᆷ의 허믈 니ᄅᆞ기ᄅᆞᆯ 못 ᄒᆞᄆᆡ 졔ᄋᆞ(諸兒) 등(等)ᄃᆞ려도 이 말을 ᄒᆞ미 업더니 금일(今日) 그ᄃᆡ 조ᄇᆡ야이[727] 죽기ᄅᆞᆯ ᄉᆡᆼ각ᄒᆞ니 나의 쵸년(初年) 망극(罔極)던 형셰(形勢)ᄅᆞᆯ 가쵸

---

723) 쵸로잔쳔(草露殘喘): 초로잔천. 곧 사라질 풀잎의 이슬처럼 아주 끊어지지 않고 겨우 붙어 있는 숨.

724) 원뎍(遠謫): 원적. 멀리 귀양을 감.

725) 명완(命頑): 목숨이 모짊.

726) 광픽(狂悖): 광패. 미친 사람처럼 말과 행동이 사납고 막됨.

727) 조ᄇᆡ야이: 좁게.

니르ᄂᆞ니 뻐 엇더케 넉이ᄂᆞ뇨?"

쇼졔(小姐ㅣ) 듯기를 ᄆᆞᆺ고 크게 긔특(奇特)이 넉여 읍샤(揖謝) ᄃᆡ왈(對曰),

"쳡(妾)이 어린 나히 셰졍(世情) ᄉᆞ변(事變)을 지내지 못ᄒᆞ엿ᄉᆞᆸᄂᆞᆫ지라 오ᄂᆞᆯ날을 당(當)ᄒᆞ야 유

•••

54면

ᄉᆞ지심(有死之心)[728]ᄒᆞ고 무ᄉᆡᆼ지긔(無生之氣)[729]ᄒᆞ여 텬디(天地) 망망(茫茫)ᄒᆞ더니 존괴(尊姑ㅣ) 하림(下臨)[730]ᄒᆞ샤 아득ᄒᆞᆫ ᄆᆞᄋᆞᆷ을 ᄭᆡ돗게 ᄒᆞ시니 감은(感恩) 황공(惶恐)ᄒᆞ믈 이긔지 못ᄒᆞ옵ᄂᆞ니 엇지 감히(敢-) 계훈(誡訓)[731]을 봉ᄒᆡᆼ(奉行)치 아니리잇고?"

쥬 시(氏)[732] 쇼져(小姐)를 향(向)ᄒᆞ야 ᄀᆞᆯ오ᄃᆡ,

"쇼져(小姐)ᄂᆞᆫ 부인(夫人) 말ᄉᆞᆷ을 드ᄅᆞ시고 ᄎᆞ후(此後) ᄆᆞᄋᆞᆷ을 널니 ᄉᆡᆼ각ᄒᆞ야 댱ᄂᆡ(將來)를 보쇼셔. 대왕(大王)이 쇼년(少年) 젹은 쇼낭군(小郎君) 우히시러니마ᄂᆞᆫ 이졔ᄂᆞᆫ 여러 ᄌᆞ손(子孫)을 두시고 피ᄎᆞ(彼此) 은졍(恩情)이 태산(泰山) ᄀᆞᄐᆞ시니 녜 일이 일시(一時) 츈몽(春夢)이러이다."

화 시(氏) 념임(斂衽)[733] 칭샤(稱謝) 왈(曰),

"박명(薄命) 인ᄉᆡᆼ(人生)이 ᄒᆡᆼᄉᆡ(行事ㅣ) 블민(不敏)ᄒᆞ니 엇지 샹쳔

---

728) 유ᄉᆞ지심(有死之心): 유사지심. 죽고 싶은 마음이 있음

729) 무ᄉᆡᆼ지긔(無生之氣): 무생지기. 살고 싶은 마음이 없음.

730) 하림(下臨): 윗사람이 아랫사람 있는 곳에 다다름.

731) 계훈(誡訓): 경계와 가르침.

732) 쥬 시(氏): 주 씨. 이현의 첩. 이현은 승상 이관성의 아버지이자 하남공 이몽현과 연왕 이몽창의 할아버지임.

733) 념임(斂衽): 염임. 옷깃을 여밈.

(上天)의 감오(感悟)ᄒᆞ믈 바라리오? 그러나 금일(今日) 말ᄉᆞᆷ을 간폐(肝肺)의 삭이리이다."

휘(后ㅣ) 어ᄅᆞ만져 ᄌᆡ삼(再三) 위로(慰勞)ᄒᆞ고 좌우(左右)로

•••

55면

위란을 블너 쇼져(小姐)ᄅᆞᆯ 직희여 이시라 ᄒᆞ니 위란이 슈명(受命)ᄒᆞ여 이의 잇더라.

쥬 시(氏), 졍당(正堂)의 드러가니 바야흐로 남공(-公) 등(等) 제인(諸人)이 모다 가환(家患)을 근심ᄒᆞ고 연왕(-王)은 ᄇᆡᆨ문을 통ᄒᆞᆫ(痛恨)ᄒᆞᆯ지언뎡 아ᄆᆡᆨᄒᆞ얏다 지목(指目)지 아니ᄒᆞ니 승상(丞相)으로브터 신명(神明)ᄒᆞ미 귀신(鬼神) ᄀᆞᄐᆞ니 엇지 노 시(氏) 쟉용(作用)인 줄 아지 못ᄒᆞ리오마ᄂᆞᆫ 눈으로 보지 못ᄒᆞᆫ 일을 즈레 발셜(發說)ᄒᆞ미 가(可)치 아니므로쎄라.

쥬 시(氏) 나아가 웃고 갈오ᄃᆡ,

"노쳡(老妾)이 감히(敢-) 부인(夫人) 말ᄉᆞᆷ의 공치(公恥)[734] ᄒᆞ미 아니라 앗가 화 쇼져(小姐) 침쇼(寢所)의셔 대왕(大王)이 당쵸(當初)의ᄂᆞᆫ 한님(翰林)의셔 더 광픽(狂悖)ᄒᆞ시더니 이졔ᄂᆞᆫ 훈ᄌᆞ(訓子)ᄒᆞᄂᆞᆫ 톄ᄒᆞ니 가(可)히 우읍다 ᄒᆞ니[735] 연왕(-王)이

734) 공치(公恥): 대놓고 모욕을 줌.

735) 니: [교] 원문에는 이 뒤에 '니'가 있으나 부연으로 보아 규장각본(16:44)과 연세대본(16:55)을 따라 삭제함.

•••

56면

진실노(眞實-) 쇼낭군(小郎君) 힝ᄉᆞ(行事) ᄀᆞᆺ더니잇가?"

휘(后ㅣ) 쇼이ᄃᆡ왈(笑而對曰),

"조뫼(祖母ㅣ) ᄯᅩᄒᆞᆫ 올흔 말 ᄒᆞ쇼셔. 금일(今日) ᄇᆡᆨ문은 승어뷔(勝於父ㅣ)니이다."

쥬 시(氏) 낭연(朗然) 대쇼(大笑) 왈(曰),

"노인(老人)이 텬붕지통(天崩之痛)[736] 이후(以後)로 우술 일이 업더니 부인(夫人) 말솜의 우숨이 나ᄂᆞ이다. 대왕(大王)이 셕일(昔日) 쇼년(少年)의 젼도(顚倒)[737]ᄒᆞ시미 겨신들 현마 쇼낭군(小郎君) ᄀᆞᄐᆞ시리잇가? 왕(王)이 드ᄅᆞ실진ᄃᆡ 좀 아니 노(怒)ᄒᆞ여 ᄒᆞ실쇼이다."

휘(后ㅣ) 미쇼(微笑) 왈(曰),

"ᄇᆡᆨ문은 아비ᄅᆞᆯ 달마시니 가장 깃븐디라 타셜(他說)이 이시리오? ᄇᆡᆨ문의 나은 곳을 니ᄅᆞ고져 ᄒᆞ나 가(可)치 아냐 못 ᄒᆞᄂᆞ니 조모(祖母)ᄂᆞᆫ 븍쥐ᄇᆡᆨ(--伯) 슉부(叔父)긔 의논(議論)ᄒᆞ쇼셔. 부ᄌᆡ(父子ㅣ) 마치 ᄀᆞᆺᄐᆞᄃᆡ ᄇᆡᆨ문이 나은 곳이 잇ᄂᆞ니이다."

언미파(言未罷)의 왕(王)이 이의 드러오니 쥬 시(氏), 연후(-侯)ᄅᆞᆯ

•••

57면

ᄃᆡ(對)ᄒᆞ야 ᄀᆞᆯ오ᄃᆡ,

---

736) 텬붕지통(天崩之痛): 천붕지통. 하늘이 무너지는 것 같은 아픔이라는 뜻으로, 제왕이나 아버지의 죽음을 당한 슬픔을 이르는 말. 여기에서는 남편 이현의 죽음을 이름.

737) 젼도(顚倒): 전도. 자빠지고 엎어진다는 뜻으로 말이나 행동이 예법에 어긋남을 이름.

“대왕(大王)긔 뭇즙ᄂᆞ니 한님(翰林) ᄀᆞᆺ튼 사ᄅᆞᆷ이 ᄯᅩ 어ᄃᆡ 잇ᄂᆞ니잇가?”

왕(王)이 무심(無心)코 ᄃᆡ왈(對曰),

“고금(古今)은 니ᄅᆞ지 말고 셰간(世間)의 ᄇᆡᆨ문 가ᄐᆞᆫ 거시 어ᄃᆡ 이시리잇가?”

쥬 시(氏) 크게 웃고 ᄀᆞᆯ오ᄃᆡ,

“왕(王)은 말ᄉᆞᆷ이 뎌러ᄐᆞᆺ 쾌(快)ᄒᆞ셔도 왕비(王妃) 닐오시ᄃᆡ, ‘ᄇᆡᆨ문은 아비ᄅᆞᆯ 달마시나 나은 곳이 잇ᄂᆞ니라.’ ᄒᆞ시더이다.”

좌우(左右ㅣ) ᄎᆞ언(此言)을 듯고 일시(一時)의 우ᄉᆞ니 왕(王)이 졍ᄉᆡᆨ(正色) 쇼왈(笑曰),

“쇼 시(氏) 나의 가챠ᄒᆞ믈 밋어 블쵸픽ᄌᆞ(不肖悖子)의 쇼ᄒᆡᆼ(所行)을 아ᄅᆞᆷ다이 넉여 공치(公恥)[738] ᄒᆞ다쇼이다. 녀ᄌᆞ(女子)의 념치(廉恥) 이러커든 그 ᄌᆞ식(子息)이 담지 아니ᄒᆞ리잇가? 이졔야 ᄉᆡᆼ각ᄒᆞ니 ᄇᆡᆨ문의 무샹(無狀)ᄒᆞ미 달믄 곳이 잇ᄉᆞᆸᄂᆞᆫ지라. 모ᄌᆞ(母子)ᄅᆞᆯ 아오로 다ᄉᆞ리샤이다.”

쥬 시(氏) 숀

•••

58면

퍽 쳐 대쇼(大笑) 왈(曰),

“인의(仁義) 념치(廉恥) 쌍진(雙盡)타 ᄒᆞᆫ들 왕군(王君) 가ᄐᆞ니 어ᄃᆡ 이시리오? 왕비(王妃) 말ᄉᆞᆷ이 일즉 일호(一毫)나 그ᄅᆞᆫ가 드러 보쇼셔.”

---

738) 공치(公恥): 대놓고 모욕을 줌.

인(因)ᄒᆞ야 왕비(王妃) ᄒᆞ던 말을 일일히(一一-) 옴기니 왕(王)이 미쇼(微笑) 브답(不答)ᄒᆞ고 븍쥐ᄇᆡᆨ(--伯)이 고쟝(鼓掌) 대쇼(大笑) 왈(曰),

“오ᄂᆞᆯ날 흥문의 환란(患亂)을 당(當)ᄒᆞ여 흥미(興味) ᄉᆡ연(捨然)[739] ᄒᆞ니 나의 언담(言談)이 주러졋더니 과연(果然) 쇼 시(氏) 말이 올흔지라. 네 이졔 ᄇᆡᆨ문을 졀치(切齒) 통한(痛恨)ᄒᆞ나 셕일(昔日) 너의 형샹(形狀)이 엇지 ᄇᆡᆨ문의게 지리오? 쇼 시(氏) 니ᄅᆞ기를 나은 곳이 잇다 ᄒᆞᆷ도 올흔지라. 내 대강(大綱) 니ᄅᆞ리니 드ᄅᆞᆯ지어다. ᄇᆡᆨ문이 이졔 화 시(氏)를 의심(疑心)ᄒᆞ미 너 쇼 시(氏) 의심(疑心)ᄒᆞᆷ과 ᄀᆞᆺ고, 노 시(氏) ᄉᆞ통(私通)ᄒᆞ미 옥난 ᄉᆞ통(私通)ᄒᆞᆷ과 ᄀᆞᄐᆞᄃᆡ

•••

59면

쳥텬ᄇᆡᆨ일지하(靑天白日之下)의 ᄂᆞᆷ의 규슈(閨秀)를 겁칙(劫敕)[740]ᄒᆞ야 언어(言語) 슈작(酬酌)ᄒᆞ미 업고 화 시(氏)를 밥상(-牀)으로 치고 조ᄅᆞ지 아니ᄒᆞ니 나은 곳이 두 곳이라. 네 비록 댱부(丈夫)의 위엄(威嚴)이나 므슴 말노 쇼 시(氏)를 ᄎᆡᆨ(責)ᄒᆞᄂᆞ뇨? 쇼 시(氏) 오히려 현슉(賢淑)ᄒᆞ야 너를 고이 두엇거니와 내 녀ᄌᆞᆯ(女子 ㄹ)진ᄃᆡ 너 가ᄐᆞᆫ 가부(家夫)를 쳘편(鐵鞭)으로 슈(數)업시 치리로다.”

왕(王)이 쇼이ᄃᆡ왈(笑而對曰),

“젼(前)브터 술왓ᄂᆞ니 아비 용녈(庸劣)ᄒᆞᆫ들 ᄌᆞ식(子息)이 블쵸(不肖)ᄒᆞ미 가(可)ᄒᆞ리잇가? ᄒᆞ믈며 지아비ᄂᆞᆫ 쇼텬(所天)이라 녀ᄌᆡ(女子

739) ᄉᆡ연(捨然): 사연. 없어짐.

740) 겁칙(劫敕): 겁박하여 탈취함.

ㅣ) 되여 어ᄃᆡ를 가며 법(法)이 업ᄉᆞ리잇가? 쇼질(小姪)은 당쵸(當初) 블쵸(不肖)ᄒᆞ나 ᄭᆡ듯기나 슈이 ᄒᆞ엿거니와 ᄇᆡᆨ문은 삼ᄇᆡᆨ(三百) 년(年)이 다ᄃᆞ라도 ᄭᆡᄃᆞᆯ 날이 업ᄉᆞᆯ가 ᄒᆞᄂᆞ이다."

남

•••

60면

공(-公)이 츄연(惆然) 탄식(歎息) 왈(曰),

"셜ᄉᆞ(設使) ᄇᆡᆨ문이 ᄭᆡᄃᆞ른들 내 ᄋᆞ히(兒孩) 죄명(罪名)이야 어ᄂᆞ 날 버ᄉᆞ리오?"

좌위(左右ㅣ) 쳑연(戚然)[741] 탄식(歎息)ᄒᆞ더라.

이러틋 ᄒᆞ야 가듕(家中)이 홍홍[742]ᄒᆞ야 인인(人人)이 쇼요(騷擾)ᄒᆞ나 일졀(一切) 구외(口外)의 내지 아니ᄒᆞ니 일가(一家) 지친(至親)도 아지 못ᄒᆞᄂᆞᆫ지라. 노 시(氏) 흉계(凶計)를 일우나 한님(翰林)이 가도이고 아모도 곳이듯지 아니ᄒᆞᄂᆞᆫ 줄 알고 앙앙(怏怏)[743]ᄒᆞ더니,

이ᄯᅥᆨ 쳣봄이라 나라히셔 팔도(八道)의 어ᄉᆞ(御史)를 보내시ᄂᆞᆫ 고(故)로 ᄇᆡᆨ문이 형양(衡陽)[744] 어ᄉᆞ(御史)의 ᄲᆡ이여 즉일(卽日) 츌ᄉᆞ(出仕)[745]ᄒᆞᆯ 명(命)이 ᄂᆞ리니 왕(王)이 마지못ᄒᆞ여 한님(翰林)을 노하 발ᄒᆡᆼ(發行)케 ᄒᆞ실ᄉᆡ,

한님(翰林)이 비록 외입(外入)ᄒᆞᆫ 광심(狂心)이나 일편(一片) 효심(孝

---

741) 쳑연(戚然): 척연. 슬퍼하는 모양.

742) 홍홍: 흉흉.

743) 앙앙(怏怏): 매우 마음에 차지 아니하거나 야속함.

744) 형양(衡陽): 중국의 옛 도시 이름으로 명나라 홍무(洪武) 초에는 호광행성(湖廣行省) 형주부(衡州府)에 속해 있던 현의 이름이었음. 현재 호남성 남부에 위치해 있음.

745) 츌ᄉᆞ(出仕): 출사. 벼슬을 하여 관청에 출근함.

心)은 잇ᄂᆞᆫ지라 드러가 부모(父母) 존당(尊堂)의 하직(下直)ᄒᆞ니 부

•••

61면

뫼(父母ㅣ) 눈을 드지 아니코 ᄒᆞᆫ 말도 보즁(保重)ᄒᆞ믈 니ᄅᆞ지 아니ᄒᆞ니 한님(翰林)이 그윽이 셜워 왕(王)의 알ᄑᆡ ᄭᅮ러 눈믈이 ᄉᆡᆷ솟듯 ᄒᆞ니 좌셕(坐席)의 고이ᄂᆞᆫ지라. 승샹(丞相)이 ᄀᆞᆯ오ᄃᆡ,

“챵ᄋᆡ(-兒ㅣ) 엇지 금일(今日) ᄌᆞ식(子息)의 원별(遠別)을 당(當)ᄒᆞ야 ᄒᆞᆫ 말을 아닛ᄂᆞ뇨?”

왕(王)이 공슈(拱手) ᄃᆡ왈(對曰),

“ᄇᆡᆨ문은 아비를 아지 못ᄒᆞᄂᆞᆫ 사ᄅᆞᆷ이라 젼후(前後)의 ᄒᆡᄋᆞ(孩兒)의 말이 무광(無光)ᄒᆞ야 취신(取信)[746]치 아니믄 니ᄅᆞ도 말고 능욕(凌辱)[747]ᄒᆞ기를 승ᄉᆞ(勝事)로 아옵ᄂᆞᆫ지라 ᄒᆡᄋᆡ(孩兒ㅣ) ᄆᆞᄉᆞᆷ ᄂᆞᆺᄎᆞ로 아비로라 ᄒᆞ야 다시 말을 ᄒᆞ고져 ᄯᅳᆺ이 이시리잇고? 형양(衡陽)은 듕디(重地)라 셩샹(聖上)이 ᄇᆡᆨ문의 져ᄃᆡ도록 ᄒᆞᆫ 줄 모ᄅᆞ시고 크게 맛지시니 필연(必然) 탐남(貪濫)[748] 음악(淫惡)[749]ᄒᆞ야 국ᄉᆞ(國事)를 그ᄅᆞᆺᄒᆞ고 몸이 대리(大理)[750]의 ᄆᆡ이미 이시리니 임

---

746) 취신(取信): 취신. 어떤 사람이나 사실 따위에 신뢰를 가짐.
747) 능욕(凌辱): 남을 업신여겨 욕보임.
748) 탐남(貪濫): 탐람. 탐욕이 넘침.
749) 음악(淫惡): 음란학고 악함.
750) 대리(大理): 추포(追捕)、규탄(糾彈)、재판(裁判)、소송(訴訟) 따위를 맡아보던 관아.

•••

62면

의 알관 일이라 므슴 말이 이시리잇고?”

승샹(丞相)이 탄식(歎息)고 한님(翰林)ᄃᆞ려 ᄀᆞᆯ오ᄃᆡ,

“네 블쵸(不肖)ᄒᆞ야 아뷔 의심(疑心)이 이의 미ᄎᆞ니 내 너를 위(爲)ᄒᆞ야 가연(慨然)ᄒᆞᄂᆞᆫ 바ᄂᆞᆫ 오륜(五倫) 뉸샹(倫常)을 다 져ᄇᆞ린 죄인(罪人)이 되여시니 네 므슴 면목(面目)으로 텬하(天下) 사ᄅᆞᆷ을 ᄃᆡ(對)ᄒᆞ고져 시브리오? 슈연(雖然)이나 너ᄂᆞᆫ 집의셔 ᄒᆞ던 버ᄅᆞᆺ슬 ᄇᆞ리고 삼가고 삼가 나라히나 져ᄇᆞ리지 말나.”

한님(翰林)이 울며 슈명(受命)ᄒᆞ고 모든 ᄃᆡ 졀ᄒᆞ기를 ᄆᆞᆺ고 다시 왕(王)과 후(后)긔 졀ᄒᆞ야 하직(下直)ᄒᆞᆯ ᄉᆡ 냥친(兩親)의 ᄂᆞᆺ출 우러러 흐ᄅᆞᄂᆞᆫ 눈믈이 옷기ᄉᆞᆯ 적시ᄃᆡ 왕(王)과 휘(后ㅣ) ᄆᆞᄎᆞᆷ내 ᄒᆞᆫ 말을 아니코 눈을 드러 보지 아니ᄒᆞ더라.

한님(翰林)이 밧긔 나와 노 시(氏)를 보고 니별(離別)ᄒᆞᄆᆡ 노 시(氏) ᄋᆡ

•••

63면

ᄋᆡ(哀哀)히 통곡(慟哭)ᄒᆞ야 ᄉᆞ별(死別)인가 넉이니 ᄉᆡᆼ(生)이 ᄯᅩᄒᆞᆫ 울고 ᄀᆞᆯ오ᄃᆡ,

“내 이졔 부모(父母)긔 득죄(得罪)ᄒᆞᆫ ᄌᆞ식(子息)이 되야 만니(萬里)를 향(向)ᄒᆞ니 슬프미 가이업고 더옥 규리(閨裏) 홍안(紅顔)을 ᄉᆞ상(思相)ᄒᆞ니 몸은 비록 남(南)으로 향(向)ᄒᆞ나 ᄆᆞᄋᆞᆷ은 다 이곳의 잇도다. ᄇᆞ라ᄂᆞ니 그ᄃᆡᄂᆞᆫ 옥용(玉容)을 샹(傷)히오지 말고 무양(無恙)[751]이 이시라.”

노 시(氏) 울며 응낙(應諾)ᄒᆞ더라.

ᄉᆡᆼ(生)이 궐하(闕下)의 가 샤은(謝恩)ᄒᆞ고 졀월(節鉞)[752]을 거ᄂᆞ려 길 나니 모든 형뎨(兄弟) ᄇᆡᆨ(百) 니(里)의 가 숑별(送別)ᄒᆞ다.

ᄎᆞ시(此時) 노 시(氏) 한님(翰林)이 ᄂᆞ가고 홀노 이시니 궁흉(窮凶)[753]ᄒᆞᆫ 의ᄉᆡ(意思ㅣ) 긋치 누ᄅᆞ기 어려온지라. 혜션으로 더브러 샹냥(商量)ᄒᆞ니 혜션 왈(曰),

“니흥문이 젼일(前日) 총명(聰明)ᄒᆞ롸 ᄌᆞ부(自負)ᄒᆞ더니 이제 강샹(綱常)을 범(犯)ᄒᆞᆫ 죄인(罪人)이 되여 심

…

64면

규(深閨)의 쳐(處)ᄒᆞ니 일이 이시면 긋치 업지 못ᄒᆞᆯ 거시오, 플을 버히매 블희를 업시ᄒᆞᆯ지라. 일 아ᄂᆞᆫ ᄃᆡ간(臺諫)을 부쵹(咐囑)[754]ᄒᆞ야 풍문(風聞)으로 논힉(論劾)ᄒᆞ면 니흥문과 화 시(氏) 듀륙(誅戮)[755]ᄒᆞ믈 면(免)치 못ᄒᆞ리라.”

노 시(氏) 올히 넉여 본부(本府)의 귀령(歸寧)[756]ᄒᆞ야 달포 믁으며 니(李) 녜부(禮部)의 음증가슈(淫烝家嫂)[757]ᄒᆞᄂᆞᆫ ᄒᆡᆼ실(行實)과 화 시

751) 무양(無恙): 몸에 병이나 탈이 없음.
752) 졀월(節鉞): 절월. 절부월(節斧鉞). 관리가 지방에 부임할 때에 임금이 내어 주던 물건. 절은 수기(手旗)와 같이 만들고 부월은 도끼와 같이 만든 것으로, 군령을 어긴 자에 대한 생살권(生殺權)을 상징함.
753) 궁흉(窮凶): 아주 흉악함.
754) 부쵹(咐囑): 부촉. 부탁하여 맡김.
755) 듀륙(誅戮): 주륙. 죄를 물어 죽임.
756) 귀령(歸寧): 귀녕. 시집간 딸이 친정에 가서 부모를 뵘.
757) 음증가슈(淫烝家嫂): 음증가수. 집의 형수나 제수와 정을 통함. 원래 ‘음증’은 손윗사람과 정을

(氏)의 음난블측(淫亂不測)[758] ᄒᆞ믈 봉인(逢人)즉 챵셜(彰洩)[759] ᄒᆞ니 듯ᄂᆞ니 귀를 가리와 참혹(慘酷)히 넉이고 노 부ᄉᆡ(府使ㅣ) ᄯᅩᄒᆞᆫ ᄒᆡ연(駭然)[760] ᄒᆞ야 닐오ᄃᆡ,

"당년(當年)의 녀ᄋᆡ(女兒ㅣ) 츌화(黜禍)[761] 바드미 져의 그릇ᄒᆞ민가 ᄒᆞ더니 도금(到今)ᄒᆞ야 내 녀ᄋᆡ(女兒ㅣ) ᄋᆡᄆᆡᄒᆞ닷다."

ᄒᆞ더라.

노 부ᄉᆞ(府使)의 ᄉᆞ촌(四寸) 쳐남(妻男)의 아ᄃᆞᆯ 윤혁이 시어ᄉᆡ(侍御史ㅣ)러니 노부(-府)의 왕ᄂᆡ(往來)ᄒᆞ야 이 말을 ᄌᆞ시 듯고

•••

65면

크게 ᄒᆡ연(駭然)ᄒᆞ야 노 시(氏)를 ᄃᆡ(對)ᄒᆞ야 진가(眞假)를 무ᄅᆞ니, 노 시(氏) 짐즛 일쟝(一場)을 ᄒᆡ비(該備)[762]히 니ᄅᆞ고 츔 밧고 왈(曰),

"쇼ᄆᆡ(小妹) 블ᄒᆡᆼ(不幸)ᄒᆞ야 그런 가문(家門)의 드러가시나 ᄎᆞ마 더러워 ᄒᆞᆫ시(-時)를 박이지 못ᄒᆞᆯ너이다."

윤 어ᄉᆡ(御史ㅣ) 쳥파(聽罷)의 크게 통ᄒᆞᆫ(痛恨)[763] ᄒᆞ야 ᄀᆞᆯ오ᄃᆡ,

"니흥문은 됴뎡(朝廷) 대신(大臣)이오, 인믈(人物)이 강명(剛明)[764] ᄒᆞ니 우리 등(等)이 일ᄃᆡ(一代) 군ᄌᆞ(君子)로 아더니 그 ᄒᆡᆼ실(行實)이 무샹(無狀)ᄒᆞ미 견마(犬馬)만도 못ᄒᆞᆯ 줄 아라시리오? 져의 일개(一家

통하는 것을 가리키나 여기에서는 제수와 정을 통한다는 의미로 쓰임.

758) 음난블측(淫亂不測): 음란불측. 음란하고, 행동이 엉큼함.

759) 챵셜(彰洩): 창설. 드러내어 밝힘.

760) ᄒᆡ연(駭然): 해연. 몹시 이상스러워 놀라움.

761) 츌화(黜禍): 출화. 시가에서 내쫓기는 화.

762) ᄒᆡ비(該備): 해비. 다 갖추어짐.

763) 통ᄒᆞᆫ(痛恨): 통한. 몹시 분하거나 억울하여 한스럽게 여김.

764) 강명(剛明): 강직하고 현명함.

ㅣ) 졔왕(帝王) 후빅(侯伯)으로 셩만(盛滿)ᄒᆞ미 고금(古今)의 결우리 업ᄉᆞ니 셰력(勢力)을 밋고 이런 블측(不測)ᄒᆞᆫ 노ᄅᆞᆺ술 ᄒᆞ거니와 내 벼술이 간관(諫官)의 츙슈(充數)ᄒᆞ여 샹풍픽쇽(傷風敗俗)[765]ᄒᆞ고 강샹(綱常)을 믄허ᄇᆞ리ᄂᆞᆫ 필부(匹夫)ᄅᆞᆯ 다ᄉᆞ리지 아니ᄒᆞ리오?"

노 시(氏) 짐

•••

66면

ᄌᆞᆺ 년망(連忙)이 말녀 ᄀᆞᆯ오ᄃᆡ,

"거거(哥哥)ᄂᆞᆫ 이러ᄐᆞᆺ 말지니 쇼ᄆᆡ(小妹) 그 집 사ᄅᆞᆷ이라, 만일(萬一) 쇼ᄆᆡ(小妹) 입으로 누통(漏通)ᄒᆞᆫ 줄 알진ᄃᆡ 츌뷔(黜婦ㅣ) 되미 반ᄃᆞᆺᄒᆞ리라."

어ᄉᆡ(御史ㅣ) 왈(曰),

"내 샹표(上表)ᄒᆞ야 져ᄅᆞᆯ 논힉(論劾)ᄒᆞ나 엇지 현ᄆᆡ(賢妹)ᄅᆞᆯ 드노흐리오[766]? 내 요힝(僥倖) 모쳠텬은(冒添天恩)[767]ᄒᆞ야 쇼임(所任)이 이런 고ᄃᆡ 이시니 위셰(威勢)의 거리쪄 ᄎᆞ마 입을 닷고 머리ᄅᆞᆯ 움치든 못ᄒᆞ리로다."

노 시(氏) 왈(曰),

"거게(哥哥ㅣ) 소임(所任)을 직희고져 ᄒᆞ시니 쇼ᄆᆡ(小妹) 말니든 아니나 ᄇᆞᄃᆡ 쇼ᄆᆡ(小妹)ᄅᆞᆯ 드노치 마ᄅᆞ쇼셔."

어ᄉᆡ(御史ㅣ) 허락(許諾)고 도라가,

이튼날 도어부(都御部)의 모드ᄆᆡ 십이(十二) 어ᄉᆡ(御史ㅣ) 다 모닷

---

765) 샹풍픽쇽(傷風敗俗): 상풍패속. 풍속을 무너뜨림.
766) 드노흐리오: 언급하리오.
767) 모쳠텬은(冒添天恩): 모첨천은. 외람되게 임금의 은혜를 입음.

거ᄂᆞᆯ 드러가 좌뎡(坐定)ᄒᆞ고 ᄀᆞᆯ오ᄃᆡ,

"금텬ᄌᆡ(今天子ㅣ) 즉위(卽位)ᄒᆞ샤 텬하(天下)ᄅᆞᆯ 일광(一匡)[768]ᄒᆞ시ᄆᆡ 남풍가(南風歌)[769]ᄅᆞᆯ 브ᄅᆞ게 되엿고 ᄉᆞ방(四方)이 고요ᄒᆞ야 간괘[770](干戈ㅣ)[771] 움

•••

67면

즉이지 아니커ᄂᆞᆯ 이제 녜부샹셔(禮部尙書) 니홍문이 얼골은 두목지[772](杜牧之)[773]ᄅᆞᆯ 묘시(藐視)[774]ᄒᆞ고 ᄌᆡ조(才操)ᄂᆞᆫ 창하(蒼河)ᄅᆞᆯ 거후로나 집안히 드러 가슈(家嫂)ᄅᆞᆯ 음증(淫烝)ᄒᆞ며 비례(非禮)로 샹ᄉᆞ(相思)ᄒᆞ야 ᄒᆡ연(駭然)ᄒᆞᆫ 거죄(擧措ㅣ) 듯ᄂᆞ니 귀ᄅᆞᆯ ᄀᆞ리와 피(避)ᄒᆞᆫ다 ᄒᆞ니 아등(我等)이 벼슬이 어ᄉᆞ(御史)의 이셔 이런 일을 다ᄉᆞ리지 아니ᄒᆞ리오? 녈위(列位) 졔형(諸兄)은 ᄲᆞᆯ니 샹쇼(上疏) 쵸(草)ᄅᆞᆯ 잡으라."

셜파(說罷)의 졔(諸) 어ᄉᆡ(御史ㅣ) 대경(大驚)ᄒᆞ야 말을 못 미쳐 ᄒᆞ여셔 좌간(座間)의 어ᄉᆞ(御史) 위중[775]량과 녀박이 ᄇᆞᆯ연(勃然) 변ᄉᆡᆨ

---

768) 일광(一匡): 한 번 바로잡음.

769) 남풍가(南風歌): 중국 순(舜)임금이 오현금(五絃琴)을 타며 불렀다는 노래. 그 노래에 "따사로운 남풍이여, 우리 백성 불만을 풀어 줄 만하여라. 南風之薰兮, 可以解吾民之慍兮."라고 하였으니, 곧 성군이 정치하여 국가가 태평성대를 누리는 것을 노래한 것임. 『공자가어(孔子家語)』, 「변악해(辯樂解)」.

770) 괘: [교] 원문에는 '대'로 되어 있으나 오기로 보이므로 규장각본(16:53)과 연세대본(16:66)을 따름.

771) 간괘(干戈ㅣ): 방패와 창이라는 뜻으로 전쟁을 말함.

772) 목지: [교] 원문에는 '여'로 되어 있으나 문맥을 고려하여 이와 같이 수정함. 두예(杜預)는 진(晉)나라의 장군이자 시인으로, 미남으로 이름이 나지는 않았기 때문임.

773) 두목지(杜牧之): 목지는 중국 당(唐)나라 때의 시인인 두목(杜牧, 803~853)의 자(字). 호는 번천(樊川). 이상은과 더불어 이두(李杜)로 불리며, 작품이 두보(杜甫)와 비슷하다 하여 소두(小杜)로도 불림. 미남으로 유명함.

774) 묘시(藐視): 업신여김.

775) 중: [교] 원문과 규장각본(16:53), 연세대본(16:67)에 모두 '후'로 되어 있으나 앞부분에 위중량

(變色) 왈(曰),

“윤 형(兄)이 오늘 므슴 증(症)을 들녓관듸 이런 미친 말을 ᄒᆞᄂᆞ뇨? 녜부(禮部) 니(李) 듁암[776]은 셰(世)에 영걸(英傑)이오 고금(古今)의 드믄 군ᄌᆡ(君子ㅣ)라 아등(我等)이 우러러 ᄇᆡ호고져 ᄒᆞ나 효측(效則)[777]지 못ᄒᆞ거든 이런 대변(大變)의 거죄(擧措ㅣ) 니(李) 셩뵈[778] 미쳐셔도 아니

•••

68면

져즐 거시어늘 어드로조ᄎᆞ 허언(虛言)을 듯고 고이(怪異)ᄒᆞᆫ 말을 ᄒᆞᄂᆞ뇨?”

말을 니어 십(十) 어ᄉᆡ(御史ㅣ) 일시(一時)의 니ᄅᆞ듸,

“니(李) 녜부(禮部)ᄂᆞᆫ 됴뎡(朝廷)의 일ᄏᆞᄂᆞᆫ 붉은 ᄌᆡ샹(宰相)이라 이런 고이(怪異)ᄒᆞᆫ 일이 이시리오? 드ᄅᆞᄆᆡ ᄒᆡ연(駭然)ᄒᆞ니 현형(賢兄)은 다시 일ᄏᆞᆺ지 말나.”

윤 어ᄉᆡ(御史ㅣ) 모든 어ᄉᆡ(御史ㅣ) 젼연(全然)이 동(動)치 아니믄 니ᄅᆞ도 말고 위·녀 냥인(兩人)이 블연(勃然)ᄒᆞᆫ 언어(言語)로 ᄌᆞ가(自家)를 곤칙(困責)ᄒᆞ믈 보니 심하(心下)의 대로(大怒)ᄒᆞ여 몸을 뇌더셔며 크게 쇼ᄅᆡᄒᆞ야 골오듸,

“녀 형(兄)과 위 형(兄)이 비록 니흥문과 문경(刎頸[779])의 지교(至

의 벼슬은 어사로, 위후량의 벼슬은 학사로 나와 있었으므로 이와 같이 수정함.

776) 듁암: 죽암. 이흥문의 호.

777) 효측(效則): 효칙. 본받아 법으로 삼음.

778) 셩뵈: 성보. 이흥문의 자(字).

779) 문경(刎頸): 문경지교(刎頸之交). 친구를 위해 자기의 목을 베어 줄 정도의 사귐. 중국 전국(戰國)시대 조(趙)나라 염파(廉頗)와 인상여(藺相如)의 고사. 인상여(藺相如)가 진(秦)나라에 가 화씨벽(和氏璧) 문제를 잘 처리하고 돌아와 상경(上卿)이 되자, 장군 염파(廉頗)는 자신이 인

交)[780]나 이런 큰일을 당(當)ᄒᆞ여ᄂᆞᆫ 듯덥흐미[781] 가(可)치 아닌지라. 벼슬이 간관(諫官)이 되여 ᄉᆞ졍(私情)을 쓴코 대의(大義)로 법(法)을 쓰미 올커ᄂᆞᆯ 금일(今日) 녀·위 냥형(兩兄)의 ᄯᅳᆺ이 이러ᄒᆞ니

69면

죄목(罪目)이 호대(浩大)[782]ᄒᆞ도다."

녀 어ᄉᆡ(御史ㅣ) 졍ᄉᆡᆨ(正色) 왈(曰),

"쇼뎨(小弟) 등(等)이 블쵸(不肖)ᄒᆞ나 ᄯᅩᄒᆞᆫ 이 일을 모ᄅᆞ리오마ᄂᆞᆫ 니흥문의 죄목(罪目)은 듯ᄂᆞ니 쳐엄이라. 등하블명(燈下不明)으로 우리ᄂᆞᆫ 너모 친(親)ᄒᆞ니 그러ᄒᆞᆫ지 진실노(眞實-) 아지 못ᄒᆞᄂᆞ니 블기 ᄀᆞᄅᆞ치라. 쇼뎨(小弟) 등(等)이 무샹(無狀)ᄒᆞ나 니흥문이 이런 ᄒᆡᆼ실(行實)이 이실진ᄃᆡ ᄌᆡᄉᆡᆼ(再生) 은인(恩人)이오, 동긔(同氣)의 즁(重)ᄒᆞ미 이실지라도 몬져 법(法)을 ᄡᅳᆯ 거시로ᄃᆡ 과연(果然) 그 인믈(人物)과 ᄌᆡ조(才操)로 비(比)컨ᄃᆡ 만만무거(萬萬無據)[783]ᄒᆞ도다."

윤 어ᄉᆡ(御史ㅣ) ᄉᆞᄆᆡ를 ᄯᅥᆯ치고 변ᄉᆡᆨ(變色) 왈(曰),

"녀 형(兄)이 가지록 쇼뎨(小弟)를 밋지 아니ᄒᆞ니 잠간(暫間) ᄌᆞ시 니ᄅᆞ리니 드ᄅᆞᆯ지어다. 시임(時任) 한님ᄒᆞᆨᄉᆞ(翰林學士) 형양(衡陽) 어ᄉᆞ(御史) 니ᄇᆡᆨ문의 조강지쳐(糟糠之妻) 화 시(氏)ᄂᆞᆫ 항쥐(杭州) ᄌᆞᄉᆞ(刺史) 화진의 일(一) 녜(女ㅣ)라. 얼

상여보다 오랫동안 큰 공을 세웠으나 인상여가 자기보다 높은 지위에 앉았다 하며 인상여를 욕하고 다님. 인상여가 이에 대해 대응하지 않자 제자들이 그 까닭을 물으니, 두 사람이 다투면 국가가 위태로워지고 진(秦)나라에만 유리하게 되므로 대응하지 않은 것이었다 하니 염파가 그 말을 전해 듣고 가시나무로 만든 매를 지고 인상여의 집에 찾아가 사과하고 문경지교를 맺음. 사마천, 『사기(史記)』, <염파인상여열전(廉頗藺相如列傳)>.

780) 지교(至交): 깊은 교분.

781) 듯덥흐미: 두둔함이.

782) 호대(浩大): 매우 넓고 큼.

783) 만만무거(萬萬無據): 전혀 근거가 없음.

•••

70면

골 인물(人物)이 극(極)히 아름다오ᄃᆡ ᄇᆡᆨ문이 금슬지졍(琴瑟之情)이 셔의(鉏鋙)[784] ᄒᆞ니 화 시(氏) 홍안(紅顔) ᄌᆞᄒᆞᆫ(自恨)ᄒᆞ믈 이긔지 못ᄒᆞ야 가녀(賈女)의 투향(偸香)[785] ᄒᆞᄂᆞᆫ ᄒᆡᆼ실(行實)이 잇ᄂᆞᆫᄃᆡ 니홍문이 그 ᄌᆞᄉᆡᆨ[786](姿色)을 과(過)ᄒᆞ야 두어 번(番) 음비(淫卑)[787] ᄒᆞᆫ 셔찰(書札)노 셔로 ᄯᅳᆺ을 니ᄅᆞᆫ 후(後) 홍문이 빈빈(頻頻)이 왕ᄂᆡ(往來)ᄒᆞ야 음난(淫亂)ᄒᆞ다가 ᄇᆡᆨ문의게 여러 슌(巡) ᄑᆡ루(敗漏)[788] ᄒᆞ야 ᄉᆞ촌(四寸) ᄉᆞ이 크게 블목(不睦)ᄒᆞ고 ᄇᆡᆨ문이 대의(大義)로 ᄀᆡ유(開諭)ᄒᆞ야 그리 말나 ᄒᆞᄃᆡ 홍문이 듯지 아니코 ᄌᆞᆷ간(潛奸)[789] ᄒᆞ니 그 부친(父親) 하람공(--公) 니몽현이 민망(憫惘)이 녁여 요ᄉᆞ이 잡아 가도왓다 ᄒᆞ니 이거시 거ᄌᆞᆺ말이냐?"

졔인(諸人)이 텽파(聽罷)의 차악대경(嗟愕大驚)[790] ᄒᆞ야 ᄀᆞᆯ오ᄃᆡ,

"요ᄉᆞ이 니홍문이 칭질블츌(稱疾不出)[791] ᄒᆞᆫ다 ᄒᆞ더니 대강(大綱)이 연괴(緣故ㅣ)랏다. 진

---

784) 셔의(鉏鋙): 서어. 틀어져서 어긋남.

785) 가녀(賈女)의 투향(偸香): 가 씨 여자가 향을 훔침. '투향'은 남녀 간에 사사롭게 정을 통하는 것을 의미함. 중국 진(晉)나라 무제(武帝) 때의 권신(權臣) 가충(賈充)의 딸 오(午)가 한수(韓壽)와 몰래 정을 통하였는데 오(午)가, 그 아버지 가충이 왕으로부터 받은 서역(西域)의 진귀한 향을 한수에게 훔쳐다 준 일을 이름. 후에 가충이 한수에게서 향 냄새가 난다는 부하의 말을 듣고 딸이 한수와 정을 통한 사실을 알고서 두 사람을 결혼시킴. 『진서(晉書)』, <가충전(賈充傳)>.

786) ᄉᆡᆨ: [교] 원문에는 '식'으로 되어 있으나 문맥을 고려해 규장각본(16:55)과 연세대본(16:70)을 따름.

787) 음비(淫卑): 음란하고 비루함.

788) ᄑᆡ루(敗漏): 패루. 일이 드러남.

789) ᄌᆞᆷ간(潛奸): 잠간. 몰래 간통함.

790) 차악대경(嗟愕大驚): 몹시 놀람.

791) 칭질블츌(稱疾不出): 칭질불출. 병을 핑계하고 밖에 나가지 않음.

•••

71면

실노(眞實-) 니른바 사람의 얼골이오 즘싱의 ᄆᆞ음이라. 우리 등(等)이 ᄃᆡ간(臺諫) 항녈(行列)의 츙슈(充數)ᄒᆞ야 이런 일을 듯고 즘즘(潛潛)ᄒᆞ리오? 윤 형(兄)의 말ᄉᆞᆷᄃᆡ로 ᄒᆞ리라."

윤 어ᄉᆡ(御史ㅣ) 대희(大喜)ᄒᆞ야 응낙(應諾)고 쇼초(疏草)를 잡고져 ᄒᆞ거놀 위·녀 냥인(兩人)이 블승비분(不勝悲憤)[792]ᄒᆞ야 졍식(正色) 대매(大罵) 왈(曰),

"윤 자당혁의 ᄌᆡ(字ㅣ)라 어ᄃᆡ 가 뎌런 허무(虛無)ᄒᆞᆫ 말을 듯고 이미ᄒᆞᆫ 사ᄅᆞᆷ을 ᄇᆡᆨ디(白晝)의 구학[793](溝壑) 가온대 녀흐려 ᄒᆞᄂᆞ뇨? 니흥문의 우인(爲人)이 비범(非凡) 탈쇽(脫俗)ᄒᆞ믄 니ᄅᆞ도 말고 상시(常時) 집안히셔 인ᄌᆞ효데(仁慈孝悌)[794]ᄒᆞ고 몸 닷그미 옥(玉) ᄀᆞᄐᆞ야 분호(分毫)도 비례(非禮)의 일이 업고 계양 일궁(一宮)의 궁애(宮兒ㅣ) 삼쳔(三千)이니 기듕(其中) 졀ᄉᆡᆨ(絶色)이 블가승쉬(不可勝數ㅣ)[795]로ᄃᆡ 원비(元妃) 양 시(氏) 밧 희쳡(姬妾)이 업다 ᄒᆞ거놀 니ᄇᆡᆨ문

•••

72면

쳬(妻) 텬샹(天上) 인간(人間)의 업ᄉᆞᆫ ᄉᆡᆨ(色)인들 엇지 음증(淫烝)ᄒᆞ

792) 블승비분(不勝悲憤): 불승비분. 분함을 이기지 못함.
793) 학: [교] 원문과 규장각본(16:56), 연세대본(16:71)에는 '확'으로 되어 있으나 문맥을 고려해 이와 같이 수정함.
794) 인ᄌᆞ효데(仁慈孝悌): 인자효제. 어질고 효성스러우며 우애 있음.
795) 블가승쉬(不可勝數ㅣ): 불가승수. 이루 헤아릴 수 없음.

며 상한쳔뉴(常漢賤類)[796]도 아닛는 난법(亂法)을 져주러 쳔고(千古) 강상(綱常)을 믄허ᄇᆞ리고 스ᄉᆞ로 인눈(人倫)의 죄인(罪人)이 되기를 둘게 넉이리오? 삼쳑동(三尺童)도 고지듯지 아닐 말을 ᄌᆞ당이 지어내여 대신(大臣)을 함졍(陷穽)의 녀흐려 ᄒᆞ니 이는 졔 쇼년(少年)의 벼슬이 너모 놉하 뉵경(六卿)[797]의 오유(遨遊)[798]ᄒᆞ고 명망(名望)이 ᄉᆞ셔(士庶)[799]의 진동(震動)ᄒᆞᄆᆡ 싀긔(猜忌)ᄒᆞ야 업시코져 ᄒᆞ미로다."

윤 어ᄉᆡ(御史ㅣ) 대로(大怒)ᄒᆞ야 부체로 ᄎᆡᆨ상(冊床)을 두ᄃᆞ려 골오ᄃᆡ,

"니흥문이 비록 쳔승(千乘)[800]의 아ᄃᆞᆯ이오 냥형(兩兄)의 년친(連親)[801]이나 일이 풍화(風化)[802]의 관계(關係)ᄒᆞ고 죄목(罪目)이 삼쳑(三尺)[803]의 지ᄂᆞ거ᄂᆞᆯ 둣덥고져 ᄒᆞ니 이 므솜 도리(道理)뇨?"

위 어ᄉᆡ(御史ㅣ) ᄉᆞᄆᆡ를 쩔치고 니려셔며 왈(曰),

"범

…

73면

ᄉᆡ(凡事ㅣ) 증참(證參)이 이신 후(後) 말이 되ᄂᆞ니 니흥문이 가수(家

796) 상한쳔뉴(常漢賤類): 상한천류. 상놈과 천한 무리.
797) 뉵경(六卿): 육경. 육부의 상서. 여기에서는 이흥문이 예부상서를 하고 있으므로 이와 같이 이른 것임.
798) 오유(遨遊): 재미있고 즐겁게 놂.
799) ᄉᆞ셔(士庶): 사서. 뭇 사대부.
800) 쳔승(千乘): 천승. 천 대의 병거라는 뜻으로, 제후를 이르는 말. 제후는 천 대의 병거를 낼 만한 나라를 소유하였음.
801) 년친(連親): 연친. 인척. 여 어사는 이흥문의 사촌인 이성문의 매부이고, 위 어사는 이흥문의 사촌인 이경문의 매부이므로 이렇게 부른 것임.
802) 풍화(風化): 풍속의 교화.
803) 삼쳑(三尺): 삼척. 법률. 고대 중국에서 석 자 길이의 죽간(竹簡)에 법률을 썼던 데서 유래함.

嫂)를 음간(淫姦)홀 졔 나는 보지 아녓고 ᄒᆞ믈며 벗이 죄(罪)를 닙으미 ᄀᆞᆺ치 닙으미 올흐니 내 엇지 블의(不義)를 ᄒᆞ리오? 족하(足下)의 금일(今日) 이러 굴미 져컨ᄃᆡ 니(理)치 아닌가 ᄒᆞ노라."

셜파(說罷)의 녀 어ᄉᆞ(御史)로 더브러 ᄒᆞᆷ긔 도라가니 윤 어ᄉᆡ(御史ㅣ) 분노(憤怒) 왈(曰),

"ᄎᆞ(此) 냥인(兩人)이 니흥문의 입긱(入客)[804]으로 져러틋 ᄒᆞ나 니흥문을 젼졔(剪除)[805]ᄒᆞᄂᆞᆫ 날은 져희도 무ᄉᆞ(無事)치 못ᄒᆞ리라."

ᄒᆞ고 샹쇼(上疏)를 지어 올닐ᄉᆡ ᄌᆞᄌᆞ(字字)히 니(李) 례부(禮部)의 픽악(悖惡)ᄒᆞᆫ 죄(罪)를 노 시(氏) 니ᄅᆞ던 ᄃᆡ로 베펴 즁셔싱(中書省)의 밧치니,

탑젼(榻前)의 오ᄅᆞᄂᆞᆫ지라 샹(上)이 보시고 크게 놀나샤 즉시(卽時) 하됴(下詔)ᄒᆞ샤 녜부샹셔(禮部尙書) 니흥문을 삭탈관쟉(削奪官爵)[806]ᄒᆞ샤 대리시(大理寺)[807]의 ᄂᆞ리오

•••

74면

라 ᄒᆞ시니,

금의위(錦衣衛)[808] ᄃᆞᆯ녀 니부(李府)의 니ᄅᆞ러 뎐교(傳敎)를 젼(傳)ᄒᆞ니 합개(闔家ㅣ) 챵황(倉黃)[809]ᄒᆞ야 믈 끌틋 ᄒᆞ고 승샹(丞相) 형뎨

---

804) 입긱(入客): '따르는 객'의 의미로 보이나 미상임.

805) 젼졔(剪除): 전제. 잘라 없앰.

806) 삭탈관쟉(削奪官爵): 삭탈관작. 죄를 지은 자의 벼슬과 품계를 빼앗고 벼슬아치의 명부에서 그 이름을 지우던 일.

807) 대리시(大理寺): 추포(追捕)、규탄(糾彈)、재판(裁判)、소송(訴訟) 따위를 맡아보던 관아.

808) 금의위(錦衣衛): 중국 명나라 때에, 황제 직속으로 있던 정보 보안 기관. 1382년에 설치되어 황제의 시위(侍衛)와 궁정의 수호뿐만 아니라 정보의 수집, 죄인의 체포 및 신문 따위의 일도 맡아봄.

809) 챵황(倉黃): 창황. 허둥지둥 당황하는 모양.

(兄弟)와 남공(-公) 등(等)이 경히(驚駭)[810]ᄒᆞ믈 이긔지 못ᄒᆞ야 ᄉᆞ쟈(使者)ᄅᆞᆯ 블너 연고(緣故)ᄅᆞᆯ 무ᄅᆞ니 ᄃᆡ(對)ᄒᆞ야 ᄀᆞᆯ오ᄃᆡ,

"금됴(今朝)의 시어ᄉᆞ(侍御史) 윤혁이 녜부(禮部)의 죄(罪)ᄅᆞᆯ 일워 샹표(上表)ᄒᆞ니 이 명(命)이 ᄂᆞ리신지라. 쇼듕(疏中) ᄉᆞ어(辭語)ᄂᆞᆫ 아지 못ᄒᆞᆯ쇼이다."

졔인(諸人)이 탄식(歎息)고 례부(禮部)ᄅᆞᆯ 블너 슈말(首末)을 니ᄅᆞ니 녜뷔(禮部ㅣ) 안ᄉᆡᆨ(顔色)을 고치지 아니ᄒᆞ고 ᄡᅳᆯ히 ᄂᆞ려 교명(教命)[811]을 바든 후(後) 오ᄉᆞᆯ ᄀᆞᆺ치고 문(門)을 날 ᄉᆡ 부모(父母) 존당(尊堂)과 졔슉(諸叔)의게 기리 졀ᄒᆞ야 하직(下直) 왈(曰),

"쇼ᄌᆡ(小子ㅣ) 오ᄂᆞᆯ 부문(府門)을 하직(下直)ᄒᆞᄆᆡ 사라 도라오기ᄅᆞᆯ 밋지 못ᄒᆞ올지라. 원(願)ᄒᆞᄂᆞ니 존당(尊堂) 부모(父母)와 녈위(列位) 슉당(叔堂)은 만슈무

•••

75면

강(萬壽無疆)ᄒᆞ쇼셔."

셜파(說罷)의 문(門)을 나니 뉴 부인(夫人)으로브터 쇼년(少年)의 니ᄅᆞ히 황황(遑遑)[812]ᄒᆞ야 슬허ᄒᆞ고 가듕(家中)이 진동(震動)ᄒᆞᄂᆞᆫ지라.

승샹(丞相)이 임의 짐쟉(斟酌)ᄒᆞ나 강잉(强仍)ᄒᆞ야 모친(母親)을 위로(慰勞) 왈(曰),

"흥이(-兒ㅣ) 일즉 국가(國家)의 큰 죄(罪)ᄅᆞᆯ 짓지 아냐시니 일시

810) 경히(驚駭): 경해. 뜻밖의 일로 몹시 놀람.
811) 교명(教命): 임금이 훈유(訓諭)하는 명령. 또는 그 명령을 적은 글.
812) 황황(遑遑): 갈팡질팡 어쩔 줄 모르게 급함.

(一時) 하옥(下獄) 낙탁(落魄)[813] ᄒᆞ미 그리 대단ᄒᆞ리잇가? 념녀(念慮) 마ᄅᆞ쇼셔."

드ᄃᆡ여 제ᄌᆞ(諸子)ᄅᆞᆯ 거ᄂᆞ려 궐하(闕下)의 ᄃᆡ죄(待罪)ᄒᆞ야 그 연고(緣故)ᄅᆞᆯ 알고져 ᄒᆞᆯᄉᆡ 위·녀 냥인(兩人)이 니ᄅᆞ러 ᄀᆞᆯ오ᄃᆡ,

"아ᄎᆞᆷ의 윤혁이 쇼ᄉᆡᆼ(小生) 등(等)을 ᄃᆡ(對)ᄒᆞ야 여ᄎᆞ여ᄎᆞ(如此如此) ᄒᆞ거ᄂᆞᆯ 통히(痛駭)ᄒᆞ믈 이긔지 못ᄒᆞ야 존부(尊府)로 가고져 ᄒᆞ더니 셩뵈 블셔 하옥(下獄)ᄒᆞᆫ지라 텬하(天下)의 이런 허무(虛無)ᄒᆞᆫ 일이 어ᄃᆡ 이시리잇고?"

승샹(丞相)이 답탄(答嘆) 왈(曰),

"ᄯᅩ 제 운익(運厄)이라 분(分)

•••

76면

을 직히ᄂᆞᆫ 간관(諫官)을 ᄒᆞᆫ(恨)ᄒᆞ리오? 필경(畢竟)을 볼 다ᄅᆞᆷ이라 그ᄃᆡᄂᆡᄂᆞᆫ 즈러 셔도지 말나."

연왕(-王)이 ᄇᆞ야흐로 진뎍(眞的)[814]히 알ᄆᆡ 크게 노 시(氏) 흉심(凶心)을 ᄭᆡᄃᆞ라 통히(痛駭)ᄒᆞ믈 이긔지 못ᄒᆞ나 눈으로 보지 못ᄒᆞ엿ᄂᆞᆫ지라 엇지 알니오. ᄒᆞᆫ갓 함믁(含默)[815]ᄒᆞ야 나죵을 보려 ᄒᆞ더라.

텬ᄌᆡ(天子ㅣ) 홍문의 옥ᄉᆞ(獄事)ᄅᆞᆯ 형부(刑部)의 나리와 다ᄉᆞ리라 ᄒᆞ시니 형부샹셔(刑部尙書) 당옥계 피혐[816](避嫌)[817] 청죄(請罪)ᄒᆞ니

---

813) 낙탁(落魄): 세력이나 살림이 줄어들어 보잘것없이 됨.

814) 진뎍(眞的): 진적. 참되고 틀림없음.

815) 함믁(含默): 함묵. 묵묵함.

816) 혐: [교] 원문과 규장각본(16:60), 연세대본(16:76)에 모두 '험'으로 되어 있으나 문맥을 고려해 이와 같이 수정함.

817) 피혐(避嫌): 헌사(憲司)에서 논핵하는 사건에 관련된 벼슬아치가 벼슬에 나가는 것을 피하던 일.

샹(上)이 ᄂᆡ시(內侍)로 문왈(問曰),

“경(卿)이 니흥문으로 므슴 혐의(嫌疑) 잇나뇨?”

“신(臣)의 누의ᄂᆞᆫ 몽현의 ᄌᆡ실(再室)이라. 셕년(昔年)의 계양 옥쥬(玉主)의 은혜(恩惠)ᄅᆞᆯ 닙으미 등한(等閑)치 아니ᄒᆞ오니 ᄎᆞ마 그 아ᄃᆞᆯ을 신(臣)이 다ᄉᆞ려 ᄇᆡ은(背恩)ᄒᆞ미 이시리잇가?”

샹(上)이 하됴(下詔)ᄒᆞ샤 안심(安心) 믈ᄉᆞ(勿思)

•••

77면

ᄒᆞ라 ᄒᆞ시고 호부시랑(戶部侍郞) 됴훈으로 교ᄃᆡ(交代)의 낙뎜(落點)ᄒᆞ샤 결옥(決獄)[818]ᄒᆞ라 ᄒᆞ시니,

됴 샹셰(尙書ㅣ) 즉시(卽時) 형부(刑部)의 좌긔(坐起)[819]ᄅᆞᆯ 베프고 녜부(禮部)ᄅᆞᆯ 알픠 블너 윤 어ᄉᆞ(御史)의 샹쇼(上疏)ᄅᆞᆯ 가져 조건조건(條件條件)[820] 무ᄅᆞ니 녜뷔(禮部ㅣ) ᄎᆞ시(此時)ᄅᆞᆯ 당(當)ᄒᆞ야 쥭기ᄂᆞᆫ 도로혀 홍모(鴻毛) ᄀᆞᆺ고 통ᄒᆞᆫ(痛恨)ᄒᆞᆷ과 더러오미 동ᄒᆡ슈(東海水)ᄅᆞᆯ 기우려도 싯지 못ᄒᆞᆯ지라. 다만 머리ᄅᆞᆯ 숙이고 신ᄉᆡᆨ(神色)이 져샹(沮喪)[821]ᄒᆞ야 말을 아니니 됴 샹셰(尙書ㅣ) 무러 ᄀᆞᆯ오ᄃᆡ,

“죡하(足下)ᄂᆞᆫ 황실(皇室) 지친(至親)이오 금지옥엽(金枝玉葉)의 탄ᄉᆡᆼ애(誕生也ㅣ)며 쳔승국군(千乘國君)의 공ᄌᆞ(公子)로 부귀(富貴) 흠(欠)ᄒᆞᆯ 거시 업고 쇼년(少年)의 영쥐(瀛州)의 노라[822] 쟉위

818) 결옥(決獄): 죄인에 대한 형사 소송 사건을 판결함.

819) 좌긔(坐起): 좌기. 관아의 으뜸 벼슬에 있던 이가 출근하여 일을 시작함.

820) 조건조건(條件條件): 하나하나.

821) 져상(沮喪): 저상. 기운을 잃음.

822) 영쥐(瀛州)의 노라: 영주에 놀아. 영주에 올라. 홍문관에 들어감을 뜻하는데 여기에서는 벼슬길에 오른 것을 의미함. 중국 당나라 태종(太宗)이 문학관(文學館)을 열어 방현령(房玄齡), 두여회(杜如晦) 등 열여덟 명을 뽑아 우대하고 번(番)을 셋으로 나누어 교대로 숙직하며 경전을

(爵位) 뉵경(六卿)의 죵ᄉᆞ(從事)ᄒᆞ고 명망(名望)이 됴야(朝野)의 진동(震動)ᄒᆞ거ᄂᆞᆯ 엇진 고(故)로 강샹(綱常)의 죄(罪)ᄅᆞᆯ 범(犯)ᄒᆞ야 가셩(家聲)을

•••

78면

욕(辱)먹이고 스ᄉᆞ로 몸이 함뎡(陷穽)의 ᄲᆞ지ᄂᆞ뇨? 스ᄉᆞ로 죡하(足下)ᄅᆞᆯ 위(爲)ᄒᆞ야 가연(慨然)ᄒᆞᄂᆞ니 바ᄅᆞᆫ ᄃᆡ로 직고(直告)ᄒᆞ야 법(法)의 나아가라."

녜뷔(禮部ㅣ) ᄎᆞ언(此言)을 드ᄅᆞᄆᆡ 분ᄒᆞᆫ(憤恨)이 하ᄂᆞᆯ노 ᄢᅦ칠 ᄃᆞᆺᄒᆞ야 이의 답(答)ᄒᆞ야 ᄀᆞᆯ오ᄃᆡ,

"ᄒᆞᆨᄉᆡᆼ(學生)의 위인(爲人)이 블쵸(不肖)ᄒᆞ나 ᄌᆞ못 고셔(古書)ᄅᆞᆯ 박남(博覽)ᄒᆞ야 눈샹(倫常)을 즁(重)히 넉이ᄂᆞ니 이런 더럽고 블측(不測)ᄒᆞᆫ ᄒᆡᆼ실(行實)을 지어 ᄎᆞ마 하ᄂᆞᆯ을 이고 귀신(鬼神)이 두립지 아니리오마ᄂᆞᆫ 임의 ᄃᆡ간(臺諫)의 븟ᄉᆞᆺ츨 놀내고 법뷔(法部ㅣ) 무ᄅᆞ미 이시나 내 ᄆᆞ음은 ᄇᆡᆨ옥무하(白玉無瑕)[823]ᄒᆞ고 일즉 져ᄌᆞᆫ 일이 업ᄉᆞ니 이 밧긔ᄂᆞᆫ 니ᄅᆞᆯ 말이 업도다.'

인(因)ᄒᆞ야 입을 봉(封)ᄒᆞ야 답(答)디 아니ᄒᆞ니 됴훈이 ᄒᆞᆯ일업셔 ᄂᆞ리와 가도고

토론하게 하였는데, 이를 세상 사람들이 전설상 신선이 산다는 산인 영주에 올랐다고 말함. 『자치통감(資治通鑑)』 권10.

823) ᄇᆡᆨ옥무하(白玉無瑕): 백옥무하. 백옥처럼 아무런 티나 흠이 없다는 뜻으로, 아무런 흠이나 결점이 없음 또는 그런 사람을 이르는 말.

•••

79면

계ᄉᆞ(啓辭)[824] ᄒᆞᄃᆡ,

"신(臣)이 됴셔(詔書)를 밧드러 강상(綱常) 죄인(罪人) 니흥문을 형츄(刑推)[825]의 올녀 무ᄅᆞᄆᆡ 그 ᄃᆡ답(對答)이 여ᄎᆞ(如此)ᄒᆞ야 진가(眞假)를 사ᄒᆡᆨ(査覈)[826]홀 길히 업ᄉᆞ니 법(法)으로 의논(議論)ᄒᆞᆫ즉 당당(堂堂)이 듕형(重刑)을 더엄 즉ᄒᆞᄃᆡ 구애(拘礙)ᄒᆞᄂᆞᆫ 바ᄂᆞᆫ 죄인(罪人) 흥문이 션뎨(先帝)의 외숀(外孫)이오 계양 옥쥬(玉主)의 탄ᄉᆡᆼ애(誕生也ㅣ)며 뎡국공(靖國公) 츙현왕(--王) 뎍파(嫡派) 종손(宗孫)이니 단셔(丹書)[827] 텰권(鐵券)[828]이 잇ᄉᆞᆸᄂᆞᆫ지라 법(法)ᄃᆡ로 쳐치(處置)ᄒᆞ지 못ᄒᆞ오ᄆᆡ 감히(敢-) 샹달(上達)ᄒᆞᄂᆞ이다."

샹(上) 왈(曰),

"금됴(今朝) 윤혁의 샹소(上疏)로 의논(議論)컨ᄃᆡ 흥문의 극악극흉(極惡極凶)ᄒᆞᆫ 죄악(罪惡)이 져의 젼일(前日) 인믈(人物)노 혜아린즉 ᄆᆡᆼ낭(孟浪)ᄒᆞᆫ지라. 당당(堂堂)이 ᄇᆡᆨ문 쳐(妻) 화 시(氏)의 시비(侍婢)를 잡아 엄형(嚴刑) 국문(鞫問)ᄒᆞ야 졍실(情實)[829]을 샤

•••

80면

ᄒᆡᆨ(査覈)ᄒᆞ라."

---

824) 계ᄉᆞ(啓辭): 계사. 논죄(論罪)에 관하여 임금에게 올리던 글.
825) 형츄(刑推): 형추. 죄인의 정강이를 때리며 캐묻던 일.
826) 샤ᄒᆡᆨ(査覈): 사핵. 실제 사정을 자세히 조사하여 밝힘.
827) 단셔(丹書): 단서. 임금의 명령을 일반에게 알릴 목적으로 적은 문서.
828) 텰권(鐵券): 철권. 공신에게 수여하던 상훈 문서.
829) 졍실(情實): 정실. 실제의 사실.

ᄒᆞ시니, 됴 샹셰(尙書ㅣ) 즉시(卽時) ᄎᆡᄉᆞ(差使)ᄅᆞᆯ 발(發)ᄒᆞ야 니부(李府)의 가 화 시(氏)의 시녀(侍女)ᄅᆞᆯ 잡아 내라 ᄒᆞ니 이ᄯᅢ 그 망극(罔極)고 참담(慘憺)ᄒᆞ미 측냥(測量)ᄒᆞ리오. 일개(一家ㅣ) 황황(遑遑)ᄒᆞ야 상ᄉᆞ(喪事) 난 집 ᄀᆞᆺ더라.

연왕(-王)이 ᄂᆡ뎐(內殿)의 드러가 좌우(左右)로 영ᄃᆡ와 됴ᄃᆡᄅᆞᆯ 블너 알픠 나ᄅᆞᄆᆡ 닐너 ᄀᆞᆯ오ᄃᆡ,

“여등(汝等)이 샹시(常時) 몸이 비록 인가(人家) 쳥의(靑衣)[830]나 ᄒᆞᆫ 조각 튱심(忠心)은 고인(古人)을 병구(竝驅)[831]ᄒᆞᄂᆞᆫ 줄 ᄌᆞ못 아ᄂᆞ니 이제 일이 이러ᄐᆞᆺ 망극(罔極)ᄒᆞ야 블측(不測)ᄒᆞᆫ 지경(地境)의 이시니 옥셕(玉石)을 ᄀᆞᆯ희기 어려오나 ᄒᆡᆼ혀(幸-) 밋ᄂᆞᆫ 바ᄂᆞᆫ ᄋᆞ부(阿婦)의 ᄉᆞᄉᆡᆼ(死生)이 허실간(虛實間) 여등(汝等) 냥인(兩人)의 몸의 잇ᄂᆞᆫ지라 엇지코져 ᄒᆞᄂᆞᆫ다?”

됴ᄃᆡ 믄득 울고 ᄃᆡ왈(對曰),

“형(兄)은 이곳의셔 쇼져(小姐)ᄅᆞᆯ 보호(保護)ᄒᆞ고 쇼비(小婢) 법ᄉᆞ(法司)의

•••

81면

나아가 형댱(刑杖)을 바드리니 쇼비(小婢) 〃록 쳔인(賤人)이나 쥬인(主人)을 함뎡(陷穽)의 녀흐리오?”

셜파(說罷)의 ᄒᆡᆼ혀(幸-) 영ᄃᆡ 다틀가 ᄒᆞ야 ᄉᆞᄆᆡᄅᆞᆯ ᄯᅥᆯ쳐 나가 샤슬의 ᄆᆡ이니 왕(王)이 그 츙의(忠義)ᄅᆞᆯ 차탄(嗟歎)ᄒᆞ고 가환(家患)이 비

830) 청의(靑衣): 청의. 천한 사람을 이르는 말. 예전에 천한 사람이 푸른 옷을 입었던 데서 유래함.
831) 병구(竝驅): 나란히 함.

샹(非常)ᄒᆞ야 텬하(天下)의 쇼문(所聞)이 죠요(躁擾)[832]ᄒᆞ믈 기리 쵸챵(怊悵)[833]ᄒᆞ고,

졔ᄌᆞ(諸子)로 더브러 옥(獄) 밧긔 나아가 ᄉᆞ긔(事機)[834]ᄅᆞᆯ 볼ᄉᆡ 됴뎡(朝廷)은 흥문을 텬하(天下) 일(一) 죄인(罪人)으로 마련ᄒᆞ나 옥(獄) 밧긔 왕공(王公) 후ᄇᆡᆨ(侯伯) ᄌᆡ샹(宰相) 각뇌(閣老ㅣ) 니음차 모다시니 그 거록ᄒᆞ미 쇼인(小人)의 ᄡᅥ릴[835] 시 그ᄅᆞ지 아니ᄒᆞ더라.

양 각뇌(閣老ㅣ) 니ᄅᆞ러 하람공(--公)의 손을 잡고 휘루(揮淚)[836] 쳬읍(涕泣)ᄒᆞ야 ᄎᆞ마 말을 못 ᄒᆞ니 공(公)이 ᄯᅩᄒᆞᆫ 탄식(歎息)ᄒᆞ야 ᄀᆞᆯ오ᄃᆡ,

“쇼졔(小弟) 블쵸(不肖)ᄒᆞ야 ᄌᆞ식(子息)을 ᄀᆞᄅᆞ치지 못ᄒᆞᆫ

•••

82면

타ᄉᆞ로 오ᄂᆞᆯ날 ᄎᆞᄋᆞ(此兒)의 거동(擧動)이 텬디(天地)ᄅᆞᆯ 부앙(俯仰)[837]ᄒᆞ야 신ᄇᆡᆨ(伸白)[838]ᄒᆞᆯ 길히 업ᄂᆞᆫ지라. 부ᄌᆡ(父子ㅣ) 형댱(刑杖) 아래[839] 업딜 다ᄅᆞᆷ이라 슬허ᄒᆞ야 엇지ᄒᆞ리오?”

양 공(公)이 오열(嗚咽)ᄒᆞ야 ᄀᆞᆯ오ᄃᆡ,

“셩보의 긔특(奇特)ᄒᆞᆫ ᄒᆡᆼᄉᆞ(行事)와 츌셰(出世)ᄒᆞᆫ 긔질(氣質)노 엇지 ᄎᆞ마 이런 더러온 일을 무릅ᄡᅥ 옥(玉) ᄀᆞᄐᆞᆫ 몸이 사ᄅᆞᆷ의 지시(指

832) 죠요(躁擾): 조요. 요란함.
833) 쵸챵(怊悵): 초창. 한탄스러우며 슬픔.
834) ᄉᆞ긔(事機): 사기. 일의 기미.
835) 릴: [교] 원문에는 ‘필’로 되어 있으나 문맥을 고려해 규장각본(16:64)과 연세대본(16:81)을 따름.
836) 휘루(揮淚): 눈물을 뿌림.
837) 부앙(俯仰): 땅을 내려다보고 하늘을 우러러봄.
838) 신ᄇᆡᆨ(伸白): 신백. 원통한 일을 풀어 밝힘.
839) 래: [교] 원문에는 ‘려’로 되어 있으나 의미를 명확히 하기 위해 규장각본(16:65)과 연세대본(16:82)을 따름.

笑)[840]ᄒᆞ야 더러이 넉일 거시리오? ᄉᆞᄉᆡᆼ(死生)이 판단[841](判斷)[842]ᄒᆞ게 되여시니 년형(年兄)[843]의 정ᄉᆞ(情事)와 쇼녀(小女) 모ᄌᆞ(母子)의 정경(情景)을 ᄉᆡᆼ각ᄒᆞ니 음식(飮食)이 ᄎᆞ마 어이 목을 넘어들니오?"

승상(丞相)이 츄연(惆然) 태식(太息)[844] 왈(曰),

"이 다 홍문의 운슈(運數)와 문운(門運)이 블ᄒᆡᆼ(不幸)ᄒᆞ미니 탄(嘆)ᄒᆞ야 엇지ᄒᆞ리오? 슈연(雖然)이나 텬되(天道ㅣ) 길인(吉人)을 돕ᄂᆞ니 손ᄋᆞ(孫兒)의 특츌(特出)ᄒᆞᆫ 긔질(氣質)노 ᄆᆞᄎᆞᆷ내 골몰(汨沒)[845]

•••

83면

ᄒᆞ지 아니ᄒᆞ리니 명공(明公)은 쇼려(消慮)[846]ᄒᆞ고 젼두(前頭)[847]ᄅᆞᆯ 볼지어다."

양 공(公)이 칭샤(稱謝)ᄒᆞ고 젼두(前頭)ᄅᆞᆯ 근심ᄒᆞ니 연왕(-王) 왈(曰),

"됴훈이 암약(闇弱)[848]ᄒᆞ기 측냥(測量)업ᄉᆞ니 필연(必然) 홍문을 ᄉᆞ디(死地)의 녀코 그치리라."

양 공(公) 왈(曰),

"됴훈은 이보 현질(賢姪)의 악공(岳公)이니 이보로 ᄒᆞ여곰 져ᄅᆞᆯ 보

840) 지시(指笑): 지소. 지목해 비웃음.
841) 단: [교] 원문에는 '난'으로 되어 있으나 문맥을 고려해 규장각본(16:65)과 연세대본(16:82)을 따름.
842) 판단(判斷): 완전히 끊김.
843) 년형(年兄): 연형. 과거에서 같이 급제한 사람 중 나이가 같을 경우에 서로 부르는 말.
844) 태식(太息): 크게 한숨을 쉼.
845) 골몰(汨沒): 신세가 전락함.
846) 쇼려(消慮): 소려. 근심을 없앰.
847) 젼두(前頭): 전두. 지금부터 다가오게 될 앞날.
848) 암약(闇弱): 어리석고 겁이 많으며 줏대가 없음.

고 두호(斗護)[849] ᄒᆞ미 엇더ᄒᆞ뇨?”

왕(王) 왈(曰),

“가(可)치 아니타. 법(法)은 ᄉᆞᄉᆡ(私私ㅣ) 업ᄂᆞ니 그 다ᄉᆞ리ᄂᆞᆫ 사ᄅᆞᆷ을 보고 쳥(請)ᄒᆞ미 그ᄅᆞᆫ지라. 형(兄)은 믈념(勿念)[850] ᄒᆞ라. ᄆᆞᄎᆞᆷ내 내 질ᄋᆞ(姪兒ㅣ) 옥즁(獄中)의 ᄆᆞᆺ지 아니ᄒᆞ리라.”

양 공(公)이 구연(懼然)[851] ᄒᆞ야 말이 업더라.

노 시(氏) 이ᄯᅢ 흉문을 ᄉᆞ디(死地)의 녀코 흔흔양양(欣欣揚揚)[852] ᄒᆞ야 혜션으로 ᄉᆞ긔(事機)ᄅᆞᆯ 솔펴 죽도록 ᄒᆞ려 ᄒᆞ더니 법뷔(法部ㅣ) 됴ᄃᆡᄅᆞᆯ 잡아 가믈 듯고 즉시(卽時) 그 모친(母親)

•••

84면

으로 의논(議論)ᄒᆞ야 ᄇᆡᆨ금(白金) 이십(二十) 냥(兩)과 황금(黃金) 삼십(三十) 냥(兩)을 봉(封)ᄒᆞ야 됴훈의게 납뇌(納賂)[853] ᄒᆞ고 죽여 달나 ᄒᆞ니 됴훈이 ᄌᆡ믈(財物)을 보고 욕심(慾心)을 이긔지 못ᄒᆞ야 허락(許諾)ᄒᆞ고,

이튼날 좌긔(坐起)ᄅᆞᆯ 베플매 좌우(左右) 시랑(侍郞)과 무슈(無數) 낭관(郞官)[854]과 ᄉᆞ예(使隷)와 무ᄉᆞ(武士ㅣ) 삼 버ᄃᆞᆺ ᄒᆞ야시니 군용(軍容)[855]이 ᄉᆡᆨᄉᆡᆨᄒᆞ고 ᄂᆡ외(內外) 엄졍(嚴正)ᄒᆞ야 정신(精神) 젹은 사ᄅᆞᆷ은 돈연(頓然)이 인ᄉᆞ(人事)ᄅᆞᆯ ᄇᆞ릴 거시로ᄃᆡ 됴ᄃᆡ 조곰도 안ᄉᆡᆨ(顏

---

849) 두호(斗護): 남을 두둔하여 보호함.
850) 믈념(勿念): 물념. 염려하지 않음.
851) 구연(懼然): 근심하는 모양.
852) 흔흔양양(欣欣揚揚): 기뻐 날뜀.
853) 납뇌(納賂): 납뢰. 뇌물을 바침.
854) 낭관(郞官): 시종관(侍從官).
855) 군용(軍容): 군대의 위용이나 장비.

色)을 곳치지 아니ᄒᆞ고 옷기ᄉᆞᆯ 념의며 뎐하(殿下)의 ᄉᆞᆯ고 ᄯᅩ 위ᄉᆡ(衛士ㅣ)[856] 녜부(禮部)ᄅᆞᆯ 미러 됴ᄃᆡ로 ᄃᆡ좌(對坐)ᄒᆞ니 이ᄯᅴ 그 욕(辱)됨과 븟그러오미 엇더ᄒᆞ리오. 녜뷔(禮部ㅣ) 금일(今日)의 버레 즘ᄉᆡᆼ ᄀᆞᆺ치 넉이던 됴훈이 놉히 안자 ᄌᆞ가(自家) 일신(一身)을 쇠사ᄉᆞᆯ노 언메고 의관(衣冠)이

•••

85면

ᄒᆞ나토 업셔 져 쳔비ᄌᆞ(賤婢子)로 ᄃᆡ좌(對坐)ᄒᆞ여 믓ᄂᆞᆫ 말이 골경신히(骨驚神駭)[857]ᄒᆞ고 젼후(前後) 버렷ᄂᆞᆫ 군졸(軍卒)들이 다 귀ᄅᆞᆯ ᄀᆞ리오니 애둛고 참담(慘憺)ᄒᆞ미 흉격(胸膈)의 튱ᄉᆡᆨ(充塞)[858]ᄒᆞ고 시운(時運)의 긔괴(奇怪)ᄒᆞᆷ을 ᄒᆞᆫ(恨)ᄒᆞ야 츄파(秋波) 냥목(兩目)의 분(憤)ᄒᆞᆫ 긔운이 가ᄃᆞᆨᄒᆞ니 승졀(勝絶)ᄒᆞᆫ 풍ᄎᆡ(風采) 뎐샹뎐하(殿上殿下)의 ᄇᆡ이ᄂᆞᆫ지라 모다 혀ᄅᆞᆯ 둘너 긔특(奇特)이 넉여 져런 얼골노 현마 그러ᄒᆞ랴 의미토다 ᄒᆞ더라.

됴 샹셰(尙書ㅣ) 이의 됴ᄃᆡᄅᆞᆯ 엄문(嚴問)ᄒᆞ야 ᄀᆞᆯ오ᄃᆡ,

"너의 쥬모(主母)와 뎌 죄인(罪人)이 슈슉지간(嫂叔之間)[859] 일홈이 잇거ᄂᆞᆯ ᄌᆞᆷ통(潛通)[860]ᄒᆞ니 강샹(綱常)의 대변(大變)이라. 셩텬ᄌᆡ(聖天子ㅣ) 진노(震怒)[861]ᄒᆞ샤 날노 다ᄉᆞ리라 ᄒᆞ실ᄉᆡ 너 쳔비(賤婢)ᄅᆞᆯ 욕(辱)도이 믓ᄂᆞ니 바로 고(告)ᄒᆞᆫ즉 너ᄂᆞᆫ 무죄(無罪)ᄒᆞ리라."

---

856) 위ᄉᆡ(衛士ㅣ): 위사. 대궐, 능, 관아, 군영 따위를 지키던 장교.
857) 골경신히(骨驚神駭): 골경신해. 뼈가 저리고 넋이 놀람.
858) 튱ᄉᆡᆨ(充塞): 충색. 가득 차서 막힘.
859) 슈슉지간(嫂叔之間): 수숙지간. 제수와 시숙 사이.
860) ᄌᆞᆷ통(潛通): 잠통. 몰래 간통함.
861) 진노(震怒): 존엄한 존재가 크게 노함.

됴딕

•••

86면

분(憤)훈 눈을 놉히 쓰고 쇼릭 질너 낭낭(朗朗)이 골오딕,

"젹은 일이라도 증참(證參)이 이신 후(後) 옥시(獄事ㅣ) 되거늘 아쥐(我主ㅣ) 이런 극악(極惡) 대죄(大罪)를 져줄 제 뉘 보왓관딕 여러 튝싱(畜生)들이 모다 참혹(慘酷)히 모해(謀害)ᄒᆞᄂᆞ뇨? 쥬뫼(主母ㅣ) 본딕(本-) 텬싱녀질(天生麗質)[862]이 빅희(伯姬)[863] 블 타 죽으믈 감심(甘心)ᄒᆞᄂᆞᆫ 힝실(行實)이 이셔 무고(無故)히 당(堂) 아릭 ᄂᆞ리지 아니코 친싱(親生) 동긔(同氣)라도 ᄒᆞᆫ 돗긔 좌(座)를 일우지 아니ᄒᆞ며 구가(舅家)의 도라오신 후(後) 구고(舅姑)긔 ᄉᆞ시(四時) 문안(問安) 밧 문(門)밧글 나지 아니시믄 닐너 쁠 딕 업거니와 쳔인(賤人)인들 ᄎᆞ마 이런 힝실(行實)이 이시며 녜부샹셔(禮部尙書) 니(李) 노야(老爺)ᄂᆞᆫ 공밍(孔孟)의 도(道)를 가즉이 어더 젹은 일도 비례(非禮)를 힝(行)치 아니시믄 니ᄅᆞ도 말고 듯기를 더러이 넉이

•••

87면

시거든 ᄎᆞ마 이런 흉ᄉᆞ(凶事)를 져ᄌᆞ러 쳔딕(千代) 죄인(罪人)이 되

---

862) 텬싱녀질(天生麗質): 천생여질. 타고난 아름다운 자질.

863) 빅희(伯姬): 백희. 중국 춘추시대 노(魯)나라 선공(宣公)의 딸로 송(宋)나라 공공(共公)의 부인이 되어 공희(共姬) 또는 공백희(恭伯姬)라고도 불림. 공공이 죽은 후 수절하다가 경공(景公) 때에 궁전에 불이 났을 때 좌우에서 피하라고 권하였으나 백희는, 부인은 보모와 함께가 아니면 밤에 당 아래로 내려가지 않는다 하며 불에 타 죽음. 유향(劉向), 『열녀전(列女傳)』, <송공백희(宋恭伯姬)>.

고져 ᄒᆞ리잇고? 이 반ᄃᆞ시 간인(奸人)이 ᄉᆞ혐(私嫌)[864]으로 해(害)ᄒᆞ미어ᄂᆞᆯ 셩명(聖明)[865]ᄒᆞ신 텬ᄌᆡ(天子ㅣ) 사힉(査覈)지 아니시고 법뷔(法部ㅣ) 몽농(朦朧)히 진가(眞假)ᄅᆞᆯ ᄎᆞᆽ지 아니ᄒᆞ니 텬디간(天地間)의 이런 원통(冤痛)ᄒᆞᆫ 일이 어ᄃᆡ 이시리잇고?"

언미필(言未畢)의 됴훈이 대로(大怒) 왈(曰),

"너 쳔비ᄌᆡ(賤婢子ㅣ) 엇지 쥬인(主人)의 그ᄅᆞᆯ 모ᄅᆞ고 텬ᄌᆞ(天子)와 법부(法部)ᄅᆞᆯ 쵹훼(觸毁)[866]ᄒᆞ여 업슈이넉이ᄂᆞ뇨? 그 죄(罪) 경(輕)치 아니ᄒᆞ니 좌우(左右)ᄂᆞᆫ ᄎᆞ인(此人)을 시험(試驗)ᄒᆞ라."

ᄒᆞᆫ 소ᄅᆡ 녕(令)이 나ᄆᆡ 뎐하(殿下)의 무ᄉᆡ(武士ㅣ) 일시(一時)의 쇼ᄅᆡᄒᆞ고 ᄃᆞᆯ녀드러 됴ᄃᆡ 일신(一身)을 마치 슈리ᄆᆡ ᄎᆞᄃᆞ시 드러다가 형틀(刑-)의 긴긴히[867] 동이고 큰 ᄆᆡᄅᆞᆯ 드러 몌여 힘써 치니 일(一)당(杖)의

•••

88면

ᄲᅨ 부어지고 좌우(左右)의 무수(無數)ᄒᆞᆫ 낭관(郎官)이[868] 직고(直告)ᄒᆞ기ᄅᆞᆯ 웨니 쇼ᄅᆡ 십(十) 니(里)의 진동(震動)ᄒᆞ고 엄장(嚴杖)[869]ᄒᆞ미약(弱)ᄒᆞᆫ 녀ᄌᆡ(女子ㅣ) 즈레 죽을 거시로ᄃᆡ 됴ᄃᆡ ᄆᆞᄎᆞᆷ내 눈셥도 싱긔지 아냐 안연(晏然) ᄌᆞ약(自若)ᄒᆞ니 됴훈이 더옥 노(怒)ᄒᆞ야 고찰(考察)ᄒᆞ야 ᄒᆞᆫ 츼[870]ᄅᆞᆯ 치고 ᄀᆞᆯ오ᄃᆡ,

---

864) ᄉᆞ혐(私嫌): 사혐. 사사로운 미움.
865) 셩명(聖明): 성명. 임금의 지혜가 밝음.
866) 쵹훼(觸毁): 촉훼. 다른 사람을 함부로 대하여 그 권위를 훼손시킴.
867) 긴긴히: 매이거나 묶이거나 뭉친 것이 팽팽하거나 단단히.
868) 이: [교] 원문과 규장각본(16:69), 연세대본(16:88)에 모두 '과'로 되어 있으나 문맥을 고려해 이와 같이 수정함.
869) 엄장(嚴杖): 엄하게 곤장을 침.

"네 이졔도 바로 고(告)치 아닐다?"

됴딕 ᄎᆞ게 웃고 고셩(高聲) 대왈(對曰),

"바로 고(告)ᄒᆞ기ᄂᆞᆫ 쳐음의 다ᄒᆞ여시니 이졔 다시 무어시라 ᄒᆞ리잇고? 노얘(老爺ㅣ) ᄀᆞᄅᆞ치셔든 ᄒᆞ리이다."

됴훈 왈(曰),

"네 쥬모(主母)의 음난(淫亂)ᄒᆞᆫ 힝ᄉᆞ(行事)ᄅᆞᆯ ᄌᆞ시 고(告)ᄒᆞ라."

됴딕 앙텬(仰天) 쇼왈(笑曰),

"쥬뫼(主母ㅣ) 그런 힝실(行實)이 이시면 쳣 말의 바로 고(告)ᄒᆞ리니 므ᄉᆞ 일 ᄆᆡ 맛도록 아니 고(告)ᄒᆞ리? 쇼비(小婢) ᄌᆞ쇼(自少)로 문ᄌᆞ(文字)ᄅᆞᆯ 광남(廣覽)[871]ᄒᆞ야 미셰(微細)ᄒᆞᆫ 일도

•••

89면

허언(虛言)ᄒᆞᆯ 줄을 아지 못ᄒᆞ니 노얘(老爺ㅣ) 미구(未久)[872]의 비ᄌᆞ(婢子)ᄅᆞᆯ 분(粉)을 ᄆᆡᆼ그ᄅᆞ시믄 쉽거니와 됴딕 거즛말ᄒᆞ야 쥬인(主人) 잡기ᄂᆞᆫ 아니ᄒᆞ리로쇼이다. 노얘(老爺ㅣ) 벼ᄉᆞᆯ이 일품(一品)이시니 필연(必然) 고셔(古書)ᄅᆞᆯ 아ᄅᆞ실지라. 우리 ᄀᆞᆺᄒᆞᆫ 쳔(賤)ᄒᆞᆫ 비ᄌᆡ(婢子ㅣ) 쥬인(主人)을 잡아도 엄(嚴)히 쳐치(處置)ᄒᆞ시미 올커ᄂᆞᆯ 당당(堂堂)ᄒᆞᆫ 분(分)을 직희고 올흔 말 ᄒᆞ면 엄(嚴)히 쳐 거즛말ᄒᆞ라 ᄒᆞ시니 극(極)히 긔괴(奇怪)ᄒᆞᆫ지라. 일홈이 형뷔(刑部ㅣ)나 실(實)은 아니라 필연(必然) 간인(奸人)의 쳥쵹(請囑)[873]을 후(厚)히 바드미로다."

---

870) 츼: 벌로 사람을 때리는 데에 쓰는 나뭇가지. 치. 채.
871) 광남(廣覽): 광람. 널리 봄.
872) 미구(未久): 오래지 않음.
873) 쳥쵹(請囑): 청촉. 청을 넣어 부탁함.

됴 샹셔(尙書ㅣ) 쳥파(聽罷)의 대경대로(大驚大怒)ᄒᆞ야 손으로 셔안(書案)을 치고 크게 ᄭᅮ지져 왈(曰),

"너 쳔비(賤婢) 당당(堂堂)ᄒᆞᆫ 됴뎡(朝廷) 대신(大臣)을 이ᄃᆡ도록 욕(辱)ᄒᆞ리오? 네 쥬모(主母)와 뎌 죄인(罪人)이 죄(罪)ᄅᆞᆯ 강

•••

90면

상(綱常)의 지어 셩샹(聖上)이 날노ᄡᅥ 다ᄉᆞ리라 ᄒᆞ시니 내 무ᄅᆞ미 명졍언슌(明正言順)[874]ᄒᆞ거ᄂᆞᆯ 이런 허무(虛無)ᄒᆞᆫ 말노 날을 욕(辱)ᄒᆞ리오? 좌우(左右)ᄂᆞᆫ 날을 위(爲)ᄒᆞ야 져 요괴(妖怪)로온 쳔비(賤婢)ᄅᆞᆯ ᄆᆞ이 쳐 죽도록 ᄒᆞ라."

모다 쳥령(聽令)ᄒᆞ고 ᄆᆡᄅᆞᆯ 다시 드러 ᄆᆡ니 됴ᄃᆡ 옥(玉) ᄀᆞᄐᆞᆫ 다리의 블근 피 돌돌ᄒᆞ야 ᄒᆞᆫ 조각 남은 ᄉᆞᆯ이 업ᄉᆞ니 ᄎᆞ마 ᄆᆡᄅᆞᆯ 다시 더으지 못ᄒᆞ더니 우시랑(右侍郞) 님형은 님 쇼렬 댱ᄌᆞ(長子ㅣ)라. 그 아븨 현명(賢明)ᄒᆞᆷ을 달마 우인(爲人)이 가쟝 어지더니 됴ᄃᆡ의 형샹(形狀)을 참혹(慘酷)히 넉이고 됴훈의 혼암(昏闇)ᄒᆞᆷ을 애들와 이윽이 침음(沈吟)ᄒᆞ다가 가연이[875] 홍포(紅袍)ᄅᆞᆯ 븟치고 홀(笏)을 밧드러 알픠 나아가 품(稟)ᄒᆞ여 ᄀᆞᆯ오ᄃᆡ,

"져 죄인(罪人)의 말이 구ᄐᆞ

---

874) 명졍언슌(明正言順): 명정언순. 일이 분명하고 말이 이치에 맞음.

875) 가연이: 선뜻.

•••

91면

여 그르지 아니ᄒᆞ고 임의 즁형(重刑)을 닙엇거놀 또 친족 목숨이 ᄆᆞᆺ츠리니 이 옥ᄉᆞ(獄事)의 진가(眞假)를 원ᄂᆡ(元來) 사름마다 아지 못ᄒᆞ거놀 뉘 올흔동 그른동 아라 일편도이 져 죄인(罪人)만 져주리오[876]? 증참(證參)이 이신 후(後) 법(法)이 명졍(明正)ᄒᆞ리이다."

됴훈이 청파(聽罷)의 블쾌(不快)ᄒᆞ나 ᄯᅩᄒᆞᆫ 욱이지 못ᄒᆞ야 녜부(禮部)와 됴뎡를 다시 가도고 됴뎡 툐ᄉᆞ(招辭)[877]를 거두어 올니고 계ᄉᆞ(啓辭)[878]ᄒᆞ되,

"신(臣)이 셩지(聖旨)를 밧드러 강샹(綱常) 죄인(罪人) 니흥문을 무르ᄆᆡ ᄆᆞ춤내 복쵸(服招)[879]ᄒᆞ미 업ᄂᆞᆫ 고(故)로 텬은(天恩)을 져ᄇᆞ릴가 져허 져주어 피육(皮肉)이 후란(朽爛)[880]ᄒᆞ되 쵸ᄉᆡ(招辭ㅣ) 이러ᄐᆞᆺ ᄒᆞ니 진가(眞假)를 알 길히 업ᄉᆞᆸᄂᆞᆫ지라 삼가 황공(惶恐) ᄃᆡ죄(待罪)ᄒᆞᄂᆞ이다."

샹(上) 왈(曰),

"옥ᄉᆞ(獄事)

•••

92면

의 관셰(觀勢)[881]ᄒᆞ미 인눈(人倫)의 대변(大變)이라 짐(朕)이 통ᄒᆞᆫ(痛

---

876) 져주리오: 신문하리오.
877) 툐ᄉᆞ(招辭): 초사. 죄인이 자기의 범죄 사실을 진술하던 말.
878) 계ᄉᆞ(啓辭): 계사. 논죄(論罪)에 관하여 임금에게 올리던 글.
879) 복쵸(服招): 복초. 문초를 받고 순순히 죄상을 털어놓음.
880) 후란(朽爛): 썩어 문드러짐.
881) 관셰(觀勢): 관세. 형세를 살핌.

恨)[882]ᄒᆞ믈 이긔지 못ᄒᆞ야 엄(嚴)히 쳐치(處置)코져 ᄒᆞ더니 이제 천비ᄌᆞ(賤婢子)의 말이 이러틋 녈녈(烈烈)ᄒᆞ고 ᄒᆞ믈며 홍문은 금텬하(今天下) 뎨일(第一) 군ᄌᆡ(君子ㅣ)라 이런 더러온 일이 이시리오? ᄋᆡᄆᆡᄒᆞᆫ가 시브나 풍문(風聞)이 고이(怪異)ᄒᆞ니 홍문을 감ᄉᆞ뎡ᄇᆡ(減死定配)[883]ᄒᆞ고 화녀(-女)ᄅᆞᆯ 니이(離異)[884]ᄒᆞ여 즁외[885](中外) 시비(是非)ᄅᆞᆯ 막노라."

ᄒᆞ시니 니부(李府) 일개(一家ㅣ) 대희(大喜)ᄒᆞ야 됴ᄃᆡ의 긔특(奇特)ᄒᆞ믈 칙칙(嘖嘖)[886]이 일ᄏᆞᆺ고 이만치나 무ᄉᆞ(無事)ᄒᆞ믈 깃거 부모(父母) 존당(尊堂)이 희ᄒᆡᆼ(喜幸)ᄒᆞ믈 이긔지 못ᄒᆞ야 칭복(稱福)ᄒᆞ더니,

노 시(氏) 이 긔별(奇別)을 듯고 대경(大驚)ᄒᆞ여 급(急)히 사ᄅᆞᆷ으로 ᄒᆞ여곰 ᄌᆞ금(紫金) ᄇᆡᆨ(百) 냥(兩)을 ᄲᅡ 됴훈의게 납뇌(納賂)ᄒᆞ고 옥ᄉᆞ(獄事) ᄂᆞᆺ초믈 크게 ᄒᆞᆫ(恨)ᄒᆞ여

•••

93면

브ᄃᆡ 죽여 달나 ᄒᆞ고 ᄯᅩ 혜션으로 의논(議論)ᄒᆞ여 계규(稽揆)ᄅᆞᆯ ᄒᆡᆼ(行)ᄒᆞ니, 슬프다! 이ᄯᅢᄅᆞᆯ 당(當)ᄒᆞ여 뉘 능히(能-) 분변(分辨)ᄒᆞ리오.

혜션이 ᄎᆞ야(此夜)의 진언(眞言)을 념(念)ᄒᆞ고 부쟉(符作)을 ᄉᆞᆷ켜 영ᄃᆡ 얼골이 되야 옥(獄) 밧긔 가 옥니(獄吏)ᄅᆞᆯ 보고 슬피 울며 ᄀᆞᆯ

882) 통ᄒᆞᆫ(痛恨): 통한. 몹시 분하거나 억울하여 한스럽게 여김.
883) 감ᄉᆞ뎡ᄇᆡ(減死定配): 감사정배. 죽을죄를 지은 죄인을 처형하지 아니하고, 장소를 지정하여 귀양을 보내던 일.
884) 니이(離異): 이이. 이혼.
885) 외: [교] 원문에는 '의'로 되어 있으나 문맥을 고려해 규장각본(16:73)과 연세대본(16:92)을 따름.
886) 칙칙(嘖嘖): 책책. 크게 외치거나 떠드는 소리.

오딕,

"이곳 가치인 죄인(罪人)은 곳 쳡(妾)의 동싱(同生)이라. 즁형(重刑)을 닙어 죽게 되여시니 잠간(暫間) 드러가 보고져 ᄒᆞ노라."

셜파(說罷)의 품으로셔 ᄒᆞᆫ 빤 은(銀)을 내여 주니 모든 됴픽(造牌)887) 회뢰(賄賂)888)를 보고 환열(歡悅)ᄒᆞ야 ᄒᆞᆫ 말도 아니코 문(門)을 여러 주거늘 드러가니 됴딕 만신(滿身)의 피를 무치고 누어 신고(辛苦)이 알타가 영딕를 보고 크게 반겨 무러 왈(曰),

"그딕 무엇 ᄒᆞ라 이곳의 왓ᄂᆞᆫ다?"

영

•••

94면

딕 거즛 울고 왈(曰),

"네 옥즁(獄中)의셔 즁형(重刑)을 닙고 쥭어 간다 ᄒᆞ니 쇼졔(小姐ㅣ) 드러가 보라 ᄒᆞ시믹 왓노라."

됴딕 슬피 통곡(慟哭) 왈(曰),

"내 임의 긔신(紀信)889)의 츙졀(忠節)을 ᄉᆞ모(思慕)ᄒᆞ여 쇼져(小姐)를 위(爲)ᄒᆞ야 죽으려 ᄒᆞᄂᆞ니 형(兄)은 쥬모(主母)를 뫼셔 풍운(風雲)의 길시(吉時)를 만나 됴히 즐기라. 금일(今日) 화란(禍亂)이 다 노가(-哥)의 쟉용(作用)이라. 우리 쇼졔(小姐ㅣ) 블힝(不幸)ᄒᆞ샤 져런 요괴(妖怪)로온 거슬 갓가이 ᄇᆞ리시던 줄 뉘웃노라."

887) 됴픽(造牌): 조패. 무리.
888) 회뢰(賄賂): 뇌물을 주고 받음.
889) 긔신(紀信): 기신. 중국 한나라 고조(高祖) 때의 무장. 항우(項羽)의 군사에게 포위당한 유방(劉邦)을 도망치게 한 후 살해됨.

영듸 블열(不悅) 왈(曰),

"구트여 노 시(氏) 쟉용(作用)인 줄 엇지 알 거시라 경망(輕妄)[890]이 구는다? 아모커나 이 쥭(粥)이나 먹고 정신(精神)을 출히라."

됴듸 왈(曰),

"내 즉금(卽今) 가슴이 답답ᄒᆞ야 마치 쇼져(小姐)의 젼두ᄉᆞ(前頭事)만 념녀(念慮)롭고 아모 듸도 념(念)

•••

95면

이 업ᄉᆞ니 엇지 음식(飮食)이 목의 넘[891]어들니오? 형(兄)은 섈니 도라가 쇼져(小姐)를 뫼시라."

혜션이 원닋(元來) 음식(飮食)의 독(毒)을 두어 됴듸를 죽이고져 ᄒᆞᄂᆞᆫ지라, ᄌᆡ삼(再三) 권왈(勸曰),

"쥬인(主人)을 위(爲)한 ᄯᅳᆺ이 구든들 내 몸을 ᄇᆞ리미 가(可)ᄒᆞ냐? 모ᄅᆞ미 먹으라."

됴듸 탄왈(歎曰),

"쥬인(主人)인들 ᄒᆞᆫ두 가지리오? 몸이 빙옥(氷玉)을 더러이 넉이시거ᄂᆞᆯ 오ᄂᆞᆯ날 이런 망극(罔極)ᄒᆞᆫ 화(禍)를 만나시니 텬디(天地)를 부앙(俯仰)ᄒᆞ여 할 고지 업셔 ᄒᆞ거ᄂᆞᆯ 어듸 ᄆᆞ음의 음식(飮食)이 먹고 시브리오?"

영듸 왈(曰),

"네 ᄯᅩ 져리 니ᄅᆞ지 말나. 쇼제(小姐ㅣ) 뎡 올흐시면 무엇 ᄒᆞ라 외

---

890) 경망(輕妄): 행동이나 말이 가볍고 방정맞음.

891) 넘: [교] 원문에는 '덤'으로 되어 있으나 오기로 보이므로 규장각본(16:75)과 연세대본(16:95)을 따름.

간(外間)의 사오나온 소문(所聞)이 나며 모야(某夜)의 녜부(禮部) 샹공(相公)이 무엇 ᄒᆞ라 우리 침쇼(寢所)의 오시리오? 나ᄂᆞᆫ 쇼

•••

96면

져(小姐)ᄅᆞᆯ ᄋᆡᄆᆡ타 못 ᄒᆞ노라.”

됴ᄃᆡ ᄇᆞᆯ연(勃然)[892] 작ᄉᆡᆨ(作色) 왈(曰),

“형(兄)의 쥬인(主人) 위(爲)ᄒᆞᆫ 튱심(忠心)이 쇼뎨(小弟) 믿지 못ᄒᆞᆯ너니 오ᄂᆞᆯ날 이런 고이(怪異)한 말을 할 줄 알니오? 형(兄)과 말ᄒᆞ미 스ᄉᆞ로 내 입이 더러오니 결우기 슬토다.”

셜파(說罷)의 도라누어 말을 아니ᄒᆞ니 혜션이 무류(無聊)[893]코 노(怒)ᄒᆞ야 ᄯᅩᄒᆞᆫ 말을 아니ᄒᆞ고 안잣더니,

이튼날 모든 형니(刑吏) 니ᄅᆞ러 죄인(罪人)을 나라 ᄒᆞ니 영ᄃᆡ 내ᄃᆞ라 ᄀᆞᆯ오ᄃᆡ,

“아이 즉금(卽今) 긔식(氣息)[894]이 엄엄(奄奄)[895]ᄒᆞ니 녈위(列位)ᄂᆞᆫ 날을 잡아 가든 아의 말을 ᄃᆡ(代)ᄒᆞ리라.”

졔인(諸人)이 됴ᄃᆡ의 형샹(形狀)이 참혹(慘酷)ᄒᆞ고 긔운이 혼미(昏迷)ᄒᆞ믈 보고 ᄎᆞ마 잡아가지 못ᄒᆞ야 영ᄃᆡᄅᆞᆯ ᄭᅳ어 뎐하(殿下)의 니ᄅᆞᄆᆡ 됴 샹셰(尙書ㅣ) 문왈(問曰),

“쟉일(昨日) 슈형(受刑)ᄒᆞᆫ 죄인(罪人) 됴

892) ᄇᆞᆯ연(勃然): 발연. 왈칵 성을 내는 태도나 일어나는 모양이 세차고 갑작스러움.
893) 무류(無聊): 무료. 좀 겸연쩍고 부끄러움. 열없음.
894) 긔식(氣息): 기식. 숨을 쉼. 또는 그런 기운.
895) 엄엄(奄奄): 숨이 곧 끊어지려 하거나 매우 약한 상태에 있음.

•••

97면

딕 어딕 가뇨?"

아젼(衙前)이 부복(俯伏) 딕왈(對曰),

"죄인(罪人) 됴딕 약(弱)훈 녀직(女子ㅣ) 즁형(重刑)을 닙어 ᄉᆞ지(四肢)룰 움즉이지 못ᄒᆞ고 명직위위(命在危危)[896]훈지라 다시 무룰 거시 업고 ᄎᆞ인(此人)은 죄인(罪人)의 형(兄)이라 딕신(代身)의 잡아 딕령(待令)ᄒᆞᄂᆞ이다."

됴 샹셰(尙書ㅣ) 대희(大喜)ᄒᆞ여 형판(刑板)의 올녀 ᄆᆡ라 ᄒᆞ고 골오딕,

"네 목숨을 앗기거든 바른 딕로 고(告)ᄒᆞ야 죽기룰 면(免)ᄒᆞ라."

영딕 거즛 딕왈(對曰),

"쇼인(小人)의 아이 임의 바로 고(告)ᄒᆞ엿거놀 쇼비(小婢) 또 므어시라 ᄒᆞ리잇가?"

됴 샹셰(尙書ㅣ) 노왈(怒曰),

"ᄎᆞ인(此人)이 더옥 요망(妖妄)ᄒᆞ니 쾌(快)히 시험(試驗)ᄒᆞ미 가(可)토다."

좌위(左右ㅣ) 응명(應命)ᄒᆞ야 집댱ᄉᆞ예(執杖使隸)[897] 오술 메고[898] ᄆᆡ룰 들거놀 영딕 크게 쇼ᄅᆡᄒᆞ여 골오딕,

"비직(婢子ㅣ) 바른 딕로 고(告)홀 거시니 샤(赦)ᄒᆞ쇼셔."

됴훈이 대희(大喜)

---

896) 명직위위(命在危危): 명재위위. 목숨이 위태로움.

897) 집댱ᄉᆞ예(執杖使隸): 집장사예. 곤장을 잡은 종.

898) 오술 메고: 옷을 메고. 집장사예가 곤장을 때릴 때 저고리의 오른쪽 소매를 벗고, 그 벗은 오른쪽 옷소매와 왼쪽 무릎까지 내려온 철릭의 끝자락을 허리춤 뒤로 묶은 것을 말함.

•••

98면

왈(曰),

"네 즈시 고(告)ᄒᆞ면 너는 무죄(無罪)ᄒᆞ니 샤(赦)ᄒᆞ리라."

영ᄃᆡ 쇼ᄅᆡ를 놉혀 앙앙[899]이 닐오ᄃᆡ,

"쥬뫼(主母ㅣ) 본ᄃᆡ(本-) 텬ᄌᆞ국색(天姿國色)[900]과 특이(特異)ᄒᆞᆫ ᄒᆡᆼ실(行實)이 셰(世)예 무빵(無雙)ᄒᆞ거ᄂᆞᆯ 우리 어ᄉᆞ(御史) 노야(老爺)의 박ᄃᆡ(薄待) 태심(太甚)ᄒᆞ시니 홍안(紅顏) ᄌᆞᄒᆞᆫ(自恨)을 이긔지 못ᄒᆞ고 니(李) 녜부(禮部) 노애(老爺ㅣ) 감언미어(甘言美語)로 다ᄅᆡ시니 드ᄃᆡ여 피ᄎᆞ(彼此) ᄆᆡᆼ약(盟約)이 구드신지라. 하ᄂᆞᆯ과 귀신(鬼神)이 ᄉᆞᆯ펴 간졍(奸情)[901]이 나타ᄂᆞ시니 ᄂᆞᆯ을 ᄒᆞᆫ(恨)ᄒᆞ리잇가?"

됴 샹셰(尙書ㅣ) 대경대로(大驚大怒)ᄒᆞ야 좌우(左右)로 녜부(禮部)를 올녀 영ᄃᆡ 쵸ᄉᆞ(招辭)를 주고 스ᄉᆞ로 춤 바타 ᄀᆞᆯ오ᄃᆡ,

"군(君)을 우리 등(等)이 그리 아니 아랏더니 오ᄂᆞᆯ날 이런 더러온 일이 이실 줄 어이 알니오?"

녜뷔(禮部ㅣ) 보기를 ᄆᆞᆺ고 어히업셔 이의 졍ᄉᆡᆨ(正色) 왈(曰),

"나의 죄악(罪惡)이 졈졈(漸漸)

•••

99면

챵누(彰漏)[902]ᄒᆞ여 강상(綱常)을 범(犯)ᄒᆞ니 죽을 밧긔 발명(發明)이

---

899) 앙앙: 자꾸 악에 받쳐 행동함.
900) 텬ᄌᆞ국색(天姿國色): 천자국색. 타고난 빼어난 자색.
901) 간졍(奸情): 간정. 간악한 실정.
902) 챵누(彰漏): 창루. 드러나 퍼짐.

무익(無益)흔지라 군(君)은 필경(畢竟)을 보고 즈레 겁박(劫迫)[903]지 말나."

도라 영ᄃᆡ를 보며 즐왈(叱曰),

"너 요비(妖婢) 슈슈(嫂嫂)의 슈죡(手足) ᄀᆞᆺᄐᆞᆫ 비ᄌᆞ(婢子)로 호발(毫髮)만 흔 일도 모를 일이 업거늘 셜ᄉᆞ(設使) 형댱(刑杖) 아ᄅᆡ 죽은들 이런 거줏말을 지어 쥬인(主人)을 함(陷)ᄒᆞ리오?"

영ᄃᆡ 고셩(高聲) ᄃᆡ왈(對曰),

"노애(老爺ㅣ) 진실노(眞實-) 의ᄆᆡᄒᆞ시면 모야(某夜)의 우리 쇼져(小姐) 방(房)의 오시다가 어ᄉᆞ(御史)긔 들키기도 거줏말이니잇가? 법뷔(法部ㅣ) 밋지 아니시거든 위ᄉᆞ(衛士)로 ᄒᆞ여금 니(李) 노야(老爺)와 화 쇼져(小姐)의 방즁(房中)을 슈탐(搜探)[904]ᄒᆞ시면 간졍(奸情)이 나타ᄂᆞ리이다."

됴 샹셰(尙書ㅣ) 과연(果然)ᄒᆞ야 즉시(卽時) 좌시랑(左侍郞) 고흥으로 녜부(禮部)의 셔실(書室)을 슈탐(搜探)ᄒᆞ고 또 마을의 쇽(屬)흔 무

•••

100면

녀(巫女) 일(一) 인(人)을 보ᄂᆡ여 화 시(氏) 침쇼(寢所)를 뒤라 ᄒᆞ니,

ᄎᆞ시(此時) 니부(李府)의셔 옥ᄉᆡ(獄事ㅣ) 그만이나 ᄒᆞ믈 다ᄒᆡᆼ(多幸)ᄒᆞ야 ᄒᆞ더니 홀연(忽然) 범 ᄀᆞᆺᄐᆞᆫ 관ᄎᆡ(官差)와 무녜(巫女ㅣ) ᄃᆞ라드러 일가(一家)를 쇼요(騷擾)ᄒᆞ니 모다 대경(大驚)ᄒᆞ여 연고(緣故)

---

903) 겁박(劫迫): 으르고 협박함.

904) 슈탐(搜探): 수탐. 무엇을 알아내거나 찾기 위하여 조사하거나 엿봄.

ᄅᆞᆯ 무ᄅᆞ니 고 시랑(侍郎) 왈(曰),

"쟉일(昨日) 텬ᄌᆡ(天子ㅣ) 완옥(緩獄)[905] ᄒᆞ시니 모든 인명(人命)이 다 살게 ᄒᆞ엿더니 아ᄎᆞᆷ의 홀연(忽然) 됴ᄃᆡ의 형(兄)이로라 ᄒᆞ고 일(一) 개(個) 여인(女人)이 아문(衙門)의 와 복쵸(服招)[906] ᄒᆞ믈 스ᄉᆞ로 여ᄎᆞ여ᄎᆞ(如此如此) ᄒᆞ니 우리 어이 알니잇가?"

왕(王)이 쳥파(聽罷)의 대경(大驚) 왈(曰),

"그 시비(侍婢)의 일홈이 므어시라 ᄒᆞ더뇨?"

고 시랑(侍郎) 왈(曰),

"ᄌᆞ칭(自稱) 영ᄃᆡ라 ᄒᆞ더이다."

왕(王)이 막블차악(莫不嗟愕)ᄒᆞ야 미쳐 말을 못 ᄒᆞ고 화 시(氏) 침쇼(寢所)의 니ᄅᆞ미 영ᄃᆡ 이에 잇ᄂᆞᆫ지라. 더옥 놀나 침음(沈吟)ᄒᆞᆯ

•••

101면

ᄉᆞ이의 무례(巫女ㅣ) 드러 쇼져(小姐) 방듕(房中)을 낫낫치 뒤니 화 쇼제(小姐ㅣ) ᄲᅡᆨ ᄀᆞᆺᄐᆞᆫ 머리와 슈참(羞慚)[907] ᄒᆞᆫ 형용(形容)으로 금니(衾裏)의 ᄡᅡ여 ᄎᆞ경(此景)을 보고 분긔(憤氣) 엄애(奄靄)[908] ᄒᆞ여 일셩(一聲) 댱통(長痛)의 혼졀(昏絶)ᄒᆞ니 좌위(左右ㅣ) 급(急)히 구(救)ᄒᆞ고 왕(王)이 난두(欄頭)의 셔셔 이 경샹(景狀)을 보ᄆᆡ 분완(憤惋)[909] ᄒᆞ미 막힐 ᄃᆞᆺᄒᆞ나 ᄌᆞᆷᄌᆞᆷ(潛潛)코 나죵을 보려 ᄒᆞ더니,

무녜(巫女ㅣ) 뒤여 가다가 샹협(箱匧) 가온대로셔 두 댱(張) 셔간

905) 완옥(緩獄): 형벌을 너그럽게 낮춤.
906) 복쵸(服招): 복초. 문초를 받고 순순히 죄상을 털어놓음.
907) 슈참(羞慚): 수참. 부끄러워함.
908) 엄애(奄靄): 갑자기 기운이 막힘.
909) 분완(憤惋): 몹시 분하게 여김.

(書簡)을 어드니 이 곳 홍문이 화 시(氏)의게 ᄒᆞᆫ 셔간(書簡)이오, 셔듕(書中) ᄉᆞ의(辭意) 음난(淫亂)ᄒᆞ여 ᄎᆞ마 보지 못ᄒᆞ리러라. 왕(王)이 ᄒᆞᆫ번(-番) 보ᄆᆡ 셩안(星眼)이 두렷ᄒᆞ야 능히(能-) 식부(息婦)ᄅᆞᆯ 위(爲)ᄒᆞ여 발명(發明)ᄒᆞᆯ 조각이 업ᄂᆞᆫ지라. 말을 못 미쳐 ᄒᆞ여셔 무녜(巫女ㅣ) 거두쳐 가지고 밧그로 나가ᄆᆡ

•••

102면

고 시랑(侍郎)이 녜부(禮部)의 셔실(書室)의셔 두 당(張) 셔간(書簡)을 어더 내니 이 곳 화 시(氏) 홍문의게 ᄒᆞᆫ 답장(答狀)이라 뉘 능히(能-) 진가(眞假)ᄅᆞᆯ 알니오. 남공(-公)으로브터 다ᄉᆞᆺ 사ᄅᆞᆷ이 다 함믁(含默)ᄒᆞ여 말을 아니ᄒᆞ다가 ᄀᆞᆯ오ᄃᆡ,

"일이 이러ᄐᆞᆺ 공교(工巧)ᄒᆞ니 귀신(鬼神)의 조홰(造化ㅣ)라 ᄒᆞᆯ 밧 다시 발명(發明)ᄒᆞᆯ 조각이 업슬지라 질부(姪婦)와 ᄋᆞᄌᆡ(兒子ㅣ) 죽을 다ᄅᆞᆷ이로다."

고 시랑(侍郎)이 ᄯᅩᄒᆞᆫ 탄식(歎息)고 도라가 됴훈의게 고(告)ᄒᆞᄆᆡ 훈이 크게 깃비 넉이고 임의 노 시(氏) 청(請)을 드러 핑계ᄅᆞᆯ 어덧ᄂᆞᆫ 고(故)로 녜부(禮部)ᄅᆞᆯ 올녀 넉 당(張) 셔간(書簡)을 뵈고 즐왈(叱曰),

"족해(足下ㅣ) 그대도록 빙청(氷淸)ᄀᆞᆺ치 ᄆᆞᆰ으롸 발명(發明)ᄒᆞ더니 ᄎᆞ셔(此書)ᄂᆞᆫ 어인 거시뇨? 임의 법(法)이 이시니 족해(足下ㅣ) 날을 ᄒᆞᆫ(恨)치 말나."

셜파(說罷)의 결박(結縛)

•••

103면

ᄒᆞ여 ᄭᅳᆯ니고 좌우(左右) 무ᄉᆞ(武士)를 ᄭᅮ지져 ᄀᆞ로ᄃᆡ,

"ᄎᆞ(此)ᄂᆞᆫ 강샹(綱常) 죄인(罪人)이라. 등한(等閑)이 못 ᄒᆞ리니 여등(汝等)이 조금이나 인졍(人情)을 둘진ᄃᆡ 즁죄(重罪)를 닙으리라."

ᄒᆞ니 모든 ᄉᆞ예(使隸) 그 강포(强暴)ᄒᆞᆫ 위엄(威嚴)을 두려 진경(盡驚)ᄒᆞ더니 홀연(忽然) 좌위(左右ㅣ) 보왈(報曰),

"텬ᄌᆡ(天子ㅣ) 샹셔(尙書)를 명픽(命牌)[910]ᄒᆞ시ᄂᆞ이다."

ᄒᆞ니 훈이 놀나 즉시(卽時) 좌긔(坐起)를 파(罷)ᄒᆞ고 ᄉᆞ자(使者)를 ᄯᆞᆯ와 대궐(大闕)노 드러가니라.

각셜(却說). 제(諸) ᄇᆡᆨ관(百官)이 도어부(都御部)의 모다 녜부(禮部)의 옥ᄉᆞ(獄事)를 근심ᄒᆞ더니 사ᄅᆞᆷ이 보(報)ᄒᆞᄃᆡ,

"녜부(禮部) 노얘(老爺ㅣ) 시방(時方) 졍형(正刑)[911]ᄒᆞ려 ᄒᆞ신다."

ᄒᆞ니 좌위(左右ㅣ) 실ᄉᆡᆨ(失色)ᄒᆞ고 양 각뇌(閣老ㅣ) 대경대로(大驚大怒) 왈(曰),

"됴훈이 제 ᄆᆞᄎᆞᆷ 모쳠텬은(冒添天恩)[912]ᄒᆞ야 법부(法部) 관원(官員)이 되여신들 제 엇지 이러ᄐᆞ시 무샹(無狀)ᄒᆞ리오?"

위 승샹(丞相)

---

910) 명픽(命牌): 명패. 임금이 벼슬아치를 부를 때 보내던 나무패. '命' 자를 쓰고 붉은 칠을 한 것으로, 여기에 부르는 벼슬아치의 이름을 써서 돌림.

911) 졍형(正刑): 정형. 죄인을 사형에 처하던 형벌.

912) 모쳠텬은(冒添天恩): 모첨천은. 외람되게 임금의 은혜를 입음.

•••

104면

이 노왈(怒曰),

“됴훈 젹지(賊子ㅣ)[913] 필연(必然) 회뢰(賄賂)[914]를 바다 셩보를 죽이고 말녀 ᄒᆞᄂᆞᆫ 뜻지라. 내 당당(堂堂)이 그 뜻을 막ᄌᆞᄅᆞ리라.”

ᄒᆞ고 몸을 니러 궐하(闕下)의 나아가 쳥ᄃᆡ(請對)[915]ᄒᆞ니 샹(上)이 인견(引見)ᄒᆞ샤 연고(緣故)를 무ᄅᆞ신ᄃᆡ 승샹(丞相)이 탑하(榻下)의 ᄂᆞ아가 돈슈(頓首) ᄇᆡ샤(拜謝) 왈(曰),

“쇼신(小臣)이 일즉 션뎨(先帝)로브터 폐하(陛下)의 니ᄅᆞ히 지우(知遇)[916]를 즁(重)히 닙ᄉᆞ와 금ᄌᆞ(今者) ᄐᆡ뎡(台鼎)[917] 대신(大臣)이라. ᄉᆞ졍(私情)을 ᄭᅳᆫ코 공논(公論)을 셰오믄 평ᄉᆡᆼ(平生) 본뜻(本-)이러니, 이제 녜부샹셔(禮部尙書) 니흥문이 블ᄒᆡᆼ(不幸)ᄒᆞ여 강샹(綱常)의 대죄(大罪)를 지어 몸이 옥니(獄裏)의 ᄆᆡ이여 정형(正刑)ᄒᆞᄂᆞᆫ 디경(地境)의 당(當)ᄒᆞ니 ᄂᆞᆷ의 집 가ᄉᆞ(家事)를 외인(外人)이 아지 못ᄒᆞ옵거니와 그러나 고어(古語)의 사ᄅᆞᆷ의 얼골을 보고 일홈을 지으라 ᄒᆞᆫ

•••

105면

뜻지 이ᄉᆞ오니 일노 츄이(推理)ᄒᆞ여 ᄉᆡᆼ각하여도 니흥문이 얼골인즉

---

913) 젹지(賊子ㅣ): 적자. 도적놈.
914) 회뢰(賄賂): 뇌물을 주고 받음.
915) 쳥ᄃᆡ(請對): 청대. 신하가 급한 일이 있을 때에 임금에게 뵙기를 청하던 일.
916) 지우(知遇): 남이 자신의 인격이나 재능을 알고 잘 대우함.
917) ᄐᆡ뎡(台鼎): 태정. 삼공(三公)의 벼슬.

반악(潘岳)[918], 두목지[919](杜牧之)[920]를 묘시(藐視)ᄒᆞ고 문쟝(文章) 긔졀(奇絶)[921]이 팔두(八斗)[922]를 기우리며 셩ᄒᆡᆼ(性行)이 숑ᄇᆡᆨ(松柏) 가ᄐᆞ야 입됴(立朝)[923] 십여(十餘) 년(年)의 호발(毫髮)도 비례(非禮)를 보지 못ᄒᆞ여습더니 필경(畢竟)의 고금(古今)의 희한(稀罕)ᄒᆞᆫ 더러온 말을 몸의 시러 죽기의 니ᄅᆞ니 텬하(天下)의 디ᄉᆞ(志士)로 ᄒᆞ여금 감읍(感泣)ᄒᆞ믈 이긔지 못ᄒᆞᆯ ᄇᆡ로소이다. 흥문이 본ᄃᆡ(本-) 대신(大臣)의 ᄌᆞ손(子孫)으로 쇼년(少年)의 몸이 셤궁(蟾宮)의 올나 계화(桂花)를 썩고 작위(爵位) 고대(高大)ᄒᆞ니 간인(奸人)의 싀긔(猜忌)ᄒᆞ미 화(禍)를 엇고져 ᄒᆞᄂᆞᆫ 고(故)로 일이 분명(分明)치 아니ᄒᆞ고 뎨 금지옥엽(金枝玉葉)의 탄ᄉᆡᆼ애(誕生也ㅣ)로 ᄯᅩ 션뎨(先帝) 외손(外孫)이오, 죄목(罪目)은 비록 삼쳑(三尺)[924]의 디나고 국

•••

106면

법(國法)이 지엄(至嚴)ᄒᆞ나 즁형(重刑)을 더으믄 가(可)치 아니ᄒᆞ거

---

918) 반악(潘岳): 중국 서진(西晉)의 문인(247~300)으로 자는 안인(安仁), 하남성(河南省) 중모(中牟) 출생. 용모가 아름다워 낙양의 길에 나가면 여자들이 몰려와 그를 향해 과일을 던졌다는 고사가 있음. 문장이 뛰어났는데 <도망시(悼亡詩)>가 유명함. 후에 손수(孫秀)가 그가 모반했다는 무고를 해 일족이 주살당함.

919) 목지: [교] 원문에는 '여'로 되어 있으나 문맥을 고려하여 이와 같이 수정함. 두예(杜預)는 진(晉)나라의 장군이자 시인으로, 미남으로 이름이 나지는 않았기 때문임.

920) 두목지(杜牧之): 중국 당(唐)나라 때의 시인인 두목(杜牧, 803~853)을 이름. 목지는 그의 자(字). 호는 번천(樊川). 이상은과 더불어 이두(李杜)로 불리며, 작품이 두보(杜甫)와 비슷하다 하여 소두(小杜)로도 불림. 미남으로 유명함.

921) 긔졀(奇絶): 기절. 기이하고 빼어남.

922) 팔두(八斗): 문장이 뛰어남을 이름. 중국 남조(南朝)의 사령운(謝靈運)이 삼국시대 위(魏)의 조식(曹植)을 두고 한 말. 즉, "천하의 재주가 한 섬이 있다면 조자건이 여덟 말을 점유하고 있고, 내가 한 말을 얻었으며, 천하가 나머지 한 말을 나누어 가지고 있다. 天下才有一石, 曹子建獨占八斗, 我得一斗, 天下共分一斗."라고 함. 『남사(南史)』, <사령운열전(謝靈運列傳)>.

923) 입됴(立朝): 입조. 조정에서 벼슬을 함.

924) 삼쳑(三尺): 삼척. 법률. 고대 중국에서 석 자 길이의 죽간(竹簡)에 법률을 썼던 데서 유래함.

놀 형부샹셔(刑部尙書) 됴훈이 셩샹(聖上)의 관젼(寬典)[925] 쓰라 ᄒᆞ신 명(命)을 밧ᄌᆞᆸ지 아냐 형양(衡陽) 어ᄉᆞ(御史) ᄇᆡᆨ문의 쳐(妻)의 시비(侍婢)ᄅᆞᆯ 잡아 독(毒)ᄒᆞᆫ 형벌(刑罰)노 져조ᄆᆡ 져 무식(無識)ᄒᆞᆫ 쇼비(小婢) ᄆᆡᄅᆞᆯ 견ᄃᆡ지 못ᄒᆞ야 ᄇᆡᆨ디(白晝)의 허망(虛妄)ᄒᆞᆫ 말을 복초(服招)[926]ᄒᆞ니 됴훈이 양양(揚揚) 승시(乘時)ᄒᆞ야 니관셩의 부듕(府中)의 가 단셔(端緖)ᄅᆞᆯ ᄎᆞᄌᆞᄆᆡ 과연(果然) 두어 댱(張) 간셔(奸書)ᄅᆞᆯ 어드미 잇다 ᄒᆞ고 니흥문을 즁치(重治)ᄒᆞ려 ᄒᆞ니 흥문이 본ᄃᆡ(本-) 쥬문갑뎨(朱門甲第)[927] 쳔금(千金) 소교ᄋᆞ(所嬌兒)[928]로 약(弱)ᄒᆞ미 미옥(美玉) ᄀᆞᆺ거ᄂᆞᆯ 명ᄌᆡ위태(命在危殆)[929]ᄒᆞ리니 국가(國家)의 동냥(棟樑)을 일흐미라 엇지 슬프지 아니ᄒᆞ리잇가? 흥문의 죄(罪) 진짓 거시라도 니관셩의 남졍븍벌(南征北伐)ᄒᆞᆫ 공노(功勞)와

•••

107면

단셔(丹書)[930], 쳘권(鐵劵)[931]을 인(因)ᄒᆞ야 간ᄃᆡ로[932] 쥭이지 못ᄒᆞᆯ 거시오, 계양 옥쥬(玉主)ᄂᆞᆫ 션뎨(先帝) 춍ᄋᆡ(寵愛)ᄒᆞ시던 배오, 황모(皇母) 태낭낭(太娘娘)의 탄ᄉᆡᆼ(誕生)ᄒᆞ신 ᄇᆡ니 폐하(陛下)긔 지친지의(至親之義) 잇거ᄂᆞᆯ 일편도이 극뉼(極律)을 쓰리잇고마ᄂᆞᆫ 더옥 흥문의 무죄(無罪)ᄒᆞ미 쇼연(昭然)ᄒᆞᆫ 바ᄂᆞᆫ 젼일(前日)의 츄밀부ᄉᆞ(樞密

---

925) 관젼(寬典): 관전. 너그러운 은전.
926) 복초(服招): 문초를 받고 순순히 죄상을 털어놓음.
927) 쥬문갑뎨(朱門甲第): 주문갑제. 고위 관리의 크고 넓게 썩 잘 지은 집.
928) 소교ᄋᆞ(所嬌兒): 소교아. 어여쁨을 받는 아이.
929) 명ᄌᆡ위태(命在危殆): 명재위태. 목숨이 위태로움.
930) 단셔(丹書): 단서. 임금의 명령을 일반에게 알릴 목적으로 적은 문서.
931) 쳘권(鐵劵): 철권. 공신에게 수여하던 상훈 문서.
932) 간ᄃᆡ로: 함부로.

府使) 노강의 녀(女)를 취(娶)ᄒᆞ엿다가 그 죄악(罪惡)이 이러이러ᄒᆞ믹 내치니 원(怨)이 깁흔 가온딕 그 아이 빅문의 직취(再娶) 되여 상상(常常) 변난(變亂)이 상싱(相生)ᄒᆞ고 흥문을 원망(怨望)ᄒᆞ미 깁ᄉᆞ온지라. 신(臣)의 우믹(愚昧)ᄒᆞᆫ 쇼견(所見)은 노녜(-女ㅣ) 젹국(敵國)을 해(害)ᄒᆞ고 그 가온딕 형(兄)의 원슈(怨讎)를 갑흐려 ᄒᆞ옵ᄂᆞᆫ가 ᄒᆞᄂᆞ니 셩샹(聖上)은 명찰(明察)ᄒᆞ쇼셔."

셜파(說罷)의 샹(上)이 대경(大驚) 왈(曰),

"딤(朕)이 ᄯᅩᄒᆞᆫ 이톄로 혜아리고 졍형(正刑)ᄒᆞ

•••

108면

라 말을 아냣거ᄂᆞᆯ 이 엇딘 말이뇨?"

급(急)히 닉시(內侍)를 명(命)ᄒᆞ샤 됴훈을 명핀(命牌)[933]ᄒᆞ시니 즉시(卽時) 드러와 고두(叩頭)ᄒᆞ거ᄂᆞᆯ 샹(上)이 농안(龍顔)의 노식(怒色)이 ᄀᆞ득ᄒᆞ샤 ᄀᆞᆯᄋᆞ샤딕,

"니흥문은 뎨실(帝室) 지친(至親)이오 훈쳑(勳戚) 대신(大臣)의 뎍파손(嫡派孫)이라. 그 죄(罪) 올히여도 간딕로 다ᄉᆞ리지 못ᄒᆞ려든 ᄒᆞ믈며 진가(眞假)를 아지 못ᄒᆞ며 경(輕)히 듕형(重刑)을 더으려 ᄒᆞᄂᆞ뇨?"

됴훈이 복디(伏地) 고두(叩頭) 왈(曰),

"셩샹(聖上)이 신(臣)으로ᄡᅥ 형부(刑部)를 총녕(總領)[934]킈 ᄒᆞ시믄 ᄇᆞᆰ이 다ᄉᆞ리고져 ᄒᆞ시미어ᄂᆞᆯ 흥문이 인뉸(人倫)의 대변(大變)을 짓

933) 명핀(命牌): 명패. 임금이 벼슬아치를 부를 때 보내던 나무패. '命' 자를 쓰고 붉은 칠을 한 것으로, 여기에 부르는 벼슬아치의 이름을 써서 돌림.

934) 총녕(總領): 총령. 모든 것을 전부 거느림.

고 죵시(終是) 승복(承服)ᄒᆞ미 업더니 화녀(-女)의 시비(侍婢) 아츰의 여ᄎᆞ여ᄎᆞ(如此如此) 복쵸(服招)ᄒᆞ고 홍문과 화녀(-女)의 실즁(室中)으로조차 이런 음난블측(淫亂不測)ᄒᆞᆫ 글월을 엇ᄉᆞ오니 니홍문이 입

•••

109면

이 아홉인들 므어시라 발명(發明)ᄒᆞ며 그 죄(罪) 거즛 거시라 ᄒᆞ리잇고? 신(臣)이 블승통ᄒᆞᆫ(不勝痛恨)ᄒᆞ여 과연(果然) 즁(重)히 다ᄉᆞ리고져 ᄒᆞ옵더니 셩괴(聖教ㅣ) 이 ᄀᆞᄐᆞ시믄 ᄉᆡᆼ각 밧기라. 국법(國法)은 삼쳑(三尺)이 지엄(至嚴)ᄒᆞ니 션뎨(先帝) 외손(外孫)이며 대신(大臣)의 뎍파손(嫡派孫)이라 ᄉᆡᆨ둣지 못ᄒᆞ리이다.”

셜파(說罷)의 여러 댱(張) 셔간(書簡)을 홍포(紅袍) ᄉᆞ이로셔 내여 뎐샹(殿上)의 헌(獻)ᄒᆞ니 샹(上)이 보시기를 ᄆᆞᆺ고 대경대히(大驚大駭)ᄒᆞ샤 즉시(卽時) 연왕(-王)과 하람공(--公)을 명쵸(命招)[935]ᄒᆞ시니 이(二) 인(人)이 ᄉᆞ양(辭讓) 왈(曰),

“신(臣) 등(等)은 죄인(罪人)의 족쇽(族屬)이라 엇지 감히(敢-) 므슴 ᄂᆞᆺᄎᆞ로 뇽뎐(龍殿)의 현알(見謁)ᄒᆞ리잇고?”

샹(上)이 다시 뎐어(傳語) 왈(曰),

“홍문이 대역부되(大逆不道ㅣ)[936]라도 경(卿)은 죄(罪) 업ᄉᆞᆯᄃᆡ 더옥 쇼쇼(小小) 죄목(罪目)ᄯᆞ냐?”

ᄒᆞ시고 직쵹ᄒᆞ시

935) 명쵸(命招): 명초. 임금의 명으로 신하를 부름.
936) 대역부되(大逆不道ㅣ): 임금이나 나라에 큰 죄를 지어 도리에 크게 어긋나 있음. 또는 그런 짓.

•••

110면

니 냥인(兩人)이 마지못ᄒᆞ야 의관(衣冠)을 그ᄅᆞ고 황극뎐(皇極殿)의 니ᄅᆞ러 옥계(玉階)의 머리ᄅᆞᆯ 두ᄃᆞ려 청죄(請罪)ᄒᆞ니 샹(上)이 대경(大驚)ᄒᆞ샤 급(急)히 쇼황문(小黃門)[937]으로 븟드러 올니라 ᄒᆞ시고 왈(曰),

“황슉(皇叔)이 엇지 이런 과도(過度)ᄒᆞᆫ 거조(擧措)ᄅᆞᆯ ᄒᆞᄂᆞ뇨?”

남공(-公)이 읍ᄃᆡ(泣對) 왈(曰),

“신(臣)이 무샹(無狀)ᄒᆞ야 ᄌᆞ식(子息)을 ᄀᆞᄅᆞ치지 못ᄒᆞ와 몸 가지믈 법도(法度)로 못ᄒᆞ온 ᄐᆞᄉᆞ로 오ᄂᆞᆯ날 희한(稀罕)ᄒᆞᆫ 변괴(變故ㅣ)니러나 우흐로 셩심(聖心)을 놀내옵고 아ᄅᆡ로 조뎡(朝廷)을 쇼요(騷擾)ᄒᆞ며 신(臣)의 어버이ᄅᆞᆯ 욕(辱)먹이오니 하(何) 면목(面目)으로 텬안(天顔)의 뵈오리오?”

샹(上)이 ᄌᆡ삼(再三) 쳥(請)ᄒᆞ야 뎐(殿)의 오ᄅᆞ라 ᄒᆞ시고 탄식(歎息) 왈(曰),

“국개(國家ㅣ) 블ᄒᆡᆼ(不幸)ᄒᆞ야 훙문 ᄀᆞᆺᄐᆞᆫ 직신(稷臣)[938]을 짐(朕)이 복(福)이 업셔 이런 희한(稀罕)ᄒᆞᆫ 변난(變亂)이 샹ᄉᆡᆼ(相生)ᄒᆞ야 강샹(綱常)의 누명(陋名)을

•••

111면

시ᄅᆞ니 짐(朕)이 관뎐(寬典)[939]을 드리오고져 ᄒᆞ나 유ᄉᆡ(攸司ㅣ)[940]

937) 쇼황문(小黃門): 소황문. 어린 내시.
938) 직신(稷臣): 국가와 생사를 같이하는 신하. 사직신.

삼쳑(三尺)의 뉼(律)을 잡아 요ᄃᆡ(饒貸)[941] ᄒᆞᆯ 배 아니오, 일이 증참(證叅)이 명명(明明)ᄒᆞ야 홍문이 제 스ᄉᆞ로 발명(發明)치 못ᄒᆞ게 되여시니 짐(朕)이 법(法)을 더으고져 ᄒᆞᄆᆡ 션뎨(先帝)와 태황(太皇) 태후(太后)의 각별(各別)ᄒᆞ시던 은영(恩榮)을 ᄉᆡᆼ각ᄒᆞ니 스ᄉᆞ로 쳑감(戚感)[942] ᄒᆞ믈 이긔지 못ᄒᆞ고 홍문의 쇼년(少年) 영ᄌᆡ(英才)로 힘힘이[943] 스러지믈 ᄒᆞᆫ(恨)ᄒᆞ노라."

남공(-公)은 고두(叩頭) 뉴톄(流涕)ᄒᆞ고 연왕(-王)이 돈슈(頓首)[944] ᄒᆞ야 ᄀᆞᆯ오ᄃᆡ,

"오ᄂᆞᆯ날 홍문의 죄악(罪惡)이 챵누(彰漏)[945] ᄒᆞ야 국법(國法)이 듀(誅)ᄒᆞ믈 면(免)치 못ᄒᆞᆯ ᄇᆡ나 그러나 ᄋᆡᄆᆡᄒᆞᆫ 조각이 잇ᄉᆞᆸᄂᆞ니 신(臣)의 식부(息婦) 화녜(-女ㅣ) 블쵸ᄌᆞ(不肖子) ᄇᆡᆨ문의 소ᄃᆡ(疏待)[946] ᄅᆞᆯ 만나 비샹(臂上) ᄋᆡᆼ혈(鶯血)[947] 이 의연(依然)ᄒᆞ니 홍문이 셔ᄉᆞ(書辭) 샹통(相通)ᄒᆞ믄 발명(發明)을 못 ᄒᆞ

•••

112면

ᄒᆞ려니와 음간(淫姦)ᄒᆞ다 ᄒᆞ믄 만만무거(萬萬無據)[948] ᄒᆞᆫ 말ᄉᆞᆷ이니

---

939) 관젼(寬典): 관전. 너그러운 은전.
940) 유ᄉᆡ(攸司ㅣ): 유사. 일을 다스리는 관청.
941) 요ᄃᆡ(饒貸): 요대. 너그러이 용서함.
942) 쳑감(戚感): 척감. 슬퍼함.
943) 힘힘이: 부질없이.
944) 돈슈(頓首): 돈수. 고개를 조아림.
945) 챵누(彰漏): 창루. 드러나 퍼짐.
946) 소ᄃᆡ(疏待): 소대. 정성을 들이지 않고 아무렇게나 대접을 함.
947) ᄋᆡᆼ혈(鶯血): 앵혈. 순결의 표식. 장화(張華)의 『박물지』에서 그 출처를 찾을 수 있음. 근세 이전에 나이 어린 처녀의 팔뚝에 찍던 처녀성의 표시를 말하는 것으로 도마뱀에게 주사(朱沙)를 먹여 죽이고 말린 다음 그것을 찧어 어린 처녀의 팔뚝에 찍으면 첫날밤에 남자와 잠자리를 할 때에 없어진다고 함.
948) 만만무거(萬萬無據): 결코 근거가 없음.

폐하(陛下)ᄂᆞᆫ 명찰(明察)ᄒᆞ쇼셔."

샹(上)이 청파(聽罷)의 그윽이 깃거ᄒᆞ야 웃듬 궁인(宮人) 샤 시(氏)ᄅᆞᆯ 내여보내여 허실(虛實)을 아라오라 ᄒᆞ시니,

남공(-公)이 믈너와 연왕(-王)을 칙왈(責曰),

"홍문이 듀(誅)ᄒᆞ미 비록 슬프나 네 ᄎᆞ마 오ᄂᆞᆯ날 화 시(氏) 신샹(身上)의 욕(辱)ᄒᆞ미 이 지경(地境)의 니ᄅᆞ럿ᄂᆞ뇨? 화 공(公)이 님힝(臨行)의 의탁(依託)ᄒᆞ미 간간(懇懇)[949]ᄒᆞ던 바ᄅᆞᆯ ᄌᆞ못 져ᄇᆞ려시니 내 그윽이 취(取)치 아닛노라."

왕(王)이 읍왈(泣曰),

"쇼뎨(小弟) 엇지 모ᄅᆞ리잇고마ᄂᆞᆫ 일편도이 졍도(正道)ᄅᆞᆯ 직희여 ᄎᆞ마 홍문을 죽이리오? 여ᄎᆞ(如此) 고(故)로 마지못ᄒᆞ야 식부(息婦) 신샹(身上)을 욕(辱)ᄒᆞᆯ지언뎡 홍문을 구(救)ᄒᆞ미니이다."

공(公)이 탄식(歎息)ᄒᆞ더라.

샤 샹궁(尙宮)이 바로 니부(李府)의 니ᄅᆞ러 모

•••

113면

든 ᄃᆡ 뵈고 황명(皇命)을 젼(傳)ᄒᆞ미 일개(一家ㅣ) 차악(嗟愕)[950]ᄒᆞ믈 이긔지 못ᄒᆞ고 쇼휘(-后ㅣ) 눈믈을 먹음어 탄왈(歎曰),

"화 시(氏) 명되(命途ㅣ)[951] 긔괴(奇怪)ᄒᆞᆫ들 ᄎᆞ마 이 디경(地境)의 니ᄅᆞᆯ 줄 ᄯᅳᆺᄒᆞ여시리오? 그 셩품(性品)의 견강(堅剛)ᄒᆞ미 비샹(飛霜) ᄀᆞᄐᆞ니 이런 일곳 알면 더옥 살기ᄅᆞᆯ 원(願)치 아니ᄒᆞ리니 궁인(宮人)

949) 간간(懇懇): 매우 간절함.
950) 차악(嗟愕): 몹시 놀람.
951) 명되(命途ㅣ): 운명과 재수를 아울러 이르는 말.

은 힝혀(幸-) 나의 말ᄃᆡ로 ᄒᆞ라.”

셜파(說罷)의 샤 시(氏)를 ᄃᆞ리고 쇼져(小姐) 누은 방(房)의 니ᄅᆞ니 화 시(氏) 금니(衾裏)의 몸을 ᄇᆞ려 반ᄉᆡᆼ반ᄉᆞ(半生半死)ᄒᆞ엿거ᄂᆞᆯ 휘(后ㅣ) 나아가 손을 잡고 ᄀᆞᆯ오ᄃᆡ,

“이졔 변난(變亂)이 참혹(慘酷)ᄒᆞ나 현뷔(賢婦ㅣ) 엇지 ᄎᆞ마 몸을 ᄇᆞ리려 ᄒᆞᄂᆞ뇨? 더옥 병(病)이 깁흐니 내 우려(憂慮)ᄒᆞ믈 이긔지 못ᄒᆞ여 신긔(神奇)ᄒᆞᆫ 의녀(醫女)를 어더 니ᄅᆞ러시니 진ᄆᆡᆨ(診脈)ᄒᆞ믈 허(許)ᄒᆞᆯ쇼냐?”

화 시(氏) 톄읍(涕泣) 복슈(伏首) 왈(曰),

“죄쳡(罪妾)이 팔ᄌᆞ(八字ㅣ) 무샹(無常)[952] ᄒᆞ

•••

114면

야 이런 험난(險難)을 당(當)ᄒᆞ오니 스ᄉᆞ로 죽지 못ᄒᆞ믈 ᄒᆞᆫ(恨)ᄒᆞ거ᄂᆞᆯ 더옥 진ᄆᆡᆨ(診脈)ᄒᆞ야 살기를 구(求)ᄒᆞ리잇고?”

쇼휘(-后ㅣ) 탄왈(歎曰),

“그ᄃᆡ ᄆᆞᄋᆞᆷ이 비록 그러ᄒᆞ나 내 엇지 ᄎᆞ마 그 병(病)들믈 념녀(念慮)치 아니ᄒᆞ리오?”

드ᄃᆡ여 샤 시(氏)를 블너 친(親)히 쇼져(小姐)의 옥비(玉臂)를 ᄲᆡ혀 뵈니 샤 시(氏) 거즛 진ᄆᆡᆨ(診脈)ᄒᆞᄂᆞᆫ 톄ᄒᆞ고 보ᄆᆡ 눈 ᄀᆞᆺ튼 살히 블근 졈(點)이 의연(依然)ᄒᆞ여 희미(稀微)토 아닌 가온ᄃᆡ 쇼져(小姐)의 고은 ᄉᆡᆨ틱(色態) 수쳑(瘦瘠)ᄒᆞᆫ 즁(中)이나 ᄒᆞᆫ 조각 어름과 슈졍(水晶) ᄀᆞᆺ투야 이 졍(正)히 태양(太陽)이 즁텬(中天)의 놉히 도든 ᄃᆞᆺ 긔이(奇

---

952) 무샹(無常): 무상. 덧없음.

異)ᄒᆞᆫ ᄐᆡ되(態度ㅣ) 좌우(左右)를 놀내니 샤 시(氏)는 이 곳 션뎨(先帝)로브터 승은(承恩)[953]ᄒᆞᆫ 샹궁(尙宮)으로 위(位) 일품(一品)이오 열인(閱人)[954]ᄒᆞᆫ 배 젹지 아니ᄒᆞ며 겸(兼)ᄒᆞ야 상(相)을 잘 보는지라. 금일(今日) 화 시(氏)의 슉뇨명염(淑窈明艶)[955]인 줄

•••

115면

지긔(知機)[956]ᄒᆞ고 ᄯᅩ 귀격(貴格)[957]과 달샹(達相)[958]인 줄 보ᄆᆡ 일시(一時) 운ᄋᆡᆨ(運厄)이 험조(險阻)[959]ᄒᆞᆷ을 차탄(嗟歎)ᄒᆞ야 다만 흔연(欣然)이 ᄀᆞᆯ오ᄃᆡ,

“쇼부인(小夫人) 병셰(病勢) 일시(一時) 우분(憂憤)[960]ᄒᆞ기로 나시나 대단치 아니ᄒᆞ이다.”

ᄒᆞ고 나오니 쇼휘(-后ㅣ) ᄯᅩᄒᆞᆫ ᄯᆞᆯ와 듕당(中堂)의 니ᄅᆞ러 눈물을 무수(無數)히 흘니며 그 원통(冤痛)ᄒᆞᆷ을 니ᄅᆞᄆᆡ 목이 메여 말ᄉᆞᆷ을 일우지 못ᄒᆞ니 샤 시(氏) 샤왈(謝曰),

“노쳡(老妾)이 비록 아는 거시 업ᄉᆞ나 금일(今日) 쇼부인(小夫人)을 보오ᄆᆡ 얼골이 텬하뎨일(天下第一) ᄉᆡᆨ(色)이오 안모(顔貌)의 어진 긔운이 비최여시니 므ᄉᆞᆷᄒᆞ라 샹한쳔뉴(常漢賤類)도 아닛는 ᄒᆡᆼ실(行實)을 ᄒᆞ리오? 필연(必然) 시운(時運)을 그ᄅᆞᆺ 만나 이러ᄒᆞ미라 필경

953) 승은(承恩): 임금의 은혜를 입음.
954) 열인(閱人): 사람을 봄.
955) 슉뇨명염(淑窈明艶): 숙요명염. 착하고 얌전하며 아리따움.
956) 지긔(知機): 지기. 기미를 앎.
957) 귀격(貴格): 귀한 골격.
958) 달샹(達相): 달상. 귀하고 높은 인물이 될 상(相).
959) 험조(險阻): 지세가 가파르거나 험하여 막히거나 끊어져 있음. 여기에서는 운수가 그렇다는 말임.
960) 우분(憂憤): 근심하고 분노함.

(畢竟)은 복녹(福祿)이 무량(無量)[961] ᄒᆞ리니 존후(尊后)ᄂᆞᆫ 안심(安心)ᄒᆞ쇼셔."

쇼휘(-后ㅣ) 눈물을 거두고 칭사(稱謝) 왈(曰),

"식부(息婦)의 무빵(無雙)ᄒᆞᆫ 긔딜(氣質)노 더

•••

116면

러온 말을 몸의 시ᄅᆞ니 텬하(天下)의 그 ᄋᆡᄆᆡᄒᆞ믈 알 니 업더니 오ᄂᆞᆯ날 샹궁(尙宮)의 ᄇᆞᆰ이 알미 이러틋 ᄒᆞ시니 이 졍(正)히 ᄉᆞ재(死者ㅣ) 부ᄉᆡᆼ(復生)ᄒᆞ미라. 만일(萬一) ᄒᆞᆫ 목숨이 죽으믈 면(免)ᄒᆞᆯ진ᄃᆡ 샹궁(尙宮)의 대덕(大德)이 아니랴?"

샤 시(氏) 답사(答謝) 하직(下直)고 교ᄌᆞ(轎子)ᄅᆞᆯ 타 궐ᄂᆡ(闕內)의 드러가 그 비샹(臂上) ᅌᅵᆼ혈(鶯血)이 분명(分明)ᄒᆞ믈 주(奏)ᄒᆞ고 긔질(氣質)이 교옥(皎玉)[962] ᄀᆞᆺᄐᆞ야 ᄒᆡᆼ실(行實)이 경쳔(輕賤)[963]ᄒᆞᆫ 재(者ㅣ) 아니믈 가쵸 고(告)ᄒᆞᄆᆡ 샹(上)이 ᄯᅩᄒᆞᆫ 그러히 넉이샤 하됴(下詔)ᄒᆞ야 ᄀᆞᆯᄋᆞ샤ᄃᆡ,

'이졔 죄인(罪人) 니흥문의 옥ᄉᆡ(獄事ㅣ) 크게 고이(怪異)ᄒᆞ야 국법(國法)이 즁(重)ᄒᆞ믈 면(免)치 못ᄒᆞᆯ 거시로ᄃᆡ 그러나 분명(分明)ᄒᆞᆫ 증참(證叅)을 잡지 못ᄒᆞ고 ᄒᆞᄆᆞᆯ며 션뎨(先帝) 외손(外孫)이오 그 조부(祖父) 츙현왕(--王)의 공뇌(功勞ㅣ) 즁(重)ᄒᆞᆫ지라 셔쵹(西蜀) 변ᄉᆡ(邊塞)의 츙군(充軍)ᄒᆞ고 화녜(-女ㅣ) ᄯᅩ 죄(罪) ᄀᆞᆺᄐᆞᆫ

961) 무량(無量): 헤아릴 수 없음.
962) 교옥(皎玉): 고결한 옥.
963) 경천(輕賤): 경천. 경박하고 천함.

•••

117면

지라 형쥬(荊州) 관비(官婢)를 삼아 삼일(三日) 치힝(治行)[964] ᄒᆞ라.'

ᄒᆞ시니 됴뎡(朝廷)이 대열(大悅)ᄒᆞ나 윤혁이 홀노 블열(不悅)ᄒᆞ야 샹쇼(上疏)ᄒᆞ야 ᄀᆞᆺ치 죽이미 가(可)ᄒᆞ고 뎍거(謫居) 츙군(充軍)이 블ᄉᆞ(不似)ᄒᆞ믈로 알외니 샹(上) 왈(曰),

"법(法)으로쎈즉 그러ᄒᆞ나 딤(朕)이 그 션셰(先世) 공노(功勞)를 인(因)ᄒᆞ야 관뎐(寬典)을 쓰ᄂᆞ니 경(卿) 등(等)은 믈진(勿陳)[965] ᄒᆞ라."

ᄒᆞ시고 특지(特旨)로 궁인(宮人)을 보내여 계양 옥쥬(玉主)긔 위문(慰問)ᄒᆞ시고 샤죄(謝罪)ᄒᆞ시니 쥬비(朱妃) 망궐샤은(望闕謝恩)ᄒᆞ고 읍ᄃᆡ(泣對) 왈(曰),

"죄신(罪臣)이 무샹(無狀)ᄒᆞ야 ᄌᆞ식(子息)의 죄(罪) 이 지경(地境)의 미ᄎᆞ니 뎡(正)히 죽기를 원(願)ᄒᆞ고 살기를 ᄇᆞ라지 아니ᄒᆞ옵더니 셩샹(聖上)의 호싱지덕(好生之德)[966]을 닙ᄉᆞ와 ᄒᆞᆫ 목숨이 평안(平安)ᄒᆞ니 황공(惶恐) 감읍(感泣)ᄒᆞᆫ 가온ᄃᆡ 국법(國法)이 히틱(懈怠)[967] ᄒᆞ믈 두리더니 이러틋 위유(慰諭)[968] ᄒᆞ시

•••

118면

니 신(臣)의 죄(罪) 더옥 깁도쇼이다."

---

964) 치힝(治行): 치행. 길 떠날 여장을 준비함.

965) 믈진(勿陳): 물진. 말을 베풀지 맒.

966) 호싱지덕(好生之德): 호생지덕. 사형에 처할 죄인을 특사하여 살려 주는 제왕의 덕.

967) 히틱(懈怠): 해태. 나태해짐.

968) 위유(慰諭): 위로하고 타일러 달램.

드듸여 쇼여(小轝)를 트고 양 시(氏)와 ㅇㆍ즈(兒子) 삼(三) 인(人)을 거느리고 햐쳐(下處)로 가 녜부(禮部)를 볼ᄉᆡ,

이ᄯᆡ 남공(-公)으로브터 졔인(諸人)이 다 ᄌᆞ뎨(子弟)를 거느려 옥(獄) 밧긔 가 례부(禮部)를 ᄃᆞ려 셩외(城外)의 큰 집을 잡아 드리고 니부샹셔(吏部尙書) 셩문과 태부(太傅) 경문이 녜부(禮部)를 븟드러 방(房)외 드리니 녜뷔(禮部ㅣ) 우분(憂憤)[969]ᄒᆞ미 깁허 반ᄉᆡᆼ반ᄉᆞ(半生半死)ᄒᆞ야 자리의 몸을 더져 누어시ᄃᆡ 눈을 ᄀᆞᆷ고 인ᄉᆞ(人事)를 모ᄅᆞᄂᆞᆫ지라.

남공(-公)과 연왕(-王)이 밧비 손을 잡고 쳐연(悽然)이 안ᄉᆡᆨ(顔色)이 변(變)ᄒᆞ야 두어 줄 눈믈이 상연(傷然)[970]이 금포(錦袍)의 ᄡᅥ러지믈 면(免)치 못ᄒᆞ고 졔슉(諸叔)의 참연(慘然) 슈루(垂淚)ᄒᆞ며 모든 형뎨(兄弟) 실셩비읍(失聲悲泣)ᄒᆞ니 만됴ᄇᆡᆨ관(滿朝百官)이 모다 위로(慰勞)ᄒᆞ며 치위(致慰)ᄒᆞᆯᄉᆡ 졔공(諸公)이 공슈(拱手)ᄒᆞ야 말이 업

•••

119면

더니,

이윽고 양 각뇌(閣老ㅣ) 니ᄅᆞ러 녀셔(女壻)의 손을 잡고 악슈(幄手) 뉴뎨(流涕)ᄒᆞ며 블너 ᄀᆞᆯ오ᄃᆡ,

"셩보의 특이(特異)ᄒᆞᆫ 긔질(氣質)노 엇지 오ᄂᆞᆯ 몸이 이 지경(地境)의 니ᄅᆞ럿ᄂᆞ뇨? 이 졍(正)히 공ᄌᆡ(孔子ㅣ) 진채(陳蔡)의 욕(辱) 보심[971]과 흡ᄉᆞ(恰似)ᄒᆞᆫ지라. 일신(一身)의 누명(陋名)을 무릅ᄡᅥ 잔도

969) 우분(憂憤): 근심하고 분노함.
970) 상연(傷然): 슬퍼하는 모양.
971) 공ᄌᆡ(孔子ㅣ)-욕(辱) 보심: 공자가 진채에서 욕 보심. 공자가 진과 채 땅에서 모욕을 당하심.

검각(棧道劍閣)[972]의 엇지 뇨싱(聊生)[973]ᄒᆞ리오?"

인(因)ᄒᆞ야 오열(嗚咽)ᄒᆞ야 말을 일우지 못ᄒᆞ니 그 부형(父兄)의 ᄆᆞ음이 엇더ᄒᆞ리오. 다 각각(各各) 눈믈이 오월(五月) 댱슈(長水) ᄀᆞᆺ트야 말이 업더니,

이윽흔 후(後) 녜뷔(禮部ㅣ) 눈을 ᄡᅥ 좌우(左右)로 보다가 그 부친(父親)이 ᄌᆞ가(自家)의 손을 잡아시믈 보니 강잉(强仍)ᄒᆞ야 몸을 니러 절ᄒᆞ고 인(因)ᄒᆞ여 청죄(請罪) 왈(曰),

"욕ᄌᆡ(辱子ㅣ) 무상(無狀)ᄒᆞ야 오ᄂᆞᆯ날 이런 부효(不孝)와 욕(辱)을 닐위오니 하(何) 면목(面目)으로 하ᄂᆞᆯ을 보리잇고? 여러 날 ᄉᆞ

•••

120면

이 셩톄(盛體) 엇더ᄒᆞ시니잇가?"

공(公)이 탄식(歎息)고 어ᄅᆞ만져 말이 업ᄉᆞ니 양 공(公)이 대강(大綱) 원찬(遠竄)ᄒᆞᄂᆞᆫ 쇼유(所由)ᄅᆞᆯ 니ᄅᆞᆫᄃᆡ 녜뷔(禮部ㅣ) 탄식(歎息) 왈(曰),

"ᄒᆞᆫ 번(番) 더러온 말을 싯고 긔괴(奇怪)ᄒᆞᆫ ᄃᆡ경(地境)을 지내ᄆᆡ 사라 구챠(苟且)ᄒᆞ미 죽음만 ᄀᆞᆺ지 못ᄒᆞᆫ지라. 목숨이 남아 옥(獄) 밧긔 나믈 블힝(不幸)이 ᄒᆞ엿ᄂᆞ이다."

공자(孔子)가 초나라로 가는 길에 진(陳)과 채(蔡) 두 나라 지경에 이르렀을 때 두 나라의 대부들이 서로 짜고 사람들을 동원하여 공자를 들에서 포위하여 길을 차단하고 식량의 공급을 막아 공자가 7일간이나 끼니를 먹지 못하였는데 이를 진채지액(陳蔡之厄)이라 함. 『논어(論語)』, 「위령공(衛靈公)」.

972) 잔도검각(棧道劍閣): 검각의 잔교. 검각은 사천성(四川省) 검각현(劍閣縣)에 있는 관문(關門)의 이름. 이 관문은 장안(長安)에서 촉(蜀)으로 들어가는 길목에 위치해 있는데, 검각현의 북쪽으로 대검(大劍)과 소검(小劍)의 두 산 사이에 잔교(棧橋)가 있는 요해처(要害處)로 유명함.

973) 뇨싱(聊生): 요생. 그럭저럭 살아감.

연왕(-王)이 위로(慰勞) 왈(曰),

"네 엇지 이런 말을 ᄒᆞᄂᆞ다? 악인(惡人)이 쳔(千) 가지로 해(害)ᄒᆞ나 ᄇᆞᄃᆡ 사라 나죵 원슈(怨讎)ᄅᆞᆯ 갑흐미 올흐니 힘힘이 쵸슈(楚囚)의 거동(擧動)[974]을 ᄒᆞ야 죽기ᄅᆞᆯ ᄉᆡᆼ각ᄒᆞ리오? 질ᄋᆞ(姪兒)ᄂᆞᆫ 만ᄉᆞ(萬事)ᄅᆞᆯ 관대(寬大)히 ᄉᆡᆼ각ᄒᆞ야 ᄆᆞᄎᆞᆷ내 보젼(保全)키ᄅᆞᆯ ᄉᆡᆼ각ᄒᆞᆯ지어다."

례뷔(禮部ㅣ) 황연(晃然)[975]이 ᄭᆡᄃᆞ라 돈슈(頓首) 샤례(謝禮)ᄒᆞ고 긔운을 ᄂᆞ초와 안잣더니, 승샹(丞相)이 니ᄅᆞ러 녜부(禮部)ᄅᆞᆯ 보고 흔연(欣然)ᄒᆞᆫ

•••

121면

안ᄉᆡᆨ(顔色)으로 위로(慰勞)ᄒᆞ야 ᄀᆞᆯ오ᄃᆡ,

"셩텬ᄌᆞ(聖天子)의 호ᄉᆡᆼ지덕(好生之德)이 쵸목(草木)의 미ᄎᆞ샤 너의 ᄒᆞᆫ 목숨이 ᄌᆡᄉᆡᆼ(再生)ᄒᆞ니 너ᄂᆞᆫ 모ᄅᆞ미 조ᄇᆞ야이 죽기ᄅᆞᆯ ᄉᆡᆼ각지 말고 조심(操心)ᄒᆞ야 젹쇼(謫所)의 가 잇다가 무ᄉᆞ(無事)히 도라오라. 내 비록 노혼(老昏)[976]ᄒᆞ고 아ᄂᆞᆫ 거시 업ᄉᆞ나 너ᄅᆞᆯ 그ᄅᆞᆺ ᄀᆞᄅᆞ치지 아닐 거시오, 네 ᄆᆞᄎᆞᆷ내 셩도(成都) 죄인(罪人)이 되지 아니리니 수년(數年) 휘(後ㅣ)면 태양(太陽)이 즁텬(中天)의 ᄇᆞᆯ그리라."

---

974) 쵸슈(楚囚)의 거동(擧動): 초수의 거동. 고초받는 죄수가 우는 것과 같은 행동. 곤경에 빠져 어찌할 수 없는 상태를 비유한 말. 초수대읍(楚囚對泣). 남조(南朝) 송(宋) 유의경(劉義慶)의 『세설신어(世說新語)』, 「언어(言語)」에 나옴. "강을 건넌 사람들이 매양 날씨 좋은 날을 만나면 문득 새로운 정자에서 서로 만나 자리를 깔고 잔치를 벌였다. 주후(周侯)가 앉아서 탄식하기를, '풍경은 달라지지 않았건만 참으로 산과 강은 다름이 있구나!'라고 하니 모두 서로 바라보며 눈물을 흘렸다. 오직 왕 승상 도(導)만이 정색하고 말하였다. '마땅히 모두 힘을 합쳐 왕실을 재건하고 전국을 회복해야 하거늘 어찌 고초받는 죄수처럼 서로 보고만 있단 말인가?' 過江諸人, 每至美日, 輒相邀新亭, 藉卉飮宴. 周侯坐而歎曰, '風景不殊, 正自有山河之異.' 皆相視流淚. 唯王丞相愀然變色曰, '當共戮力王室, 克復神州, 何至作楚囚相對?'"

975) 황연(晃然): 환하게 밝은 모양.

976) 노혼(老昏): 늙어 어리석음.

녜뷔(禮部ㅣ) 크게 씌드라 직빅(再拜) 슈명(受命)ᄒᆞ고 졔ᄌᆡ(諸子ㅣ) 그 신명(神明)ᄒᆞ시믈 암탄(暗歎)[977]ᄒᆞ더라.

이윽고 쥬비(朱妃) 니ᄅᆞ니 양 공(公)이 밧그로 나가고 연왕(-王) 등(等)만 머므러 잇더라. 공쥐(公主ㅣ) 드러와 ᄋᆞᄌᆞ(兒子)ᄅᆞᆯ 보니 그 형샹(形狀)이 진실노(眞實-) 어믜 애ᄅᆞᆯ ᄭᅳᆫᄂᆞᆫ지라. 비록 하ᄒᆡ(河海)의 대량(大量)이나 ᄌᆞ연(自然) 쥬뤼(珠淚ㅣ) 옥면(玉面)의 져ᄌᆞ믈 씌ᄃᆞᆺ지 못ᄒᆞ야

•••

122면

ᄀᆞᆯ오ᄃᆡ,

"너의 ᄋᆡᆨ운(厄運)이 즁(重)ᄒᆞ나 이런 일이 이실 줄 어이 알니오?"

언미필(言未畢)의 녜부(禮部)의 댱ᄌᆞ(長子) 챵닌이 구(九) 셰(歲)라, 부형(父兄)의 남은 긔ᄆᆡᆨ(氣脈)을 니어 영오슈발(穎悟秀拔)[978]ᄒᆞ미 미ᄎᆞ리 업더니 이날 드러와 야야(爺爺)ᄅᆞᆯ 보고 밧비 ᄃᆞ라드러 야야(爺爺)ᄅᆞᆯ 븟들고 실셩대곡(失聲大哭)ᄒᆞ니 녜뷔(禮部ㅣ) 더옥 심난(心亂)ᄒᆞ야 ᄭᅮ지져 그치라 ᄒᆞ고 남공(-公)이 안아 위로(慰勞)ᄒᆞ니 겨유 우롬을 그치나 흐ᄅᆞᄂᆞᆫ 누싊(淚水ㅣ) 옥(玉) ᄀᆞᆺᄐᆞᆫ 귀미틔 년낙(連落)ᄒᆞ니 녜뷔(禮部ㅣ) 됴흔 ᄂᆞᆺᄎᆞ로 모친(母親)을 위로(慰勞)ᄒᆞ고 죵용이 담쇼(談笑)ᄒᆞ야 죠곰도 슬픈 ᄉᆞᄉᆡᆨ(辭色)이 업더니,

이윽고 양 시(氏) ᄎᆡ게(彩車ㅣ) 니ᄅᆞ러 즁당(中堂)의 머믈ᄆᆡ 남공(-公)이 드러오라 ᄒᆞ거ᄂᆞᆯ 녜뷔(禮部ㅣ) 왈(曰),

---

977) 암탄(暗歎): 속으로 감탄함.

978) 영오슈발(穎悟秀拔): 영오수발. 영리하고 뛰어나게 훌륭함.

"ᄒᆡᄋᆞ(孩兒)ᄂᆞᆫ 인뉸(人倫) 죄인(罪人)이라 므ᄉᆞᆷ ᄂᆞᆺᄎᆞ로 쳐ᄌᆞ(妻子ㅣ)들 보고 시브리오?

•••

123면

져를 겻방(-房)의 두쇼셔."

남공(-公)이 관겨(關係)치 아니믈 니ᄅᆞ고 브ᄅᆞᄆᆡ 양 시(氏) 드러와 ᄒᆞᆫ ᄀᆞ의 안ᄌᆞ나 녜뷔(禮部ㅣ) 눈을 드지 아니터라.

이윽고 졔공(諸公)이 다 니러나고 쥬비(朱妃) 홀노 이셔 례부(禮部)를 어ᄅᆞ만져 늣기믈 마지아니ᄒᆞ니 녜뷔(禮部ㅣ) 위로(慰勞) 왈(曰),

"ᄉᆞᄉᆡ(事事ㅣ) 다 텬명(天命)이니 쇽절업시 슬허ᄒᆞ야 엇지ᄒᆞ리잇가? 쇼ᄌᆡ(小子ㅣ) ᄆᆞᄎᆞᆷ내 타향(他鄕)의 몸이 ᄆᆞᆺ지 아니ᄒᆞ리니 모친(母親)은 념녀(念慮) 마ᄅᆞ쇼셔."

쥬비(朱妃) 탄식(歎息)ᄒᆞ더라.

ᄎᆞ야(此夜)의 부친(父親)과 졔슉(諸叔)과 모든 형뎨(兄弟) ᄒᆞᆫ 방(房)의 니ᄅᆞ러 구호(救護)ᄒᆞ며 원별(遠別)을 슬허ᄒᆞ야 계명(雞鳴)의 니ᄅᆞᄆᆡ 일시(一時)의 됴참(朝參)[979] 가고 홀노 잇ᄂᆞᆫ지라. 쥬비(朱妃), 양 시(氏)의 졍ᄉᆞ(情事)를 참혹(慘酷)히 넉여 닐오ᄃᆡ,

"졔슉(諸叔)과 여러 아ᄒᆡ(兒孩)들이 다 궐하(闕下)의 가고 ᄋᆞᄌᆡ(兒子ㅣ) 홀

979) 됴참(朝參): 조참. 문무백관이 정전(正殿)에 모여 임금에게 문안을 드리고 정사(政事)를 아뢰던 일.

•••

124면

노 이시니 그듸가 병후(病候)를 술피라. 내 나가고져 ᄒᆞ듸 긔운이 블평(不平)ᄒᆞ니 못 가노라."

양 시(氏) 슈명(受命)ᄒᆞ야 몸을 니러 병쇼(病所)의 니ᄅᆞ나 심니(心裏)의 붓그리고 어려이 녁여 슈이 드러가지 못ᄒᆞ야 창(窓)밧긔셔 머믓기니 녜뷔(禮部ㅣ) 이때 ᄋᆞ지(兒子ㅣ) 겻틔 누어 자고 홀노 ᄭᆡ야 심ᄉᆡ(心思ㅣ) 울읍(鬱悒)[980] ᄒᆞ더니 창(窓)밧긔 인젹(人跡)이 이시믈 보고,

"네 뉜다?"

ᄒᆞ니 양 시(氏) 감히(敢-) 답(答)지 못ᄒᆞ고 드러가 ᄀᆞᆯ오듸,

"존괴(尊姑ㅣ) 군ᄌᆞ(君子)의 병톄(病體) 엇더ᄒᆞ신고 아라오라 ᄒᆞ시더이다."

녜뷔(禮部ㅣ) 모친(母親) 뜻을 짐작(斟酌)고 기리 탄식(歎息)ᄒᆞ여 나아오라 ᄒᆞ야 ᄀᆞᆯ오듸,

"복(僕)이 무샹(無狀)ᄒᆞ여 몸이 이 지경(地境)의 니ᄅᆞ니 내 비록 대댱부(大丈夫)의 장심(壯心)이나 죽을 ᄆᆞᄋᆞᆷ이 잇고 살 뜻지 업ᄉᆞ니 ᄌᆞ(子)의 평ᄉᆡᆼ(平生)을 져ᄇᆞ릴가 슬퍼ᄒᆞ노라."

양

---

980) 울읍(鬱悒): 우울해하고 근심함.

•••

125면

시(氏) 믁믁(默默) 쳐연(悽然)ᄒᆞ야 답(答)지 아니커ᄂᆞᆯ 샹셰(尙書ㅣ) 탄식(歎息) 왈(曰),

"내 국가(國家)의 죄(罪)ᄅᆞᆯ 어더 이러ᄒᆞ여시면 비록 블쵸(不肖)ᄒᆞ나 당당(堂堂)이 우음을 먹음을 거시로ᄃᆡ ᄋᆞ녀ᄌᆞ(兒女子)의 계규(稽揆)로 인(因)ᄒᆞ야 텬하(天下)의 용납(容納)지 못ᄒᆞᆯ 더러온 허믈을 시ᄅᆞ니 통ᄒᆞᆫ(痛恨)ᄒᆞ미 ᄀᆡᆼ가일층(更加一層)[981]이라. 구챠(苟且)[982]히 사라 문호(門戶)의 욕(辱)을 닐위니 죽고져 ᄒᆞᄃᆡ ᄎᆞ마 부모(父母)긔 부효(不孝)ᄅᆞᆯ 더으지 못ᄒᆞ야 브득이(不得已) 투ᄉᆡᆼ(偸生)[983]ᄒᆞ니 더옥 사ᄅᆞᆷ ᄃᆡ(對)ᄒᆞᆯ ᄂᆞᆺ치 업도다."

양 시(氏) 눈믈을 거두어 듯기ᄅᆞᆯ 마ᄎᆞᄆᆡ 념용(斂容) 정ᄉᆡᆨ(正色)고 ᄆᆡᄉᆞ(每事)의 관억(寬抑)[984]ᄒᆞ믈 ᄉᆞ리(事理)로 ᄀᆡ유(開諭)ᄒᆞ니 ᄉᆡᆼ(生)이 옥슈(玉手)ᄅᆞᆯ 잇그러 겻ᄐᆡ 안ᄌᆞ믈 청(請)ᄒᆞ고 츄연(惆然) 왈(曰),

"내 이제 셩도(成都) 검각(劍閣)[985]을 말ᄆᆡ암아 도라가니 산쳔(山川)이 슈도(修途)[986]ᄒᆞ

---

981) ᄀᆡᆼ가일층(更加一層): 갱가일층. 다시 한 층을 더함.

982) 구챠(苟且): 구차. 말이나 행동이 떳떳하거나 버젓하지 못함.

983) 투ᄉᆡᆼ(偸生): 투생. 구차하게 산다는 뜻으로, 죽어야 마땅할 때에 죽지 아니하고 욕되게 살기를 꾀함을 이르는 말.

984) 관억(寬抑): 격한 감정을 너그럽게 억제함.

985) 검각(劍閣): 사천성(四川省) 검각현(劍閣縣)에 있는 관문(關門)의 이름. 이 관문은 장안(長安)에서 촉(蜀)으로 들어가는 길목에 위치해 있는데, 검각현의 북쪽으로 대검(大劍)과 소검(小劍)의 두 산 사이에 잔교(棧橋)가 있는 요해처(要害處)로 유명함.

986) 슈도(修途): 수도. 길이 멂.

•••

126면

고 익각(涯角)[987]이 가리이니 다시 부뷔(夫婦ㅣ) 동낙(同樂)홀 길히 묘연(杳然)[988]훈지라 그디 홍안(紅顔)을 슬허훈노라."

셜파(說罷)의 기리 원비(猿臂)를 느리혀 친(親)코져 훈니 쇼제(小姐ㅣ) 경아(驚訝)[989]훈여 정금(整襟)[990]훈고 고텨 안자 골오디,

"존괴(尊姑ㅣ) 기드리실 거시니 도라가믈 청(請)훈누이다."

싱(生)이 탄식(歎息) 왈(曰),

"모친(母親)이 그디를 보내시미 날노뻐 별회(別懷)를 베프과져 훈시미라. 그디는 고집(固執)지 말나."

쇼제(小姐ㅣ) 마지못훈여 말숨을 펴 간왈(諫曰),

"군직(君子ㅣ) 이제 시운(時運)이 블힝(不幸)훈 째를 만나 몸이 누옥(陋獄)의 고쵸(苦楚)훈시고 누명(陋名)을 시러 만니(萬里) 히변(海邊)의 죄쉬(罪囚ㅣ) 되니 우흐로 구고(舅姑)의 우려(憂慮)훈심과 군(君)의 블회(不孝ㅣ) 만고(萬古)의 비(比)훌리 업거늘 셜亽(設使) 쳐직(妻子ㅣ) 귀(貴)훈나 친(親)훈미 가(可)치 아니훈지라, 군즈(君子)는 쳡(妾)의 우믹(愚昧)훈 말을

---

987) 익각(涯角): 애각. 하늘의 끝이 닿은 곳과 땅의 한 귀퉁이라는 뜻으로, 서로 멀리 떨어져 있음을 이르는 말. 천애지각(天涯地角).

988) 묘연(杳然): 아득함.

989) 경아(驚訝): 놀라고 의아해함.

990) 정금(整襟): 정금. 옷깃을 여미어 모양을 바로잡음.

•••

127면

거두여 용납(容納)ᄒᆞ쇼셔."

싱(生)이 잠쇼(暫笑) 왈(曰),

"내 이ᄯᅢ를 당(當)ᄒᆞ야 무심(無心)ᄒᆞᆫ 녀ᄉᆡᆨ(女色)을 유의(留意)ᄒᆞ면 그ᄅᆞ거니와 내 당당(堂堂)ᄒᆞᆫ 쳐ᄌᆞ(妻子)ᄅᆞᆯ 이 심야(深夜)의 ᄒᆞᆫ 돗긔 안자 친(親)ᄒᆞ미 고이(怪異)ᄒᆞ리오? 그ᄃᆡ ᄯᅩᄒᆞᆫ 날을 ᄒᆞᆫ 번(番) 니별(離別)ᄒᆞᆫ 후(後) 비록 보고져 ᄒᆞ나 쉬오랴?"

인(因)ᄒᆞ여 흔연(欣然)이 견권(繾綣)[991]ᄒᆞ여 옥슈(玉手)ᄅᆞᆯ 잡고 향싀(香顋)ᄅᆞᆯ 졉(接)ᄒᆞ야 간간(懇懇)ᄒᆞᆫ 정(情)이 측냥(測量)업ᄉᆞ니 쇼졔(小姐ㅣ) 블안(不安)ᄒᆞ야 ᄌᆡ삼(再三) 도라가믈 비ᄃᆡ 허(許)치 아니ᄒᆞ고 입으로 말을 아니ᄒᆞ나 임의 그 정(情)이 산ᄒᆡ(山海) ᄀᆞᆺᄐᆞ야 어ᄅᆞ만져 탄식(歎息)ᄒᆞ더니,

날이 새기의 니ᄅᆞᄆᆡ ᄇᆡ야흐로 손을 노흐며 ᄀᆞᆯ오ᄃᆡ,

"요인(妖人)이 날을 ᄒᆡ(害)ᄒᆞ고 져컨대 그ᄃᆡ긔 밋출가 ᄒᆞᄂᆞ니 조심(操心)ᄒᆞ라."

쇼졔(小姐ㅣ) 손사(遜謝)[992]ᄒᆞ고 드러가니 쥬비(朱妃) 그 병

•••

128면

후(病候)ᄅᆞᆯ 뭇고 탄식(歎息)ᄒᆞ며 쇼졔(小姐ㅣ) 운환(雲鬟)이 어ᄌᆞ럽고 옥뫼(玉貌ㅣ) 담홍(淡紅)ᄒᆞ믈 보고 그윽이 그 정니(情理)ᄅᆞᆯ 가련

991) 견권(繾綣): 생각하는 정이 두터움.
992) 손사(遜謝): 손사. 겸손히 사양함.

(可憐)이 넉이나 병즁(病重)흔딕 친(親)흐믈 블쾌(不快)히 넉이더라.

날이 식믹 제공(諸公)이 니르러 의약(醫藥)을 다스리며 날을 져므르고 우명일(又明日)은 싱(生)이 발힝(發行)홀시 부모(父母) 제슉(諸叔)의 심식(心思ㅣ) 어이 측냥(測量)흐리오마는 각각(各各) 됴흔 돗촌로 위로(慰勞)흐고 손을 는호나 챵닌이 야야(爺爺)의 오슬 븟들고 써러지지 아니흐니 모다 기유(開諭)흐다가 못 흐야 샹셔(尙書)의 힝도(行途)를 좃게 흐고 연왕(-王)이 셔즈(庶子) 취문을 블너 녜부(禮部)의 병(病)을 구호(救護)흐며 뫼셔 가라 흐고, 남공(-公)이 태감(太監) 뎡양과 궁노(宮奴) 삼십(三十) 인(人)으로 평안(平安)흔 교즈(轎子)의 시러 길히 오르게 흐니 추시(此時) 경샹(景狀)이 극(極)히 슈참(羞慘)[993]

•••

129면

흔지라 인인(人人)이 눈믈을 금(禁)치 못흐고,

모다 빅(百) 니(里)의 가 니별(離別)홀시 례뷔(禮部ㅣ) 모든 딕 절흐야 하직(下直)흐믹 옥면(玉面)의 눈믈이 죵횡(縱橫)흐니 남공(-公)이 대의(大義)로 칙(責)흐나 역시(亦是) 누쉬(淚水ㅣ) 좀연(潛然)[994] 흐며 연왕(-王)이 손을 잡고 댱탄(長歎) 일셩(一聲)의 톄뤼(涕淚ㅣ) 금포(錦袍)의 져져 겨유 닐오딕,

"너의 이러흐믄 다 나의 죄(罪)라. 말이 번거[995]흐니 능히(能-) 다 못 흐거니와 내 므슴 돗추로 타일(他日) 너를 보리오?"

993) 슈참(羞慘): 수참. 을씨년스럽고 구슬픔.
994) 좀연(潛然): 잠연. 조용한 모양.
995) 번거: 조용하지 못하고 자리가 어수선함.

녜뷔(禮部ㅣ) ᄇᆡ샤(拜謝) 왈(曰),

“쇼질(小姪)이 다 아ᄂᆞ니 슉부(叔父)ᄂᆞᆫ 믈념(勿念)ᄒᆞ쇼셔.”

드ᄃᆡ여 손을 ᄂᆞ홀ᄉᆡ 졔뎨(諸弟)ᄃᆞ려 왈(曰),

“현뎨(賢弟) 등(等)은 부모(父母)ᄅᆞᆯ 뫼셔 만슈무강(萬壽無疆)ᄒᆞ고 블쵸(不肖)ᄒᆞᆫ 우형(愚兄)을 본(本)밧지 말나.”

졔인(諸人)이 각각(各各) 울고 별시(別詩)ᄅᆞᆯ ᄇᆞ치고 겨유 손을 ᄂᆞ호니라.

주요 인물

노강: 노몽화의 아버지. 추밀부사.

노몽화: 원래 이흥문의 아내였다가 쫓겨나 비구니 혜선 밑에 있다가 모습을 바꿔 이백문의 첩이 됨.

여박: 여빙란의 오빠. 이성문의 손위처남. 한림학사.

여빙란: 이성문의 정실.

위공부: 위홍소의 아버지. 이경문의 장인.

위중량: 위공부의 둘째아들. 위홍소의 오빠. 어사.

위최량: 위공부의 첫째아들. 위홍소의 오빠. 시랑.

위후량: 위공부의 셋째아들. 위홍소의 오빠. 학사.

위홍소: 이경문의 정실.

이경문: 이몽창의 둘째아들. 소월혜 소생. 위홍소의 남편. 한림학사 중서사인. 병부상서 대사마 태자태부. 어려서 부모와 헤어져 유영걸의 밑에서 자라다가 후에 부모와 만남. 위홍소의 아버지 위공부가 유영걸을 친 것에 분노해 위공부, 위홍소와 갈등함.

이관성: 승상. 이현과 유 태부인의 첫째아들. 정몽홍의 남편. 이연성의 형. 이몽현 오 형제의 아버지.

이낭문: 이몽창의 재실 조제염이 낳은 쌍둥이 중 오빠. 어렸을 때 이름은 최현이었는데 이경문이 찾아서 낭문으로 고침. 어머니

조제염과 함께 산동으로 가다가 도적을 만나 고옹 집에서 종살이하다가 이경문이 찾음.

이몽상: 이관성과 정몽홍의 넷째아들. 안두후 태상경. 자는 백안. 별호는 유청. 아내는 화 씨.

이몽원: 이관성과 정몽홍의 셋째아들. 개국공. 자는 백운. 별호는 이청. 아내는 최 씨.

이몽창: 이관성과 정몽홍의 둘째아들. 연왕. 자는 백달. 별호는 죽청. 아내는 소월혜.

이몽필: 이관성과 정몽홍의 다섯째아들. 강음후 추밀사. 자는 백명. 별호는 송청. 아내는 김 씨.

이몽현: 이관성과 정몽홍의 첫째아들. 하남공. 일천 선생. 자는 백균. 정실은 계양 공주. 재실은 장 씨.

이백문: 이몽창의 셋째아들. 소월혜 소생. 자는 운보. 화채옥의 남편.

이벽주: 이몽창의 재실 조제염이 낳은 쌍둥이 중 여동생. 어렸을 때 이름은 난심이었는데 이경문이 찾아서 벽주로 고침.

이성문: 이몽창의 첫째아들. 소월혜 소생. 여빙란의 남편. 자는 현보. 이부총재 겸 문연각 태학사.

이연성: 이관성의 막내동생. 태자소부 북주백. 자는 자경.

이웅린: 이경문의 첫째아들. 정실 위홍소 소생.

이원문: 이몽원의 첫째아들. 자는 인보. 아내는 김 씨.

이일주: 이몽창의 첫째딸. 자는 초벽. 태자비.

이창린: 이흥문의 첫째아들.

임 씨: 이성문의 재실.

조여구: 조 황후의 조카. 이경문의 재실. 이경문을 보고 반해 사혼으로 이경문의 아내가 됨.

조여혜: 태자비. 조 황후의 조카.

조제염: 이낭문과 이벽주의 어머니. 이몽창의 재실. 전편 <쌍천기봉>에서 이몽창과 소월혜 소생 영문을 죽이고 소월혜를 귀양가게 했다가 죄가 발각되어 산동으로 가던 중 도적을 만남. 고옹의 집에서 종살이를 하다가 이경문이 찾음.

최연: 유영걸이 강간해 자결한 노 씨의 남편. 최백만의 아버지.

최백만: 최연의 아들. 이벽주의 남편. 자는 인석.

최 숙인: 유 태부인의 양녀. 이관성의 동생.

화진: 화채옥의 아버지. 이부시랑.

화채옥: 화진의 딸. 자는 홍설. 이백문의 아내.

역자 해제

1. 머리말

<이씨세대록>은 18세기에 창작된 것으로 추정되는 작가 미상의 국문 대하소설로, <쌍천기봉>[1]의 후편에 해당하는 연작형 소설이다. '이씨세대록(李氏世代錄)'이라는 제목은 '이씨 가문 사람들의 세대별 기록'이라는 뜻인데, 실제로는 이관성의 손자 세대, 즉 이씨 집안의 4대째 인물들인 이흥문·이성문·이경문·이백문 등과 그 배우자의 이야기에 서사가 집중되어 있다. 이는 전편인 <쌍천기봉>에서 이현[2](이관성의 아버지), 이관성, 이관성의 자식들인 이몽현과 이몽창 등 1대에서 3대에 걸쳐 서사가 고루 분포된 것과 대비되는 모습이다. 또한 <쌍천기봉>에서는 중국 명나라 초기의 역사적 사건, 예컨대 정난지변(靖難之變)[3] 등이 비중 있게 서술되고 <삼국지연의>의 영향을 받은 군담이 흥미롭게 묘사되는 가운데 가문 내적으로 혼인담, 부부 갈등, 처첩 갈등 등이 배치되어 있다면, <이씨세대록>에서는 역사적 사건과 군담이 대폭 축소되고 가문 내적인 갈등 위주로 서사가 전개된다는 점에서 큰 차이가 있다.

---

1) 필자가 18권 18책의 장서각본을 대상으로 번역 출간한 바 있다. 장시광 옮김, 『팔찌의 인연, 쌍천기봉』 1-9, 이담북스, 2017-2020.

2) <쌍천기봉>에서 이현의 아버지로 이명이 설정되어 있으나 실체적 인물이 등장하지 않고 서술자의 요약 서술로 짧게 언급되어 있으므로 필자는 이현을 1대로 설정하였다.

3) 중국 명나라의 연왕 주체가 제위를 건문제(재위 1399-1402)로부터 탈취해 영락제(재위 1402-1424)에 오른 사건을 이른다. 1399년부터 1402년까지 지속되었다.

2. 창작 시기 및 작가, 이본

<이씨세대록>의 정확한 창작 연도는 알 수 없고, 다만 18세기의 초중반에 창작되었을 것으로 추정된다. 온양 정씨가 정조 10년(1786)부터 정조 14년(1790) 사이에 필사한 것으로 추정되는 규장각 소장 <옥원재합기연>의 권14 표지 안쪽에 온양 정씨와 그 시가인 전주 이씨 집안에서 읽었을 것으로 보이는 소설의 목록이 적혀 있다. 그중에 <이씨세대록>의 제명이 보인다.[4] 이 기록을 토대로 보면 <이씨세대록>은 적어도 1786년 이전에 창작된 것으로 추측할 수 있다. 또, 대하소설 가운데 초기본인 <소현성록> 연작(15권 15책, 이화여대 소장본)이 17세기 말 이전에 창작된바,[5] 그보다 분량과 등장인물의 수가 훨씬 많은 <이씨세대록>은 <소현성록> 연작보다는 후대의 작품일 가능성이 높다. 요컨대 <이씨세대록>은 18세기 초중반에 창작된 작품으로, 대하소설 중에서는 비교적 이른 시기의 창작물이다.

<이씨세대록>의 작가는 알려져 있지 않다. 다만 작품의 문체와 서술시각을 고려하면 전편인 <쌍천기봉>과 마찬가지로 경서와 역사서, 소설을 두루 섭렵한 지식인이며, 신분의식이 강한 사대부가의 일원으로 추정할 수 있다. <이씨세대록>은 여느 대하소설과 마찬가지로 국문으로 표기되어 있으나 문장이 조사나 어미를 제외하면 대개 한자어로 구성되어 있고, 전고(典故)의 인용이 빈번하다. 비록 대하소설 <완월회맹연>(180권 180책)의 수준에는 미치지 못하지만, 다른 유형의 고전소설에 비하면 작가의 지식 수준이 매우 높은 편이다.

---

4) 심경호, 「樂善齋本 小說의 先行本에 관한 一考察 –온양정씨 필사본 <옥원재합기연>과 낙선재본 <옥원중회연>의 관계를 중심으로–」, 『정신문화연구』 38, 한국정신문화연구원, 1990.

5) 박영희, 「소현성록 연작 연구」, 이화여대 박사논문, 1994 참조.

<이씨세대록>에는 또한 강한 신분의식이 드러나 있다. 집안에서 주인과 종의 차이가 부각되어 있고 사대부와 비사대부의 구별짓기가 매우 강하다. 이처럼 <이씨세대록>의 작가는 학문적 소양을 갖추고 강한 신분의식을 지닌 사대부가의 남성 혹은 여성으로 추정되며, 온양 정씨의 필사본 기록을 통해 유추할 수 있듯이 사대부가에서 주로 향유된 것으로 보인다.

<이씨세대록>의 이본은 현재 3종이 알려져 있다. 한국학중앙연구원의 장서각에 소장된 26권 26책본과 서울대학교 규장각에 소장된 26권 26책본, 연세대학교 도서관에 소장된 26권 26책본[6]이 그것이다. 세 이본 모두 표제는 '李氏世代錄', 내제는 '니시셰딕록'으로 되어 있고 분량도 대동소이하고 문장이나 어휘 단위에서도 매우 흡사한 면을 보인다. 특히 장서각본과 연세대본의 친연성이 강한데, 두 이본은 각 권의 장수는 물론 장별 행수, 행별 글자수까지 거의 같다. 다만 장서각본에 있는 오류가 연세대본에는 수정되어 있는 경우가 적지 않아 적어도 두 이본에 한해 본다면 연세대본이 선본(善本)이라 말할 수 있다. 연세대본·장서각본 계열과 규장각본을 비교해 보면 오탈자(誤脫字)가 이본마다 고루 있어 연세대본·장서각본 계열과 규장각본 중 어느 것이 선본(善本) 혹은 선본(先本)인지 단언할 수는 없다.

---

6) 연세대학교 도서관에 소장된 26권 26책본: <이씨세대록> 해제를 작성해 출간할 당시에는 역자의 불찰로 연세대 소장본의 존재를 알지 못했다가 최근에 알게 되어 5권의 교감 및 해제부터 이를 반영하게 되었음을 밝힌다.

3. 서사의 특징

<이씨세대록>에는 가문의 마지막 세대로 등장하는 4대째의 여러 인물이 병렬적으로 구성되어 있다는 서사적 특징이 있다. 인물과 그 사건이 대개 순차적으로 등장하지만 여러 인물의 사건이 교직되어 설정되기도 하여 서사에 다채로움을 더하고 있다. 이에 비해 <쌍천기봉>에서는 1대부터 3대까지 1명, 3명, 5명으로 남성주동인물의 수가 점차 확대되어 가고 서사의 양도 그에 비례해 세대가 내려갈수록 확장되어 있다. 곧, <쌍천기봉>에서는 1대인 이현, 2대인 이관성·이한성·이연성, 3대인 이몽현·이몽창·이몽원·이몽상·이몽필 서사가 고루 등장한다는 점에서 <이씨세대록>과 차이가 난다. <이씨세대록>에도 물론 2대와 3대의 인물이 등장하기는 하나 그들은 집안의 어른 역할을 수행할 뿐이고 서사는 4대의 인물 중심으로 전개된다. 이를 보면, '세대록'은 인물의 서사적 비중과는 무관하게 2대에서 4대까지의 인물을 등장시켰다는 점에서 붙인 제목으로 이해할 필요가 있다.

이처럼 <이씨세대록>에 가문의 마지막 세대 인물이 주로 활약한다는 설정은 초기 대하소설로 분류되는 삼대록계 소설 연작[7]과 유사한 면이다. <소씨삼대록>에서는 소씨 집안의 3대째[8] 인물인 소운성 형제 위주로, <임씨삼대록>에서는 임씨 집안의 3대째 인물인 임창흥 형제 위주로, <유씨삼대록>에서는 유씨 집안의 4대째 인물인 유세형 형제 위주로 서사가 전개된다.[9] <이씨세대록>이 18세기 초

7) 후편의 제목이 '삼대록'으로 끝나는 일군의 소설을 지칭한다. <소현성록>·<소씨삼대록> 연작, <현몽쌍룡기>·<조씨삼대록> 연작, <성현공숙렬기>·<임씨삼대록> 연작, <유효공선행록>·<유씨삼대록> 연작이 이에 해당한다.

8) 소운성의 할아버지인 소광이 전편 <소현성록>의 권1에서 바로 죽는 것으로 설정되어 있어 1대로 보기 어려운 면이 있으나 제명을 존중해 1대로 보았다.

중반에 창작된 초기 대하소설임을 감안하면 인물 배치가 이처럼 삼대록계 소설과 유사한 것은 이상하지 않다.

한편, <쌍천기봉>에서는 군담, 토목(土木)의 변(變)과 같은 역사적 사건, 인물 갈등 등이 고루 배치되어 있다. 구체적으로, 작품의 앞과 뒤에 역사적 사건을 배치하고 중간에 부부 갈등, 부자 갈등, 처첩(처처) 갈등 등 가문에서 벌어질 수 있는 다양한 갈등을 배치하였다. 이에 반해 <이씨세대록>에는 군담 장면과 역사적 사건이 거의 보이지 않는다. 군담은 전편 <쌍천기봉>에 이미 등장했던 장면을 요약 서술하는 데 그쳤고, 역사적 사건도 <쌍천기봉>에 설정된 사건을 환기하는 정도이고 새로운 사건은 보이지 않는다. <쌍천기봉>이 역사적 사실에 허구를 가미한 전형적인 연의류 작품인 반면, <이씨세대록>은 가문에서 발생할 수 있는 다양한 갈등, 예컨대 처처(처첩) 갈등, 부부 갈등, 부자 갈등 위주로 서사를 구성한 작품으로, <이씨세대록>은 <쌍천기봉>과는 다른 측면에서 대중에게 흥미를 유발할 만한 요소로 구성되어 있음을 알 수 있다.

여느 대하소설과 마찬가지로 <이씨세대록>에도 혼사장애 모티프, 요약 모티프 등 다양한 모티프가 등장해 서사 구성의 한 축을 이루고 있다. 이 가운데 가장 눈에 띄는 것은 기아(棄兒) 모티프이다. 대표적으로는 이경문의 경우를 들 수 있는데 기아 모티프가 매우 길게 서술되어 있다. <쌍천기봉>의 서사를 이은 것으로 <쌍천기봉>에서 간간이 등장했던 이경문의 기아 모티프를 본격적으로 다루고 있다. 즉, <쌍천기봉>에서 유영걸의 아내 김 씨가 어린 이경문을 사서 자기 아들인 것처럼 꾸미는 장면, 이관성과 이몽현, 이몽창이 우연히

9) 다만 <조씨삼대록>에서는 3대와 4대의 인물인 조기현, 조명윤 등이 활약한다는 점에서 차이가 난다.

이경문을 만나는 장면, 이경문이 등문고를 쳐 양부 유영걸을 구하는 장면이 나오는데, <이씨세대록>에서는 그 장면들을 모두 보여주면서 여기에 덧붙여 이경문이 유영걸과 그 첩 각정에게 박대당하지만 유영걸을 효성으로써 섬기는 모습이 강렬하게 나타나 있다. 이경문이 등문고를 쳐 유영걸을 구하는 장면은 효성의 정점에 해당한다. 이경문은 후에 친형인 이성문에 의해 발견돼 이씨 가문에 편입된다. 이때 이경문과 가족들과의 만남 장면은 매우 감동적으로 그려져 있다. 이처럼 이경문이 가족과 헤어졌다가 만나는 과정은 연작의 전후편에 걸쳐 등장하며 연작의 핵심적인 모티프 중의 하나로 기능하고 있고, 특히 <이씨세대록>에서는 결합에 초점이 맞춰져 있어 그 감동이 배가되어 있다.

4. 인물의 갈등

<이씨세대록>에는 다양한 갈등이 등장하는데 이 가운데 핵심은 부부 갈등이다. 대표적으로 이몽창의 장자인 이성문과 임옥형, 차자인 이경문과 위홍소, 삼자인 이백문과 화채옥의 갈등을 들 수 있다. 이성문과 이경문 부부의 경우는 반동인물이 개입되지 않은, 주동인물 사이의 갈등이라는 공통점이 있다. 이성문의 아내 임옥형은 투기 때문에 이성문의 옷을 불지르기까지 하는 인물이다. 이성문이 때로는 온화하게 때로는 엄격하게 대하나 임옥형의 투기가 가시지 않자, 그 시어머니 소월혜가 나서서 임옥형을 타이르니 비로소 그 투기가 사라진다. 이경문과 위홍소는 모두 효를 중시하는 인물인데 바로 그러한 이념 때문에 혹독한 부부 갈등을 벌인다. 이경문은 어려서 부모와 헤어져 양부(養父) 유영걸에게 길러지는데 이 유영걸은 벼슬은

높으나 품행이 바르지 못해 쫓겨나 수자리를 사는데 위홍소의 아버지인 위공부가 상관일 때 유영걸을 매우 치는 일이 발생한다. 이 때문에 이경문은 위공부를 원수로 치부하는데 아내로 맞은 위홍소가 위공부의 딸인 줄을 알고는 위홍소를 박대한다. 위홍소 역시 이경문이 자신의 아버지를 욕하자 이경문과 심각한 갈등을 벌인다. 효라는 이념이 두 사람의 갈등을 촉발시킨 원인이 된 것이다. 두 사람은 비록 주동인물로 설정되어 있지만, 이들을 통해 경직된 이념이 주는 부작용이 만만치 않음을 보여준다.

이백문 부부의 경우에는 변신한 노몽화(이흥문의 아내였던 여자)가 반동인물의 역할을 해 갈등을 벌인다는 특징이 있다. 이백문은 반동인물의 계략으로 정실인 화채옥을 박대하고 죽이려 한다. 애초에 이백문은 화채옥을 마음에 들어하지 않았는데 이유는 화채옥이 자신을 단명하게 할 상(相)이라는 것 때문이었다. 화채옥에게는 잘못이 없는데 남편으로부터 박대를 받는다는 설정은 가부장제의 질곡을 드러내 보이는 장면이다. 여기에 이흥문의 아내였다가 쫓겨난 노몽화가 화채옥의 시녀가 되어 이백문에게 화채옥을 모함하고 이백문이 곧이들어 화채옥을 끝내 죽이려고까지 하는 데 이른다. 이러한 이백문의 모습은 이몽현의 장자 이흥문과 대비된다. 이흥문은 양난화와 혼인하는데 재실인 반동인물 노몽화가 양난화를 모함한다. 이런 경우 대개 이백문처럼 남성이 반동인물의 계략에 속아 부부 갈등이 벌어지지만 이흥문은 노몽화의 계교에 속지 않고 오히려 노몽화의 술수를 발각함으로써 정실을 보호한다. <이씨세대록>에는 이처럼 상반되는 사례를 설정함으로써 흥미를 배가하는 동시에 가부장제의 문제점을 드러내고 있다.

5. 서술자의 의식

<이씨세대록>의 신분의식은 이중적이다. 사대부와 비사대부 사이의 구별짓기는 여느 대하소설과 마찬가지지만 사대부 내에서 장자와 차자의 구분은 표면적으로는 존재하나 서술의 실상은 그렇지 않다. 사대부로서 그렇지 않은 신분의 사람을 차별하는 모습은 경직된 효의 구현자인 이경문의 일화에서 두드러진다. 예컨대, 이경문은 자기 친구 왕기가 적적하게 있자 아내 위홍소의 시비인 난섬을 주어 정을 맺도록 하는데(권11) 천한 신분의 여성에게는 정절을 전혀 배려하지 않는 것을 엿볼 수 있다. 또한 이경문이 양부 유영걸의 첩 각정의 조카 각 씨와 혼인하게 되자 천한 집안과 혼인한 것을 분하게 여겨 각 씨에게 매정하게 구는 것(권8)도 그러한 신분의식이 여실히 드러나는 장면이다. 기실 이는 <이씨세대록>이 창작되던 당시의 사회적 모습이 반영된 것이라 추측할 수 있는 장면들이다.

사대부와 비사대부 사이의 구별짓기는 이처럼 엄격하나 사대부 내에서의 구분은 꼭 그렇지만은 않다. 서사적으로 등장인물들은 장자와 비장자의 구분을 하고 있고, 서술의 순서도 그러한 구분을 따르려 하고 있다. 서술의 순서를 예로 들면, <이씨세대록>은 이관성의 장손녀, 즉 이몽현 장녀 이미주의 서사부터 시작된다. 이미주가 서사적 비중이 그리 크지 않음에도 이미주부터 이야기가 시작되는 것은 그만큼 자식들 사이의 차례를 중시한다는 점을 의미한다. 다만, 특기할 만한 것은 남자부터 먼저 시작하지 않았다는 점이다. 여자든 남자든 순서대로 서술했다는 점이 중요하다. 이미주의 뒤로는 이몽현의 장자 이흥문, 이몽창의 장자인 이성문, 이몽창의 차자 이경문, 이몽창의 장녀 이일주, 이몽원의 장자 이원문, 이몽창의 삼자 이백

문, 이몽현의 삼녀 이효주 등의 서사가 이어진다. 자식들의 순서대로 서술하려 하는 강박증이 있다고 생각될 정도로 서술자는 순서에 집착한다. 이원문이나 이효주 같은 인물은 서사적 비중이 매우 미미하지만 혼인했다는 사실을 서술하고 있는 것이다. 그런데 이러한 순서 집착에도 불구하고 서사 내에서의 비중을 보면 장자 위주로 서술되어 있지 않음을 알 수 있다. 전편 <쌍천기봉>의 주인공이 이관성의 차자 이몽창이었던 것과 마찬가지로 후편에서도 주인공은 이성문, 이경문, 이백문 등 이몽창의 자식들로 설정되어 있다. 이몽현의 자식들인 이미주와 이흥문의 서사는 그들에 비하면 미미한 편이다. 이처럼 가문의 인물에 대한 서술 순서와 서사적 비중의 괴리는 <이씨세대록>을 특징짓는 한 단면이다.

<이씨세대록>에는 꿈이나 도사 등 초월계가 빈번하게 등장해 사건을 진행시키고 해결한다. 특히 사건이나 갈등의 해소 단계에 초월계가 유독 많이 보인다. 예를 들어 이경문이 부모와 만나기 전에 그 죽은 양모 김 씨가 꿈에 나타나 이경문의 정체를 말하고 그 직후에 이경문이 부모를 찾게 되는 장면(권9), 형부상서 장옥지의 꿈에 현아(이경문의 서제)에게 죽은 자객들이 나타나 현아의 죄를 말하고 이성문과 이경문의 누명을 벗겨 주는 장면(권9-10), 화채옥이 강물에 빠졌을 때 화채옥을 호위해 가던 이몽평의 꿈에 법사가 나타나 화채옥의 운명에 대해 말해 주는 장면(권17) 등이 있다. 이러한 초월계의 빈번한 등장은 이 세계의 질서가 현실적 국면으로는 해결할 수 없을 정도로 질곡에 빠져 있음을 의미한다. 현실계의 인물들은 얽히고설킨 사건들을 해결할 능력이 되지 않고 이는 오로지 초월계가 개입되어야만 해소될 수 있는 성질의 것임을 보여주고 있는 것이다.

6. 맺음말

<이씨세대록>은 조선 후기의 역동적인 사회에서 산생된 소설이다. 양반을 돈으로 살 수 있을 정도로 양반에 대한 권위가 땅에 떨어지고 양반과 중인 이하의 신분 이동이 이루어지던 때에 생겨났다. 설화 등 민중이 향유하던 문학에 그러한 면이 잘 드러나 있다. 그러나 이 작품에는 그러한 시대적 변동에 맞서 기득권을 유지하려는 사대부 계층의 의식이 강하게 드러나 있다. 사대부와 사대부 이하의 계층을 구별짓는 강고한 신분의식은 그 한 단면이다.

그렇지만 한편으로는 가부장제의 질곡에 신음하는 여성들의 목소리가 드러나 있기도 하다. 까닭 없이 남편에게 박대당하는 여성, 효라는 이데올로기 때문에 남편과 갈등하는 여성들을 통해 유교적 가부장제가 여성에게 가하는 억압적 모습이 서술의 이면에 흐르고 있다. <이씨세대록>이 주는 흥미와 그 서사적 의미는 바로 이러한 데에서 찾을 수 있지 않을까 한다.

장시광

서울대 강사, 아주대 강의교수 등을 거쳐 현재 경상대학교 국어국문학과 교수로 재직 중이다. 논문으로 「대하소설의 여성반동인물 연구」(박사학위논문), 「여성영웅소설에 나타난 여화위남의 의미」, 「대하소설 갈등담의 구조 시론」, 「운명과 초월의 서사」 등이 있고, 저서로 『한국 고전소설과 여성인물』이 있으며, 번역서로 『조선시대 동성혼 이야기 방한림전』, 『여성영웅소설 홍계월전』, 『심청전: 눈먼 아비 홀로 두고 어딜 간단 말이냐』, 『팔찌의 인연: 쌍천기봉 1-9』 등이 있다.

(이씨 집안 이야기) 이씨세대록 8

초판인쇄 2023년 12월 30일
초판발행 2023년 12월 30일

지은이 장시광
펴낸이 채종준
펴낸곳 한국학술정보㈜
주 소 경기도 파주시 회동길 230(문발동)
전 화 031) 908-3181(대표)
팩 스 031) 908-3189
홈페이지 http://ebook.kstudy.com
E-mail 출판사업부 publish@kstudy.com
등 록 2003년 9월 25일 제406-2003-000012호

ISBN 979-11-6983-849-8 04810
979-11-6801-227-1 (전 13권)

이담북스는 한국학술정보㈜의 학술/학습도서 출판 브랜드입니다.
이 시대 꼭 필요한 것만 담아 독자와 함께 공유한다는 의미를 나타냈습니다.
다양한 분야 전문가의 지식과 경험을 고스란히 전해 배움의 즐거움을 선물하는 책을 만들고자 합니다.